Für meinen Mann.
Durch alle Zeiten ist er der Mann, der mich versteht.
Dem es wichtiger ist, dass ich an den Tagen glücklich bin,
an denen mich die Muse küsst, und nicht fragt,
ob ich aufgeräumt, geputzt oder die Wäsche gemacht habe.
Und der wissen will, wie es mir an den Tagen geht,
an denen sie mir die kalte Schulter zeigt.
Weil er mich liebt.

Du musst nicht mit dem Schwert für mich kämpfen oder
dich von Kronleuchter zu Kronleuchter schwingen.
Auch ohne das bist du mein Held.

Buch 1
Die Saat

Prolog

Der Hafen von Barfleur, Normandie, Frankreich
1. April 1152

»Wie viel?«

Misstrauisch musterte der Kapitän des Schiffes den Mann, der vor ihm stand. Der Fremde wirkte finster und unheimlich. Er trug einen dunklen Umhang, dessen Kapuze er sich tief ins Gesicht gezogen hatte. Seine grauen Augen glommen wie Kohlenstücke. Der Hafen von Barfleur lag im Dunkeln, er war menschenleer und gespenstisch still. Der Regen peitschte fast waagerecht vom Himmel.

»Mehr, als einer wie du sich leisten kann«, murmelte der Kapitän und wollte sich abwenden.

Eine Hand schloss sich um seinen Unterarm. »Ich kann mir mehr leisten, als einer wie du sich vorstellen könnte.« Ein Beutel mit Münzen wurde dem Kapitän in die schwielige Hand geschoben. »Reicht das?«

Der Kapitän hob eine buschige Augenbraue, dann öffnete er den Beutel. Goldmünzen und Kupfermünzen klirrten in der Stille des Hafens laut aneinander. Er blickte zum anderen Ende des Kais, wo das Schild einer Schenke sich knarrend im Wind bewegte. Er warf noch einen Blick auf die Münzen in dem Beutel und zog die Kordel wieder zu. »Das wird reichen.«

Der Fremde reagierte mit einem tiefen, spöttischen Lachen.

Der Kapitän schob den Beutel unter seinen Mantel und kniff die Augen zusammen. Fackelschein spiegelte sich auf dem Pflaster des regennassen Kais. Der Umhang des Mannes vor ihm blähte sich im Wind. Es war schwer, ihn als reales Wesen wahrzunehmen. Dieser Mann wirkte so geisterhaft wie schwarzer Nebel.

Der Kapitän strich sich durch den dichten Vollbart. »Was habt Ihr gesagt, wie viele ihr seid?«

»Dreizehn.«

Er beugte sich vor, um inmitten der finsteren Schatten unter der tief in die Stirn gezogenen Kapuze ein Gesicht zu erkennen. Sogar das Pferd des Mannes, das ein paar Schritte abseits stand, war so pechschwarz wie die Nacht. »Aye. Zweifellos eine Zahl, die einem Unglück bringen kann.«

Der Fremde – vermutlich ein Ritter – richtete sich auf, während er die Arme vor der Brust verschränkte. »Zweifellos. Aber vor allem wird sie Euch Unglück bringen, wenn Ihr irgendjemandem von uns erzählt.«

Der Kapitän griff nach dem Geldbeutel unter seinem Mantel. »Schon gut. Mein Mund wird sicherlich kein Verlangen haben, irgendwelche Geschichten auszuspucken, solange er mit gutem Essen und ausreichend Ale gestopft wird – und sich an feuchten Frauenschößen laben kann.« Er lachte bellend.

Die grauen Augen musterten ihn gleichgültig. Dem Kapitän blieb das Lachen im Halse stecken, und er räusperte sich. »Wohin wollt Ihr?«

»Nach Wareham. Anderthalb Meilen westlich davon.«

Der Kapitän erstarrte. »Was? An *der* Küste könnte sich nicht mal ein Schwarm Fische zurechtfinden! Nein, das Risiko kann ich nicht eingehen ...«

Der Fremde beugte sich unerwartet schnell vor. Im nächsten Moment steckte seine Hand unter dem Mantel des Kapitäns, und er zog den Geldbeutel hervor. »Dann wird eben jemand anderer das Risiko eingehen ... und das Geld nehmen.«

»Also ... Sir, also gut, ist ja gut«, jammerte der Kapitän. Er leckte sich über die Lippen, während er auf den Geldbeutel starrte, den der Fremde zwischen ihnen in der Luft hin und her baumeln ließ. »Ich hab ja nicht gesagt, ich würd's *nicht* eingehen, bloß dass es unklug wäre, Mylord …« Ungewollt war ihm diese Anrede entschlüpft. Aber was konnte dieser geheimnisvolle Fremde anderes sein als ein Lord, der ihm gewiss nur Ärger einbringen würde? »Und Ihr könnt mich nicht dafür verantwortlich machen, falls ein Unglück geschieht.«

Er sah die Zähne des Mannes aufblitzen, als dieser grimmig lächelte. »Ich werde viele unkluge Dinge tun, Kapitän. Und ich werde nicht von Euch verlangen, dafür geradezustehen. Morgen früh um sechs werde ich mit meinen Männern hier sein.

»D'accord«, brummte der Kapitän. Mit einem erleichterten Seufzen steckte er den Geldbeutel wieder ein.

Die dunkle Gestalt wandte sich ab. »Wir haben Pferde dabei.«

»Also, was um alles …« Der Kapitän verstummte, als er sich umwandte und sah, dass er allein auf dem Kai stand. Der Fremde war in der Dunkelheit verschwunden.

Kapitel 1

Sechs Monate später, Oktober 1152
London, 250 Meilen südlich des Stammsitzes derer von Everoot, genannt das Nest

Das Gedränge war beängstigend. Die Gäste mochten allesamt Adelige sein, aber sie waren genauso laut und derb wie eine Horde betrunkener Tagelöhner.

Sie trug ein grünes Kleid aus kostbarer Seide, die wie ein smaragdgrüner Wasserfall schimmerte. Das Mieder schmiegte sich so eng um ihren Leib wie die Ärmel ihre Arme bis zu den Ellbogen umschlossen, ehe sie sich weit auffächerten und in eleganten Falten ihre Handgelenke umspielten. Das ebenholzschwarze Haar fiel ihr in Locken bis weit auf den Rücken, nur einzelne Strähnen umschmeichelten ihre Wangen. Ein dünner Silberreif um ihre Stirn hielt den zarten Schleier aus hellgrüner Spitze fest. Nach außen war sie das Musterbeispiel einer sittsamen Frau von bester Abstammung und von außergewöhnlicher Schönheit.

In ihrem Innern jedoch herrschte Aufruhr, und ihre Nervosität drohte überzukochen.

Guinevere de l'Ami, die Tochter des erlauchten Grafen von Everoot, stand dicht an der Wand des Saales und umklammerte ihren leeren Weinkelch so heftig, dass ihre Knöchel weiß hervortraten. Einem vorbeigehenden Baron lächelte sie gleichgültig zu, woraufhin dieser auf sie zusteuerte und ganz und gar nicht gleichgültig lächelnd seine grau verfärbten Zähne zeigte. Gwyn sank das Herz. Ein junger Knappe ging an ihr vorbei. Sie beugte sich vor.

»Darf ich?«, fragte sie mit einem Lächeln und nahm ihm den Weinkrug aus der Hand.

Sein bartloses Kinn sackte herab. Er starrte erst auf seine Hand, dann auf Gwyn, die sich bereits ihren Weg durch die Menge bahnte, den Weinkrug fest in den Händen haltend. Sollte jemand versuchen, ihn ihr wegzunehmen, würde sie ihn auf dessen Kopf zerschmettern.

Sie fand eine kleine Fensternische direkt neben der neuesten Errungenschaft in diesem alten, zugigen Gemäuer: einer Feuerstelle. Sie versuchte, zwei Dinge zugleich in die Tat umzusetzen: mit der Wand hinter ihrem Rücken zu verschmelzen und sich ordentlich zu betrinken. Sie verzog das Gesicht, weil der Wein tranig schmeckte, nahm dann aber doch einen großen Schluck.

Um sich für das Kommende zu wappnen, gab es viele Möglichkeiten.

Hingegen gab es nur wenige Orte, genauer gesagt, nur wenige so *großartige* Orte, die besser als dieser dazu geeignet waren, sich mit Wein zu stärken. Sie befand sich auf dem Fest des Königs, das dieser am Ende einer zermürbenden Woche voller Sitzungen mit seinen mächtigen Ratgebern gab. Männer wie der reiche Graf von Warwick oder der mächtige Graf von Leicester waren zu diesem Fest gekommen. Männer, die so viel Macht hatten wie ihr Vater. Es waren die wenigen, unschätzbar wertvollen Getreuen, die dem König inmitten dieses schrecklichen, blutigen Bürgerkriegs geblieben waren.

Seit sechzehn Jahren war der englische Adel nun schon in zwei Lager gespalten. Familien waren auseinandergebrochen, Freundschaften zerstört worden, Erbschaften verloren gegangen. Räuber beherrschten die Straßen und plünderten die Dörfer. Hinzu kam, dass das Land ausblutete und verdorrte. Aber jetzt würde es noch schlimmer kommen.

Die Nachricht verbreitete sich bereits: Der mächtige Graf

von Everoot war gestorben. Und seine Erbin, Guinevere de l'Ami, war eine alleinstehende Frau.

Sie stürzte den nächsten Schluck Wein herunter.

In dem großen, weitläufigen Saal dieser Londoner Festung war es mit Einbruch der Dämmerung dunkler geworden. Als die Sonne sich dem Horizont näherte, verströmte sie ein letztes Mal einen rosafarbenen Hauch, der durch das offene Fenster neben Gwyn fiel und den Saal in ein Licht tauchte, das sie an verblühende Rosen erinnerte. Und an Blut, das sich mit Wasser mischte.

Gwyn schenkte noch mehr Wein in ihren Kelch und dachte verdrießlich darüber nach, wie sie in diesem Moment daran Gefallen finden konnte, so blutrünstige Beschreibungen für einen Sonnenuntergang zu ersinnen.

Vielleicht führte die Tatsache, dass sie vor nicht einmal zwei Wochen ihren geliebten Vater verloren hatte, zu einem so unlogischen Verhalten, dachte sie erschöpft.

Aber wenn dann auch noch die eigene Burg belagert wurde, konnten solche Gedanken durchaus aufkommen. Selbst wenn man auf dem Fest des Königs weilte, 250 sichere Meilen von dieser Burg entfernt. Und doch brach es ihr schier das Herz.

Sie hätte es wissen müssen.

Marcus fitzMiles, Lord d'Endshire, hatte die Woche nach dem Tod ihres Vaters genutzt, sie mit seiner Aufmerksamkeit und Fürsorge zu überschütten wie ein Almosenier. Schon da hätte sie ahnen müssen, dass etwas Schreckliches auf sie zukam. Marcus fitzMiles war der nächste Nachbar und Verbündete ihres Vaters. Er war aber auch der habgierigste Baron in König Stephens vom Krieg gebeutelten Reich und fraß die kleinen Lehen auf wie Pinienkerne. Und bis Gwyn am Vorabend in London eingetroffen war, hatte er als Einziger gewusst, dass ihr Vater gestorben war. Der einzige Mensch, der wusste, wie ungeschützt Everoot jetzt war. Wie ungeschützt *Guinevere* war.

Sie hätte es wissen müssen.

Sie hob das Kinn und starrte blind vor sich hin. Ihre Augen brannten. Sie durfte das nicht zulassen. Nicht so schnell nach Papas … Nein, nicht so bald. Ihr Hals schmerzte, und sie kämpfte gegen die Enge in ihrer Kehle an, die sie würgen ließ. *Nicht jetzt.*

Sie hatte es ihm versprochen.

Andererseits habe ich an Papas Totenbett so manches Versprechen gegeben, das ich schlichtweg nicht verstanden habe, dachte sie verzweifelt. Aber man stritt nicht mit dem sterbenden Vater, wenn er darum bat, die Schatulle mit den Liebesbriefen, die er und ihre vor langer Zeit verstorbene Mutter sich geschrieben hatten, wie einen Schatz zu hüten. Oder wenn er sagte, er hätte sich geirrt, so schrecklich geirrt. *(Was hatte er nur damit gemeint?)* Oder wenn er sie flehentlich um etwas bat mit Worten, die er nur noch unverständlich hatte herausbringen können:. »Rade. Guh. Saw.« Was auch immer das hieß. Sie hatte neben seinem Bett auf dem kalten Steinboden gekniet und ihm alles versprochen.

Gwyn schluckte schwer. Anspannung, Angst und ein altes, sehr altes Gefühl der Scham verbanden sich in ihr zu einer rot glühenden Flamme. Sie krampfte die Finger um den Stiel des Weinkelches. *Wo blieb denn nur der König, verdammt?* Jede Minute, die verstrich, war eine Minute mehr, die fitzMiles blieb, um seinen bisher größten Happen zu verschlingen: Gwyns Zuhause.

Sie brauchte mehr Wein, drehte sich um – und lief direkt in Marcus fitzMiles hinein, den Graf d'Endshire.

»Himmel noch mal!«, rief sie ungehalten, als Wein über den Rand ihres Kelches schwappte. Einige Barone schauten zu ihr hin.

»Lady Guinevere«, begrüßte Marcus sie mit sanfter Stimme und nahm ihr den Kelch aus der tropfnassen Hand.

»Gebt her.« Sie entriss ihm den Kelch.

Ein routiniertes Lächeln umspielte seinen Mund. Er breitete die Arme aus und mimte die verwirrte Unschuld. »Aber selbstverständlich, Mylady. Ihr dürft so viel haben, wie Ihr wollt.«

»Vielen Dank, dass Ihr mir zurückgebt, was mir gehört. Wie auch das Nest.«

»Ahhhh.« Er neigte den Kopf leicht nach vorne. »Ihr habt also davon gehört.«

»Gehört? *Gehört?*«

Marcus warf einen flüchtigen Blick in die Runde. »Ja, in der Tat. Ihr habt davon gehört. Wie auch jeder andere davon erfahren wird, wenn Ihr Eure Stimme nicht mäßigt.«

»Ich soll meine *Stimme* mäßigen? Seid versichert, dass meine Stimme sich so laut erheben wird, dass selbst der König mich hört, Marcus. Oder jeder andere, der zuhören will. Bis Euch die *Ohren* klingen!«

Kühl betrachtete er sie von oben bis unten. »Gut möglich, dass Ihr diejenige seid, die brennt, Gwyn.«

Ihre Augen verengten sich zu engen, funkelnden Schlitzen. Ihre Finger, die den Stiel des Weinpokals hielten, verfärbten sich weiß. Wäre der Kelch ein Mann gewesen, er wäre jetzt eines grausamen Todes gestorben. »Ich? *Brennen?*«

»Wiederholt Ihr denn alles, was ich sage?«, monierte er mit gerade dem richtigen Maß Neugier, sodass sie den Mund zumachte.

»Dann machen wir es anders. *Ihr* wiederholt jetzt, was *ich* sage, damit wir sicher sind, dass *Ihr* es begreift, Marcus«, sagte sie mit gefährlich leiser Stimme. »*Ihr werdet das Nest niemals besitzen.*«

Er schüttelte den Kopf und lächelte so sanft, als geruhte er, ein Kind zu korrigieren, das sich irrte. »Nein, Mylady, Ihr missversteht mich. Ich ging davon aus, dass Eure Burg des Schutzes bedurfte, während Ihr und so viele Eurer Ritter abwesend wart.«

»Ihr habt Eure Armee zum Nest geschickt, um mich zu *beschützen*?«

»Im Grunde genommen, liebe Guinevere, scheint Ihr gut beschützt zu sein, weil Euch eine stattliche Anzahl Kämpfer zur Seite steht. Eine erkleckliche Zahl, wenn ich das so sagen darf, mit der Ihr in die Stadt eingezogen seid. Und eine kluge Entscheidung, denn so habt Ihr jeden, der nach dem Tod des Grafen an der Stärke von Everoot zweifeln könnte, gleich eines Besseren belehrt. Nein, Mylady, *Ihr* seid wahrlich gut bewacht.« Sein Mund verzog sich erneut zu einem Lächeln. »Es war Eure *Festung*, auf die das nicht zutraf.«

Sie ballte die Hände zu Fäusten. Der Pokal in ihrer Hand neigte sich, und der Wein floss auf den Fußboden. Sie schenkte dem keine Beachtung.

»Bauern und Dummköpfe haben sich vielleicht von Eurer Machtdemonstration beeindrucken lassen, mit der Ihr in die Stadt eingezogen seid«, fuhr er fort. Dann machte er eine Pause. »Ich allerdings nicht.«

»Was im Umkehrschluss bedeutet, dass Ihr Euch nicht für einen Dummkopf haltet, Marcus«, zischte sie. »Aber Ihr irrt. Ich weiß, was Ihr vorhabt, und mein König wird davon erfahren.«

»Bedenkt, Gwyn, dass er auch mein König ist.«

Das klang eindeutig nach einer Drohung. Die knisternde Spannung ließ sie eine Winzigkeit zurückweichen. Ihre Lippen bewegten sich kaum, als sie erwiderte: »Ich bin sicher, König Stephen wird mir Gehör schenken.«

»Vielleicht hat er ja bereits *mir* Gehör geschenkt.«

In ihrem Hinterkopf begann ein Summen. Der Raum neigte sich leicht zur Seite und kippte, wie auch ihre Beine wegzuknicken schienen. »Was meint Ihr damit? Er hat nicht zugestimmt ... Er wird nicht zulassen, dass Ihr mir mein Land nehmt!«

Sein Mund verzog sich zu einem mehr als nur beunruhigenden Lächeln. »Vielleicht lässt er mich ja mit Eurer Hand anfangen.«

Die Welle kam mit sanftem Pochen und flutete so machtvoll über sie hinweg, dass sie nichts mehr hörte als diesen langsamen hämmernden Rhythmus. »Wovon redet Ihr?« Ihre Stimme war kaum mehr als ein Wispern.

Er hob eine Braue. »Eure Hand. Gereicht zum Ehebund.«

Der Kelch fiel scheppernd zu Boden. »Niemals«, flüsterte sie und wich entsetzt vor ihm zurück. »Nein, nie. Niemals! Ich werde Euch *nie* heiraten!«

»Nicht einmal dann, wenn Eure Festung auf dem Spiel stünde?«

»Um Himmels willen.«

»Natürlich wäre es, meinen guten Willen vorausgesetzt, ein Leichtes für Euch, für das Wohlergehen Eurer Leute zu sorgen.« Das Lächeln schwand. Es blieb nur der hungrige Blick. »Was ich ihnen zusichern könnte, wenn es mir auch gut ginge. Dank ihrer Herrin.«

»Ihr seid verrückt.« Sie begann sich durch die Menschenmenge vorwärtszukämpfen. Bloß weg von ihm. Überraschte Gesichter blickten zu ihr herunter, als sie Männer aus dem Weg schob. »Was mein Vater auch in Euch gesehen haben mag, es war eine Lüge.«

»Er sah einen Alliierten, Gwyn. Einen, mit dem man es sich lieber nicht verscherzte. Ich habe meine Ritter ausgesandt, um das Nest zu beschützen.«

»Ich weiß. Und jetzt seid Ihr hier allein. Mit mir.«

Gwyn schlug eine Hand vor den Mund.

Sie konnte diesen Wahnsinn einfach nicht glauben. Das Blut wich aus ihrem Gesicht, sackte in ihrem Körper nach unten. Ihre Knie wurden weich. Marcus beobachtete sie mit verschleiertem Blick.

Lieber Gott, er hatte geplant, sie hier in London zu heiraten! Er hatte nie vorgehabt, das Nest mit Gewalt einzunehmen, sondern hatte es sich durch Heirat aneignen wollen. Die Belagerung war nur eine List gewesen, damit sie genau das tat, was sie bereits getan hatte. Jetzt war sie schutzlos seiner Gnade ausgeliefert, und das war schon in besseren Zeiten keine gute Sache.

Nein, das war nicht möglich! Konnte er so gerissen sein?

Die Antwort konnte sie sich selbst geben. Höchstwahrscheinlich, ja. Vermutlich sogar noch gerissener, als sie sich vorstellen konnte.

Sie fühlte sich krank. Nicht schon wieder. Zwölf Jahre der selbst auferlegten Buße hatten keine Veränderung gebracht. Zwölf Jahre, in denen sie jeder wankelmütigen Laune widerstanden und jedes Gefühl niedergerungen hatte. Und jetzt wurden ihre Handlungen schließlich doch von Intuition und Gefühlen geleitet. Sie war impulsiv und leichtsinnig ...

Wie viele Menschen mussten noch ihretwegen sterben?

Sie drehte sich abrupt um und machte zwei Schritte, ehe sie mitten in der Bewegung erstarrte, weil jetzt König Stephen am anderen Ende des Saals auftauchte.

Er eilte direkt in ihre Richtung. Die Menge teilte sich vor ihm wie ein Fluss aus Samt und Seide. Er marschierte an großen Adeligen vorbei, die leicht lächelten, an reichen Bürgern, die höflich nickten. Direkt auf sie zu. Gwyns Knie gaben fast unter ihr nach. Ihre Gedanken rasten.

Als er neben sie trat, nickte Stephen von Blois mit einem schmalen Lächeln Marcus zu, dem es irgendwie gelungen war, hinter Gwyn zu treten. Sie spürte seine Kälte, die wie ein gefrorener Fluss in ihren Rücken schnitt und ihr das Blut in den Adern erstarren ließ. Ehe sie mehr tun konnte, als ihren König wie ein Tölpel anzustarren, hob er ihre rechte Hand an seine Lippen.

Was fiel ihr nur ein, dass sie ihm direkt in die Augen blickte? Sie sank in einen tiefen Knicks nieder.

»Lady Guinevere.«

»Mein König«, hauchte sie ehrfürchtig. Papa hatte in den letzten sechzehn Jahren oft von diesem Mann gesprochen und ihr erzählt, wie er die Krone an sich gerissen hatte, nachdem der alte König gestorben war. Wie er Mathilda, die rechtmäßige Erbin des Throns, verbannt und die besten Truppen ganz Englands aufgeboten hatte, um seinen Herrschaftsanspruch zu sichern. Wie er die rebellierenden Lords und geldgierige Bürger in den letzten zwei Jahrzehnten in ihre Schranken verwiesen hatte. Und jetzt stand er nur wenige Zoll von ihr entfernt und drückte seine Lippen auf ihren Handrücken.

Und hinter ihr stand Marcus.

»Ich habe Euer Geschenk erhalten«, sagte der König und berührte ein Gesteck aus getrockneten Rosenblütenblättern, das er an dem Innenfutter seiner Weste befestigt hatte. Gwyn hatte ihm die seltene Rose von Everoot geschickt, die zweimal im Jahr blühte. Sie hatte zugleich ihre jährlichen Unterstützungszahlungen an den König geleistet.

Sie hob den Blick und schaute ihn aus Augen an, die so rund waren wie der Stopfen in einem Fläschchen. »Es war wohlgewählt, Euer Gnaden«, stammelte sie.

»Es kam mit einer Nachricht.«

»Ja, mein Herr«, murmelte sie und neigte erneut den Kopf.

»In der stand, ich könne mir der unsterblichen Treue der Erbin von de l'Ami gewiss sein.«

Sie neigte den Kopf noch tiefer. »Es ist nur ein geringes Zeichen meiner tiefen Ergebenheit und der unverbrüchlichen Beständigkeit Eurer nördlichen Provinz, Mylord.«

»Und ein schönes Zeichen, Herrin. Eines, an das ich mich erinnern werde, sobald ich der Unterstützung bedarf.« Mit einer leichten Berührung seiner Hand half er ihr, sich aufzurichten.

»Die Treue Eures Vaters war unerschütterlich, und ich werde ihn vermissen. Er war mein Freund.«

»Wie es unser Name schon sagt«, murmelte sie.

»De l'Ami«, besann sich der König mit einem schmalen Lächeln. »*Ein Freund*, das war er wirklich.«

»Mein Vater hätte sich geehrt gefühlt, hätte er Euch so reden hören können. Dass er nun von uns gegangen ist, bereitet mir große Pein, aber die Möglichkeit, Eurem Willen zu gehorchen, lindert diesen Schmerz, Euer Gnaden. Ich stehe Euch jederzeit zur Verfügung.«

Die dunklen Augen des Königs betrachteten nachdenklich ihren gesenkten Kopf. »Ich werde mich daran erinnern.«

»Mylord«, murmelte Gwyn. Ihr Gesicht war leichenblass, als sie sich aufrichtete. Es hatte sich keine Gelegenheit ergeben, ihn im Gespräch um eine persönliche Unterredung zu bitten. Er schob sich bereits wieder durch die Menschenmenge.

Sie wollte ihm folgen, als Aubrey de Vere, einer der engsten Ratgeber des Königs, sich ihr in den Weg stellte. Der Graf von Oxford hatte eine wechselvolle Vergangenheit, in der er seinen Treueschwur beständig einem anderen Herren geleistet hatte. Aber ihre Väter waren zusammen auf dem Kreuzzug gewesen, und Gwyn spürte, wie ein leiser Funke Hoffnung in ihr aufflackerte, als er ihre Hände umfasste und mitfühlend drückte.

»Mylady, bitte lasst mich Euch mein aufrichtiges Beileid ausdrücken. Wie sehr es mich betrübt hat, vom Tod Eures Vaters ...«

»Mein lieber Lord Oxford«, unterbrach sie ihn und schloss ihrerseits die Hände um seine. »Ich muss dringend eine Audienz beim König haben. *Sofort.* Könnt Ihr mir das ermöglichen?«

Er drückte ihre Hände. »Natürlich, Mylady«, sagte er beruhigend. »Es wird das Erste sein, was ich in der Früh für Euch tun werde. Ich werde die Termine des Königs sichten und ...«

»Nein. Ich muss ihn jetzt sofort sprechen.« Sie drängte nach vorn und versuchte, über Oxfords breite Schulter einen Blick auf den König zu erhaschen. Sie bedrängte ihn so unnachgiebig, dass sie sich tatsächlich fast an ihm hätte vorbeischieben können, wenn er auch nur einen Zoll nachgegeben hätte.

»Aber, Mylady«, sagte er mit weicher, ruhiger Stimme, als wollte er sie beschwichtigen. Stattdessen stellten sich ihr die Nackenhaare auf. »Der König kann jetzt nicht. Er hat zu viele Verpflichtungen, denen er sich heute Abend widmen muss.«

»Das ist doch lächerlich«, widersprach sie. »Er ist doch da vorne. Es wird nur ...« Sie verstummte, als ihr gleichzeitig zwei Dinge bewusst wurden. Erstens: Der König war nicht mehr zu sehen. Er war erstaunlich schnell davongeeilt, ob auf eigenen Wunsch oder auf Drängen anderer, vermochte sie nicht zu sagen. Und zweitens: Der Graf von Oxford und Marcus blickten einander über ihren Kopf hinweg an. Oxford nickte kaum merklich.

Ein kalter Angstschauder lief Gwyn den Rücken hinunter. Das Herz hämmerte ihr in der Brust. Der Graf senkte den Blick und verbeugte sich mit einer übertrieben höflichen Geste. Sein aalglattes Lächeln klebte geradezu auf seinem Gesicht.

»Euer Anliegen ist das Erste, um das ich mich morgen Früh kümmern werde, Mylady. Ihr habt mein Wort. Würde es Euch etwas ausmachen, über Nacht in der Residenz des Königs zu bleiben, damit Ihr am Morgen schnell zur Stelle seid? Nein? Nun schaut doch nicht so erschrocken drein, Mylady, es war nur eine Frage. Nun, dann bis morgen früh.«

Er bewegte sich durch die Menge wie ein Schiff, das durch das Meer pflügt. Gwyn fuhr herum. Kälteschauer krochen über ihre Haut, spannen ein Netz aus prickelndem Entsetzen. Das war doch nicht möglich. Heiliger Judas, das konnte doch nicht sein.

Marcus' Stimme erklang dicht an ihrem Ohr. »Wisst Ihr, Gwyn, der König glaubt, Eure Treue zu ihm wird auch *mich* an ihn binden. Aber wer kann schon sagen, ob das so sein wird?

Wenn jedoch eine so schöne Frau wie Ihr zu Hause auf mich wartet ...« Er wickelte eine Haarsträhne um seine Finger. »Vielleicht könnte ich dann ein gewisses Maß an Loyalität in meinem Herzen finden.«

Sie trat ihm wütend auf den Fuß und lief davon.

Nachdem er in der Menge nach ihr gesucht und seine Nase, auf der Suche nach der grünäugigen Schönen in jeden Mauerriss und jeden Winkel gesteckt hatte, musste Marcus fitzMiles sich schließlich eingestehen, dass sie verschwunden war. Die kleine Närrin.

Sie glaubte allen Ernstes, ihn so leicht loszuwerden? Nicht, solange eine Grafschaft auf dem Spiel stand. Und erst recht nicht, wenn es um ein Anwesen ging, das ihm immerhin um die zweitausend Pfund im Jahr einbringen würde. Oh nein. Selbst wenn die Gräfin ein hässliches Weib mit zusammengewachsenen Augenbrauen gewesen wäre – die Grafschaft Everoot wäre es allemal wert, diese Qual auf sich zu nehmen.

Zum Zeitpunkt des überraschenden Todes von Ionnes de l'Ami – das Ereignis lag jetzt zwei Wochen zurück – war Marcus Gast auf der Burg gewesen. Er hatte sogleich den Entschluss gefasst, sich das Nest mitsamt der Erbin zu schnappen. Dieses Küken mit den rabenschwarzen Haaren war einfach zu verführerisch, um es einem anderen Mann zu überlassen.

Aber zu seiner Überraschung hatte er feststellen müssen, dass er auf den rechten Augenblick warten musste. Lady Guinevere hatte ihre Flügel vielleicht noch nie erproben können, aber man hatte sie ihr auch noch nie gestutzt. Was ihr an Führungserfahrung fehlte, vermochte sie durch die Fähigkeit wettzumachen, Loyalität zu wecken. Ihre Ritter waren wie eine Meute wilder Hunde. Marcus hatte war klar geworden, dass er die Männer umhätscheln und umsorgen musste, obwohl er ihnen am liebsten einen Tritt verpasst hätte, damit sie von hier zu den *Cinque Ports* flogen.

Darum hatte er abgewartet. Er hatte neben Lady Guinevere gestanden, als ihr Vater in der Familiengruft beigesetzt wurde, hatte ihr sein Beileid ausgedrückt – was sie mit einem finsteren Blick quittiert hatte – und ihr angeboten, ihr mit Rat und Tat bei der Verwaltung des Lehens zur Seite zur stehen. Sein Angebot war mit gleichgültiger Verachtung abgelehnt worden. Er hatte das mit Anstand und lächelnd ertragen, doch bei der Erinnerung daran schmerzte ihm noch jetzt der Kiefer. Und er hatte gewartet. Auf den richtigen Augenblick.

Aber jetzt war das Warten vorbei. De l'Ami war tot, die Soldaten von d'Endshire standen vor den Toren der Burg Everoot, und König Stephen befand sich in einem Zustand zunehmender Verwirrung, der es ihm unmöglich machte, mehr als kraftlosen Widerstand zu leisten, wenn Marcus das Nest übernahm. Wenn überhaupt Widerspruch vom König kam. König Stephen hatte Marcus' Bitte, Guinevere heiraten zu dürfen, abgewiesen. So ein Dummkopf! Aber solange die Countess anderes glaubte, war das für ihn umso besser. Es war dann einfacher, sie zu überreden.

Aber ob einfach oder nicht, Guinevere würde seine Frau werden. Die Wurzeln des Stammbaums der Familie Everoot reichten weit zurück in der Geschichte dieses Landes, und die Äste dieses Baumes umfassten verschiedene Anwesen und Forstrechte von Schottland im Norden bis hin zur Irischen See. Und in Northumbrien, im Herzen des Heidelandes, lag das Nest.

Und dieses schlagende Herz barg einen Schatz in sich, der faszinierender war, als man es sich vorstellen konnte.

Ein letztes Mal ließ Marcus den Blick über die Menschenmenge gleiten. Guinevere war tatsächlich verschwunden.

Voller Wut hätte er am liebsten ausgespien. Rücksichtslos bahnte er sich einen Weg durch die Menschenmenge, bis er vor den großen Holztüren auf einen seiner Männer stieß. »Sucht die Countess d'Everoot. Vermutlich ist sie in ihrer Unterkunft in Westcheap. Haltet sie dort fest, bis ich komme.«

Der Ritter wandte sich zum Gehen, doch Marcus packte ihn an der Schulter und drehte ihn grob zu sich herum.

»Und schickt nach einem Priester«, zischte er.

Kapitel 2

Zwanzig Minuten später trat d'Endshire die Tür zu den Räumlichkeiten in Westcheap auf. Er streifte die Kapuze vom Kopf und verharrte einen Moment lang regungslos im Schein der Fackeln. Dann sah er den finster dreinschauenden Ritter an, der neben der Tür stand.

»Sie ist verschwunden, de Louth?«, fragte er.

Die Räume sahen aus, als wäre ein Sturm hindurchgefegt. Was sich in den Regalen befunden hatte, war herausgerissen und in wilder Unordnung auf dem Boden verstreut worden. Auf den Bänken lagen Kleidungsstücke, und die Beine eines umgestoßenen Tisches ragten im Schatten empor. Gobelins, die einst die Wände geschmückt hatten, lagen zu Fetzen zerrissen am Boden. Aber nirgendwo fand sich eine Spur der Frau.

De Louth nickte grimmig. »Sie hat alles zurückgelassen.« Um seine Worte zu unterstreichen, hob er ein Stück hauchdünner goldgelber Seide hoch, das auf der Treppe zu den Zimmern im Obergeschoss lag. Der zarte Stoff verfing sich an seiner schwieligen Handfläche, als er ihn prüfend hochhielt. Marcus hatte dafür keinen Blick.

»Sie war schon weg, als wir kamen, Mylord. Keine Frau, keine Diener, keine Wachen …«

»Und keine Truhen, wie ich annehme?«

»Truhen?«

»Koffer. Truhen. Kleine Holzkisten.«

De Louth schüttelte den Kopf.

»Sie ist in aller Eile abgereist, aber ich habe keine kleinen Holzkisten gesehen, die sie zurückgelassen hat – abgesehen von der einen am Fußende des Betts. Und die haben wir durchsucht. Aber seht selbst.« Marcus schob sich an ihm vorbei und stürmte die Treppe hinauf, immer zwei Stufen auf einmal nehmend.

In diesem Zimmer herrschte ein noch größeres Durcheinander. Kleider und Tuniken lagen zu großen bunten Stoffbergen gehäuft auf dem Boden. Eine Kerze war umgestoßen und ausgetreten worden, der Talg haftete als klebrige, noch warme Pfütze auf dem Boden. Marcus' Blick glitt zu der Truhe. Das Vorhängeschloss war gewaltsam geöffnet worden, der gewölbte Deckel der Truhe stand offen.

Er hockte sich auf die Fersen und betastete das zerstörte Schloss.

»Ihr habt nichts gefunden?«, fragte er mit gefährlich leiser Stimme. »Absolut *nichts?*«

De Louth schluckte. »Nur das hier.« Er hielt ihm einen kleinen silbernen Schlüssel hin, der an einer rostigen Kette hing. Marcus richtete sich auf. »Den habe ich auf dem Fußboden gefunden, Mylord. Sieht aus, als wäre er ihr heruntergefallen, als sie geflohen ist.«

»Beim Gekreuzigten«, murmelte Marcus beinahe ehrfürchtig. »Einer der geheimnisvollen Schlüssel.« Er nahm die Kette aus de Louths Hand. Seine Augen ruhten auf dem Silberschlüssel. Seine Stimme klang leise und beinahe summend. »Ich erinnere mich, diesen Schlüssel vor vielen Jahren schon einmal gesehen zu haben. Es gibt drei davon, wisst Ihr.« Er ließ die lange Kette durch seine Finger gleiten und lächelte leise.

»Nein, Mylord. Das wusste ich nicht.«

Marcus hob abrupt den Kopf. »Findet die Frau. Heute Nacht. *Sofort.*«

»Mylord.« De Louth verschluckte sich fast an dem Wort und verließ hastig den Raum. Der zarte Stoff, den er in der Hand gehalten hatte, flatterte zu Boden. Ein goldgelber Farbklecks, der sich an das dunkle Holz schmiegte. Marcus hatte kaum einen

Blick dafür, als er de Louth folgte. Er zertrat den Seidenstoff unter seinem Schuh.

Gwyn hieb dem Pferd die Fersen in die Flanken. »Es tut mir leid«, flüsterte sie und machte es ein zweites Mal.

Dampf stieg aus den geblähten Nüstern des Hengstes auf, als er wütend schnaubte und sich halb auf die Hinterläufe erhob. Seine monströsen Hufe fuhren durch die Luft, doch er beruhigte sich wieder. Große Klumpen feuchte Erde flogen auf, als er im Galopp weiterpreschte. Gwyn wurde im Sattel heftig durchgeschüttelt, und sie stieß sich am Sattelknauf, ehe sie sich wieder fing. Sie biss sich auf die Lippen, um nicht aufzuschreien, und beugte sich tiefer über den Widerrist des Pferdes. Mit zitternder, aber dennoch fester Hand lenkte sie den Hengst.

Der Sonnenuntergang war gekommen und vergangen, der Abend war zur Nacht geworden, und sie hatte sich erst knapp zwei Meilen von London und der dort auf sie lauernden Gefahr entfernt.

Als sie in ihrer Unterkunft in Westcheap angekommen war, hatte niemand sie erwartet. Auch nicht Eduard und Hugh, die beiden jungen Ritter, die zu ihrem Schutz zurückgeblieben waren, nachdem Gwyn die anderen nach Norden geschickt hatte, um die Belagerung abzuwehren. Im Haus war es unheimlich still gewesen. Sie war durch die verlassenen dunklen Räume gehuscht und war vor der großen Eichentruhe am Fußende ihres Betts auf die Knie gesunken.

Kleider und Unterwäsche und Ballen feinster Stoffe waren durch die Luft geflogen, als sie verzweifelt nach der Schatulle suchte, die ihr Vater ihr auf seinem Sterbebett anvertraut hatte. Die verschlossene, mit Schnitzwerk verzierte Schatulle enthielt Liebesbriefe, die ihr Vater ihrer Mutter geschrieben hatte, als er sich auf dem Kreuzzug befand.

Sie würde diese Schatulle auf keinen Fall zurücklassen.

Gwyn hätte fast verzweifelt aufgeschrien, als sie eine weitere Hand voll Leibwäsche über die Schulter hinter sich warf. Durch das Fenster drang das Geräusch hämmernder Schritte herein.

»Bitte, lieber Herr Jesus«, flehte sie leise. Tränen brannten in ihren Augen. Just in diesem Moment berührte ihre Hand eine weiche, dicke Filztasche. Sie griff danach und riss sich dabei einen Fingernagel an einem Eisenscharnier ein.

Ein unverständlicher Ruf hallte durch das Fenster herauf.

»Nur ein paar Türen weiter«, antwortete ihm eine Stimme.

Schweiß rann an ihrem Leib herab. Sie erhob sich rasch und griff zuletzt nach dem einzigen Beutel Silber, der ihr geblieben war. Die Schatulle glitt aus ihrer Hand, und unzählige Pergamentrollen hüpften auf den Boden. Sie schnappte nach Luft, bückte sich und sammelte rasch die Schatulle und die Pergamente auf, befestigte die Filztasche und den Beutel an ihrem Gürtel und lief die Stufen hinunter. Mit weit aufgerissenen Augen blickte sie sich um. Ihr Haar löste sich aus dem Knoten, als sie verzweifelt den Kopf schüttelte und versuchte, einen klaren Gedanken zu fassen.

Eduard und Hugh, die beiden Wachen, die zu ihrem Schutz zurückgeblieben waren, waren noch immer nirgends zu finden. Eines war jedoch sicher: Sie durfte keine Zeit damit vertun, nach den beiden zu suchen. Sie rannte in den Stall und sattelte Crack, der nervös tänzelte. Der Hengst gehörte Hugh, und er hatte ihn erst vor Kurzem erworben. Er würde tief betrübt sein, wenn er feststellte, dass sein Schlachtross verschwunden war.

»Das soll ihm eine Lehre sein!«, stieß sie wütend hervor, während sie das sensible, tausend Pfund schwere Tier zu einem Steinblock führte. Sie kletterte in den Sattel und schwang ein Bein über die Kruppe. Es blieb keine Zeit, auf ihre abtrünnigen Beschützer zu warten, und erst recht nicht für solche Feinheiten, wie darauf zu achten, einen Damensattel zu benutzen. Gwyn riss die Zügel herum und galoppierte aus dem Stallhof. Seit ihrer Heimkehr vom Fest des Königs waren weniger als zehn Minuten vergangen.

Wie alle anderen Stadttore war auch Aldersgate um diese Zeit längst geschlossen. Gwyn galoppierte darauf zu und ließ das Pferd erst langsamer gehen, als das Tor in Sicht kam. Ein saftiges Bestechungsgeld sorgte dafür, dass ihr trotz vorgerückter Stunde gestattet wurde, zu passieren. Das hieß zwar auch, dass jeder, der ihr folgte, ebenfalls die Stadt verlassen konnte, aber das war etwas, über das nachzudenken ihr keine Zeit blieb. Sie ließ das Pferd langsam durch das Tor trotten und hielt das gemächliche Tempo, bis eine Anhöhe und eine Baumgruppe sie vor Blicken schützte. Dann stieß sie Crack die Fersen in die Flanken und spürte den Wind, der an ihren Ohren vorbeipfiff.

Die Herbstnacht war kühl und feucht. Dünne Nebelschleier schwebten etwa einen Fuß über dem Boden und waberten wie geisterhafte Bänder. Cracks weit ausgreifende Vorderbeine durchschlugen die Nebelbänder und ließen sie aufwirbeln, bis sie sich um Sträucher und Bäume legten. Das einzige Geräusch, das Gwyn außer Cracks Hufschlag hörte, war der Wind, der ihr in den von der Kälte geröteten Ohren sang.

Crack stieg plötzlich, und seine Hinterhufe gruben Furchen in die Straße. Nervös schwang er den Kopf hin und her, unschlüssig, ob er stehen bleiben oder weiterlaufen sollte. Gwyn zog heftig an den Zügeln und warf ängstlich einen Blick über die Schulter. Es konnte nicht sein. Nicht so schnell.

Hufschlag. Sie hörte ihn hinter sich auf der Straße. Es waren mehrere Pferde, die in rasendem Galopp zu ihr aufholten.

Sie schlug ihrem Hengst die Zügel gegen die Schulter und veranlasste ihn dazu, einen rasanten Satz nach vorn zu machen. Die Haare klebten Gwyn schweißfeucht im Nacken. Sie zerrte heftig daran und schnappte nach Luft. Zweimal schaute sie über die Schulter zurück und versuchte, durch die langen Strähnen ihrer Haare, die ihr ins Gesicht peitschten, etwas zu erkennen. Aber sie sah nichts, nur die Nebelbänder in der zunehmenden Dunkelheit. Ihr Herz klopfte so heftig, das dessen Hämmern das Donnern der Hufe übertönte.

Als sie sich zum dritten Mal umschaute, bot sich ihr ein erschreckender Anblick. Die Silhouetten von fünf Reitern auf riesigen Schlachtrössern waren hinter ihr aufgetaucht und hatten den Kamm eines kleinen Hügels erreicht. Die Männer hatten Schwerter gegürtet, und ihre Umhänge blähten sich im Wind. Von den Leibern der heranpreschenden Pferde stieg Dampf auf. Sie sahen wie wilde geisterhafte Höllenwesen aus.

Gwyn grub ihre Fersen in Cracks Flanken. Die morastige, unebene Straße vor ihr war bei Tageslicht schon gefährlich, aber in der nächtlichen Dunkelheit war es Wahnsinn, so schnell zu reiten. Es war daher kein Wunder, dass sie fast über den Hals des Pferdes nach vorn gestürzt wäre, als Crack mit den Vorderläufen einknickte und es ihm den Boden unter den Hufen wegriss. Schlamm spritzte hoch.

Dann stürzte sie aus dem Sattel. Der Hengst warf den Kopf zurück. Seine Augen waren weit aufgerissen, rot und wild. Er kam wieder auf die Beine und stürmte davon, auf eine Baumgruppe zu. Mit Schlamm bespritzt und auf den Knien liegend blieb Gwyn zurück. Mitten auf der Straße und absolut allein.

Kapitel 3

»Lieber Gott, bitte rette mich, denn ohne deine Hilfe schaffe ich es nicht«, flüsterte Gwyn und kam stolpernd wieder auf die Füße.

Der Mond war aufgegangen, und sie sah die Schwerter der Männer aufblitzen, die ihr immer näher kamen. Einer von ihnen war ein Ritter; sie erkannte in ihm einen Angehörigen der Leibgarde Marcus': de Louth. Die anderen waren bewaffnete Kämpfer, die mit Kettenhemden und Helmen ausgerüstet waren. Gwyn stand auf und wischte sich den Schlamm von Kinn und Brust.

Die Reiter kamen näher. Der dumpfe Klang der Hufe wurde zu einem schmatzenden Geräusch, als die Pferde die riesige Schlammpfütze durchquerten, die Crack zum Verhängnis geworden war. Gwyn richtete ihren Blick auf de Louth, der zwei Längen vor den anderen ritt. Es waren fünf gegen eine.

»Lady Guinevere?«

Seine Stimme hallte unheimlich in der Dunkelheit wider. Er war nur noch ungefähr zwanzig Schritt entfernt. »Mylady? Lord d'Endshire hat uns geschickt, nach Euch zu suchen.«

»Ihr könnt ihm sagen, dass Ihr mich in bester Laune angetroffen habt«, erwiderte sie und keuchte atemlos, während sie die Röcke über ihre Knöchel zog, als wollte sie sie ordnen. »Richtet ihm meinen Dank für seine Besorgnis aus.«

Der Ritter zögerte. Er parierte augenblicklich sein Pferd, und die anderen Reiter verharrten hinter ihm wie dunkle Spiegel seiner selbst. Ihre Augen waren unter den Helmen fast unsichtbar, die Nasen von dem hakenförmigen Nasenschutz bedeckt, der von dem Helm hinabragte.

De Louth räusperte sich. »Er hat uns geschickt, um für Eure Sicherheit zu sorgen.«

»Seid versichert, Mylord, dass Lord Marcus Euch nur ausgesandt hat, um für sein *Vermögen* zu sorgen.«

De Louth berührte mit den Fersen leicht die Flanken seines Pferdes, das sich daraufhin langsam vorwärtsbewegte. Gwyn schluckte die Angst herunter, die sich in ihrer Kehle ballte. Das würde nie und nimmer gut gehen. Haare klebten an ihrem schlammverschmierten Gesicht. Sie hob trotzig das Kinn.

»Ich bin hier sicher, Sir, und ich würde es sehr schätzen, wenn Ihr mich jetzt allein ließet, damit ich ungestört meiner Wege gehen kann.«

Die Männer ritten näher zu ihr und wechselten dabei Blicke.

»Was soll der Unsinn, Mylady?« De Louths Stimme klang vor Verwunderung ganz hell. »Wir sind nicht mehr am Hofe des Königs, wo solche Höflichkeiten vielleicht etwas gelten. Ihr seid allein und steht ohne Pferd auf einer verlassenen Straße. Und da glaubt Ihr, hier sicher zu sein?«

Sie verlagerte ihr Gewicht. Morast quoll aus einem ihrer Schuhe. »Sicherer als bei Eurem Lord, denke ich. Darum werde ich einfach hierbleiben und warten, bis mein Pferd zurückkommt.«

Der Ritter lachte. Ein leises, amüsiertes Lachen, das das Vorrücken der fünf Reiter begleitete, die sich durch den Nebel langsam vorarbeiteten. »Wusstet Ihr, Mylady, dass seit gestern früh das Gerücht kursiert, einer von Henris Spionen würde sich auf diesem Teil der Straße herumtreiben? Was glaubt Ihr wohl, wird er tun, wenn er eine wie Euch hier allein vorfindet?«

»Vielleicht dasselbe wie Ihr? Er wird mich auf den Rücken eines Pferdes werfen und mich irgendwo hinbringen, wo ich nicht sein will?« Sie schob die Ärmel ihres Kleids nach oben, die jedoch sofort wieder bis zu ihren Handgelenken hinabrutschten. Es waren weite bestickte Ärmel, die sie im Augenblick mehr behinderten, als sie ihr nützlich waren. »Mir ist bereits klargeworden, was mich bei Lord Marcus erwartet, und ich ziehe das Risiko vor, dem normannischen Wegelagerer zu begegnen.«

»Es ist nur die Frage, was der Baron dann tun wird, Lady Guinevere.« Sein stählerner, konisch geformter Helm ragte jetzt dicht vor ihr auf, und seine Worte kamen, begleitet von dichten Atemwölkchen, darunter hervor. »Jedenfalls ist so gut wie sicher, dass er etwas unternehmen wird, wenn Ihr ihm Widerstand leistet.«

»Aber nur, wenn Ihr mich zu ihm zurückbringt.«

Schweigen senkte sich über die kleine Gruppe, als sie im Nebel verharrte. Dann führte de Louth seine Männer vorsichtig weiter. Alle paar Schritte parierte er sein Pferd, als wäre sie ein verwundetes Tier, das es langsam in eine Falle zu locken galt. Die Hufe der schweren Schlachtrösser versanken im Schlamm, rutschten ein wenig zur Seite, ehe sie sich mit einem abscheulichen saugenden Geräusch wieder hoben.

Rechts und links von Gwyn erstreckten sich dichte Baumgruppen, die Ausläufer der ausgedehnten Wälder. Verzweifelt warf sie einen Blick über die Schulter, aber hinter ihr waren nur die einsame Straße und die Dunkelheit. Kein Haus, keine Menschenseele. Keine Möglichkeit zu fliehen.

Entschlossen hob sie ein paar Steine vom Boden auf und ging einen Schritt zurück. Die Reiter folgten ihr. Gwyn wich erneut zurück und prallte gegen einen Baum.

»Das läuft wohl nicht so ab, wie Ihr es Euch erhofft habt, oder?«, fragte der Baum.

Die kalte Angst lief ihr den Rücken hinunter. Sie schaute zu dem Mann auf, der über ihr aufragte. Die tiefschwarze Silhouette, die sich von den Nebelschwaden abhob, ließ Gwyn an ein mythisches Ungeheuer denken. Sie öffnete den Mund, aber kein Laut drang über ihre Lippen. Das Blick des Fremden war jetzt auf d'Endshires Männer gerichtet.

»Tretet hinter mich, Mylady.«

»Was?«

»Tretet hinter mich, wenn Euch nichts geschehen soll.« Für einen Moment sah der Fremde sie an. Gwyn erkannte die Linie eines festen Kinns und einer geraden Nase, ehe er den Blick wieder abwandte. »Was wollen die Männer von Euch?«

»Wisst Ihr, wer die sind?«, flüsterte sie. Ihre Lippen fühlten sich trocken an.

»Das weiß ich.« Seine tiefe Stimme klang leise und unbeeindruckt.

Gwyn sah zu den fünf Reitern, die stehen geblieben waren. Sie starrten überrascht auf den Mann, der wie aus dem Nichts aufgetaucht war, und Gwyn empfand einen Anflug von Genugtuung, und ihr Mund fühlte sich plötzlich nicht mehr so trocken an.

Mit einer Armbewegung warf der Fremde seinen Umhang zurück und stellte sich vor Gwyn. »Was wollen sie von Euch?«, wiederholte er seine Frage.

»*Sie* wollen nichts von mir. Aber Lord d'Endshire schon.«

Etwas flackerte in dem Blick auf, mit dem er sie ansah. »Marcus fitzMiles will Euch?«

»Nicht mich. Aber mein Geld.«

»Ich verstehe«, erwiderte er, während er zu Gwyns Verfolgern sah, die jetzt wieder näher rückten. »Er war noch nie für eine Überraschung gut.«

»Wer wagt es, die Verlobte meines Herrn anzugreifen?«, rief de Louth. Dem weichen Zischen der Schwerter, die aus den Schwertscheiden gezogen wurden, folgte eine tödliche Stille.

»Ich bin nicht seine Verlobte!«, rief sie de Louth zu. Dann senkte sie die Stimme. »Er hat die Männer hinter mir hergeschickt, damit sie mich zurückbringen und dafür sorgen, dass es mein Wunsch ist, ihn zu heiraten.«

»Hmmm.« Bis auf das Geräusch zurückweichender Schritte

und näher rückender Hufe herrschte Stille. »Bisher haben sie ihre Aufgabe eher schlecht erfüllt.«

»Sollten seine Männer hier scheitern, wird seine Streitmacht vor meiner Burg dafür sorgen, dass er Erfolg hat.«

»Das wäre keine Überraschung«, hörte sie ihn murmeln.

Dann, ehe Gwyn die Bewegung überhaupt wahrnahm, wich der Fremde nach rechts aus und duckte sich unter eine riesige Eiche. Als er sich wieder aufrichtete, hielt er den größten Langbogen in der Hand, den sie je gesehen hatte. Zugleich zog er einen von drei Pfeilen aus seinem Gürtel. Dann hob er den Bogen, spannte die Sehne, bis sie fast sein Kinn berührte, und blickte am Pfeil entlang auf seine Gegner.

De Louth hob einen Arm, und die ihm folgenden Reiter parierten ihre Pferde. »Wir wollen nur die Lady, du Halunke!«, rief er laut. »Wir werden dich nicht dem Sheriff übergeben oder dich anderweitig belangen. Mein Wort darauf. Gib uns einfach nur die Frau.«

Plötzlich durchbrach ein lautes Lachen die herrschende Stille. »Und ich verspreche Euch auch etwas: Ihr werdet ohne die Lady von hier verschwinden. Wenn Ihr versucht, sie mit Euch zu nehmen, wird Euer Blut die Straße Eures verlogenen Königs tränken. Ihr werdet ohne sie gehen. Und jetzt verschwindet.«

Gwyn zuckte zusammen. *Die Straße Eures verlogenen Königs?*

»Nicht ohne die Frau.«

Der Fremde senkte das kantige Kinn und sah seinen Gegner unverwandt an. »Die Lady bleibt.«

Einer von de Louths Männern trieb sein Pferd vorwärts. Das Bild des furchtlosen Ritters abzugeben schien ihm verlockender zu sein, als auf seinen Verstand zu hören. Ein Pfeil sirrte durch die Luft und drang dem Mann in die Kehle. Er rutschte röchelnd aus dem Sattel und krümmte sich im Fallen. Gwyn erhaschte einen Blick auf eine gezackte Pfeilspitze, die, in Rot gebadet, an der Nackenseite des Halses hervortrat. Ein letztes Mal zuckten die blutbesudelten Hände des Soldaten, ein erstickter Schrei erklang, dann fiel er zur Seite und blieb tot auf der Straße liegen.

Die anderen vier Männer starrten ihren Gegner überrascht an. Doch der hatte bereits den nächsten Pfeil in den Bogen gespannt. Stille breitete sich aus. Die Bedingungen waren klar: Wenn die Männer sich zurückzögen, würden keine Pfeile mehr abgeschossen. Aber sie würden nicht gehen.

»O mein Gott«, hauchte Gwyn und berührte den Fremden am Arm. »Ihr habt einen von Marcus' Männern getötet. Er wird darüber nicht erfreut sein.«

Ein gutes Stück von ihnen entfernt stieg de Louth jetzt aus dem Sattel, ging zu dem Toten und versetzte ihm einen Tritt in den Rücken.

»Was d'Endshire erfreut, war noch nie meine Sorge.«

Sie zwang sich, ihm in das von Schatten verhüllte Gesicht zu sehen. »Ihr seid entweder dumm oder verrückt. Lasst mich Euch von den Dingen erzählen, die Marcus erfreuen. Einmal war er über den Tod seines Zwergfalken so erzürnt, dass er seinen Falkner d'Aubry mit Honig beschmieren ließ und ihn dann fünf Tage lang gefesselt auf einem Ameisenhügel liegen ließ. D'Aubry ist nie zurückgekehrt. Zumindest nicht im Ganzen.«

Er sah sie an.

»Seitdem lässt Marcus zu jeder Mahlzeit Honig servieren. Gewärmten Honig«, fügte sie hinzu.

Er zuckte mit den muskulösen Schultern. »Wie ich schon sagte, sind d'Endshires Vergnügungen nicht meine Sorge«, murmelte er, und etwas, das sich fast wie Freude anfühlte, ließ Gwyn das Herz höher schlagen.

De Louth bückte sich jetzt und zog den Pfeil aus dem Toten. Er betrachtete ihn eingehend. Etwas Silbriges blitzte auf, als der Mond für einen Moment hinter den Wolken auftauchte.

De Louth ließ den Pfeil fallen und stieg wieder in den Sattel.

Gwyn zog sich ihren Umhang fester um die Schultern. »Ich sollte Euch dazu überreden, diese Angelegenheit mir zu überlassen. Geht lieber, solange Ihr noch mit heiler Haut davonkommen könnt.«

»Ich werde nicht gehen.«

»Und ich möchte nicht, dass Ihr wie d'Aubry, der Falkner, endet.«

»Was mit mir geschieht, liegt nicht in d'Endshires Ermessen.« Er sah zu ihr herunter. Sein Mund verzog sich zu einem winzigen Lächeln. »Außerdem bevorzuge ich Süßeres als Honig, Mylady.«

Sie wollte das Lächeln erwidern und hätte es wohl auch getan, wenn sie nicht das Gefühl gehabt hätte, dass es unter diesen Umständen einfach nicht richtig gewesen wäre.

De Louth richtete sich im Sattel auf, wandte sich an seine Männer und sagte leise etwas zu ihnen.

»Also dann«, sagte Gwyn und straffte die Schultern. »Wenn Ihr so sehr darauf erpicht seid, Eurem Tod ins Auge zu sehen, will ich nicht undankbar scheinen.« Keiner von beiden wandte den Blick von den mit Schwertern bewaffneten Soldaten, die leise miteinander sprachen.

»Habt Ihr eine Waffe?«, fragte der Fremde.

»Einen Stein.«

»Einen *Stein?* Wisst Ihr, wie man einen wirft?«

»Ob ich weiß, wie man einen Stein wirft? Na, hört mal! Man ... wirft ihn einfach.«

Er schnaubte verächtlich. In diesem Moment stiegen die Männer von ihren Pferden. In der Zeit, die es brauchte, einen Atemzug zu tun, hatte ihr Retter seinen Bogen abgelegt, das Schwert gezogen und sich schützend zwischen Gwyn und den Halbkreis der Angreifer gestellt.

Die Männer trugen Breitschwerter, waren aber auch mit Falchions und Dolchen bewaffnet. Sie rückten vor.

Gwyns Retter schwang sein Schwert gegen die Angreifer. Er befand sich hoffnungslos in der Unterzahl, doch das schien ihn nicht im Mindesten zu stören. Er beugte leicht die Knie und duckte sich, während seinem Blick keine Regung seiner Gegner entging. Er agierte mit einer Sicherheit und Eleganz, wie sie nur nach jahrelanger Erfahrung im Kampf möglich waren.

Einer der Männer d'Endshires versuchte einen Ausfall und zerschnitt mit seinem Schwert die Tunika ihres Retters, bevor er wieder zurücksprang. Die Tunika und der Waffenrock, auf dem kein Wappen aufgenäht war, fielen zur Seite, und ein Kettenhemd kam zum Vorschein. Er trug eine Rüstung. Eine teure Rüstung, die ihm wie auf den Leib geschnitten war. Und das schimmernde Schwert, das er führte, musste so viel wert sein wie ein kleines Landgut.

Wer war dieser reiche Wegelagerer, der sich auf einsamen Straßen herumtrieb und junge Damen rettete, die in Schwierigkeiten steckten? Wer war dieser Mann, der seinen – offensichtlich adeligen – Hals für sie riskierte?

Erneut traf Stahl auf Stahl, und Funken sprühten auf. Der nächste von de Louths Soldaten fiel zu Tode getroffen zu Boden und blieb auf der Straße liegen. Seine Kameraden wichen einige Schritte zurück, und für einen Augenblick herrschte eine Stille, in der nur das mühsame Atmen der Männer und das schmalzende Geräusch ihrer Stiefel auf der schlammigen Straße zu hören war, als sie einander umkreisten.

Allein ihre Überzahl sollte Marcus' Männern den Sieg sichern. Doch ihre Blicke huschten immer wieder zu ihren getöteten Kameraden. Keine der beiden Seiten schien gewillt, den Kampf voranzutreiben.

»Ich glaube, jetzt haben wir sie«, stellte Gwyn zwischen zwei

Atemzügen fest, während sie sich weiterhin vorsichtig hinter dem breiten Rücken ihres Beschützers verbarg.

»Haben wir das, ja?«

Sie hielt ein paar Steine fest umklammert. »Oh ja.«

Er lächelte leicht, als sein Blick sie kurz streifte. Blaugraue Augen und ein Körper, der mit so vielen Muskeln bepackt war, dass er auf Gwyn wie ein Berg wirkte. Und dann dieses Lächeln. Erneut flammte Hoffnung in ihr auf. Drei gegen einen waren allerdings kaum ein günstiges Kräfteverhältnis.

Andererseits hatte es zu Beginn des Kampfes *fünf* gegen einen gestanden.

Erneut wagte sie, ein wenig Hoffnung zuzulassen. Trotz ihrer Angst lächelte sie.

»Das hier gefällt Euch wohl?«, fragte er sie und blickte wieder zu den Angreifern hinüber. »In der Nähe der Brücke sammeln sich einige Aufständische. Ich würde Euch gern dorthin mitnehmen, wenn wir hier fertig sind.«

»Das hier genügt mir vollauf. Aber vielen Dank.«

Unvermittelt stieß er sie von sich weg, fort von den Soldaten, die immer weiter auf ihn zukamen. De Louth und seine Kumpane rückten dieses Mal in einer Reihe vor, die Schwerter hielten sie mit beiden Händen umfasst und schwenkten sie vor ihren Körpern hin und her. Sie drängten Gwyns Beschützer bis zu der ersten Baumreihe zurück. Er versank bis zu den Knöcheln im Morast.

Gwyn begann, die Männer mit Steinen zu bewerfen, und versuchte verzweifelt, sie dadurch abzulenken. Aber niemand beachtete sie. Vielleicht lag es daran, dass sie niemanden traf. Sie schimpfte auf sich selbst, klaubte noch eine Hand voll Steine auf und bedeckte die Männer mit den kleinen schmerzenden Wurfgeschossen. Ein Kiesel prallte gegen de Louths Helm.

Als würde das etwas nützen. Sie war vielleicht diejenige, die von den Männern gejagt worden war, aber jetzt zählte sie gar nicht mehr. Die Blutrünstigkeit der Männer hatte die Oberhand über ihre *Rettungs*mission gewonnen. Sie konnte ihren schweren Atem hören, als sie sich immer näher an ihre Beute heranschlichen. Sie nahmen keine Notiz von Gwyn und dem Umstand, dass sie, je weiter sie vorrückten, außer Reichweite geriet.

Ihr Held wich zurück und stolperte. Ein Knie berührte den Boden.

»Hier drüben!«, schrie sie.

Drei Augenpaare fuhren zu ihr herum. Sie lief los.

Ein Soldat stolperte zu seinem Pferd und nahm die Verfolgung auf. De Louth und der andere zögerten, weil sie für den Moment abgelenkt waren. Dieses Zögern nutzte Gwyns Retter zu seinem Vorteil. Er sank auf beide Knie, hob seinen Bogen auf und schoss in schneller Folge zwei Pfeile ab.

Der zweite traf zuerst ins Ziel und drang tief in de Louths Oberschenkel ein. Der Getroffene schrie auf und sank zu Boden. Der erste Pfeil flog weiter, ehe er sein Ziel traf.

Er durchschlug den aus Leder gefertigten Brustpanzer des Reiters in dem Moment, als der sich zur Seite beugte, um Gwyn vor sich in den Sattel zu heben. Der Mann wurde nach hinten geworfen, seine Hände zerrten an den Zügeln. Der Kopf des Pferdes wurde zurückgerissen, und das Tier sank auf die Knie und brach zusammen. Gwyn stolperte und fiel zu Boden.

Aus dem Nirgendwo kam die Hand ihres Retters und schloss sich um ihr Handgelenk.

»Kommt«, keuchte er und riss sie grob auf die Füße. Zuerst sahen sie den Dolch nicht, den der letzte Soldat aus dem Gürtel gerissen und in ihre Richtung geschleudert hatte. Es war nur ein leises Zischen zu hören. Alles um Gwyn herum schien sich zu verlangsamen. Die Stahlschneide taumelte und durchschnitt die Luft. Gwyn stieß einen leisen Schrei aus.

Ihr Retter stieß Gwyn zur Seite, ehe er selbst zur anderen

sprang. Diese Bewegung machte ihn angreifbar. Der Soldat setzte ihm nach und hob sein Schwert, als er vor ihm stand. Ihr Retter drehte sich instinktiv weg und fing den Hieb mit dem Rücken statt mit der Brust ab. Statt der Schneide traf ihn nur der Knauf des Schwertes. Dennoch war es ein erschütternder Hieb, der ihn in die Knie zwang. D'Endshires Söldner kniete über ihm und hob das Schwert, um ihm den Todesstoß zu versetzen.

So schnell, wie der schlammige Boden es zuließ, und ohne lange nachzudenken rannte Gwyn zu den Kämpfenden. Ihre Waffe war von eher zweifelhafter Durchschlagskraft. Sie hob ihren matschigen Schuh hoch.

Der Soldat blickte erstaunt zu ihr auf und drehte sich weg, um ihrem Schlag zu entkommen. Sein Schwert schlug auf dem Erdboden auf, ohne Schaden anzurichten. Gwyn schleuderte ihm ihren Pantoffel gegen die Stirn, bevor sie ihm mit aller Kraft den Bauch gegen die Schulter rammte. Die Heftigkeit dieses Angriffs wurde durch die Wut verstärkt, die sie verspürte. Sie und der Soldat flogen nach hinten.

Gwyn stöhnte, als sie landeten. Der Aufprall auf der gepanzerten Schulter des Soldaten trieb ihr die Luft aus der Lunge. Der Mann kam schnell wieder auf die Füße und hielt sich mit gespreizten Fingern seinen Kopf. Blut quoll unter seinen Händen hervor. Er starrte auf seine Hände, dann auf Gwyn, dann wieder auf die klebrige Flüssigkeit, die zwischen seinen Fingern hervortropfte.

Als er den Kopf hob, bleckte er die Zähne und brüllte so laut, dass ihr selbst aus einem halben Meter Entfernung die Haare aus dem Gesicht geweht wurden. »Du Miststück!«

Er stürzte sich auf die am Boden liegende Gwyn und drückte ihr mit einer Hand die Kehle zu. »Mein Lord ist ein Dummkopf, wenn er auch nur ein Stück von dir will, du Teufelsbraten«, keuchte er. »Ich werde ihm den Kummer ersparen.«

Gwyn konnte nicht mehr atmen, nur noch würgen. Ihr Herzschlag wurde langsamer, ihre Brust schmerzte, ihre Lunge schrie nach Luft. Sie widerstand dem Drang, das Bewusstsein zu verlieren, und kämpfte um ihr Leben. Seltsame Bilder kamen ihr in den Sinn: ihr geliebtes Pferd Windstalker, wie er Heu malmte; ihr Vater beim Nachtmahl; der Schrank, in dem sie die Gewürze aufbewahrte; die Haushaltspflichten, die zu erledigen sie versäumt hatte.

Die unglaubliche Ruhe, die sie plötzlich überkam. *Habe ich daran gedacht, die Binsen auszuwechseln?*, fragte sie sich und wusste in diesem Moment, dass ihr Leben vorbei sein musste.

Der dröhnende Schmerz in ihrem Kopf bedeutete nichts mehr. Er bedeutete nichts verglichen mit der Qual zu wissen, dass sie nach dem nächsten Herzschlag sterben würde. Ein dumpfer Schmerz zerriss ihr das Herz, und sie konnte aberwitzigerweise an nichts anderes mehr denken als an schmutzige Tischtücher.

Kapitel 4

Gwyn war kurz davor, das Bewusstsein zu verlieren, und spürte zunächst nicht, dass das schwere Gewicht nicht mehr auf ihr lastete. Erst dann nahm sie wahr, dass ihr fremder Beschützer über ihr stand. Er hielt das Schwert in seiner Rechten, und sein Gesicht war blutüberströmt.

Neben ihr lag der blutige, in zwei Hälften gespaltene Kopf des Soldaten, aus dem eine breiige Masse hervorquoll, die sich mit dem Morast vermischte.

Gwyn öffnete den Mund, aber kein Laut kam ihr über die Lippen. In einiger Entfernung hörte sie die Schritte eines Menschen, der davonlief. Ihr Retter wirbelte herum, als wollte er dem Fliehenden nachsetzen. Doch dann murmelte er ein paar unverständliche Worte und wandte sich wieder Gwyn zu.

»Ist er tot?«, wisperte sie, als könnte irgendwer sie hören, der nichts von dem lautstarken Kampf mitbekommen hatte. Als könnte noch Leben in dem zerteilten Körper sein und von ihren Worten wieder geweckt werden.

Ein Blick aus dunklen, schattigen Augen glitt über den leblosen Körper. »Ja.« Mit einem Fußtritt schob der Fremde den Leichnam beiseite und streckte Gwyn die Hand entgegen, die in einem Handschuh steckte. »Kommt jetzt.«

»Er ist ganz sicher tot?«

»Ganz und gar.« Er streckte ihr noch immer die Hand hin.

»Wirklich tot?«

»Nein, er ist nur halbtot, und er wird Euch in den kommenden Jahren ständig verfolgen. Und jetzt steht endlich auf und kommt.«

Gwyn lag flach auf dem Rücken und runzelte die Stirn. Ein

knirschender Schmerz ballte sich in ihrem Hinterkopf zusammen. »Ich habe eher Angst, er könnte mich verfolgen, wenn er *vollständig* tot ist, Mylord.«

Das brachte ihn für einen Augenblick zum Schweigen. »Steht Ihr jetzt auf oder nicht?«

»Habt Ihr denn schon so viele Männer umgebracht, dass einer mehr für Euch nichts bedeutet?«

Er richtete sich auf und blickte auf die verlassen daliegende Straße. Als er sich wieder Gwyn zuwandte, konnte sie nur am Schimmern seiner Zähne erkennen, dass er in der Dunkelheit grimmig lächelte. »Und Ihr, Mylady? Seid Ihr erst auf so wenigen Landstraßen unterwegs gewesen, dass Ihr nicht wisst, wie gefährlich es ist, allein zu reiten?«

Sie öffnete den Mund, klappte ihn aber sofort wieder zu.

»Wisst Ihr so wenig über Männer, dass Ihr glaubt, einer wie der wäre tot nicht besser dran?«

Er wies auf den Leichnam des Mannes, und sein Lächeln schwand. Er fuhr sich mit einer Hand durch das Haar und zerzauste die dunklen Locken zu feuchten Stacheln.

»Wisst Ihr eigentlich, wie erschöpft ich bin? Wie sehr ich mir einfach nur wünsche, nach Hause zu kommen?«

Er ragte vor ihrem ausgestreckten Körper auf. Aber sie hatte keine Angst vor ihm. Er hatte ihr das Leben gerettet. Wovor sollte sie sich da noch fürchten?

Ihr Verstand zählte die verschiedenen und durchaus überzeugenden Gründe auf. Vielleicht, weil er ein so beeindruckender Mann war, der nur aus harten Muskeln und durchdringend schauenden Augen zu bestehen schien? Vielleicht, weil er vier Männer in weniger Zeit getötet hatte, als sie zum Rupfen eines Hühnchens brauchte? Oder vielleicht auch, weil er in der Hand ein Schwert hielt, von dem noch immer warmes Blut tropfte?

»Steht auf.«

»Ich ... ich ...«

»*Ihr* …«, er beugte sich zu ihr herunter und packte ihre Hand, »hört nicht besonders gut auf das, was man Euch sagt.«

Er hob sie einfach vom Boden hoch, riss sie von dem Leichnam fort. Der gespaltene Schädel des Soldaten rollte zur Seite, und ein dünnes Rinnsal aus rot gefärbtem Speichel lief aus einem der Mundwinkel. Ihr Retter ließ sich auf ein Knie nieder, hob das Kinn des Toten, als überprüfte er sein Werk. Dann ging er zu den anderen toten Männern und machte bei ihnen dasselbe, ehe er sie zum Straßenrand trug.

»Uns bleibt nur wenig Zeit«, sagte er, während er die Toten zwischen den Bäumen ablegte. »Sobald de Louth die Tore von London erreicht, wird d'Endshire wissen, was geschehen ist. Und dann wird er hinter Euch her sein.«

»Oder hinter *Euch*.« Sie strich sich mit beiden Händen ihr Kleid glatt. Ihre Hände zitterten. »Es ist gut möglich, dass es ihm im Moment besser gefällt, Euch zu finden.«

Sie hörte ein scharrendes Geräusch, bevor er wieder auftauchte. Er hielt einen wertvollen Pfeil mit Eisenspitze in der Hand. Sie starrte ihn entsetzt an. Den Pfeil konnte er nur aus dem Leichnam gezogen haben.

Er hob sein Schwert auf. »Wie ich bereits gesagt habe, soll sein Vergnügen nicht meine Sorge sein.« Er verstaute den Pfeil wieder sicher in seinem Gürtel und kam auf sie zu. Das Schwert fuhr mit einem flüsternden Laut zurück in die Scheide. Er holte seinen Bogen, der unter einer Eiche gelegen hatte. Dann pfiff er.

Aus dem Nirgendwo kam das Schnauben eines Pferdes, und dann tauchte zwischen zwei hohen Eichen ein riesiges Ungetüm auf. Das Pferd sah aus, als habe die Natur sich bei dessen Erschaffung geirrt. Es schien nur aus Ecken und Kanten und krummen Beinen zu bestehen. Das Tier trug einen gebisslosen, mit Silberbeschlägen verzierten Zaum. Wieder so ein Stück, das mehr einbringen würde es als für ein ordentliches Schmiergeld für den Sheriff von Nottingham nötig wäre. Kostbarer Schmuck für ein merkwürdiges Tier.

Der Mann machte eine Handbewegung, und das Pferd kam zu ihm getrottet. Gwyn beobachtete, wie er liebevoll mit der Hand über den Hals des Pferdes strich. In der Sprache der Normannen flüsterte er seinem offenbar sehr geliebten Pferd etwas ins Ohr.

Gwyns Blick glitt ins Leere, dann blieb er an ihrem Schuh hängen, der noch immer halb versunken im Schlamm lag. Sie humpelte hinüber und hob ihn auf. Bei allen Heiligen, wie hatte sie nur glauben können, dass sie ihrem Retter mit diesem Schühchen zu Hilfe hatte kommen können?

Und was sollte sie jetzt tun? Ihr ursprüngliches Ziel, das sie so spontan ausgewählt hatte, als sie durch die Straßen Londons gelaufen war, war die Abtei von St. Alban gewesen. Aber die lag noch mindestens zwanzig Meilen entfernt. Und ohne Pferd war diese Entfernung unüberwindlich geworden.

Sie legte eine Hand gegen ihre Stirn. Alles war so schrecklich. Der Nebel, die dunkle Straße und ganz besonders der Fremde, der sie jetzt aus seinen graublauen Augen ansah. Er stand reglos neben seinem Pferd. War ihr das Blut zuvor noch heiß durch die Adern geflossen, wenn sie an ihn gedacht hatte, spürte sie jetzt nur noch eine eisige Furcht, die ihr wie ein Messerstich in den Rücken fuhr.

»Also gut«, sagte er schließlich. Seine Stimme klang in ihren Ohren wie ein betäubendes Grollen. »Was soll ich jetzt mit Euch machen?«

Die Eiseskälte grub sich tiefer in ihr Rückgrat. Was sollte das heißen: *Mit ihr machen?* Hatte sie nicht die erste Hälfte dieses Abends vor allem dafür gesorgt, dass kein Mann irgendetwas mit ihr machen konnte?

Und jetzt kam es zu diesem entsetzlichen Ende.

Sie schob den Fuß in ihren Schuh. Kalter Morast quoll an den

Seiten heraus. »Ich möchte Euch meinen Dank aussprechen, dass Ihr mich gerettet habt, Sir, aber fühlt Euch bitte zu nichts verpflichtet oder aufgefordert, noch mehr für mich zu tun.« Er zog eine Augenbraue hoch. »Ich bin Euch wirklich sehr dankbar für das Risiko, das Ihr um meinetwillen eingegangen seid«, fügte sie hinzu. »Nicht nur für Eure Person, sondern auch für den Ruf, den Ihr vielleicht genießt.«

Er schien sich um Letzteres nicht besonders zu sorgen, da er auf ihre Worte keine Reaktion zeigte. Allerdings schien er nicht besonders erfreut zu sein. Viele Möglichkeiten blieben ihr jedoch nicht. Gwyn räusperte sich.

»Ihr reitet nicht zufällig in Richtung der Abtei von St. Alban?«

Er schüttelte den Kopf.

»Nun, das habe ich mir schon gedacht.« Sie atmete tief durch. Es gab noch eine andere Möglichkeit der Zuflucht, auch wenn sie den Weg dorthin nicht kannte. Aber vielleicht kannte dieser Ritter den Weg. Natürlich war es nicht die sicherste Variante. Papa hatte immer wieder betont, dass Lord Aubrey of Hippingthorpe, dessen Landgut in der Nähe lag, ein Mann mit zwar lächerlichem Namen, aber dennoch höchst gefährlichem Temperament war.

Aber, so befand Gwyn und drückte ihren Fuß tiefer in den kalten Schlamm, der ihren Schuh ausfüllte, Gefahr war im Moment wirklich relativ, oder nicht?

Sie blickte zu ihrem Retter auf. »Ihr könnt mir nicht zufällig den Weg in Richtung Hippingthorpe Hall weisen, oder?«

Etwas in seinem Blick flackerte kaum merklich auf. »Wollt Ihr jetzt jede Behausung entlang der Straße nach York aufzählen?«, fragte er kalt.

Sie wich zurück, raffte ihren ramponierten Umhang fester um die Schultern und hob um eine Winzigkeit das Kinn. »Nein. Natürlich nicht. Ich möchte mich entschuldigen für die ... Probleme, die ich Euch bereitet habe. Darf ich Euch für die Unbill entschädigen?« Sie begann an dem Beutel mit dem Silber herumzufingern, den sie am Gürtel befestigt hatte.

»Nein.«

»Seid Ihr sicher? Eure Tunika ist zerrissen, und ...« Sie verstummte, weil er die Arme vor der Brust verschränkte und sie betrachtete, als wäre sie ein ihm bisher unbekanntes Insekt.

»Also gut«, bemerkte sie fröhlich und wandte sich um. Mit großer Würde begann sie die Straße entlangzuwandern. Eine einsame, dunkle und zerlumpte Gestalt mit nassen Röcken, die an ihren Knien klebten und die sie bei jedem zweiten Schritt von sich wegtrat.

»Eines ist gewiss: Ich habe mich auf einen merkwürdigen Weg begeben, als ich heute Abend das Haus verlassen habe«, murmelte sie und strich sich die unordentlichen Strähnen ihrer von Dreck verklebten Haare aus dem Gesicht. »Wenn ich bisher gedacht habe, ich hätte mein Leben unter Kontrolle, wurde ich heute wohl eines Besseren belehrt.« Sie tastete nach dem nassen Stoff ihres Kleides, der sich bei jedem Schritt an ihren Beinen höher hinaufschob. »Und das gefällt mir überhaupt nicht.«

Griffyn »Pagan« Sauvage blieb lange reglos stehen und starrte die Straße entlang. Wind kam auf und blies beständig unter den Saum seines Umhangs.

Das Letzte, was er jetzt brauchte, das wirklich allerletzte von allen Dingen auf dieser Welt, war eine weitere Bürde. Ausgerechnet in dieser Nacht der Nächte.

Griffyns Mission war im Grunde nicht besonders kompliziert: Er sollte England auf die Invasion vorbereiten. Er sollte die Mächtigen ködern und die Dummen bestechen. Aber er musste es auf Biegen und Brechen schaffen und alle Hindernisse aus dem Weg räumen, denn Henri fitzEmpress, der Graf von Anjou, Herzog der Normandie und rechtmäßiger König von England, war bereit, wie ein Sturm über das Land hinwegzufegen und es von der Küste im Süden bis zum Hadrianswall im Norden einzunehmen.

Vor sechs Monaten war Griffyn heimlich an der englischen Küste gelandet und hatte sich seitdem mit Dutzenden kriegsmüden Lords getroffen. Männer, deren Loyalität auf Messers Schneide stand. Er hatte sie alle überzeugt, dass Henris Schwert das schärfere war. Er hatte Dinge getan, die keinem anderen Mann möglich gewesen wären, und er plante, diese Dinge heute Nacht ein letztes Mal zu tun. Denn heute fand das wichtigste Treffen seiner ganzen Mission statt. In einer abgelegenen Jagdhütte, etwa eine halbe Meile von dieser Straße entfernt, fand ein Treffen statt. Ein sorgfältig geplantes Treffen mit Robert Beaumont, dem Grafen von Leicester und mächtigstem Baron in Stephens Königreich. Wenn es Griffyn gelang, Beaumont auf Henris Seite zu ziehen, gehörte das ganze Land ihnen.

Der Name dieser Jagdhütte? Hippingthorpe. Genau der Ort, zu dem sie gern gebracht werden wollte.

Konnte sie ihm mehr im Weg stehen? Und zwar buchstäblich im Weg?

Das Schicksal von zwei Königreichen stand bei diesem Treffen auf dem Spiel. Wenn er Beaumont überzeugte, würde England ihnen in den Schoß fallen.

Und dann konnte Griffyn endlich nach Hause zurückkehren.

Ein unerklärlich heftiger Schmerz erwachte in seiner Brust. Ein Schmerz, den der Lauf der Zeit stets gedämpft hatte, der jedoch immer da gewesen war. Nach Hause. Sanft geschwungene, duftende Hügel, dichte Wälder und Heidekraut, das überall die Moore umschloss. Berge und Seen. Wildes, vom Wind umtostes Land. *Mein Zuhause.*

Er konnte keine Ablenkung gebrauchen. Heute Nacht nicht, eigentlich nie.

Er sah der einsamen, zerlumpten Gestalt nach, die in der Ferne immer kleiner wurde. Dann fluchte er leise und wandte sich ab.

Kapitel 5

Gwyn schniefte und beschloss, optimistisch nach vorn zu schauen. Doch dann verfinsterte sich ihr Blick. Bis jetzt schien sie St. Alban kein Stück näher gekommen zu sein. Andererseits mochten aber auch erst zehn Minuten vergangen sein, seit sie ihren Fußmarsch begonnen hatte.

»Heute Nacht werde ich wohl in einem hohlen Baumstamm schlafen müssen. Hoffentlich rieche ich nicht zu verlockend für irgendwelche Wildschweine.« Sie rümpfte die Nase. »Aber so, wie ich stinke, werde ich sie vermutlich in Scharen anziehen.«

Gwyn schaute zum Himmel und zog die Stirn kraus, als sie die Wolken sah, die sich über ihr zusammenballten. »Verflixt. Das sieht nach einem Gewitter aus. Und *natürlich* wird es auch zu regnen anfangen. Warum kriege ich eigentlich nicht gleich die Beulenpest oder es fällt ein Heuschreckenschwarm über mich her? Das würde doch gut als Abschluss dieser schrecklichen Nacht passen.«

Sie zitterte vom Kopf bis zu den nassen Füßen und war völlig durchgefroren. Ihre Fingerspitzen fühlten sich taub an, und die Knie zitterten vor Erschöpfung. Gwyn hob eine Hand und wischte sich damit die Nase. Dann rieb sie sich die Augen, die sofort zu tränen begannen. »Ich werde nicht weinen«, befahl sie sich wütend. »Ich habe mir das alles selbst zuzuschreiben. Weil ich dumm, naiv und stur war.«

Sie lief weiter, watete durch schlammige Pfützen und stolperte über die Unebenheiten der Straße. Ihre Beine zitterten und drohten, unter ihr nachzugeben. In der Sohle ihres Schuhs klaffte ein großes Loch.

Gwyn setzte sich mitten auf die Straße und zerrte sich den Schuh vom Fuß. Verfluchtes Ding. Was nutzten einem Schuhe, die nicht einmal eine widrige Nacht wie diese durchstanden? Ihr Kleid war vom Ausschnitt bis zur Hüfte zerrissen, und sie versuchte, die zerfetzte Seide notdürftig zusammenzuhalten und fester um sich zu ziehen. Ihr war so kalt wie noch nie, und sie fühlte sich einsamer als je zuvor in ihrem Leben.

»Was macht Ihr da?«

Die Stimme kam von oben. Gwyn legte den Kopf in den Nacken und starrte in die schiefergrauen Augen ihres Retters. Mit lässiger Eleganz saß er auf dem Rücken seines grobschlächtigen Pferdes und wirkte vor dem schwarzen Nachthimmel und den vom aufkommenden Wind gepeitschten Bäume dunkel und geheimnisvoll. Noch geheimnisvoller als zuvor, als er wie aus dem Nichts erschienen war, um ihr Leben zu retten.

Sie hielt den Schuh hoch. »Mein Schuh hat ein Loch.«

Der Grimm, mit dem er Gwyn angesehen hatte, wich etwas anderem. »Und was habt Ihr jetzt vor?«, fragte er. Seine Worte klangen wie ein Grollen.

»Ich gehe nach Norden.« Heiße Tränen brannten in ihren Augen.

Er nickte, dann zögerte er. »Das ist ein ziemlich vages Ziel.«

Sie versuchte, ihn wütend anzublitzen. Er blieb davon unbeeindruckt und starrte sie weiter aus seinen unergründlichen Augen an. Gwyn begann sich mit kühler Würde zu wappnen. Es war ihre einzige Verteidigung gegen die Panik und die Tränen, die in ihr aufstiegen. »Ich will nichts weiter, als nach Norden zu gehen, und werde ständig von irgendwelchen Leuten bedrängt, denen das nicht passt. Kann ich nicht einfach eine öffentliche Straße entlanggehen und ...«

»Nein.«

Die Wuttränen brannten heftiger.

Sein finsterer Blick glitt über ihren Umhang. »Ihr seid auf dieser Straße nicht sicher. Schon gar nicht, wenn Ihr allein unterwegs seid.«

Sie spürte jetzt die Tränen, die heiß hinter ihren Lidern stachen. »Es mag bedauerlich sein, aber ich bin nun einmal allein auf dieser Straße unterwegs. Und es macht mir nichts aus, allein zu sein, denn das bin ich gewohnt. Was ich allerdings nicht gewohnt bin, ist, im Dreck zu sitzen.«

Er richtete sich im Sattel auf. »Dann kommt mit mir«, sagte er mit einer Stimme, die jetzt sanfter klang.

»Ich weiß doch gar nicht, wohin Ihr reitet.«

Er lachte. Ein leises, angenehmes Lachen, das ihre Furcht besänftigte. »Ihr wisst nicht, wohin *ich* reite, Mistress? Ich werde mich ins Warme begeben und mir ein Bett suchen. Wohingegen Ihr Euch in große Gefahr begebt, wenn Ihr allein weitergeht.«

»Ich bin es durchaus gewohnt, allein zu sein. Woran ich mich nicht gewöhnen kann, ist, dass meine Füße so wehtun. Oder dass mein Kleid so nass an mir klebt, oder ... *Verdammt!*«

Sie starrte auf die Straße, die sich vor ihr erstreckte. Der Wind raschelte im trockenen Gras, das am Straßenrand wuchs, und machte ein leises sirrendes Geräusch. Dunkle Wolken jagten am Himmel dahin und verbargen die Sterne. Gwyn blickte zu dem Reiter auf und stellte fest, dass er jetzt lächelte. Ihr Blick verfinsterte sich. »Ihr findet das amüsant?«

»Nein.« Er schüttelte den Kopf. Dunkel hob er sich von der Schwärze des Nachthimmels ab. »Es ist nur ... Ich habe von einem Mädchen nicht erwartet, dass es so offen ausspricht, was es denkt.«

»Ach so, *das*. Nun, ich hatte oft mit den Dingen zu tun, mit denen Männer sich ja so gut auskennen.«

Er hob eine Augenbraue.

»Schlecht zu herrschen und gut zu fluchen«, beantwortete sie seine stumme Frage mit lässigem Gleichmut.

»Gut zu fluchen«, wiederholte er nachdenklich, während sein

Blick über die auf der Straße kauernde Gestalt glitt. »Und schlecht zu herrschen. Und was noch, wenn ich fragen darf?«

»Ratlos zu sein, was die richtige Richtung angeht. Oh, und natürlich eine gewisse Neigung, niemals um Hilfe zu bitten«, erwiderte sie in mahnendem Ton.

Was ihn nicht zu bekümmern schien. Seine grauen Augen wirkten jetzt wärmer, schimmerten beinahe blau. In ihnen blitzte Heiterkeit auf. »Aber ich bin nicht verloren, Mistress.«

»Ich schon.«

»Dann dankt dem Himmel, dass ich jetzt bei Euch bin.«

Sie schnaubte recht undamenhaft, während sie sich ihren Schuh anzog und aufstand. Dass dieser Mann sich über ihre recht missliche Lage lustig machte, empfand sie mehr als frevelhaft.

Sie schaute wieder die Straße entlang, und ihr Blick fiel auf eine Hand, die aus dem Gebüsch ragte. Klein und weiß, hätte es aus dieser Entfernung alles Mögliche sein können, aber Gwyn war sich ganz sicher: Es war eine Hand. Die Hand eines toten Mannes.

Das war zu viel. Sie kniff die Augen zusammen, als eine Welle der Übelkeit sie packte. Sie würgte und machte einen schwankenden Schritt zu Seite.

Der Unbekannte stieg rasch aus dem Sattel und war sogleich an ihrer Seite, um sie zu stützen.

»Ich bin sicher, ich könnte allein weiterziehen, wenn ich mein Pferd noch hätte«, sagte sie schwach. Seine Hand ruhte auf ihrem Rücken, und seine Hüfte drückte gegen ihre. Er verzog den Mund, als wollte er etwas erwidern, sagte aber nichts.

Gwyn befreite sich aus seinem Griff. Die Wärme, die von seinem Körper ausstrahlte, beunruhigte sie irgendwie. Als sie sich von ihm löste, verfing sich ihr Haar an einem der zahllosen Metallringe seines Kettenhemds. Durch die zersausten Strähnen ihrer Haare starrten sie einander an. Dann beugte er sich mit einem leisen Seufzen zu ihr herunter und begann Strähne um Strähne aus der Umklammerung der Metallringe zu lösen. Gwyn wartete geduldig.

»Mit diesem Haar könnte man die Ladung auf einem Schiff festzurren«, murmelte er, während er einen besonders hartnäckigen Knoten löste.

Eine prickelnde, wohltuende Wärme umschloss ihr Herz, und sie seufzte. Als er den Blick hob und sie durch das Haargewirr anblickte, bemerkte Gwyn, dass er überraschend lange Wimpern hatte. »Geht es Euch gut, Mistress?«

Der Schmerz in ihrem Hinterkopf begann in ihre Stirn zu wandern. »Sehr gut.«

Er löste den letzten Knoten und strich ihr das Haar glatt, das in weichen Wellen ihr Gesicht umrahmte. »Ihr hättet doch einfach davonfliegen können.« Sie spürte seinen Atem an ihrem Ohr, als er sprach.

»W...wie bitte?«

»Ihr hättet einfach davonfliegen können, um den Häschern zu entkommen. Euer Haar ist weich wie die Federn eines Vogels und so schwarz wie das Gefieder eines Raben.«

Gwyn wollte etwas erwidern, als die Übelkeit sie erneut packte. Sie stöhnte leise, als sich ein stechender Schmerz in ihrem Kopf ausbreitete. »Mein Kopf tut weh.«

»Seid vorsichtig, wenn Ihr euch bewegt.«

Sie presste die Hände gegen die Schläfen. Bittere Galle sammelte sich in ihrem Mund. »Bei allen Heiligen, ich bin eine solche Närrin«, murmelte sie.

»Wir alle sind hin und wieder Narren. Ich selbst mehr als alle anderen.«

Sie konnte darauf nichts erwidern. Ihr Magen hob sich, schien zu brodeln und überzukochen. Beim heiligen Judas, sie konnte sich doch nicht mitten auf der Straße übergeben!

»O Gott«, stöhnte sie leise. Ihr Kopf sank zur Seite.

Der Fremde half Gwyn, sich hinzuknien. Sie stützte sich auf die Hände und hockte wie ein Hund auf der Straße. Dabei wiegte sie sich vor und zurück und stöhnte leise.

»Nun macht schon«, sagte er und hob ihr Haar hoch, das ihr ins Gesicht gefallen war. Er schob es ihr hinter die Ohren, hielt es dann aber mit einer Hand hoch, als einzelne Locken sich immer wieder lösten.

»Ich kann nicht!«, stieß sie hervor – und übergab sich.

Danach führte er sie zu einem hohlen Baumstamm, in dem sich frisches Regenwasser gesammelt hatte, und half ihr, sich Gesicht und Hände zu säubern. Er kühlte ihr den Kopf und brachte sie zweimal zum Lachen – was mehr war, als sie unter diesen Umständen hatte erwarten können.

»Also dann«, sagte sie mit zittriger Stimme, nachdem sie fertig waren. »Ich denke, wir können uns jetzt der Verteidigung der Brücke widmen.«

Einen Moment lang starrte er sie an. Dann begann er zu lachen und offenbarte seine geraden weißen Zähne. Es war ein tiefes selbstbewusstes und sehr männliches Lachen. »Sie hätten gegen uns keine Chance, Grünauge.«

Sie lächelte schwach. »Nein, nicht einmal die kleinste«, sagte sie und verlor das Bewusstsein.

Kapitel 6

Als Gwyn wieder zu sich kam, saß sie auf etwas Weichem. *Moos.* Sie fuhr mit den Fingern darüber und merkte erst jetzt, dass sie mit dem Rücken gegen einen rauen Baumstamm gelehnt saß. Ihr Retter kauerte vor ihr auf den Fersen und beobachtete sie aufmerksam.

»Wie lange?«, murmelte sie. Ihre Stimme klang gebrochen.

Er zuckte mit den Schultern. »Einen Augenblick nur oder zwei.«

»Du lieber Himmel.« Sie richtete sich kerzengerade auf. »Ich möchte mich dafür entschuldigen.«

Er stand auf und wischte seine Hände an den Oberschenkeln ab. »Das müsst Ihr nicht. Euch ist ein großer Schrecken widerfahren. Ihr hattet einen Kampf zu bestehen und hättet beinahe geheiratet. Das reicht, um jede Jungfer ohnmächtig werden zu lassen.«

»Ich bin nicht *ohnmächtig* geworden«, widersprach sie und kam unsicher auf die Füße. »Mir schwanden die Sinne, und das ist mir noch nie passiert.«

»Hmmm.«

Sie blickte ihn verdrießlich an. »Und was machen wir jetzt?«

Er rief das schwarze Ungetüm von Pferd, das ein paar Schritte entfernt stand, bei seinem Namen leise zu sich. Noir kam zu ihm, und ihr Retter schwang sich in den Sattel. Dann beugte er sich zu Gwyn hinunter und streckte ihr seine große schwielige Hand entgegen. »Ihr haltet vielleicht nicht besonders viel von Männern, Grünauge, aber zurzeit sind Eure Möglichkeiten eher begrenzt. Ich werde Euch nicht gegen Euren Willen mitnehmen ...«

»Dann …«

»Aber ich werde Euch auch nicht allein hier zurücklassen.«

Nichts hätte die Tränen jetzt noch aufhalten können. Sie strömten aus ihren Augen wie Reisende, die von einem sinkenden Schiff flohen. Sie senkte hastig den Kopf, und die Tränen flossen ihre Wangen herunter und tropften von ihrem Kinn. Sie hörte einen erstickten Fluch, dann fühlte sie sich plötzlich emporgehoben. Sie spürte das warme Fell des Pferdes, und dann saß sie auf einem noch wärmeren Schoß aus harten Muskeln. Durch den Tränenstrom hindurch begann sie, etwas zu flüstern.

»Ich muss n… nach Hause.«

»Wo ist Euer Zuhause?«

Sie schniefte. »St. Alban.«

Er zögerte nur kurz. »Was denn, Ihr seid ein Mönch? Das hätte ich jetzt nicht von Euch gedacht.«

Sie lächelte, wenn auch nur ein wenig.

»Also gut, aber da ein Gewitter heraufzieht und d'Endshires Männer sich hier herumtreiben, ist es zu weit bis dorthin«, sagte er. »Und außerdem habe ich ein anderes Ziel. Ich werde Euch an einen Ort bringen, wo Ihr es warm und trocken habt und in Sicherheit seid.«

»Aber …«

»Und ich werde dafür sorgen, dass man Euch nach St. Alban bringt.«

»Ihr versprecht es mir, Sir?«, drängte sie. »Ihr könnt nicht wissen, wie sehr es mich drängt, heimzukommen. Gebt Ihr mir Euer *Ehrenwort*?«

»Mein Ehrenwort, Mylady. Ich weiß nur allzu gut, wie es ist, zurück nach Hause zu wollen.«

»Ich werde Euch das nie vergelten können.«

»Das werdet Ihr auch nicht müssen.«

Angst und Erschöpfung verwoben sich und verdrängten jeden

Gedanken an Vernunft und Anstand. Später erinnerte sich Gwyn vage daran, dass sie Halt suchend nach dem gegriffen hatte, was ihr am nächsten war – seine zerrissene Tunika. Sie lehnte sich gegen die warme Härte seines Körpers, ohne zu spüren, dass sich die Eisenglieder seines Kettenhemdes in ihre Haut gruben. Ihre Hand glitt nach oben und legte sich um die muskulöse Säule seines Halses, um das Gleichgewicht zu wahren, und ihr Gesicht schmiegte sich an seine Brust. Alles in allem kein besonders bequemer Ritt würde das bestimmt – das nahm Gwyn zumindest an.

Doch das Gegenteil war der Fall. Obwohl seine Beine so hart und muskulös waren wie seine Arme, die sich um sie legten, fühlte sie sich auf seinem Schoß so geborgen wie auf einer Bettstatt aus weichen Pelzen. Sie hätte sich noch enger an ihn schmiegen mögen, doch das vage Wissen um den Morgen, der kommen würde, hielt sie davon ab, dem Wunsch nachzugeben.

Seine Arme umfingen sie, während seine Hände die Zügel hielten und dabei auf Noirs Widerrist ruhten. Er schnalzte hin und wieder leise mit der Zunge, und Noir reagierte darauf, indem er sein Tempo beschleunigte. Gwyn schmiegte sich enger an ihren Retter und verdrängte den Gedanken an den kommenden Morgen.

Und sie redete mit ihm. Sie redete, weil die Nacht so dunkel war und weil ein Gewitter heraufzog. Sie redete, weil ihre Angst sie zu überwältigen drohte und sie verrückt werden würde, hörte sie auf zu reden. Eigentlich war das ein guter Grund, aber nichtsdestotrotz eine schwache Entschuldigung dafür, ihm von den banalen Alltäglichkeiten ihres Lebens zu erzählen.

Ihr war durchaus bewusst, dass die Worte aus ihr heraussprudelten wie aus einem Wasserspeier. Als würde ihn das alles interessieren! Vielleicht, überlegte sie später, hatte er ihr ein paar höfliche Fragen gestellt, um ihr die Angst zu nehmen. Doch selbst das konnte keine Rechtfertigung sein, so lange zu reden, bis dem Mann die Ohren taub sein mussten. Sie redete über große und kleine Dinge, darüber, wie sehr sie es hasste, mit Händlern zu feilschen und wie gern sie eingelegte Pilze aß.

Als seine Antworten sich auf ein gelegentliches Nicken oder »Hmhmmm« beschränkten – es konnte Desinteresse sein, war aber wohl als Toleranz zu werten, wenn sie richtig deutete, was sie in seinen schiefergrauen Augen las, sobald er sie ansah –, begann Gwyn, zögernd davon zu sprechen, wie sehr sie ihre Mutter vermisste. Dass sie manchmal ihren Freunden gegenüber gereizt reagierte, wenn sie eigentlich freundlich sein wollte, und dass sie auch ihren Vater, der vor Kurzem gestorben war, oft ihr aufbrausendes Temperament hatte spüren lassen. Und schließlich, dass sie zu akzeptieren gelernt hatte, ganz schrecklich allein dazustehen.

Sie redete so lange, bis sie ruhiger wurde. Nach einem Augenblick des Schweigens schob sie sich das Haar aus dem Gesicht und sah zu ihrem Retter hoch.

Er starrte in den Nachthimmel. Sie folgte seinem Blick, doch die Wolken, die über den Himmel zogen, interessierten sie nicht sehr, weshalb sie wieder ihn ansah. Ihr Blick glitt über ein Gesicht, das feine, edle Züge aufwies und von einer höchst beunruhigenden Schönheit war. Nicht dass es sie beeindruckte, gewiss nicht. Dennoch: Man kam nicht umhin, es zu bemerken.

Unvermutet sah er Gwyn an. »Wie ist Euer Name, Mistress?«

Gwyn spannte sich an. Dass die schutzlose Countess d'Everoot für so manchen Mann eine große Verlockung war, hatte sich bereits erwiesen. Und erzählte man sich nicht, dass die Herzogin von Aquitanien vor sechs Monaten vor *drei* heiratswilligen Männern hatte flüchten müssen, als diese versucht hatten, sie nach der Scheidung vom König von Frankreich auf ihrer Heimreise zu entführen?

Gwyn warf ihrem Retter einen Seitenblick zu. Aber dieser Mann hatte sie gerettet und dabei sein eigenes Leben riskiert.

Er sah nicht aus, als wollte er sie entführen, und wenn er etwas Bedrohliches ausstrahlte, dann war es eine Art von Gefahr, wie sie ihr noch nie begegnet war und für die sie keinen Namen fand. Aber ganz gewiss musste sie nicht um Leib und Leben fürchten.

»Guinevere«, sagte sie schließlich.

Wenn ihm auffiel, dass sie ihm nur ihren Vornamen ohne Titel, Heimat oder den Namen ihrer Eltern nannte, zeigte er es nicht. »Sehr erfreut.«

Sie lachte. »Oder eher weniger. Und wie heißt Ihr?«

Jetzt war er es, der zögerte. »Man kennt mich als Pagan.«

Sie sah ihn einen Moment lang an und zuckte mit den Schultern, als er dem Namen nichts hinzufügte. »Wenn Gott beschließt, meine Gebete zu erhören und mir zu meiner Rettung einen Heiden zu schicken, dann soll es so sein. Wer bin ich denn, dass ich mich darüber beschwere?«

Er schaute auf sie herunter und lächelte. »Ich glaube, Ihr würdet durchaus mit Gott streiten, wenn es Euch zupass käme, Mylady.«

Nicht seine Worte, sein Lächeln fesselte ihre Aufmerksamkeit. Der Ausdruck stiller Heiterkeit, der um seinen Mund spielte und der ihn noch attraktiver und weniger imposant wirken ließ. Und das war gar nicht so leicht. Schließlich war er von den Schultern bis zu den Knien durch eine Rüstung geschützt, und er war ein großer, kräftiger Mann. Sein kurz geschnittenes schwarzes Haar schimmerte im Mondlicht, sobald sich im Blätterdach über ihren Köpfen eine Lücke auftat. Und auch wenn sein Gesicht angespannt wirkte, verrieten dessen feine Züge eine edle Abstammung. Sein attraktives Aussehen schien den Betrachter zu verspotten. Fast – denn eine Narbe, die von der Schläfe bis zum Kinn reichte, zerstörte die Vollkommenheit. Diese Narbe und der Bartschatten.

Ja, es war schwer, für ihn eine andere Beschreibung zu finden als »imposant«. Freundlich. Aufopfernd. Und unglaublich attraktiv.

Sie riss ihren Blick von ihm los.

Wenn Gwyn später versuchte, sich diese Stunden ins Gedächtnis zu rufen, schien alles zu verschwommen, zu sehr von Gefühlen belastet. Ihre Erinnerung daran blieb ein dunkler Schatten.

Griffyns Erinnerungen waren dafür umso klarer.

Er war an diesem Abend auf dem Weg zum wichtigsten Treffen seines Aufenthaltes in England gewesen. Tief in trübe Gedanken über seine Zukunft versunken, hatte er plötzlich erregt streitende Stimmen vernommen. Die vor Angst schrille Stimme einer Frau, deren Worte dennoch trotzig klangen. Mutig und zugleich hoffnungslos. Ihr Mut, der sie so sprechen ließ, zeugte von Kampfeswillen, doch gegen die Männer hatte sie keine Chance. Darum hatte er abgewartet, was geschehen würde. Vielleicht, weil er gelangweilt war. Vielleicht aber auch, weil er nicht ganz bei Verstand war.

Sie war anders als alle anderen, denen er je begegnet war. Und er war nicht im Mindesten darauf vorbereitet.

Himmel noch mal, er war kein kleiner Junge mehr. Von seinen sechsundzwanzig Lebensjahren hatte er siebzehn im Exil verbracht, und er war, mit seiner Verkleidung, den Tod ständig vor Augen, ein Spion seines Königs. Die Dinge, die er in Erfüllung seiner Pflicht getan hatte, waren zweifellos eine größere Herausforderung als die Rettung einer Frau. Auch wenn sie wunderschön war und mutig und ... nun, das tat nichts zur Sache.

Und jetzt saß sie vor ihm auf dem Rücken seines Pferdes. Und lenkte ihn ab.

Er hatte sich noch nie ablenken lassen.

Plötzlich bemerkte er, dass sie die ganze Zeit redete.

»… und ich konnte nicht mehr denken, als ich Marcus' Männer sah. Ich wusste nur, dass ich verloren war.«

Er blickte auf ihren Scheitel hinunter, auf ihre dunklen zerzausten Locken. »Ihr habt auf mich nicht den Eindruck gemacht, als hättet Ihr alle Hoffnung verloren, Mylady. Wie Ihr da mitten auf der Straße gestanden und den Männern befohlen habt, aus dem Weg zu gehen …«

»Ich war wütend«, erklärte sie. »Das war alles, was ich aufzubieten hatte: Mut und Zorn. Aber ich wusste, dass ich so gut wie tot war. Das war für mich so sicher wie die Tatsache, dass am nächsten Morgen die Sonne aufgeht. Und dann kamt Ihr. Ihr habt mich gerettet.«

Er richtete sich leicht auf. Bei seiner Mission ging es nicht darum, irgendwen vor irgendwas zu retten. Es ging darum, alte Rechnungen zu begleichen und das zurückzuholen, was rechtmäßig ihm gehörte. Es ging um Eroberung. Das Letzte, was er brauchte, war eine Frau, die sich ihm zu Dank verpflichtet fühlte. Eine Frau, die sich zitternd an ihn schmiegte und die ihren Arm um seinen Hals gelegt hatte.

»Ich bin kein Heilsbringer, Mylady.«

Sie legte den Kopf in den Nacken, und ihre grünen Augen schauten ihn von der Seite an. Nein, das brauchte er wirklich nicht.

»Aber *mich* habt Ihr gerettet«, betonte sie.

»Dann haben wir aber eher einander gerettet«, gab er nach.

»Ihr hättet niemanden retten müssen, wenn ich nicht gewesen wäre, Pagan«, beharrte sie.

Sein rechter Mundwinkel hob sich leicht. »So ist es wohl.«

»Dann stehe ich tief in Eurer Schuld.«

Er senkte langsam seinen Blick. »Guinevere, es ist das Beste für Euch, wenn Ihr mich nicht als Euren rettenden Engel betrachtet.«

Sie bewegte sich leicht. Sie sah jetzt weniger angespannt und starr aus. Das war ermutigend und beunruhigend zugleich, denn es lenkte seine Gedanken in eine unerwünschte Richtung. Eine Frau, die sich an ihn schmiegte und deren Körper sich bei jedem Schritt seines Pferdes hin und her wiegte. Sich an ihn drückte. Griffyn starrte auf Noirs Ohrspitzen und atmete tief und bewusst aus.

Plötzlich beugte Gwyn sich vor und presste die Hände an die Stirn, was seine Aufmerksamkeit wieder auf sie lenkte. Er zog an Noirs Zügeln, und das Pferd blieb stehen. »Euer Kopf schmerzt.«

»Nur wenn ich atme«, flüsterte sie.

Er schwang ein Bein über Noirs Kruppe und stieg vom Pferd, öffnete eine der Satteltaschen und nahm etwas heraus.

Ein stechender Geruch drang Gwyn in die Nase, als er ihr eine silberne Flasche vor das Gesicht hielt. »Die Heiligen mögen mir gnädig sein, Ritter«, klagte sie und hob den Kopf. »Was zum Teufel ist das?«

Er hob die Augenbrauen und hielt ihr die Flasche noch dichter unter die Nase. »Sagt einfach, das es Medizin ist, und damit würdet Ihr der Wahrheit näher sein als so manche, die einen anderen Namen dafür haben.«

Sie bedachte ihn mit einem misstrauischen Blick und schniefte erneut. »Es riecht wie etwas, das mein Hund wieder hochwürgen würde.«

Er lachte. »Ihr seid unbezahlbar.«

»Niemand hat bisher so viel für mich geboten.«

»Das ist deren Pech. Und jetzt trinkt.«

Sie warf einen letzten zweifelnden Blick auf die Flasche, doch dann setzte sie sie an die Lippen und trank. Wie eine heiße brennende Welle floss Gwyn die Flüssigkeit durch die Kehle.

Griffyn beobachtete, wie sie sich zur Seite neigte. Ihr Haar flog, und sie prustete. Fast wäre sie aus dem Sattel gefallen. Blitzschnell griff er nach ihr und umfasste ihre Hüfte. Er fühlte ihre sanften Rundungen unter seinen Händen, und einen Herzschlag lang verengte sich seine Welt und bestand nur noch aus seinem Verlangen nach diesem warmen, weichen Körper.

Er betrachtete ihr herzförmiges Gesicht, als sie den Kopf hob und sich das Kinn abwischte. Eine Kaskade schwarzer Haare umspielte ihr Gesicht, floss über ihre Schultern, als er sie aus dem Sattel hob.

Sie hielt den Kopf leicht nach hinten geneigt, ihre Augen waren geschlossen, und sie atmete heftig. Er spürte ihre Atemzüge an seiner Wange und an seinem Kinn. Es fühlte sich sinnlich an. Ihr Mieder hob und senkte sich, offenbarte ihre verlockenden Rundungen und die seidige Haut mit jedem unregelmäßigen Atemzug. Pagan atmete tief ein und ließ sie los.

Sie war von Kopf bis Fuß verdreckt, aber Griffyn kannte sich mit den Frauen genauso gut aus wie mit dem Krieg. Unter dem Dreck, der auf ihrem Gesicht klebte, verbarg sich die Schönheit einer Göttin. Und was er von ihrem Körper gesehen hatte, als er sie in seinen Umhang gewickelt hatte, war die Erfüllung dessen gewesen, was ihr Gesicht verheißen hatte: perfekte Formen und eine zarte, weiche Haut.

»Was war das?«, keuchte sie. Ihre Stimme klang rau von dem feurigen Getränk.

Er lachte leise. »Sagt Ihr es mir.«

Sie schaute auf die Flasche, ehe sie mit den Schultern zuckte. Dann breitete sich ein Lächeln auf ihrem Gesicht aus und verwandelte die ebenmäßigen Züge in ein atemberaubend schönes Antlitz. »Das war *gut.*«

Ein praktisch heimatloses, vor Schmutz starrendes, zerzaustes Mädchen, das war sie. Aber sie war auch die humorvollste und verwirrendste Frau, der er seit langer Zeit begegnet war.

Und er lief Gefahr, sich in dem Gedanken zu verlieren, der Retter dieses gestrandeten Geschöpfs zu sein.

»Ich bin froh, dass es Euch geschmeckt hat«, sagte Griffyn. Als er sie wieder in den Sattel hob, bemühte er sich zu ignorieren, wie sie sich anfühlte *(perfekt).* Er stieg hinter ihr in den Sattel.

»Habt Ihr einen Auftrag zu erfüllen?« Seine Frage entsprang eher dem Wunsch, sich ihrer Wirkung auf ihn zu entziehen, als einem tatsächlichem Interesse. »Oder gab es einen anderen Grund, warum Ihr auf dem Weg zur Abtei wart?«

Sie lachte. »Es war ... ein Ausweg. Eine Flucht aus der Stadt ... vor Marcus ...« Sie verstummte.

»Einfach von allem fortgehen, nicht wahr?« Seine Stimme klang tief und tröstend

»Ja«, erwiderte sie leise.

»Hmmm.«

Sie schien sich beruhigt zu haben. Er spürte es nicht nur daran, wie sie sich gegen ihn lehnte, nein, sie weinte auch nicht mehr, und was sie sagte, klang durchaus vernünftig. Er spannte den Arm leicht an, um sie zu stützen.

Sie redete in einem fort. Ihre Stimme wurde zu einem beständigen Hintergrundgeräusch, und Griffyn war überrascht, dass es ihn nicht störte. Er löste die Brosche seines schweren Umhangs und legte ihn ihr um die Schultern, um die Blößen zu bedecken, die ihr zerrissenes Kleid enthüllte. Der Anblick hatte begonnen, seine Gedanken in eine Richtung zu lenken, die er nicht wollte. Dann öffnete er ihren zerrissenen, blutbefleckten Umhang und warf ihn fort.

»... und darum«, sagte sie und runzelte die Stirn, »ist es mir ein Rätsel, warum ich angesichts eines heraufziehenden Gewitters weinen musste. Ich weine doch auch jetzt nicht. Deshalb finde ich es wirklich höchst merkwürdig.«

»Vielleicht habt Ihr nicht wegen des Gewitters geweint.«

Sie sah ihn mit ihren unglaublich grünen Augen an, in denen dicke Tränen schwammen, die aber, wie sie es prophezeit hatte, nicht davon überflossen. Die Gefühle, die ihr ins Gesicht geschrieben standen, waren quälend genug. Es brauchte keine

Worte. Sie musste nicht aussprechen, was sie als Nächstes sagte, weil er es bereits wusste.

»Ich glaube, ich habe wegen etwas ganz anderem geweint.«

Du lieber Gott, er könnte sich in diesen Augen verlieren. Könnte sich in ihr verlieren.

Aber das durfte nicht geschehen.

Denk an deine Mission!, ermahnte Griffyn sich grimmig.

Und er dachte dabei nicht an seine Order, die Henri fitzEmpress betrafen. Es gab noch etwas, das seit siebzehn Jahren in ihm gärte: der Wunsch nach Vergeltung. Der Wunsch, die Familie de l'Ami zu zerstören.

Kapitel 7

Sie standen am Rand einer kleinen Lichtung, um die sich der dunkle Wald mit seinen sich scharf abzeichnenden Bäumen und seinem dichten Unterholz schloss. In der Mitte der Lichtung drängten sich fünf oder sechs Hütten mit Wänden aus Lehmflechtwerk. Vor dem ungleichmäßigen Halbkreis der Katen hatten deren Bewohner ein großes Feuer entzündet.

Gwyn seufzte erleichtert und betrachtete das Feuer dann genauer. Für das Feuer war eine fast verschwenderische Menge an Holz und Torf zusammengetragen worden. Vage erinnerte Gwyn sich an etwas. Sie blickte Pagan an.

»Warum hat man dieses Feuer entzündet?«

»Heute ist der Abend vor Allerheiligen.«

Die einzige Nacht des Jahres, in der das Tor der Anderen Welt zu dieser offen stand. In dieser Nacht herrschte die Magie, und Geister trieben ihr Unwesen.

In der Dunkelheit war der Ausdruck in seinen schiefergrauen Augen nur schwer zu deuten. »Hier ist es warm, sicher und trocken«, erinnerte er sie.

»Wenn Ihr das sagt ...«

»Wenn Ihr Euch zu benehmen wisst.«

Ihre Augenbrauen zogen sich zusammen. »Ich soll mich benehmen?«

»Redet nicht zu viel. Könnt Ihr das?«

Sie neigte den Kopf zur Seite. »Natürlich.«

»Gut. Dann werdet Ihr morgen zur Abtei reiten.«

»Bringt Ihr mich dorthin?«

Er schwang sich aus Noirs Sattel. Im selben Augenblick öffnete sich die Tür der größten Hütte. Ein dickes Band aus gelbem Feuerschein fiel über den schlammigen Boden.

»Nein. Die beiden dort werden Euch hinbringen.«

Zwei Gestalten waren im Türrahmen aufgetaucht. Große, breitschultrige Männer, die ihre Waffen hoch erhoben trugen.

Pagan sagte etwas in der kehligen Sprache der Sachsen, woraufhin die beiden Männer die Waffen senkten und die Hütte verließen. Ihren Gesten nach schienen die beiden sie willkommen zu heißen. Gwyn konnte nichts von dem auf Sächsisch geführten Gespräch verstehen. Aber sie spürte, dass Pagan sich keine Sorgen machte.

Sie ließ die Hände auf Noirs Widerrist ruhen und tätschelte ihm den Hals, während sie dem Murmeln der Männer lauschte, die sich mit Pagan unterhielten. Sie ließ ihn nicht aus den Augen. Er hatte einen Fuß auf einen Baumstumpf gesetzt und stand völlig unbeeindruckt da. Das Leder seines kniehohen schwarzen Stiefels, das über der Wade nach unten gerutscht war, schimmerte dumpf im Feuerschein. Sein vom Kettenhemd geschützter Unterarm ruhte auf dem gebeugten Knie. Er nickte und lachte über etwas, das einer der Männer ihm erzählte.

Gwyn ertappte sich, dass auch sie unwillkürlich lächelte. Sie spürte ein leises Kribbeln im Bauch, als er seinen dunklen Blick wieder auf sie richtete. Er sagte etwas zu den Männern, ehe er mit langen und selbstbewussten Schritten zu ihr herüberkam.

Gemeinsam betraten sie die warme Hütte. Etwa acht Menschen standen oder saßen in der Mitte der Hütte, die kaum Platz für alle bot. Es war eng, aber nicht so, dass es unangenehm war. Über der Feuerstelle nahe der Raummitte hing ein schwarzer Kessel, in dem das Abendessen vor sich hin brodelte. Hinter einer halbhohen Wand zu ihrer Rechten entdeckte Gwyn eine Kuh, die Heu kaute.

Alle Gesichter waren Gwyn zugewandt, und sie lächelte. Die Leute erwiderten ihr Lächeln kaum, zogen aber ebenso wenig ihre Schwerter. Ihre Gesichter waren schmutzig und ihre Haare ungekämmt, aber sie wirkten nicht feindselig und schienen nichts von ihr zu wollen. Für den Moment war das für Gwyn genug.

Eine der Frauen, eine Greisin mit platter Nase und eckigen Schultern, kam zu ihr und forderte sie mit einem Kopfnicken auf, sich an den Tisch zu setzen. Ein Napf mit heißem Eintopf wurde ihr vor die Nase gesetzt. Kleine Farbstippen schwammen in der dunkelbraunen Brühe: Karotten und Zwiebeln. Neben dem Napf lag altbackenes Roggenbrot.

»Ich danke Euch«, seufzte Gwyn voll tief empfundener Dankbarkeit.

Pagan nickte ihr zu. »Dann werde ich Euch also hierlassen, Mistress.«

»Oh!«, rief sie und versuchte sofort, ihre Überraschung zu verbergen. Wie peinlich. Er hatte gewiss viel wichtigere Dinge zu erledigen, und sie hatte kein Recht auf ihn. »Aber natürlich.«

»Clid wird Euch morgen früh nach St. Alban bringen.« Er zeigte auf einen der breitschultrigen Männer, die ihn begrüßt hatten.

Sie schwang ihr Bein über die Bank, als er sich abwandte und zur Tür ging. »Ich kann Euch gar nicht sagen, wie dankbar ich Euch bin, Pagan. Ich schulde Euch mehr, als ich Euch je vergelten kann. Ihr habt mein Leben gerettet.«

Er zuckte mit den Schultern. »Eure Tapferkeit hat einen Gutteil dazu beigetragen. Ich glaube nicht, dass Euer Leben ernstlich in Gefahr war, Mistress.«

»Oh, aber natürlich war es das, Sir. Denn ich hätte mich eher umgebracht, als Marcus fitzMiles zu heiraten.«

Er zögerte. Seine Hand ruhte auf dem Türriegel, als er sie über die Schulter hinweg wie ein guter Freund angrinste. »Ich auch.«

Gwyn sprang auf. Sie fühlte sich sorglos und unbekümmert, all das Gefühle, die sie seit einem Dutzend Jahren nicht mehr zugelassen hatte. Sie ging zur Tür und hielt den Blick gesenkt, während sie in den Beutel mit Silber griff, den sie an ihrem Gürtel trug. Es erschreckte sie, welche Wehmut sie in diesem Moment empfand.

»Lady, bitte.« Ein Hauch Ungeduld schwang in seiner rauen Stimme mit. Er wandte sich ab und verließ die Hütte.

»Ich möchte mich Euch doch nur erkenntlich zeigen!«, rief sie ihm ratlos nach.

Er blieb stehen, wandte sich um und ging zu ihr zurück. Nur eine Handbreit vor ihr blieb er stehen. Mit seiner warmen, schwieligen Hand griff er nach ihrem Haar und schob es hinter ihr Ohr zurück. Dann beugte er sich vor. »Lächelt«, sagte er leise.

Etwas Heißes durchflutete ihren Körper. »Sir?«

»Lächelt für mich.«

Er hätte alles sagen können. Mit dieser heiseren Stimme, mit seiner Hand in ihrem Haar, während sein Atem warm ihre Haut streichelte. Er hätte ihr sagen können, dass er ihren König verriet, und sie hätte dennoch gelächelt. Und als sie tatsächlich leicht und zögernd lächelte, spielte auch um seinen Mundwinkel ein leichtes Lächeln.

»Ihr habt Euch erkenntlich gezeigt und mich reichlich entschädigt«, murmelte er.

Etwas, das heiß und kalt zugleich war, durchströmte ihren Körper. Es fiel ihr schwer zu atmen. Sie konnte seine nächsten Worte kaum hören, denn die pulsierende Wärme seines Körpers hüllte sie ein, als seine Lippen ihr Ohr berührten, als er ihr Worte zuflüsterte, die alle einen Sinn ergaben und nichts von dem Verlangen verrieten, das sie in ihm geweckt hatte.

»Gebt Acht, Rabenmädchen. Redet nicht zu viel. Stellt nicht zu viele Fragen. Versteckt diesen albernen Silberbeutel und das, was Ihr in dem anderen Beutel habt.«

Er fuhr mit dem Zeigefinger über ihr Kinn. Es war eine nichtssagende Geste, aber in Gwyn schien eine heiße Glut aufzulodern. Sie streckte eine Hand nach ihm aus und berührte seinen gepanzerten Unterarm.

»Geht nicht. Bitte.«

Und mit diesen Worten weckte sie tief in Griffyns Seele etwas, das seit sehr langer Zeit darin verborgen gewesen war.

Er packte ihre Hand und zog Gwyn mit sich nach draußen, drängte sie zum Schutz vor Blicken hinter Noirs breite Flanke. Seine Absicht war deutlich, und er wagte kaum zu atmen, weil er erwartete, dass sie sich ihm verweigern würde. Würde sie auch nur um einen winzigen Schritt vor ihm zurückweichen, würde er davongehen und sie vergessen, würde er ihren heftigen Atem als Furcht und ihr Zittern als Erschöpfung deuten.

Bitte, Gott, betete er stumm, *bitte lass sie nicht zurückweichen, nicht einen Wimpernschlag lang.*

Warum hämmerte sein Blut so sehr in den Adern? Warum fiel es ihm so schwer zu atmen? Er hatte sie zweimal berührt, und diese Berührungen waren so unschuldig gewesen, dass er es in einem mit Menschen überfüllten Raum hätte tun können, ohne dass jemand Anstoß genommen hätte. Warum also?

Weil etwas an dieser kleinen, mutigen Frau sein Verlangen weckte, zu den Überresten eines Begehrens vordrang, von dem er nicht gewusst hatte, dass es noch existierte. Seine Erregung pulsierte jetzt heiß, hart und unersättlich in ihm. Und das alles nur, weil sie sich an ihn gedrückt hatte und weil ihn der Anblick ihres hübschen, verdreckten Gesichts reizte.

Ohne an sein Schicksal oder Anstand oder irgendetwas anderes als an diesen grünäugigen Engel zu denken, drückte er sie gegen sein Pferd, beugte den Kopf zu ihr hinab und schmeckte ihre zitternden Lippen. Seine Daumen glitten langsam über ihren Hals. Seine Lippen streichelten ihre.

Sie schnappte leise nach Luft. Ihr Atem war wie Samt. Er wurde hart. Griffyn hielt den Atem an und presste seine Zungenspitze gegen ihre Lippen und drückte sie leicht auf.

Gwyn legte den Kopf in den Nacken. Sie war verblüfft über den Pfeil aus Hitze und Nässe, der durch ihren Körper schoss. Ein leises Beben folgte diesem ersten Stoß und pochte zwischen ihren Schenkeln. Leidenschaft flutete ihr Blut. Seine Zunge wagte sich weiter vor, zwang sie, sich für ihn zu öffnen, und kostete in langen, trägen Stößen von ihr. Er weckte eine ihr unbekannte Leidenschaft, die heiß zwischen ihren Beinen pulsierte. Sie nahm kaum wahr, wie sie ihn umarmte, die Arme um seinen Hals legte und ihn zu sich herunterzog. Er umfasste ihr Gesicht mit einer harten behandschuhten Hand, legte die andere auf ihre Hüfte und zog sie an sich, presste sie an seinen Körper. Sein Daumen drückte sich in die Rundung ihres Bauchs und kam dem Ort, an dem die nasse Hitze in ihrem Unterleib pochte, gefährlich nah. Ihr wurde schwindelig.

»Oh Pagan.« Das bisher unterdrückte Wimmern entschlüpfte ihr; es war ein Seufzen, ein Dank für etwas, von dem sie bisher nicht einmal geträumt hatte.

Ohne darüber nachzudenken, was sie tat, drückte sie ihren Körper gegen seinen. Ihre Brüste, ihren Bauch, ihre Hüfte, alles schmiegte sich an ihn. Eine Einladung.

Mit einer einzigen geschmeidigen Bewegung hob er sie hoch, hielt sie fest an sich gedrückt, den Mund hungrig auf ihren gedrückt. Er drückte seine Hand gegen ihren Bauch und schob sie höher, bis sein Daumen unter der Rundung ihrer Brust ruhte.

Gwyn warf den Kopf zur Seite und stöhnte auf. Sie wusste nicht, was sie als Nächstes getan hätte, hätte Noir sich nicht in diesem Moment bewegt und einen Schritt zur Seite gemacht.

Griffyn aber wusste es sehr genau. Er wusste, was er mit ihr gemacht hätte. Aber als Noir sich bewegte, brachte ihn diese Bewegung zur Besinnung. Seine Hand schnellte vor und fasste nach den Zügeln.

Griffyn hob leicht den Kopf. Sie hatte die Augen fast geschlossen. Nur ein schmaler Streifen ihrer grünen Augen blitzte hinter den Lidern auf. Ihr Gesicht war von beginnender Leidenschaft gezeichnet: rote geöffnete Lippen und gerötete Wangen. Ihr Atem ging keuchend

Ein süßer Atem, wie er ihn nie zuvor gekostet hatte.

Er ließ sie los, als hätte er sich an ihr verbrannt. Sein Atem kam in abgehackten Stößen, sein Blut glühte. Hätte er sie wirklich geschändet, als wäre sie eine billige Dirne? Hätte er tatsächlich seine Mission vergessen, ausgerechnet am Vorabend der Durchführung? Was war nur aus ihm geworden? Ein Mann, der sich allzu leicht ablenken ließ? Ein Mann, den sein Verlangen beherrschte? Ein Narr?

Noch nie war ihm etwas Ähnliches passiert, und es durfte ihm nie wieder passieren.

Seine Lenden pochten, und sein Herz hämmerte. Er fuhr sich mit der Hand über den Mund. »Das war falsch von mir, Guinevere«, murmelte er. »Ich hab mich wie ein Narr benommen, und das tut mir leid.«

Sie hielt den Blick gesenkt. »Ihr wart nicht der einzige Narr.«

»Ich habe noch nie ...« Dieses Mal fuhr er sich mit der Hand über das Gesicht. »Ich habe mich geirrt. Bitte vergebt mir.«

Sie berührte mit den Lippen seinen Handrücken. »Was habt Ihr noch nie?«, fragte sie mit leiser Stimme.

»Mich einer ... einer Frau aufgedrängt, die nicht aus freiem Willen ...« Er schüttelte heftig den Kopf. »Es tut mir leid.«

Sie richtete sich auf und begegnete seinem Blick. »Aber es wäre mein freier Wille gewesen.« Kleine wirre Löckchen fielen ihr in die Stirn, und sie strich sie zurück. »Es ist wahr, wir haben heute Nacht Dinge getan, die wir noch nie zuvor getan haben.« Sie machte eine Pause. »Zum Beispiel, dass Ihr mir das Leben gerettet habt.«

»Ja.« Er ließ zu, dass seine Anspannung sich in einem befreienden Lachen löste. »Das habe ich noch nie gemacht.«

»Darum können wir einander ein paar ...«

»… Freiheiten gestatten«, vollendete er den Satz.

Sie lächelte dieses bezaubernde feengleiche Lächeln, das ihn vergessen ließ, dass er kein Herz hatte. Die Erkenntnis, dass er durchaus bereit war, die ganze Nacht in der Hoffnung zu verharren, dass sie ihn noch einmal mit diesem Lächeln bedachte, bereitete ihm Unbehagen. Dieses Lächeln. Dieses Lächeln und das Seufzen und wie sie erst ihre Lippen öffnete und dann ihre Schenkel …

»Und jetzt müsst Ihr gehen.« Sie sprach aus, was er schon längst hätte tun sollen.

»Ja«, sagte er, ohne sich zu rühren.

»Ihr habt Dinge zu erledigen. Wie ich auch.« Jedes Wort zerbrach in ihm wie ein Eissplitter. »Bitte«, fügte sie hinzu. »Geht.«

Er gab ihr einen raschen Kuss auf den Mund, dann schwang er sich in den Sattel und ritt in den Wald, ohne ein letztes Mal zurückzublicken.

Gwyn sah ihm lange nach. Ihr Atem ging schnell und unregelmäßig. Jeder Atemzug schwebte wie eine kleine Wolke vor ihrem Mund. Sie stand dort so lange, bis Noirs Hufschlag sich mit dem Klang ihres heftig schlagenden Herzens vermischte. Dann war alles still.

Sie war heute Nacht einen sehr gefährlichen Weg gegangen. Die Nacht vor Allerheiligen. Tore, die in jeder anderen Nacht des Jahres verschlossen waren, öffneten sich heute. Und sie musste einfach nur hindurchgehen.

Dieser Aberglaube war natürlich Unsinn, auch wenn sie damit aufgewachsen war. Die Freunde ihrer Kindheit, schottische Dorfbewohner und Diener, hatten ihr davon erzählt. Aber eigentlich ging es nur um heidnische Bräuche, die nicht im Einklang mit den Geboten der Kirche standen …

Gwyn blieb stehen. O Gott. *Pagan.*

Sie kehrte zur Hütte zurück. Ihr Schoß fühlte sich heiß und lebendig an. Das war absurd und lächerlich und höchstwahrscheinlich auch unmoralisch. Auf jeden Fall war es leichtfertig, so sehr an einen umherziehenden Ritter zu denken, wenn zur selben Zeit ihr geliebtes Zuhause auf dem Spiel stand. Leichtfertigkeit. Ihre hartnäckigste Sünde. Sie war missraten und ungehorsam.

Eine erbärmliche Enttäuschung, genau das war sie.

Gwyn zog Pagans Umhang enger um ihre Schultern und war dankbar für die Wärme, die er spendete. Dann fuhr sie plötzlich herum. Wenn sie seinen Mantel trug, hieß das, dass er keinen hatte. Sie starrte in den Wald, aber er war längst fort. Weit, weit fort. Sie würde ihn nie wiedersehen.

Sie blinzelte die Tränen weg, die ihr in den Augen brannten. Das musste an diesen eisigen Temperaturen liegen. Es war höchste Zeit, sich auf das zu konzentrieren, was wichtig war. Pagan hatte seine Mission, sie ihre: Sie musste den König über die Situation in Kenntnis setzen. Nur sie konnte Everoot jetzt noch retten. Es lag allein in ihren Händen.

Vielleicht, dachte sie niedergeschlagen, ist dieses ganze *Debakel* ein von Gott gesandtes Geschenk. Eine Möglichkeit, um angemessen Buße zu tun für eine sehr alte schreckliche Sünde.

Und um das zu tun, musste sie von hier fort. Fort aus diesem elenden Dorf mit seinen Milchkühen und einem einzigen krummgeschundenen Ackergaul.

Ich werde ihn nie wiedersehen, hallte die Wahrheit in ihrem Kopf wider, als sie die dünne Holztür zur Hütte aufstieß. Der Gedanke überraschte sie, weil sie geglaubt hatte, ihn schon vergessen zu haben.

Aber das Gefühl, das diesem Entschluss folgte, bestürzte sie: Verzweiflung.

Sie stieß die Tür zur Hütte weit auf, und die Dorfbewohner blickten hoch.

»Ich brauche ein Pferd«, sagte sie.

Kapitel 8

Griffyn blickte auf, als ein scharfer, leiser Pfiff die Stille der dunklen Nacht durchschnitt. Er erwiderte den Pfiff, drei Triller und ein langgezogener Ton. Danach war alles still, ehe sich endlich oben auf dem Hügel die Tore zum Landgut mit einem Quietschen öffneten. Holz drückte schwer gegen altes Holz. Hippingthorpe Hall hieß seinen Besucher willkommen.

Es war eine düstere Herbstnacht, eine dumpfe Stimmung lastete über allem. Die Atmosphäre war drückend und schien ihm etwas zuzuraunen. Der Himmel über Griffyn hatte aufgeklart, und helle Sterne funkelten auf. Aber im Westen ballten sich die Wolken unheilvoll zusammen. Eine Windböe galoppierte über die Ebene und zerrte an einer Haarsträhne auf Griffyns Stirn. Ungeduldig strich er sie zurück.

Sein Herz hämmerte noch immer, seine Lenden schmerzten. Aber Guinevere hätte er niemals hierher gebracht, auch nicht, wenn sie ihn darum angefleht hätte. Hipping war ein gefährlicher Narr, und niemand wusste, dass er bereits die Seiten gewechselt und heimlich seinem Eid auf König Stephen abgeschworen und sich Henris Sache angeschlossen hatte.

Einige würden behaupten, er sei ein Verräter. Griffyn hätte unter anderen Umständen auch so von ihm gedacht, aber er hatte entschieden, dieses Vorgehen eher vorausschauend zu nennen. Vor allem war es aber noch ein Geheimnis. Niemand wusste von Hippings Sinneswandel, aber er hatte die Fronten gewechselt, und er war ein Mann, der sein Fähnlein nach dem Wind drehte. Eine Erbin, die Stephen treu ergeben war, hätte hier in ernster Gefahr geschwebt.

Griffyn ritt über die schmale Brücke, die den Burggraben überspannte, und zog den Kopf ein, als er unter dem tödlichen Fallgitter aus Holz hindurchritt, das bedrohlich über dem Tor hing. Würde es jetzt heruntergelassen, würde er aufgespießt werden, zuerst sein Schädel und dann der Rest seines Körpers. Männer mit von Helmen geschützten Gesichtern starrten ihn durch die Schießscharten des Torhauses finster an. Armbrustbolzen zielten nicht minder grimmig auf seine Kehle.

Er ließ Noir bis zur Mitte des dunklen, stillen Burghofs gehen, dann schwang er sich aus dem Sattel und blieb auf dem mit Kopfsteinen gepflasterten Platz stehen. Hippings stämmige Gestalt tauchte am oberen Ende der Treppe auf. Sie wurde von den brennenden Fackeln beschienen, die an den Wänden hinter ihm befestigt waren.

»Willkommen, Pagan«, sagte er mit knarrender Stimme und umfasste zur Begrüßung Griffyns Handgelenk. »Wir haben schon geglaubt, Ihr hättet vielleicht Eure Meinung geändert und würdet da draußen zweifellos dunkle, geheime Dinge tun.«

Griffyn lächelte schmal. »Zweifellos.«

Hipping warf den Kopf in den Nacken und lachte brüllend, ohne Griffyns Arm loszulassen. »Ah, genau so mag ich Euch.« Sein Unterarm hatte den Umfang eines jungen Baumstamms, und seine Brust war gut halb so mächtig wie ein Wagenrad. Buschige graue und schwarze Haare hingen ihm bis auf die Schultern, und er hatte sich einen Wolfspelz über die Schultern geworfen. Seine schlauen funkelnden Augen hielten Griffyns Blick stand. »Aber Euer besonderer Gast hat Schaum vorm Mund.«

Griffyn hob eine Augenbraue. »Ich habe noch nie gesehen, dass Robert Beaumont schäumt.«

»Dann habt Ihr nie genau genug hingeschaut, mein Junge!«, röhrte Hipping lachend. »Von der anderen Seite des Kanals ist's ja auch schwer zu erkennen, will ich meinen. Von meinem Platz aus höre ich hingegen jedes Zwitschern und sehe jeden Blick, der zwischen den Großen des Reichs gewechselt wird.«

Hipping eilte ihm voran ins Gebäude. Sie blieben am oberen Ende einer Treppe stehen, die hinab in die große Halle führte. Die Luft war schal und kalt. Ein paar Wandbehänge zierten eher schlaff die Wände und machten auf Griffyn den Eindruck, dass sie der Ursprung des modrigen Geruchs waren, der in der Luft hing. Es herrschte nur schwaches Licht, aber er konnte sehen, dass keine Bediensteten anwesend waren.

Hipping führte ihn einen langen Korridor entlang und schob dann einen Wandbehang zu seiner Rechten zur Seite. Er bedeutete Griffyn einzutreten.

Robert Beaumont, Graf von Leicester, erhob sich. Eine Kohlenpfanne war neben dem alten Tisch aufgestellt worden, der den Raum dominierte. Einige dicke Kerzen standen in Lachen aus heißem Wachs auf dem Tisch. Ansonsten war der Raum in völlige Dunkelheit getaucht. Ein Krug Bier stand mitten auf dem Tisch, und zwei Holzbecher warfen zuckende Schatten auf die eichene Tischplatte. Ein weiterer Becher stand halbleer vor dem Grafen.

Beaumont war in den mittleren Jahren. Er umrundete den Tisch und umfasste Griffyns Handgelenk mit einer liebevollen Geste.

Griffyn neigte den Kopf. »Mylord. Es ist mir ein Vergnügen.«

»Nein, das Vergnügen ist ganz auf meiner Seite«, widersprach der mächtigste Graf des Königreiches. Nach einer bewusst gemachten Pause fügte er hinzu. »Mylord.«

Griffyn schwieg.

»Ist es ein gutes Gefühl, wieder in der Heimat zu sein, Pagan? Es ist lange her.«

Griffyn atmete langsam ein und rieb seine Handflächen aneinander. Er blickte auf seine Hände und schaute dann hoch. »Ich wusste nicht, dass Ihr davon wisst.«

Beaumont spreizte die Hände. »Wie könnte ich es nicht wissen? Ihr habt seine Augen.«

»Ah ja.«

Der Graf blickte zu Hipping hinüber, der an der Tür stehen geblieben war, um mit einem Diener zu reden. Er senkte seine Stimme. »Euer Vater hätte das nie gedacht, Pagan.«

»Was hätte er nie gedacht?«

»Dass Ihr der Hund sein würdet, der England für den fitzEmpress aufstöbert. Er wäre wohl stolz auf Euch gewesen.«

Griffyns Mundwinkel verzog sich zu einem bitteren Lächeln. »Er hätte vielleicht eher brutal ein Kloster überfallen, ehe er das zugegeben hätte.«

Der kluge Blick des Grafen hielt seinem stand. »Euer Vater war einst ein großer Mann, Pagan. Der Graf d'Everoot war der Herr über das mächtigste Lehen des Reiches, er war der Anführer großer Männer, und er hat Könige beraten.«

»Das ist eine Art, sich seiner zu erinnern.«

Beaumont nickte langsam und ließ diese Bemerkung in der Stille verhallen, ehe er sich setzte und Griffyn mit einer Handbewegung einlud, sich zu ihm zu gesellen. Er griff nach dem Bierkrug und schenkte Griffyn ein. »Euer Vater hat die Grafschaft von Everoot zu einem so mächtigen Reich im Reich gemacht, wie es sich nie jemand hätte träumen lassen, Pagan. Doch dann hat er sich verändert. Oder besser gesagt: Etwas hat ihn verändert.«

»Richtig. Die Habgier.«

Beaumont schüttelte den Kopf. »Weder Euer Vater noch de l'Ami haben viel darüber erzählt, aber ich habe das immer vermutet.«

Griffyns Herz begann schneller zu schlagen. »Was habt Ihr vermutet?«

»Kein Mann ist vom Kreuzzug zurückgekehrt wie diese beiden, Griffyn. Ionnes von Kent, zuvor ein verarmter Ritter mit nichts weiter als seinem neuen Namen *de l'Ami,* wird nach seiner Heimkehr reicher, als er sich in seinen Träumen je hätte ausmalen können. Er war der Waffenbruder eines der höchsten Edlen des Reiches, dem Grafen von Everoot, Christian Sauvage. Die Macht Eures Vaters aber wuchs an wie ein Gewittersturm, und die beiden standen sich so nah wie Jagdhunde einer Rotte. Aber dann ...« Beaumont schlug die Hände zusammen. »Vorbei! Ihre Freundschaft zerbrach, Christian Sauvage war fort, und Ionnes de l'Ami wurde der neue Earl von Everoot. Pah, irgendwas stinkt an der Sache. Da muss noch mehr sein.«

»Und was?«, fragte Griffyn mit bedacht gemäßigter Stimme.

Beaumont fuhr sich mit einer Hand über den kurz geschnittenen ergrauenden Bart. »Etwas, das Euer Vater und Ionnes de l'Ami aus dem Heiligen Land mitgebracht haben.«

»Und was soll das sein?«

Beaumont sprach die Antwort so leise aus, dass sie kaum die Kerzenflamme zum Flackern brachte, die zwischen ihnen brannte. »Schätze.«

Griffyns Blut wurde eisig wie ein Fluss, der im Winter zufror. »Ein Schatz? Was für ein Schatz?«

»*Ein* Schatz?« Beaumonts Augenbrauen schossen nach oben. »Ich sprach von Schätzen, Pagan. Mehrzahl. Das Raubgut des Kreuzzugs ist legendär. Und Euer Vater und Ionnes de l'Ami haben einen Großteil davon nach England gebracht. Es gibt Gerüchte, dass diese Schätze im Verlies von Burg Everoot versteckt wurden.«

Griffyn entspannte sich. Beaumont wusste nichts. *Niemand* wusste davon, denn all die Gerüchte, die kursierten, kamen dem, was die Beteiligten wussten, nicht einmal nahe. Und Robert Beaumont, ob er nun der Earl von Leicester oder König von Jerusalem war, gehörte nicht zu *denen,* die mehr wussten. Er stellte lediglich Mutmaßungen an, wie die Leute es nun einmal taten, wenn es um Geld und Geheimnisse ging.

Zumeist wurden diese Vermutungen nur im Stillen geäußert. Die Wenigsten wagten es, sie laut auszusprechen. Und niemand hatte je einen heiligen Schatz erwähnt, der über tausend Jahre alt war. Und ob sie nun laut darüber mutmaßten oder nur davon träumten, niemand von ihnen wusste, dass Griffyn der Hüter dieses Schatzes war.

Außer Ionnes de l'Ami.

Er war der engste Vertraute der Familie Everoot gewesen, der liebste Freund, der Waffenbruder und Gefährte von Christian Sauvage, als dieser auf den Kreuzzug ging. Aber dann hatte Ionnes de l'Ami mit einer einzigen Handbewegung alle betrogen. Er hatte Griffyn das Herz gebrochen. Die Habgier hatte erst Christian Sauvage zerstört, dann hatte sie sich auf kleinen Spinnenbeinen zu Ionnes de l'Ami aufgemacht und auch ihn gestohlen.

Ionnes de l'Ami war ein Eidbrecher. Ein Dieb.

Griffyns Hand glitt zu dem kleinen schweren Eisenschlüssel, der seit dem Tod seines Vaters um seinen Hals hing. Es war eine unbewusste Bewegung.

»Everoot ist der einzige Schatz, der mir etwas bedeutet, Mylord«, sagte er gepresst.

Die prüfenden Augen des Grafen hielten seinem Blick kurz stand, ehe er sagte: »So soll es sein.« Just in diesem Moment betrat Hipping den Raum.

»Habt Ihr alles, was Ihr braucht, Mylord?«

»Ja, ich habe alles«, erwiderte Beaumont. »Ihr könnt uns jetzt allein lassen.«

Hipping nickte. »Ich werde nach den Toren schauen.« Er zögerte. »Irgendetwas liegt heute Nacht in der Luft. Meine Wachen haben mir ausrichten lassen, heute Nacht seien mehr Männer als gewöhnlich auf der Straße unterwegs. Und einige verlassen die Straße sogar. FitzMiles hat wieder mal einen seiner berüchtigten Wutanfälle. Die Beratungen des Königs sind zu

Ende, und zudem ist heute die Nacht vor Allerheiligen. Ja, da liegt etwas höchst Merkwürdiges in der Luft.« Er grinste und rieb sich die Hände. »Ich hoffe, es ist entweder was Brutales oder was Schönes. Oder beides?« Er brach in schallendes Gelächter aus und eilte den Korridor entlang.

»Es ist Zeit, Pagan«, sagte Beaumont. Aber Griffyn blickte Hipping nach. »Überzeugt mich davon, dass ich meine Männer und meine Burgen auf diese neue Zeit vorbereiten soll.«

Griffyn nickte, doch sein Blick blieb eine Zeitlang ins Leere gerichtet. Er beobachtete, wie Hipping verschwand. Der Mann war wie ein abgerichteter Bär. Meistens tat er das, worum man ihn bat, aber man durfte ihm niemals den Rücken zukehren.

Nein, er hatte Guinevere auf keinen Fall herbringen dürfen.

»Hippingthorpes Jagdhütte ist in der Nähe?«, fragte sie ungläubig.

»Ungefähr 'ne halbe Stunde Weg von hier, am Fluss entlang«, knurrte der Mann, den Pagan ihr als Clid vorgestellt hatte. Er war offenbar der Älteste, und Gwyn musste sich mit ihm auseinandersetzen.

Einer der Männer, der ebenso bärtig war wie Clid, warf den nächsten Scheit aufs Feuer, ehe er sich auf die Bank setzte. Alle saßen um sie herum und hörten dem Gespräch zu. Als könnten sie etwas anderes tun. Der Raum war kaum größer als der geräumige Verschlag, in der die Zuchtstuten daheim im Nest ihre Fohlen zur Welt brachten. Und es war ja auch fast ein Stall – mit dem langsamen rhythmischen Kauen der Kuh, das unablässig zu hören war, und den Hühnern, die den Boden aufscharrten.

»Ja«, sagte Clid. Oder knurrte. »Nur 'n paar Meilen nördlich von hier.« Er schlürfte etwas von der braunen Brühe, ehe er Gwyn zweifelnd ansah. »Aber warum hätt' Pagan Euch da nicht direkt hingebracht, wenn 's das war, was er wollte, he?«

Gwyn hörte ihm gar nicht zu. Hoffnung keimte in ihr auf, und sie hatte keinen Sinn mehr für irgendwelche vernünftigen Argumente, ob es klug war, wenn sie von hier verschwand. »Das ist aber ein Glück! Aber nein«, ihr fiel etwas ein, und sie sank in sich zusammen. »Das bringt mich ja so gar nicht weiter. Ich brauche Lords, hohe Herren. Oder wenigstens kühne Männer mit Pferden.« Sie blickte Clid an. »Männer, die dem König treu ergeben sind.«

Er lächelte und zeigte ihr seine verfaulten Zahnstümpfe. »Davon gibt's hier in den Midlands nicht grad viele, wisst Ihr.«

»Nein«, stimmte sie ihm zu und starrte finster in die Flammen.

»Aber Hipples Hütte ist nun nicht grad das, was man verlassen nennen würde.«

Sie zog die Augenbrauen hoch.

»Hipping selbst is' vor Sonnenuntergang hingeritten, zusammen mit seinen verfluchten Rittern.« Clid riss einen Bissen Brot mit den Zähnen aus dem Laib und zermalmte es zwischen seinen Kiefern. »Die brennen alles nieder und vergewaltigen und nehmen sich, was sie wollen, und Euer König tut nichts, sie aufzuhalten.«

Gwyns Herz machte einen Satz. »Hipping ist dort?«

»Aber ja, und wie er dort ist. Ist aber nicht allein dort.«

Sie strahlte. »Wer ist bei ihm?«

»Leicester.«

Sie runzelte verwirrt die Stirn. »Robert Beaumont?«

»Eben der.«

»Der Graf von Leicester ist in Hippingthorpes Jagdhütte?«

»Ja.«

Graf Robert Beaumont war der mächtigste Peer des Königreichs. Und er ritt zu der abgeschiedenen Jagdhütte eines Barons niederen Adels? Hatte sie ihn nicht auf dem Fest des Königs gesehen? Und war das wirklich erst wenige Stunden her? Nun, er hatte merkwürdig abwesend gewirkt, fiel ihr jetzt auf.

»Ihr meint Robert Beaumont, den Lord von Pacy-sur-Eure und Breteuil?«, fragte sie noch mal nach.

Clid blickte sie finster an. »Er könnt' auch der Wächter vom himmlischen Tor sein, nehm ich mal an, so wie seine königliche Hoheit mit Titeln um sich wirft. Ich weiß bloß, dass er in Hippings Jagdhaus ist. Ist vor einigen Stunden dort eingetroffen.«

Sie dachte nach. Warum um alles in der Welt war ihr weder er noch irgendwer sonst von seinem Gefolge auf der Straße begegnet?

»Es gibt überallhin geheime Wege«, sagte Clid, der wohl ihre Gedanken erriet.

Sie dachte darüber nach. Es wäre ein finsterer und gefährlicher Ritt, da draußen trieben sich Wildschweine und Wölfe herum. Außerdem war Hipping selbst als Wolf verschrien, aber er war dem König im Moment noch treu ergeben. Das war gerade alles, was zählte.

Sie blickte dem Anführer in die Augen. »Ich muss dorthin.«

Er tauschte ein paar Blicke mit seinen Männer und hob die Augenbrauen, doch dann schüttelte er den Kopf. »Das ist zu gefährlich für uns, kleine Lady. Ist am besten, wenn die Großen da oben nicht wissen, dass wir hier sind. Sie haben uns vergessen, und mir wäre lieber, wenn es so bleibt.«

»Sie werden Euch auf keinen Fall sehen«, versprach sie ihm. »Wir können uns ein Pferd teilen, und Ihr könnt mich Meilen entfernt von dem Haus absetzen.«

»Aber da seid Ihr jetzt schon, kleine Lady. Meilen und Meilen weit entfernt.«

»Aber Herr …«

»Jedes Mal, wenn sich die da oben dran erinnern, dass wir hier sind, kostet's uns was. Es gibt nicht viel, was Ihr uns anbieten könnt, dass wir's für das Risiko wert empfinden.«

Gwyn umschloss einen der Beutel an ihrem Gürtel und tastete an dem Knoten herum, ehe sie den Beutel offen auf den Tisch warf. Silbermünzen tanzten über das rissige Holz und klimperten laut im plötzlich totenstillen Raum. Die Münzen funkelten hell in der dunklen Hütte. Sie erwiderte Clids überraschten Blick. »Bitte. Ich muss dorthin. Heute Nacht. Mein Heim steht auf dem Spiel.«

Er fuhr mit den Fingern durch seinen grauweißen Bart. »Wo ist Euer Heim?«

»Oben im Norden. Es wird belagert.«

Er blickte sie misstrauisch an. Hinter ihm versprühte das Feuer Funken und knackte, dann flammte es auf, weil ein Scheit Feuer fing. »Pagan hat nichts davon gesagt.«

»Sei es, wie es ist, aber Ihr versteht sicher, dass ich mich auf den Weg machen muss.«

»Na ja, also, vielleicht auch nicht. Euer Vater wird sich da schon drum kümmern.«

Ihre Kehle schnürte sich zusammen. »Ich habe keinen Vater mehr. Ich habe mich und ein Dutzend Ritter, vielleicht noch mal so viele Dorfbewohner und ihre Kinder. Und wenn ich Lord d'Endshire nicht aufhalten kann ...«

Clid grunzte. »Ihr meint Marcus fitzMiles?«

»... dann wird die Burg fallen, meine Männer werden sterben und ich werde verheiratet mit diesem ...« Sie verstummte und starrte in das Feuer. Sie blinzelte heftig.

Sie saßen lange Zeit stumm beisammen. Gwyn merkte, wie Clid die einzelnen Münzen stapelte, sie durch die Finger gleiten und leise klimpern ließ. Sie blickte zu ihm hinüber. Er beobachtete sie mit nachdenklicher Miene.

»Belagert, verbrannt und verheiratet«, murmelte er. »Was für ein Ort ist denn das, von dem Marcus fitzMiles glaubt, er wär so viel Aufwand wert?«

»Jeder Ort, den er in die Finger bekommen kann, ist ihm das

wert«, entgegnete sie und schluckte ein unangenehmes Gefühl herunter. Furcht.

Clids Blick veränderte sich nicht. Er wurde allenfalls etwas misstrauischer. »Warum sagt Ihr mir nicht Euern Namen, kleine Lady?«

Sie hob ihr Kinn.

»Mein Name geht nur mich etwas an, Herr. Und ich würde es gern dabei belassen. Um die Wahrheit zu sagen: Es dient unser aller Sicherheit.«

Sie konnte sehen, wie ein leichtes Lächeln hinter seinem Bart aufblitzte. Es war kein angenehmes Lächeln. »Aber weil ich Euch nicht kenn', Mädel, kann ich Euch wohl kaum vertrauen, oder?«

Ein leises Lachen grollte und brummte im Raum. Die Männer wechselten Blicke. Ein kalter Schauder lief Gwyn den Rücken herunter, als Clid sich wieder an sie wandte. »Das ist eine mächtig große Menge Geld, die Ihr da habt. Ziemlich viel für eine kleine einsame Lady, um es mit sich rumzutragen ...«

»Ihr könnt alles haben.« Sie schob ihm die Münzen zu.

»... und da frage ich mich natürlich, ob Ihr nicht mehr wert seid als der kleine Haufen hier. Darum frag ich Euch noch einmal: Wie heißt Ihr, und wo ist diese Burg von Euch, die fitzMiles so gern haben will?«

Gwyns Gedanken rasten. Sie überlegte sich ein halbes Dutzend Antworten, sie wollte flehen, in Ohnmacht fallen oder ihm das Messer aus dem Gürtel ziehen und ihm die Kehle damit aufschlitzen, aber ehe er den Satz vollendet hatte, befand sie, es sei das Beste, wenn sie ihn anlog.

»Ich muss mal zum Abort.«

Zugegeben, das war eine schwache Gegenwehr, aber ihn schien das zu amüsieren, und das genügte für den Moment. Er brach in Gelächter aus. Essensbröckchen spritzten über den Tisch. Wie angenehm. Aber das Wichtigste war, dass er sie für eine Närrin hielt und sie eine Gelegenheit zur Flucht bekam. Eine kleine nur, aber immerhin.

»Geht schon.« Er wedelte mit der Hand. »Elfrida, geh mit ihr. Zeig ihr den Weg zum ›Abort‹.« Die Männer brachen wieder in schallendes Gelächter aus.

Gwyn lächelte, als hätte sie keine Ahnung, was die Männer so erheiterte.

Die breitschultrige Elfrida schlurfte voran und starrte Gwyn an, ehe sie die Tür aufstieß. Sie gingen ein paar Meter hinter die Hütten, und die Frau trottete neben ihr her. Gwyns Verstand raste. Elfrida war zwar so lahm wie ein Ochse im Joch, aber sie wich Gwyn nicht mehr als eine Handbreit von der Seite. So gelang ihr nie die Flucht. Der Wald lag etwa dreißig Schritte entfernt. Ein Bachlauf erstreckte sich am Rand der Lichtung. Vier Hütten standen stumm und dunkel rechts von ihnen, man hörte nur die Geräusche der Tiere im Innern. Gwyn erhaschte einen Blick auf den Ackergaul.

Sie blieben stehen, und die Frau zeigte ihr vage die Richtung und murmelte: »Da drüben. Da neben den Schösslingen. Immer der Nase nach. Ich bleib hier stehen«, grummelte Elfrida.

»Ja, ich glaube, ich kann es schon riechen.« Gwyn lächelte. »Aber gnädige Frau, es ist mir unangenehm, Euch darum zu fragen ...« Sie senkte die Stimme. »Ich benötige ... Ich fürchte, ich habe soeben meinen ... Monatsfluss bekommen.«

Das Gesicht der Frau veränderte sich nur geringfügig. Ihre Augenbrauen schossen erst hoch, dann senkten sie sich wieder. »Ach so.« Sie drehte sich um und schrie: »Elfwing!« Sie rief den Namen einige Male, aber niemand kam.

Gwyn lächelte sie ermutigend an. »Ich kann so wirklich nicht zurück ins Haus gehen.«

Um ihren Worten Nachdruck zu verleihen, schob sie ihren Umhang beiseite und zeigte der Frau ihren Rock. In der Dunkelheit war es schwer, Farben zu erkennen, aber man sah deutlich den großen dunklen Fleck mitten auf ihrem Rock. Weil Gwyn noch den Umhang trug, bemerkte die Frau nicht, dass das ganze Kleid sich in diesem Zustand befand. Und sie sah auch nicht, dass der Fleck weder von Gwyns Blut stammte noch von irgendjemandes Blut, sondern einfach nur Dreck war, der während dieser Nacht dorthin gelangt war.

Elfrida wich zurück. »Ich hol Euch 'nen Lappen. Bin gleich wieder da.« Sie wies wieder zum Wald, diesmal aber in eine andere Richtung. »Wir Frauen gehen da rüber, bis zum Waldrand, wenn diese Zeit des Monats ist.« Sie ging. »Versucht nicht, mich reinzulegen«, warnte sie Gwyn und schaute ein letztes Mal über die Schulter.

Gwyn lächelte sie freundlich an und machte eine weit ausholende Handbewegung, die die Leere umschloss, die sie umgab. »Was könnte ich hier schon versuchen? Und wo sollte ich denn auch hin?«

Elfrida murmelte etwas vor sich hin und ging davon.

Gwyn begann zu rennen.

Kapitel 9

Sie erreichte Hipping Hall und wurde sofort mit vorgehaltenen Schwertern ins Innere des Hauses geführt. Sobald man wusste, wer sie war, wurden die Schwerter zwar gesenkt, aber nicht zurück in die Schwertgürtel gesteckt, was Gwyn sehr befremdlich fand. Sie war eine Edelfrau, die offensichtlich in Schwierigkeiten steckte, deren Kleid der Länge nach zerrissen war und deren Schuhe kaum noch diesen Namen verdienten. Welche Gefahr konnte denn um alles in der Welt von ihr ausgehen?

»Lady Guinevere«, begrüßte Hippingthorpe sie. Er hielt ihre Hand umfasst und drückte einen Kuss auf den Handrücken.

Gwyn lächelte ihn warm an und ignorierte den Schauder, der sie bei seiner Berührung überkam. Er wirkte ein wenig abstoßend und hatte zudem keine unbefleckte Vergangenheit, was seine Treue zum König betraf. Aber im Moment war er ihre einzige Verbindung zum König, und sie hätte beinahe alles unternommen, um sich seines Wohlwollens zu versichern.

»Wem darf ich für diesen unerwarteten Besuch danken, Mylady? Wo ist Euer Vater?« Er blickte sich um, als erwartete er, dass Ionnes de l'Ami im nächsten Moment hinter einer Eiche hervortrat.

»Er ist … nicht hier.«

»Ohhh.« Hipping wandte sich wieder an sie. Seine funkelnden Augen wirkten hart. »Natürlich nicht. In nahezu zwanzig Jahren hat es Euer Vater nie als nötig befunden, auch nur eine Stunde seiner Zeit mit mir zu verbringen, selbst wenn er im Umkreis einer Meile weilte. Und trotzdem seid Ihr, seine einzige Tochter, hier. Ich kann kaum gutheißen, dass er Euch allein losschickt, um in seinem Namen zu handeln.« Er lachte schallend. »Er war sich immer zu gut für die niederen Edlen, nicht wahr? Und in den Augen des Grafen d'Everoot ist *jeder* niedriger gestellt als er.«

Gwyn konnte ihr Lächeln nur mühsam aufrechterhalten. »Nein, Mylord. Mein Vater hat stets alle Männer des Königs respektiert. Aber da Ihr es bereits ansprecht – ich bin in der Tat in einer sehr leidigen Mission unterwegs.«

Seine Augenbrauen schossen hoch, sein Blick jedoch glitt nach unten. Die buschigen Brauen reichten fast bis zu seinem tiefen Haaransatz. »Edle Lady, was ist Euch widerfahren?« Er schob ihren Mantel zurück und schaute auf ihr verdrecktes, zerrissenes und zerknautschtes Kleid. »Bei Gott, was ist das?«

»Das ist Marcus fitzMiles.«

Hipping blickte zu ihr auf. Seine Hand hielt ihren Umhang an einer Seite in die Höhe gehoben. »Du lieber Gott! Endshire? Er hat Euch angegriffen?« Sie nickte und spürte, wie Erleichterung sie durchströmte. Hipping war ein Edelmann mit kaum zu bezähmendem Temperament. Aber ein Edler war er, und er würde ihr sicher helfen. »Welcher Dämon hat von ihm Besitz ergriffen, dass er Euch so zugerichtet hat?« Euer Vater wird dafür seinen Kopf fordern.«

»Nun, das ist ein weiteres Problem. Mein Vater ist tot.«

Hipping ließ den Umhang los. »Ionnes de l'Ami ist tot?«

»Ja. Pap... Der Herr von Everoot verschied vor zwei Wochen. Gott möge seiner Seele gnädig sein. Ich habe erst gestern Abend den König und seinen Rat davon in Kenntnis gesetzt. Wie Ihr sehen könnt«, fügte sie mit einem bitteren Lächeln hinzu, »hat fitzMiles sich nicht lange damit aufgehalten, um ihn zu trauern.«

»Nein, also wirklich«, erwiderte Hipping abwesend. Sein Blick ging ins Leere. Er starrte einen Moment vor sich hin, doch dann schnipste er mit den Fingern und rief nach seinem Diener, der ihr ein Bad bereiten sollte.

Gwyns Knie gaben vor Erleichterung fast unter ihr nach. Hipping geleitete sie höchstpersönlich die Treppe hinauf und führte sie in eines der Zimmer im Obergeschoss. Es war sauber und verfügte über eine kleine Bettstatt mit einer Strohmatratze. Zudem gab es ein kleines Fenster.

»Ich danke Euch«, hauchte sie. »Das ist perfekt.«

Er wandte sich an sie. »Und nun erzählt mir, wie lautet Euer Auftrag? Wie kann ich Euch zu Diensten sein?«

»Ich muss den König hiervon in Kenntnis setzen. Marcus hat mich in dem Glauben gelassen, Stephen habe einer Eheschließung zwischen ihm und dem Haus von Everoot zugestimmt. Aber ich glaube, der König würde so eine Verbindung niemals gutheißen.«

»Nein«, stimmte Hipping ihr zu. »Nein, er würde eine Verbindung der Erbin von de l'Ami mit irgendeinem niederen Baron niemals gutheißen, oder?«

Gwyn war leicht besorgt. Sie lächelte dennoch fröhlich. »Wenn Ihr mir helft, werde ich das dem König gegenüber nicht unerwähnt lassen, Mylord. Ich werde dafür sorgen.«

»Das werdet Ihr tun? Zu freundlich.« Er geleitete sie zum Bett. Dann trat er einige Schritte zurück. »Sagt mir nur eines, Lady Guinevere, wie haltet Ihr dieser großen Last stand?«

»Nun, Mylord ...«, seine plötzliche Besorgnis verwirrte sie. »Solche Dinge sind immer schwer zu ertragen, aber wir ... Nun, es geht mir gut.«

»Schon, aber Euer Vater muss Euch doch ebenso einige wichtige wie auch belastende Dinge hinterlassen haben. Ihr seid schließlich seine Erbin.« Sein Blick glitt zu der Filztasche, die einsam an ihrem Gürtel hing.

Gwyn folgte seinem Blick. »Darin sind nur einige Briefe meines Vaters«, verkündete sie.

Sein Blick zuckte hoch wie die Ketten einer Zugbrücke, die nach oben rasselten. »Tatsächlich?«

»Oh ja.« Ihre Hand ruhte auf der Filztasche, und sie schloss schützend die Finger darum. »Es handelt sich um Lord Everoots private Korrespondenz mit meiner Mutter, der Gräfin, während er in der Fremde weilte.«

Hipping dachte nach. »Ihr meint, als er auf dem Kreuzzug war.«

Sie zögerte. »Ja.«

»Seid Ihr sicher, dass nur *Briefe* in der Tasche sind?«

»Was meint Ihr damit?«

»Ob keine ... Gegenstände darin sind.«

»Gegenstände?«

»Gegenstände unbekannten Ursprungs. Oder Gegenstände, die ursprünglich aus dem Heiligen Land stammen.«

»Natürlich nicht!«, erwiderte sie heftig.

Er hob die Hände. »Wenn Ihr das versichert, Mylady. Ich frage nur, weil es Gerüchte über einen Schatz gibt, der in Verbindung mit Everoot steht. Aber Endshire hat nichts gefunden.«

Ihr Blut wurde eisig. »Endshire? Er hat nichts gefunden? *Wo?*« Sie stieß sich vom Bett hoch und fügte ernst hinzu: »Ich glaube, Lord d'Endshires Loyalität muss ernstlich in Zweifel gezogen werden, Lord Hipping.«

»Tatsächlich?«, knurrte er. Er schien höchst amüsiert zu sein, denn seine Stimme klang fast höhnisch. Er lehnte sich mit dem Rücken an die Wand und verschränkte die Arme vor der Brust. »Wie wär's, Ihr zeigtet mir diese Briefe Eures Herrn Papa einmal?«

Sie lächelte bitter. Jetzt wusste sie, dass die Zeit der herzerweichenden Bitten vorbei war, wenn es sie denn je gegeben hatte. Jetzt ging es allein um die Macht.

Sie zog den Umhang fester um ihre Schultern und hob das Kinn. Möglichst hochnäsig schaute sie ihn an. »Lord Hipping, ich friere, und ich bin durchnässt und sehe aus wie eine Bettlerin. Wenn Ihr mich weiter befragen wollt, wäre es mir lieber, ich könnte mich vorher wärmen und herrichten.«

Er betrachtete sie nachdenklich. »Also gut, Lady Gwyn. Ich werde Euch Essen heraufschicken und ein Bad für Euch richten lassen.« Sein Blick glitt erneut zu ihrer Tasche. »Sobald wir diese Briefe gelesen haben.«

Er verließ den Raum, und als er die Tür hinter sich geschlossen hatte, hörte sie, dass der Schlüssel umgedreht wurde.

»Euer Zimmer ist bereit. Und ich möchte Euch noch einmal gratulieren, Mylord.«

Griffyn nickte. Er hoffte, das heute Nacht nicht mehr allzu oft tun zu müssen. Es war spät geworden, die Halle lag im Dunkel, und lediglich die Feuerstelle verströmte etwas Licht. Robert Beaumont hatte sich bereits zur Ruhe begeben, nachdem sie ihre Verhandlungen erfolgreich zum Abschluss gebracht hatten. Henri fitzEmpress hatte mit ihm seinen wichtigsten Verbündeten gewonnen.

»Wollt Ihr nicht noch auf ein Bier bleiben?«, fragte Hipping.

Griffyn schüttelte den Kopf. »Ich bin erschöpft, und morgen habe ich einen anstrengenden Ritt vor mir.« Es war keine Ausrede, dass er erschöpft war. Griffyn hatte sich der Gefolgschaftstreue eines der mächtigsten Verbündeten versichert, die Henri fitzEmpress brauchte. Und jetzt spürte er nur noch große Müdigkeit. Er war des Spionierens müde, des Kriegs und all der Intrigen, die diese Welt bewegten. Was ich jetzt brauche, ist noch ein umherirrendes Mädchen, das mich aufheitert, dachte er, während er ein Gähnen unterdrückte. Aber die waren vermutlich schwer zu finden.

Über ihnen ertönte ein Poltern. Griffyn und Hipping schauten zur Decke hoch. Es hatte geklungen, als wäre etwas Schweres auf dem Boden aufgeschlagen, vielleicht eine Waschschüssel. Hipping grinste Griffyn an.

»Meine Braut.«

»Ah.«

»Sie ist gerade erst hier eingetroffen.«

»Oh, meinen Glückwunsch.«

Hipping zögerte. »Sie muss sich erst einleben.«

»Hm. Eure Waschschüssel hat das wohl nicht überlebt.«

Hipping lachte über diesen nichtssagenden Scherz übertrieben laut und ausgelassen. »Ich sollte wohl besser darauf verzichten, ihr noch heute Abend meine Aufwartung zu machen. Morgen wird noch früh genug sein. Ich habe schon nach dem Priester schicken lassen.«

Griffyn verspürte eine merkwürdige Unruhe. *Das geht mich nichts an,* sagte er sich. *Lass es auf sich beruhen.*

Ein blassgesichtiger Diener führte Griffyn in seine Kammer. Sie war klein und einfach ausgestattet und stank nach Moder und Fäulnis. Was kein Problem war. Der Wind pfiff durch das rissige Holz in die Kammer und sorgte für eine Kälte, gegen die auch die Kohlenpfanne nichts ausrichten konnte. Aber auch das war kein Problem. Was letztlich alles zunichte machte, war, dass Griffyn sich auf die Suche nach einem Nachttopf machte.

Weil er in seiner Kammer kein Nachtgeschirr vorfand, aber genau wusste, dass das reichlich genossene berüchtigte Hippletuner Bier schon bald erforderlich machen würde, sich zu erleichtern, ging er auf die Suche nach einem Nachttopf oder einem Abort. Vielleicht würde ihm ja auch einer der Diener den Weg zu einem von beidem weisen können.

Was ihn von seiner Suche abbrachte, war das laute Klopfen,

das aus einer Kammer zu ihm herüberschallte, die am anderen Ende des Flurs lag.

Griffyn blieb stehen und lauschte. War das der Wind?

Erneut wildes Klopfen, dann Stille. Nein, das war eindeutig nicht der Wind.

Das geht dich nichts an, ermahnte er sich. Er hatte heute Nacht bereits genug Zeit und Energie mit Angelegenheiten verschwendet, die ihn nichts angingen.

Er kehrte zur Treppe zurück und fand kurz darauf einen Diener, der ihm den Weg zum Abort wies. Der aufkommende Sturm riss die Tür des Aborts beinahe aus den Angeln. Griffyn hielt sie anfangs noch zu, doch als sie ihm immer wieder aus der Hand gerissen wurde, ließ er sie los. Die Tür schlug wie verrückt vor und zurück und krachte bei jeder Windböe gegen die Wand. Er erledigte sein Geschäft und machte sich auf den Rückweg in seine Kammer. Müde rieb er sich die Augen. Alles, was er brauchte, waren ein paar Stunden Schlaf.

Er erreichte das obere Stockwerk. Trotz einer Fackel, die in einer Halterung an der Wand brannte, war es dunkel. Statt sich nach links zu wenden und in seiner Kammer zu verschwinden, blieb Griffyn stehen und blickte nach rechts.

Stille. Nur das leise Stöhnen des Windes. Keine Hilferufe, kein wildes Klopfen mehr. Ohne zu wissen, was ihn dazu trieb, ging er nach rechts und auf die Tür der Kammer zu.

»Weil ich ein Dummkopf bin«, murmelte er vor sich hin.

Vor der Tür blieb er stehen. Merkwürdig, es steckte ein Schlüssel im Schloss. Er legte eine Hand auf den Schlüssel, zögerte ein letztes Mal und drehte ihn im Schloss. Er wusste, es war ein Fehler. Noch immer Stille. Er hörte und sah nichts.

»Natürlich nicht«, sagte er in die Leere. »Weil hier nichts ist.«

Die Tür öffnete sich mit lautem Krachen, und Guinevere fiel Griffyn direkt in die Arme.

Kapitel 10

Griffyn stürzte hintenüber, als Gwyns Kopfstoß ihn mit voller Wucht in den Magen traf. Ineinander verknäult prallten sie gegen die Wand, die der Tür gegenüberlag. Er rappelte sich mühsam auf und hechtete vor, um ihr die Hand auf den Mund zu pressen, den sie zum Schrei aufgerissen hatte.

»Ich glaube es nicht!«, rief er und ließ seine Hand erst sinken, als er sicher war, dass sie nicht schreien würde.

»Gelobt sei der Herr!«, rief sie leise. »Pagan! Wie kommt Ihr denn hierher? Nein, nein, nicht jetzt. Ich kann nicht glauben, dass Ihr gekommen seid, aber wir müssen von hier verschwinden …«

»Wir? Was macht *Ihr* denn hier?«

»… weil mir nur noch wenig Zeit bleibt, bis er zurückkommt.«

»Wer kommt zurück?«, fragte er ebenso leise zurück. »Wovon redet Ihr? Ich habe Euch bei Clid zurückgelassen, Ihr wart dort sicher. Wieso seid Ihr jetzt *hier?*« Er starrte sie einen Augenblick an. Dann dämmerte es ihm. »Seine Braut.«

»Das bin ich *nicht!*«

Griffyn rieb sich mit dem Handballen die Stirn. »Ich kann es einfach nicht glauben«, murmelte er. »Unfassbar! Aber Ihr seid in einer Nacht zweimal entführt worden!«

Sie blickte ihn finster an. »Ja, wirklich erstaunlich. Ich kann meine Verwunderung kaum bezähmen. Ich habe das Dorf doch nur verlassen …«

»Warum? Dort hattet Ihr es warm und trocken …«

»Ja, ja.« Sie wischte seine Einwürfe mit einem eindringlichen Flüstern beiseite. »Aber es war nicht sicher.«

»Also, wenn Ihr mich fragt, sehe ich nicht, was Euch hier so viel besser gefällt.«

Für einen kurzen Moment legte sie eine Hand auf seinen Arm. Die sanfte Berührung fühlte sich intensiv an, fast als wollte sie ihm ihre weibliche Tatkraft demonstrieren. »Es war *verrückt* von Euch, mich dort zurückzulassen«, flüsterte sie vehement. »Aber dafür haben wir jetzt keine Zeit. Ich kam hierher, weil ich es musste. Ich kenne selbstverständlich Hippings Ruf und weiß von den Schwierigkeiten, die er meinem König bereitet hat. Aber ich wusste nicht, dass er ein ... ein *Räuber* ist!« Ihr Mund verzog sich verächtlich. Griffyn fragte sich, ob sich Hippings Lippen schon auf ihre gelegt hatten. Der Gedanke ließ aller Vernunft zum Trotz Wut in ihm aufflammen und durch seine Adern strömen. »Er hält mich gegen meinen Willen fest.«

»Warum?«, fragte er misstrauisch.

Sie zögerte. »Das tut nichts zur Sache. Politik halt.«

Es schien unnötig, ihm bei dieser Frage auszuweichen, und wäre seine Aufmerksamkeit nicht von so vielen anderen Dingen beansprucht worden, hätte Griffyn vielleicht nachgehakt. Aber so dachte er über die verwirrende Tatsache nach, dass er im Haus eines Landedelmanns auf dem Boden kniete und eine Frau in den Armen hielt, die er in dieser Nacht schon einmal gerettet und vor drei Stunden Meilen von diesem Ort entfernt zurückgelassen hatte. Und auch dieses Mal musste er sie retten.

Andererseits waren Entführungen dieser Tage recht häufig. Menschen wurden entführt, Vermählungen erzwungen. Eine Frau allein auf der Straße war Freiwild.

Und plötzlich war es nicht länger Griffyns wichtigstes Anliegen, Henri fitzEmpress' Einfluss auszuweiten, sondern diese Frau zu retten, die mit geröteten Wangen vor ihm kniete. Dass ihre Locken so zerzaust und ihre Augen vor Schreck weit aufgerissen waren, beunruhigte ihn. Aber was sein Herz höher schlagen ließ, war ihre so unbeschreiblich unbeugsame Entschlossenheit.

»Ich hasse es, Euch wieder zur Last zu fallen ...«

Er packte ihren Arm. »Lasst uns von hier verschwinden.«

Er beugte sich vor und schaute in ihre Kammer, die um einiges komfortabler eingerichtet war als seine. Er nahm die Laterne, die auf dem Tisch stand, und drehte die Flamme ganz klein, ehe er Gwyn die Treppe hinunterführte.

Sie hielten sich im Schatten, nachdem sie das Haus verlassen hatten und über den Innenhof zu den Ställen schlichen. Ungesehen und ungehört erreichten sie ihr Ziel. Der Wind hatte inzwischen aufgefrischt und wehte so stark, dass selbst eine Armee unbemerkt hätte Aufstellung nehmen können.

Als Griffyn die Stalltür aufzog, riss eine heftige Bö sie ihm aus der Hand. Als sie mit einem lauten Knall gegen die Mauer schlug, stieß Griffyn einen Fluch aus.

Er schloss die Tür hinter ihnen, nachdem sie den Stall betreten hatten, und Brausen des Sturms klang sogleich nur noch gedämpft an ihre Ohren. Sie hörten jetzt die Tiere, die Heu kauten oder leise schnaubten. Es war warm im Stall, und zwischen den Holzbrettern der Wände gab es nur wenige Spalten, durch die der Wind pfiff. Hier ist es angenehmer als in meiner Schlafkammer, dachte Griffyn grimmig, während er in der Dunkelheit begann, auf dem Sims neben der Tür nach einem Feuerstein zu tasten.

Ihre dunkle Gestalt ging an den Pferdeboxen entlang. »Wo ist mein Pferd?«

Er entzündete das Windlicht und stellte es auf einen schmalen Wandvorsprung. Licht breitete sich im Stall aus. »Welches Pferd?«

»Ich hatte ein Pferd.«

»Was?«

»Ein Pferd! Ich bin auf einem Pferd hergekommen.«

Er schaute sie argwöhnisch an. »Woher hattet Ihr denn ein Pferd?«

Sie zuckte mit den Schultern. »Von den Dorfbewohnern.«

»Sie haben Euch ein Pferd gegeben?« Er konnte es nicht glauben. Einen Ackergaul zu kaufen würde das gesamte Jahreseinkommen des Dorfs verschlingen. Und seit Jahrzehnten nahmen sie so gut wie nichts ein.

»Genau genommen haben sie es mir eigentlich nicht *gegeben*.«

»Ihr habt das Pferd gestohlen.«

Sie warf ihm einen bösen Blick zu. »Ja, ich habe es ihnen gestohlen. Aber ich habe niemanden dafür umgebracht, Ihr müsst mich also gar nicht so böse ansehen. Ich hätte schon dafür gesorgt, dass Old Barney zurück ins Dorf gebracht wird, aber daraus wird jetzt wohl nichts.« Sie blieb stehen.

»So viel dazu«, murmelte er und trat zu Noir, der mit seinem siebzehn Hand hohen Widerrist alle anderen Pferde im Stall überragte. Beim Klang von Griffyns Stimme wieherte er.

»Was soll das denn heißen?« Sie eilte ihm nach und schob sich das Haar aus dem Gesicht.

Er führte Noir aus seinem Verschlag und nahm den Sattel vom Bock. Gwyn streckte eine Hand aus, um den Kopf des Pferdes zu streicheln.

»Das würde ich nicht tun«, sagte Griffyn warnend. Er warf die Satteldecke über Noirs Rücken und legte den Sattel direkt am Widerrist auf. Dann schob er beides ein Stück nach hinten und strich mit der Hand glättend über das Fell des Pferdes. »Er mag keine … Menschen.«

»Er scheint Euch zu mögen.«

»Ja, ich bin auch nicht irgendwer. Für ihn nicht.« Er bückte sich und fasste unter Noirs Bauch, um den Sattelgurt festzuziehen.

Sie schwiegen, während Griffyn weiterhin mürrisch sein Pferd sattelte. Schließlich forderte er Gwyn auf, ihm zur breiten Stalltür zu folgen.

»Ich öffne sie, und Ihr haltet sie offen und passt auf, dass sie nicht gegen die Wand schlägt.«

Sie nickte. Er öffnete die Tür einen Spaltbreit. Der Wind nahm diese Gelegenheit wahr und zerrte ihm das Tor aus der Hand, um es mit Schwung gegen die Wand zu schmettern. Gwyn riss es fast von den Füßen, als sie versuchte, die Tür festzuhalten.

Er sah sie missbilligend an.

»Es tut mir leid«, wisperte sie und kämpfte mit dem Tor. Griffyn packte das Tor oberhalb ihrer Schulter und zog es wieder zu. »Glaubt Ihr etwa, ich möchte von irgendwem gesehen werden?«

»Ich habe keine Ahnung, was Ihr möchtet.« Er half ihr auf Noirs Rücken und stieg hinter ihr in den Sattel. »Ich hätte gedacht, Ihr wollt einen warmen, trockenen Platz, aber offenbar möchtet Ihr das nicht. Ihr bevorzugt Stürme und Entführungen. Rückt so dicht wie möglich an mich heran, nein, lehnt Euch zurück. Ich werde meinen Umhang um uns beide wickeln. Die Torwächter werden vermutlich nicht herauskommen und mich allzu genau anschauen, und der Sturm wird das Seinige dazu beitragen. Ich bin vor einigen Stunden hier angekommen, und jetzt reite ich wieder fort. Lasst uns hoffen, dass sie es so sehen werden. Sollten sie aber doch herauskommen«, fügte er eindringlich hinzu und sah ihr in die strahlend grünen Augen, »dann schreit um Himmels willen nicht, wenn ich sie töte.«

Gwyn blinzelte. »Gebt mir ein Messer. Wirklich«, beharrte sie, als er sie sprachlos anstarrte. »Ich meine es ernst. Ihr habt gesehen, wie ich mich mit einem Stein wehren kann. Und jetzt stellt Euch vor, wie gut ich erst mit einem Messer bin.«

»Ich schlottere vor Angst«, murmelte er, zog aber dennoch den Dolch, den er an seinen Oberschenkel gegürtet hatte. Er gab ihn ihr und zog sich dann die Kapuze des Umhangs tief ins Gesicht. »Und jetzt rutscht so weit es geht nach unten und schmiegt Euch an mich. Und seid still, wenn Ihr könnt.«

»Pah!«, schnaubte sie aus ihrem dunklen umschlossenen Nest heraus.

Griffyn hob den Kopf und drückte die Fersen in Noirs Flanken. Langsam ritt er durch den Innenhof und unter dem ersten Torbogen hindurch. Das Tor war noch geöffnet. Ein gutes Omen. Der Torwächter war nicht darüber unterrichtet worden, dass er über Nacht blieb. Vielleicht waren die Wachen am äußeren Tor genauso unwissend.

Niemand schien davon Notiz zu nehmen, dass er fortritt. Auch die Wachen am äußeren Tor winkten Griffyn durch und würdigten ihn kaum eines Blicks.

Als er das hochgezogene Fallgitter passierte, hingen dessen hölzerne Krallen nur einen halben Fuß über seinem Kopf. Sie ritten auf den Wald zu, kaum dass sie Hipping Hall verlassen hatten. Griffyn hatte eine Mission zu erfüllen – und er fragte sich, wie ihm das gelingen sollte, musste er doch immer an die Frau denken, die sich unter seinem Umhang an ihn schmiegte.

Kapitel 11

Noirs Hufe machten kaum ein Geräusch, als er über das feuchte, faulig riechende Laub trottete, das den Waldboden bedeckte. Hinter den zerrissenen Wolken kam immer wieder der Mond hervor, dessen Licht unheimliche Schatten zwischen den Bäumen warf. Im dichten Unterholz raschelte es hin und wieder leise. Vor ihnen brach ein größeres Tier durchs Dickicht, und über ihnen flog eine Eule auf, deren Ruf unheimlich durch die Dunkelheit schwebte.

Griffyn führte Noir am Zügel und versuchte, die erstaunliche Wendung zu verstehen, die diese Nacht für ihn genommen hatte. Angefangen bei der unvorhergesehenen Auseinandersetzung mit d'Endshires Männern bis hin zu der Frau, die so unerwartet zu seiner Begleiterin geworden war.

Mit finsterem Blick machte er einen Schritt zur Seite, um einem niedrig hängenden Ast auszuweichen. Er trat in ein Matschloch, in dem er wohl bis zu den Knien versunken wäre, hätte er nicht gerade noch rechtzeitig einen Satz nach hinten gemacht.

Seine Begleiterin war, das musste er widerstrebend zugeben, überaus reizend. Nein, mehr noch. Sogar um vieles mehr. Die Begegnung mit ihr war etwas, womit er nicht hatte rechnen können. Sie war vor einem der blutrünstigsten Barone Englands geflohen und hatte sich nicht in die Knie zwingen lassen. Sie war weder in Ohnmacht gefallen noch hatte sie geschrien oder gejammert. Furchtlos wie ein Krieger hatte sie an seiner Seite gestanden. Und hatte gelächelt.

Sie hat gelächelt, Herrgott noch mal! Und das war vermutlich der Grund, warum er das alles auf sich nahm.

Griffyn runzelte die Stirn.

Je länger er ging, je kälter ihm wurde und je länger er darüber nachsann, wie es zu dieser Kette unvorhergesehener Ereignisse hatte kommen können, umso mehr war er von einer Sache überzeugt. Er brachte Noir zum Stehen und drehte sich zu seiner mehr als nur reizenden Begleiterin um.

»Ihr hattet überhaupt nicht vor, dort zu bleiben«, beschuldigte er sie.

Ihr herzförmiges Gesicht runzelte sich verwirrt. »Wo zu bleiben?«

»Selbst wenn sie Mönche gewesen wären, die brav ihr Vaterunser gebetet hätten, hättet Ihr dennoch bei der ersten sich bietenden Gelegenheit das Weite gesucht.«

Ihr Gesicht erhellte sich. »Vertraut mir, Pagan. Die Männer, bei denen Ihr mich zurückgelassen habt, waren *keine* Mönche ...«

»Ihr konntet einfach nicht den Mund halten, nicht wahr?«

»Wie bitte?«

»Was habt Ihr ihnen erzählt?«

Sie errötete. »Eigentlich habe ich ihnen gar nichts über irgendwas gesagt. Aber als sie die Münz...«

»Wusste ich es doch! Aber ich glaube nicht, dass Ihr aus dem Dorf verschwunden seid, weil es nicht sicher war. Ich denke, Ihr seid weggelaufen, weil Ihr dort nicht bleiben wolltet. Ihr macht nie etwas, das Ihr nicht tun wollt.«

Ihr Kinn fiel nach unten. »Das ist einfach nicht wahr!«

»Dann sagt mir, wann Ihr zuletzt etwas getan habt, das Ihr nicht habt tun wollen.«

»Ich ... ich ... Also, jetzt zum Beispiel!«, ereifert sie sich und streckte einen Arm aus. »Ich sitze auf diesem Ungeheuer von Pferd, und Ihr haltet die Zügel in der Hand, Ihr führt mich immer tiefer in den Wald, und ich weiß weder, wohin ich gebracht werde, noch wann ich wieder zurück darf. Vielleicht möchte ich mich viel lieber in ein warmes Bett kuscheln? Oder schlafen? Pah! Wenn Ihr glaubt, ich hätte mir ausgesucht, was heute Nacht passiert ist, dann werde ich Euch eines Besseren belehren, Pagan.«

Griffyn setzte seinen Weg fort. Er war mit ihrer Antwort nur halbwegs zufrieden. »Natürlich habt Ihr es Euch ausgesucht.«

Er glaubte zu spüren, dass sich ihr Blick in seinen Hinterkopf bohrte. »Dann habt Ihr es Euch aber auch ausgesucht.«

Er antwortete nicht. Auch sie war verstummt, wenngleich nur für einen Augenblick, denn schon bald zirpte ihre Stimme wieder hell und klar durch den dunklen Wald.

»Gebt mir wenigstens die Zügel.«

Ohne dass Griffyn es gewollt hatte, entschlüpfte ihm ein Lachen.

»Wirklich, Pagan. Ich habe ein Händchen für Pferde.«

Er sah sie über die Schulter an. »Ja – sie zu verlieren.«

Sie lächelte matt.

Er hob seine Augenbrauen. »Habt Ihr etwa vor, meines auch zu verlieren?«

»Habt Ihr denn vor, mich wieder in einer Räuberhöhle zurückzulassen?«, erwiderte sie betont freundlich.

Er lachte erneut und stieg über einen quer über den Pfad liegenden Baumstamm. »Die Leute dort waren nicht bösartig.«

»Stimmt. Sie waren selbstgefällig, haben begehrliche Blicke auf mein Geld geworfen und waren nur auf ihren eigenen Vorteil bedacht. Lasst mich mal nachdenken, auf was für Menschen diese Beschreibung zutrifft. Ah, ich weiß es wieder: Männer.«

Sein Lächeln schwand. »Von mir aus könnt Ihr das ruhig denken, Rabenmädchen.« Er duckte sich, um einem Ast auszuweichen, und eine Weile herrschte zwischen ihnen einvernehmliches Schweigen. »Ich wollte eigentlich nicht über Euer weibisches Betragen reden, aber Eure …« Er machte eine vage Handbewegung.

Gwyns Augen verengten sich. »Meine was? Was soll das?« Sie unterstrich ihre Frage, indem sie seine Geste nachahmte.

»Eure ...« Er verzog die Lippen und dachte nach. »Wankelmütigkeit.«

»Wankelmütigkeit? *Wankel*mütigkeit? Ihr glaubt, ich sei wankelmütig?«

Er sah sie skeptisch an. »Ich habe nur angedeutet, dass man Euch besser im Auge behält ...«

Sie sprang aus dem Sattel und landete hart auf dem Boden. »Im Auge behalten? *Mich?*« Sie marschierte auf ihn zu und hieb bei jedem Wort ihren Finger durch die Luft. »Vielleicht solltet Ihr einmal ausprobieren, wie es ist, zur Ehe mit einem Mann gezwungen zu werden, dessen Gegenwart auf dieser Erde allein schon eine Beleidigung ist, der Warzen hat und fauligen Atem ...«

»Endshire hat keine Warzen.«

»Ach, als ob Ihr das wüsstet. Bei ihm sitzen sie auf seiner Seele. Wurdet *Ihr* schon mal durch London gejagt oder auf einer Landstraße? Wurdet *Ihr* schon mal gezwungen, unter dem Vorwand, es sei ›nur zu Eurem eigenen Schutz‹, in einer Sänfte zu reisen, nur damit Ihr kein Pferd habt, auf dem Ihr fliehen könntet? Habt *Ihr* je ...« In ihrer Wut ging sie immer weiter auf Griffyn zu und stach bei jedem »Ihr« in Richtung seiner Brust, bis ihre Fingerspitze nur noch wenige Zoll von seinem Körper entfernt war. »... eigene Wünsche und Pläne gehabt, die jedoch von anderen vereitelt wurden, einfach nur, weil sie stärker waren als Ihr? Sie werden *immer siegen.* Wegen *dem* hier«, sagte sie und wies mit zitterndem Finger auf sein Schwert, »und *dem* da.« Sie streckte sich und kniff ihn in den Oberarm.

Das war ein Fehler. In dem Augenblick, in dem sich ihre Hand um die geballte Stärke seiner Muskeln schloss, die in Stahl und Leder gehüllt waren, spürte sie seine Hitze und seine Kraft, die sie fast überwältigten.

»Ja, das habe ich«, erwiderte er mit leiser Stimme. »Es gibt immer jemanden, der stärker ist als man selbst. Und was ist mit mir, Mistress?« Sein Blick wurde hart, seine Stimme eisig. »Was ist mit den Dingen, die ich heute Nacht hinter mir gelassen habe? Wie passe ich in Eure merkwürdige Aufzählung?«

Er riss sich von ihr los und packte sie unvermittelt. Gwyn stolperte rückwärts und prallte gegen Noir. Sie erinnerte sich nur allzu gut daran, was beim letzten Mal passiert war, als sie so dicht neben dem Pferd gestanden hatte.

»Also gut, Pagan«, wisperte sie. »Ihr wart nichts, außer mein ... Retter.«

Er rührte sich einen Moment lang nicht. Sein Gesicht war undurchdringlich. Dann ließ er sie los.

»Ich war dumm«, murmelte er. Er fuhr sich mit beiden Händen durchs Haar. »Und weniger geduldig, als ich hätte sein sollen. Ihr habt heute Nacht eine Menge durchgemacht.«

»Nun ja«, erwiderte sie leichthin, obwohl ihr Lachen zittrig klang. »Ich habe heute Nacht eine Menge Männer geschafft.«

Er starrte sie kurz an, und auf seinem versteinerten Gesicht zeigte sich Überraschung. Dann legte er den Kopf in den Nacken und lachte so laut, dass sein Lachen zwischen den Bäumen widerhallte. Er lachte so heftig, dass Gwyn vergaß, wie groß ihre Angst war. Sie spürte nur, dass ihr Arm sich kalt anfühlte, wenn er ihn nicht umfasst hielt. Sie war unruhig und fühlte sich seltsam und unbekümmert, fühlte sich erschöpft und gleichzeitig voller Energie.

Vermutlich fühlen sich emotionale Erschütterungen so an, dachte Gwyn. Ihre Erinnerung war zu blass, denn es war lange her, seit sie sich das letzte Mal von ihren Gefühlen hatte hinreißen lassen. Aufgrund dieser Tatsache war ihr Leben in den letzten zwölf Jahren zumeist sehr ruhig verlaufen. Es war besser so. Wirklich! Wer könnte etwas anderes behaupten? Sie tat, was man ihr sagte, und erstickte diese lästigen Aufwallungen und

Ahnungen, die alles zerstörten. So war es das Beste. Wirklich. Alles war gut.

Abgesehen von der Tatsache, dass sie, egal, wie tadellos ihr Verhalten auch war, Mama nicht zurückbringen konnte. Oder Roger. Und jetzt war auch Papa tot.

Ungehorsam hatte seinen Preis. Aber warum hatten so viele andere diesen Preis zahlen müssen?

Das vertraute Gefühl, zu fallen, fing wieder an. Sie rutschte in den *Schmerz*, den gähnenden Abgrund aus Verzweiflung, der sich vor zwölf Jahren an dem Tag aufgetan hatte, als ihr Bruder, der von allen geliebte Erbe der Grafschaft Everoot, getötet wurde.

Von Gwyn getötet wurde.

Mama starb drei Monate später. Ihr Herz war am Verlust des einzigen Sohnes zerbrochen. Papa lebte weiter, in sich zurückzogen wie in ein Schneckenhaus.

Wie immer, wenn die Erinnerungen kamen, begann sich auch jetzt Gwyns Körperhaltung zu verändern. Ihre Schultern sackten nach vorne, die Kehle wurde ihr eng. *Ach, Mama. Ich vermisse dich so sehr. Es war ein schrecklicher Unfall. Das habe ich Papa so oft gesagt.*

»Nehmt.«

Pagans Stimme riss sie aus der entsetzlichen Erinnerung.

Gwyns Kopf ruckte hoch. Er beobachtete sie und hielt ihr eine Flasche hin. Sie schüttelte den Kopf. Dann griff sie doch danach und verbannte die finsteren Gedanken. und nahm die Flasche. »Du bist zum Glück ganz unkompliziert.«

»Ihr meint, das Getränk ist es.«

Sie schüttelte sich, als das inzwischen vertraute Feuer sich einen Weg durch ihre Kehle bahnte. Dann hob sie die Flasche, als wollte sie auf jemanden trinken. »Auf die einfachen Getränke.«

»Und die nicht so einfachen Frauen.«

»Meine Güte.« Sie lachte leise. »Ich wusste nicht, dass sie so viel wert sind, dass es lohnt, auf sie zu trinken.«

Seine schiefergrauen Augen waren in der Dunkelheit undurchdringlich. »Und was wisst Ihr darüber?«

»Über komplizierte Frauen?«

»Über die Männer, die auf sie trinken.«

»Oh.« Sie blinzelte. »Eigentlich nichts.«

»Das habe ich mir gedacht.«

Zu dem Thema war wohl nichts mehr zu sagen, oder sie hatten bereits zu viel gesagt. Gwyn fühlte sich einfach nur ... ungebärdig. Darum sagte sie auch nichts mehr. Stattdessen nahm sie noch einen großen Schluck. Als die Flüssigkeit sich in ihrem Magen niederließ und dort ihre Wärme verbreitete, stellte Gwyn die Frage, die sie Pagan schon hatte stellen wollen, seit sie Hippingthorpe Hall hinter sich gelassen hatten.

»Was habt Ihr dort getan, Pagan?«

»Wo?«

Sie fühlte sich wirklich ungebärdig. Oder betrunken. Der Ausdruck auf seinem Gesicht hätte ihr eine Warnung sein müssen. »In Hippings Jagdhaus.«

Ein leises Lächeln umspielte seinen Mund. Ein dunkles, gefährliches Lächeln. »Das wollt Ihr nicht wissen.«

»Nein«, gab sie zu. Ihre Stimme wurde leise, bis sie kaum mehr als ein Flüstern war. »Es war nicht besonders feinfühlig, Euch zu fragen, stimmt's?«

»Ich hätte Euch geraten, diese Frage nicht zu stellen.«

»Und ich, Sir«, sagte sie schwach, »ich hätte uns beiden geraten, nahezu nichts von dem zu tun, was wir heute Nacht getan haben.«

Er schwieg daraufhin lange. »Nun, aber Ihr habt es trotzdem getan, Rabenmädchen.«

In seiner tiefen Stimme lag eine allzu sinnliche, selbstsichere Drohung. Sie sah in seine Augen, die ihre Farbe von Grau zu

Grün und schließlich zu rauchigem Schwarz veränderten. Gwyn hatte das Gefühl zu fallen. Ihr schwindelte, ihre Finger waren kalt, ihr Gesicht heiß. Sie vermutete, dass es die Angst war, die von ihr Besitz ergriff. Es musste Angst sein. Es fühlte sich jedenfalls so an, denn ihre Haut zog sich schmerzlich zusammen, und ihr Herz hämmerte.

Aber es war keine Furcht.

»Wohin bringt Ihr mich, Pagan?«, fragte sie.

Er zögerte nur kurz. »Ich weiß von einem Gasthaus.«

»Und ich weiß von einem Kloster«, erwiderte sie matt. Klang es so verzweifelt, wie sie sich fühlte? »In ein Gasthaus zu gehen scheint nicht besonders ... vernünftig zu sein, oder?«

Er ließ seinen Blick zu dem klaffenden Riss in ihrem Kleid wandern, den sie mühsam zu bedecken versuchte. Als hätte er sie dort leibhaftig berührt, ließ sie die Hand sinken. »Es fehlt mir vielleicht im Moment ein wenig an Einfühlungsvermögen«, gab er leise zu.

Wieder Schweigen, einen Herzschlag nur, dann sagte sie: »Ich glaube, jetzt bin ich sprachlos.«

»Bien«, murmelte er. Seine Stimme klang so rau und männlich, dass sie Versprechen oder Drohung zugleich sein konnte. Gwyn spürte die Nässe zwischen ihren Schenkeln erwachen. Sein Körper strahlte eine Hitze aus, die nach ihr verlangte. Sie empfing sie wie Wellen, die ihren Umhang und ihr Kleid durchdrangen und auf ihre Haut prallten. Pulsieren, Hitze. *Komm näher.* Pulsieren.

Er stand mit leicht gespreizten Beinen vor ihr. Seine Schultern waren so breit, dass sie das Mondlicht verdeckten, das durch das Geäst fiel. Dunkles Haar, dunkle Augen. Sie nahm seinen Geruch wahr, den Geruch nach Leder, nach Wald und dem Rauch von Feuer. Schiefergraue Augen versanken in ihren, und sie las darin von lebenslangen Geheimnissen und einer Gefahr, die schon bald über sie hereinbrechen könnte. Sie starrte in seine Augen und wusste, dass in seinem wie aus Stein gemeißelten Körper eine Kraft wohnte, wie sie sie noch nie gespürt hatte.

Er bedeutete Gefahr. Und sie war dieser Gefahr hilflos ausgeliefert.

Gwyn hob eine Hand und zeichnete die Linie seines Kinns nach, strich mit den Fingerspitzen über seine Lippen. Er sah sie nur an, ohne Regung, bis seine Zunge plötzlich ihre Finger berührte.

»Oh«, murmelte sie überrascht.

Er hielt ihren Blick gefangen, als er ihre Hand nahm und mit der Zunge über ihre Handfläche fuhr. Ihre Knie wurden weich.

Er fing sie auf, als sie fast fiel, und Gwyn wusste, sie hätte jetzt etwas sagen und ihn von sich stoßen müssen. Mochte Gott ihr beistehen, aber sie öffnete sich ihm und erlaubte seiner Zunge, von ihrem Mund Besitz zu ergreifen. Sie ließ zu, dass er an ihren Lippen saugte und jeden Zoll erkundete. Es überkam sie eine intensive Leidenschaft, die sie vergessen ließ, dass sie stand, atmete, lebte oder irgendetwas tat, außer von ihm geküsst zu werden. Sie versank in ihm. Er nahm sie in Besitz.

Sie schlang ihre Arme um seine Schultern und klammerte sich an ihn. Ihr Mund öffnete sich ihm, sie erwiderte jede leidenschaftliche Liebkosung seiner Zunge mit ihrer, bis es keinen Unterschied mehr gab zwischen Atmen und Küssen, bis sie in ihrer Leidenschaft miteinander verschmolzen.

Es war ein unnachgiebiger Angriff. Gwyn wusste in diesem Augenblick nur eines: Ihr Leben hatte sich für immer verändert. Seine harten Oberschenkel pressten sich brennend heiß gegen ihre und lösten einen Feuersturm aus Nässe und Hitze in ihr aus, der durch ihren Schoß strömte und sich zwischen ihren Beinen sammelte. Sie vergrub die Finger in seinem Haar. Ihr Mund war offen, sie hieß jeden Stoß seiner Zunge willkommen. Mit atemraubender Kraft schloss er die Hände um ihre Hüfte und rieb sanft und unerbittlich ihre Hüfte an seine.

Pochendes, unglaublich tiefes Verlangen durchströmte sie. »Oh, nein, Pagan«, flüsterte sie, ohne das *nein* wirklich zu meinen. Sie wollte sagen: *Ich habe das nicht gewusst.* Sie hatte nicht gewusst, dass es einen Mann wie ihn gab.

Griffyn hörte seinen Namen. Das *Nein* hörte er nicht. Ihr Körper bewegte sich in einem sinnlichen instinktiven Rhythmus und verriet ihm, was sie wollte. Er eroberte ihre willige Leidenschaft, vergrub die Finger in ihrem Haar und riss ihren Kopf nach hinten. Seine Zunge drang tiefer und härter vor und zwang Gwyn, sich für ihn zurückzubiegen. Und das tat sie auch. Sie zitterte, sie war für ihn bereit. Von der Brust bis zu den Knien berührten ihre Körper sich, und das Verlangen erfasste ihn wild und heiß.

Die Lust machte ihn schamlos. Er küsste ihren Hals, und während er das tat, schob er eine Hand unter ihren Rock. Seine schwieligen Fingerspitzen glitten an ihrem seidigen Oberschenkel hinauf. Gott möge ihm gnädig sein, aber sie sank leicht in die Knie, und mit dieser Bewegung drückte sich ihre erhitzte Scham gegen seine Erektion.

Ein Zittern durchbebte ihn und verwirrte ihn zutiefst. Das hatte er nicht erwartet. Diese Frau war nicht mehr als eine zufällige Begegnung. Ein Intermezzo, weil er für einen Moment ritterlich gehandelt hatte. Nach einem Leben, in dem es nur Blut und Schwerter und Hass gegeben hatte. *Sie bedeutete ihm nichts.*

Vielleicht bedeutete sie ihm nichts, aber er begehrte sie so sehr, dass es ihn schmerzte. Er hatte das Gefühl, als würde ihm der Boden unter den Füßen weggerissen. Seidig glatte, heiße Haut, weibliche Hitze und keuchende Lust. Diese kluge und unglaublich mutige Frau, die seinen Namen flüsterte. Die *ihn* brauchte.

Warum bedeutete ihm das so viel?

Die Frage kreiste so stark und unnachgiebig in seinem Denken, dass er wieder zur Vernunft kam. Er musste alle Selbstbeherrschung aufbringen, derer er fähig war und die er sich in den Jahren seines Wunsches nach Rache selbst auferlegt hatte. Griffyn gab Gwyn frei und trat einen Schritt von ihr zurück.

»Ich scheine nicht aufhören zu können«, murmelte er.

Gwyn schwankte, als er sie so plötzlich losließ, stolperte und fing sich, indem sie sich an einem Ast festhielt. Griffyn machte einen Schritt auf sie zu, um sie zu stützen, aber der Schrecken in ihrem Blick ließ ihn innehalten. Sie hielt den Ast umklammert, als wäre sie eine Ertrinkende auf hoher See.

Die Flut ihrer schwarzen Haare fiel über ihr Gesicht, ehe es sich wieder um ihre schmalen Schultern legte. Im Mondlicht, das durch die Bäume fiel, sah sie wie eine Nymphe aus. Ein zauberhafter, schmerzlich schöner Geist, der ihn narrte.

»Das hätte ich nicht tun dürfen.« Er sprach so ruhig, wie sein von Verlangen erfüllter Körper es zuließ. Das Blut in seinen Adern rauschte, seine Lenden pochten, und er konnte seinem Begehren kaum widerstehen. »Nicht schon wieder.«

»Nein«, stimmte sie ihm zu.

Er legte die Hände auf Noirs Widerrist und senkte den Kopf. Er hatte den Verstand verloren, hatte jede Vernunft und seinen Sinn für Ehre außer Acht gelassen. Und das alles in den wenigen Stunden, seit er dieser Frau begegnet war. Ein hoher Preis. Denn inzwischen musste er fürchten, gejagt und getötet zu werden, wenn Marcus d'Endshire oder Aubrey Hippingthorpe herausfanden, wo er sich aufhielt.

Der Weg, auf dem sie sich befanden, und die Festung, zu der er führte, lagen sehr versteckt. Aber nicht so gut versteckt, dass Soldaten, die durch den Wald streiften, nicht zufällig darauf stoßen konnten. Die Festung war nicht so vergessen, dass ein paar Fragen an einen alten Dorfbewohner seine Verfolger nicht zu der eingefallenen Ruine führen könnten, von der in den überlieferten Erzählungen der Sachsen berichtet wurde.

Und jetzt brachte er sie dorthin. In seinen Schlupfwinkel, zu den anderen Rebellen und Spionen. Er verhielt sich wie ein Narr. Wie ein Betrunkener, der nicht mehr klar denken konnte. Wie ein Mann, der verliebt war, und dessen Verstand von zu viel Gefühl beherrscht wurde. Der sich mit einer viel zu lebhaften Fantasie ausmalte, wie es sein würde, diese Frau in seinem Bett zu haben. Aber er war kein Narr. Er war nichts von alledem.

Und warum tat er es trotzdem?

Wegen ihres Lächelns.

Er rieb sich die Stirn. Seine Erektion pochte noch immer, sein Herz schlug noch immer wie wild, und sein Verlangen war noch so intensiv, dass er es zu schmecken glaubte. Heißer Honig. So würde sie schmecken. Sie *hatte* so geschmeckt, als er sie geküsst hatte.

Er fuhr sich mit der Hand über den Nacken. »Es tut mir leid, Guinevere. Ihr müsst nie wieder fürchten, dass ich mich Euch auf so unsittliche Art nähere.«

»Ich habe keine Ang...«

»Könnt Ihr laufen?«, fragte er kalt.

Sie wich zurück. »Ja.«

Er sah sie zweifelnd an. In diesem Augenblick schien es ihm eine große Leistung zu sein, seine Fassung zu wahren. Ihr Haar wehte im Wind, der zwischen den Baumstämmen hindurchstrich, als sie sich leicht vorbeugte und versuchte, die Falten ihres einst so feinen Kleides zu glätten. Ihr Gesicht wirkte dabei entschlossen und kindlich zugleich, und ihr Anblick ließ ihn eine so intensive Lust und unerwartete Zärtlichkeit für sie empfinden, dass diese Empfindungen drohten, ihn schwach zu machen.

Es war Wahnsinn. Sie war ein zauberhafter Dämon, und Griffyn empfand Zorn, weil er sich von ihr hatte bezirzen lassen. Er hielt sich an diesem Zorn fest wie ein Ertrinkender.

»Also gut«, sagte er knapp. »Was machen wir jetzt?«

Kapitel 12

Gwyn strich unablässig ihr verdrecktes Kleid glatt. Ihre Gedanken rasten. Seine Frage stellte die Welt auf den Kopf. Er sprach mit dieser dunklen, heiseren Stimme, der sie anhören konnte, wie sehr er sich zurückhalten musste. Es ging nicht mehr darum, was er getan *hatte.* Der Klang seiner Stimme bohrte sich direkt in ihre Seele und flüsterte ihr zu, was er mit ihr tun würde.

Was sie ihm gestatten würde, mit ihr zu tun.

Gwyn starrte zu Boden, und ihre Finger verkrampften sich in den Falten des Kleides. So aufgewühlt sie auch sein mochte, konnte sie die Situation durchaus deuten. Es war bei weitem gefährlicher, in seinen Armen zu liegen, als sich mit schwerterschwingenden Feinden auf verlassenen Landstraßen herumzuschlagen. Diese Feinde konnten nur ihrem Körper Schaden zufügen. Aber Pagan traf sie tiefer und drang bis zu den Überresten ihrer Seele vor. Er berührte den *Schmerz.*

In diesem Augenblick war es wichtiger, Angst zu verspüren und kein Entzücken.

Sie schluckte schwer. Sie musste sich von ihm fernhalten. In dieser Nacht trieben mehr Geister ihr Unwesen, als sie gedacht hatte, und es waren schelmische, missgünstige und aufdringliche Wesen. Das Fest des Königs und geheimnisvolle Ritter, belagerte Festungen und Schwertkämpfe. Ja, und Küsse. Brennende, leidenschaftliche Küsse, die sie tief in ihrer Seele trafen.

»Was soll das heißen – was machen wir jetzt?«, fauchte sie und klang ebenso verwirrt wie er.

Ein leises Lächeln breitete sich auf seinem Gesicht aus. Ein dunkles, gefährliches Lächeln. »Ich habe vorhin von einem Gasthaus gesprochen.«

»Und ich vom Kloster.«

»Wenn Ihr darauf besteht, marschieren wir durch den Wald bis zur Abtei. Aber je weiter die Nacht voranschreitet, umso größer werden die Gefahren für uns. Es wäre dumm, länger als nötig unterwegs zu sein.«

Sie richtete sich auf und atmete tief durch. »Ich nehme an, Ihr sprecht von Euch, Sir?«

Er warf ihr einen finsteren Blick zu. »Das tue ich.«

»Aha.«

»Es ist wohl kaum die richtige Zeit, um durch den Wald zu laufen. Erst recht nicht während eines Sturms«, fügte er unheilverkündend hinzu. Der Wind, der immer wieder zu Sturmböen auffrischte, riss ihm die Worte von den Lippen. Es waren kalte, heftige Böen, die nach Regen schmeckten. »Wir können auch in das Gasthaus gehen, Eure Wunden reinigen, Eurem Kopf ein wenig Pause gönnen, etwas zu essen besorgen und uns ausruhen. Morgen früh können wir dann ausgeschlafen und beruhigt weiterziehen.«

»Euer Gemüt wirkt nicht allzu beunruhigt«, befand sie fast sanft und zwirbelte ein Stück Stoff zwischen den Händen.

»Ich habe ja auch nicht von mir gesprochen.«

»Ach so.«

»Also? Was sollen wir machen?«

Sie blickte ihn skeptisch an. »Ich kenne keine Gasthäuser in dieser Gegend.«

Er seufzte. »Aber ich.«

Sie zögerte. Hoffnung und Argwohn rangen in ihr. *Er würde ihr helfen … Er hatte schon vier Männer für sie getötet … Sie wäre nicht allein … Andererseits weckte er diese gefährlichen Gefühle in ihr … seine Augen …*

Sie starrte auf ein nasses Blatt, das der Wind über ihren Schuh trieb. Pagan kauerte neben dem Pferd und strich Noir feuchte Lehmklumpen von der Fessel. Die schwarzen Stiefel reichten ihm bis ans Knie, und die festen Muskeln seiner Oberschenkel zeichneten sich unter den Beinlingen ab, die er trug. Vor dem dunklen Hintergrund des Waldes haftete ihm etwas Finsteres und Gefährliches an. Und zugleich war er ihre einzige Hoffnung.

»Also gut. Wir gehen zu diesem Gasthaus.«

Griffyn atmete erleichtert auf. Aber er betrachtete sie misstrauisch, als sie zu Noir ging und versuchte, ohne Hilfe in den Sattel zu steigen. Ihre Hand legte sich auf den Widerrist des Pferdes, und ihr Fuß suchte auf einem gefällten Baumstamm, der neben dem Pferd lag, Halt. Der Stamm war mit glitschigem Moos bewachsen. Als Pagan ihr zu Hilfe kam, schaute sie ihn über die Schulter so grimmig an, dass er zurückwich, die Arme verschränkte und abwartete. Das Pferd war fast siebzehn Handbreit hoch und ragte riesig über ihr auf. Zu Griffyns Erstaunen verhielt sich Noir bemerkenswert geduldig.

Griffyns Kiefer spannte sich an, als Gwyn auf dem Baumstamm ausrutschte. »Lady?«

»Die Welt ist nicht so, wie ich sie mir vorgestellt habe«, murmelte sie, als hätte er ihr eine Frage gestellt, auf die diese Antwort passte. Sie kletterte in den Sattel.

Ihr Kopf verschwand für wenige Augenblicke im Blätterdach. Als sie wieder auftauchte, steckten ein paar Ästchen in ihren Locken. Blätter lagen auf ihren Schultern. Einige ballten sich nass im Ausschnitt ihres Kleides. Sie entfernte den Klumpen mit einem Ausdruck verächtlicher Würde, ehe sie ihren Blick starr geradeaus richtete.

Er schüttelte den Kopf, nahm die Zügel wieder in die Hand und trieb Noir mit leisem Schnalzen an.

Sie schwiegen lange, ehe einer von ihnen die Stille durchbrach. Es überraschte Griffyn nicht, dass sie als Erste sprach.

»Wohin bringt Ihr mich?«

Er schaute sich flüchtig nach ihr um. »Ich habe es Euch doch bereits gesagt, Guinevere. In ein Gasthaus.«

Sie hob eine Braue, und er sah es, weil er seine Aufmerksamkeit die ganze Zeit auf sie richtete.

»Und ich habe es Euch auch schon gesagt, Pagan: Ich kenne keine Gasthäuser, die an diesem Abschnitt der Landstraße liegen.«

»Vielleicht ist der Grund, dass der Gasthof etwas abseits der Straße liegt«, gab er zurück.

»Scheint eine größere Entfernung zu sein. Wir reiten schon seit einer halben Stunde.«

»*Ihr* reitet. Und ja, es ist eher schon eine ganze Stunde.«

Ihre Augenbrauen gingen ein Stückchen weiter nach oben. »Ihr könnt Euer Ungeheuer gern zurückhaben.«

»Wir sind fast da.«

»Wo?«

»Duckt Euch«, sagte er, und ohne nach hinten zu schauen, ob sie gehorchte, senkte er den Kopf und schritt unter einem tief hängenden Ast hindurch. Als er sich wieder aufrichtete, standen sie in der Mitte einer Lichtung.

Ein alter, selten genutzter Pfad führte auf der anderen Seite der Lichtung zwischen Farn weiter ins Dunkel des Waldes. Inmitten der Lichtung ragten die verfallenen Überreste eines Gebäudes in den Himmel. Es war riesig und ungeschlacht, die Wände aus Holz und Flechtwerk halb eingefallen. Nur die Steinwände standen noch. Und auch sie waren dem Verfall preisgegeben.

Nach Plünderungen und Feuer war nicht mehr viel vom Gebäude vorhanden. An der Rückseite des Gebäudes waren drei traurige Stockwerke geblieben, die beinahe mürrisch über die eingestürzten Reste der Vorderseite wachten. In den wenigen Fenstern leuchteten Kerzen, und es sah aus, als klaffte ein gieriger zahnloser Schlund auf. In dieser finsteren Nacht wirkte das Gebäude grimmig und beinahe lebendig.

Er hörte, wie sie hinter ihm scharf Luft holte. Der Hengst warf den Kopf hoch und machte einen Schritt zur Seite.

»Ruhig, Noir«, murmelte er.

Gwyn starrte auf das Gebäude. »Ich habt doch von einem Gasthaus gesprochen.«

»Das hier ist ein Gasthaus.« Er streckte ihr die Hände hin, um ihr aus dem Sattel zu helfen.

»Das da«, bemerkte sie piepsiger Stimme und zeigte auf das Gebäude, »ist *kein* Gasthaus.«

»Ein Gasthaus beherbergt Reisende, oder?«

Sie wollte schon nicken, unterließ es dann aber und neigte stattdessen den Kopf, um Pagan anzusehen. »Nein. Ich meine, ja.«

»Also ist es ein Gasthaus«, sagte er, als wäre das Thema damit erledigt.

Wieder streckte er ihr auffordernd die Hände entgegen. Sie warf ihm einen verächtlichen Blick zu, löste die Filztasche von Noirs Sattel und stieg auf der anderen Seite des Schlachtrosses aus dem Sattel. Noir trat mit einem Hinterhuf aus. Er schien sie kaum zu vermissen. Unter dem Bauch des Hengstes hindurch beobachtete Griffyn, wie sie zum Kopf des Pferdes ging, wo er sie mit einem kühlen Blick empfing.

»Ihr seid wohl gewillt, jeden Teil Eures Körpers zu verletzen, ehe die Nacht vorbei ist. Kann das sein?«

»Hmmm«, schnaubte sie.

Im Moment waren die Verletzungen ihres Körpers das Letzte, worum Gwyn sich sorgte. Viel mehr beunruhigte sie das aufgeregte Pochen ihres Herzens, sobald Pagan sie anschaute. Es gemahnte sie an den *Schmerz*. Aber das hier war anders, obwohl es an denselben Stellen in ihrem Körper – im Herzen, im Bauch –

ruhte. Es lastete nicht wie eine schwere Decke auf ihr, die alle Sinneseindrücke dämpfte.

Es war gefährlich.

»Hmmm«, machte sie erneut und verschränkte die Arme vor der Brust.

Jeder Muskel in ihrem Körper fühlte sich wund an. Der Herbstwind hatte dafür gesorgt, dass sich ihre Finger und Zehen wie erfroren anfühlten. Ihre Kleidung trocknete allmählich, und der nasse Dreck hatte sich in jeder Falte festgesetzt. Zudem hatte Pagans Kuss sie so sehr verwirrt, dass sie kaum noch klar denken konnte. Sie starrte auf die Fassade des Gebäudes und tat, als bemerkte sie nicht, dass er sie von der Seite ansah. »Und wo steckt der Gastwirt?«

In diesem Moment eilte ihnen ein Mann entgegen. Pagan ging ihm mit weit ausgreifenden Schritten entgegen, und sie trafen sich in der Mitte der Lichtung. Gwyn beobachtete die beiden Männer, von deren Unterhaltung sie kein Wort verstand. Dann nahm der Mann Noir am Zügel und verschwand mit ihm in einem etwas abseits gelegenen Gebäude, das offenbar als Stall diente.

Im nächsten Augenblick kamen mehrere Männer aus der Ruine gelaufen und rannten in den Stall. Wenige Augenblicke später galoppierten sie auf ihren Pferden davon und hoben die Hand zum Gruß, als sie an Pagan vorbeiritten und dann im Wald verschwanden.

Pagan kam zu ihr zurück. Sein Gesicht war grimmig. »Kommt.«

»Das war der Gastwirt?«, fragte sie betont fröhlich.

Er wirkte nicht besonders erfreut.

»Und seine Bediensteten, nehme ich an?« Sie strahlte ihn an und nickte in die Richtung, in der die Männer verschwunden waren.

Er wandte sich von ihr ab und marschierte auf das zerfallene Gebäude zu.

Ihr Blick bohrte sich in seinen breiten Rücken, doch Pagan schien ihre Feindseligkeit nicht zu spüren. Noch schien es ihn zu kümmern, dass sie stehen geblieben war. Er drehte sich weder zu ihr um noch ging er langsamer.

Seufzend folgte Gwyn ihm und bahnte sich einen Weg durch das hohe, vom Tau benetzte Gras. »Viele Gäste können sie ja nicht haben, wenn sie so weit von der Straße entfernt liegen«, schniefte sie mit hoher und gereizter Stimme.

»Sie haben genug Gäste«, lautete seine knappe Antwort.

Sie schniefte erneut. »Was für ein Glück.«

Gwyn ging weiter, die Arme um sich geschlungen und in einer Hand die Tasche mit den Briefen ihres Vaters. Sie wagte nicht, weiter als eine halbe Stunde zurückzudenken. Denn was konnte sie an den Ereignissen der Nacht jetzt noch ändern?

Sie begann sich mit den Fingern das wirre Haar zu kämmen, während sie durch das nasse, hohe Gras gingen. Aber ihre Hand zitterte. Alles wirkte so seltsam verzerrt, und sogar der Boden unter ihren Füßen schien zu beben.

Und was Pagan betraf, so hatte er sich von einem geheimnisvollen, hilfsbereiten Retter in einen gefährlichen, leidenschaftlichen Wüstling und dann in ein wortkarges Ungeheuer von Mann verwandelt. Und das alles in der Zeit, die man brauchte, um eine Badewanne mit Wasser zu füllen. Und jetzt stand sie mit ihm vor diesem seltsamen Gasthaus. Wunderbar. Welche Freuden mochte diese Nacht noch für sie bereithalten?

Es begann zu regnen.

Kapitel 13

Der Regen fiel in wahren Sturzbächen vom Himmel, fast so, als wäre dieser seiner Last überdrüssig geworden und hätte beschlossen, es den auf der Erde Lebenden zu überlassen, mit den Wassermassen zurechtzukommen. Ein Blitz zuckte hell über den Himmel, und wenige Augenblicke später zerriss ein Donner die Stille und näherte sich grollend. Der Regen prasselte wie spitze Pfeile nieder und peitschte seine Tropfen in Gwyns Augen und in ihre Kleider. Als sie und Pagan das Gasthaus betraten, waren sie tropfnass.

Gwyn schob die Kapuze zurück. Sie hörte Stimmen, die von den Wänden widerhallten. Aber sie sah niemanden. Gelächter und heitere Stimmen erklangen aus einem entfernten Raum. Dann herrschte wieder Stille. Es war hier leidlich sauber, befand sie, und es gab genug Platz. Sogar die Stufen waren breit und nicht so schmal und geschwungen wie daheim im Nest. Merkwürdig, dass sie keine anderen Reisenden sah, doch schien das Gasthaus zu dieser späten Stunde recht gut besucht zu sein.

Aus den Schatten starrte sie das kleine Gesicht einer Frau an. Dafür, dass es sich um die einzige Person handelte, die in Sichtweite war, kam es ihr schon komisch vor, aus dem Dunkel beobachtet zu werden. Als wollte die Frau nicht gesehen werden. Sie lächelte Gwyn an, die das Lächeln erwiderte. Sie fühlte sich merkwürdig. Die Fremde wandte sich an Pagan. »Myl. . .«

»Wir brauchen ein Bad«, sagte er mit fester Stimme und führte Gwyn auch schon die Treppe hinauf. »Das ist die Frau des Gastwirts«, erklärte er, als sie sich fragend zu ihm umdrehte.

Schweigend stiegen sie die Stufen hinauf und tauchten in eine

Dunkelheit ein, die nur hin und wieder von Wandfackeln erhellt wurde. Das Licht war weich und einladend, wenngleich die Schatten Gwyn ein wenig unheimlich waren. Ihre Silhouette war klein und geduckt, dann wieder lang und zerrissen, aber stets war Pagans Schatten über ihrem Kopf dunkler als alles andere.

»Meine Räume«, sagte er hinter ihr und zeigte auf eine Tür zur Rechten.

Sie blieb stehen. »Und wo soll ich bleiben?«

»Das sind die einzigen Zimmer.«

Sie beschloss, sich weder zu rühren noch diese Frechheit einer Antwort zu würdigen. Stattdessen wartete sie, bis sein Oberschenkel ihren berührte, weil er sich an ihr vorbeischob und die Tür öffnete.

Jemand hatte das Zimmer für seine Rückkehr vorbereitet. Gwyn konnte ein erleichtertes Seufzen nicht unterdrücken, als sie den Kopf durch die Tür steckte. Die Kammern waren klein und sauber. Es gab eine vordere Kammer und hinter einem Türsturz die Bettkammer, die in Dunkelheit getaucht war. Der Türsturz war so niedrig, dass Pagan den Kopf einziehen musste, als er eintrat. Die Wände aus Flechtwerk reflektierten den goldenen Schein des Feuers, das in einer Kohlenpfanne brannte. Dunkelrote Wandbehänge schmückten zwei Wände. Sie waren abgewetzt, aber sauber.

Durch einen kleinen Durchgang, der mit einem Vorhang abgetrennt war, erspähte sie ein Bett, auf dem ein riesiger Berg Felle lag. Erneut seufzte sie und spürte, wie die heftige Anspannung langsam aus ihren Schultern wich. Sie ließ ihren Hals ein wenig kreisen und dehnte ihn.

»Zuerst gibt es ein Bad«, sagte er.

Sie zog die Schultern wieder hoch. »Wie bitte?«

Jemand klopfte an die Tür. Pagan öffnete, und eine kleine Prozession Bedienstete kam herein. Sie trugen eine runde große Wanne herein und Eimer mit dampfend heißem Wasser. Wie hatte er das so schnell arrangieren können? In kürzester Zeit war das Bad bereitet und die Kammer bis auf Pagan und sie wieder leer.

Sie stand mit dem Rücken zu ihm und starrte auf die Wanne. Sie wollte ihn nicht ansehen. Auf keinen Fall, denn sie wusste so sicher, wie sie den Schmerz in ihrem Kopf spürte, dass er sie wieder aus diesen grauen Augen anstarrte. Oder schlimmer noch: Er würde sie mit diesem kleinen umwerfenden Lächeln ansehen, und dann würde ihr das Herz wieder bis zum Hals schlagen.

Sie hörte seine Schritte, die sich Richtung Tür bewegten. »Sir, darf ich ...?«, begann sie. Seine Schritte verharrten. »Ihr habt einen Boten erwähnt«, sagte sie, ohne ihn anzusehen.

»Ich werde das für Euch arrangieren.«

Sie wandte den Kopf leicht zur Seite. »Aber ... Den ganzen Weg hinaus aus dem Wald ...«

»Der Sohn des Gastwirts verdingt sich hin und wieder als Kurier. Er wird Eure Nachricht überbringen.«

»Ach so.« Der Dampf stieg vor dem roten Wandbehang auf. Sie spürte Pagan, der hinter ihr stand und sie beobachtete. Sie biss sich auf die Lippen.

»Guinevere?«

»Was ist?«, fragte sie leise.

»Geht schon in die Wanne.«

Das heiße Wasser in der Wanne zog ihre ganze Aufmerksamkeit auf sich. Sie konnte kaum den Blick davon lassen. »Aber Ihr ...«

»Ich gehe.« Die Tür öffnete sich leise quietschend. »Aber ich komme zurück.«

Sie drehte sich zu ihm um, aber er war bereits fort.

Einige Augenblicke später klopfte jemand an die Tür, und Gwyn öffnete. Vor ihr stand die Frau, die sie schon bei ihrer Ankunft gesehen hatte. Sie blickte Gwyn freundlich an und sprach dabei mit so leiser Stimme, dass Gwyn sich zu ihr hinabbeugen musste, um ihre Worte zu verstehen.

»Er hat gesagt, Ihr würdet mir Eure Botschaft mitteilen.«

Gwyn lächelte dankbar. »Ich danke Eurem Sohn, dass er die Nachricht überbringt.«

Die Frau blinzelte. »Meinem Sohn?«

»Oh, es tut mir leid.« Gwyns Wangen wurden knallrot. »Er hat mir gesagt, der Sohn des Gastwirts werde meine Nachricht überbringen. Und ich hab wohl gedacht, Ihr wärt seine ... Nun ja, tut mir leid.«

»Nein, nein«, antwortete die Frau hastig. »Ihr braucht Euch nicht entschuldigen, Mylady. Es ist ja mein Sohn, das stimmt schon. Mein Sohn, der Eure Nachricht überbringen wird.«

»Da habe ich wirklich Glück gehabt«, sagte Gwyn langsam. »Bitte kommt herein.«

Sie setzten sich an den Tisch. Es war ein merkwürdiges Gefühl, sich in diesem abgelegenen Gasthaus zu verstecken und dass niemand wusste, wo sie sich aufhielt. Die Fensterläden waren geschlossen, und draußen war es dunkel. Sie wusste nichts über die Welt außerhalb ihrer Kammer. Das Einzige, was sie sicher wusste, war, dass der Sturm immer heftiger ums Haus pfiff und dass die Frau des Gastwirts nicht wusste, dass sie einen Sohn hatte.

Sie richtete ihre Nachricht an ihre Freundin Mary und deren Mann John, den Herrn über das kleine, aber strategisch wichtige Anwesen Cantebrigge, wo Gwyn ursprünglich auf ihrem Rückweg hatte Halt machen wollen – bevor dieser Wahnsinn seinen Anfang genommen hatte. Es war unwahrscheinlich, aber nicht unmöglich, dass König Stephen sie tatsächlich an fitzMiles verkauft hatte. Und da Everoot auf dem Spiel stand, wollte sie kein Risiko eingehen. Deshalb schickte sie keine Nachricht direkt an den König, denn dann hätte sie ihm offenbaren müssen, wo sie war. Sie brauchte einen Verbindungsmann. John von Cantebrigge stand hoch in der Gunst des Königs, und er würde wissen, was zu tun war.

Sie sprach langsam und wählte ihre Worte mit Bedacht, um ihn einerseits von der Dringlichkeit der Angelegenheit zu überzeugen, und andererseits zu vermeiden, dass die Botschaft zu viel preisgab – für den Fall, dass sie in falsche Hände geriet.

»Geliebter John. Lord d'Endshire plant, sich gegen meinen Willen mit mir zu vermählen«, sagte sie. »Er hat mich verfolgt, als ich allein war.« Sie blickte auf und starrte in die Flamme der Kerze, die auf dem Tisch brannte. Die Flamme war klein, aber sie brannte erstaunlich hell. »Dank Gottes Gnade wurde ich wie durch ein Wunder gerettet. Aber mich bedrückt das Wissen, dass unser Herr und König dieser verderbten Sache zugestimmt hat, obschon ich es nicht glauben kann. Würdest du ihm mein Gnadengesuch übermitteln und meinen Wunsch, dass er mich anhört? Mein größerer Wunsch ist jedoch, in St. Alban abgeholt zu werden, wohin ich geflohen bin. Nehmt die versteckten Wege und sprecht mit niemandem, John. Everoot steht auf dem Spiel.«

Die Frau wiederholte die Nachricht Wort für Wort, dann zog sie sich zurück. Gwyn schaute zur Wanne. Jetzt konnte sie nur noch warten und hoffen, dass ihre Freunde in Cantebrigge glaubten, dass die Nachricht tatsächlich von ihr stammte. Eine hehre Hoffnung.

In diesen gesetzlosen Zeiten verließ sich niemand auf etwas anderes als auf den Tod und König Stephens Steuererhöhungen. Eine Nachricht wie die ihre, eine so geheime und dringliche Botschaft, die ohne das Siegel des Absenders überbracht wurde, konnte als echt, aber auch als List gewertet werden. John von Cantebrigge konnte durchaus glauben, man wolle ihm eine Falle stellen.

Gwyn hatte einen Moment lang erwogen, dem Boten das Einzige mitzugeben, das sie besaß und das die Nachricht als eindeutig von ihr stammend identifizierte. Aber sie hatte sich dagegen entschieden.

Everoot besaß wie nur wenige andere Domänen, zum Beispiel Durham und Chester, das Münzrecht. Im Nest waren einst große Mengen Münzen geprägt worden, aber in den gesetzlosen Tagen, in denen geraubt und geplündert wurde, gab es nur wenig Arbeit für die Münzer. Man konnte einfach kaum mehr Gewinn machen. Das Privileg war inzwischen zunehmend zur Last geworden.

Auch wenn sie nicht länger Münzen für die Krone prägten, zeigten die Münzstempel doch nach wie vor eines der beeindruckendsten, prägendsten Bilder des Landes: eine knospende Rose. Die Linien waren wie ein Sonnenaufgang umstrahlt, dennoch klar und präzise. Während andere sich für Eber und Adler und Bären entschieden hatten, war die Wahl ihres Vaters auf ein Motiv gefallen, das seiner Frau gefallen hatte: die Rose von Everoot, die zweimal im Jahr blühte.

Die Rose war charakteristisch. Sie war selten. Sie würde von jedem erkannt werden, und sie zierte auch den mit Eisen beschlagenen, geschwungenen Deckel von Papas Holzschatulle.

Gwyns Fuß stieß gegen die Filztasche. Sie beugte sich nach unten und berührte sie, als wäre sie ein Talisman. Dann richtete sie sich wieder auf.

Was hätte es ihr genutzt, wenn sie die Schatulle mitgeschickt hätte? Die Nachricht würden sie so oder so glauben, denn sie war überzeugt, dass ihr Freund John von Cantebrigge nicht auf ein Zeichen oder Siegel wartete, ehe er ihr zu Hilfe eilte.

Und sie durfte die Schatulle nicht einen Augenblick lang aus der Hand geben.

Sie nahm die Tasche und zog die Schatulle hervor. Es war eine hübsche Arbeit. Eine seltsame Anziehungskraft ging davon aus. Man *wünschte* sich geradezu, sie berühren zu dürfen. Aber über die einfache, fast überirdische Schönheit hinaus war die Schatulle wertvoll, weil ihr Vater sie in den letzten Stunden seines Lebens in ihre Obhut gegeben hatte. Ein kleines Kästchen, in dem die Liebesbriefe verwahrt waren, die er und Gwyns Mutter sich geschrieben hatten, als er auf dem Kreuzzug in Outremer weilte. Allein das war schon recht merkwürdig.

Andererseits hat er Mama sehr geliebt, befand sie zum bestimmt hundertsten Mal.

Und Gwyn hatte für ihren Tod gesorgt. Gerade so, als hätte sie ihr eigenhändig das Schwert ins Herz gestoßen.

Ihr Herz machte einen Satz. Sie hatte die vergangenen zehn Jahre ihres Lebens mit dem Versuch verbracht, ihrem Vater alles recht zu machen und ihm zu helfen. Sicher zog es Konsequenzen nach sich, wenn man den eigenen Bruder und die eigene Mutter tötete. Zum Beispiel die, dass der Vater sie hasste.

Sie fuhr mit der Hand über die Schatulle und hob den Deckel. Die Briefe ihrer Eltern lagen darin. Verträumt berührte Gwyn die Pergamentbögen, dann fuhr ihre Hand tiefer und betastete suchend den Boden der Schatulle.

O mein Gott. Ihr wurde eiskalt.

Er war verschwunden.

Ihr Herzschlag setzte aus. Zusammen mit der Schatulle hatte Papa ihr zwei kleine Schlüssel anvertraut: einen goldenen und einen aus Silber. Er hatte mit Nachdruck darauf bestanden, dass sie die beiden Schlüssel verwahrte. Das hatte sie verwundert, zumal keiner der beiden ein Türschloss in der Burg zu öffnen vermochte. Aber sie hatte es ihrem Vater an seinem Totenbett versprochen.

Und jetzt war der silberne Schlüssel fort.

Mit zitternden Fingern räumte sie die Pergamentrollen aus der Schatulle und schaute noch einmal nach. Kein Schlüssel. Gwyn lehnte sich zurück. Ihr Blut rauschte, ihre Gedanken rasten. Ja, so musste es passiert sein. Als ihr in London die Schatulle aus den Händen geglitten war, musste der Schlüssel herausgefallen sein.

Aber weshalb fühlte sie sich so schrecklich? Es waren doch nur Erinnerungen an die Vergangenheit, die keinen Wert hatten. Aber ihrem Vater hatten diese Dinge etwas bedeutet, und darum fügte der Verlust den bereits erlittenen unheilbaren Schmerzen einen neuen hinzu.

Instinktiv glitt ihre Hand zu ihrem Rock und berührte das längliche Stück Metall, das sie in eine Tasche eingenäht hatte. Wenigstens der goldene Schlüssel war ihr noch geblieben.

Was hatte es schon zu bedeuten, dass sie den silbernen verloren hatte?

Sie sprang auf. Der Stuhl fiel nach hinten, und sie stopfte die Schatulle zurück in den Beutel. Dann kniete sie sich neben die Wanne. Heißer Dampf stieg auf und umschloss ihre kalten, klammen Fingerspitzen. Sie begann sich auszuziehen.

Ihr Blick fiel wieder auf die Filztasche. Papa war ein belesener Mann gewesen. Für einen Mann des Krieges war das ungewöhnlich. Gwyns Mutter hatte das Lesen und Schreiben von ihm gelernt. Seltsam, dass Papa es mir verweigert hat, mich in dieser Fertigkeit zu unterweisen, dachte Gwyn. Der Gedanke rührte etwas in ihr an, das sie nicht benennen konnte. Aber so war es nun einmal, und deshalb blieben die Briefe ungelesen. Sicher hätte sie William Mit-den-fünf-Strähnen, ihren betagten, streitsüchtigen und hoch verehrten Seneschall bitten können, ihr die Briefe vorzulesen. Aber Gwyn hatte das Gefühl, dass diese Briefe nur für ihre Augen bestimmt waren.

Sie hatte sich die Briefe natürlich angeschaut. Mit den Fingerspitzen hatte sie die Tintenschnüre nachgezeichnet, hatte sie die Ecken und Kanten des alten knisternden Pergaments berührt. Aber lesen konnte sie kein einziges Wort. Eines Tages aber, das hatte sie sich fest vorgenommen, würde sie lesen lernen.

Dann konnte sie vielleicht das Geheimnis lüften, das *unter* den Briefen verborgen lag. In dem Geheimfach mit der Klappe aus Eisen, die nicht einmal mit Feuer geöffnet werden konnte.

Kapitel 14

Griffyn ging die Treppe hinunter und betrat die Haupthalle des Gebäudes, das weder jetzt ein Gasthaus noch jemals vorher eines gewesen war. Vor etwa neunzig Jahren war es ein Außenposten für die sächsischen Soldaten gewesen, kurz vor der Eroberung durch William den Bastard. Es hatte jedoch seitdem seinen Nutzwert nicht eingebüßt. Auch jetzt hielten sich Männer in diesen Mauern auf, die die Übernahme großer Reiche planten. Männer wie Griffyn und die Hand voll Ritter, die auf den Schlachtfeldern der Normandie für den Kampf gestählt worden waren.

Als Griffyn sein Pferd an den Soldaten übergeben hatte, der ihm bei seiner Ankunft entgegengeeilt war, hatte er außerdem ausrichten lassen, dass die Männer sich innerhalb der nächsten halben Stunde im Festsaal versammeln sollten.

Zwölf Männer und zwei Frauen saßen um zwei große abgenutzte Holztische oder standen an die Wände aus Flechtwerk gelehnt und erwarteten ihn. Die schwieligen Hände schlossen sich um Krüge mit schalem Ale. Eine Kohlenpfanne verströmte in der Mitte des Raumes Wärme, und auf jedem der Tische standen ein paar Kerzen. Sie klebten in erstarrten Wachspfützen, damit sie nicht umfielen. Zwölf Männer hatten sich im Dämmerlicht der Halle versammelt. Männer, die für ihren Herrn große Risiken und Gefahren auf sich nahmen.

Griffyn berichtete ihnen in wenigen Worten, was sich zugetragen hatte. Zuerst erzählte er von dem Treffen mit Beaumont und der Einigung, die sie erreicht hatten. Das war eigentlich der wichtigste Punkt, aber schon bald merkte er, dass dieses Thema im Vergleich zum anderen verblasste. Viel interessanter war die Geschichte von der Beinahe-Entführung, von dem Schwertkampf und der darauf folgenden doppelten Rettung.

Er erntete einige skeptische Blicke, mehr als nur ein paar Lacher und zu viele Flüche, um sie zählen zu können, als er berichtete, wie er gegen d'Endshires Männer gekämpft hatte.

»Sie sind also tot?«, fragte einer der normannischen Ritter namens Damelran.

Griffyn hob den Blick vom Feuer. »Nicht alle. De Louth konnte fliehen.«

»Das ist ja wenigstens etwas«, scherzte der Ritter und hob seinen Krug, um noch einen Schluck Ale zu nehmen.

Griffyn warf ihm einen finsteren Blick zu. »Wie schön, dass ich dir zu Diensten sein konnte.« Er beobachtete, wie die Männer im Raum, die im Schatten saßen, grinsten. Seine Miene verfinsterte sich. »Was hättet ihr denn an meiner Stelle gemacht? Sie war allein und schwebte in Gefahr.«

Das laute Johlen und Lachen, das dieser Bemerkung folgte, ließ ihn für eine Weile verstummen. Er blickte sich missmutig um. Diesen Männern hätte er sein Leben anvertraut. Aber keinem von ihnen konnte er diese Geschichte anvertrauen. Sie würden sie zu etwas machen, was sie nicht war. Und dann hätten sie eine Menge Spaß damit. Genau das passierte gerade.

Die Männer schlugen einander auf den Rücken, hoben ihre Krüge und brachten einige derbe Trinksprüche aus. Griffyns Stellvertreter Alexander beobachtete ihn stumm. Er war der Einzige, der sich der allgemeinen Erheiterung nicht anschloss. Griffyn begegnete seinem Blick und zuckte mit den Schultern. Alex schüttelte den Kopf und nahm einen Schluck Ale. Die anderen rissen ausgelassen ihre Witze.

Hervé Fairess, ein angevinischer Ritter mit einem ziemlich üblen Sinn für Humor, musste so heftig lachen, dass seine Augen tränten und seine geröteten Wangen sich blähten. Und auch der

»Gastwirt« und seine »Frau«, bei denen es sich in Wahrheit um einen normannischen Ritter und eine junge Witwe handelte, die mit jeder Armee sympathisieren würde, die den König vom Thron stieß, der einst ihren Mann hatte umbringen lassen, hatten keine großen Skrupel, ihrer Erheiterung freien Lauf zu lassen. Sie saßen im Schatten und lachten schreiend. Sie klammerten sich aneinander, als müssten sie ertrinken. Griffyn warf seinen Männern einen finsteren Blick zu, doch keiner von ihnen bemerkte es.

Schließlich räusperte er sich. Sofort wurde es totenstill.

»Wie ich bereits sagte, sie schwebte in Gefahr.«

»In größerer Gefahr schweben wir alle, falls d'Endshire sich auf die Suche nach dem Ritter macht, der wie ein Geist aus dem Nichts aufgetaucht ist und ihm seine Braut entrissen hat«, bemerkte Hervé Fairess.

»Das stimmt.« Alex' Stimme drang leise und ruhig aus dem Hintergrund.

Griffyn schüttelte den Kopf. »Wir brechen morgen früh von hier auf, und in zwei Tagen werden wir England verlassen. Am Morgen darauf werden wir schon in der Normandie sein, und Endshire kann uns nichts mehr anhaben. Außerdem«, fügte er hinzu und schnaubte ungeduldig, »war sie nicht seine Braut.«

Das rief erneutes Gelächter hervor. Alex hob die Stimme. um das Lachen zu übertönen. »Sie war vielleicht nicht seine Braut, aber was heißt das schon, Pagan? Jetzt ist sie in unserem Lager. Was ist, wenn sie entdeckt, wer wir sind? Oder was wir vorhaben?«

»Das wird sie nicht. Wenn sie morgen früh aufwacht, wird sie feststellen, dass das Gasthaus verlassen ist. Und sie wird sich danach auf den Weg zum Kloster St. Alban machen.« Er blickte sich um und schüttelte enttäuscht den Kopf. »Wir müssen nur eine Nacht mit dieser Frau in unserer Mitte überstehen. Schaffen wir denn nicht einmal etwas so Einfaches?«

Als die Männer wieder lachten, schüttelte er angewidert den Kopf und zog sich in den hinteren Teil der Halle zurück, wo Alex an einem Tisch saß.

Er ließ sich auf die gegenüberliegende Bank fallen. »Hast du mir auch noch etwas zu sagen?«, fragte er knapp.

»Also, wenn du so fragst ...«

»Das dachte ich mir«, murmelte er.

Er schenkte sich aus einem Krug Ale in den Becher, den Alex ihm wortlos zugeschoben hatte. Dann lehnte er sich mit dem Rücken an die Wand. Er öffnete sein Kettenhemd an der Schulter, und das schwere Gewebe fiel nach vorne auf seine Brust. Er stellte einen Fuß auf die Bank, schlang einen Arm um sein Knie und starrte in das Feuer.

Das Geräusch des Regens, der gegen die Fensterläden und Wände prasselte, klang wie ein leises Rauschen. Das Feuer verströmte Wärme, und in der Halle roch es nach trocknendem Leder, altem Stroh und Rauch. Das Feuer flackerte, und das Murmeln seiner Männer wurde leiser, als einige von ihnen sich zum Schlafen niederlegten.

Griffyn nahm einen großen Schluck vom lauwarmen Ale, dann wischte er sich mit dem Handrücken über den Mund und schaute zu Alex hinüber. Fragend hob er eine Augenbraue.

Alex antwortete auf die gleiche Weise, indem er die Brauen hob und dann fragend zur Decke blickte.

Griffyn zuckte mit den Schultern. »Ich weiß nicht, wie ich es noch deutlicher sagen kann. Morgen früh werde ich sie fortbringen, und dann sind wir hier fertig.«

Alex fuhr mit einem Finger über den nassen Ring aus Ale, den der Krug auf der Tischplatte hinterlassen hatte. »Wir sind wirklich fertig?«

»Es ist nicht das erste Mal, dass ich einer Frau begegne, Alex. Außerdem«, fügte er verärgert hinzu, »habe ich nur meinen Ritterschwur erfüllt. Und ich weiß, dass es einigen von uns gut zu Gesicht stünde, wenn sie auch einmal darüber nachdächten.«

Alex rieb seine Fingerspitzen aneinander. »Geht es hier nur darum? Um deine Ritterehre?« Griffyn hob erneut fragend die Augenbrauen. Alex tat das Gleiche. »War es das, was du auf der Straße getan hast? Dich ritterlich verhalten?«

»Das ist doch lächerlich!«, rief Griffyn.

»Deine Ehre?«

Er atmete hörbar aus und fuhr sich mit der Hand durch das Haar.

»Warum ist sie hier?«, fragte Alex weiter. »Du hast Wichtigeres zu tun. Alles, was dich davon ablenkt, stört nur.« Der Feuerschein warf Schatten an die Wände. »Warum ist sie hier?«, fragte er erneut. Seine Stimme war gefährlich leise. »Ich meine es ernst, Griffyn. Was geht da vor?«

Griffyn sah ihn an. »Was ist los?«, fragte er so emotionslos, dass es kaum mehr wie eine Frage klang. »Was macht dir Sorgen, Alex? Du kennst mich.«

Sie schwiegen. Nur das Feuer knackte. »Ja, ich kenne dich, Griffyn. *Sie* hingegen kenne ich nicht.«

Griffyn drehte den Becher zwischen den Fingern und schwieg verbissen.

Alex wartete noch einen Augenblick. »Du hast eine Bestimmung, Griffyn«, sagte er dann. »Du entstammst der Blutlinie. Du bist der Hüter. Der Erbe.« Er schaute in Griffyns ausdrucksloses Gesicht und schüttelte den Kopf. »Es ist ja wohl kaum meine Aufgabe, dich davon zu überzeugen oder dir Befehle zu erteilen.«

»Ach, ist das so? Und wieso kommen wir dann immer wieder darauf zu sprechen?«

Alex' Gesicht versteinerte. »*Weil es einen Schatz gibt, der beschützt werden muss.* Oder glaubst du nicht daran?«

Griffyn beugte sich über den Tisch. »Ich sage dir, was ich

glaube, Alex«, erwiderte er leise. »Ich glaube, dass Habgier und Furcht existieren und dass sie die Männer antreiben. Es ist nicht das Heilige, was sie motiviert. Oder nur in den seltensten Fällen. Wenn du ihnen Güte zeigst, werden sie angriffslustig. Die Legenden über den verborgenen Schatz erregen sie mehr als alles andere. *Aber ich will das nicht.«* Er lehnte sich wieder zurück und fuhr mit beiden Händen durch sein Haar. »Mir gefällt nicht, was dieser Schatz aus den Männern macht.«

Er starrte zum anderen Ende der Halle. Seine Männer lagen vor der Feuerstelle; ihre Körper zeichneten sich dunkel ab. Der Regen schlug gegen die Fensterläden.

»In deinen Adern fließt das Blut einer tausendjährigen Geschichte, Griffyn«, erwiderte Alex ruhig. »Diese Angelegenheit wiegt zu schwer, um sie einfach zu ignorieren. Dein Leben gehört nicht nur dir.«

Griffyns Finger schlossen sich fest um den Becher. »Aber es ist meine Entscheidung.«

»Du bist der Hüter, Griffyn«, beharrte Alex mit drängender Stimme. »Du musst das endlich akzeptieren.«

Griffyn blickte auf. »Und du bist ein Wächter, Alex. Nicht mein Vater.«

Alex' Miene erstarrte. »Ja, ich bin ein Wächter. Ich beschütze dich. Ich erfülle meine Pflicht.«

Griffyns Gesicht verzog sich zu einem Lächeln. »Nenn es ruhig deine Pflicht. Wir treffen alle unsere eigenen Entscheidungen.«

»Und du weigerst dich seit dem Tag, an dem dein Vater starb, deiner Bestimmung zu folgen. Glaubst du, sie verschwindet, wenn du sie einfach ignorierst?«

»Nein«, erwiderte Griffyn matt. »Nichts verschwindet.«

Nichts würde je geschehen, dass die schreckliche Wahrheit darüber, wozu er bestimmt war, einfach verschwand. Der Schatz in Everoots Kellergewölbe hatte eine lange Geschichte voller

Zerstörung hinter sich. Dieser Schatz war mächtig genug, um Fragen aufzuwerfen und Männer in den Wahnsinn zu treiben, heilig genug, um Könige dazu zu bringen, auf die Knie zu fallen. Seinen Vater und Ionnes de l'Ami hatte dieser Schatz unter der Last, ihn zu hüten, schier erdrückt.

Über die Existenz dieses Schatzes wurde bei den geheimen Sitzungen nur hinter vorgehaltener Hand spekuliert. Aber die Gerüchte hielten sich hartnäckig. *In Ägypten liegt er. Im Languedoc. In Jerusalem!* Niemand wusste, ob der Schatz überhaupt existierte, wo er verborgen lag.

Niemand hätte vermutet, dass er in einem abgelegenen englischen Bergfried ruhte, in einem dunklen Verlies, in das nie Tageslicht drang.

Und Griffyn war der Hüter dieses Schatzes.

Er starrte auf die Maserung der Tischplatte, ohne sie wahrzunehmen. Stattdessen sah er wieder das vor Wut verzerrte Gesicht seines Vaters vor sich. Er wollte nicht wie Christian Sauvage werden. Und tief in seinem Herzen wusste er doch, dass er nie anders sein konnte. Brutal, sündig, betrunken und von Habgier zerfressen. *Das* war seine Bestimmung.

»Griffyn.« Alex' leise Stimme riss ihn aus den Gedanken.

Er blickte auf und sah seinen langjährigen Gefährten an. Alex streckte eine Hand nach Griffyn aus und legte sie auf dessen geballte Faust, die auf der Tischplatte ruhte.

»Ich weiß nicht, warum du glaubst, es zähle, was wir wollen, mein Freund«, sagte Alex. Er klang beinahe traurig. »Du bist das, wozu du erzogen wurdest. Der Erbe Karls des Großen. Du trägst diese Last, denn du bist der Hüter des Heiligen Grals. Und unsere Hoffnung ruht allein auf dir, Griffyn. Wir sind dir auf Gedeih und Verderb ausgeliefert.«

Griffyn riss sich von seinem Freund los. »Nenn mich Pagan, wenn sie in der Nähe ist.«

Er nahm seinen Becher und verließ die Halle.

Kapitel 15

Hätte Gott in seiner unendlichen Güte etwas Angenehmeres erschaffen können als ein Bad? Etwas Besseres als diesen warmen duftenden Dampf, der vom heißen Wasser aufstieg und Brust und Kinn umschmeichelte? Konnte es etwas Schöneres geben als dieses Gefühl der Frische und der Sauberkeit?

Gwyn befand, dass es nichts Besseres geben konnte. Sie lehnte den Kopf an den Wannenrand und schloss die Augen. Die Kammern gehörten Pagan, daran bestand kein Zweifel. Sein Geruch hing irgendwie in der Luft. Die Erkenntnis, dass sie diesen Geruch mochte, ließ sie die Augen öffnen.

Warum hatte sie eigentlich keine Angst, in der Kammer eines fremden Mannes in der Wanne zu liegen? Diese Nacht war wie eine merkwürdige Verzerrung der Wirklichkeit, war ständigen Veränderungen unterworfen, während die Stunden vergingen.

Aber irgendetwas an Pagan war es, das sie in Sicherheit wiegte. Er schien ein ehrenwerter Mann zu sein, obschon sein Aussehen sie an Granitfelsen denken ließ. Sein Verhalten jedoch war vor ihrem leidenschaftlichen Kuss und auch danach so gewesen, dass ihre Gedanken rasten und sie glaubte, den Verstand zu verlieren. Es war eher so, als wäre er …

Er kam jetzt die Treppe herauf, wenn sie das dumpfe Geräusch richtig deutete. Schritte, die auf den Stufen polterten.

Gwyn kletterte tropfnass aus der Wanne und blickte sich hektisch rum. Ihr verdrecktes, zerknülltes und zerrissenes Kleid lag direkt neben der Tür. Wenn sie es holte, würde er sie dabei erwischen. *Was sollte sie sich nur überwerfen?*

Mit dem Fuß stieß Griffyn die Tür auf und betrat die Kammer. Auf einem Tablett trug er zwei Krüge Ale. Er hatte seinen Rappen gestriegelt, bis die Wut, die sich in ihm breitgemacht hatte, verraucht war. Und als er durch den peitschenden Sturm zurück zum Haus lief, war ihm bewusst geworden, dass er nur einen Wunsch hatte – mit Guinevere zusammenzusitzen. Er wollte für eine Weile die Welt vergessen. Sie vielleicht zum Lachen bringen.

Er trug das Tablett mit beiden Händen und blickte sich suchend nach ihr um. Endlich sah er sie. Sie saß nicht mehr in der Wanne, sondern stand neben dem kleinen Tisch und wich seinem Blick aus. Ihre Finger spielten mit einem roten … einem roten …

»Was ist das?«

Ihre nassen Haare flogen, als sie den Kopf hob. Sie lächelte grimmig. »Ich hatte nichts anderes anzuziehen.«

Er legte den Kopf auf die Seite. »Und darum habt Ihr … ach so!« Jetzt verstand er. Die leere Fläche an der Wand, wo bis vor kurzem noch einer seiner Wandbehänge gehangen hatte, erklärte die fremdländisch wirkende Tunika, die sie sich um den Körper gewickelt hatte.

Er ließ kurz den Blick über ihren Körper wandern. Dann wandte er sich zum Tisch und stellte das Tablett mit dem Ale ab. Es war wirklich viel besser, hier bei ihr zu sein und ihre Schönheit zu genießen, statt unten in der Halle zu sitzen und mit den quälenden Erinnerungen allein zu sein.

Er schloss die Tür hinter sich. »Kommt.« Er deutete einladend zum Tisch.

Ihre nackten Füße tappten über den Holzboden. Sie setzte sich auf die Bank, die er für sie vorgezogen hatte. Ihr elfenhaftes Gesicht strahlte vor Sauberkeit. Sie starrte auf seine Hände.

»Habe ich Euch das Badewasser weggenommen?«

Er hob eine Augenbraue. »Bin ich denn so dreckig? Eure Nachricht wurde inzwischen auf den Weg gebracht.«

»Und Ihr könnt Euch meines unsterblichen Danks gewiss sein. Es ist zu viel, für das ich Euch danken muss.«

Er stand breitbeinig in der Mitte der Kammer und starrte in das Feuer, das im Kohlenbecken flackerte. Er hielt es für ratsamer, Guinevere nicht anzusehen. Ihre Haare trockneten und kräuselten sich zu dunklen seidigen Locken, die über ihre Schulter nach vorne fielen. Der granatrote Wandbehang war ihr von der Schulter geglitten.

Ein leises Klopfen an der Tür ließ sie aufblicken. Er bedeutete Gwyn, in die Bettkammer zu gehen, ehe er die Tür öffnete. Maude stand draußen und hielt ihm ein Tablett mit Essen hin.

»Das Abendessen, Mylord«, wisperte sie, als müsse sie ein hochgeheimes Paket überbringen.

Er lächelte schwach und nahm ihr das Tablett ab. »Kommt«, rief er in den dunklen Durchgang zur Bettkammer und stellte das Tablett auf den Tisch. »Esst.«

Blitzschnell war sie wieder beim Tisch. Sie wirkte wie ausgehungert, als sie sich das einfache Mahl mit einer Begeisterung einverleibte, die unter Soldaten während eines Feldzugs bei diesen Speisen wohl nicht aufgekommen wäre. Er überlegte, ob sie wohl auch den hölzernen Teller bis zum Tisch durchknabbern würde, sobald sie mit dem Essen fertig war.

»Das schmeckt gut«, murmelte sie mit vollem Mund.

»Hmmm.« Er schenkte ihr noch mehr Ale ein und stellte den Becher vor sie.

Gwyn nickte dankbar und kippte fast den halben Becher mit wenigen Schlucken herunter, ehe sie nach Luft schnappen musste. Er schüttelte amüsiert den Kopf.

Erst jetzt bemerkte sie, dass er sie beobachtete. Sie hob den Kopf und sah ihn an. Er erwiderte den Blick.

»Wollt Ihr Euch nicht setzen?«, fragte sie.

Er setzte sich auf die schmale Bank auf der anderen Seite des Tisches und verschränkte die Arme vor der Brust.

Dunkelgrüne Augen glitten über seinen muskulösen Oberkörper, dann schaute sie ihm wieder in die Augen. »Und etwas essen?«

Er nahm sich gehorsam ein Stück Käse und steckte es in den Mund.

Ihre Lippen verzogen sich zu einem Lächeln. »Ihr seid ziemlich fügsam.«

»Ziemlich.«

»Seid Ihr das immer?«

»Mehr als Ihr, möchte ich wetten.«

Ihr Lachen war einfach unbeschreiblich. Ihr Gesicht verzog sich dabei auf liebliche Weise, und die dunklen Locken fielen zurück und entblößten die zarten Linien ihrer Schultern und ihres Halses. Sein Blick glitt nach unten und blieb an einer üblen Abschürfung hängen, die ihre nackte Haut verunzierte.

Er beugte sich vor. »Ihr seid verletzt.« Er fuhr mit einem Finger über die Abschürfung an ihrer Schulter. Nur so, wie ein Soldat seinen Kameraden untersuchte. Sofort erblühte Gänsehaut unter seinen Fingern. Er erstarrte.

Eine leichte Röte überzog ihre Wangen. Dunkles feuchtes Haar hing in wirren Locken auf das granatrote Leinen und ihre weißen Schultern. Es war ein berückend schöner Kontrast. Die Kombination aus diesem himmlischen Gesicht und dem plötzlich darin aufscheinenden unschuldigen Verlangen ließ ihn die Hand zurückziehen, als hätte er sich an ihr verbrannt.

»Ich werde die Wunde versorgen, sobald Ihr gegessen habt«, sagte er rau.

Sie senkte den Kopf und murmelte eine unverständliche Antwort. Sie hätte auch sagen können, dass Stephens Armee auf das Gasthaus zumarschierte, und er hätte es nicht verstanden. So ein heftiges heißes Pochen hatte ihn schon lange nicht mehr erfasst. Es war so kraftvoll und erfüllte sein ganzes Sein, dass er kaum atmen konnte.

»Was habt Ihr gesagt?«, fragte er. Wie aus weiter Ferne drang ihre Stimme zu ihm durch.

Seine Frage veranlasste sie, hochzuschauen. Das war auch nicht das, was er wollte. Wenn es nach ihm ginge, würde sie ihren Kopf besser die ganze Nacht mit Lumpen umwickeln. Nein, befand er, während er ihren Körper betrachtete, der nur von einer dünnen Schicht Leinen bedeckt war, ihr ganzer Körper sollte in dicke Wolllappen eingehüllt werden, vom Scheitel bis zu den Zehen.

»Ich sagte, ich hätte nicht erwartet, dass meine Nacht so eine Wendung nimmt«, murmelte sie. »Denkt Ihr nicht auch?«

Er stöhnte hörbar auf. Das würde nie gut gehen. Er könnte sie in Lumpensäcke stopfen und unter einem Heuhaufen verbergen, und es würde trotzdem nicht helfen. Er stellte sich ja schon vor, wie sie unter ihm lag und lustvoll seufzte. Wie sich ihr schwarzes Haar über die Kissen ergoss. Dieses Bild war lebhafter als alle Erinnerungen an das, was ihm im vergangenen Jahr widerfahren war.

»Nein, ich habe nicht erwartet, jemandem wie Euch zu begegnen.«

Sie lächelte schwach. »Ich glaube, wir sind uns einig, dass wir beide Dummköpfe sind.«

»Ohne Sinn und Verstand.«

»Genau.«

Er zog sich von ihr zurück und senkte die Stimme. »Mir wäre lieber, Ihr würdet wieder zu Verstand kommen, Rabenmädchen. Bevor etwas passiert, das Ihr später bereut.«

»Bereuen?« Sie schüttelte den Kopf. Ihr Lächeln schwand. »Ich glaube nicht. Ich habe Kummer, das stimmt ...«

»Den habe ich auch, und ich möchte nicht, dass diese Nacht etwas wird, das uns später neuen Kummer bereitet.«

Sie blickte sich um, musterte die abgenutzten Möbel, das Glühen der Kohlen und das Wasser, das an den steinernen Wänden langsam herabrann. »Ich bin überzeugt, wir räumen dem Bedauern und dem Kummer oft zu viel Platz in dieser Welt ein.«

»Es gibt Schlimmeres.«

»Auch dann hätte es mich heute Nacht nicht beschützt. Die Welt da draußen ist weit weg. Ich kann mich kaum mehr an sie erinnern.«

»Ich kann es«, sagte er fest. »Ihr mögt Pilze, aber Ihr hasst Aale. Ihr findet es selbst albern, aber Ihr wünscht Euch ein bestimmtes blaues Kleid. Ihr könnt Euch weder die Farbe noch den Stoff leisten, darum kauft Ihr keine Elle von einem anderen Stoff. Euer Verwalter – William Mit-den–fünf-Strähnen, nicht wahr? – sieht nicht nach den Fischreusen, wie er sollte. Die Ernte wurde nicht vollständig eingebracht dieses Jahr, und vermutlich wird sie das nie wieder. Zu viele Menschen sind gestorben. Einst habt Ihr davon geträumt, im Schlafgemach Eurer Mutter ein Fenster mit Bleiglas auszulegen wie in einer Kirche, weil sie für Euch ein Engel ist und dieses Fenster sie Euch wieder näherbringen würde.«

Gwyns Unterkiefer klappte nach unten, während er all die Dinge aufzählte, von denen sie ihm in ihrer Panik erzählt hatte. Als er »weil sie für Euch ein Engel ist«, sagte, stand ihr der Mund offen.

»Pagan! Ich wusste ja nicht einmal, dass Ihr mir zugehört habt!«

»Oh doch, ich habe zugehört«, erwiderte er fest. Er musste aufpassen, nicht die Beherrschung zu verlieren. »Und jetzt solltet Ihr mir zuhören, kleiner Vogel: *Seid vorsichtig*.«

»Vernünftig, meint Ihr.«

»Das auch, ja.«

Sie zögerte. Einen Augenblick glaubte er, ihrer Anziehungskraft noch einmal entkommen zu sein. Dass sie etwas Kluges tun und ihn vor diesem verzehrenden Verlangen bewahren würde. Aber ihre nächsten Worte zerstörten diese winzige Hoffnung und riss ihn fort wie ein Wasserfall, der in einen Abgrund stürzte.

»Vernunft ist meist nur eine Art und Weise, eine Sache zu betrachten, Pagan«, flüsterte sie. »Ich bin sicher, wir könnten eine andere finden.«

Mit einer einzigen Bewegung war er aufgestanden und um den Tisch herumgegangen. Er legte die Arme um sie und zog sie hoch. Die Spitzen ihrer noch feuchten Locken glänzten im Feuerschein wie Kupfer, als er sie ihr aus dem Gesicht strich. Ihr schwarzes Haar schimmerte seidig und schmiegte sich um die herrliche, faszinierende Schönheit ihres Gesichts. Ihre Lippen waren seinen so nah, dass er jeden zittrigen Atemzug spürte, den sie machte.

»Gott vergib mir«, murmelte er und senkte seinen Mund auf ihren.

Als ihre Lippen hungrig aufeinandertrafen, war es um sie beide geschehen. Er nahm ihren Mund in Besitz, und ihre Lippen öffneten sich ihm, ihre Zunge umspielte seine. Er schob die Hände in ihr Haar und fasste es in ihrem Nacken zusammen. Als sie den Kopf zurückbog und in seinen Mund stöhnte, verlor er fast die Beherrschung.

Gwyn konnte an nichts mehr denken, als dass ihr Leben sich in diesem Moment für immer veränderte. Seine Hände schlossen sich fordernd um ihre Taille. Er drängte sie, sich nach hinten zu biegen und ihren Mund weit für ihn zu öffnen. Er verlor sich in ihr, und sie ließ sich von den bebenden Gefühlen davontragen, die sie sich nie hätte erträumen können. Pulsierendes, heißes und begieriges Drängen erfasste sie.

Griffyn drückte sie mit sanften, aber unnachgiebigen Händen nach hinten, bis ihr Po gegen den Tisch stieß. Er schob sich zwischen ihre Beine, dann hob er Gwyn hoch und setzte sie auf den

Tisch. Seine Hände und sein Mund waren wie Räuber, die genau wussten, was sie suchten.

Sein Körper war eine Mauer aus Hitze und Muskeln, und der Stoff, in den sie sich gehüllt hatte, kaum mehr als ein dünner Schutzwall. Seine muskulösen Schenkel spreizten ihre Beine, und er presste sich hart gegen sie. Seine Hände waren überall und verführten ihren Körper zu Bewegungen, die sie sich nicht hätte vorstellen können. Sie lehnte sich zurück, und streckte die Hände nach ihm aus. Ihre Hüfte bewegte sich in einem unbewussten Rhythmus. Seine Hände umschlossen ihren Kopf, und er hob sie zu sich hoch, damit ihr Mund wieder seinen traf. Ihr Oberkörper drückte sich an seinen, und sie spürte seinen hämmernden Herzschlag. Seine Erregung drückte sich hart gegen ihren Schoß, der bebte und sich nach ihm verzehrte. Sie wollte, dass er sie eroberte.

»Weißt du, was ich mit dir tun will?«, keuchte er an ihrem Mund. Sie nickte, obwohl sie nichts wusste. Außer, dass sie es wollte.

Seine Hand glitt zu ihrer Brust und umschloss sie. Gwyns Welt kippte zur Seite. Er war ein Zauberer, der genau wusste, was er mit ihr tun musste. Er überschüttete sie mit Zärtlichkeiten und ließ sie sehnsüchtig nach einer Erfüllung rufen. Noch nie hatte sie diese Hitze gespürt, die durch ihr Blut strömte und zwischen ihren Beinen pulsierte.

Er drückte seine Hände auf den Stoff, als berührte er ihre Haut, er verführte sie, und sie verlor sich in den Wellen aus heißer Erregung, die sie durchströmten. Er nahm mit solcher Macht von ihr Besitz, dass ihr Körper unwillkürlich zuckte und ihm entgegenkam.

Als Griffyn spürte, wie sie unter ihm erbebte, hätte er sie fast auf der Stelle genommen. Er wollte ihre Schenkel mit seinem Knie auseinanderdrücken und sich in ihre Nässe versenken. Die heiße Stelle zwischen ihren Schenkeln streichelte seine Erektion und lockte ihn, in ihr die verbotene Erfüllung seiner Lust zu finden. Ihre Zunge, ihre Lippen, alles an ihr schien ihn zu locken. Diese Frau war einfach nur *gut,* und er wollte ihre Beine spreizen und sie nehmen, wollte hören, wie ihr lustvolles Stöhnen in der Kammer widerhallte. Ihre Hände schlossen sich um seinen Nacken, ihre Schenkel zitterten, ihr Körper hob sich ihm entgegen. Sie war bereit.

Ein Hämmern an der Tür ließ ihn aufblicken. *Bamm, bamm, bamm!*

Jemand klopfte laut.

Griffyn löste seinen Mund von ihrem. »Lass uns in Ruhe!«, stieß er hervor, aber er hatte die Worte kaum ausgesprochen, als die Tür bereits aufflog.

»Pagan!« Alex stürmte herein. »Es gibt Neuigkeiten!«

Griffyn wirbelte herum und beschützte den Körper des Rabenmädchens mit seinem. Unwillkürlich ging seine Hand zum Schwert, bis ihm einfiel, dass er es abgelegt hatte.

Alex blieb wie angewurzelt stehen. »Pagan?«, fragte er etwas leiser. Zögernd. Sein Blick blieb starr auf Griffyns Gesicht geheftet. »Es gibt Neuigkeiten.«

Griffyn nickte, doch seine Worte klangen leise und tödlich. »Geh. Sofort.«

»Mylord.« Alex neigte den Kopf und zog sich zurück.

Gwyn setzte sich auf. Sie waren wie erstarrt, bis er spürte, dass sie sich hinter ihm bewegte.

»Ich sollte jetzt wohl vor Scham in mich zusammensinken und einfach sterben«, sagte sie ruhig.

Er wandte sich zu ihr um. Was für ein schlechter Vorschlag. Sie war nicht von dieser Welt, so schön und begehrenswert war sie. Ihr Körper zitterte, und das dunkle Haar ergoss sich über den Tisch. Der Wandbehang klaffte auf und gewährte ihm den Blick auf ihre hellen Schenkel. Bei einer anderen Frau hätte er das unzüchtig gefunden. Aber sie war nicht wie andere Frauen.

Er wandte sich abrupt ab und ging zum Fenster. Der Sturm hatte inzwischen seinen Höhepunkt erreicht. Griffyn stützte die Hände an die Wand und ließ den Kopf sinken. Er starrte zu Boden, während er versuchte, ruhig durchzuatmen.

Ein Rascheln ließ ihn zum Tisch blicken. Er sah, wie sie vom Tisch aufstand.

»Ich glaube, diesmal bin ich es, die sich entschuldigen sollte«, sagte sie.

Er wandte den Blick ab und schüttelte den Kopf. »Nein. Erneut war ich es, der einen Fehler gemacht hat.« Seine Worte drangen gedämpft unter seinen ausgestreckten Armen hervor.

»Nein.« Er hörte, wie sie sich ihm näherte. Ihre Füße tappten leise auf dem Boden, der lächerliche Wandbehang schleifte hinter ihr her. Aus dem Augenwinkel sah er den roten Stoff. »Ihr habt es mir schließlich gesagt. Ihr habt mich gewarnt.«

Er löste eine Hand von der Wand und rieb sich das Kinn. Dann atmete er tief durch. »Und *ich* habe gewusst, dass Ihr mir nicht zuhört. Ich hätte gehen sollen.«

Ihre Hand berührte kurz seinen Arm, ehe sie sie zurückzog. »Ich wusste, was passieren würde.« Röte überzog ihr Gesicht. »Ich meine, *das* habe ich nicht ahnen können, aber ... Es tut mir leid. Ich will doch ... gut sein.«

Es erleichterte ihn ein wenig, dass sie miteinander sprachen und sich nicht sofort wieder in eine lustvolle Umarmung stürzten. Er richtete sich auf und blickte sie skeptisch an. »Meint Ihr damit, Ihr wollt gehorsam sein?«

Ein Lächeln umspielte ihre Mundwinkel. Er sah, wie sich ein kleines Grübchen in ihrer Wange abzeichnete. *Gott,* wie es wohl wäre, eine Frau wie sie zu haben?

»Ich vermute, das wird nicht passieren. Aber man sollte die Hoffnung nicht aufgeben«, bemerkte sie trocken.

Er lachte leise. Nach diesem verführerischen Kampf fühlte er sich merkwürdig erschöpft. »Mistress, wenn Ihr je fügsam werdet, dann möge Gott unser aller Seelen gnädig sein.«

»Einen Heiden würde er bestimmt verschonen.«

»Er würde mich bestimmt für das verfluchen, was ich gerade beinahe getan hätte.«

»Aber ich würde Euch dafür nicht verfluchen.«

Sie war einfach vollkommen. Sie war mutig, und sie war klug, sie hatte den Körper einer Verführerin, und sie war lustig und süß und wie keine andere Frau, der er bisher begegnet war.

Aber sie war nicht für ihn bestimmt.

Griffyn wandte sich ab und verließ die Kammer.

Gwyn sah ihm nach, als er mit langen, selbstsicheren Schritten aus dem Zimmer ging. Ihr Herz hämmerte so schnell, dass sie glaubte, es wollte zerspringen. Als sie sich zu Bett legte, schlief sie mit einem Lächeln auf dem Gesicht ein. In ihrem Herzen spürte sie keinen Schmerz mehr – das erste Mal seit zwölf Jahren.

Kapitel 16

Alexander wartete auf Griffyn, als der das Zimmer verließ. Griffyn zog schweigend die Tür hinter sich zu und ging den Gang hinunter. Alex hielt sich an seiner Seite.

»Wie lange hast du vor der Tür gestanden und gelauscht?«

»Ich habe nicht gelauscht. Ich war unten und habe Zwiesprache mit meinem Schöpfer gehalten.«

Griffyn warf ihm einen Seitenblick zu, während sie die Treppe hinuntergingen. »Mit deinem Schöpfer? Das klingt ernst. Das hätte ich von dir nicht erwartet, Alex.«

»Ich bekenne mich dazu.«

»Zu was?«

»Das zu tun, was wir alle tun. Wiedergutmachung suchen. Oder Vergeltung«, fügte Alex hinzu. Sie betraten die Versammlungshalle.

Seine Männer saßen in einem kleinen Kreis um ein Kohlenbecken herum und versuchten, sich in der zunehmenden Feuchtigkeit, die sich im Raum ausbreitete, warm zu halten. Der Sturm rüttelte an den Wänden und heulte schrill, dann war es urplötzlich wieder totenstill, als wäre ihm die Kraft ausgegangen. Auf dem Tisch flackerte die letzte Kerze heftig im Luftzug. Ihre Flamme schien wie von unsichtbaren Fäden in die Höhe gezogen zu werden, dann duckte sie sich wieder um den Docht und hielt sich klein.

Griffyn legte sich eine Decke über die Schultern und setzte sich zu seinen Männern. Alle Blicke richteten sich auf ihn. Die Männer waren auffallend still. Griffyn blickte sie prüfend an.

»Wiedergutmachung oder Vergeltung.« Er wandte sich an

Alex. »Warum habe ich den Eindruck, dass du heute Nacht das eine oder das andere von mir verlangen wirst?«

»Es gibt Neuigkeiten.«

»Und zwar?«

»Ionnes de l'Ami ist tot.«

Griffyn nahm einen Becher und schenkte sich Ale ein. Das einzige Anzeichen, dass er zugehört hatte, waren seine Fingerknöchel, die sich so fest um den Becher schlossen, dass sie weiß hervortraten.

»Wann?«

»Vor zwei Wochen. Sie haben versucht, es möglichst lange geheim zu halten.«

»Wer ist ›sie‹?«, fragte er tonlos. Der schändliche Verräter, der Mann, auf den sich in den vergangenen siebzehn Jahren sein Hass gerichtet hatte, war tot? Der Mann, der seinen Vater betrogen, einen Eid gebrochen und Griffyn das Heim genommen und das Herz gebrochen hatte, war tatsächlich *tot?* Und er war nicht von Griffyns Hand gestorben?

»Sein Erbe.«

»Erbe? Der Sohn ist doch schon vor Jahren gestorben.«

»Es gibt noch eine Tochter.«

Griffyn starrte in die Flammen. »Das hatte ich vergessen. Wie lautet ihr Name?«

»Guinevere.«

Griffyn betrat die Schlafkammer, lange nachdem der Mond aufgegangen war. Er beobachtete sie im Schlaf. Ihr Haar umfloss sie wie dunkle Seide. Ihr Kopf ruhte auf seinem Kissen, und Pelze bedeckten ihren sinnlichen Körper.

De l'Amis Brut.

Gott war grausam. Ionnes de l'Ami war so vieles gewesen, dass es nicht möglich war, alles aufzuzählen. Der schlimmste Feind und der engste Freund. Er hatte einst das Leben von Griffyns Vater gerettet, tief im Hinterland von Palästina. Er war der Mann gewesen, den Griffyn einst »Onkel« genannt hatte und von dem er geglaubt hatte, er werfe des Nachts jeden einzelnen Stern an den Himmel.

Griffyn setzte sich auf den Hocker neben dem Bett und beugte sich vor. Die Unterarme auf die Oberschenkel gestützt, betrachtete er Gwyn, ohne sie zu sehen.

Damals war er noch ein Junge gewesen, keine acht Jahre alt, was wenig war gegen das jahrhundertealte Schicksal, das ihn erwartete. Damals, als jeder Sommer unendlich lang und de l'Ami sein »Onkel« gewesen war. Der immer lachende Ionnes de l'Ami hatte Griffyns Bestimmung gekannt, und er hatte sich mehr um ihn gekümmert als sein eigener Vater. Er hatte Griffyn einige seiner frühesten Lehrstunden erteilt: wie man ein Schwert handhabte, wie man eine Ente schnitzte. Wie wichtig es war, über sich selbst lachen zu können.

Eidbrecher.

Lügner.

Verräter.

Griffyns Hand glitt zu dem Schlüssel, den er um den Hals trug. *Dein Erbe. Es tut mir leid,* hatte Griffyns Vater noch geflüstert, dann war er gestorben. Es war an der Zeit gewesen. Höchste Zeit.

In den letzten Jahren seines Lebens hatte sein Vater an einer fast wahnsinnigen Raserei gelitten, die schrecklich und unfassbar gewesen war. Und seine Gewaltausbrüche waren noch schrecklicher und unfassbarer gewesen.

Griffyn hatte keine Zeit mehr für die Wutanfälle alter Männer, die von ihrer Gier und ihrer Arglist getrieben wurden. Everoot war sein Erbe, und das kleine eiserne Gewicht um seinen Hals war bestimmt nicht der Schlüssel zur Burg. Sein Name und sein Schwertarm waren es, die ihm Zugang zur Burg verschaffen würden. Er war es leid, dass sich ihm Leute in den Weg stellten.

Er verspürte den Wunsch, mit der Faust gegen die Wand zu schlagen. Stattdessen strich er sich durch das Haar und beugte sich vor. Seine Ellenbogen gruben sich in die Knie. Was sollte er tun? Ionnes de l'Ami war tot. Sollte er jetzt Vergeltung an einer Frau üben, die ein Kind von zwei oder drei Jahren gewesen war, als ihr Vater den Verrat begangen hatte?

Und wohin führt das?, fragte Griffyn sich niedergeschlagen. Selbst wenn er sie bestrafte – sie war nicht diejenige, die ihm vor so langer Zeit so sehr wehgetan hatte.

Er starrte auf seine geballten Fäuste.

Jede Wahrheit, an die er je geglaubt hatte, jeder Mensch, dem er vertraut und jede Lektion, die er gelernt hatte, schien plötzlich falsch zu sein. Wie konnte sie eine Ausnahme ein?

Jeder wurde von diesem Seelengift verseucht. Jeder, der von dem geheiligten Schatz in Everoots Kellergewölbe wusste, zeigte irgendwann sein korruptes, verdorbenes, zerstörtes Ich.

Und diese Überlegung führte ihn direkt zu Marcus fitzMiles. Endshire schnüffelte unter Everoots Röcken herum, war es nicht so? Wenn sich selbst die besten Männer als bestechlich und gierig erwiesen, dann war Marcus nicht mehr als ein Wurm im Dreck. Sollte er ruhig versuchen, die Festung zu erobern. Sie verfügte über Verteidigungsmöglichkeiten, wie Marcus sie sich nicht hätte träumen lassen.

Griffyn richtete sich auf und verschränkte die Arme vor der Brust. Sein Blick verengte sich, als er in die Kerzenflamme starrte. Der alte König Henri hatte Marcus' Vater Miles die Freiherrenwürde verliehen, weil der gerissene Hund von König genau gewusst hatte, wie wichtig es war, seine Feinde stets im Blick zu haben. Ein kluger Schachzug. Aber vermutlich nicht klug genug.

Nach dem Vater hatte der Sohn der Tochter des alten Königs

als dessen rechtmäßige Thronnachfolgerin mehrfach seinen Eid geleistet, ebenso wie auch der Rest der englischen Nobilität. Aber dann, als es seinen Zwecken diente, hatte sich Marcus König Stephen zugewandt. Wie die anderen Edlen des Reichs. Und als es später wieder seinen Zwecken diente, hatte er es sich zur Aufgabe gemacht, schöne Frauen gefangen zu nehmen und seine Schatzkammer aufzufüllen.

Henri fitzEmpress würde schon bald kommen und sich das Land zurückholen, das sich Männer wie d'Endshire angeeignet hatten. In diesem Moment fasste Griffyn den Entschluss, darum zu bitten, bei der Vorhut mitzureiten, wenn die Armee gen Norden zog und fitzMiles' Bergfried in Brand setzte.

Sein Blick glitt wieder zu der schlafenden Schönheit in seinem Bett. Wann hatte er das letzte Mal aus tiefem Herzen gelacht? Wann zuletzt hatte wahre, vollkommene Leidenschaft sein Blut zum Rauschen gebracht, hatte sein Kopf sich so leicht angefühlt? Wann zuletzt hatte ihn eine Frau verwirrt, fasziniert oder beeindruckt? Nicht ein einziges Mal in seinem ganzen verfluchten Leben.

Er würde d'Endshires Burg bis auf die Grundmauern niederbrennen.

Einige Zeit später, während er sie aus halb geöffneten Augen beobachtete und seine Gedanken sich weit von seiner nächtlichen Wache an ihrem Bett entfernt hatten, flatterten ihre Lider, und sie öffnete die Augen.

Kapitel 17

Das Krachen eines Donners weckte sie. Gwyn schlug die Augen auf. Ein blasses, unheilvolles Licht erfüllte den Raum. Es war nicht der neue Morgen, der heraufzog, aber das war auch das Einzige, was sie sicher wusste. So wachte man auf, wenn man stundenlang geschlafen hatte. Oder nur einen Augenblick. Oder gar nicht. Die Dunkelheit, die sie umschloss, war geheimnisvoll und beunruhigend.

Wo war sie?

Gwyn hob die Hände. Sie zeichneten sich fahl und schattig vor dem dunklen Hintergrund der Kammer ab. Nur das Feuer in dem Kohlenbecken glomm. Sie drehte den Kopf nach links, aber auch dort war alles finster.

»Wo bin ich?«, flüsterte sie.

»In Sicherheit«, kam die leise Antwort. Sie schaute nach rechts. Eine dunkle, hünenhafte Gestalt saß, an die Wand gelehnt, auf einem Hocker. Seine Augen glitzerten im Feuerschein, als er sie beobachtete. Und dann kam schlagartig die Erinnerung zurück.

Das Nest wurde belagert. Marcus hatte den verrückten und gefährlichen Versuch unternommen, sie zu entführen. Dann wusste Gwyn wieder, was ihr Retter getan hatte, was bei den Sachsen und bei Hipping geschehen war. Wie sie auf verborgenen Pfaden wie in einem Traum hierher gewandert waren. Eine mysteriöse Nacht, die von Trugbildern und Helden beherrscht wurde, die ihre Kapuze tief ins Gesicht zogen. Und von brennend heißen Küssen, die sie bis ins Innere ihrer Seele trafen.

Dieser letzte Gedanke schaffte es, dass Gwyn endlich wieder

klar denken konnte. Sie schob die Pelze beiseite und schwang die Beine aus dem Bett.

Ihre schmerzenden Muskeln hatten sich im Schlaf versteift, und die plötzliche Bewegung weckte den Schmerz. Sie sank mit einem leisen Schrei zurück in die Kissen.

Griffyn beobachtete sie vom Hocker aus, ohne sich zu rühren. »Legt Euch wieder hin!«, befahl er leise.

Sie nickte gehorsam. Das leise Rascheln ihrer Haare, die über das Leinen des Kissens strichen, begleitete ihr Nicken. Die feinen Strähnen reflektierten das flackernde Licht der Kerze, die auf dem Tisch stand. Ihre Augen und ihre Wangen waren vom Schlaf gerötet. Sie hatten aufregende Stunden hinter sich, aber offensichtlich hatte sie keine nennenswerten Verletzungen, und Griffyn wusste aufgrund seiner Erfahrungen im Kampf, dass sie bald wieder in Ordnung kommen würde. Jetzt hob Gwyn eine Hand und betastete ihren Kopf.

Sie setzte sich wieder auf, diesmal langsamer. »Was ist mit meinem Kopf?«

»Ihr habt viel Aufregung gehabt, aber Ihr kommt schnell wieder in Ordnung.«

Gwyn nickte zweifelnd. Sie blickte sich in der Kammer um, ehe sich ihr Blick wieder auf ihn richtete. »Ich kann Euch nie vergelten, was Ihr für mich getan habt, Pagan.«

»Ich will nichts von Euch«, erwiderte er hölzern und erhob sich.

Gwyn stützte sich auf die Ellbogen und beobachtete ihn. Sie konnte den Blick nicht von ihm wenden, selbst wenn sie es gewollt hätte. Er hatte etwas Raubtierhaftes an sich, als er in der Kammer hin und her ging. Etwas an ihm war anders, hatte sich verändert, seit sie eingeschlafen war. Etwas, das sie an zerklüftete Felsen denken ließ und daran, an diesen Felsen zu zerschellen. Sie glitt wieder unter die Felldecken.

Griffyn blieb abrupt stehen und richtete seinen durchdringenden Blick auf Gwyn. »Wer seid Ihr, Mädchen? Warum wart Ihr allein auf der Landstraße unterwegs?«

»Ich habe es Euch doch schon gesagt: Lord Endshire war ein allzu beharrlicher Verehrer.«

»Und Ihr wart auf dem Weg zum Kloster, weil Ihr Euch dort Rettung erhofft habt?«

Sie zögerte. »Ich wurde bereits gerettet.«

»Was glaubt Ihr, was Endshire von Euch wollte?«

»Mein Geld«, erwiderte sie heftig.

»Habt Ihr denn so viel davon?«

»Jetzt nicht mehr.«

Er betrachtete sie so aufmerksam, wie ein Löwe ein Lamm belauerte, und Gwyn fühlte sich erregt und ängstlich zugleich. »Habt Ihr es verprasst?«, fragte er trocken. »Marcus wird weinen, wenn er das erfährt.«

»Die Kriege werden mit ihm weinen.«

Er wandte sich ab. »Sie weinen Blut, Mistress.« Er ging zu dem Kohlenbecken und stocherte in den Kohlen. Der Schein der orangen Glut fiel auf sein Gesicht, das wie aus glattem Stein gemeißelt wirkte. Hart und undurchdringlich. Auch wenn er bisher immer sanft gewesen war.

Fast immer.

Gwyn empfand ein leichtes Unbehagen und rutschte tiefer unter die Decken. Sie beobachtete ihn. »Ja, das tun sie. Kriege kosten Blut und Geld, und sie bringen das Wehklagen der Frauen mit sich, deren Männer im Kampf fallen.«

Er blickte sie über die Schulter an. »Habt Ihr einen Ehemann verloren?«

»Mit mir wäre keiner zufrieden.«

Er starrte wieder in die glühenden Kohlen. »Vielleicht den Vater?«

Sie setzte sich aufrecht hin. »Ja. Woher wisst Ihr das?«

Er antwortete nicht.

»Ihr Männer führt Eure Kriege«, sagte sie, wie getrieben von einem unentrinnbaren inneren Zwang. »Mein Vater hat an den Kreuzzügen teilgenommen und viele Kämpfe bestanden. Er hat immer voller Begeisterung davon gesprochen.«

»Auch mein Vater war im Heiligen Land. Als die Heilige Stadt fiel.«

Sie lächelte bitter. »Ihr glaubt also auch, dass der Krieg etwas Herrliches ist. Doch Kriege sind etwas Schreckliches, und ich kann sie nicht gutheißen.«

»Vielleicht könnt Ihr ihn ja dann gutheißen, wenn jemand kommt und Euch Euer Zuhause nimmt«, erwiderte er eisig.

»So wie Marcus es versucht hat, meint Ihr? Vertraut mir, Pagan, ich brauche keinen Krieg, damit Männer sich bemüßigt fühlen, mich oder die Meinen zu bedrohen. Das ist eine Bürde, die Frauen auch in den friedlichsten Zeiten tragen müssen.«

Er streckte die Hände über dem Kohlenfeuer aus und spreizte sie. »Und doch seid Ihr hier und nicht bei fitzMiles.« Er drehte sich vom Feuer weg und ging zu dem Tisch am Fenster, auf dem ein Krug Wein und zwei Becher standen. Er füllte sie, trat an das Bett und reichte Gwyn einen der Becher. »Auf die edlen Damen.«

Sie lachte. Sein kleiner Trinkspruch schmeichelte ihr. Die schlechte Laune, die ihn seit ihrem Aufwachen wie stacheliges Brombeergestrüpp umgeben hatte, war verschwunden. Sie lehnte sich entspannt zurück und nahm den Becher entgegen. »Auf die gefährlichen Ritter und die verängstigten Frauen, würde ich eher sagen. Wir zwei haben ihnen einen ordentlichen Kampf geliefert, findet Ihr nicht?«

»Ja«, stimmte er zu und setzte sich auf einen Hocker nahe der Wand. »Ich habe noch nie gesehen, wie jemand mit so viel Schwung seinen Schuh wirft. Und ich hoffe, ich muss es nie wieder sehen.«

Sie lachte. Ihre Finger fuhren über den Becherrand. »Zumindest werde ich ihn nicht auf *Euch* werfen.«

»Wirklich? Ich sollte wohl besser darauf achten, dass Ihr Eure Schuhe an den Füßen tragt, falls ich Euch noch einmal erzürnen sollte.«

Sie hob ihren Becher. »Meinen Dank.«

»Ich möchte, dass Ihr aufhört, mir zu danken.«

»Das war das letzte Mal. Versprochen.«

Er streckte die Beine aus, schlug sie übereinander und wickelte den Umhang enger um seine Schultern. In der Dunkelheit wirkte sein Gesicht geheimnisvoll. Dunkle Schatten lagen unter seinen Wangenknochen, und seine Augen wirkten tief und unergründlich.

Gwyn nahm einen großen Schluck, ehe sie den Becher senkte und seinen Inhalt misstrauisch beäugte. »Ich sollte lieber einen mit Wasser verdünnten Wein trinken statt das hier.«

Er hob fragend die Brauen.

»Ich wurde ziemlich … wirr, als ich vorhin Euer Gebräu zu mir nahm.«

Jetzt lächelte er. Gegen seinen Willen schien ihre Bemerkung ihn zu amüsieren. Sein Lächeln war so sinnlich, dass ihr das Herz stockte. »Das war kein gewürzter Wein, Mistress. Und von diesem Trank habt Ihr nichts zu fürchten.«

Sie nahm noch einen Schluck. »Es schmeckt gut.«

Eine Weile schwiegen beide. Unter ihren gesenkten Lidern betrachtete sie seine dunkle Gestalt abschätzend. Selbst wenn er sich nicht bewegte, erfüllte seine Präsenz den Raum.

Er trug eine einfache graue Bruche und ein weites Gewand ohne Gürtel. Der Kragen formte ein V und gewährte ihr einen Blick auf seine muskulöse Brust, die von dichtem dunklen Haar bedeckt war. Sein kräftiger Nacken saß auf breiten Schultern, die ebenso mächtig und stark waren wie sein ganzer Körper. Er war so muskulös und sehnig, wie ein Mann es nur sein konnte, wenn er sich jahrelang im Schwertkampf geübt und seine Rüstung getragen hatte. Gwyn war nicht fähig, ihren Blick weiter nach unten wandern zu lassen, aber sie wusste ohnehin, dass sein ganzer Körper die pulsierende Präsenz ausstrahlte, die sie empfand. Bei jeder kleinen Geste, wie zum Beispiel jene in der Nacht, als er eine Strähne ihres Haars genommen und an seine Lippen gehoben hatte, zeigten sich das Spiel seiner Muskeln und die lässige Eleganz des erfahrenen Jägers.

Ihr Herz hämmerte leise in ihrer Brust. Es war wie Alchemie, ein Geheimnis, das sie nicht ergründen konnte. Der Rest der Welt versank, und es gab für sie nur noch Pagans Augen und dieses Gefühl, das in ihrem Blut pulsierte. Sie wandte den Blick ab, doch das Gefühl blieb und summte in ihr vom Kopf bis zu den Zehen, hallte in ihrem Körper wider, mitreißend und anhaltend.

Ihr Zuhause war weit entfernt, und sie war darüber glücklich.

Er hatte sie die ganze Zeit beobachtet. In der Dunkelheit konnte sie nicht genau deuten, was in seinem Blick aufflackerte, als sie ihn wieder anschaute. Aber eine bebende Hitze begann sich durch ihren Körper zu graben.

»Und was ist mit Euch, Pagan? Was treibt *Ihr* hier?«

»Ich sitze mit Euch beisammen.«

Sie lächelte. »Ich meinte, was Euch in dieses Gasthaus gebracht hat.«

»Ich wollte mit Euch beisammensitzen.«

Sie atmete tief ein. »Und was hattet Ihr gestern Nacht allein zu so später Stunde auf der Landstraße zu suchen?«

»Es wäre Euch lieber gewesen, ich wäre nicht allein gewesen?«

Sie lachte. »Nein, ich glaube nicht.« Sie betrachtete ihn nachdenklich. »Nun gut, Ihr wollt mir also nicht antworten. Ihr seid es gewohnt, Macht auszuüben, nehme ich an. Denn nur solche

Menschen verstehen es, Fragen so gekonnt auszuweichen. Und ich muss Euch meine Hochachtung ausdrücken«, fügte sie hinzu und neigte den Kopf. »Ihr seid mit Euren Worten ebenso geschickt wie mit Eurem Schwert.«

»Fragt mich ruhig weiter aus, Mistress.«

Gwyn zögerte. Was auch immer er auf der Straße oder in Hippings Jagdhütte zu schaffen gehabt hatte, es hatte weder etwas mit ihr zu tun noch war es ein Thema, über das er zu reden gedachte. Sie hatte keinen Ansatzpunkt, ihm weitere Auskünfte zu entlocken. »Wie kam es, dass Ihr eine Flasche mit diesem Gebräu bei Euch hattet?«

Er blickte sie verblüfft an. »Das ist Eure Frage?«

»Ich weiß, dass Ihr mir nichts erzählen wollt, das von Bedeutung ist. Und im Moment halte ich diese Sache für ganz und gar nicht wichtig.«

Sie blickte sich in der Kammer um. Vor dem Fenster tobte der Sturm. Immer wieder rüttelten heftige Böen an den Wänden des Hauses und ließen sicher zu einer brüchigen Masse aus Flechtwerk und bröckelndem Stein zusammensinken. Sogar im Innern des Gebäudes war die Luft feucht. Aber die Fensterläden waren geschlossen, und das Feuer brannte warm. Außerdem wandte Pagan keinen Blick von ihr, und schon allein das wärmte sie. »Eigentlich möchte ich vor allem wissen, wie es kommt, dass Ihr ausgerechnet eine Flasche mit dem Getränk mit Euch herumtragt, das eine so beruhigende Wirkung auf verängstigte Frauen hat.«

Die Fältchen um seinen Mund vertieften sich, als er grinste. »Der Trank beruhigt auch Männer, Rabenmädchen.«

»Seht Ihr!?«, rief sie und hob in gespielter Verzweiflung ihre freie Hand. »Ich bekomme von Euch nichts, abgesehen von den Dingen, die Ihr zu teilen bereit seid. Darum frage ich Euch jetzt nichts mehr.«

Er nahm den Weinkrug, und als er fragend eine Braue hob, hielt sie ihm stumm ihren Becher hin.

Er beugte sich vor und schenkte ihr Wein nach. Sie nickte dankend und lehnte sich wieder in die Kissen. Draußen brüllte und tobte der Sturm, warf sich gegen die Wände und versuchte, ins Innere des Gebäudes vorzudringen.

»Ob auf einsamen Landstraßen oder in Festsälen, Mistress«, sagte er leise, »es gibt immer etwas, das man sehen und hören kann, wenn man aufmerksam beobachtet und lauscht.«

Sie blickte ihn von der Seite an. Er gab ihr also eine Antwort. In gewisser Weise zumindest. »Und das macht Ihr? Beobachten und lauschen?«

»Ein wenig.«

»In Zeiten wie diesen …«

»In Zeiten wie diesen«, unterbrach er sie, »sollten hübsche Edeldamen nicht allein auf verlassenen Straßen unterwegs sein. Sie könnten dort gefährlichen Männern begegnen.«

Gwyn rutschte tiefer in die Wärme der Felle. »Ihr habt bereits hinreichend bewiesen, dass Ihr nicht gefährlich seid.«

Er nahm sich ein Stück Brot vom Holzteller, der auf der Fensterbank stand. Er kaute es, während er sie unverwandt ansah. Eine unerklärliche Grimmigkeit lag wieder auf seinem Gesicht.

»Nicht Euch gegenüber«, sagte er schließlich.

»Ich Glückliche.«

»Das würde ich auch meinen«, war seine trockene Antwort.

»Und für wen seid Ihr gefährlich?«

Er lachte und schüttelte den Kopf. »Ihr seid nicht zu bremsen.«

Sie stellte den Weinbecher auf die Felle, die ihre Knie bedeckten, und versuchte, den Becher in der Balance zu halten. »Die meisten Menschen finden es einfacher, sich geschlagen zu geben.«

»Ich bin nicht wie die meisten.«

Der Becher neigte sich gefährlich zur Seite. Gerade noch

rechtzeitig griff Gwyn danach. Nein, befand sie und ließ ihren Blick heimlich über Pagan gleiten. Er war nicht »wie die meisten« und er war nicht »wie viele«, er war einfach nur er selbst. Er hatte etwas an sich, das ihre Leidenschaft aufflammen ließ und sie bis ins Mark erschütterte. Ihr Leben war plötzlich wie ein gähnender Abgrund der Verzweiflung, der sich vor ihr auftat. Unvermittelt sah sie vor sich, wie ihr Leben vor der Begegnung mit ihm gewesen war und wie es danach wieder sein würde: schmerzend und trostlos. Wie ein wochenalter Fisch.

Ein greller Blitz erhellte die Kammer, dann krachte ein ohrenbetäubender Donner. Gwyn sprang beinahe aus dem Bett. Ein gespenstisch klingendes Heulen jagte um das Haus, als ein heftiger Windstoß gegen die Außenwand drückte. Gwyns Haarspitzen hoben sich wie von Geisterhand, als der Sturm durch alle Ritzen in die Kammer drang und ein Knistern in der Luft war, das alles erfasste. Die Läden knirschten und knarrten, beulten sich aus wie eine dünne Haut als Holz, ehe sie dem Druck nachgaben und aussahen wie eine riesige Schweinsblase, die ein Sturmgott zur Freude seiner Kinder aufblies. Und dann flogen die Läden mit einem lauten Krachen auf und knallten gegen die Wände. Gwyn zuckte zusammen, und ihre Hände krallten sich in die Felldecken, die sie vor der Brust zusammenhielt.

»Bleibt ganz ruhig«, sagte Pagan leise.

Er bewegte sich mit der Leichtigkeit eines Tänzers, als er die Kammer durchquerte. Er verschwand in der Dunkelheit und tauchte wieder daraus auf, als Blitze den Himmel zerrissen und das Zimmer taghell erleuchteten. Auf jeden grell blendenden Blitz folgte dröhnendes Donnergrollen. Der Gewittersturm hatte sich über dem Gasthaus festgesetzt.

Der Sturm zerrte an Pagans Hemd und presste es gegen seinen Körper, als er das Fenster erreichte. Für einen Augenblick blieb er reglos stehen und starrte nach draußen. Kein geöltes Pergament schützte die Öffnung, es gab nur die hin- und herschlagenden Holzläden, die den Bewohnern Schutz boten. Gwyn beobachtete Pagans Gesicht, das von den Blitzen beleuchtet wurde. Ihre Gedanken rasten. Lieber Gott, sie war nicht mehr Herrin ihrer Sinne. Das Einzige, was sie sich im Moment wünschte, war, ihn wieder zu küssen.

»Ich bin schon oft bei Sturm geritten«, sagte sie und starrte auf seinen Rücken.

Er wandte sich ihr halb zu. »Geritten? In einem Sturm wie diesem?«

Sie lächelte. »Vielleicht waren sie nicht ganz so schlimm wie dieser. Ich bin auf Windstalker geritten. So heißt mein Pferd.«

»Ein schöner Name«, erwiderte er und wandte sich ab, die Fensterläden zu schließen. Dann ließ er den Blick suchend über die verstreut am Boden liegenden Kleidungsstücke gleiten. Schließlich griff er nach einem Handtuch, das auf einem Hocker lag, und klemmte es als zusätzlichen Schutz in die oberen Ecken der Fensterläden. Es blähte sich, als der Wind durch die Ritzen der Holzläden pfiff.

»Ihr habt auch ein gutes Pferd«, sagte sie. »Noir.«

»Das beste«, erwiderte er ruhig. »Ich hatte aber noch ein anderes – früher, als Junge.«

»Die Pferde, die wir als Kind haben, sind immer die besten.« Sie richtete sich auf. »Ich habe Wind geschenkt bekommen, als ich acht Jahre alt war. Er war noch ein Fohlen, und ich habe ihn aufgezogen. Mein Vater hat gesagt, ich sei zu jung für ein eigenes Pferd, aber Mama hat ihn überredet. Sie hat gewusst, wie ich mich gefühlt habe. Sie hat mich immer verst...« Gwyn verstummte und schluckte hart. »Ich habe jede freie Minute bei Wind verbracht. Ich kann mich an nichts von dem erinnern, was in den beiden darauf folgenden Jahren alles geschehen ist. Außer an Windstalker.«

»Meines hieß Rebell. Eine Zeitlang gab es für mich kaum etwas anderes.«

Sie nickte und lächelte, weil sie ihn so gut verstand. »Wind ist jetzt zwölf, er ist also im besten Alter.« Ihre Bemerkung ließ wiederum ihn lächeln. Sie erwiderte sein Lächeln und freute sich, dass er nicht mehr so grimmig war. »Ich reite ihn, so oft es geht. Er ist mir der beste Gefährte. Und Ihr – reitet Ihr Euren Rebell noch oft?«

Ein Schatten huschte über Griffyns Gesicht. »Er starb, bevor er ein Jahr alt wurde. Bei einem Stallbrand.«

Sie wurde ernst. »Das tut mir leid. Wann ist das passiert?«

»Ich war acht.«

»Acht«, wiederholte sie. Ein schrecklicher Verlust, zumindest kam es ihr so vor. Dass ein Mann, der so stark und mächtig war wie Pagan, den Verlust eines geliebten Pferds auch nach so langer Zeit noch bedauerte, sagte ihr viel über ihn. Darüber, dass sie ihm vertrauen konnte.

Wie kam es nur, dass sie nach nur einer Nacht, nach nur einem vertrauensvollen Gespräch mehr über diesen Mann wusste, als sie je über ihren Bruder, ihren Vater oder einen ihrer Freunde wusste, die sie seit Jahren kannte?

»Ich würde Wind schrecklich vermissen, wenn ich ihn nicht mehr hätte«, sagte sie leise. »Es gibt Dinge, die kann man nicht ersetzen.«

»Ja, die gibt es«, stimmte er ihr zu. Seine Stimme klang tief und rau.

Gwyn biss sich auf die Lippen und starrte nachdenklich auf die Felle. Eine Zeitlang sagte niemand etwas, und die Stille war so beständig wie dieser Mann. Sie hatte gar nicht das Bedürfnis, das Schweigen mit sinnlosem Geplapper zu unterbrechen.

Als er sich vorbeugte und Gwyn ansah, schienen seine grauen Augen die Dunkelheit zum Brennen zu bringen. »Eines müsst Ihr mir noch erzählen, Rabenmädchen.«

»Was?«

»Erzählt mir von Eurem Zuhause. Ich war so lange nicht mehr daheim, dass es gut tut, von einem geliebten Ort zu hören.«

Sein Gesicht war im schwachen Licht, das von dem Kohlenbecken abstrahlte, kaum zu erkennen. Durch die Fensterläden drang das Licht der Blitze nur noch schwach herein. Gwyn konnte nur den Becher sehen, den er in den Händen hielt. Er hatte den dunklen Kopf zur Seite geneigt und sah sie unverwandt an.

Er brannte für sie und konnte sich kaum zurückhalten. Gwyn wusste, dass sie ihrem Schicksal begegnet war. Mit diesem Mann, das spürte sie mit jeder Faser ihres Körpers, würde etwas passieren. Wie ein griechischer Gott ritt er auf der brandenden Flut eines Schicksals, dem er nicht entgehen konnte. Sein ganzes Sein strebte nach unbarmherziger, rücksichtsloser Erfüllung.

Er hat meinen Schmerz *zum Schweigen gebracht.*

Die Gewissheit überkam Gwyn wie eine wärmende Welle. Sie setzte sich auf und strich sich das Haar aus dem Gesicht. »Ich habe den Schreiber meines Vaters einmal dazu überredet, mit mir ein Stück am Hadrianswall entlangzugehen. Es war ein langes Stück, und wir waren müde, als wir nach Hause kamen.«

Ein schwaches Lächeln umspielte seinen Mund. »Ein Spaziergang entlang der schottischen Grenze. Ihr seid eine Frau mit Überzeugungskraft.«

»Ein *Mädchen* mit Überzeugungskraft. Damals war ich zehn.«

Sein Lächeln wurde breiter, und er hob seinen Becher, um ihr zuzutrinken.

»Papa war sehr wütend, als ich zurückkam.«

»Zweifellos. Wie lange wart Ihr fort?«

»Drei Tage.«

Er lachte. Das Donnergrollen und das Rauschen des Regens übertönten sein Lachen, aber Gwyn hörte es dennoch, und es durchströmte sie warm.

Wenn es ihr schon eine so tiefe Zufriedenheit bescherte, ihn zum Lachen zu bringen, wie wäre es dann erst, ihn zu lieben?

Der Gedanke erschreckte sie so sehr, dass sie fast aus dem Bett gefallen wäre.

»Bis an welche anderen Grenzen zu gehen hat Euer Herz Euch noch gedrängt, Rabenmädchen?«

Ihr Kopf sank zurück auf das Kissen. Tränen kitzelten in ihrer Nase. Er verstand sie nicht. Er konnte es nicht verstehen. Niemand hatte es verstanden.

»Sagt es mir, Rabenmädchen.«

Und sie tat es. Sie sprach darüber, weil die Nacht dunkel war und weil sie nicht wusste, wo sie war. Sie erzählte davon, weil sie eine Atempause brauchte, mochte sie auch noch so kurz sein, eine Atempause von dem alles verschlingenden Schmerz. Und dieser Mann war der einzige Mensch, bei dem sie je Ruhe gefunden hatte, auch wenn das noch so verrückt klang.

Gwyn redete, weil er sie reden hören wollte, und *seinen* Schmerz zu lindern war eine Herzensfreude, wie sie sie noch nie zuvor empfunden hatte.

Und die Geständnisse, die Gwyn in dieser sturmgepeitschten Nacht ablegte, waren so völlig anders als das, was sie ihrem Retter während des Ritts durch den Wald anvertraut hatte. Auch jene Dinge hatten ihm etwas über sie verraten, aber es waren eher Kleinigkeiten gewesen, die sich auf alltägliche Ereignisse bezogen hatten, Dinge, die etwas hätten bedeuten können, ihr aber nichts bedeuteten.

Die Dinge hingegen, die sie ihm in der Dunkelheit der Schlafkammer gestand, waren so tief in ihr verborgen, dass sie glaubte, sie aus den Tiefen ihrer Seele herausgraben zu müssen.

Sie erzählte von Windstalker und ihren nächtlichen Ritten, davon, dass sie in stürmischen Nächten auf die Wehrgänge der Burg hinaufgegangen war, wenn alle anderen schon geschlafen hatten. Wie sie gegen allein gegen die Einsamkeit angekämpft und manchmal gefürchtet hatte, sich selbst zu verlieren. Sie sprach davon, wie schwierig es für sie war, eine Burg zu bewirtschaften, wie schwer es war, gleichzeitig fürsorgliche Burgherrin und Kriegsherr zu sein. Wie sie in den Abgrund ihres Lebens gestarrt und den Blick abgewandt hatte. Wie sie beinahe verzweifelt wäre, als ihr Vater starb.

Kein einziges Mal nannte Gwyn den Namen ihrer Burg noch verriet sie ihm, wie sie hieß. Aber sie erzählte ihm von all dem, das sie zu der Frau machte, die sie heute war. Alles, woran sie sich seit ihrem fünften Lebensjahr erinnerte. Vom Alleinsein, vom Verlust der Mutter, von den einsamen Nächten und von den Momenten, in denen sie sich wünschte, alles wäre anders gekommen. Und sie erzählte ihm von ihrem *Schmerz*.

Lieber Gott, sie hatte doch nicht wirklich auch darüber gesprochen, oder?

»Ich verstehe, was Ihr meint.«

Kapitel 18

Griffyn saß in dem dunklen Schatten, der die Kammer wie ein Schleier umhüllte, aber er fühlte sich leicht und unbeschwert und wie verzaubert von dem Bild, das er vor sich zu sehen glaubte: diese Frau, die in Sturmnächten allein auf dem Wehrgang ihrer Burg stand und deren schwarzes Haar im Wind wehte, während Blitze über den dunklen Himmel zuckten. Ihm war, als erfüllte sie den ganzen Raum mit ihrem Sein. Ihm war nicht bewusst, dass es dunkel war. Ihm war nicht bewusst, wie gefangen er von ihr war. Er wusste nur, dass sie da war.

Sie blickte ihn durch die Schatten an. Die Zeit schien langsamer zu verstreichen, als Tränen über ihre Wangen liefen.

»Rabenmädchen.«

Sie verschluckte sich an ihren Tränen, als sie zu lachen versuchte. »Das ist wirklich ein schlecht gewählter Name. Wenn ich gekonnt hätte …«, sie schluckte heftig, »ich wäre so manches Mal einfach fortgeflogen. Ihr habt ja keine Ahnung.«

»Aber Ihr seid nicht davongeflogen.«

»Nur weil ich keine Flügel habe.«

»Ihr seid nicht davongeflogen, und Ihr hättet es auch nicht getan.«

Sie nickte und sammelte sich wieder. Ihr Atem ging heftig, und sie schniefte. »Ich liebe mein Zuhause so sehr, dass es wehtut«, sagte sie und drückte die geballte Faust gegen ihre Brust. »Aber all die Dinge, die ich getan habe …« Ihre Stimme verlor sich im Dunkel, ehe sie hauchte: »Alles, was ich in meinem Leben je getan habe, war doch nur auf dieses eine Ziel ausgerichtet.«

Das Herz hämmerte in Griffyns Brust. »Was meint Ihr?«

»Ich meine das hier ... mit Euch zusammen zu sein.«

Wie in einem Traum gefangen, erhob Griffyn sich. »Und ich will mit Euch zusammen sein, Guinevere.« Er kniete sich neben das Bett, nahm ihre Hand und hob sie an seine Lippen.

Für einen winzigen Augenblick zögerte Gwyn. Noch hatte sie die Wahl, zurückzuweichen oder auf ihn zuzugehen. Die Wahl, anzunehmen, was er ihr anbot, oder es abzulehnen.

Gott bewahre! Wie lange hatte sie darauf gewartet, einem Mann zu begegnen, zu dem sie sich so hingezogen fühlte?

Ihr Leben lang.

Sie streckte eine Hand nach ihm aus, berührte seine Wange. »Mir ist egal, wie Ihr heißt oder was Ihr getan habt. Die Welt da draußen ist gerade ganz weit weg, und ich wünschte, es würde für diese eine Nacht so bleiben.«

Es war ihm ein Leichtes, sich vorzubeugen und seinen Anspruch auf sie mit einem fordernden, besitzergreifenden Kuss zu erheben, der ihr den Verstand raubte. Er erhob sich und kniete sich auf das Bett, schob die Felle beiseite und war dicht über ihr. Sein Mund glitt über ihren Körper und streichelte sie an Stellen, derer sie sich kaum bewusst gewesen war. Als er sich auf sie legte und sie seinen harten Körper heiß und verlangend auf sich spürte, schien alles um sie herum sich zu drehen. Ein nasses Pulsieren begann tief in ihrem Schoß. Dort, wo auch der Schmerz pochte.

Sie würde diesem Mann in den Hades folgen.

Später würde sie leugnen, diesen blasphemischen Gedanken gedacht zu haben. Sie legte einen Arm um seinen Hals und zog Pagan zu sich herunter. Sein Mund legte sich auf ihren und nahm sie in Besitz; seine Zunge jagte in ihrem Mund nach den kleinen erstickten Lauten und Seufzern, die sich ihr entrangen. Er küsste sie fast bis zur Besinnungslosigkeit, bis sie ihre Brüste an ihn presste und sich an ihn klammerte.

Er ließ eine Hand unter ihre Taille wandern und hob ihre Hüften an, damit sie seinen Lenden begegnete. Brennend heiß erblühte in ihr ein lustvolles Feuer. Mehr. Sie wollte mehr.

Er war teuflisch, eine Gefahr für ihre Seele. Und sie schwelgte darin.

Griffyn wusste das. Als sie ihr Knie anzog, als sie mit leiser Stimme, die Lippen an sein Kinn gepresst, um mehr flehte, als sie die Hüfte hob, wusste er, dass etwas Unvorhergesehenes passiert war. Er spürte sie in seinem Blut, in seinen Knochen, in seinem ganzen Sein. Der Atem stockte ihm, und er war nicht in der Lage, zu begreifen, was seine Sinne flutete und ihn darin ertrinken ließ. Der sorgsam aufgestaute Fluss aus Zärtlichkeit, den er seit Jahren in sich zurückgehalten hatte, begann überzuströmen.

Er musste jetzt aufhören, oder er würde nie wieder aufhören können.

Sie flüsterte in sein Ohr. Nannte ihn ihren Retter.

Nie wieder aufhören.

Mit einer Hand riss er sich das Hemd vom Leib und die Bruche herunter, während die andere weiter ihren Körper erkundete. Wo er sie auch berührte, kam sie ihm entgegen. Sie war wie eine Welle der Lust, die sich seinem Befehl unterwarf. Er wusste, was ihr Körper wollte, und jubelte ob dieses Wissens. Ihre Augen schlossen sich vor Lust, sie keuchte atemlos und flehte ihn an. Griffyn wusste, er konnte ihren herrlichen biegsamen Körper bis an den Rand eines bebenden Höhepunkts bringen.

Seine Hände umfassten ihre Brüste, die Daumen glitten über die roten Knospen, bis sie aufschrie und sich ihm entgegendrängte. Er nahm eine Brust in den Mund, saugte daran und streichelte die harte Spitze mit seiner Zunge.

Ihr Atem stockte keuchend, und Griffyn drückte sie zärtlich zurück auf die Bettstatt. Ihr Anblick machte ihn trunken. Rotgoldener Feuerschein fiel auf ihr Gesicht, das von ihrem zerzausten ebenholzschwarzen Haar umrahmt wurde. Ihre Lider waren halb geschlossen, und das Grün ihrer Augen blitzte unter ihnen hervor. Ihre rosigen Lippen waren leicht geöffnet und geschwollen von seinen Küssen.

Mit beiden Händen strich er über ihre Hüfte und ihre zitternden Schenkel. Ganz leicht nur spreizte er ihre Beine und legte die Finger auf die Innenseite ihrer Schenkel, ehe er die Hände langsam wieder hinaufwandern ließ und sie gegen die rosigen Falten stießen, die von ihrer Lust feucht waren. Seine Hand glitt wissend über ihre Spalte. Ein erstes behutsames Streicheln ihrer Scham rief das erwünschte Stöhnen bei ihr hervor. Seine Finger wagten sich weiter vor, und als ihr Körper unter seinem erbebte, fand er die kleine Knospe und streichelte sie sanft. Er hob den Kopf und betrachtete sie.

Ihr Kopf zuckte willenlos hin und her, während sich ihre Hüfte ihm entgegenhob. Ihrem halb geöffneten Mund entrang sich ein lautes Stöhnen. Langsam öffnete sie die Augen und sah ihn an.

»Was tust du mit mir?«, flüsterte sie. Ihre Stimme klang schwach und abgehackt.

»Ich nehme dich in Besitz.« Er schob einen Finger in ihre pulsierende Nässe. Ihr Kopf sank zur Seite, während sie sich ihm instinktiv entgegendrängte.

»Du bist bereit«, raunte er heiser und kniete sich zwischen ihre Beine. Mit den Knien spreizte er ihre Schenkel.

Erneut kam sie ihm entgegen und bewegte sich in einem so natürlichen Rhythmus, dass sein Verlangen ihn heiß durchströmte. Er musste innehalten, wollte er die Beherrschung nicht verlieren.

»Bitte.« Ihre leise Stimme war fast zu viel für ihn.

»Ihr seid Euer Leben lang geritten, Lady?«, fragte er und schob sich zwischen ihre Schenkel.

Sie nickte. Ihre Hände schlossen sich in seinem Nacken umeinander.

»Dann wird es vielleicht beim ersten Mal nicht wehtun«, sagte er, den Mund an ihrem Ohr. Der Gedanke, dass er der erste Mann war, der ihre Tiefe auslotete, ohne ihr zugleich Schmerzen zufügen zu müssen, war ebenso erregend wie verwirrend.

Gwyn spürte etwas Hartes, das sich zugleich seidig und heiß anfühlte. Es drückte sich gegen ihre Schenkel und bewegte sich langsam zwischen ihren Beinen nach oben. Sie drückte das Kreuz durch, weil wieder die Hitze durch ihren Körper peitschte. Seine Härte presste sich gegen sie, dann schob er die Spitze seiner Männlichkeit gegen ihren heißen Schoß. Gwyn warf den Kopf zurück und flüsterte das Einzige, was sie in diesem Augenblick denken konnte. »Pagan. Ja.«

Er spreizte ihre Beine noch weiter und drang mit der Spitze seiner Erektion in ihr empfindliches Inneres ein, das ihn erwartungsvoll pochend willkommen hieß. Sie schrie auf, stammelte atemlos Worte, die er aber nicht verstand und die vermutlich keinen Sinn ergaben außer: *mehr.* Er biss die Zähne zusammen in dem Bemühen, sich zurückzuhalten. Aber dann kam sie ihm entgegen.

Langsam drang er in sie ein. Es war eine einzige fließende Bewegung, mit der er sich vollständig in ihr vergrub. Ihre Fingernägel krallten sich in seinen Rücken. Er drang tiefer ein, doch nichts hielt ihn auf, es gab kein Hindernis, nur ihre feuchte Wärme, die ihn drängte, ihr mehr zu geben. Er bewegte sich erneut in ihr, zog sich zurück, füllte sie mit langsamen Stößen zur Gänze aus, damit sie sich an ihn gewöhnen konnte. Es war eine herrliche Qual. Sie war so nass und eng, heiß und pochend. Ihre weiblichen Tiefe nahm ihn zur Gänze in sich auf. Die Muskeln seines Rückens und seiner Beine schmerzten, weil er sich so krampfhaft zurückhielt. Bei seinem nächsten Stoß seufzte sie. Das leise, sehnsüchtige Wimmern ließ das Verlangen in seinem

Blut überkochen. Er stöhnte und veränderte den Winkel, in dem er sich in sie grub.

»Das fühlt sich so gut an.« Ihre Stimme war kaum mehr als ein Seufzen, und sie öffnete sich ihm weiter. Sie hieß ihn willkommen.

Er stöhnte unterdrückt und drang tiefer in sie ein. Er wollte sich nicht mehr zurückhalten, er wollte sie füllen, wollte ihre pulsierende Höhle spüren, die sich heiß um ihn zusammenzog und seine Männlichkeit liebkoste. Er senkte den Kopf, stützte die Ellbogen neben ihrem Körper auf und spannte die Muskeln an. Sein Mund schloss sich um ihre Brustwarze. Ihre Leiber trafen mit jedem Stoß aufeinander.

»Himmel, Weib«, hauchte er an ihrer Brust.

»Hör nicht auf«, flehte sie.

Als würde er je wieder damit aufhören können.

Rasch erwuchs in ihm eine unbeherrschbare Leidenschaft. Sie hatte den Kopf in den Nacken gelegt, drückte ihn in die Kissen. Der Mund war nun weit geöffnet, und sie rang nach Atem, während sie sich ihm erbarmungslos bei jeder seiner Bewegungen entgegenhob. Er stützte sein Gewicht auf einen Ellbogen und legte die andere Hand unter ihr Knie. Er hob ihr Bein hoch und stützte es, damit sie es in die Luft recken konnte.

»Pagan.«

Ihr Schoß bebte und zuckte um ihn. Aufstöhnend stieß er tiefer in sie. Stoßen, zurückziehen, innehalten. Tiefer hineinstoßen, langsamer zurückziehen. Er wollte sie über den Gipfel bringen.

»Oh Pagan.«

Er spürte, wie es begann. Wie ihr herrlicher Körper plötzlich erstarrte, wie ihre Finger sich in seinem Haar verfingen. Sie wimmerte und jammerte wie von Sinnen, verschluckte sich, als würde sie von Schluchzern geschüttelt. Ihre Augen, von der Leidenschaft verschleiert, flogen auf und suchten seinen Blick.

»Sag es mir, Rabenmädchen. Gefällt dir das?«

Sie kam mit einem heftigen Zucken. Ihr Kopf wurde nach hinten gerissen, als ihr Körper in zitternden Wellen explodierte, die um seinen Schaft zuckten. Und dann verlor auch er sich in der Leidenschaft. Sein Orgasmus schwemmte über ihn hinweg. Er stützte sich auf die Ellbogen, und beide Körper prallten aufeinander, weil er sich mit jedem Stoß tiefer in ihr vergraben wollte. Sie schrie seinen Namen und weinte. Etwas, das er noch nie empfunden hatte, erfasste Griffyn. Dieses Gefühl riss Mauern ein, die er verleugnet hatte, es zerbrach die alten Überzeugungen, dass Einsamkeit für ihn die bessere Wahl war. Sein Misstrauen, an das er sich stets geklammert hatte, brach in sich zusammen. Er stürzte sich kopfüber in etwas, das er noch nie empfunden hatte. Er wagte nicht, diesem neuen Gefühl einen Namen zu geben.

Sie hielt sein Gesicht mit beiden Händen umfasst und schrie in seinen Mund. »Ja, ja, ja!«

Danach brauchten ihre Herzen lange, um wieder normal zu schlagen. Er hielt sie die ganze Zeit fest, und als sie ruhiger wurde, löste er sich von ihr und legte sich neben sie. Gwyn wandte sich ihm zu. Ihre seidigen Schenkel umschlossen seinen Körper. Sie zitterte noch immer. Ihr Mund küsste seinen Hals und sein Kinn. Heiße, ziellose Küsse, nur um des Küssens willen.

Er schloss die Augen und fuhr mit einer Hand über ihr Haar. Murmelte sanfte Worte. Schließlich verstummte ihr Flüstern.

So lagen sie beisammen, ihre Körper erhitzt und erschöpft, ineinander verschlungen und füreinander entflammt. Sie rangen nach Atem, während sie zu begreifen versuchten, was mit ihnen geschehen war.

Nach einer Weile richtete Griffyn sich auf. Er wollte sie anschauen, wollte ihre Reaktion sehen, doch sie schlief tief und fest. Um ihren Mund lag ein zufriedenes Lächeln.

Kapitel 19

Kurz vor Sonnenaufgang verließ Griffyn das Haus und ging zu den Männern, die sich auf der Lichtung zum Aufbruch sammelten. Das Licht war gedämpft und grau, die Wolken hingen tief am Himmel und ließen schwere Tropfen auf die Helme und Tuniken der Männer niederprasseln, die hin und her gingen und die Hände auf die Schenkel schlugen, um sich warm zu halten.

Auf seinem Weg wechselte Griffyn hier und da mit seinen Leuten ein paar Worte oder klopfte dem einen oder anderen auf die Schulter. Ein Kater mit weißem Fell und roten Ohren folgte ihm und schlüpfte durch seine Beine, als Griffyn über eine Schlammpfütze hinwegsetzte.

»Ruadgh«, sagte er fluchend den keltischen Namen der Katze, als sie ihm erneut vor die Füße lief, so dass er stolperte und fast der Länge nach in eine Pfütze gefallen wäre. Sie schien ihn anzugrinsen, und ihre Augen schlossen sich leicht, der Schwanz zuckte hin und her wie eine Feder im Wind. Sie rieb sich an seinem Stiefel, an dem ihre weißen Haare haften blieben. Griffyn seufzte und fuhr ihr mit der Hand über den Rücken, den sie zu einem Buckel krümmte, um ihm entgegenzukommen.

»Eine Plage«, sagte jemand neben ihm mürrisch.

Griffyn drehte sich um.

»Das ist 'ne Teufelskatze«, fügte Hervé Fairess hinzu. Er bückte sich und fuhr mit seiner schwieligen Hand über den Katzenrücken. Das Tier schnurrte zufrieden, drehte sich auf den Rücken und hieb die Krallen in seine Hand.

»Mist!« Er machte einen Satz nach hinten und drückte die

Hand an seine Brust. Wütend funkelte er den Kater an. »Teufelsvieh!«, knurrte er.

Griffyn duckte sich lächelnd unter dem Hals von Hervés Pferd hindurch und ging zu Alex.

»Sind alle bereit? Sehr gut. Ich werde morgen im Hafen von Wareham zu euch stoßen.«

Alex' Blick huschte zu dem oberen Fenster des Gebäudes. »Nachdem du in St. Alban warst?« Als Griffyn stumm nickte, fügte er hinzu: »Ist das klug?«

Griffyn verzog das Gesicht und stieß die Luft aus, die er unwillkürlich angehalten hatte. »Vermutlich nicht.«

Alex sah ihn prüfend an. »Weiß sie, wer du bist?«

Griffyn zog fragend eine Augenbraue hoch. »Weißt *du* denn, wer ich bin?«

Alex ignorierte die versteckte Drohung. »Du weißt, was passieren könnte, falls sie entdeckt, wer – oder was – du bist?«

Natürlich wusste er das. Dann drohte ihm der Tod. Verstümmelung. Eine Menge hässliche Dinge.

Griffyn blickte finster drein. Vor allem, weil diese naheliegenden Überlegungen nicht der Grund waren, weshalb er seine Zunge in Guineveres Gegenwart bezähmt hatte. Sein kalter, rachsüchtiger Verstand hatte ihm geraten, ihr seine wahre Identität zu enthüllen. Etwas weit Schöneres hatte ihn jedoch dazu verführt, zu schweigen.

»Pagan, ich will damit nur sagen, dass das Ganze sehr, sehr schlimm ausgehen könnte, wenn irgendetwas schiefläuft.«

»Ich habe dich nicht um deinen Rat gebeten.«

Alex schob den Riemen seines Kettenhemds auf der Schulter zurecht und befestigte ihn. »Wie Ihr wollt. Mylord.«

Griffyn nickte knapp. »Ich komme zu euch, bevor ihr die Pferde aufs Schiff gebracht habt.«

Alex zog sich die Kapuze seines Kettenhemds über den Kopf. Die Metallglieder legten sich schwer auf sein blondes Haar. Er sah Griffyn mit undurchdringlicher Miene an. »Du reitest zum Kloster von St. Alban, lädst deine Fracht dort ab und willst am selben Tag im Hafen von Wareham sein wie wir, obwohl wir uns jetzt ohne Umweg dorthin aufmachen?«

»Ja.«

Alex schüttelte den Kopf und rief nach Hervé Fairess.

»Was ist los?«, fragte dieser und zog seine Hose hoch.

Alex wies auf Griffyn. »Pagan reitet nach St. Alban.«

Fairess starrte zum Gasthaus hinüber. »Geht's um das Mädchen? Na ja, hierbleiben kann sie nicht. Ich hab auch schon manche Dummheit gemacht wegen einer Lady.«

»Und wir beide warten hier auf ihn«, fügte Alex hinzu. »Die anderen reiten los.«

Griffyn schüttelte den Kopf. »Nein. Ihr alle werdet aufbrechen.«

»Nein«, widersprach Alex und ahmte dabei Griffyns entschlossenen Tonfall nach. »Hervé und ich werden hier auf dich warten.«

»Alex' Vorschlag verdient es, wenigstens bedacht zu werden, Mylord. Wenn ich den Einwand machen darf.«

Griffyn fuhr sich mit einer Hand über das Gesicht. »Du machst ihn ja auch, wenn du es nicht darfst.«

Auf Hervés nassem, gerötetem Gesicht lag ein entschlossener Ausdruck. »Ihr habt mich bisher noch nie gebeten, meine Zunge zu zügeln, Pagan.«

»Und wenn ich jetzt damit anfangen würde?«

»Ich nehme an, dafür ist es ein bisschen spät«, gab Hervé zu bedenken. Er zog erneut die Bruche hoch. »Aber wie ich schon sagte, Ihr seid derjenige, der bestimmt, wo's langgeht, und ich bin immer der, der sagt, was Ihr stattdessen tun ...«

»Vielen Dank.«

»... solltet; aber wenn Ihr irgendwo allein hingehen wollt, besonders zum Hafen, ist das eine ganz schlechte Idee, wenn ich das sagen darf.«

Griffyn kratzte sich das vom Bartschatten überzogene Kinn. Hervé meinte diese Bemerkungen nie unbotmäßig, aber dennoch gelang es ihm irgendwie immer, es genau so klingen zu lassen.

»Genau das meine ich«, sagte Alex und sprang dem Kameraden zur Seite. »Wenn die Sache schlecht ausgeht ...«

»Wenn die Sache schlecht ausgeht«, schnitt Hervé ihm das Wort ab und blickte Griffyn unverwandt an. Es wunderte Griffyn, dass Hervé nicht mahnend den Finger hob. »Dann seid Ihr der Letzte, den sie gefangen nehmen dürfen, Eure Lordschaft. Uns würden sie gegen Zahlung eines saftigen Lösegelds laufen lassen, wenn sich überhaupt wer die Mühe macht, uns gefangen zu nehmen. Aber Ihr?« Er schüttelte wissend den Kopf, spitzte die Lippen und fuhr sich mit dem Zeigefinger über den Hals, als wollte er sich die Kehle aufschlitzen.

Griffyn brach in schallendes Gelächter aus. »Ich bin kein Kind mehr, und was du da erzählst, sind keine Gutenachtgeschichten, und sie ängstigen mich nicht im Geringsten.«

»Ich spreche nicht von Eurer Angst, Pagan. Es geht um meine Angst und um die der Männer. Es ist unklug, Euren Kopf zu riskieren. Und«, fügte er bedeutungsvoll hinzu, »der fitzEmpress wird sicher *unsere* Köpfe fordern, falls *Eurem* etwas zustößt.«

Alex verschränkte die Arme vor der Brust. »Er hat recht.«

»Kann ja sein, dass er recht hat«, erwiderte Griffyn fest. »Aber ihr werdet dann eben einfach Henris Launen aushalten müssen. Wenn ich sterbe, dann überbringt ihm diese Neuigkeit am besten, nachdem er ein paar Becher Wein getrunken hat und Lady Eleanor beiwohnen durfte.«

Hervé runzelte die Stirn. »Wirklich, Sir. Das ist nichts, worüber man spaßen sollte.«

»Natürlich ist es das nicht. Und darum werde ich keinen von euch in Gefahr bringen, weil ihr wichtig für mich seid. Darum kümmere ich mich allein um diese Angelegenheit. Es ist nicht eure Bürde. Ihr geht mit den Männern, ich brauche Euch in Wareham.«

»Und wir brauchen *dich* dort«, erwiderte Alex.

»Und darum werde ich dort sein. Morgen schon. Und jetzt geht.«

Sie wirkten nicht besonders glücklich, aber ihre Einwände verhallten. Die anderen Männer bestiegen nach einer letzten Beratung ihre Pferde und verschwanden im Wald. Auch Alex und Hervé saßen auf. Der eine war schlank wie eine Weide, der andere steif wie versteinertes Holz. Als sie ihre Pferde in die Mitte der Lichtung lenkten, warf Griffyn ihnen über die Schulter demonstrativ einen Blick zu.

Sie wandten die Pferde und folgten langsam den anderen Reitern. Kurz nachdem sie den Waldrand erreicht hatten, blieben sie unter den niedrig hängenden Ästen eines Baumes stehen. Eine Bö ließ von den Ästen Wasser auf sie niederregnen. Hervé blickte missmutig nach oben.

»Ich weiß, was Pagan gesagt hat, aber ...«, fing Alex an.

»... wir warten«, vollendete Hervé den Satz.

Alex nickte. »Er wird auf dem Rückweg auf jeden Fall hier vorbeikommen.« Er blickte zurück zur Festung. »Sie bedeutet Schwierigkeiten. Ich kann es spüren.«

Hervé warf ebenfalls einen Blick zurück. »Was kann schon passieren, Alex? Sie ist bloß eine Frau.«

»Sie ist viel mehr als das.«

»Wie viel mehr?«

Alex schüttelte den Kopf. »Ich weiß es nicht.«

Sie wendeten ihre Pferde und tauchten im nassen Grün und Braun der Wälder unter.

Unterdessen ging Griffyn zurück zum Haus. Er war sich einer ihm völlig neuen Sache bewusst: Ohne Vorwarnung oder dass er dieses Gefühl in die Schranken gewiesen hätte, war der Zorn verschwunden, der ihn siebzehn Jahre lang begleitet hatte.

Ionnes de l'Ami war am Ende ebenso habgierig und rücksichtslos gewesen wie Christian Sauvage. Man musste nur auf das schauen, was er getan hatte: einen Eid gebrochen, eine Burg gestohlen und seinen Waffenbruder verraten.

Deshalb wusste Gwyn auch, wie sehr man verzweifelte, wenn der Vater vor den eigenen Augen zu einem von der Gier entstellten Ungeheuer wurde.

Wie Eis, das angefangen hatte zu schmelzen, begann sie die Verkrustung zu lösen, die seine Gefühle hatte erstarren lassen. Und das war, wie Griffyn sich eingestand, ein Gefühl, das er begrüßte. Jahrelang hatte der Zorn seine Handlungen bestimmt, hatte ihn vorwärtsgetrieben und ihn zum Freund von Königen und Grafen gemacht. Doch dieser Zorn hatte ihn auch seines wahren Wesens beraubt. Vielleicht war nun der Zeitpunkt gekommen, seine Energie auf etwas anderes zu richten.

Schon bald würden sie dieses Land zurückerobern, und er konnte endlich heimkehren. Heim ins Nest. Vielleicht wäre die Frau, die jetzt oben im Gasthaus schlief, auch dort, und vielleicht würde sie eines Tages seine Frau sein. Vielleicht würde er sein Streben dann auf etwas anderes richten: auf eine eigene Familie.

Es musste nicht mehr sein wie in den vergangenen siebzehn Jahren. Er musste nicht wie sein Vater enden. Vielleicht würde sein neues Leben so sein können wie jenes, auf das er letzte Nacht einen flüchtigen Blick hatte erhaschen dürfen. Es gab nur einen Weg, das herauszufinden.

Kapitel 20

Die Sonne näherte sich im Westen bereits dem Horizont, als sie endlich das Kloster erreichten. Gwyn saß hinter Griffyn und war sich seiner Gegenwart nur allzu sehr bewusst. Nur einige Dutzend Schritte von der Mauer des Klosters entfernt waren sie im Schutz der Bäume stehen geblieben.

Eine Handvoll Mönche stand vor der Mauer beisammen. Sie gingen nervös umher und redeten aufgeregt miteinander. Gwyn konnte nicht verstehen, was sie sagten. Hände wiesen in eine Richtung, die Männer zeigten auf etwas. Sie drückte die Wange gegen Pagans Rücken und genoss seine Nähe und seine Wärme.

Als er stumm eine Hand auf ihren Arm legte, wusste sie, was jetzt kam: der Abschied. Es dürfte ihr doch eigentlich nichts ausmachen, schalt sie sich wütend. Sie wusste weder, wer er war, noch, woher er kam. Aber tief in ihr wuchs das Wissen, *was* er war, und das bedeutete, dass sie sich Lebewohl sagen mussten.

Es fühlte sich an, als wollte ihr jemand den Kopf von den Schultern reißen.

Sie sollte doch dankbar sein. Stattdessen hatte sie das Gefühl, sterben zu müssen.

Einer der Mönche erhob seine Stimme über die der anderen, die sich außerhalb des Klosters versammelt hatten. »Sie kommen!«

Auf einem Hügelkamm tauchten einige Reiter auf. Sie trugen seidene Tuniken, über die sich von links oben nach rechts unten ein Band in Rot und Gold zog.

»Lord John!«, rief einer der Mönche. Seine dunkle Kutte wehte über den schlammigen Boden, als er dem Reiter entgegeneilte, um ihn zu begrüßen.

»Meine Güte, es ist John!«, rief Gwyn leise. Sie spähte über Pagans Schulter. »Der Mann, dem ich letzte Nacht eine Nachricht habe schicken lassen. Wie um alles in der Welt hat er es geschafft, so schnell herzukommen?«

John von Cantebrigge sprang aus dem Sattel und schritt an den Mönchen vorbei direkt auf den Abt zu, der unter dem Torbogen auf ihn wartete, und setzte im Gehen seinen Helm ab. Als er vor dem Kirchenmann stand, nahm er ihn beiseite, was die beiden Männer der Stelle näher brachte, an der Gwyn und Pagan sich unter dem tief hängenden Blätterdach eines Baumes verborgen hielten. Die Männer sprachen leise miteinander. Leise und aufgeregt.

»Ich hätte nie gedacht, dass Ihr es schaffen würdet«, sagte Robert de Gorham, der Abt des Klosters.

John von Cantebrigge sah den Abt unnachgiebig an. »Mein Bote ist also bereits eingetroffen?«

»Vor knapp einer Stunde.« Der Abt hob eine Hand und winkte seinen Mönchen, sich ins Innere des Klosters zu begeben. Gemeinsam mit den bewaffneten Männern verschwanden die Männer hinter den Mauern. »Wir sollten hineingehen, Mylord. Die Gegend hier ist gefährlich ...«

»Ja, wenn Endshire sich hier herumtreibt«, vollendete John von Cantebrigge den Satz grimmig. Er wischte sich mit dem Unterarm über das verschwitzte Gesicht. »Ich war gerade auf dem Heimweg vom Kronrat in London. Gesegnet sei Gott, denn wer weiß, wann man mich sonst gefunden hätte; aber ein Reiter schloss zu mir auf und berichtete mir, Lady Guinevere sei auf dem Weg hierher.«

»Aber wie kann das sein?«, rief der Abt. Sein dunkler Benediktinerhabit umhüllte seinen gebrechlichen Körper, und mit der hereinbrechenden Dunkelheit wirkte er wie eine Spinne, die sich verkleidet hatte, mit rosigen Wangen und glänzend rasierter Tonsur.

John schüttelte den Kopf. »Ich weiß es nicht. Den Boten kannte ich nicht. Er trug weder Wappen noch Siegel bei sich und konnte mir nichts weiter sagen. Er verschwand, ehe meine Männer ihn ergreifen und befragen konnten. Wirklich unerhört. Ich habe sogar vermutet«, fügte er grimmig hinzu, »es könne sich um eine Falle handeln.«

»Keine, von der ich wüsste. Aber die Gräfin ist nicht hier.«

»Verflucht!«, blaffte John von Cantebrigge.

»Mylord!« Die Stimme des Abts ging eine Oktave höher.

»Verzeiht, wenn ich Euch und Euren Gott beleidige. Aber wo in Gottes Namen ist sie?«

»Mylord!« Die Stimme des Abts schraubte sich in ungeahnte Höhen. John seufzte.

»Ich tue bereits seit vielen Jahren Buße, mein lieber Lord Abt. Eine Bußübung mehr wird mir da nicht schaden. Ihr könnt mich gern maßregeln, aber im Moment gilt meine Sorge vor allem Lady Guinevere. Ihr habt nichts gehört? Nichts gesehen?«

»Nein, nichts.«

John sagte etwas, das Gwyn nicht verstand, dann meinte er: »Ich werde meine Männer ausschicken, damit sie die umliegenden Wälder durchkämmen. Vielleicht hat sie sich verirrt.«

»Aber wie konnte sie überhaupt eine Nachricht schicken?«, fragte der Abt.

John schüttelte den Kopf, dann drehten sie sich um und gingen zum Kloster.

Gwyn war während des Gesprächs hinter Pagans Rücken immer tiefer gerutscht, als wollte sie sich verstecken. Was eigentlich seltsam war, da es sowohl gestern als auch die letzte Nacht ihr erklärter Wunsch gewesen war, zum Kloster zu gelangen. Und war nicht sogar ihr Freund gekommen, um sie zu retten?

Warum fühlte es sich dann an, als würde sie gejagt werden?

»Ihr geht jetzt besser, Rabenmädchen.«

»Ja«, erwiderte sie tonlos. Sie ließ sich von Noirs Rücken gleiten, und auch Pagan stieg aus dem Sattel. »Und Ihr?«, fragte sie aufgewühlt. »Was wird mit Euch? Wohin werdet Ihr jetzt gehen?«

Er sagte nichts. Gwyn hielt nur mühsam ein Schluchzen zurück. Die Welt neigte sich, schickte jeden Gedanken unweigerlich in das Durcheinander ihrer widerstreitenden Gefühle. Sie machte einen Schritt zurück, auf das Kloster zu, verließ den Schutz der Bäume, trat hinaus in die wirkliche Welt, die vom Sonnenuntergang golden beschienen wurde.

»Pagan...«

Er streckte einen Arm aus. Sonnenlicht übergoss seine Fingerspitzen, und Gwyn hielt den Atem an. Irgendwie hoffte sie, er könnte das Unabänderliche ändern. Aber er tat es nicht. Seine Finger streichelten ihre Wange, dann verschmolz er wieder mit den Schatten. Als wollte er sich ihr Bild einprägen, glitten seine schiefergrauen Augen über ihr Gesicht.

Für Gwyn zählte nichts außer diesem Blick. Nicht John, nicht der Abt, schon gar nicht der König mit seinen Kriegen, und auch nicht ihr Papa in seinem Grab. Nichts hatte mehr Bedeutung... außer diesem Ausdruck in Pagans Augen.

Jemand rief etwas. Sie fuhr herum. Sein Blick löste sich von ihr. Wieder rief jemand. Ihren Namen. Jemand rief nach ihr. Man hatte sie entdeckt.

Pagan wich in den Schatten der Bäume zurück. Gwyn blickte über die Schulter. Einer von Johns Männern hatte sie gesehen und lief zu seinem Pferd.

Verzweifelt wandte sie sich um. Pagans dunkler Schatten verschmolz mit dem Dämmerlicht des Waldes.

Erneut hörte sie Männer nach ihr rufen. Gwyn wandte sich um. Ja, die Männer, die aus dem Tor des Klosters strömten, gehörten zu John von Cantebrigge. Und dann sah sie die anderen. Eine große Gruppe Berittener, auf deren Tuniken rote gekreuzte Schwerter und ein schwarzer Wimpel aufgenäht waren. Sie ritten durch das Tor des Klosters.

Marcus d'Endshires Männer.

Ihr Herzschlag setzte aus. Sie stolperte rückwärts. Etwas Hartes traf gegen ihren Oberschenkel. Sie blickte nach unten. Papas Schatulle. Über Gwyns Haut rann ein Schauder, der sich anfühlte wie Eis, das unter den Füßen brach. Wenn sie die Abtei mit der Schatulle betrat, würde Marcus sie ihr wegnehmen. Damit wären die Briefe verloren und auch das, was darunter verborgen lag.

Von der Abtei kam ein Ritter direkt auf sie zugaloppiert.

Gwyn traf eine Entscheidung. Die einzige Wahl, die ihr blieb. Es war leichtsinnig, eine gefährliche und intuitive Entscheidung.

Sie wich zurück unter das Blätterdach. Ihr Herz hämmerte. »Ich kenne Euch nicht einmal«, flüsterte sie, mehr zu sich selbst als an ihn gewandt.

Griffyn hörte ihr Flüstern. Er riss seinen Blick von Marcus' Männern los und schaute in ihr schönes Gesicht, in das jetzt Angst geschrieben stand. »Ihr kennt mich, Rabenmädchen.«

Sie riss die verdreckte Filztasche von ihrem Gürtel und drückte sie ihm in die Hand. »Nehmt das.«

Unwillkürlich schlossen sich seine Finger um die Tasche. »Was ist das?«

»Ein Familienerbstück. Um Himmels willen, *nehmt* es!«

Ihr Flüstern klang so dringlich, dass es Griffyn das Gefühl gab, an einem Scheideweg zu stehen. Guinevere ging offenbar davon aus, im Kloster nicht sicher zu sein. Und er wusste es im Grunde auch. Aber Everoot war ebenso wenig sicher, wenn sie nicht dorthin zurückkehrte und bis zu seiner Rückkehr darauf aufpasste. Nur deshalb ließ er sie gehen.

Ihr Gesicht war bleich vor Angst, als sie im Schatten der regennassen Bäume vor ihm stand. Ihr schwarzes Haar fiel wie ein Schleier über ihre Schultern, als sie ein letztes Mal die Hand nach ihm ausstreckte.

»Ihr werdet mich finden?«, flüsterte sie.

Er umfasste ihre Hand und drückte sie an seine Brust. »Das werde ich«, versprach er. Für ihn war sie nie so schön gewesen wie in diesem Augenblick. Sie war so verzweifelt, sie brauchte ihn.

»Schwört es«, beharrte sie. Tränen brannten in ihren Augen.

»Ich schwöre es bei meinem Leben«, versprach er heiser.

Die Tränen rannen über ihre Wangen. »Schwört es bei *meinem* Leben, Pagan.«

Er umfasste ihr Gesicht mit beiden Händen und drückte ihr einen besitzergreifenden Kuss auf die Lippen. »Bei unser beider Leben.«

Er ließ sie los und wies auf das Klostertor. Dann sprang er in Noirs Sattel. »Geht jetzt.«

Gwyn drehte sich um. Sie konnte durch den Tränenschleier kaum etwas erkennen, als sie sich unter einem tief hängenden Zweig duckte und ein letztes Mal über die Schulter zurückschaute. »Ihr habt es versprochen«, flüsterte sie.

Dann hörte sie einen Ruf, der aus Richtung des Klosters kam. Zwei Männer kamen durch das offene Tor. Pagan verschmolz mit den Schatten. Sie erhaschte einen letzten Blick auf seine schwarze Kapuze und den davonpreschenden Hengst. Pagan hob zum Gruß noch einmal die Hand.

Dann war er verschwunden.

Kapitel 21

Wie betäubt stolperte Gwyn durch die hereinbrechende Dunkelheit auf das Kloster zu. Die kastanienrot schimmernde Kruppe des letzten Pferdes von Marcus' Gefolgsleuten verschwand durch das Tor. In diesem Moment erreichte sie der Reiter, der zu Johns Männern gehörte.

Gwyn seufzte, als sie erneut von einem Fremden auf ein Pferd gezogen wurde. Der Reiter wendete eilig sein Pferd und hielt auf das äußere Tor zu, das hinter ihnen geschlossen wurde. Im Schritt ritten sie durch die Obstgärten auf die Klostergebäude zu, die sich im Innern der Umgebungsmauern wie in einer Festung duckten. Das Kapitelhaus, der Kreuzgang, der es mit der Kirche verband, dazu die Ställe und das Refektorium. Schließlich erreichten sie die Unterkunft des Abts, die sich an der Westseite der Kirche duckte.

Gwyn wurde in die Gemächer des Abts geführt, wo sie von John von Cantebrigge begrüßt wurde. In heller Aufregung lief er vor der Kohlenpfanne auf und ab. Der Abt drehte sich erstaunt zu ihr um und hielt mitten in der Bewegung inne. Gerade streckte er Marcus fitzMiles ein Pergament entgegen, der sich seine Handschuhe abstreifte.

Sie starrten Gwyn stumm an. Das Pergament fiel raschelnd zu Boden. Sie versuchte, John anzusehen, aber es waren Marcus' funkelnde Augen, von denen sie den Blick nicht abwenden konnte.

»Gut. Ihr seid in Sicherheit«, bemerkte er kühl.

»Ja«, gab sie heftig zurück. Sie fand ihre Stimme wieder und ging auf ihn zu. »Obwohl ich das nicht Eurem Bemühen zu verdanken habe.«

John eilte an ihre Seite. Er umarmte sie kurz und hielt ihre Oberarme umfasst, während er sie aufmerksam musterte. Seinen Augen entging nichts. »Gwyn«, murmelte er. »Geht es Euch gut?«

»Ja.« Es war mehr als verlockend, sich seiner Fürsorge zu überlassen. Doch sie nickte ihm lediglich zu und blickte Marcus über Johns Schulter an. Sie durfte keine Schwäche zeigen. »Warum ist Lord Marcus hier?«

Der Abt des wohlhabenden und angesehenen Klosters eilte an ihre Seite. »Lady Guinevere«, sagte er und nahm ihre Hand. »Wir haben uns große Sorgen um Euch gemacht. Gott sei gepriesen, dass Ihr sicher zu uns zurückgekehrt seid.«

»Mein lieber Lord Abt, ich würde Gott preisen, wenn ich nur zu *Euch* gekommen wäre. Ich frage Euch noch einmal: Warum ist *er* hier?« Mit einem Nicken wies sie auf Marcus. Der Abt wirkte erzürnt.

Marcus lächelte und wirkte wie der Inbegriff großer beflissener Sorge. »Lady Guinevere, Ihr habt schon immer zu überschwänglichen Ausbrüchen geneigt. Das hat stets Euren Zauber ausgemacht. Aber da Euch nach dem Ableben Eures Vaters niemand mehr beschützt, war ich zunehmend in Sorge, ob Ihr Euch unter diesen Umständen nicht selbst Schaden zufügt.«

Er trat ihr entgegen, nahm ihre Hand und küsste sie.

Gwyns gesunder Menschenverstand riet ihr, den Mund zu halten – bis er so dicht vor ihr stand, dass nur er ihre giftigen Worte hören konnte. »Ganz sicher werde ich *Euch* Schaden zufügen, noch ehe diese Nacht vorbei ist«, zischte sie, als er sich über ihre Hand beugte. »Ich schlage vor, Ihr sorgt Euch mehr darum.«

Er richtete sich auf. »Aber ich bin wirklich um Euch besorgt, Mylady, wie wir alle.« Er wies auf die beiden Männer.

Eine leise, schleichende Furcht kroch Gwyns Rückgrat hinauf. Ihr Freund John sah sie an, wie er ein kleines Kind ansehen würde, das fast von den Hufen eines Pferdes zertrampelt worden wäre. Der Blick des Abtes allerdings ließ sich eher so deuten, als hielte er Gwyn für die Reiterin ebendieses Pferdes. Er neigte betont würdevoll den Kopf, sodass sie seine Tonsur sehen konnte.

»Ihr sprecht ein wahres Wort, mein lieber Lord d'Endshire«, sagte er in leiernd klingendem Ton. »Und wir schätzen Eure Sorge sehr. Ohne Euch hätten wir vielleicht nie erfahren, dass wir nach der Lady Ausschau halten mussten.«

»*Ihr* habt sie benachrichtigt, nach mir zu suchen?«, rief sie und sah Marcus an.

Er nickte höflich. »Ich habe gedacht, Ihr kommt vielleicht her, nachdem Ihr London gestern Abend so überstürzt verlassen habt.«

Gwyn konnte nicht fassen, welch einen Mummenschanz er hier aufführte. »Ich habe die Stadt überstürzt verlassen«, stieß sie grimmig hervor, »weil Ihr damit gedroht habt, mich gegen meinen Willen zu heiraten!«

»Ich habe nur die Möglichkeit einer Heirat mit Euch erörtert, Mylady. Dass Ihr daran Anstoß genommen habt, war weder mein Wunsch noch mein Bestreben.«

»Euer Wunsch? Ihr habt es *erörtert?* Ihr habt mir eindeutig gedroht!«

»Ich habe Euch den Wert einer solchen Verbindung dargelegt.«

»Ihr habt Truppen zum Nest geschickt ...«

»Zu Eurer Verteidigung.«

»... und habt gesagt, wenn ich Euch nicht heirate ...«

»... dann würdet Ihr wenigstens ein Mindestmaß an Schutz genießen, den ich Euch gegen die Kräfte gewähre, die gegen Euch vorzugehen gedenken«, beendete er ihren Satz ruhig. »Meine Männer sind nur dort, um Everoot vor fremden Übergriffen zu schützen. Wir leben in gefährlichen Zeiten, Gwyn«, fuhr er fort. Seine Miene war sehr ernst, und er redete sie nicht mehr mit ihrem Titel an, um sowohl seiner Verbundenheit mit ihr als auch seiner tiefen Sorge Ausdruck zu verleihen. »Und jetzt, da Euer Vater verstorben ist, gibt es genug Männer, die sich gegen das Haus von Everoot verschwören.«

»Stimmt! Und Ihr seid einer der Schlimmsten!«

Sie wandte sich an John. aber der wirkte nicht länger besorgt, sondern schien sich in seiner Haut eher unwohl zu fühlen. Sie wirbelte zum Abt herum, der die Hände in die weiten Ärmel seiner Kutte geschoben hatte und wichtigtuerisch mit dem Kopf nickte. Gwyn war danach zumute, einen heftigen Wutanfall zu bekommen.

»Mylady«, wagte John, sich zu Wort zu melden. Er nahm ihre Hand und blickte sie gleichermaßen besorgt und freundlich an. »Ihr solltet Euch reinigen.«

Sie starrte stumm auf die Wand am anderen Ende des Raumes. Die Wirklichkeit holte sie ein. Die Männer glaubten nicht ihr, sondern Marcus. Entweder aus Überzeugung oder weil es so bequemer für sie war. Sie glaubten, Gwyn sei wie ein kleines ungezogenes Kind weggelaufen, das nicht wusste, was es wollte oder zu keinem klaren Gedanken fähig war. Sie gingen davon aus, dass Gwyn schlicht nicht in der Lage war, klar zu denken.

Wie betäubt wandte sie sich ab und ließ sich von John fürsorglich zur Tür geleiten.

»Woher habt Ihr diesen Umhang, Mylady?«

Marcus' Stimme kroch wie eine eisige Hand ihren Rücken hinauf. Sie verharrte mitten in der Bewegung, doch dann ging sie weiter und zog John mit sich. Sie versuchte, dieses Zimmer zu verlassen, bevor Marcus seine gefährliche Frage wiederholen konnte.

»Mylady? Woher habt Ihr diesen Wollumhang?«

»John.« Flehend wandte sie sich an ihren alten Freund. »Vielleicht bin ich wirklich ein wenig durcheinander.« Sie schluckte den bitteren Groll herunter, weil sie sich dumm stellen musste.

Sie blickte ihn unverwandt an, und er schien sichtlich besorgt. »Es war eine grauenvolle Nacht, und ich würde mich jetzt gerne zur Ruhe begeben.«

»Bleibt, Lady!«, befahl Marcus leise. »Ich möchte unser Gespräch fortsetzen.«

»John«, flehte Gwyn und versuchte, nicht allzu verzweifelt zu klingen.

Marcus trat zu ihr und legte eine Hand auf ihren Arm. »Wartet.«

Gwyn riss sich von ihm los. Sie war einem Wutanfall gefährlich nahe, aber jetzt die Haltung zu verlieren, wäre vermutlich das Schlimmste, was ihr in dieser Situation passieren konnte. Wenn sie Marcus mit gebleckten Zähnen angriff, würde das kaum den Beweis dafür liefern, dass sie eine vernünftige Frau war, auf deren Urteil man setzen konnte.

Marcus und sie starrten sich an. Hoch aufgerichtet und mit blitzeschleudernden Augen standen sie sich gegenüber.

»Mylady«, mischte der Abt sich in das stumme Kräftemessen ein, »Lord Endshire hat uns nicht nur davon in Kenntnis gesetzt, dass Ihr in Gefahr geschwebt habt. Allein dafür solltet Ihr ihm schon dankbar sein, statt die Güte des Lords zu kritisieren.« Bei diesen Worten runzelte er die Stirn. »Er hat uns zudem darüber informiert, dass der Lord König beabsichtigt, Euch der Vormundschaft Lord Endshires zu unterstellen, um Euren Schutz und den Eurer Ländereien zu gewährleisten.«

Ihr Mund klappte auf. »Mein König würde das nie zulassen!«, rief sie und wirbelte zu John herum. »Stephen hat Papa ein Versprechen gegeben! Er hat ihm versprochen, er werde nicht ... er werde nie ...« Hilflos blickte sie über die Schulter zu Marcus. »... mich an irgendwen *geben*, ohne mein Einverständnis einzuholen!«

»König Stephen hat noch weitere Untertanen, Lady Guinevere, nicht nur Euch«, bemerkte Marcus.

Der Abt schniefte. »Dieser kindische Egoismus verheißt nichts Gutes.«

Marcus schaute den Abt nachdenklich an. Er nahm einen Schluck Wein, ehe er weitersprach, als hätte der Kirchenmann keinen Einwand erhoben. »Untertanen, die er bei Laune halten muss. Und das solltet Ihr natürlich auch beherzigen.« Er lächelte. »Ich werde mein Bestes geben, Euch bei Laune zu halten.«

Das durfte einfach nicht sein. Gwyn konnte sich kaum mehr beherrschen. Ihre Hände ballten sich zu Fäusten, und ihr Gesicht war krebsrot.

»Und darum hat unser König den Wunsch«, fuhr Marcus fort, »seine Interessen zu schützen. Und das bedeutet vor allem: Everoot zu beschützen.«

»Ihr meint wohl eher, es geht darum, *Endshire* zu protegieren«, giftete sie zurück. »Ihr habt ihm gedroht. Ihr habt meinem König gedroht.«

»Lady Guinevere«, tadelte sie der Abt leise.

»Er hat ihm gedroht«, sagte sie. Plötzlich war sie ganz ruhig. »Er hat ihm für die Vormundschaft seine Loyalität angeboten.«

Marcus verneigte sich leicht. »Ihr werdet es hoffentlich wert sein, Mylady.«

»Die Sache ist noch nicht entschieden, oder?«, wollte sie von John wissen.

Er schüttelte traurig den Kopf. Der Abt schob sich dazwischen. »Durch Euer Verhalten habt Ihr dem Lord gute Gründe geliefert, warum sein Vorgehen durchaus legitim ist«, verkündete er. Daraufhin schniefte er erneut, als würde er bezweifeln, dass es ihr gelang, ihn vom Gegenteil zu überzeugen. »Meiner Meinung nach ist nur allzu deutlich geworden, dass eine solche Führung in der Tat angeraten ist.«

In ihren Ohren erwachte ein schrilles Summen, und es kam ihr vor, als würde sich ein Grauschleier über die Welt legen. Sie stützte sich auf Johns Arm und versuchte, das Schwindelgefühl und die aufsteigende Panik niederzukämpfen.

»Gwyn«, murmelte John ermutigend. Seine Stimme drang leise durch das Summen. »Vielleicht solltest du bleiben und mit Lord Marcus sprechen.«

Sie fuhr sich mit der Zungenspitze über die trockenen Lippen. Marcus würde ihr Fragen stellen, die sie nicht beantworten konnte. Fragen nach dem Umhang und danach, wo sie die letzte Nacht verbracht hatte. Mit wem sie die Nacht verbracht hatte. Jede Antwort, die sie ihm gab, würde Pagan in Gefahr bringen und ihn dem Untergang weihen. Aber jede Antwort, die sie Marcus verweigerte, würde Everoots Schicksal besiegeln.

»Also gut, John. Ich bleibe.«

Marcus lächelte.

John verließ das Zimmer, und der Abt huschte hinter einen Vorhang, der in einen anderen Raum führte. Marcus und sie waren allein. Das einzige Geräusch, das Gwyn hörte, war die Kutte des Abts, die raschelnd über die Steinplatten glitt. Das Geräusch verklang in der Ferne. Marcus wies einladend auf einen hübsch geschnitzten Sessel, der neben dem glühend heißen Kohlenbecken stand.

»Setzt Euch, Gwyn.«

Sie überlegte, ob sie sich weigern sollte. Aber da eine solche Weigerung ebenso fruchtlos wie dumm wäre, setzte sie sich.

»Wir alle haben uns große Sorgen um Euch gemacht.«

»Hört damit auf, Marcus!«, fauchte sie. »Wir sind allein, hier ist niemand mehr, den Ihr täuschen müsst.«

Er lachte. »Ihr habt ein Temperament, das eines Tages Euer Tod sein wird.«

»Oder *Euer* Tod«, erwiderte sie bitter.

Marcus wurde schlagartig ernst. Er legte eine Hand auf die Sessellehne und beugte sich zu Gwyn herunter. »Woher habt Ihr diesen Umhang?«

Sie drehte den Kopf von ihm weg. »Wieso ist das wichtig?«

Er stützte die andere Hand auf die zweite Lehne, sodass Gwyn zwischen seinen Armen wie in der Falle saß. Er kam ihrem Gesicht noch näher. »Woher habt Ihr den Umhang?«

»Er gehört mir.«

»Das ist höchst unwahrscheinlich«, flüsterte er dicht an ihren Lippen.

Sie schluckte. »Marcus, zu was soll das gut sein?«

Er presste die Lippen so fest zusammen, dass sie weiß schimmerten. Sein sonst so vornehmes Gesicht färbte sich rot.

»Zu gar nichts«, gab er zurück. Sein Atem streifte ihr Gesicht, und ein ätzender Geruch nach feuchtem Leder und Eisen stach ihr in die Nase. »Gut wäre es allerdings, Ihr würdet meine Fragen beantworten.«

Gwyn versuchte, sich aus dem Sessel zu erheben. Der Angstschweiß klebte auf ihrer Haut.

»Ich verstehe nicht, was an meiner Kleidung für einen Mann von Interesse sein kann«, sagte sie und bemühte sich, das Zittern in ihrer Stimme zu unterdrücken. Sie hatte zu der einzigen Art der Konversation zurückgefunden, die mit Marcus möglich war: selbstsichere Respektlosigkeit. Er hatte keine Geduld mit Schwächeren, keinen Respekt vor Menschen, die zerbrechlicher als er waren. Und wenn er weder Geduld mit ihr noch Respekt für sie hatte, steckte sie in ernsten Schwierigkeiten. »Aber ich kann Euch meine Schneiderin schicken«, fügte sie betont gleichmütig hinzu. »Sie kann Euch gern beraten, wenn Ihr so beeindruckt von ihrer Arbeit seid.«

Marcus richtete sich auf und ließ den Blick über Gwyns zerrissenes Kleid gleiten. »Wenn sie dieses Kleid für Euch gemacht hat, habe ich kein Interesse.«

Gwyn stellte sich plötzlich vor, wie Marcus fitzMiles, Lord d'Endshire, einer der hinterlistigsten Lords des ganzen Königreiches, in Frauengewändern und dem dazu passenden Kopfschmuck um einen Maibaum herumtanzte. Dieser Gedanke war so verrückt, dass Gwyn fast in ein hysterisches Lachen ausgebrochen wäre. Sie presste die Lippen zusammen und beherrschte sich nur mühsam.

»Ich weiß, dass der Umhang nicht Euch gehört, Gwyn. Darum ist die Frage wichtig.« Er fuhr mit einem Finger über ihre Wange. »Lasst mich mitlachen.«

Sie lachte schallend. »Ich kann mir nicht vorstellen, wie ich das bewerkstelligen soll.«

»Ihr tut es bereits mit jedem Atemzug, Mylady.«

Der Abt betrat das Zimmer. In der braunen Mönchskutte und mit seinen fließenden Bewegungen erinnerte er Gwyn an eine Schlammlawine. Er sah sie fragend an. Marcus richtete sich auf und ging zur gegenüberliegenden Wand. In diesem Augenblick kehrte auch John zurück, dem zwei Diener folgten. Einer trug ein Tablett mit Wein und einigen Speisen, der andere brachte wärmende Pelze für Gwyn.

Der Abt zog Marcus zum Schreibtisch auf der anderen Seite des Zimmers und redete leise auf ihn ein, während sein rasierter Kopf sich über das Pergament beugte, das bei ihrer Ankunft zu Boden geflattert war.

Marcus sah Gwyn unentwegt an.

Kapitel 22

In die Pelze gehüllt saß Gwyn in ihrem Sessel und trank von Zeit zu Zeit einen Schluck Wein. Fast eine Stunde war vergangen, und der Abt, John und Marcus sprachen noch immer über die Neuigkeiten, die ihnen über das vom Krieg gebeutelte Land zugetragen worden waren.

»Stephen hat inzwischen die Bestätigung bekommen, dass das Gerücht über den Spion des fitzEmpress wahr ist. Er fürchtet nun, der Mann könnte während der Kronratssitzung in London einige Adlige auf seine Seite gebracht haben.«

Marcus und der Abt hörten John zu, der ihnen die Befürchtungen des Königs darlegte. Marcus gähnte verhalten, doch der Abt runzelte besorgt die Stirn.

»Ich hatte die Hoffnung, dieser Spion sei inzwischen getötet worden«, sagte er verärgert. »Wir haben noch keine Bestätigung bekommen, aber wir haben in der Frage um das angevinische Reich keine Lords mehr verloren.«

»Noch nicht«, bemerkte Marcus. »Es wäre unklug gewesen, hätten sie ihren Treuebruch noch während ihres Aufenthaltes in London öffentlich gemacht. Wir sollten abwarten, was in ein paar Wochen passiert, wenn sie sich hinter die sicheren Mauern ihrer Burgen zurückgezogen haben und die Ernte eingebracht worden ist.«

John schüttelte den Kopf. Er stützte sich mit einer Hand an der Wand ab, und sein Schwertgriff schlug klirrend dagegen. Er griff nach dem Schwert und hielt es fest. Sein sympathisches gerötetes Gesicht war ernst. »Wir können nicht einfach warten, bis er sich hervorwagt, Marcus. Die Zeit ist auf seiner Seite. Wenn der Spion sich hier herumtreibt, müssen wir ihn aufstöbern, sonst taucht Henri fitzEmpress im kommenden Frühling irgendwo an unserer Küste auf, um dort sein Lager aufzuschlagen.«

»Er kommt schon im Winter, würde ich behaupten«, sagte Marcus ruhig. Er hatte auf einer Bank Platz genommen und die Beine ausgestreckt. »Sollten sich noch ein, zwei Adelige mehr seiner Sache anschließen, wird Henri keine Zeit verschwenden. Er wird sein warmes Hochzeitsbett verlassen und nach England kommen. Pagan Sauvage ist ein sehr überzeugender Mann.«

Wie eine Marionette, an deren Schnüren jemand gezogen hatte, fuhr Gwyn fuhr aus ihrem Sessel hoch. »Pagan?«

Die Männer wandten sich zu ihr um. Marcus musterte sie stumm.

Sein Blick glitt langsam über sie, dann starrte er Gwyn in die Augen. Er lächelte. Ein stilles, gefährliches Lächeln. Dann erhob er sich.

»Cantebrigge, befehlt Euren Männern aufzusitzen. Sie ist aus dem Wald südlich von hier gekommen.«

John und er gingen bereits zur Tür und sprachen angeregt miteinander.

»Nein!«, rief Gwyn und lief den Männern hinterher. »Nein, das könnt ihr nicht tun!«

Die beiden Männer blieben stehen. Marcus beugte sich zu ihr und strich mit einem Finger über ihre Wange. »Ich wusste es«, flüsterte er ihr ins Ohr. Dann eilte er weiter. Der Abt folgte ihm dicht auf den Fersen. Sie wollte ihnen nachlaufen, aber John hielt sie zurück.

»Gwyn!« Er schüttelte sie ungeduldig. »Was ist nur los mit Euch? Das ist der Mann, den wir gesucht haben. Seinetwegen könnte der König vielleicht seine Krone verlieren!«

»Er hat mir das Leben gerettet!«

Auf Johns freundlichem Gesicht zeichnete sich ein Ausdruck

tiefer Abscheu ab. »Weißt du, wer er ist? Dieser Pagan?«, wollte er wissen. Er war sichtlich erzürnt.

»N ... nein.«

Er machte eine ungeduldige Handbewegung. »Pagan ist Griffyn *Sauvage*, Guinevere«, zischte er. »Er ist Christian Sauvages *Sohn. Der Erbe von Everoot.«* Ihr Gesicht wurde kalkweiß. Sie fror plötzlich. »Pagans Vater und dein Vater waren einst Freunde. Die besten Freunde. Sie teilten alles miteinander. Frauen, Wein, Kämpfe. Überall gingen sie gemeinsam hin. Überall«, wiederholte er eindringlich.

Dunkel erinnerte Gwyn sich an etwas. Und dieses Etwas machte ihr Angst. »Das Heilige Land«, flüsterte sie.

John blickte sie scharf an. »Genau. Und Marcus' Vater war mit ihnen dort, Mylady. Die drei waren zusammen dort. Vergesst das nicht.«

Ihr wurde schlecht. »Was meint Ihr?«

»Hat Euer Vater es Euch nicht gesagt? Marcus war vor vielen Jahren der Knappe Eures Vaters.«

»Wie bitte?«

»Das war lange vor Eurer Geburt. Er wurde Eurem Vater von Miles, Marcus' Vater, aufgedrängt. Griffyn Sauvage sollte auch als Knappe zu Eurem Vater gehen, aber dann ist irgendwas geschehen. Ich weiß nicht, welche Umstände dazu geführt haben, aber es gibt etwas, das die drei Familien aneinander bindet. Etwas Unheilvolles verbindet Sauvage, fitzMiles und die de l'Amis.«

»Marcus kennt Pagan?«, fragte sie schwach.

»Marcus kannte seinen Vater, und ja, den Sohn kennt er auch. Und Marcus hat genauso guten Grund, ihn zu hassen, wie die de l'Amis.«

Hassen, dachte sie betäubt. Ich sollte ihn hassen. »Was wollt Ihr damit sagen?«

»Was ich sagen will, ist Folgendes: Wenn Ihr Marcus noch ein einziges Mal widersprecht, seid Ihr dem Untergang geweiht. Dann geht Everoot in seine Verfügungsgewalt über, und er bekommt die Vormundschaft über Euch. Und dann wird er Euch zur Frau nehmen.«

Gwyn presste eine Hand auf den Mund. Angst durchfuhr sie wie eine rasende, schäumende Welle. Ihre Reaktion schien John zu verärgern.

»War Eure Nacht mit Pagan es wert, dafür Everoot aufs Spiel zu setzen?«, fragte er erzürnt. »Warum habt Ihr nicht gleich gesagt, wer Euch zu Hilfe gekommen ist?« Plötzlich veränderte sich sein Gesichtsausdruck, und er wurde blass. »Gott möge uns gnädig sein. Gwynnie! Ihr wusstet nicht, wer er ist, habe ich recht?«

Sie schüttelte heftig den Kopf. Sie leugnete es, obwohl in ihr etwas schrie: *Ja doch, ja, ich habe gewusst, dass er nicht der war, der er vorgab zu sein. Das hätte mir genügen müssen, misstrauisch zu sein.*

Sie schlug die Hände vors Gesicht. Ihre Fingerspitzen fühlten sich auf ihren Wangen eisig an. Sie konnte sich kaum auf John konzentrieren. Sein Gesicht verschwamm vor ihren Augen.

»Ich habe jetzt nicht die Zeit, Euch die ganze Geschichte zu erzählen, Gwyn. Wenn Everoot Euch gehören soll, dann müsst Ihr dafür kämpfen. Dann darf es nichts geben außer Everoot. Versteht Ihr mich?« Er sah sie betroffen an. »Hat Euer Vater Euch denn nicht einmal das beigebracht?«

Sie tastete suchend nach Johns Arm. Instinktiv suchte sie nach Halt, derweil sich ihre Welt auf so abstruse Weise drehte. Papa hatte Pagan gekannt. Papa hatte ihn gehasst. Etwas Gottloses verband die Familien.

John berührte ihre Hand. Für einen kurzen Moment war er wieder der sanfte, freundliche John, den sie seit Jahren kannte. Der Mann, der ihr diesen Wahnsinn erklären konnte.

Aber er tat es nicht.

Einer seiner Männer tauchte am anderen Ende des dunklen Korridors auf und gab ihm ein Zeichen. »Ich muss gehen«, sagte John. Er fasste Gwyn sanft an den Schultern und führte sie zurück in das Zimmer. Bevor er ging, blieb er ein letztes Mal in der Tür stehen. »So ist es das Beste.«

Er schloss die Tür.

Gwyn setzte sich und starrte auf die Wand. Die Stille im Gemach war ohrenbetäubend laut und schmerzte geradezu. Sie senkte den Blick auf ihre Hände, die mit den Handflächen nach oben in ihrem Schoß ruhten. Es waren dieselben Hände wie gestern, wie vor einer Woche. Aber diese Hände waren ihr fremd. Sie hob den Kopf und schaute sich im Zimmer um. Sie entdeckte vertraute Dinge – ein Schreibpult, einen Schrank, einen Tisch –, aber die Gegenstände wurden so abscheulich verzerrt, dass sie in Gwyn einen heftigen Ekel auslösten.

Ihr Vater hatte ihr zwei Dinge hinterlassen: Everoot und die Schatulle mit den Briefen. Die Schatulle hatte sie einem Heiden gegeben, den sie eine Nacht lang hatte lieben dürfen. Und auch Everoot wäre verloren, wenn sie versuchte, ihn zu retten.

Sie stieß den Stuhl zurück und rannte zur Tür, riss sie auf und prallte gegen einen von Marcus' Rittern. Es war de Louth. Lieber Himmel, sie war von Alpträumen umgeben.

»Lasst mich los!«, schrie sie und kämpfte gegen seine Hände, die sich um ihren Leib geschlossen hatten.

De Louths Stimme klang entschlossen und gefährlich leise. Er packte Gwyn fester und schob sie zurück in das Zimmer. »Bleibt ruhig, Mylady.« Sie glaubte, etwas wie Mitleid über sein Gesicht huschen zu sehen, aber der Moment war schnell vorbei, als er direkt neben der Tür Posten bezog. Das Zimmer hatte kein Fenster.

DeLouth starrte Gwyn ausdruckslos an.

»Er hat gesagt, Ihr sollt hierbleiben.«

Griffyn beeilte sich, nach London zu kommen. Er ritt über versteckte Pfade, preschte im Galopp durch den Wald und setzte über Baumstämme hinweg, die ihm den Weg versperrten. Bis auf Noirs hämmernden Hufschlag war alles still. Als er ein Waldstück nahe eines sächsischen Außenpostens passierte, spürten sie ihn auf. Schwerter wurden gezogen, und wütende Schreie hallten durch die mondhelle Nacht.

Sich gegen zehn Männer wehren zu müssen, war unmöglich. Griffyn wurde in Ketten gelegt und fortgebracht. In ihrem Grimm vergaßen die Männer, sein Pferd einzufangen. Noir galoppierte davon, ein kleines Bündel hing an seinem Sattel. Später glitt Hervé aus dem Dunkel des Waldes und fing das Pferd ein. Alex und er folgten den Männern ungesehen bis an die Mauern Londons. Dann ritten sie wie die Teufel zum Hafen von Gloucester, wo ihre Kameraden auf sie warteten.

Griffyn wurde in den Tower gebracht. Man drohte ihm damit, ihn zu köpfen. Er wurde jeden Tag der Folter unterzogen, und man peitschte ihn fast zu Tode. Nur der Fürsprache König Henris war es zu verdanken, dass er im Austausch gegen einen englischen Adligen, der während des letzten Feldzugs gefangen genommen worden war, freikam. Das geschah sechs Wochen nach seiner Gefangennahme.

Während seiner Gefangenschaft war das Einzige, das ihn davon abhielt, dem Wahnsinn zu verfallen, der Gedanke an sein Rabenmädchen. Die Erinnerung an ihr Lachen, das er trotz seines Elends zu hören glaubte. Der Ausdruck in ihren Augen, als er ihr versprochen hatte, sie zu finden. Der Gedanke, dass die Welt vielleicht mit ihr etwas heller wäre und sie nicht von den dunklen Begehrlichkeiten getrieben wurde, die ihren Vater in den Abgrund gerissen und dazu gebracht hatten, seinen Eid zu brechen. Dass er vielleicht wieder nach Hause zurückkehren konnte. Dass er ein Zuhause hatte, und dass Gwyn dort auf ihn wartete.

Die Gräuel, die er in seiner Zelle erlitt, die er sich mit zahllosen Ratten teilte, berührten ihn nicht so tief wie seine Tagträume. Einzig die Hoffnung, die er in diesen Träumen lebte, bewahrte Griffyn davor, den Verstand zu verlieren.

Aber dann, eine Woche vor seiner Befreiung, hörte er mit an, wie sich zwei seiner Bewacher unterhielten. Er war inzwischen so oft geschlagen worden, dass er es nicht mehr zählen konnte. All seine Träume zerschellten an den Worten dieser Wachmänner in Abertausende winzige Eissplitter.

Die Stimmen hatten einen normannischen Akzent, der sich mit dem schweren Zungenschlag der Sachsen mischte und einen merkwürdigen, dennoch melodiösen Klang hatte, der nicht so recht zu den Worten der Wachmänner passen wollte.

»Was hast du denn erwartet? Eine Frau hat ihn verraten«, sagte die eine Stimme als Antwort auf eine Frage, die Griffyn nicht gehört hatte. Der Mann lachte. »Wir sollten anfangen, Weiber als Spione anzuwerben. Das sag ich schon lange. Männer können nicht gleichzeitig vögeln und denken, und Frauen sind außerdem ein ganzes Stück billiger zu haben.«

Diese Bemerkung wurde mit einem derben Lachen quittiert. »Stimmt, da hast du recht. Ich hätte auch nichts dagegen, wenn so eine bei mir spionieren würde. Wenn's denn wirklich so ein appetitliches Mädchen wäre wie das, von dem sie erzählen. Aber 'ne Hure war sie nicht, Dunnar. Das war die Lady selbst.«

Griffyn öffnete mühsam seine zugeschwollenen Augen und starrte auf den Lichtstreifen, der unter der Tür hereinfiel.

»Da soll's ja richtig zur Sache gegangen sein«, sagte der Erste und lachte wieder. »Die konnte gar nicht genug davon kriegen.«

Noch mehr derbes Gelächter.

»Die Lady war's also«, sagte der Zweite. »Wie man hört, kriegt sie vom König Land dafür. Und ihr Lehen wird bestätigt und alles.«

»Pah!«, machte der andere. »Als wenn Everoot nicht schon groß genug für sie ist.«

Griffyn erstarrte.

Der andere Wachmann lachte wieder. »Und du glaubst, du hättest auch 'ne Belohnung verdient?«

»Wieso nicht?«, erwiderte der andere ungehalten. »Scheiße, aber das wär nur recht, schließlich mach ich mehr als die reichen Herren Grafen und wie sie alle heißen. Pah«, machte er wieder. »Ich würd' nur zu gern wissen, was die wohl geleistet hat, während ich hier unten in den letzten Jahren die Drecksarbeit gemacht hab.«

Die Stimmen wurden leiser. Griffyn richtete sich auf. Er kniete neben der Wand und legte eine Hand auf den groben Stein. Das konnte nicht sein.

»Ich könnt' mit der Belohnung schon was anfangen«, sagte der erste Wachposten und lachte rau. »Aber mir wär ein gewisser Teil von dieser Lady lieber als ein bisschen Land, wenn du weißt, was ich meine.«

Der andere stieß eine Reihe von Flüchen aus, und ihre Stimmen verstummtem. Das Quietschen von rostigem Eisen verriet Griffyn, dass die Wachen die äußere Tür erreicht hatten und schon bald fort sein würden. Er kroch zur Tür, so weit, wie seine Ketten es zuließen. Er stand schwankend auf und legte ein Ohr an die stinkende Wand, um besser hören zu können.

»Nee, die Gräfin von Everoot stolpert über 'nen Spion, wird zur Belohnung ordentlich gevögelt, und dann verrät sie ihn und kriegt dafür ein ordentliches Stück Land. Ihr Besitz reicht jetzt rauf bis nach York. Verdammte Adelige. Denen kann man nicht so weit trauen, wie man spucken kann.«

Griffyn taumelte, als er sich aufrichtete. Sein Kopf war von einem heißen, lauten Brüllen erfüllt. Die schmerzhafte Erkenntnis zwang ihn in die Knie. Er rutschte an der feuchten Wand herunter, die Beine gaben unter ihm nach, und sein Hinterkopf schlug gegen den harten, feuchten Stein.

Irgendwann in jener sturmumtosten Nacht hatte er sich einen Augenblick lang vorgestellt, er hätte bei ihr Liebe gefunden. Stattdessen hatte er Verrat gefunden. So war es immer.

Er schlug mit dem Kopf gegen die Wand und rang den überwältigenden Wunsch nieder, seine Enttäuschung und seine Wut herauszubrüllen. Verräterin! Betrügerin! Lügnerin!

Everoots Brut.

Niemand änderte sich. Es steckte den de l'Amis im Blut.

Sein Herz zerriss und verhärtete sich zugleich. Als er sieben Tage später ausgelöst wurde, trug er statt eines Herzens einen Eisklumpen in seiner Brust.

Zwischenspiel:
Das Jahr der Brache

Winter bis Sommer 1153
England

Die Truppen von Henri fitzEmpress marschierten durch das ausgedörrte England und verwüsteten es. Burgen, Garnisonen, Dörfer und Gehöfte – alles wurde niedergemäht.

König Stephen kämpfte weiter, Seite an Seite mit seinem streitlustigen und launischen Sohn Prinz Eustace. Einige sagten, der König werde von jenen aufgestachelt, die Henri fitzEmpress' Zorn fürchteten. Oder dass es seine Pflicht sei, endlich einen Weg zu beschreiten, der seit Langem unausweichlich war. Für Prinz Eustace stand jedoch mehr auf dem Spiel: ein Königreich.

Aber für die meisten lag es klar auf der Hand: Dieser Bürgerkrieg wäre zu Ende, sobald Henri fitzEmpress zum König gekrönt wurde.

Und doch hielten ein paar treue Außenposten ihre Burgen, bemannten weiterhin ihre Garnisonen. Sie glaubten an ihren König. Sie würden sterben, das wussten sie. Durch das Schwert oder an Hunger. Sie würden sterben oder gefangen genommen werden.

Die Anführer der Truppen des fitzEmpress schwärmten vor der Hauptstreitkraft wie Heuschrecken aus, die über ein Weizenfeld herfielen. Sie fraßen sich durch das Land, und alles fiel ihnen in die Hände. Die Guten und die Schlechten, die Spreu und der Weizen. Niemand zählte mehr, wie viel sie sich einfach nahmen.

Und dann, im August, verbreitete sich die Nachricht, dass Prinz Eustace gestorben war.

August 1153
Das Nest, Northumbrien, England

»Es ist nichts mehr da, Mylady. Die ganze Ernte ist verdorrt. Der Weizen und auch der Roggen sind einfach am Halm vertrocknet.«

Gwyn blickte zu William auf, ihrem zunehmend glatzköpfiger werdenden, geliebten Seneschall. Er saß ihr gegenüber am Tisch und strich sich seine fünf Haarsträhnen über den blanken Schädel nach hinten. Dabei starrte er finster auf das Pergament, das er entrollt in der Hand hielt. Der Bericht über den Zustand der östlichen Besitzungen war erst vor Kurzem eingetroffen. William wiederholte nur noch einmal, was er ihr schon so oft gesagt hatte.

Gwyn nickte erschöpft und starrte aus dem Fenster. Kein Lufthauch regte sich und wehte durch das breite, hohe Fenster. Nur heiße, trockene Luft drang herein und die leise Stimme eines Kindes, das allein im Burghof spielte.

»Verkauft die Harfen«, sagte sie entschlossen.

»Mylady! Die Harfen gehörten Eurer Mutter!«

»Sagt Gilbert, er soll sie auf den Wagen laden. Wir bringen sie nach Ipsile-upon-Tyne«, sagte sie.

Ipsile-upon-Tyne war einer der Orte mit Stadtrecht im Einzugsgebiet von Everoot.

»Bringt die Harfen zum Goldschmied Agardly. Er kümmert sich auch um den Verkauf der Waren Everoots, und er kennt jeden Minnesänger vom Clyde bis zur Themse. Er wird für die Harfen einen akzeptablen Preis erzielen.«

Sie hörte das Pergament rascheln. »Für den Weizen würde es wohl reichen«, murmelte William. »Wenn er beide verkaufen kann.«

Sie nickte. Das war's. Mehr hatte sie nicht zu verkaufen.

Die Kinderstimme verstummte, aber Gwyn starrte weiter aus dem Fenster. Sie schämte sich, weil die Sorge um den Weizen nicht das war, was ihr Herz am tiefsten traf. Selbst nach einem Jahr, das vergangen war, schmerzte am schlimmsten noch immer das Wissen, dass Pagan sie verraten hatte.

Eine Woche nach ihrer Rückkehr nach Everoot hatte sie einen Boten mit einem Beutel Gold losgeschickt, um die Wachen im Tower zu bestechen. Der Mann kehrte mit der Hälfte des Geldes zurück, konnte ihr aber nichts über Pagan berichten. »Der ist tot«, sagte er. »Bestimmt ist er tot.«

Diese Nachricht hatte Gwyn fast umgebracht. Und so wäre es auch besser gewesen – Auge um Auge, Leben um Leben.

Vergiss ihn.

Ihre Hände schlossen sich um die Tischkante. Allein Gott wusste, wie sehr sie versuchte, die Erinnerungen an jene Nacht, die inzwischen fast ein Jahr zurücklag, aus ihrem Bewusstsein zu löschen. Jene Nacht, in der ein Zauber in der Luft gelegen und ein Heide sich in ihr Herz gestohlen hatte. Doch ihre Träume waren unberechenbar und weckten sie jeden Morgen. Dann pulsierte heiße Nässe zwischen ihren Schenkeln, und ein Schmerz durchstach ihr Herz.

Bitte, lieber Gott, lass mich irgendwie dafür büßen, damit ich für all meine Sünden bezahlen kann.

»Oder lass mich sterben«, flüsterte sie.

William blickte auf. »Mylady?«

Sie schüttelte den Kopf. In diesem heißen Sommer herrschte zu viel Tod und Zerstörung. Henri fitzEmpress' Armee war, wie von Marcus prophezeit, im Winter an der englischen Küste gelandet und hatte das Land mit Verwüstung überzogen. Er hatte eine Schneise der Zerstörung durch den Südwesten gefräst, und auf seinem Weg hatten sich ihm viele unterworfen.

Der Süden, der Osten und der Westen, die Welt, die Gwyn kannte, zerfiel durch die Macht der Schwerter einer Armee, die sich langsam, aber unaufhaltsam in Richtung Norden wälzte, in blutige Stücke. Und sie kam auf Everoot zu.

Sie konnte nichts dagegen tun. Tiere mussten gefüttert, Fische gefangen und die Felder bestellt werden, obwohl die kräftigsten Männer fortgeschickt worden waren, um die Armee König Stephens zu unterstützen.

Es blieb den Frauen und den Jungen überlassen, die Ernte einzubringen, Vorräte anzulegen und sich für den kommenden Winter zu wappnen. Und es hieß, der nächste Winter werde lang und bitterkalt. Die Hundstage im Juli waren kaum zu ertragen gewesen, und vielleicht waren durch die brütende Hitze genauso viele Menschen umgekommen wie durch die Kämpfe. Allein bei dem Gedanken, ein paar Schritte zu gehen, wirbelte schon der Staub auf, und der Weizen raschelte mit seinen leeren Ähren über den Köpfen derer, die diese erbärmliche Ernte einbrachten.

Es könnte schlimmer kommen, ermahnte Gwyn sich. Sie könnte all das durchmachen und zugleich mit Marcus fitzMiles verheiratet sein. Oder unter seiner Vormundschaft stehen. Aber sie würde eher Pasteten auf dem Markt verkaufen wollen, als an Marcus gekettet zu sein.

Das ritterliche und seit Langem bestehende Versprechen des Königs an ihren Vater gab es nach wie vor. Doch es war Gwyn gelungen, dessen Einlösung hinauszuzögern, und das trotz der üblen Drohungen, die Marcus ausgestoßen hatte. Oder gerade deswegen? Stolz war ein machtvoller Ansporn, selbst für ihren ritterlichen König.

Aber wie es auch dazu gekommen war: Everoot befand sich noch immer in Guineveres Hand. Zumindest noch so lange, bis es ihr wie schmelzendes Eis zwischen den Fingern zerrinnen würde. Die Sommerhitze verbrannte all das, was der Grafschaft an ohnehin recht dürftigen Quellen zur Verfügung stand. Selbst der Verkauf der Harfen ihrer Mutter wäre nur ein Tropfen auf den heißen Stein, um der Katastrophe zu entgehen.

»Außerdem haben wir Nachricht aus Wales bekommen«, fuhr William fort, und seine Stimme klang noch niedergeschlagener als sonst. »Es ist schon wieder ein Verwalter verschwunden. Aus Ipsile dieses Mal.«

Die Ländereien in den walisischen Marken waren berüchtigt dafür, dass kein Verwalter es dort lange aushielt. Manchmal wurde den Männern auch der Garaus gemacht, ohne dass man genau wusste, warum. Gwyn hob den Kopf. »Ist er tot?«, fragte sie erschöpft.

»Nein. Nur verschwunden.«

Sie stand auf und schob die Pergamentrollen und Wachstafeln beiseite, die auf dem Tisch verstreut lagen. »Für den Moment wäre das alles, William. Ich werde mich um einen neuen Verwalter kümmern. Später.«

Die Schreibstube befand sich tief im Innern der Burg, in das kaum frische Luft und Licht hineingelangten. Aber während der Hundstage war es hier erfrischend kühl. Nur widerstrebend betrat Gwyn den Gang, in dem heiß und feucht die Luft hing. Sogar die Steine schwitzten die Hitze aus. Ihr Verwalter eilte ihr nach.

»Ersetzt weiter die Fischreusen am oberen Flusslauf, William, wie wir es besprochen haben. Ihr hattet recht: Jemand hat sie mutwillig zerstört, und sie taugen allenfalls noch dazu, Schilfrohr mit ihnen zu fangen.«

Sie fühlte sich schlapp, als sie zum nördlichen Turm ging, in dem einige Frauen darauf warteten, dass sie sich zu ihnen gesellte.

Eine Zeitlang plauderte Gwyn mit den Frauen, ehe sie ihre

Stickarbeit in den Schoß sinken ließ und ins Leere starrte. Einst war dieser Raum ein Gemach für Kinder, doch jetzt gab es hier keine Kinder; sie verbrachte eine Stunde am Tag bei den Frauen, stickte und plauderte mit ihnen. Es war die einzige Stunde des Tages, in der sie nicht mit den Aufgaben als Burgherrin befasst war.

Die Stimmen der Frauen schwebten wie zarte Silberfäden in der stickigen, heißen Luft. Sie saßen auf Schemeln, neigten die Köpfe und redeten angeregt, während sie eifrig nähten. Hin und wieder hob sich ein farbenprächtiger Schleier oder ein buntes Haarband – rot, grün, saphirblau –, und ein Paar helle Augen blickte zu einer der Frauen, die gerade einen Scherz gemacht hatte. Dann senkte sich der Blick wieder und wandte sich der Arbeit zu.

In den letzten sechs Monaten war Gwyns Gefolge besorgniserregend schnell gewachsen. Aber was konnte sie schon dagegen tun? Wenn die Töchter von geschätzten Vasallen und der im Süden lebenden Adeligen einen sicheren Ort brauchten, zu dem sie fliehen konnten, wer war sie denn, ihnen diese Zuflucht zu verweigern?

Dass Gwyn eine sichere Zuflucht bieten konnte, lag aber nicht nur daran, dass Everoot weit oben im Norden gelegen war. Auch diese Kunde hatte sich schnell verbreitet: Guinevere de l'Ami gehört zu jenen, denen man vertrauen kann.

Aber nicht nur die edlen Damen suchten einen sicheren Ort. Als der Juli mit einer Hungersnot über das Land hereinbrach und diese ihre ersten Opfer forderte, während die Männer im Krieg waren, suchten auch Mädchen aus dem Dorf bei Gwyn Schutz, die in ihrem Elend ebenso bedürftig waren. Was sollte sie denn tun? Diese Frauen sterben lassen?

Nein, auf gar keinen Fall. Es ging nicht nur darum, Opfer zu bringen, überlegte sie und warf einen hoffnungsvollen, aber auch besorgten Blick auf die Frauen mit den hellen Kleidern und den sauber schimmernden Haaren. Die jungen Frauen heiterten sie auf, und in diesen schweren Zeiten konnte für dieses kleine Vergnügen kein Preis zu hoch sein.

Gwyn rieb sich den schweißnassen Hals, dann lehnte sie sich in ihrem Sessel zurück und schloss die Augen. Trotz der drückenden Hitze ließ sie ihre Beine von der schräg einfallenden Sonne wärmen. Das Plaudern der Mädchen verschmolz zu einem hellen Summen.

»Mylady?«

Sie öffnete die Augen. Ihr kleiner Page Duncan stand in dem Durchgang zum Korridor. Er war einer der Flüchtlinge, die sie bei sich aufgenommen hatte. Hinter ihm ragte eine dunkle Gestalt auf, die sie nicht genau erkennen konnte.

Als Duncan einen Schritt zur Seite machte, sah Gwyn einen Mann in der Tür stehen, der sie grimmig anstarrte. Seine Kleidung aus dunklem Leder war dreckig und staubig. Er blickte sich misstrauisch im Gemach um. Als er außer hellen Kleidern und hellem Frauenlachen nichts entdeckte, huschte etwas Hungriges über seine Miene. Er wandte sich an Gwyn. »Mylady?«

Sie stand auf. Ihre Näharbeit glitt unbeachtet zu Boden. »Sir?«

»Ich muss mit Euch sprechen.«

Ein kalter Schauer – ungewöhnlich bei dieser Hitze – rann über ihren Rücken. »Mädchen«, sagte sie, ohne den Blick von dem Fremden abzuwenden, »ich glaube, es ist Zeit für euren Nachmittagsspaziergang.«

Ein allgemeines Seufzen hob an, aber die jungen Frauen erhoben sich gehorsam und verließen das Zimmer. Nachdem alle gegangen waren, breitete sich Stille zwischen Gwyn und dem Fremden aus.

»Mylady, ich habe Neuigkeiten für Euch.«

»Ihr kommt von König Stephen, nehme ich an.« Gwyns Stimme klang tonlos.

Als er nickte, spürte sie Tränen in ihre Augen steigen. Bei Gott, was konnte dieser Mann ihr schon noch sagen, das ihr wehtun würde?

»Der König wird den Krieg verlieren.«

Sie schüttelte den Kopf und wusste nicht, ob sie es tat, weil sie sich weigerte, es zu glauben, oder aus Erschöpfung. So viele Jahre des Krieges, so viel Verschwendung von Leben. Und wofür? »Können wir nicht noch mehr Truppen aussenden?«, fragte sie, und es klang, als hätte sie diese Frage auswendig gelernt. »Mehr Männer, mehr Geld?«

»Welches Geld wollt Ihr denn schicken?« Er lächelte gequält und betrat das in Sonnenlicht getauchte Gemach. Eine dunkle, vom Wetter gegerbte Gestalt, die in Leder und Verzweiflung gehüllt war. »Welche Männer? Welche Truppen? Sie wenden sich jetzt allesamt dem fitzEmpress zu. Sie glauben, ihr Schicksal sei in seinen Händen besser aufgehoben als in denen unseres Königs.«

»Sie sind Narren!«, stieß sie hervor und fuhr sich mit dem Handrücken über die Lippen.

»Man sagt, der Sohn des Königs sei tot.«

Sie wich unwillkürlich einen Schritt zurück und sank in ihren Sessel.

»Ich habe etwas für Euch.« Er durchmaß den Raum mit zwei Schritten und sank vor ihr auf die Knie. Er griff unter seine Tunika und reichte ihr etwas in der geschlossenen Hand.

»Was ist das?«

Seine Hand öffnete sich. Auf der schwieligen, dreckigen Handfläche lagen die zerdrückten Blütenblätter einer Rose, die noch immer blutrot schimmerten, obwohl sie vor langer Zeit verwelkt waren. Gwyn öffnete den Mund und hauchte: »Das ist meine Blume. Der Eroberer.« Vorsichtig berührte sie eines der vertrockneten Blütenblätter.

»Genau. Seine Gnaden bittet Euch nun, dass Ihr Euch an den

Eid erinnert, den Ihr ihm geleistet habt, wie er sich an jenen erinnerte, den er Euch geleistet hatte.«

»Das hätte er nicht zu tun brauchen«, murmelte sie und starrte auf die zerbröckelten Blütenblätter. Sie erinnerte sich wieder an die Ratsversammlung in London, an ihre Begegnung mit dem König. Diese Ereignisse wurden in ihrer Erinnerung von ihrer Begegnung mit Pagan verdrängt, die ihr das Herz gebrochen hatte. Wie lange war das her? Hundert Jahre? Und um wie viele Jahre war sie seitdem gealtert? Tausend?

»Er braucht Euch sehr, Herrin. Und jetzt ist der Zeitpunkt, da er Euch darum bittet, ihm zu helfen.«

Sie richtete ihren Blick wieder auf ihr Gegenüber. »Was wünscht er von mir?«

»Er wünscht, dass Ihr den Prinzen versteckt.«

»Aber Ihr habt gesagt ... Ihr sagtet doch, der Prinz sei tot.«

»Ich habe gesagt, einige würden das behaupten. Aber so ist es nicht. Noch nicht.«

»Noch nicht?«

»Er ist krank, vielleicht wird er sterben. Er braucht Pflege. Wenn er die nicht bekommt, stirbt er auf jeden Fall.«

»Du lieber Himmel, wo ist er?«

»Er ist hier.«

Sie sprang auf. Beinahe hätte sie den knienden Boten umgestoßen. »Ihr habt den Prinzen *hierher* gebracht?«

Er richtete sich auf. Sein Lächeln war nur ein gespenstischer Schatten, der über sein ernstes Gesicht huschte. Aber die feinen Fältchen, die sich in sein Gesicht gruben, verrieten ihr, dass er in der Vergangenheit glücklichere Zeiten erlebt hatte, in denen ihm das Lachen nicht fremd gewesen war. Für einen kurzen Moment fragte sich Gwyn, mit wem er dieses Lachen geteilt hatte und wo diese Frau jetzt wohl sein mochte.

»Ich kannte Euren Vater recht gut, Mylady. Er war dem König immer treu ergeben. Und heute erinnert Ihr mich sehr an ihn.«

»Und ich wünsche mir heute mehr als allen Ingwer Jerusalems, dass er hier wäre«, entgegnete sie. »Wo ist der Prinz?«

»Wir haben ihn in eine Decke gewickelt und auf dem Rücken meines Pferdes hergebracht. Wie einen Sack Weizen.«

»Wie viele seid Ihr?«, fragte sie rasch und ging auf die Tür zu. Der Bote folgte ihr und hielt sie ihr beflissen auf. Sie traten auf den kühlen Gang hinaus und eilten die enge Wendeltreppe hinunter, die in die große Halle führte. Dabei sprachen sie leise miteinander.

»Wir sind nur zu dritt. Der Prinz, mein Diener und ich.«

»Und wie lautet Euer Name?«

»Adam von Gloucester.«

Sie erreichten den Fuß der Treppe. »Wer weiß noch von der Sache?«

»Niemand außer mir. Und Euch.«

Die große Halle erstreckte sich vor ihnen. Diener waren mit ihren unterschiedlichen Aufgaben beschäftigt und gingen geschäftig hin und her. Aus einer angrenzenden Kammer waren Mädchenstimmen und helles Lachen zu hören; die Frauen hatten die Burg noch nicht verlassen. Zwei Ritter saßen sich an einem Tisch bei einer Partie Schach gegenüber. An einem anderen Tisch hatte sich eine Gruppe junger Knappen zusammengefunden, die froh zu sein schienen, für eine Weile ihren Pflichten entronnen zu sein. Sie alle hatten sich in die kühle Burg zurückgezogen, um der Gluthitze der Mittagsstunden zu entkommen. Wem es möglich war, der vermied es, nach draußen zu gehen.

»Niemand außer Euch weiß davon, Adam?«

»Und jetzt auch Ihr«, erinnerte er sie leise. Sein Blick glitt über die Menschen in der Halle. Sie alle hatten Augen zum Sehen und Ohren zum Hören. Und flinke Zungen.

»Kommt.« Sie ergriff ihn beim Arm und zog ihn zurück in den Schatten.

Sie folgten einem langen Gang, der an den Küchen vorbeiführte. Eine schrille Stimme, die sagte, man solle die Harfen bringen, drang an Gwyns Ohren. Die Harfen befanden sich vermutlich in einer der Vorratskammern, wo sie die hübschen Saiteninstrumente hatte aufbewahren lassen. Auf den herrlichen Festen, die einst auf Everoot stattgefunden hatten, hatten die Harfner den Instrumenten immer wunderschöne Melodien entlockt. Heute wurden keine Feste mehr gegeben, und Gwyn sagte sich, dass der Verkauf der Harfen ein zu verschmerzender Verlust war.

So manch einer meinte, die Zeiten wären zu finster und zu unsicher, um Feste zu feiern. Aber nicht nur die unsicheren Zeiten waren der Grund, warum es in der Halle still blieb, es war vor allem das fehlende Geld. Statt von Harfenklängen wurden die Mahlzeiten jetzt vom Klappern der Messer begleitet, und von einem Lachen, das hin und wieder zu hören war. Und in den langen, dunklen Nächten unterbrach nur das Rascheln der trockenen Bodenbinsen die Stille – und das Wehklagen der Frauen, die um ihre Männer trauerten.

»Hier entlang.«

Gwyn zeigte auf einen Durchgang, der zum nachträglich angebauten Küchengebäude führte. Sie traten in die glühende Sommerhitze hinaus. Die Sonne brannte heiß auf Gwyns Kopf. So fühlte es sich wohl an, wenn man auf einem Feuerrost lag. Schon nach wenigen Schritten war sie in Schweiß gebadet und spürte, wie die einzelnen Tropfen an ihrem Nacken und zwischen ihren Brüsten herabliefen. Es fiel ihr schwer zu atmen.

Doch sie schritt unbeirrt durch diese Hitzewand und ging auf den Turm zu. Dort standen zwei Pferde, die in der Hitze dösten und allenfalls mit dem Schweif schlugen, um die Fliegen zu vertreiben. Bei den Pferden wartete ein drahtiger Mann mit struppigem Haar, der Gwyn misstrauisch entgegensah.

»William, das ist Mylady Guinevere«, stellte Adam sie vor.

Das graubraune lockige Haar des Mannes war verdreckt. Er neigte kurz den Kopf. »Wir sind sehr schnell geritten, um zu Euch zu gelangen, Mylady.« Er blickte zu seinem Herrn auf. »Weiß sie davon?«

Adam nickte, ohne die Unhöflichkeit seines Dieners zu kommentieren. Auch Gwyn reagierte nicht darauf. Ihr Blick ruhte auf der Gestalt, die auf den Rücken eines der Pferde geschnallt war.

»Er wird bei dieser Hitze zunehmend schwächer«, sagte Adams Diener frei heraus. »Er muss an einen kühlen Ort gebracht werden, und er braucht 'ne Menge Pflege, Mylady.«

Sie löste den Blick von dem Bündel und sah die Männer an.

»Und vor allem darf er nicht entdeckt werden«, fügte Adam hinzu. Er blickte sie aufmerksam an.

»Ich könnte ihn in meinen Gemächern unterbringen, aber ...« Sie verstummte.

»Aber?«

»Die Leute gehen dort ein und aus, als ob's die Halle selbst ist«, erklärte sie schließlich. »Und wenn ich ihnen befehle, sich fernzuhalten, wird das einige Aufmerksamkeit erregen.«

»Und vielleicht einige Fragen aufwerfen. Wo könnten wir ihn noch unterbringen?«, fragte der Ritter.

»In einer der Vorratskammern?«, schlug sein Diener vor.

Gwyn begehrte auf. »Ihr wollt den Prinzen im *Keller* unterbringen?«

»Dort ist es genauso sicher wie an jedem anderen Ort, das garantiere ich Euch. Es sei denn, da unten drängen sich schon ein paar von Henris Männern, die Ihr in Ketten habt legen lassen?« William fuhr mit der Zunge über seine arg in Mitleidenschaft gezogenen Zähne und starrte Gwyn unverwandt an. Hilflos wandte sie sich an Adam.

»In den Keller«, entschied er.

Sie schaute auf das in eine graue Decke gehüllte Bündel, das reglos über dem Pferderücken hing. »Also gut, verstecken wir ihn im Keller. Möge mein König mir gnädig sein.«

»Er wird Euch gnädig sein, wenn der Prinz überlebt, Mylady«, witzelte der Diener. »Wenn er aber stirbt, nun ja . . .« Er zog eine Augenbraue hoch, während sie die Pferde von der schweren Eichentür wegführten, die ins Innere der Burg führte. »Man hätte ihn sonst wohin bringen können, und nichts wäre gut genug gewesen, den Zorn unseres Königs zu besänftigen.«

Gwyn führte die beiden Männer zu einem selten benutzten Zugang an der nördlichen Seite der Burg. Hier gab es keine Außengebäude, keine Gärten und keinen Übungsplatz, und somit kaum einen Grund herzukommen. Sie erreichten den kühlen Schatten, den der Bergfried spendete, und Gwyn hoffte inständig, dass niemand ausgerechnet jetzt auf der Suche nach einem kühlen Plätzchen hierherkam.

Die Mauer des Turms war dicht mit Efeu überwuchert. Sie riss einige Ranken beiseite, hinter denen sich eine schmale Treppe befand, die zu einem versteckten Zugang führte. Die riesige Eichentür am Fuß der Treppe war mit Eisenbeschlägen verstärkt worden. Gwyn wählte von dem Schlüsselring an ihrem Gürtel einen Eisenschlüssel, der schon Rost angesetzt hatte, aus und steckte ihn ins Schloss.

Die Tür öffnete sich geräuschlos. Sie wurden von tiefer Dunkelheit und einem leicht muffigen Geruch begrüßt. Gwyn hielt sich die Nase zu, während Adam die Tür mit drei Steinen arretierte. Sie trat beiseite, damit die beiden Männer ihre königliche Fracht vom Pferd wuchten und in den Keller tragen konnten.

Sobald sie in der Dunkelheit verschwunden waren, beseitigte Gwyn die Steine. In der Eile riss sie sich dabei einen ihrer Fingernägel ein und fluchte unbotmäßig wie ein Matrose. Dann schlug die Tür hinter ihr ins Schloss.

Es war dunkel. Eine vollständige, betäubende Dunkelheit, die sie erneut fluchen ließ, wenngleich diesmal ein wenig leiser.

Das Echo hallte unheimlich und flüsternd von den Wänden wider.

»Wisst Ihr, wo wir sind?«, fragte Adam. Seine Stimme kam von links.

Sie knabberte an ihrem Fingernagel, während sie sich zu orientieren versuchte. Sie mussten sich am Ende eines selten genutzten Ganges befinden, der an Zellen und kleinen Kammern vorbeiführte. Räume, in denen einst Geräte verwahrt worden waren, die man für eine Belagerung brauchte, ebenso wie Wein und Nahrungsmittel und ein großes Arsenal Waffen. Aber jetzt waren all diese Räume leer, wenn man von den Skeletten kleiner Tiere und einem beständigen Tropfgeräusch absah, das aus der Ferne an ihr Ohr drang.

»Kommt.«

Fast wie blind tastete Gwyn sich den schmalen, feuchten Gang entlang. Ihr Herz klopfte bis zum Hals, als ihre Finger etwas Schleimig-Glitschiges berührten. Aber sie durfte die Hand nicht von der Wand lösen, denn dann würde sie direkt dagegenlaufen. Es war so stockfinster, dass sie nichts sehen konnte und sie in der Dunkelheit förmlich ertrank.

Jedes Mal, wenn der Stein vor ihrer Hand zurückwich und ihre Finger plötzlich auf nichts als Luft stießen, passierten sie die Tür zu einer Kammer. Ein kalter Lufthauch, der tief aus den Eingeweiden der Burg aufstieg, strich über ihr Gesicht. Gwyn ging an den Öffnungen vorbei und trieb die Männer mit einem heiseren Flüstern und einem Winken, das die beiden gar nicht sehen konnten, zur Eile an.

»Langsam, Mylady!«, befahl Adam von Gloucester leise. Es fiel ihr schwer, stehen zu bleiben und zu warten. Sie glaubte, die Wände kämen ihr immer näher. All die Ungeheuer, die sie sich als Kind vorgestellt hatte, kamen ihr wieder in den Sinn und flatterten unheimlich heulend mit ihren dunklen Schwingen über ihren Kopf hinweg.

Du lieber Gott, wie hatte sie hier unten *spielen* können? Früher war sie oft mit Jerv und den anderen hier herumgeschlichen. Waren sie verrückt gewesen? Papa hatte nie gewollt, dass sie in den Kellern spielte, und jetzt wusste sie auch, warum. Weil die Geister einen verfolgten.

Sie erreichten eine Stelle, an der mehrere Gänge sich kreuzten. Irgendwo über ihren Köpfen drang Licht in das Kellergewölbe ein. Sie gingen geradeaus weiter und gelangten zu den Vorratskammern der Burg.

Gwyn wandte sich zu den Männern um und bedeutete ihnen, still zu sein. Die beiden blieben sofort stehen. Gwyn erkannte die dunkle Last, die Adam von Gloucester sich über die Schulter geworfen hatte. Als er ihren Blick erwiderte, schimmerten seine Augen hell. Sie schienen das einzige Licht an diesem dunklen, unergründlichen Ort zu sein.

Der Gang, durch den sie gekommen waren, endete hier und stieß auf einen anderen, der sich zu ihrer Linken erstreckte. Das Rauschen des Flusses war hier lauter zu hören. Gwyn wusste von dem unterirdischen Fluss, der an dieser Stelle unter der Burg dahinfloss, ehe er einen Knick machte und einem unbekannten Ziel entgegenströmte.

Vor ihnen erhob sich ein Torbogen, der direkt zu dem Gang mit den Vorratskammern führte. Hier stapelten sich in guten Zeiten Getreide- und Weinfässer und Waffen. Aber jetzt waren die meisten Kammern leer. Gwyn hatte seit vielen Wochen keinen Diener mehr nach unten geschickt. Warum auch? Um die leere Waffenkammer zu bewachen? Oder um ein leeres Weinfass zu holen?

Trotzdem schien ihr eine der leeren, ungenutzten Kammern nicht der sicherste Ort für den Prinzen zu sein. Die Kammern hatten keine Türen, nichts, das ihm Schutz bot. Es würde schon genügen, wenn ein Hund sich hier herumtrieb und anschlug. Dann wäre alles vorbei.

Deshalb blieb nur eine letzte Möglichkeit.

Gwyn nahm von einem Regal im Gang eine Lampe, entzündete sie mit dem Feuerstein, der danebenlag, und wandte sich nach rechts.

Sie folgten einem schmalen Gang, der aussah, als habe man begonnen, ihn in den Fels zu graben, aber schon bald die Vergeblichkeit dieses Unterfangens eingesehen. Sie kamen zu einer kleinen, aus dem Stein gehauenen Bank, neben der sich eine Tür befand. Eine große Tür, die am Ende dieses dunklen Gangs, der nirgendwo hinführte, fast unsichtbar war und den Eindruck machte, als sollte man sie nicht finden. Zumal sie mit einem Schloss gesichert war, das so groß wie eine Faust und der Form eines Drachenkopfs nachempfunden war.

Sonst erschauerte Gwyn immer und eilte schnell an dieser Tür vorbei, aber jetzt ging sie entschlossen darauf zu. Mit eiskalten, zitternden Fingern riss sie die Innentasche auf, die in ihr Kleid genäht war, und zog den kleinen vergoldeten Schlüssel heraus.

Ihr Herz schlug schneller, als sie den Schlüssel in das Drachenmaul schob. Staub wirbelte auf, und es sah aus, als würde Rauch aus den eisernen Nasenlöchern aufsteigen. Gwyn drehte den Schlüssel herum. Etwas klickte. Der Schlüssel ließ sich leicht bewegen, und das Vorhängeschloss sprang auf. Das Maul des Drachen öffnete sich weit.

Mit diesem Schlüssel ließ sich also doch eine Tür öffnen.

»Kommt!«, rief sie Adam leise zu.

Hinter der Tür verbarg sich eine einfache Vorratskammer, die all den anderen glich: Steinwände, von denen die Stimmen widerhallten. Es war kalt. Warum nur hatte sie sich immer davor gescheut, diese Tür zu öffnen?

Warum war die Tür zu dieser Kammer mit einem so unheimlich wirkenden Schloss versperrt worden?

Rasch sorgten sie dafür, dem Prinzen in der Kammer ein

Lager aus Binsen herzurichten. Gwyn machte viel Aufhebens darum, wie er am bequemsten darauf gebettet werden sollte.

Plötzlich schnellte sein langer gepanzerter Arm hoch. Sie schrie beinahe auf. Seine Hand schloss sich schwach um ihr Handgelenk.

»Wer seid Ihr?«, krächzte der Prinz. Seine Augen waren kaum geöffnet.

»Mein lieber Lord Prinz«, antwortete sie mit zittriger Stimme. »Ich bin die Herrin von Everoot. Ihr wurdet hierher in Sicherheit gebracht …«

»Rettet mich«, stöhnte er. Sie erkannte, dass er völlig ausgedörrt war. Sein Arm sank herunter, seine Augen schlossen sich.

Ein kalter Schauder lief Gwyn vom Nacken den ganzen Rücken hinab. Adam erwiderte stumm ihren Blick. Hilflos schob sie noch mehr von den schmutzigen Binsen zusammen, dann hockte sie sich neben das Lager. Sie würde frische Laken und Medizin herunterbringen. Und jemanden, der dem Prinzen die Medizin verabreichte.

Sie musste alles herbringen. Sonst starb er.

»Mylady?«

Sie blickte auf. Adams Blick ruhte auf ihr. Sie atmete tief durch. »Ihr seid für Euren König einen weiten Weg geritten«, sagte sie. »Und Ihr habt einen gefährlichen Auftrag ausgeführt, Adam von Gloucester. Er wird Euch dafür dankbar sein.«

Der Blick, mit dem er den am Boden liegenden Prinzen ansah, war undurchdringlich. Adam wirkte beunruhigt. »Das ist nichts verglichen mit dem, worum er Euch gebeten hat.« Er hielt ihr die Hand hin, um ihr aufzuhelfen.

Gwyn stand auf, doch er ließ ihre Hand nicht los, sondern umschloss sie fest. »Ich sage Euch, dass Ihr nicht ermessen könnt, worum er Euch gebeten hat. Aber man erzählt sich, Ihr seid eine dem König treu ergebene Lady, und Ihr werdet es schon irgendwie schaffen. Ihr seid über jede Kritik erhaben und verdient hierfür den größten Respekt.«

Sie war überrascht. »Was meint Ihr? Ich weiß, worum man mich gebeten hat. Ich soll den Lord Prinz retten und mit ihm das Königreich.«

Er ließ ihre Hand los und neigte den Kopf. »Mylady. Wo finden wir hinaus?«

Sie wies zu den Vorratskammern. Vom Gang zweigte in etwa zwanzig Schritt Entfernung eine Treppe ab, die nach oben führte. »Dort entlang.«

»Wohin führt diese Treppe?« Adams Diener stand hinter seinem Herrn und kaute an etwas herum, das er sich aus den Zähnen gepult hatte. Er starrte Gwyn teilnahmslos an.

»Zu den Gemächern des Burgherrn.« Sie zögerte. »Also zu meinen Gemächern.«

Die Männer folgten ihr stumm die gewaltige Treppe hinauf. Sie mussten drei Stockwerke hochklettern, ehe sie einen kleinen Absatz erreichten. Dann ging es noch weiter hinauf. Inzwischen grummelte der Diener William hinter ihrem Rücken. Endlich erreichten sie das Ende der Treppe und standen auf dem kleinen, in den Stein gehauenen Absatz eng beisammen. Vor ihnen befand sich eine Tür, die in den Stein eingelassen war. Sie blieben stehen.

»Lasst mich erst sehen, ob die Luft rein ist«, flüsterte sie und schob den Riegel zurück. Die Tür schwang nach außen auf und zwang sie, auf dem Absatz zurückzuweichen. Wenn einer von ihnen einen falschen Schritt machte, würde er tief fallen und im Fallen vermutlich gegen die Felsen stoßen und zerschmettert werden.

»Mylady, wenn Ihr Euch bitte beeilen würdet«, drängte William. Seine Stimme klang gepresst. Er starrte in den schwarzen Abgrund. Sein Stiefel stand gefährlich nah an der Kante.

»Glaubt Ihr etwa, ich trödle?«, fauchte sie.

»Nein, gar nicht«, schwor er ihr aus vollem Herzen. Dennoch starrte er hinter sich nach unten. Adam beobachtete Gwyn stumm.

Sie blickten auf die Rückseite eines Wandvorhangs, der den Zugang von außen verbarg. Der Vorhang hing an der Wand ihres Schlafgemachs und war das schönste Stück handgefärbter Seide, die Gwyn sich je hätte vorstellen können. Den Behang mit den aufgestickten Füchsen, Wölfen und grünen Hügeln, über denen in der Ferne Rauch aufstieg, als warte dort auf den Betrachter sein Zuhause, hatte sie vor zwei Jahren auf einem Markt entdeckt, und er hatte ihr so gut gefallen, dass sie ihn hatte kaufen müssen. Damals waren die Truhen noch reich gefüllt gewesen, und sie hatte auf eine goldene Zukunft gehofft. Dieser Teppich war für sie wie eine Botschaft, er war ein Versprechen. Wenn sie nur den nächsten Hügel erklomm, erwartete sie dort ein warmes Heim.

Aber jetzt sah der Wandteppich nur noch wie ein schlaffes Stück Stoff aus, das zwischen ihr und der tobenden Welt hing.

Als sie wieder in der großen Halle standen und Gwyn die Knappen nach draußen geschickt hatte, damit diese sich um die Pferde kümmerten, war sie in Schweiß gebadet. Sie verschränkte die Hände ineinander, während sie mit Adam am Ende der Halle wartete.

»Ihr habt die Erlaubnis des Königs, so zu verfahren, wie es Euch gegeben scheint«, sagte Adam leise.

Sie nickte.

»Ihr nehmt eine beschwerliche Ehre auf Euch.«

»Ich habe ihm einst mein Wort gegeben. Und Everoot hält sein Wort. Papa hätte diese Bürde auch auf sich genommen.« Sie schluckte schwer. »Und Roger auch. Mein Bruder Roger war mit Prinz Eustace befreundet. Wenn er der Graf von Everoot wäre, wenn er noch lebte ...« Sie presste die Lippen zusammen, um die Tränen zurückzuhalten, die ihr in die Augen stiegen. »Sie hätten weit mehr als das getan. Ich kann nicht hinter ihnen zurückstehen.«

»Manch einer würde nicht so handeln wie Ihr«, raunte Adam.

»Manch einer genießt lieber die Früchte der Arbeit anderer und schätzt vor allem, dass er selbst satt zu essen hat«, erwiderte sie fest.

Er fuhr sich über das stoppelige Kinn. »Stimmt. Aber manchmal schmecken wir die Würze erst, nachdem wir die Speise genossen haben. Man sollte sehr vorsichtig sein mit dem, was auf den Teller kommt.«

Erstaunt blickte sie ihn an. »Jetzt sprecht Ihr in Rätseln, Adam von Gloucester.«

Er riss sich zusammen. »Das wollte ich nicht. Seid vorsichtig und passt auf Euch auf, Mylady.«

Sie begleitete ihn in den Burghof. Zwar folgten ihnen einige Blicke, aber niemand schien ernstlich daran interessiert zu sein, was der finstere Ritter mit ihr besprach. Wenn etwas Wichtiges passiert war, würden sie es früh genug erfahren. Er war nur einer von vielen Boten, die nach Norden eilten, um vom Krieg im Süden Kunde zu bringen oder um Geld zu bitten, damit ein neuer Krieg angezettelt werden konnte. Mehr als sonst galt in diesen Tagen, dass keine Neuigkeiten gute Neuigkeiten waren.

Als Adam wieder im Sattel saß und sein unverschämter Diener sein Pferd neben ihn lenkte, hatte man das Torhaus bereits über ihren Aufbruch in Kenntnis gesetzt. Die Tore zu beiden Höfen waren geöffnet und die Zugbrücke heruntergelassen. Gwyn stand auf der Treppe zum Bergfried in der glühend wabernden Hitze. Adam lenkte sein Pferd heran und reichte ihr seine Hand.

Überrascht ergriff sie die Hand und lächelte dem freundlichen, aber dennoch so grimmigen Mann an, der ihr einen so fragwürdigen Schatz gebracht hatte. Er lehnte sich im Sattel zu ihr herüber, und sie beugte sich zu ihm hinunter. Die Sonne brannte erbarmungslos auf ihren Rücken nieder.

»Seid vorsichtig mit dem, was auf Eurem Teller landet, Mylady.«

Ein Schauder kroch ihr den Rücken hinauf. Adam nickte ihr ein letztes Mal knapp zu, dann ritt er davon. Die beiden Reiter galoppierten unter dem Tor hindurch und verschwanden in einer Staubwolke.

Gwyn richtete sich auf. Sie hatte das Gefühl, in Ohnmacht zu fallen. Aber nein, sie war nur benommen von der Hitze, das war alles. Und zum ersten Mal seit zehn Monaten empfand sie so etwas wie einen kleinen Trost: Sie hatte in der letzten Stunde nicht ein einziges Mal an Pagan gedacht.

Eine Stunde Ruhe von den rastlosen, leidenschaftlichen Erinnerungen und den schrecklichen, quälenden Schuldgefühlen, weil sie Entscheidungen getroffen hatte, die sie nie würde rückgängig machen können.

Mit Pagan waren es drei Menschen, die sie getötet hatte.

Ihre Augen füllten sich mit Tränen, als sie sich umwandte und in die Burg zurückging.

Buch 2:
Die Ernte

Kapitel 1

Der Tag vor Michaeli, 28. September 1153
Nordengland, Ipsile-upon-Tyne

Die beiden Verschwörer trafen sich in einer kleinen Gasse, als der runde Erntemond seinen Zenit schon überschritten hatte. Er warf sein Licht auf die Dächer der Häuser, zwischen denen sich dunkle Schatten gesammelt hatten.

»Wie viel?«, fragte der Verschwörer, der um dieses Treffen gebeten hatte. Er war von schlanker, muskulöser Gestalt und auffallend groß. Seine Gesichtszüge waren nur schwer zu erkennen. Als er in seine Tunika fasste und einen Beutel Münzen hervorzog, wurde eine Tätowierung auf seiner linken Brust sichtbar. Sie war nur klein, wirkte aber überaus lebendig.

»Ihr verschwendet wahrlich keine Zeit«, bemerkte der andere und versuchte, einen Blick in die Augen seines potenziellen Kunden zu erhaschen.

»Ich habe keine Zeit zu verlieren. Ich will den Schlüssel. Wie viel wollt Ihr dafür?«

»Was wollt Ihr damit?«

Der Tätowierte machte einen Schritt auf den Mann zu und sagte gefährlich leise: »Ich bin bereit, dafür zu bezahlen. Viel zu bezahlen. Das ist alles, was Euch interessieren sollte. Habt Ihr den Schlüssel?«

Der Mann nickte gelassen. »Ich frage Euch trotzdem noch einmal: Warum wollt Ihr den Schlüssel?«

Sein Gegenüber verschränkte die Arme vor der Brust. »Ich kenne den rechtmäßigen Besitzer. Er will ihn zurückhaben.«

Der Mann schaute auf den prall gefüllten Geldbeutel. »Gut möglich, dass ich von ihm mehr Geld bekomme als von Euch. Hat er Euch hergeschickt?«

Der Tätowierte bewegte sich mit der Eleganz einer Wildkatze. Er schnellte vor, legte eine Hand um den Hals des anderen und stieß ihn gegen die Mauer. »Wo zum Teufel ist der Schlüssel?«

»Ich habe ihn nicht dabei …«

»Ihr habt gesagt, Ihr habt ihn. Und jetzt wollt Ihr mir erzählen, Ihr habt ihn doch nicht?«

Dem Mann mit dem Schlüssel gelang es, sich aus dem Würgegriff des anderen zu befreien. Er riss sich wütend los und keuchte. »*Herrgott*, ich habe ihn ja, aber nicht hier …«

»Ihr seid ein Narr.«

Ohne noch einen Blick zurückzuwerfen, drehte sich der Tätowierte um und verschwand in der Dunkelheit.

Der Mann mit dem Schlüssel rang nach Luft. Er stand allein in der finsteren Gasse. Rasch schob er eine Hand in seine Tasche, um sich zu vergewissern, dass der kleine eiserne Schlüssel noch dort war, wo er ihn verwahrt hatte. Dann verließ auch er die dunkle Gasse.

Dieser Tätowierte musste verrückt sein. Nichtsdestotrotz würde er noch einmal versuchen, den Schlüssel zu verkaufen. Aber dieses Mal würde er direkt zur Quelle gehen.

Kapitel 2

Der Tag nach Michaeli, 30. September 1153
Vor der Festung Everoot, genannt das Nest,
Northumbrien, England

Kühle Herbstluft hing über dem Lager. Monatelang war es heiß und trocken gewesen, und selbst mit Anbruch des Erntemonats war die Glut des Sommers nicht abgeklungen. Deshalb ließ diese unerwartete Abkühlung alle umso mehr aufmerken. Nur Griffyn nahm die Wetteränderung nicht wahr. Er starrte auf die dunklen, mit Türmen gekrönten Verteidigungsanlagen von Everoot.

Sein Zuhause. Nach achtzehn Jahren der Heimatlosigkeit hatte Gott ihn nach Hause geführt. Wenn auch mit einem gebrochenen Herzen.

Noch lagerte er mit einer Streitkraft vor den Mauern seiner eigenen Burg. Er lächelte entschlossen. Das war nicht die Heimkehr, die er sich ausgemalt hatte. Aber er hatte immer gewusst, dass er sich den Weg nach Hause erkämpfen musste.

Die hoch aufragenden Burgmauern sahen genauso aus, wie er sie in Erinnerung hatte. Und der Wald, der sechs Meilen von hier entfernt begann, lockte ihn heute noch ebenso stark, wie er ihn als Achtjährigen gelockt hatte. Griffyn lehnte sich gegen eine Eiche und beobachtete, wie sich die Abenddämmerung herabsenkte.

Als Dunkelheit das Land einhüllte, kam Alex zu ihm. Er stellte sich neben Griffyn, und gemeinsam schauten sie von dem kleinen Hügel hinüber zur Burg.

Das Dorf, eine Ansammlung dunkler Erhebungen, lag in der Ebene unter ihnen. Im Heerlager brannten hier und da kleine Feuer, aber die Männer mieden die Hitze der Flammen, sobald sie ihr Essen zubereitet hatten. Die meisten schliefen schon und hoben sich wie verstreut liegende dunkle Bündel vom Boden ab. Auch wenn die unerwartet frische Herbstluft die Nacht ein wenig kühlte, so war es noch immer zu warm, um eng beieinanderzuliegen – es sei denn, einer der Männer lag mit einer Frau zusammen, die unter seinem gestählten Körper lustvoll stöhnte.

Plötzlich richtete Griffyn sich auf. Eine einsame Gestalt tauchte auf dem Wehrgang der Burg auf und blieb reglos stehen. Aus dem Wald hinter ihnen wehte ein schwacher Wind heran. Das Gewand der Gestalt, die zwischen den Zinnen stand, blähte sich und wogte im Wind.

Dort oben stand eine Frau.

Sie verharrte noch einen Moment, dann machte sie einen Schritt und stolperte gegen den Befestigungswall. Dann richtete sie sich auf und verschwand wieder hinter den Zinnen.

»Sie ist fort«, sagte Alex ruhig.

Griffyn warf ihm einen Blick zu und schwieg. Ja, sie war fort. Vielleicht eine Treppenflucht hinabgeeilt, vielleicht hatte sie sich aber auch in einem Anflug von Verzweiflung von den Zinnen gestürzt. Der Gedanke bereitete ihm keine Freude, denn er hatte sich vorgenommen, dass er selbst sie bestrafen würde.

Er war nicht sicher, ob sie ihn gesehen hatte. Aber er hoffte es. Er hoffte, dass sie ihn gesehen und in dem Augenblick gespürt hatte, wie die Verzweiflung sich ihrer bemächtigte. Er hoffte, dass sie die gleiche Verzweiflung spürte wie er damals, als er erfahren musste, dass sein Zuhause für immer an Ionnes de l'Ami gefallen war, an seinen Ziehvater, den er einst so sehr geliebt hatte. Das lag nun achtzehn Jahre zurück. Und ja, sie sollte sich genauso verzweifelt fühlen wie er, als er erfahren hatte, dass auch de l'Amis Tochter ihn verraten hatte.

Er wandte sich wieder an Alex, auch wenn es ihn Mühe kostete, sich wieder auf die Dinge zu konzentrieren, die wichtig waren. »Wann bist du zurückgekommen?«

»Erst vor Kurzem. Ich bin den ganzen Tag nach Süden geritten. Die Nachricht, dass eine Armee des Königs uns angeblich von unsere Nachhut abschneidet, war nur ein Gerücht.«

Griffyn wandte sich wieder zur Burg um. »Gut.«

Eine Weile waren beide Männer still. Dann sagte Alex: »Wir sollten über die Westseite angreifen. Ich weiß, du hast es anders geplant, aber …«

»Nein.«

»Pagan, die Mauer ist dort brüchig und wird wie morsches Holz in sich zusammenfallen.«

»Diese Burg ist meine Heimat«, murmelte er. Alex schwieg.

Sie standen beisammen, bis die heraufziehende Morgendämmerung den Horizont im Osten grau färbte. Im Lager regten sich die ersten Männer. Es gab eine kalte Mahlzeit, dann nahmen Griffyns Krieger ihre Posten ein. Ein erster rosiger Streifen schimmerte am Himmel, als Griffyn Noir sattelte. Die dunkle Nacht wurde vom Licht des neuen Tages vertrieben.

Eine frische Morgenbrise wehte aus den Wäldern heran und raschelte im vertrockneten Gras unter ihren Füßen. Die Geräusche klangen gedämpft, als seine Männer leise aufsaßen. Noir stampfte auf und zog ungeduldig am Zügel.

Griffyn setzte sich seinen Helm auf und schloss ihn. »Bringen wir es hinter uns.«

Gwyn hörte den Feind, ehe sie ihn sah, obwohl sie mit Fulk, dem Hauptmann ihrer Wache, auf dem Turm stand, der nach Osten zeigte. Sie warteten darauf, dass der Krieg über sie hereinbrach. Das Geräusch der herannahenden Armee klang wie der Wind, der in den Baumkronen rauschte.

Es gab keine Hoffnung für sie, einer Belagerung lange standzuhalten. Darum hatte Gwyn sich zuerst ausgiebig mit Fulk beraten und anschließend ihr Herz befragt, ehe sie zustimmte, eine Streitmacht auszusenden. Zu wenige hielten noch zum König, zu wenige wollten noch weiterkämpfe. Wenn König Stephen diese Festung im Norden verlor, dann würde das Reich vollends ausbluten. Und sein Sohn, der Prinz ... Er lag sterbend in ihrem Verlies. Ihr blieb gar keine andere Wahl. Everoot musste kämpfen.

Die Tore wurden geöffnet, und ihre Ritter und Bewaffneten marschierten hinaus. Im selben Moment tauchte auf der Hügelkuppe die Armee des Gegners auf. Die Angreifer blieben stehen, und ihr Anführer galoppierte vor ihren Reihen auf und ab. Er ritt ein riesiges, grobknochiges schwarzes Pferd, dessen Mähne im Wind wehte.

Gwyns Augen weiteten sich. Ein großes schwarzes Streitross?

Der behelmte Ritter hob eine Hand, dann senkte er sie wieder. Seine Kavallerie preschte den Hügel herunter. Grassoden und Erdklumpen flogen unter den wirbelnden Hufen auf.

Gwyns Kehle wurde eng. Das Donnern der Hufe übertönte das heftige Hämmern ihres Herzens. Auf den Schilden des Feindes glänzte das Sonnenlicht. Gwyn war wie geblendet, Tränen traten ihr in die Augen. Die Angreifer stürmten auf die Burg zu, Angreifer, die Helme und Rüstungen trugen und die Lanzen zum tödlichen Stoß gesenkt hatten. Das waren keine Menschen mehr, sondern nur noch Waffen des fitzEmpress.

Aber dann, ohne ersichtlichen Grund, brachen sie den Angriff ab. Die Reiter richteten sich in den Sätteln auf und zogen die Zügel an. Die schnaubenden Streitrösser erhoben sich auf die Hinterbeine, und die Reihen der heranstürmenden Ritter verharrten.

War das ein Hinterhalt?

Gwyns Streitmacht bestand vor allem aus Fußsoldaten, die in

unregelmäßigen Reihen vorgerückt waren und die nun ebenfalls innehielten. Sie standen absolut still, wie die Figuren auf einem Schachbrett. Ein überraschend kalter Wind wehte durch das Tal, und alle überlief in der plötzlich einsetzenden Stille ein Frösteln.

»Bevor das Blutvergießen beginnt, gibt er uns die Möglichkeit, uns zu ergeben«, erkannte Fulk.

»Wer ist er?«, fragte Gwyn und blinzelte gegen das Sonnenlicht. »Wer wagt es …«

Ihr blieben die Worte im Hals stecken. Herr im Himmel.

Pagan.

Entsetzt schlug eine Hand vor den Mund.

Wer außer ihm würde ihr eine letzte Möglichkeit geben, sich zu ergeben? Eine letzte Möglichkeit, sich … ihm zu ergeben. Wem sonst? Griffyn Sauvage, der Schatten ihrer Leidenschaft.

Er hatte den Helm abgenommen und sah zu ihr herüber.

Beinahe hätte sie laut aufgelacht, so verrückt war das alles.

Der heilige Judas möge mir gnädig sein, betete sie. Ihr Herz pochte so heftig, dass sie es von den Ohren bis in die Zehen spürte. Sie strich über ihr Kleid, die Hand zitterte. »Ruft die Männer zurück.«

Fulk fuhr herum und starrte sie an. »Mylady?«

»Ruft sie zurück.« Sie wies auf den einsamen Reiter auf der Hügelkuppe. »Wisst Ihr, wer er ist?«

Er nickte. »Ja. Sauvage.«

Ihr Arm sank herunter. »Ihr kennst ihn also«, sagte sie tonlos. »Ihr kennt Griffyn Sauvage.«

Fulk zuckte mit den Schultern. »Ich habe lange Jahre Eurem Vater gedient, Lady Gwyn. Auch schon vor Eurer Geburt.«

»Dann wisst Ihr, dass es eine Vergangenheit gibt, die unser beider Familien betrifft.«

Er wich ihrem Blick aus. »Ein wenig, ja.«

»Ein wenig«, wiederholte sie. »Verratet mir eins, Fulk«, verlangte sie von ihm. »Wie könnt Ihr glauben, wir könnten standhalten, wenn Griffyn Sauvage und seine Armee auf Everoot zumarschieren?«

Fulk blickte über die Zinnen. Dann zuckte er wieder mit den Schultern. Aber das nervöse Augenblinzeln, das sein Schulterzucken begleitete, verriet ihn. Er wusste, wie es um Everoot stand. Sie würden kämpfen. Und sie würden verlieren.

Doch Gwyn dachte bereits an die Zukunft. Sie würde die Tore öffnen lassen. Das war besser, als Griffyn dazu zu zwingen, die Mauern niederzurennen. Eine offene Feldschlacht würde ihm nur noch mehr Gründe liefern, wie ein Feuersturm in der Burg zu wüten und alles in Besitz zu nehmen. Sie musste verhindern, dass er den Prinzen fand. Deshalb würde sie die Tore öffnen und so tun, als würde sie sich ergeben.

Ich werde die Kapitulation vortäuschen, sagte sie sich. *Mich verstellen. Ich mache es nicht wirklich.*

Sie würde nicht dem erliegen, dem sie schon einmal erlegen war: weder seiner Leidenschaft noch seiner Freundlichkeit und schon gar nicht diesem Gefühl der Hoffnung, das er in ihr geweckt hatte. War dies nicht das Gewicht ihrer Buße, das sie schließlich in die Knie zwang?

Hatte sie denn geglaubt, es würde einfach werden?

»Ich möchte nicht, dass unsere Männer sinnlos sterben«, erklärte sie Fulk. »Und ich halte es nicht für klug, Sauvage mehr als nötig zu erz …« Sie verstummte. Was denn? Wie konnte sie ihn noch mehr erzürnen? Er schien sie bereits über alle Maßen hassen. »Ruft sie zurück und lasst die Tore öffnen. Wir ergeben uns.«

Fulk nickte finster. »Ja, Mylady.« Er eilte davon und brüllte seine Befehle.

Gwyn sah ihm nach. Ihr Herz stolperte, ihr Blut strömte eiskalt durch ihren Körper. Ihr Verstand jedoch schrie immer wieder: *Ich habe geglaubt, er sei tot!*

Und ihr Herz sang. *Er lebt, er lebt, er lebt!*

Kapitel 3

Griffyn ritt mit gezogenem Schwert durch das Tor. Er hielt es lässig in der Rechten, während sein Blick rasch über den Innenhof glitt, in dem sich die Burgbewohner versammelt hatten. Bestimmt waren Marschall Godwin oder Hamish, der Schmied, auch nach all diesen Jahren noch am Leben.

Dann schüttelte er über sich selbst den Kopf. Er war wie ein kleines aufgeregtes Kind. Nur die Starken überlebten, und vielleicht waren auch sie gestorben. Wie oft musste er sich noch daran erinnern, dass Zuneigung eine gefährliche und sinnlose Gefühlsregung war?

Er blickte zu den bewehrten Zinnen Everoots hinauf, die sich von dem strahlend blauen Himmel dunkel abhoben. Das Sonnenlicht schmerzte fast in den Augen. Zu Hause. Endlich war er wieder zu Hause.

Es war vollkommen still. Schweigende Dorfbewohner und Haushaltsmitglieder drängten sich zusammen und machten ihm Platz, als er durch dieses Spalier aus farbenfroh gekleideten Menschen ritt. Die meisten neigten den Kopf, als er vorbeiritt, einige sanken auf die Knie. Er hörte ihr Flüstern.

»Sauvage ...«

»... erinnere mich an seinen Vater ...«

»... eine Legende, damals ...«

»Gott sei gedankt.«

Dutzende Hände streckten sich ihm grüßend entgegen. Leinenkappen wurden von Köpfen gezogen, und die Frauen knicksten ungeschickt. Sie hießen ihn willkommen.

Das sollte eigentlich Balsam für seine Seele sein.

Er trieb Noir die kleine Anhöhe zum inneren Burghof hinauf. Seine Männer folgten ihm. Ihre kobaltblauen Umhänge wehten leicht Wind. Darunter trugen die Männer Kettenhemden und ihre Langschwerter. Ein plötzlicher kalter Windstoß trug den Geruch nach verfaulendem Laub und feuchter Baumrinde heran, aber auch ein salziger Geschmack nach Meer lag in der Luft.

Wie oft war er als Kind zurück nach Hause geritten, und ihm war dieser Duft in die Nase gestiegen? Wie oft war er von der Jagd oder der Falknerei oder einem einfachen Ausritt müde und hungrig heimgekehrt? Damals hatte er große Träume gehegt. Damals, bevor sich alles für ihn geändert hatte.

Und doch fühlte sich dieser Augenblick, der Moment seines Triumphs, merkwürdig leer an. Wo waren Freude und Euphorie? Nach so langer Zeit, nach den vielen Kämpfen und den Jahren in der Fremde fehlte seiner Heimkehr die heftige Befriedigung, die er sich stets ausgemalt hatte, wenn er sich diesen Tag vorgestellt hatte. Das Einzige, was ihn jetzt noch antrieb, war die Frage: *Wo ist sie?*

Sie näherten sich der Mitte des inneren Burghofs. Die Hufe klapperten auf dem Kopfsteinpflaster.

»Mylord«, begrüßte ihn ein glatzköpfiger Mann, der auf ihn zukam.

Griffyn zügelte Noir und blickte auf den Mann nieder. »Wer seid Ihr?«

»William von York, Mylord. Ich bin der gräfliche ... Ich bin ... Ich war der Verwalter.«

»William von York«, wiederholte Griffyn. Es war seltsam. Er fühlte sein Herz schlagen, doch irgendwie schien der Herzschlag wie in weiter Ferne zu sein. Die Worte drangen an seine Ohren, verzerrten sich, als sie in ihm nachklangen. *William Mit-den-fünf-Strähnen*, so hatte sie den Mann damals genannt. Und er hatte darüber gelacht.

»Lord Griffyn, Mylady Guinevere wünscht, Euch und Eure Männer im Nest willkommen zu heißen.«

Sein Blick glitt wieder zu dem Mann. »Wo ist sie?«

»Mylord ...«

»Wo ist Eure Herrin?«

»Mylord ...« Der Verwalter verhaspelte sich.

»Wo ist Guinevere?«

»Ich bin hier«, rief eine helle, melodiöse Stimme.

Griffyn hob abrupt den Kopf. Alles, was bisher grau und verzerrt gewesen war, war plötzlich so glatt wie die Oberfläche eines ruhig daliegenden Sees. Die Welt zeigte sich ihm mit geradezu schmerzlicher Klarheit. Er schaute über die Menschenmenge hinweg, die vor ihm stand. Dann richtete sich sein Blick auf Guinevere. Sein Herz begann wieder laut und beständig zu schlagen.

»Ich heiße Euch und Eure Männer in meinem Zuhause willkommen.«

Er schwang sich aus dem Sattel, warf seinem Knappen Edmund die Zügel zu und ging zu ihr. Jeder Schritt fühlte sich an, als müsste er eine Achtelmeile zurücklegen. Ihr Haar war so schwarz, wie er es in Erinnerung hatte, und umspielte in wilden Locken ihr Gesicht. Das war das Erste, was ihm an ihr auffiel. Das und die Tatsache, dass ihre Stimme immer noch wie die eines Vogels klang, der seinen Gesang über einen zugefrorenen See schickte. Ihre Stimme ließ ihn an Feenstaub denken, der alles verzauberte.

Er blieb vor ihr stehen. Sein Atem ging schneller.

»Mylord. Willkommen auf Everoot.«

Etwas schien auf seiner Schulter zu schweben. Er ignorierte das Gefühl. Der Burghof war gespenstisch still, selbst der Wind hatte nachgelassen. Man hörte nichts, nur einen Hund, der einen Knochen knackte. Das Knacken dröhnte in Griffyns Ohren wie das Krachen einer Eisfläche im Winter. Er blickte zu dem Hund hinüber, der aufschaute und zu winseln begann, ehe er sich davonschlich. Alle hielten den Atem an und warteten, dass Griffyns Rachedurst sich wütend Bahn brach.

»Ihr heißt mich also willkommen?«, sagte er ruhig. »Eure Streitmacht war ein Willkommensgruß?«

»Ich wusste nicht, dass Ihr es seid«, erwiderte sie leise, aber ihre grünen Augen funkelten ihn so grimmig an, dass er fürchtete, ihr Blick würde Löcher in Leinenwäsche brennen können. Plötzlich fiel ihm auf, wie hell und leuchtend sein Umhang im Vergleich zu ihrem abgetragenen, verwaschenen Kleid wirkte. Allein schon die Fibel der Familie Sauvage glänzte heller als alles, was Guinevere trug. Und das lag, wie er bemerkte, zum größten Teil daran, dass sie keinen Schmuck trug.

Der Wind hatte wieder eingesetzt und spielte mit ihrem schwarzen Haar, wehte es über ihre Schultern in ihr Gesicht. In den vergangenen zwölf Monaten hatte dieses Gesicht ihn in seinen Träumen verfolgt. Und jetzt stand sie leibhaftig vor ihm.

»Dann wisst Ihr es inzwischen«, sagte er kalt.

»Ich weiß sogar Dinge, die noch wichtiger sind als das, Mylord.« Ihre Worte klangen bitter, und sie stieß sie heftig hervor. »Ich weiß, dass dieser Krieg beendet werden muss. Ich weiß, dass meine Männer seit zwei Wochen kaum etwas gegessen haben, während Eure Soldaten sich auf den Feldern und in den Vorratskammern meiner Dörfler gütlich getan haben. Dutzende meiner Leute starben deshalb auf *diesem* Schlachtfeld des Hungers. Ich weiß, dass Euer *Pferd* in der vergangenen Woche wahrscheinlich besser gefressen hat als mein Küchenpersonal ...«

»Ihr wisst gar nichts.«

»Ich weiß, dass wir verlieren könnten ...«

»Ihr wisst gar nichts.«

»... und verlieren und verlieren, und dass Ihr dann trotzdem immer noch nicht gewonnen habt.«

»Ihr wisst gar nichts«, wiederholte er mit kalter Stimme. »Ihr wisst nicht, welche Gräueltaten meine Armee verhindert hat ...«

»Oh, wie heldenhaft.«

»... und schon gar nicht wisst Ihr, was mein Pferd frisst, Guinevere.«

»Hafer.«

Seine Mundwinkel hoben sich, ohne dass er lächelte. »Ihr glaubt, Ihr würdet mich kennen.«

»Ich glaube, Ihr seid schrecklich. Und ich glaubte ...«

Er zog einen Handschuh aus. Seine Finger schlossen sich fest um ihr Kinn. »Was?«

»Tot«, flüsterte sie. Es befriedigte ihn sehr, dass ihre Stimme bebte. »Ich ... ich habe geglaubt, Ihr wärt tot.«

»Weil Ihr alles in Macht Stehende getan habt, dafür zu sorgen, nicht wahr?«

Ihr Atem stockte. »Und für wie viele Tode tragt Ihr die Verantwortung? Ihr mit Eurem Schwert und Eurem Herzog, der unbedingt zum König gekrönt werden will?«

Seine Finger packten fester zu, drückten sich in die zarte Haut ihres Gesichts. »Eure Familie war dazu bestimmt, mein Verderben zu sein«, erwiderte er so leise, dass ihn außer Gwyn niemand hörte. »Ich habe mir vorgenommen, Euch ebenso ins Verderben zu stürzen. Ihr glaubt, ich sei schrecklich? Ihr habt ja keine Ahnung.«

»Nicht hier. Jetzt ist keine Zeit«, sagte eine Stimme hinter seinem Rücken. Alex.

Griffyn kehrte in die Realität zurück. Die Augen aller Anwesenden ruhten auf ihm, ihrem neuen Herrn, der beim Anblick dieser Hexe sofort den Verstand und die Beherrschung verloren hatte.

Er senkte den Kopf und atmete tief durch. Er wusste, dass er beinahe die Beherrschung verloren hätte. Er hätte sie töten können. Wenn sie noch ein Wort gesagt hätte, wenn Alex nicht dazwischengegangen wäre ... Er hätte die Hand immer fester um ihren schmalen Hals geschlossen, damit sie nicht länger ihr Gift verspritzen konnte.

Er wirbelte herum.

»Bringt sie in die Gemächer des Burgherrn!«, befahl er barsch. Er trat zu seinen Hauptleuten und dem Seneschall, und während sein Herz wie wild schlug und seine Gedanken von der Wut vernebelt waren, schickte er seine Leute ins Innere der Burg, damit sie sich mit dem Verwalter der de l'Ami zusammentun und die Übergabe der Burg einleiten konnten. Er befahl den Soldaten, die Befestigungsanlagen zu inspizieren. Die Männer de l'Amis sollten ihm ihren Treueid leisten oder fortgeschickt werden.

Seine Männer eilten sofort davon, den Befehlen Folge zu leisten. Um ihn herum brach hektische Geschäftigkeit aus. Griffyn aber packte Noirs Zügel und führte ihn zum Stall. Er versuchte zu vergessen. Versuchte, sich auf den Sieg zu konzentrieren. Er wollte seinen Vater vergessen. Den Zorn vergessen. Die verlorenen Jahre. Die Frau, von der er geglaubt hatte, er könne sie lieben. Vergessen, alles wollte er vergessen.

Alex überwachte die Festnahme und Befragung der feindlichen Soldaten. Sie waren, wie nicht anders zu erwarten, Guinevere treu ergeben. Aber viel interessanter war, was die Männer *nicht* sagten.

Es waren kräftige Männer, deren spitze Gesichter vom Hunger erzählten, den sie litten. Es waren standhafte Männer, die jedoch des Kämpfens müde waren. Sie wollten nicht, dass ihr Land noch länger von einem endlosen Krieg zerrissen wurde. Es waren kampferprobte Soldaten, die so manches erlebt hatten, und dazu gehörte auch, sich ehrenhaft zu ergeben, wenn die Alternative war, das eigene Leben zu verlieren.

Bis auf den letzten Mann schworen sie, Griffyn Sauvage als dem Herrn von Everoot zu dienen. Die meisten taten es sogar gern.

»Der da macht uns Probleme.« Hervé Fairess, der Angevine, zeigte auf einen Mann. »Und der auch«, knurrte er.

Alex betrachtete den jungen Ritter mit dem kurz geschnittenen blonden Haar, der abseits stand und die Männer mit dem Greifenwappen auf dem Wams finster anblickte. Er schien loyal zu sein, wenn Alex die Blicke richtig deutete, die der junge Mann immer wieder hinauf zu den Fenstern der Zimmer warf, in die Guinevere gebracht worden war. Ja, er war treu, und er war nicht dumm, denn ihn war bewusst, wie dumm es wäre, jetzt Schwierigkeiten zu machen.

»Das Beste wird sein, wir sagen es Pagan«, knurrte Hervé.

»Pagan wird davon wissen, ohne dass wir ihm etwas davon sagen«, entgegnete Alex ruhig, auch wenn sich in seinem Innern eine gewisse Unruhe ausbreitete.

Er war entsetzt gewesen, als Griffyn vor wenigen Augenblicken die Beherrschung verloren hatte. Er war kein Mann, der von Gewalttätigkeit und Rücksichtslosigkeit unberührt blieb, aber er hatte seiner Wut noch nie freien Lauf gelassen. Ein Vater, den die Habgier einst ruiniert hatte, ein Erbe, das man ihm gestohlen hatte, und all das Töten. Das Töten um der verlorenen Ehre und gefallener Könige willen – Griffyns Leben war schon vorherbestimmt, bevor er überhaupt gezeugt worden war. Aber er hatte sich nie von seinen Gefühlen zu etwas hinreißen lassen. Bis zu jener Nacht vor einem Jahr.

Und vor wenigen Augenblicken.

Griffyn kam vielleicht dem Ausbruch seines Zorns gefährlich nahe, den er seit achtzehn Jahren tief in sich verschlossen und mit einer unmenschlichen Disziplin bezähmt hatte. Die zermürbende Selbstzucht, die Monate und Jahre des Blutvergießens und des Getriebenseins hatten auf diesen einen Augenblick abgezielt.

Der Graf von Everoot war nach Hause zurückgekehrt.

Und irgendwas lief schrecklich schief.

Kapitel 4

Gwyn stand im Gemach des Burgherrn und starrte den Ritter an, der sie hergebracht hatte. Er wollte gehen und wies auf ein Tablett mit Speisen und einem Weinkrug.

»Für Euch, Mylady.«

Sie wollte von ihm wissen, ob es wohl zu viel verlangt wäre, wenn man ihr die Erfrischungen in ihren eigenen Gemächern reichte. Aber hatte sie die überhaupt noch? Oder glaubte Griffyn Sauvage, sie bewohnten diese Gemächer nun gemeinsam?

Der Mann erwiderte ihren Blick ausdruckslos. »Es ist wohl besser, wenn Ihr jetzt nicht in Euren Gemächern seid, Mylady. Lord Griffyn ... er räumt wohl um.«

Ach, natürlich, dachte sie, während der Mann sich verneigte und das Zimmer verließ. Er räumt um. Oder sollte sie besser sagen, er nahm die Räumlichkeiten in Besitz? Wie man es auch nannte, die Bedeutung war dieselbe. Er übernahm ihre Burg, riss jedes Wappen und jedes Schild der de l'Ami von den Wänden. Nur sie konnte er nicht auch einfach so entfernen. Sie würde man erst dann fortschaffen, wenn er sein Werk vollendet hatte, der letzte Widerstand gebrochen war.

»Sie sind alle gleich!«, fauchte sie. Fast hätte sie aufgeschrien, denn in diesem Moment erhob sich die Gestalt ihres jungen Pagen Duncan hinter dem Bett.

»Duncan!«, flüsterte sie wütend. »Was treibst du denn hier?«

»Mylady, ich musste Euch sehen«, raunte er zurück. Er kroch leise hinter dem Bett hervor.

Sie eilte zu ihm und kniete nieder. Ihre Hände fuhren prüfend über seinen Hinterkopf, seinen Rücken und die dünnen Arme.

Sie suchte nach Verletzungen und fand keine. »Das sind Ungeheuer. Warum tun sie einem kleinen Jungen etwas an, nachdem ich ihnen doch freiwillig die Tore geöffnet habe? Ich sollte einfach von Männern nichts anderes erwarten, sie sind brutale Tiere ...«

»Mylady!«, rief Duncan klagend und befreite sich aus ihrem Griff. »Ich bin nicht verletzt. Ich bin hergekommen, um Euch zu *helfen*.«

Sie hockte sich neben ihn. »Helfen? Du willst helfen, Duncan?« Ihr war nach Weinen zumute. »Wie um alles in der Welt kannst du denn helfen?«

Sein kleines spitzes Gesicht sah nicht mehr so verhärmt aus wie vor drei Monaten, als er vor den Toren von Everoot aufgetaucht war. Wie so viele war er mit seiner kleinen Schwester vor dem Krieg geflohen und um sein Leben gelaufen. Und jetzt stand er vor ihr, blickte seine Herrin ernst an und glaubte allen Ernstes, er – ein zehnjähriger Junge – könnte irgendwas ausrichten, während die Welt um sie herum auseinanderfiel.

»Ich kann für Euch nach dem Mann schauen, den Ihr im Keller versteckt, Mylady.«

Langsam klappte Gwyns Mund auf. »Was hast du da gesagt?«

Er war sichtlich verlegen. »Ich hab gesehen, dass Ihr dort hinuntergegangen seid, Mylady. Dreimal täglich oder sogar öfter. Einmal hab ich Euch mit einem Tablett gesehen, und da bin ich Euch gefolgt.«

»Warum?«

»Ich hab gedacht, Ihr braucht vielleicht mal wen, der Euch hilft, weil ja sonst keiner davon zu wissen scheint, was da unten vor sich geht. Und Ihr seht so traurig aus, wenn Ihr nach oben kommt. Ich hab gedacht, Ihr sollt damit nicht so allein sein.«

Ihr stiegen Tränen in die Augen. Sie beugte sich vor und schloss den Jungen fest in die Arme. Dann schob sie ihn von sich und erklärte mit heller Stimme: »Also gut, Duncan. Du hast da einen interessanten Vorschlag gemacht. Kannst du ein Geheimnis für dich behalten?«

»Wie ein Beichtvater.«

»Und meine Anweisungen befolgen?«

Er wischte sich die Nase mit dem Ärmel ab. »Besser als ein Mönch.«

Sie zog sanft seinen Arm nach unten. »Vielleicht hast du recht«, sagte sie und gab ihm ein Leinentuch. Er starrte auf das Stück Stoff, und sie bedeutete ihm, sich damit die Nase zu putzen. Er verdrehte die Augen und wischte nachlässig darüber. »Und kannst du gut allein sein, Duncan? Du kannst nicht einfach nach oben kommen. Du müsstest unten bleiben, bis ...« Sie verstummte. »Bis ich dir sage, dass es nicht mehr nötig ist. Das kann Wochen dauern oder sogar Monate.«

»Lady Gwyn, ich würde jeden Jahrmarkt dafür verpassen, wenn Ihr mich braucht.«

Sie legte eine Hand auf seine Schulter und nickte ernst. »Dann soll es so sein, Duncan. Du gehst in den Keller. Hier ist der Schlüssel.« Sie löste den kleinen goldenen Schlüssel aus der versteckt eingenähten Tasche ihres Rockes und gab ihn Duncan. »Du wirst wissen, zu welcher Kammer der Schlüssel gehört, weil sie mit einem gruseligen Vorhängeschloss gesichert ist. Ich werde nach unten kommen, so schnell ich kann, um zu sehen, ob alles in Ordnung ist, und damit du mir den Schlüssel zurückgibst. Und jetzt«, sagte sie und stand auf, »jetzt geben wir der Wache ein paar Minuten Zeit, ehe du dich auf direktem Weg in den Keller begibst.«

»Jawohl, Mylady.« Er zögerte. »Habt Ihr ihn gesehen, Mylady?«

»Wen soll ich gesehen haben?« Sie begann unruhig auf und ab zu gehen. Sie griff nach ihrem Zopf, warf ihn sich über die Schulter und versuchte, ihn zu entwirren. Irgendwas musste sie tun, um sich zu beschäftigen. Ihre Finger verfingen sich in den Knoten. Ein hoffnungsloser Fall. Wenn ihre Haare nicht in einem Haarnetz zusammengefasst wurden, waren sie so ungebärdig wie Springkraut. Und heute früh war keine Zeit geblieben, sich mit einem Seidenschleier herauszuputzen.

»Ihn.«

Gwyn ließ von den wirren Locken ab, die verdreckt und schwer von Rauch und Staub waren. Sie ließ den Zopf los und blickte Duncan leer an. »Wen denn?«

»Sau*vage!*«, sagte Duncan und zog die zweite Silbe in die Länge.

»Pagan?« Sie sank aufs Bett. Mochte der heilige Judas ihr beistehen, aber sogar der Klang seines Namens ließ die Hitze wieder in ihr aufsteigen. Sie starrte Duncan kläglich an. »Ja, ich habe ihn gesehen.«

»Ich auch«, flüsterte Duncan. »Er ist *riesig*.«

»Ja«, stimmte sie zu und blickte zur Seite.

»So groß wie ein Berg.« Duncan zögerte. »Sind wir in Sicherheit?«

Gwyn atmete leise aus. In Sicherheit? Das kam ganz darauf an, was man darunter verstand. Vor dem Tod waren sie wohl sicher. Sie erinnerte sich allzu gut daran, wie sie vor einem Jahr auf der einsamen Landstraße einem höflichen Ritter begegnet war, der sie vor d'Endshires Leuten gerettet hatte. Er war der Mann, der sie zum Lachen gebracht hatte, als sie lieber geweint hätte, und der sie auf weiches Moos gebettet hatte, als sie im Wald bewusstlos wurde.

Ja, Duncan und die anderen Kinder wären bei ihm in Sicherheit. Aber Guinevere selbst? Nun ja, das war eine völlig andere Angelegenheit.

Nein, sie würde vor diesem Mann nie sicher sein. Er hatte in ihrem Körper ein Feuer entfacht und den unerträglichen Schmerz gestillt, indem er einen anderen Schmerz viel tiefer in ihr Herz gepflanzt hatte. Dieser Mann stand jetzt zwischen ihr und der Verantwortung, die sie der englischen Krone gegenüber für das Leben des kranken Prinzen übernommen hatte.

Sie lächelte Duncan aufmunternd an, als er sie sehr besorgt anschaute,. »Alles wird wieder gut, Duncan. Vertrau mir.«

»Das tue ich!«, rief er glücklich.

Kurz darauf öffnete sie die Tür, schaute den Gang hinunter und gab dem Jungen das Zeichen, aus dem Zimmer zu huschen. Er eilte die Treppe hinunter und verschwand.

Gwyn trat wieder ans Fenster und starrte in den Innenhof. Sie konnte nicht behaupten, dass man mit Gewalt gegen ihre Leute vorging. Keine treuen Diener wurden zu den Toren oder in den Kerker gezerrt. Keine Ritter de l'Amis wurden in einer Reihe aufgestellt oder abgeführt. Tatsächlich sah es so aus, dass keine Kämpfer die Burg verließen, stellte sie fest. Dabei würden sie doch die Männer laufen lassen, die ihren Treueid auf den neuen Herrn nicht zu leisten bereit waren, oder?

Wirklich merkwürdig.

»Guinevere.«

Sie drehte sich um. Er stand hinter ihr, seine große Gestalt zeichnete sich im Türrahmen ab. Gwyn war allein mit ihm und dem wild hämmernden Rhythmus ihres Herzens.

Kapitel 5

Obwohl sie wütend war, sich vor ihm fürchtete und ihn unbändig hasste, konnte Gwyn das erregte Beben nicht leugnen, das ihren Körper erfasste, als sie Griffyn ansah. Sonnenlicht strömte durch die schmalen Fenster und brachte sein dunkles Haar und seine Bartstoppeln zum Schimmern. Die Schatten umspielten sein Gesicht und betonten die feinen Linien. Er sah unglaublich sinnlich aus.

Bitte, lieber Gott, betete sie. *Nicht schon wieder.*

Griffyn schloss die Tür hinter sich. »Ihr habt meine Burg recht gut bestellt«, bemerkte er. Seine dunkle, männliche Stimme verhöhnte sie.

Gwyn setzte eine möglichst giftige Miene auf. »*Eure* Burg?«

»Es ist zumindest nicht länger Eure.«

Sie grub die Fingernägel in die Handflächen und drückte die Fäuste gegen die Oberschenkel. »Dafür habt Ihr jedenfalls gesorgt.«

»Genau. Wie Ihr dafür gesorgt habt, dass ich ausgepeitscht wurde und wochenlang in einem von Ratten bevölkerten Gefängnis hockte, das ich nicht einmal meinem Vater gewünscht hätte.«

Seinem Vater?

Gwyns Rock wisperte über die Binsen, als sie zum Fenster ging. Ihre Hände fuhren über die Fensterbank.

»Gefängnis?«, fragte sie betont gleichgültig und wandte ihm dem Rücken zu. »Ihr wurdet gefangen genommen damals, stimmt das? Man hat es mir nie gesagt, aber ich bin froh zu hören, dass die Männer des Königs erfolgreich waren.«

»Das waren sie nicht.« Pagans finstere Stimme hallte in dem Gemach wider. »Ich habe jetzt seine Burg. Und seine Vasallin.«

Sie drehte sich zu ihm um. »Warum habt Ihr mir damals eigentlich nicht Euren Namen gesagt?«

»Warum habt Ihr mir nicht Euren verraten?«

Sie zögerte. »Mir kam es so vor, als wären unsere Namen vollkommen unwichtig.«

Er lächelte. »Wenn Ihr mir zeigen könnt, was wichtiger als ein Name ist, könnte ich Henri vielleicht überzeugen, Euch beim Papst vorzuschlagen, damit er Euch heiligspricht.« Er machte einen Schritt auf sie zu. Gwyn wich einen Schritt zurück. »Es gab *einen* Namen, der vor etwa achtzehn Jahren dafür sorgte, dass ich diese Ländereien verlor. Und es ist *mein* Name, der mir vor einem Jahr ein herzliches Willkommen im Tower bereitete.« Jeden Satz begleitete er mit einem weiteren Schritt in ihre Richtung. »Und es war auch *mein* Name, der mich nicht den Verstand verlieren ließ. Mein Name, der mir das Land zurückgegeben hat, das mir rechtmäßig zusteht.«

»Für mich sieht es so aus, als hätte eher Euer Schwert Euch das Lehen zurückgegeben.«

»Ihr habt einen scharfen Verstand, Guinevere. Gut möglich, dass ich Euch einfach hierbehalte und diesen Umstand nutzen werde.«

»Meint Ihr Euer Schwert oder meinen Verstand?«, fauchte sie.

Er blieb einen Schritt von ihr entfernt stehen und erwiderte lächelnd ihren wütenden Blick. »Beides.«

Ihr alter Hund Tyber erhob sich leise auf seine Pfoten und verließ das Gemach durch die offene Tür. Verräter.

»Euer Herr weiß nicht, was er tun muss, um dieses Land zurückzugewinnen«, sagte sie kalt.

Wieder huschte ein Lächeln über sein Gesicht. »Er weiß

genug. Er schickt Männer in die Burgen der Rebellen, damit sie sich mit den Frauen vermählen und so die Rebellion niederringen.«

»Wirklich?« Sie stieß das Wort hervor, als wollte sie es nicht loslassen.

»Ja. Und es würde Euch gut zu Gesicht stehen, wenn Ihr Euch daran erinnern würdet.« Er senkte seine Stimme zu einem verschwörerischen Flüstern. »Ihr wurdet von Eurem König Stephen verraten, nicht von Henri.«

Sie legte unwillkürlich eine Hand aufs Herz. »König Stephen ist der rechtmäßige Herrscher!«

»Er gründete seinen Herrschaftsanspruch auf Gewalt, und selbst das hat er nur unzureichend vermocht. Ihr habt hier oben im Norden Hof gehalten und vielleicht deshalb wenig über den Zustand des Reichs erfahren. Aber ich sage Euch: Es ist eine *terra guerra*, ein Land des Krieges.«

»Seid Ihr *verrückt?*«, fauchte sie. Ihre Worte waren wie Eissplitter. »Ihr glaubt, ich wüsste nicht, wie mein Land verwüstet wird – von Euresgleichen!«

Er schüttelte den Kopf. »Jeder Baron und jeder Ritter weiß, dass dieser Bürgerkrieg nur beendet werden kann, wenn Henri den Thron besteigt. Das ist kein Geheimnis, sondern inzwischen nur noch eine Frage der Zeit. Der Papst würde Prinz Eustace nicht einmal dann zum König krönen, wenn er noch leben würde.«

Alles Blut wich aus Gwyns Gesicht. Er schien es nicht zu bemerken. »Stephen ist ein guter und ritterlicher König«, stieß sie hervor.

»Er ist ein Dummkopf, wenngleich ein sehr ritterlicher. Und er hat die Krone an sich gerissen, Mylady. Vergesst das nicht. Er hat geschworen, Mathilda als Königin zu ehren, aber dann hat er ihr den Thron doch streitig gemacht. Wie passt das zu Eurer Vorstellung von Ritterlichkeit?«

»Besser als die Vorstellung, die Ihr hier gerade abliefert.«

Er lächelte. Ein gefährliches Lächeln.

Etwas Heißes und Sehnsuchtsvolles erfasste ihren Körper und bohrte sich direkt in ihr Herz. Sie wollte ihn. Wollte dieses Lächeln. Sie wollte, dass es ihr galt.

Aber wie sollte das möglich sein, wenn Lord Griffyn in ihrem Festsaal saß und sie Prinz Eustace in ihrem Keller versteckte? Ihr Vater hatte Griffyns Familie gehasst, und der König hatte sie mit einem Eid an sich gebunden, diesem Mann Widerstand zu leisten. Sie konnte die schreckliche Zukunft, die ihr drohte, vor sich sehen, so klar und deutlich wie eine Spiegelung im Weiher.

Sie riss sich von Griffyns Anblick los und wich zum Fenster zurück. »Ich bin dieser Spiele müde. Was wollt Ihr wissen?«

»Die Verteidigung. Wie viele Leute?«

»Etwa ein Dutzend in der Garnison, vielleicht zweihundert Männer aus den umliegenden Dörfern und der Stadt.« Ihre Stimme stockte. »Nicht mitgerechnet diejenigen, die gestorben sind.«

Seine Stimme wurde sanft. »Sie werden nicht vergessen sein.«

»Von wem, von Euch etwa?« Sie lachte verbittert.

»Nein, von *Euch*.« Sie hob den Kopf. Erstaunt stellte sie fest, dass er sich ihr genähert hatte. Er war ihr jetzt so nahe, dass sie ihn atmen hören konnte. »Ihr wärt vielleicht überrascht, wie viel Respekt ich jenen zolle, die ihrem Herrn treu sind.«

Er hob das kantige Kinn, als wollte er seine Worte unterstreichen. Sie ignorierte seine Worte. Seine attraktive Arroganz gehörte jedenfalls nicht zu den Überraschungen dieses Tages.

»Was wollt Ihr noch wissen?«, fragte sie kalt.

»Der Seneschall.«

»Das ist mein William. Mit den fünf Strähnen.«

Er verschränkte die Arme vor der Brust. »Ich erinnere mich, dass Ihr von ihm gesprochen habt. Ihr hattet recht.«

Sie blickte halb über ihre Schulter. »Womit?«

»Mit den fünf Strähnen. Mehr habe ich auch nicht gezählt.«

Sie biss sich auf die Lippen, um ein Lächeln zu unterdrücken, und blickte zu Boden. *Täusche ihn. Gib vor, dich ihm zu ergeben,* sagte sie sich. *Spiel ihm etwas vor.*

»Und wem gilt seine Treue?«, fragte Griffyn.

»Zweifellos mir.« Sie zögerte. »Habt Ihr Verwendung für ihn? Er versteht zu rechnen, und er ist ein gehorsamer Diener.«

»Ich habe keine Verwendung für ihn. Was ist mit Euren Rittern. Wie viele sind es?«

»Im Moment sind es zwanzig.«

»Und was habe ich von ihnen zu erwarten?«

Sie lächelte schmal. »Sie werden bis zum letzten Mann Widerstand leisten.«

Sein Lächeln war überraschend breit. »Bis zum letzten Mann, sagt Ihr?«

»Wieso?«

»Sie werden Euch die Treue halten, das wollt Ihr doch damit sagen, oder?«

Ihr Lächeln schwand. »Wisst Ihr es besser?«

»Ich weiß es, weil sie inzwischen mir ihren Treueid geleistet haben.«

Ihr Mund klappte auf. Eine Fliege hätte hinein- und herausfliegen können. »Jeravius auch? Und *Fulk?*«

»Ein großer, kräftiger Kerl mit einem Strahlen in den Augen? Mit einer Vorliebe für die Baukunst?«

»Jeravius«, hauchte sie.

»Und Euer Hauptmann?«

Ihre Schultern sackten nach unten. »Fulk.«

Er musterte sie von oben bis unten. »Sie haben mir gesagt, sie würden ihren Treueid um Eurer Sicherheit willen leisten.«

»Um meiner Sicherheit willen?«

»Sie schienen zu glauben, Ihr seid in Gefahr«, überlegte er

laut. Sein Blick huschte über die schmucklose Einrichtung des Gemachs.

»Und ich bin sicher, Ihr hattet keine Skrupel, sie in diesem Glauben zu lassen.« Seine Augen hefteten sich wieder auf sie. »Was lässt Euch denn glauben, dass Ihr *nicht* in Gefahr schwebt?«

Unwillkürlich erfasste sie Angst. Aber sie funkelte ihn wütend an und versuchte, mit diesem Blick seine Arroganz niederzuzwingen. Natürlich misslang es ihr.

»Bin ich denn ...?« Sie konnte nicht weitersprechen.

»Was habe ich Euch damals gesagt?«

»Wann damals?«

»Damals im Gasthaus.«

Sie starrte ihn an. »Das war kein Gasthaus.«

Sein Blick glitt tiefer, umschmeichelte ihr Mieder, musterte ihren Rock. Dann blickte er ihr wieder in die Augen. »Was habe ich Euch gesagt, Guinevere?«

Es fiel ihr schwer zu schlucken. Lieber Gott, er hatte ihr hundert Dinge gesagt, verruchte, sinnliche Dinge.

»Ihr habt ... eine Menge gesagt.« Sie wies verwirrt auf seinen Gürtel. »Aber damals habt Ihr nicht mit dem Schwert vor mir gestanden.«

Seine Hände glitten zum Schwertgurt und öffneten ihn. Klappernd fiel das Schwert zu Boden, zusammen mit dem Dolch und dem Fauchon, die er ebenfalls am Gürtel trug. Als er ohne Waffen vor ihr stand, spürte sie dennoch die Gefahr, die von ihm ausging.

»Ich frage euch noch einmal, Guinevere: Was habe ich Euch gesagt?«

Sie spürte, wie Hitze durch ihren Schoß strömte. Ihr Blick war auf die am Boden liegenden Waffen gerichtet. »Ihr habt gesagt, ich hätte von Euch nichts zu befürchten.«

»So ist es auch heute noch.«

»Und was ist mit meinen Männern?«, fragte sie und machte einen Schritt zurück. Sie stolperte über den Saum ihres Kleids und wich weiter zurück, bis sie die Wand des Zimmers im Rücken spürte. »Sie müssen glauben, dass ich etwas von Euch zu befürchten habe. Was habt Ihr Jerv und Fulk erzählt?«

»Ich habe ihnen gesagt, wie es für mich ist, mein Zuhause zurückgewonnen zu haben, und was ich mit denen tun werde, die sich gegen mich stellen.«

»Du lieber Gott, Pagan. Ihr hättet ihnen genauso gut sofort die Augen ausstechen können, und die Sache wäre erledigt gewesen.«

»Sie waren doch nur etwas naiv.«

Gwyn runzelte die Stirn. »Es sind gute Männer. Sie sind mir treu ergeben und halten große Stücke auf mich. Wenn Ihr ihnen gedroht habt ...«

Er machte einen Schritt auf sie zu. Sie spürte seine Wärme, und ein Frösteln wie von einem Fieber durchlief sie. Er stützte neben ihrem Kopf eine Hand gegen die Wand. Gwyn starrte ihn an. »Ich habe die Männer nicht bedroht, Mylady.« Er legte auch die andere Hand gegen die Wand, sodass Gwyn zwischen seinen ausgestreckten Armen gefangen war. »Ich sollte Euch vielleicht erzählen, was ich ihnen gesagt habe: ›Die Burg gehört mir, Ihr gehört mir und alle anderen, die sich darin befinden. Wenn sich jemand mit mir anlegt, wird er sich daran die Finger verbrennen.‹«

»Ihr wagt es, *mir* zu drohen?«

Er blickte sie kalt an. Seine Augen glitzerten gefährlich. »Ihr wisst nicht, wozu ich in der Lage bin, weil ihr nicht wisst, wie viel ich verloren habe. Ihr seid nur so viel wert wie die Weizengarben, die Ihr einbringt. Und ich habe Euch nicht gedroht«, korrigierte er leise. »Ich habe nur meine Position deutlich gemacht.«

»Das habt Ihr nur zu gut, Mylord«, erklärte sie frostig. »Und jetzt werde ich Euch meine darlegen: Ich habe in diesem Krieg kein Schwert geführt, das heißt, ich habe nicht gekämpft. Wenn Ihr glaubt, Ihr könntet mich trotzdem wie einen Käfer unter Eurem Stiefel zerquetschen, dann seid gewarnt: Ich steche zu, und ich trage ein Gift in mir, das nichts von dem gleicht, was Ihr in den Jahren in der Normandie erlebt habt.«

Sie duckte sich unter seinem Arm hindurch und stolperte vorwärts. Sie war nur die Weizengarben wert? Das also bedeutete London für ihn? Plötzlich hatte sie das Gefühl, zu viel getrunken zu haben und alles wieder hochwürgen zu müssen.

Er beobachtete sie mit undurchdringlichem Blick. »Ich habe nicht vergessen, welches Ungeziefer sich in England herumtreibt, Mylady. Ich habe sogar eine lange Zeit daran gedacht.«

»Ihr meint vermutlich meinen Vater«, spie sie hervor.

»Ich meine *Euren* Vater. Und Euch.«

»Mich?« Ihre Stimme klang schrill. »Mich?! Und was ist mit *Euch?*«

»Mit mir?« Er schien beinahe belustigt. »Was soll mit mir sein?«

Sie warf die Hände in die Luft. »Ach, vielleicht, dass Ihr *eine Streitmacht hergeführt habt?*«

»Das habe ich getan, um mein Zuhause zurückzubekommen, Mylady«, erwiderte er leise. »Für mein Zuhause würde ich auch einen Höllenwagen lenken.«

»Das glaub ich gern!«, stieß sie hervor. »Im Gegensatz zu uns ist Euch und Euresgleichen doch jedes Mittel recht. Sollen die anderen ruhig in der Hölle verrotten. Ihr solltet wissen, Pagan, dass Ihr mir nicht drohen könnt.« Ihre Stimme zitterte vor Emotionen. »Und ebenso wenig könnt Ihr mich einschüchtern. Ich werde mich Euch nicht beugen.«

Ein raubtierhaftes Lächeln umspielte seinen Mund. »Ihr habt Euch mir schon einmal unterworfen.«

In diesem Moment wäre Gwyn vor Scham fast im Boden versunken. Sie richtete sich auf und unterdrückte ein entsetztes Keuchen. »Ihr habt nur eine einzige Nacht mit mir verbracht, Pagan. Verwechselt das nicht mit der Überzeugung, mich zu kennen.«

Sein Mund verzog sich spöttisch. »Ich kenne Euch.«

»Ihr wisst gar nichts. Ihr seid ein Kind, das den erwachsenen Mann spielt. So sind alle Ritter. Ihr erobert Land, das Eure Frauen und Kinder gar nicht wollen, hinterlasst verbrannte Erde und vaterlose Kinder. Hört mir zu, Pagan, denn das ist *meine* Meinung: Ich werde nicht vor Euch im Staub kriechen und um die Gnade flehen, meine Röcke anheben zu dürfen, wenn ich über den dreckigen Stallhof gehe. *Das hier ist auch mein Zuhause.*«

»Es wäre allerdings eine Gnade, wenn ich anderweitig Eure Röcke heben dürfte, wenn Ihr so wütend seid wie jetzt.«

»Dann könnt Ihr erwarten, mich zukünftig jede Nacht mit dieser Wut zu erleben. Ich bitte Euch, mir dann auch keine Gnade zu gewähren.«

Pagan ging auf sie zu. Er durchquerte das Sonnenfeld, das durchs Fenster in das Gemach fiel, und blieb vor Gwyn stehen. Der Klang seiner Stimme veranlasste sie, den Kopf heben. Sein Kinn wirkte entschlossen, die Augen waren eisgrau. Er hielt seine unmenschliche Wut kaum in Zaum. Es war das erste Mal, dass sie in seiner Gegenwart wirkliche Angst verspürte.

»Bedenkt nur eines, de l'Ami-Brut«, knurrte er, »meine Gnade ist im Moment das Einzige, das Euch noch retten kann.« Sein Gesicht war nur wenige Zoll von ihrem entfernt, sein Körper war ihrem noch näher und verströmte Hitze. »Wenn Ihr mich erzürnt, werdet Ihr mich um Gnade anflehen, und es wird bis zum Morgen dauern, bis ich sie Euch gewähre. Wie auch jeder anderen Seele in dieser Burg.«

Er wandte sich abrupt ab, hob seine Waffen auf und verließ das Zimmer. Die Tür schlug hinter ihm zu. Gwyn stand mitten im Raum und taumelte. Lieber Gott, jeder in der Burg? Sie sollte sich ihm ganz unterwerfen? Und was geschah mit dem Thronerben, der krank unten im Keller lag?

Was würde geschehen, wenn Pagan das herausfand? Mit Entsetzen stellte sie sich vor, wie man ihren Kopf in eine Schlinge legte. Wie sie mit gebrochenem Genick an einem Ast baumelte.

»Mylady?«

Es war einige Zeit vergangen, als sie die Stimme vom Gang her hörte. Die Tür wurde einen Spaltbreit geöffnet, und ein fremder Junge steckte den Kopf durch die Tür. »Mein Herr wünscht die Schlüssel zur Burg«, sagte er zögernd und wies mit einem Nicken auf den großen Schlüsselring, der an ihrem Gürtel hing. Sie blickte hilflos auf den Eisenring. »Und er möchte Euch zur Vesper unten in der Halle sehen.«

»Was ist mit meinem Stundengebet?«, fragte sie. Ihre Stimme zitterte. Sie wollte ihren Beichtvater sehen.

Der Blick des Jungen war besorgt, als könnte er ihre Gedanken lesen. »Wenn es Euch nichts ausmacht, Mylady, hat mein Herr gesagt, würde er sich darum kümmern.«

Sie sank aufs Bett, und presste eine Hand auf ihre Brust, in der ihr Herz hämmerte.

Kapitel 6

Griffyn polterte die Wendeltreppe hinunter wie ein wild gewordener Stier, und legte sich im Laufen den Gürtel wieder um. Am Fuß der Treppe geriet er in das Getümmel, das in der großen Halle herrschte. Diener, Soldaten und Knappen eilten hin und her, wichen zwischen den Tischböcken, Wandbehängen und umgestoßenen Bänken aus, die überall herumlagen, während das Alte dem Neuen Platz machte.

Raashid, der Muslim in mittleren Jahren, der schon seit Langem eine von Griffyns Burgen verwaltete, unterhielt sich in einer Ecke des Raums mit dem glatzköpfigen Seneschall William. Griffyns Ritter kamen und gingen, griffen sich Essen von den Tabletts und beäugten die Frauen, die hin und her huschten. Es herrschte ein heilloses Durcheinander. Aber alle hielten inne, als Griffyn die Halle betrat.

»Und die Flüsse sind versiegt, aber selbst, als sie es nicht waren, hatten wir im Frühsommer ...«, klang die dünne Stimme Williams vom anderen Ende der Halle herüber. Er schien Raashid gerade die Einnahmequellen der Domäne aufzuzählen. Er drehte sich um und starrte den neuen, offenbar erzürnten Lord von Everoot an.

Griffyn wechselte einen Blick mit Raashid und fragte mit einem stummen Nicken in Richtung William, ob sein Freund mit dem alternden Verwalter zurechtkam. Raashid nickte und lächelte. Griffyn wandte sich ab. Raashid würde dem Mann schon alles entlocken, auch wenn er recht wortkarg war, was die wirklich wichtigen Einnahmequellen der Ländereien betraf, die sie erobert hatten. Raashid hatte mehr Jahre Erfahrung auf dem

Buckel als eine Hure Kunden unter ihrem Rock, und er hatte zudem ein geradezu beängstigendes Zahlenverständnis. Er begleitete Griffyn überallhin. Bis auf Griffyn – und Raashid natürlich – wusste niemand, woher er kam, und die beiden verloren niemals ein Wort darüber.

Raashid nickte und wandte sich wieder an William. Er schenkte ihm ein herzliches Lächeln. »Ich schlage vor, Ihr berichtet mir lieber von den Geldreserven der Domäne und nicht von ihren Fischereirechten, Master William, ja?«

Griffyn ging zum Tor. Er wollte Alex suchen, aber stattdessen lief ihm Edmund über den Weg. Der Knappe hatte sich bereits um Noir gekümmert, ihn getränkt und trockengeführt. Und jetzt würde er sich wieder an Griffyns Fersen heften. Er legte eine Hand auf die Schulter des Jungen.

»Lady Guinevere ist ab sofort deine Aufgabe, Edmund.« Der Junge nickte beflissen. Der Eifer der Jugend. »Sie darf nicht allein in ihrem Gemach bleiben«, erklärte er finster. »Später soll sie zum Essen herunterkommen und den Vertrag unterzeichnen, der unser Eheversprechen besiegelt. Wenn sie es wünscht, darf sie der Küche Anweisungen geben. Wenn sie es wünscht, darf sie auch die Kräuter im Mörser zerstoßen. Aber sie soll nach unten kommen. Sorg dafür, Edmund.«

»Ja, Mylord«, nickte Edmund. »Und wenn sie die Beichte ablegen möchte?«, fügte er hinzu, denn das machte schließlich jeder nach einer Kapitulation. Das wusste sogar Edmund mit seinen dreizehn Jahren. »Der Kaplan ist nämlich unten im Dorf, und ...«

»Ich werde mich darum kümmern. Sorge du nur dafür, dass sie zur Vesper nach unten kommt.«

»Ja, Mylord.«

Er wollte sich schon abwenden, doch dann fiel ihm noch etwas ein. »Lady Guinevere hat noch die Schlüssel.«

»Ja, Mylord.«

»Dann hol sie.«
»Ja, Mylord.«

Alex stand mitten im Innenhof der Burg in der gleißenden Sonne. Die anderen waren inzwischen in der Burg verschwunden. Der Wind blies heiß aus Westen. Alex wartete.

Sein Nacken und seine Achselhöhlen waren verschwitzt. Er konnte spüren, wie der Schweiß auf seiner Haut brannte, aber daran war er gewöhnt. Seit Jahren schon. Heißer Wind und verdorrte Erde, die den gierigen Horden des Kreuzfahrerheeres, deren Pferde darüber hinweggaloppierten, jegliche Nahrung verweigerten.

Er hatte erlebt, wie Männer zu einem Nichts zusammenschrumpften. Sie waren zu klein, um wahre Größe zu beweisen. Selbst Griffyn war bisher daran gescheitert, sein wahres Schicksal auf sich zu nehmen. Erst wenn er sich seines Erbes annahm, würde er zu wahrer Größe gelangen.

Die Sonne briet Alex' Nacken. Er öffnete sein Kettenhemd und zog es langsam über den Kopf, dann drehte er den Kopf behutsam zur Seite. Seine Muskeln waren stark und von den Jahren, in denen er nicht nur ein Schwert, sondern auch die Lanze und den Bogen geführt hatte, gestählt. Aber jetzt, in dieser Hitze und nach der Heimkehr, fühlte er sich erschöpft. Seine Panzerung war bleischwer. Er zerrte sich das Gewicht herunter. Die scharfen Metallringe verfingen sich in dem dicken wattierten Wams darunter.

»Alexander«, sagte eine harsche Stimme hinter ihm.

Er drehte sich um und ließ das Kettenhemd zu Boden fallen.

Hinter ihm stand die vierschrötige Gestalt Fulks, den er schon vor dem Krieg gekannt hatte. Sie kannten sich sogar noch viel länger, denn sie waren einst Freunde gewesen, ehe der Abgrund des Bürgerkriegs England entzweigerissen hatte. Fulk war sein Lehrmeister gewesen. Und Fulk war auch einer der Hüter.

Ein verlogener Hüter. Er hatte vor achtzehn Jahren seinen Eid gebrochen und etwas getan, das noch kein Hüter vor ihm getan hatte. Er hatte Griffyns Vater verlassen, den Erben, und war stattdessen bei den de l'Ami geblieben.

Wenn es noch eines Beweises bedurft hätte, dass die de l'Ami jeden in den Untergang trieben, war Fulk das lebende Beispiel dafür.

»Es stimmt also«, grollte Fulk. Seine Augen wirkten dunkel. »Du bist es.«

»Und du?«

Fulk blickte sich um. Sie waren nicht die Einzigen, die sich im Burghof aufhielten. Aber sie standen allein in einer Ecke. »Du bist immer noch bei ihm.«

»Das bin ich«, bestätigte Alex. »Obwohl du nicht mehr an der Seite deines Herrn kämpfst.«

»Er ist nicht mehr hier.«

»Stimmt. Darum bist du bei ihr geblieben.«

»Wenn du mit ›ihr‹ Lady Guinevere meinst, stimmt es, ja.« Fulk bewegte sich nicht. Er trug nichts am Gürtel außer einer kleinen Klinge. Aber Alex wusste genau, dass Fulk keine Waffe brauchte, um Schaden anzurichten. Eine Menge Schaden. Barsch bemerkte Fulk: »Hat ja gedauert, bis ihr hergekommen seid.«

»Wir wurden durch achtzehn Jahre Bürgerkrieg aufgehalten. Das haben wir deinem Herrn und seinesgleichen zu verdanken.«

»Ja nun.«

Die Antwort konnte alles bedeuten. Drückte er seine Verachtung aus, oder verstand er, was Alex ihm sagen wollte?

»Wo sind sie?«, fragte Alex plötzlich.

Fulk war verwirrt. »Wo ist wer?«

»Die Schlüssel.«

Ein müdes Lächeln huschte über Fulks Gesicht. Jetzt verstand er, was Alex von ihm wollte. »Die Schlüssel gehören nicht uns, Alex. Ich glaube, das habe ich dir beigebracht.«

Alex sprach weiter, ohne auf Fulks Bemerkung einzugehen. »Griffyn hat nur einen. Den aus Eisen. Ich vermute, die anderen beiden wurden dem alten de l'Ami gegeben, bevor er uns verriet.«

»Und warum glaubst du, hat er das getan, Alex? Warum hat Christian Sauvage zwei der Schlüssel weggegeben, die das Tor zum Schatz der Heiligen öffnen?«

»Ich weiß nicht. Der Wahnsinn?«

Fulk schüttelte den Kopf. »Ich glaube nicht, dass er wahnsinnig war.«

Alex lachte auf. »Du warst ja nicht bei ihm, als es mit ihm zu Ende ging. Christian Sauvage hat gewütet. Er hatte Angst zu sterben.«

»De l'Ami war auch nicht besonders begeistert, seinem Schöpfer gegenübertreten zu müssen. Die beiden haben schreckliche Dinge getan, und niemand weiß das besser als du und ich. Aber ich glaube nicht, dass es der Wahnsinn war, der Sauvage dazu getrieben hat, die Schlüssel wegzugeben.«

»Nun, ich kann mir keinen anderen Grund denken.«

»Nein, du würdest dir keinen anderen Grund denken *wollen*.«

»Heilige Mutter Gottes, Fulk! *Wir sind die Hüter!* Hast du das vergessen? Wir haben uns dem Erben verpflichtet.« Alex machte einen Schritt auf Fulk zu. Seine Stimme wurde lauter. »Warum hast du Sauvage im Stich gelassen? Warum hast du uns verlassen?«

Fulk schwieg. Die Worte versanken im Staub zu seinen Füßen. Dann schüttelte er den Kopf und fuhr sich mit der Hand über die verschwitzte Stirn. »Alex, mein Junge«, sagte er traurig, »ich habe euch nicht verlas…«

Alex' Kopf fuhr herum, als wollte er einem Schlag entgehen. »Ich bin nicht dein Junge«, sagte er kalt.

Fulk seufzte. »Dann nicht. Ich muss Griffyn sprechen.«

»Nein.«

Fulk hob seine buschigen Augenbrauen. »Nein?« Er lachte. »Du bist nicht der Türsteher, Alex. Es obliegt nicht deiner Verantwortung, zu entscheiden, wer ...«

»Ich soll ihn beschützen. Darum sage ich nein.«

»Nein wozu?«

Beide Männer fuhren herum. Alex war überrascht. Nicht weil Griffyn nur wenige Schritte entfernt stand, sondern eher, weil sein Herz raste, als hätte er gerade ein Wettrennen bestritten.

»Wozu sagst du nein?«, fragte Griffyn noch einmal. Aber obwohl er die Frage an Alex richtete, ruhte sein Blick auf Fulk.

Augenblicklich neigte Fulk sein Haupt. »Mylord. Wir haben Euch vermisst.«

Griffyn brach in lautes Gelächter aus. »Tatsächlich? Das hätte ich nicht gedacht. Mein Vater übrigens auch nicht.«

Fulk wich nicht von der Stelle. »Sir, jeder von uns muss so handeln, wie er es mit seinem Gewissen vereinbaren kann. Ihr mit Eurem, ich mit meinem. Ich musste mich entscheiden. Euer Vater war es, der mich bei de l'Ami ließ. Ich habe seinem Befehl gehorcht, weil er mir sagte, wenn seinem besten Freund Ionnes irgendwas passieren würde, wäre das ein zu herber Verlust für ihn, um weiterzuleben.«

»Etwas ist mit Ionnes de l'Ami passiert«, sagte Griffyn eisig. »Dasselbe, das auch meinem Vater widerfahren ist. *Gier.*«

Fulk wischte sich über den Nacken. »Ich leugne nichts von dem, was Ihr sagt, Mylord. Aber ich möchte hinzufügen, dass Euer Vater nicht der einzige Wächter war. Und Ihr seid es auch nicht.«

Etwas in Griffyns Gesicht zuckte. »Guinevere.«

Alex trat wütend dazwischen. »De l'Ami hat das Nest *gestoh-*

len, Fulk. Er wurde dadurch nicht der Erbe. Und schon gar nicht wurde sie es.«

»Die Heiligtümer waren hier, aber weit und breit kein Sauvage, sie zu beschützen«, erklärte Fulk ruhig.

»Erst das Blut macht einen zum Wächter, nicht die Inbesitznahme der Schätze. Unsere Pflicht ist uralt, Fulk. Die Wendungen des Schicksals ändern nichts daran.«

»Es gibt keine Wendungen des Schicksals, Alex. Christian Sauvage wusste genau, was er getan hat, als er England ohne die Heiligtümer verließ.«

Wütend schüttelte Alex den Kopf. »Das zählt nicht, Fulk. Diese Blutlinie geht fünfhundert Jahre zurück, der Schatz ist tausend Jahre alt oder noch älter. Wenn wir den Schatz für einige Jahre oder sogar eine Generation aus den Augen verlieren, was hat das schon zu bedeuten? Unsere Pflicht ändert sich dadurch nicht. Die Wächter beschützen die Blutlinie der Hüter. Wir haben unser Leben dem *Erben* gewidmet. Dem Erben Karls des Großen.«

Fulk zuckte mit den Schultern. »Irgendwer wird immer Besitzer des Schatzes sein. Und diese Person bedarf auch unseres Schutzes. Gewöhnlich ist es der Erbe. Bisher war es nie anders.«

»Aber wenn es anders ist, muss man sich entscheiden.«

»Und diese Entscheidung auch leben, ja.«

Alex trat ihm in den Weg. »Bereust du deine Entscheidung, Fulk?«

»Das habe ich nie getan«, erwiderte der riesenhafte gepanzerte Kerl. »Wie sieht's mit dir aus?« Sein bärtiges Gesicht näherte sich Alex' Gesicht. »Hast du die Wahl bereut, die dich so weit fortgebracht hat? Hast du dich gefragt, ob der Schatz in Sicherheit ist? Hast du davon geträumt?«

Alex' Faust schnellte vor.

»Genug!«, brüllte Griffyn und schob sich zwischen die beiden

Männer. Alex und Fulk stolperten zurück und funkelten sich an. »Seht ihr es? Ihr seht doch, was es mit euch anrichtet.« Angewidert sah er Alex an. »Und du wolltest, dass ich daran festhalte? Sieh doch nur, was es mit meinem Vater oder de l'Ami angerichtet hat. Und jetzt streckt es die Hand nach euch aus.«

»Nicht nach mir, Mylord«, sagte Fulk ruhig.

Griffyn wirbelte zu ihm herum. »Nein. Aber einmal abgesehen davon habt Ihr Euch, als man Euch die Wahl ließ, dazu entschieden, die Treue zu brechen und beim Schatz bleiben, statt Euch der Verantwortung für meinen Vater zu stellen.«

Fulk erwiderte seinen Blick. »Ich kann Euch sagen, warum.«

»Dann sagt es.«

»Lady Gwynnie.«

Griffyn hob eine Augenbraue.

»Sie ist der Grund. Damals war sie erst zwei. Ich konnte mir nicht vorstellen, welche Prüfungen sie bestehen musste. Ihr Bruder lebte, aber etwas Schreckliches ging mit de l'Ami vor sich, und der Bürgerkrieg nahm immer schlimmere Ausmaße an. Männer wie Marcus und sein Vater Miles liefen frei herum, plünderten und wurden dafür mit Lehen belohnt. Sie wollten Guinevere.« Er rückte sein Kettenhemd gerade, doch es sah so aus, als drückte er die geballte Faust auf die Brust. »Sie ist der Grund, warum ich blieb. Und ich würde es wieder tun.«

Griffyns Hand ruhte noch immer auf Alex' Brust und hielt ihn zurück. Alex machte sich los und wich ein paar Schritte zurück. Erstaunt blickte Griffyn ihn an. Alex hob in einer hilflosen Geste die Hände. »Ist schon in Ordnung.«

»Seid ihr jetzt fertig mit eurem Streit?«

Er nickte. Die Sonne brannte noch immer auf ihn nieder. »Ja, ich bin fertig.«

Griffyn zögerte einen Augenblick, ehe er sich an Fulk wandte. »Guinevere. Weiß sie davon?«

»Nein. Sie weiß nichts. Nichts von den Gralsschätzen, nichts über Euren Vater, außer dass er und de l'Ami sich gehasst haben. Sie weiß auch nichts von Euch, Mylord. Nichts über Euer Schicksal. Nichts über die Mühsal, die es für jede Seele bedeutet, den Schatz zu hüten. Einen Schatz, den sie in all den Jahren gehütet hat, ohne von seiner Existenz zu wissen.« Fulk verzog den Mund zu einem gequälten Lächeln. »Und ich muss sagen, mir kommt das ungerecht vor. Und verdammt gefährlich.«

Kapitel 7

Auf Zehenspitzen schlich Gwyn die Wendeltreppe zum Schlafgemach des Burgherrn hinunter. Das Herz schlug ihr bis zum Hals. Sie entdeckte niemanden, und auch vor dem Gemach des Burgherrn war keine Wache aufgestellt worden. Pagan schien zu glauben, dass seine Drohung jeden Ungehorsam im Keim erstickt hatte.

Er wird noch viel lernen müssen, dachte sie grimmig.

Ihre Entschlossenheit war auch durch die Angst nicht ins Wanken geraten. Als sie jedoch den Fuß der Treppe erreicht und sich mit einem prüfenden Blick davon überzeugt hatte, dass sich niemand in dem riesigen Raum aufhielt, brach ihr vor Erleichterung kalter Schweiß aus. Sie schlich durch den Vorraum – der bis vor Kurzem noch zu *ihrem* Gemach geführt hatte –, und ihr Herz schlug so heftig, dass sie glaubte, es würde zerspringen.

Als sie schließlich die Tür zur Schlafkammer aufstieß und den Raum leer vorfand, seufzte sie hörbar. Eine Katze, die auf dem Bett geschlafen hatte, maunzte leise, weil Gwyn sie aus einem gemütlichen Nickerchen aufgeschreckt hatte.

»Sei froh, dass so ein schönes Kerlchen wie du nichts von seinem Zorn weiß«, murmelte Gwyn, während sie sich der Katze näherte. Pagan hatte eine Katze?

Zumindest sah es danach aus. Es war ein auffallend großer Kater mit flauschigem Fell, roten Ohren und langen Krallen. Er starrte sie aus blauen, schräg stehenden Augen an, bevor er gähnte und eine Pfote nach ihr ausstreckte, als wollte er sie willkommen heißen. Gwyn widerstand dem Drang, den weichen Kopf zu streicheln, und trat stattdessen zu einem bestimmten

Wandbehang, der – Gott sei gepriesen! – nicht wie die anderen heruntergerissen worden war.

Das Zimmer war fast vollkommen leergeräumt. Der Schild, der über dem Bett gehangen und als Motiv eine Hand gezeigt hatte, die eine Rose hielt, war fort. Dieser Schild hatte einst das Blut der Engländer aufgefangen, die ihrer Größe beraubt worden waren, als Stephen an die Macht kam. Der Stein war dort, wo der Schild achtzehn Jahre lang gehangen hatte, heller. Ebenso wie die anderen Stellen an der Wand, wo zuvor Gobelins geprangt hatten.

Der lange, schmale Tisch am Fenster war ebenso fort wie die Truhe, in der sie ihre Leibwäsche aufbewahrt hatte. Sie errötete bis unter die Haarwurzeln. Lieber Himmel, wer wohl die Truhe geleert hatte?

Sie schob den Wandbehang beiseite und tastete nach dem Riegel zu der verborgenen Tür. Dann verschwand sie in der Dunkelheit dahinter.

Gwyn hielt sich mit der Hand an der Mauer fest, um auf den feuchten Steinen nicht auszurutschen, und gelangte ohne Zwischenfälle zum Fuß der Treppe. Die Unterwelt der Burg war dunkel, und es roch modrig. Hier unten war es totenstill.

Sie eilte zu der Kammer. Das Vorhängeschloss war offen, das Maul des Drachen zu einem stummen Brüllen aufgerissen. Gwyn rief leise nach Duncan, und die Tür öffnete sich. Das kleine blasse Gesicht des Jungen blickte zu ihr auf. Beleuchtet wurde es nur von der dicken Kerze, die er in der Hand hielt. Sie betrat die Kammer und schaute auf den Prinzen, der auf seinem Lager aus Stroh lag und sich nicht rührte.

»Wie geht es ihm?«

»Das kann ich nicht so genau sagen, Mylady, aber ich hab ihn so fest in Decken und Pelze eingewickelt, dass er in Schweiß ausbricht, wenn er nur zu niesen versucht. Aber, Mylady«, wisperte der Junge. Das Echo wurde vom feuchten Stein zurückgeworfen. »Er ist sehr weit weg von uns.«

»Er wird einfach durchhalten müssen«, bemerkte sie leichthin. »Wie wir alle.«

»Ja, aber wir werden nicht vom Fieber geschüttelt und von üblen Körpersäften vergiftet. Ich fürchte, er hält es nicht mehr lange aus. Er ist dem Tode näher als dem Leben. Das ist eine Tatsache.«

Gwyn raffte ihre Röcke und kniete sich neben die Bettstatt. War es wirklich eine Tatsache? Würde der ungekrönte König in einer der kommenden Nächte sterben? War es eine Tatsache, dass der plündernde Kindkönig fitzEmpress über *ihre* Heimat hinwegfegen konnte, ohne dass sich ihm jemand in den Weg stellte? Nein. Nicht, solange sie für ihren König das Nest hielt und noch ein Atemzug in ihr war. Nicht, wenn sie die Tochter ihres Vaters war.

Erst recht nicht, wenn sie diese letzte Möglichkeit nutzen wollte, um für begangene Sünden zu büßen.

»Hat er gesprochen?« Ihre erhobene Hand schimmerte im Licht der blakenden Kerze.

»Nichts, das irgendwie Sinn ergeben würde, Mylady«, gab Duncan zurück. Sein besorgter Blick ruhte auf dem Prinzen. »Er hat nur gestöhnt und die Arme hochgestreckt, als könnte der Herrgott ihn hier unten liegen sehen.« Er blickte zu der Steindecke auf. Der Mann, der sie zwang, den Prinzen hier unten versteckt zu halten, war oben in der Burg und bestellte jetzt vermutlich die Spielleute, damit diese bei der Verlobungsfeier ihren Schabernack trieben, und Harfenisten, die als Vorbereitung für das geplante Siegesmahl ihren Zauber wirken sollten.

Während im Keller sein Verderben lauerte.

Gwyn richtete die Decken des Prinzen und erhob sich dann. Duncan gab ihr den Schlüssel zurück. Obwohl sich jede Faser ihres Körpers dagegen wehrte, wusste sie, welches Schicksal ihr bestimmt war. König Stephen würde schon bald erfahren, dass Griffyn Everoot wieder in Besitz genommen hatte. Der König würde eine Nachricht schicken und ihr Anweisungen geben. Bis dahin musste sie ausharren.

»Sorge für ihn. Halte ihn warm.« Sie blickte den jungen Diener an und musste unwillkürlich seufzen. »Und dich auch, Duncan.«

»Ja, Mylady. Mir ist warm genug«, versicherte er ihr, obwohl mit jedem Atemzug kleine Atemwölkchen vor seinem Mund aufstiegen. Tränen schossen Gwyn in die Augen. Konnte es treuere und tapferere Männer geben als diesen Sohn eines Kuhhirten, der sich im tiefsten Keller der Burg versteckte?

Sie klopfte Duncan noch einmal auf die Schulter und versprach ihm, mehr Decken zu bringen, während sie ihre kalten Hände aneinanderrieb. König Stephen würde bald Regent von Henris Gnaden sein. So hieß es jedenfalls. Aber eines Tages würde Eustace sich zusammen mit seinen Baronen erheben – sobald er wieder ins Licht trat und deren Treue einforderte.

Aber jetzt braucht er erst einmal Ruhe, dachte Gwyn.

Sie ging zur Treppe zurück und stieg hinauf. Die Dunkelheit störte sie nicht, weil sie mit ihren Gedanken ganz woanders war und nicht auf die Stufen achtete.

Auf dem oberen Treppenabsatz angekommen, öffnete sie die Tür, die nach außen aufschwang. Gwyn schob den Wandbehang zur Seite und schlüpfte in die Schlafkammer.

Die Tür schloss sich hinter ihr, und der Wandbehang glitt raschelnd an seinen Platz. Gwyn bückte sich, um ihren Fuß aus dem Rocksaum zu befreien, in dem er sich verfangen hatte. Als sie wieder aufschaute, sah sie direkt in die Augen von Griffyn Sauvage.

Kapitel 8

Ach du lieber Gott!«, rief sie und wich, eine Hand gegen die Brust gepresst, vor ihm zurück. »Was tut Ihr hier?«

Er machte einen Schritt auf sie zu. Es war ein großer Schritt, mit dem er das ganze Zimmer zu durchmessen schien, obwohl er noch zehn Fuß von ihr entfernt stand. Er hatte seine Rüstung abgelegt. Das weiche Hemd, das er unter dem Kettenhemd und dem wattierten Gambeson trug, schmiegte sich an seinen muskulösen Körper. Sein Haar war feucht, vielleicht hatte er gebadet oder den Kopf einfach in die Pferdetränke getaucht. Einzelne Strähnen klebten an seiner Stirn und seinem kräftigen Nacken. Gwyn wich einen Schritt zurück. Er machte einen Schritt auf sie zu.

»Ich könnte Euch dieselbe Frage stellen.«

»Ich habe nur ... Ich habe mich umgeschaut.« Sie nestelte an dem Wandbehang herum, der den Zugang zum Keller verbarg. Sie musste sich zwingen, die Hände davon zu lassen, damit Griffyn nicht misstrauisch wurde.

Sein Blick glitt über den Wandbehang, ehe er Gwyn wieder prüfend ansah. Er schien nachzudenken, als würde er von einer ihm unbekannten Speise kosten. »Und was habt Ihr gefunden?«

»Nichts!«, verkündete sie fröhlich. »Ich weiß, ich dürfte nicht hier sein. Ich gehe wohl besser ...«

Er schloss die Tür zum Korridor. »Bleibt.«

»Ich sollte wirklich gehen.«

»Ihr sollt tun, was ich Euch befehle.«

Sie tastete nach einem Halt. Einem Tisch, einer Wand, einer

Waffe, irgendetwas, woran sie sich festklammern konnte. »Habt Ihr mir nicht *verboten*, herzukommen?«

Er lächelte. Es war dieses leise, sinnliche Lächeln, das ihr den Verstand raubte. »Noch nicht.«

»Würdet Ihr es mir jetzt sagen, könnt Ihr sicher sein, dass ich dieser Aufforderung sogleich bereitwillig Folge leiste.«

»Das werde ich tun.« Er strich sich über das Kinn. Gwyn betrachtete ihn fasziniert. Verdammt, ganz gewiss wollte er sie mit diesem verführerischen Lächeln nur quälen!

»Dann ... gehe ich jetzt.«

»Bleibt.«

Sie wich erneut zurück und wäre am liebsten aus dem Fenster geklettert. Griffyns Blick richtete sich erneut auf den Wandbehang. Ihr Herz hämmerte vor Furcht. Wenn sie nicht sofort etwas unternahm, kam er womöglich noch auf den Gedanken, ihn sich genauer anzusehen.

»Haben Eure Lakaien Gefallen an meiner Leibwäsche gefunden?«

Er starrte sie verwirrt an. »Wie bitte?«

»Meine Truhe.« Anklagend wies sie auf die Stelle, an der die Truhe bisher gestanden hatte. »Sie ist verschwunden.«

»Sie gehört Euch?«

»Wem denn sonst?« Sie ging zur anderen Seite des Raums. Nur weg von dem Wandbehang.

»Ich dachte, Eurem Vater.«

Gwyn spürte den altvertrauten Schmerz zurückkehren. »Er hat die alte Truhe geliebt. Sind Euch die reichen Schnitzereien aufgefallen? Man sagt, William der Eroberer habe sie einst hergebracht, aber darüber hat Papa immer nur gelacht. Ihm gefiel einfach, wie kunstvoll sie gearbeitet war.« Sie lachte unsicher. »Aber warum erzähle ich Euch das? Ihr wisst ja alles über meinen Vater, ist es nicht so? Und das, was Ihr wisst, genügt Euch, ihn in hundert Jahren noch zu hassen.«

»Ja, ich könnte ihn wirklich ewig hassen.« Seine Stimme klang ruhig.

»Nun, das ist Eure Sache.«

»Aber ich hasse nicht seine Holztruhe, Gwyn. Wenn Ihr es wünscht, werde ich dafür Sorge tragen, dass man sie zurückbringt.«

»Ich kann mir nicht vorstellen, was das ändert.« Sie ging hinüber in eine andere Ecke des Zimmers, um ihn von dem Wandbehang abzulenken. »Ich nehme an, Ihr habt alle Vorkehrungen für das Festmahl getroffen?«

»Ihr hättet nach unten kommen und es selbst machen können«, sagte er. Stimmt, das hätte sie tun können. Aber sie war im Kellergewölbe beschäftigt gewesen. »Schließlich steht Ihr nicht unter Arrest.«

»Und warum nicht?«

Er zuckte mit den Schultern. »Wofür sollte das gut sein?«

Auch wieder wahr. Gwyn lehnte sich gegen die Fensterbank und spürte, dass ihr die Tränen kamen. »Wirklich, Pagan, ich ...«

»Mein Name ist Griffyn.«

Sie blickte auf. Seine Worte ließen die Tränen sogleich wieder versiegen. »Letztes Jahr wart Ihr für mich Pagan. Und Eure Männer nennen Euch so.«

»Meine Frau soll mich nicht so nennen.«

»Oh.«

Er beobachtete sie. Die Zeit dehnte sich, ehe er schließlich sagte: »Es gibt Schlimmeres, als den toten Vater zu vermissen, Gwyn.«

Dieses Mal ließen sich die Tränen kaum noch zurückdrängen. Sie brannten heiß in ihren Augen. »Ach ja? Und das wäre?«

Er hob die Hände ein wenig. »Ihn nicht zu vermissen.«

Sie atmete zittrig aus. »So habe ich es noch nie gesehen.« Sie schwiegen einen Moment. »Wir haben kein Saatgut, Griffyn.«

Er blinzelte verwirrt. »Saatgut?«

»Es gibt kein Saatgut mehr. Es reicht gerade noch für die Wintersaat, aber für den Frühling nicht mehr. Wir schaffen es vielleicht durch den Winter. Vielleicht auch nicht.« Er betrachtete sie nachdenklich und hörte ihr aufmerksam zu. »Es ist auch nichts mehr da, um es zu verkaufen. Everoot hat nichts mehr. Ich hoffe, Ihr seid nicht hergekommen, weil Ihr Euch große Schätze und Reichtümer erhofft habt«, fügte sie hinzu. Ihr Lachen klang weinerlich. »Der Krieg hat zu lange gedauert, und der Sommer war zu trocken. Das, was es hier noch gibt, ist kaum mehr der Rede wert.«

»Das, was es hier gibt, Mylady, ist das Erbe meiner Vorfahren«, sagte er gefährlich leise. »Ich wurde hier geboren.«

Ihre Blicke trafen sich. Griffyn betrachtete Gwyn. Auf ihrem Gesicht spiegelten sich mehr Emotionen wider, als in einem so kurzen Augenblick wie diesem möglich sein konnte.

»Nun«, murmelte sie. »Wir sind uns also wieder einmal nicht einig.«

»Es sieht so aus.«

Sie hob die Hände. »Wann war das je anders?«

Griffyn wandte sich ab und sah sich suchend nach Wein um, aber bis auf den goldbestickten Wandbehang war das Zimmer leer. Der Gobelin hatte seine Aufmerksamkeit erregt, und er hatte befohlen, ihn hängen zu lassen, als man die Kammer ausräumte. Alles war hinausgetragen worden, auch die Truhe mit ihrer ... Unterwäsche. Griffyn hätte fast gelacht, aber weil er sah, wie sie den Kopf senkte und errötete, unterließ er es.

Weitaus schwerer fiel es ihm, die Gefühle zu verstehen, die sich seiner bemächtigten, sobald er in Gwyns Nähe war. Verärgert ließ er den Blick durch den Raum schweifen. Diese Kammer war noch nicht seine, aber auch nicht länger ihre. Dieser Raum stand zwischen ihren Welten und barg nichts als Erinnerungen. Schmerzliche Erinnerungen. Nicht einmal einen Krug Wein gab es hier.

Er ging zur Tür, riss sie auf und rief einem Diener seinen Wunsch nach Wein zu.

Vielleicht hatten sie seinen Befehl erwartet, oder das Küchenpersonal war besser auf Zack, als er es bisher irgendwo erlebt hatte. Vielleicht fürchteten sie aber auch seinen Zorn. Jedenfalls klopfte schon nach kurzer Zeit jemand vorsichtig an die Tür. Griffyn öffnete und nickte finster dem jungen Pagen zu, der auf einem Tablett einen Krug Wein brachte. Griffyns Grimm wuchs, als der Diener leise fragte, ob nicht auch die Lady einen Becher haben wolle. Es widerstrebte ihm, wie sehr die Dienerschaft um Gwyn besorgt war.

Griffyn stellte den Krug auf den Fenstersims, den Holzbecher hielt er in der Hand. Er hatte großzügig eingeschenkt und drückte Gwyn den Becher jetzt in die Hand. Dann nahm er den Krug und trank einen großen Schluck daraus. Er schluckte hastig und dachte dabei, dass er an diesem Tag schon zu oft gezwungen gewesen war, etwas zu schlucken. Aber damit war es bald vorbei.

Als er de l'Amis Tochter wieder ansah, trank sie ebenfalls von dem rubinroten Wein. Sie leerte den Becher fast in einem Zug, und Griffyn kam nicht umhin, sie erstaunt zu mustern.

»Bei unserer ersten Begegnung habt Ihr nicht so viel getrunken.«

Der Becher fiel zu Boden. Der Wein hatte ihre Lippen rot gefärbt. Ihr Lächeln wirkte rosig.

»Damals hatte ich auch nicht so viele Gründe, mich zu betrinken.« Sie schloss den Mund, aber das Lächeln blieb. Sie ging zum Bett, setzte sich und faltete züchtig die Hände im Schoß.

»Ihr hattet damals durchaus Gründe«, bemerkte er trocken.

»Nun, vielleicht.« Sie schniefte und schaute zum Fenster. »Aber ich habe seitdem nie wieder ein so feurig gebranntes Wasser getrunken wie das, das Ihr mir in jener Nacht angeboten habt, Sir. Und es wäre mir genehm, wenn ich das Zeug nie mehr trinken müsste.«

Er betrachtete ihr klares Profil und ihre wirren Locken, die im Feuerschein schimmerten und ihr bis auf den Rücken reichten. Er dachte daran, wie seine Hände über ihren Rücken gewandert, über ihre Hüfte und noch tiefer geglitten waren. Vor fast einem Jahr.

»Mir hat gefallen, was Ihr getan habt, nachdem Ihr davon gekostet hattet«, sagte er schroff.

Und entfachte mit diesen Worten das Feuer in Gwyn. Es erfasste ihren Körper. Unsicher erhob sie sich vom Bett. »Mit Eurer Erlaubnis, Mylord, würde ich jetzt lieber gehen.«

Er warf den Kopf in den Nacken und lachte so laut, dass die Diener unten in der großen Halle in ihrem Tun innehielten und sich beklommen anschauten. »Ihr seid plötzlich recht sittsam geworden, Guinevere.«

»Ich habe nur versucht ... Ich wollte nur auf Eure schlechte Laune Rücksicht nehmen.«

Fragend hob er die Augenbrauen.

»Ich habe mir überlegt, dass es das Klügste wäre, wenn wir einfach miteinander auszukommen versuchen. Ich werde alles tun, meinen Teil dazu beizutragen.«

Er lächelte. »Und das bedeutet?«

Sie zögerte, einen Moment, ehe sie antwortete. »Ich werde gehorsam sein.«

Er lachte erneut. Ein befreites Lachen, das auch Gwyns Anspannung irgendwie löste. »Guinevere, ich habe Euch mit Steinen werfen sehen, ich habe freche Bemerkungen von Euch gehört, und ich weiß, wie Ihr seid, wenn Ihr Euch etwas in den Kopf gesetzt habt, von dem Ihr nicht mehr abzubringen seid. Aber gehorsam habe ich Euch nicht erlebt.«

Sie verschränkte die Arme vor der Brust. »Man sagt mir außerdem noch nach, Sinn für Humor zu haben, Mylord.«

»Wer sagt das?« Die Muskeln unter seiner Haut spannten sich an, als er wieder nach dem Weinkrug griff. »Ich würde diese Narren gern kennenlernen.«

Gwyn riss sich vom Anblick seines muskulösen Unterarms los. »Und was ist mit Eurem Humor? Ich habe Euch noch nicht allzu oft lachen sehen.«

Er dachte einen Moment nach. »Ihr habt recht, Mylady. Entweder wir gehen uns gegenseitig an die Gurgel, oder wir lernen, miteinander auszukommen. Letzteres ist mir lieber.«

Sie streckte ihm die Hände entgegen. »Seht Ihr? Schon haben wir uns geeinigt.«

»Und es hat keinen von uns beiden umgebracht.«

»Keiner ist vor Wut explodiert.«

»Oder ist schreiend aus dem Zimmer gelaufen.«

Ihr Mund verzog sich. »Ich kann mir nicht vorstellen, dass Ihr schreiend vor etwas davonlauft.«

»Ich habe ja auch von Euch gesprochen, Guinevere.«

»Oh.«

Und irgendwie, ja, irgendwie lächelten sie sich an.

»Das ist ein gutes Omen«, sagte Gwyn.

Sein schiefergrauer Blick streifte sie für einen kurzen Augenblick. »Wir werden sehen.«

Kapitel 9

Die Verlobungszeremonie war kurz und wurde in beinahe eisiger Stimmung vollzogen.

Gwyn war verwirrt, und in ihr tobte ein Sturm der Gefühle. Es war nicht nur, weil sie das Kleid ihrer Mutter trug oder sich der Versprechen erinnerte, die sie ihrem Vater an dessen Sterbebett gegeben hatte. Nein, vor allem lag es an Griffyn Sauvage und an dem, was vor einem Jahr mit ihnen geschehen war, dass sie die Worte des Schwurs kaum herausbrachte.

»Ich werde Euch zu meinem Ehemann nehmen«, murmelte sie mit gesenktem Kopf. Sie versprach ihm mit diesen Worten ihre Zukunft und band sich vor Gott und dem Gesetz an ihn.

Für Griffyn war es anders.

Die lateinischen Worte des Eheversprechens, die der Priester mit feierlicher Stimme vortrug, drangen kaum zu ihm vor. Er hatte nur Augen für Guinevere, ihr rabenschwarzes Haar, ihre grünen Augen. Ihre roten Lippen waren leicht geöffnet, und er glaubte zu sehen, wie heftig ihr Puls unter ihrer blassen Haut schlug, als sie die Kapelle betrat und sich neben ihn stellte. Sie hielt den Kopf hoch erhoben und trug einen dünnen Silberreif in ihren ebenholzschwarzen Locken. Unfromme Gedanken gingen ihm durch den Sinn. Mit ihrem schnellen Verstand und ihrer Klugheit, mit ihrem Temperament und ihrem Humor übertraf sie bei Weitem das, was er sich je von einer Ehefrau versprochen hätte. Und sie unterschied sich so sehr von seiner Mutter, wie sich zwei Frauen nur unterscheiden konnten.

Nein, dachte er, sie ist anders als alle anderen Frauen, sie ist anders als *jeder* andere Mensch, den ich kenne.

Wenn sie ihn nur nicht verraten hätte ...

In der großen Halle herrschte ausgelassene Stimmung, wie Griffyn feststellte, und nur seine Verlobte beobachtete das alles mit sauertöpfischer Miene. Die Tische hatte man schon kurz nach dem dreistündigen Festmahl, mit dem die Verlobung und die Eroberung Everoots gefeiert worden war, zur Seite geräumt. Und jetzt wurde der Platz genutzt, um ausgelassen zu feiern.

Griffyn hatte Spielleute engagiert und Ringkämpfer kommen lassen, die von den fröhlichen und schon reichlich bezechten Gästen lautstark angefeuert wurden – besser diese Schaukämpfe als echte Prügeleien. Lautes Rufen und Lachen hallte von den Dachsparren wider und stieg zu den Schieferplatten auf, aus denen die hohe Decke der Halle bestand. Griffyn lehnte sich zufrieden zurück.

An diesem Abend herrschte eine so überschäumende Stimmung, dass Griffyn überrascht war, dass Gwyn nicht jeden eigenhändig erwürgt hatte, der es in den letzten Stunden auch nur gewagt hatte, zu kichern. Soweit er wusste, hatte sie noch nie einen Menschen umgebracht. Noch nicht.

Auf einem Podium hatten die Musikanten Platz genommen, die den Gästen aufspielten. Die Melodien umflossen die Feiernden, und je weiter der Abend fortschritt, desto mehr von ihnen begannen zu der Musik zu tanzen.

Die Countess d'Everoot tanzte nicht. Sie saß stocksteif da, die Arme eng an die Seiten gedrückt. Die einzige Bewegung, die Griffyn bei ihr wahrnahm, war das Heben des Weinkelches, wenn jemand ihr zuprostete. Und selbst tat sie erst, nachdem er sie darauf hingewiesen hatte.

Er ließ den Blick durch die Halle schweifen. In einer Ecke

saßen die Ritter der de l'Amis beisammen. Inmitten der ausgelassen feiernden Menschen wirkten sie eher bedrückt. Ein schlanker, aber kräftig gebauter junger Mann saß bei ihnen. Er hieß Jeravius, wenn Griffyn sich recht entsann. Er hatte den Mann bemerkt, als die Soldaten de l'Ami auf dem Burghof Aufstellung genommen hatten. Die Art, wie er mit der Hand über die alte Steinwand gefahren war, hatte Griffyns Aufmerksamkeit geweckt. Der junge Mann hatte die Steine berührt, wie man ein liebgewonnenes Haustier streicheln würde.

Heute Abend war Jeravius' Blick ständig auf Guinevere gerichtet. Er wandte kein Auge von ihr und lehnte sich vor und zurück, sobald sich jemand in den Weg stellte und ihm die Sicht versperrte.

Dass Guinevere so stocksteif dasaß, dass eine Eichenplanke neidisch auf sie geworden wäre, trug wenig dazu bei, den finsteren Ausdruck vom Gesicht des Ritters zu vertreiben. Und sein Unmut könnte zu einer Bedrohung für Griffyns Herrschaft über Everoot sein.

Griffyn stand auf und hoffte, dass niemand auf ihn achtete. Aber er hätte genauso gut eine Herde Schafe durch die Halle treiben können. Alle Köpfe fuhren zu ihm herum, die Musik verstummte, und auch zwei seiner Ritter, die sich im spielerischen Kampf miteinander maßen, blickten zu ihm hin, die Hände noch am Kragen des Gegners.

Mit einem Kopfnicken hieß Griffyn die Feiernden weiterzumachen. Die Tänzer wirbelten wieder herum, die Musikanten spielten wieder, Feuer flammten auf. Griffyn verließ das Podium und ging zu Jeravius.

»Es ist ein schöner Abend«, bemerkte er, als er am Tisch der Ritter de l'Amis stehen blieb und den Blick durch die Halle schweifen ließ.

»Ja«, pflichtete Jeravius ihm vorsichtig bei. Er stand auf. »Mylord.«

»Lady Guinevere hat am heutigen Tag viel verloren«, sagte Griffyn. Sein Blick glitt über die Menge der Feiernden, ehe er den Ritter anblickte.

Jeravius erwiderte seinen Blick. »Sie ist eine gute Frau, Mylord. Sie verdient es, glücklich zu sein.«

»Und es steht in meiner Macht, dass sie es wird. Ich bin durchaus gewillt, sie glücklich zu machen.« Die Tanzenden schienen seine ganze Aufmerksamkeit zu fesseln, als er weitersprach. »Glaubt Ihr, ich werde mit großem Widerstand zu kämpfen haben?«

Aus dem Augenwinkel beobachtete er, wie Jeravius langsam den Kopf schüttelte. »Nicht von mir, Mylord.«

»*Bien.* Ich werde meinen Teil erfüllen und Ihr Euren.«

»Dessen könnt Ihr versichert sein, Mylord.«

Dennoch glaubte Griffyn, in der Miene des jungen Ritters etwas Angriffslustiges zu bemerken. Er rieb sich nachdenklich das Kinn, ehe er beiläufig sagte: »Ich bräuchte einen kräftigen Mann, der mir hilft, den Wiederaufbau der Befestigungsanlagen zu überwachen. Es ist keine leichte Aufgabe.«

Er konnte den Eifer des jungen Mannes fast spüren. »Wenn es Euch recht ist, Mylord, würde ich gern einiges über das Nest anmerken«, brach es aus Jeravius heraus.

»Bitte sprecht.«

»Die östliche Mauer ist extrem unterspült, und im Winter ist sie wacklig wie eine Fischreuse. Und an der Westmauer wurde seit zehn Jahren nichts mehr getan. Es ist mir ein Rätsel, warum Ihr nicht dort angegriffen habt. Was den Bergfried angeht ...«

Er verstummte und wurde blass. Aber Griffyn nickte aufmunternd. »Das ist genau die Art Begeisterung, nach der diese Aufgabe verlangt.«

»Mylord?«

»Wie ich schon sagte, ich brauche einen Mann für diese Arbeit. Einen Mann, der von den Steinmetzen lernt, die ich herbringen werde, und der die Arbeiter anleitet, wenn ich nicht da bin. Ich glaube, ich habe diesen Mann gerade gefunden.«

Jerv machte einen Schritt nach vorne und wäre fast über die Bank gestolpert, die zwischen ihnen stand. »Meint Ihr das ernst, Mylord?«

»Aber sicher. Seit wann habt Ihr schon diese Vorliebe für die Baukunst?«

»Schon recht lange«, gab Jeravius bereitwillig Auskunft. »Ich glaube, ich war sieben, als mein Vater mich nach Westminster mitnahm. Daran erinnere ich mich gut. Aber ich hätte nie ... Ich bin ein Ritter. Mein Vater hat viel Geld bezahlt, mir einen Platz im Haushalt von Lord Ionnes zu verschaffen und von ihm unterwiesen zu werden. Ich bin Soldat, Mylord, und befasse mich deshalb mit anderen Dingen als mit der Architektur. Mit anderen guten Dingen«, fügte er hinzu. In Griffyns Ohren klang es eine Spur zu vehement.

Griffyn nickte. »Mein Onkel fand auch großes Vergnügen daran, Burgen zu bauen und instand zu halten. Er war Baumeister des französischen Königs und des Herzogs der Normandie und hat einige Burgen für sie gebaut. Sie sind bekannt dafür, dem Auge zu schmeicheln, aber zugleich auch hervorragende Verteidigungsanlagen. Von ihm stammt die Burg an der Côte sur Seine.«

Jervs Augen weiteten sich. »Côte sur Seine?«, wiederholte er. »Man sagt, diese Burg sei ein Wunder.«

»Das finde ich auch«, sagte Griffyn. »Möchtet Ihr den Steinmetz treffen, wenn er eintrifft?«, fragte er und wartete, ob sich wieder die überschwängliche Begeisterung Bahn brach, die er bei dem jungen Ritter spürte. Vielleicht kam diese Begeisterung noch nicht heute Abend, vielleicht auch nicht in einer Woche. Aber wenn die Begeisterung kam, würde Griffyn sie nutzen und sie in etwas verwandeln, das nie wieder sein Zuhause bedrohen konnte.

Ein jungenhaftes Grinsen breitete sich auf Jeravius' Gesicht aus. »Wenn Ihr das wünscht, Mylord. Es wäre mir ein großes Vergnügen.« Er streckte ihm die Hand entgegen.

Die Hände der Männer umschlossen den Unterarm des anderen, um diesen Pakt zu besiegeln. Noch waren beide auf der Hut, aber es hatte sich bereits etwas Neues gebildet: Respekt.

»Lady Gwyn wird mächtig froh sein, wenn sie sieht, dass die Reparaturen in Gang kommen«, fügte Jeravius hinzu. »Sie hat oft davon gesprochen, aber ihr fehlte nicht nur das Geld, sondern auch die helfenden Hände …« Er zuckte mit den Schultern.

»Und weil diese Hände anderweitig gebraucht wurden, hat man die Sache fallengelassen.«

»Ein ums andere Mal, Mylord. Natürlich gab es gute Gründe«, fügte er hastig hinzu. Vorsichtig blickte er zur hohen Tafel auf.

Griffyn wandte den Kopf und schaute zu seiner Verlobten, die immer noch kerzengerade dasaß. Meine Güte, warum konnte sie nicht einfach Spaß haben? Sie saß reglos in ihrem Sessel, und ihre Augen starrten ins Leere. Sie hätte genauso gut zu mitternächtlicher Stunde zum Gebet in der Kirche knien können, so ausdruckslos war ihr Blick.

Der einzige Hinweis, dass sie an den Vorgängen im Saal beteiligt war, war ihre Hand, die unablässig den Kopf von Griffyns altem Hund Renegade streichelte. Er hatte sich von Edmund entfernt und sich stattdessen einen Platz gesucht, wo ein süßer Duft ihn umgab.

»Andererseits gab es eine Menge gute Gründe«, sagte Jeravius. »Und meine Herrin war immer der beste Grund von allen.«

Die Worte kamen ihm ganz leise über die Lippen. Fast glaubte Griffyn, sie waren nicht an ihn gerichtet. Jeravius lächelte liebevoll und unterwürfig. Oje. Er liebte sie. Alle Menschen liebten sie. Es war so, wie sie es ihm prophezeit hatte.

Jeravius wandte sich ihm wieder zu und bemühte sich, den neuen Burgherrn gleichmütig anzusehen. Griffyn nickte und entließ den jungen Ritter. Es würde ihm schon bald gelingen, Jeravius und die anderen, den immer finster dreinschauenden Fulk eingeschlossen, an sich zu binden. Und wenn es sein musste, würde er dafür auch zu wirksameren Methoden greifen.

Kapitel 10

Gwyn hatte die Begegnung der beiden Männer aus der Ferne beobachtet. Von Griffyns Auftauchen über die Unterhaltung, die sich entwickelte, bis hin zu Jervs Aufspringen und der brüderlichen Geste.

Schon wieder ein Kampf, den ich verloren habe, dachte sie bitter. Es herrschte auch nicht die steife, kühle Stimmung, die sie sich für dieses Fest erhofft hatte. Überall sah man nur fröhlich feiernde Menschen. Haushaltsmitglieder, Dorfbewohner, Ritter und Soldaten saßen mit Pagans Männern zusammen und unterhielten sich freundlich mit ihnen. Nein, nicht nur *freundlich*. Im Saal herrschte eine geradezu überschäumende Ausgelassenheit.

Hatten die Leute denn vergessen, dass sie noch vor Kurzem mit diesen Männern im Krieg gelegen hatten? Vermutlich war es so, denn sie plauderten angeregt mit Pagans Männern, teilten das Ale und das Lachen mit ihnen. Und wahrscheinlich auch ihre Geheimnisse. Gwyns Miene verfinsterte sich.

Pagan war in seine Unterhaltung mit Jerv vertieft. Aber sein Blick glitt dennoch ruhelos durch den Raum. Er trug eine schmal geschnittene Tunika, die seine breiten Schultern und den kräftigen, sehnigen Leib betonte. Die mit Edelsteinen besetzte Fibel an seiner Schulter versprühte einen grünen und roten Funkenregen, und Gwyns Blick wurde gegen ihren Willen auf seine muskulösen Schenkel gelenkt, die sich unter der engen Hose abzeichneten. Der Feuerschein beleuchtete seine hohen Wangenknochen und das breite Kinn. Aus der Entfernung war die Narbe nur eine schmale Linie, die über die edlen Züge seines Gesichts lief. Sein Körper war Zoll für Zoll der eines triumphierenden Kriegers. Und das bedeutete, dass sie seine Beute war.

Sein undurchdringlicher grauer Blick ruhte auf ihr. Sie erschrak, denn selbst wenn er es nicht wollte, war dieser Mann die pure Verführung. Er strahlte eine körperliche Sinnlichkeit aus, der sie sich nicht entziehen konnte. Er raubte ihr den Atem.

Ihre Finger, die sich merkwürdig kalt anfühlten, glitten unwillkürlich zu ihrem Hals. Ihre Welt würde sich in dieser Nacht für immer ändern. Durch ihn.

Durch seine Hände, seine Lippen, seinen Mund.

Gwyn riss sich gewaltsam von dieser gottlosen Aufzählung los, die sie in Gedanken aufstellte, und versuchte, die Angst niederzuzwingen.

Wenn sein selbstgefälliges Lächeln ihr etwas sagen wollte, dann vermutlich, dass er ihre Angst spürte. Sie hatte versagt.

Dieser Gedanke bedrückte Gwyn so sehr, dass sie den Kopf noch tiefer sinken ließ. Als ein Lakai vorbeieilte, bedeutete sie ihm, ihr Wein nachzuschenken.

»Vorsicht, Weib. Mir wäre es lieber, wenn Ihr noch aufrecht stehen könnt. Wenigstens noch eine Weile.«

Griffyn sprach dicht an ihrem Ohr. Sie warf ihm einen bösen Blick zu. Er stand neben ihrem Stuhl, sein Oberschenkel war nur wenige Zoll von ihrem Gesicht entfernt. »Wie bitte?«

»Mir wäre es lieber, wenn Ihr noch aufrecht stehen könnt. Eine Zeitlang wenigstens noch.«

Er grinste von einem Ohr zum anderen. Ach, jetzt kam er sich schlau vor. Er hatte sein Zuhause zurückerobert, hatte sich eine Frau genommen und setzte alles daran, einen Keil zwischen sie und ihre Ritter zu treiben.

Ihr kamen die herzhaften Flüche ihres Vaters in den Sinn, die ihr in diesem Augenblick durchaus passend schienen. Dieser

Schuft stand so dicht neben ihr, dass sie seine Hose hätte flicken können. Als ob sie das je tun würde.

»Ihr müsst mit Euren Erfolgen ja mehr als zufrieden sein«, sagte sie bitter.

»Ich wäre es, wenn meine hübsche Verlobte mich anlächeln würde.« Ihre Mundwinkel rutschten nach unten. Griffyn seufzte. »Vermutlich bekommt Euch der Wein nicht.«

»Was mir nicht bekommt, ist, mich geschlagen zu geben.«

»Nein, das auch nicht.« Er betrachtete sie nachdenklich. »Was kann ich tun, um es Euch leichter zu machen?«

Sie tat so, als müsse sie über eine Antwort nachdenken. »Verschwinden?«

Er lachte. Anscheinend wollte er ihr an diesem Abend ihre schlechte Laune durchgehen lassen. Was kostet es ihn denn schon, dachte sie wütend. Nur ein bisschen Geduld, und die zu haben hatte er in den achtzehn Jahren in der Armee des fitzEmpress vermutlich gründlich gelernt. Ich lass sie einfach plappern, schien er zu denken. Am Ende gehört sie doch mir.

»Was habt Ihr zu ihm gesagt?«

»Zu wem?«

»Jerv.«

Seine dunkelgrauen Augen blickten sie an. »Wir haben uns unterhalten. Über seine Leidenschaft für Burgen und die Baukunst.«

»Wie kommt es, dass Ihr davon wisst?«

Er zuckte mit den Schultern.

Sie runzelte die Stirn. »Ich hätte es Euch sagen können. *Ich* wusste es seit Langem. Als er zwölf war, hat er mir das erste Mal von seinem Traum erzählt, eine Burg zu bauen.«

»Hmmm.«

»Seit Jahren weiß ich davon«, betonte sie. Als müsste sie ihm beweisen, dass Jerv ihr zugeneigt war und nicht ihm.

Er nickte ruhig. »Wie schön.«

In ihrer mühsam aufrecht erhaltenen Fassade entstand ein Riss. »Ja, nicht wahr?«, fauchte sie.

Stumm blickte er sie an.

»Ich kenne ihn, seit wir Kinder waren. Fünf waren wir damals.« Sie redete wie eine Närrin, aber sie konnte nicht damit aufhören. Warum ließ sie sich auf diese kindische Diskussion ein? Jerv war doch kein Gegenstand, um den man stritt.

»Ach!«

»Und er liebt diese Dinge – Burgen und die Baukunst und all das. Seit er zwölf war.«

»Sieben.«

Diese Bemerkung ließ sie auffahren. »Was?«

»Seit er sieben war.«

»Sieben?«

Griffyn nickte, dann schwieg er wieder. Gwyn stürzte ihren Wein herunter. Das war jetzt der wievielte Becher? Der dritte? Oder der vierte. Wen kümmerte es? Diese Bemerkung über Jerv bestürzte sie. Seit er *sieben* war? Sie hatte Jahre gebraucht, um Jervs verborgene Leidenschaft aufzudecken, und Pagan hatte nur Minuten gebraucht, es herauszufinden. Wie viele Minuten waren es gewesen? Zehn?

»Er hat mir davon erzählt, als wir zwölf waren«, murmelte sie mehr zu sich selbst, als an ihn gerichtet.

»Ach so.«

Sie schwiegen eine Weile. Bis sie das volle Ausmaß seiner knappen Antwort erfasste. Sie wandte sich ihm zu und kniff die Augen zusammen. »Ihr haltet Euch ja für so klug!«

»Tue ich das?«

Sie legte den Kopf schief und betrachtete Griffyn. Ihr Blick war vom Wein verschleiert, aber sie blieb aufmerksam. Er war eine Bedrohung. Er war das pure, unverfälschte Böse. Und er *stahl* ihr die Männer. »Ihr wisst gar nichts.«

»Überhaupt nichts«, stimmte er ihr zu. Dann setzte er sich

neben sie in seinen Sessel. Sie drehte sich in ihrem Sessel, um ihn besser betrachten zu können. Dieb.

Sie hickste. Ihre Blicke trafen sich, und sie musste erneut hicksen. Er lächelte, und seine Augen wanderten an ihrem Kleid nach unten. Ein Prickeln schoss durch ihren Körper, und sie hob rasch den Becher zum Mund, um sich daran zu hindern – schrecklich, das durfte sie nicht tun! –, sein Lächeln zu erwidern.

»De l'Ami«, sagte er und ließ den Namen über seine Zunge rollen, als müsste er ihn schmecken. Ein leiser Schauder rann ihr den Rücken herunter. »*Ein Freund.* Das ist ein merkwürdiger Name für Euren Vater.«

»König Stephen verlieh ihm den Namen«, erwiderte sie und nahm noch einen Schluck Wein.

»Stephen hat ihm den Namen nicht gegeben.« Griffyn nahm ihr den Becher aus der Hand und stellte ihn auf den Tisch. »Das hat mein Vater getan. In Palästina.«

Der Kälteschauder schien sich auf ihrem Rücken festzusetzen. »Nein, das stimmt nicht«, protestierte sie schwach. Wollte dieser Mann denn alles, woran sie einst geglaubt hatte, umstoßen? »Ich dachte immer ... mein König gab ihm den Namen. König Stephen hatte in Papa einen treuen Gefolgsmann.«

Das Lächeln, mit dem Pagan sie bedachte, wurde leise und gefährlich. »Für Henri gilt das nicht.«

Griffyn hob eine Hand, und sofort eilten zwei Diener herbei. Er sprach leise mit den beiden Männern. Gwyns einzige Beteiligung an dem Gespräch bestand darin, dass die Männer immer wieder zu ihr hinsahen. Als die Diener sich zurückzogen, starrte Gwyn Griffyn herausfordernd an.

»So schnell, wie sie zu Euch kommen, wenn Ihr sie ruft, sind sie zu mir in den letzten zehn Jahren nicht gekommen«, gab sie widerstrebend zu.

Er zuckte mit den Schultern.

»Vielleicht sollte ich strenger zu ihnen sein«, überlegte sie.

»Ihr glaubt, ich wäre streng zu Eurem Küchenpersonal?«

»Um Himmels willen, Pagan! Ihr habt sie alle zu Tode erschreckt.«

Er blickte zu den Durchgängen hinüber, die den Küchentrakt von der großen Halle trennten. »Auf mich wirken sie nicht, als hätten sie Todesangst. Sie sind gehorsam.«

»Das meine ich ja. Vermutlich hätte ich einfach viel mehr auf Eure Taktik setzen sollen«, überlegte sie.

Er blickte sie an.

»Ihr wisst schon: einfach zur Nachtmahlzeit das Schwert ziehen und brüllen: *Das ist meine Burg!*«

Die letzten Worte schrie sie tatsächlich heraus. Die Menschen erstarrten mitten in der Bewegung. Das Schweigen war absolut, als jeder den Atem anzuhalten schien und wartete, was geschehen würde. Alle Blicke richteten sich auf die Hohe Tafel, sogar die Musik war verstummt.

»Vorsicht, Gwyn«, murmelte Griffyn ihr ins Ohr.

Hätte er in diesem Moment die Hände um ihren Hals geschlossen und sie gewürgt, sie hätte sich kaum mehr fürchten können. Ihre Zähne begannen zu klappern. Er hob die Hand und fuhr mit dem Daumen über die Unterseite ihres Kinns. Sie schluckte hart, und sie wusste, dass er es spürte.

»Hätte ich das nur vorher gewusst, Mylord«, wisperte sie. »Eure Taktik war meiner einfach überlegen.«

»Ihr habt das vollbracht, nicht ich.« Sein Oberschenkel berührte ihren. Diese winzige Berührung ließ erneut ein Prickeln durch ihren Körper rinnen. »Geht nach oben. Sofort.«

Er hob wieder eine Hand, und diesmal tauchten drei Diener auf. Einer brachte ein Tablett, auf dem Gewürze arrangiert waren, von denen sie wusste, dass sie eine ernüchternde Wirkung hatten. Sie stand schwankend auf.

»Bringt Lady Guinevere in unser Schlafgemach«, wies er den Diener zu seiner Rechten an, der knapp nickte.

Dann hob Griffyn seinen Becher, woraufhin auch alle anderen Feiernden ihre Kelche hoben. Gwyn warf einen finsteren Blick in die Runde, aber niemand würdigte sie eines Blickes. Aller Augen waren auf Sauvage gerichtet. »Auf Lady Guinevere, meine Braut!«

Jubelrufe und das Hämmern von Fäusten auf Tische und Bänke folgten diesem Trinkspruch. Gwyn wurde von den drei Dienern aus der Halle geführt. Seit dem Tag, als sie ihrer Mutter, in ein Tuch gewickelt, an die Brust gelegt worden war, war sie nicht mehr so umsorgt worden wie jetzt.

»Ich bin kein kleines Kind, John!«, fauchte sie einen der Männer an, den sie seit fünfzehn Jahren kannte.

»Aber er hat gesagt, wir sollten Euch so behandeln, als wärt Ihr eines, Mylady.«

Sie blieb so abrupt stehen, dass die Diener noch einige Schritte weitergingen, ehe sie bemerkten, dass ihre Herrin nicht bei ihnen war. John eilte zu ihr zurück. »Er hat gesagt, ihr sollt mich wie ein Kind behandeln?« Ihre Stimme war schrill und fassungslos.

»Nein, nein, Mylady«, stammelte er. Das Letzte, was er jetzt brauchen konnte, waren *zwei* Adelige, die wütend auf ihn waren. »Er hat nur gesagt, wir sollten Euch wie ein kostbares Juwel behandeln, und da haben wir beschlossen … das haben wir doch, oder?«, fragte er und blickte die anderen beiden auffordernd an, die daraufhin einfältig grinsten und nickten. »Also, da haben wir beschlossen, dass er wohl gemeint hat, wir sollten Euch wie ein Kind behandeln.«

»Also gut.« Gwyn raffte ihre Röcke und ging weiter. »Ich bin weder ein Kind noch habe ich den Verstand verloren. Und *betrunken* bin ich auch nicht«, fügte sie hinzu. Und stolperte über den Saum ihres Kleids.

»Nein, Mylady, gewiss nicht«, schnaufte John und half ihr wieder hoch. Er wischte sich Schweiß von der Stirn. »Ihr seid kein

Kind.« Lieber Gott, wie sollte das nur weitergehen? Mit einem grimmigen Burgherrn und einer dickköpfigen Burgherrin? Vielleicht lebte es sich in Wales ja doch angenehmer. Trotz der Kriege, die dort ständig geführt wurden.

Kapitel 11

Gwyn stand im Schlafgemach des Burgherrn und schaute sich staunend um. Die Trunkenheit war verflogen. Es musste Pagans Nähe gewesen sein, die sie trunken gemacht hatte.

Er hatte gesagt, dass er in den vergangenen Jahren viel umhergezogen war, doch das, was sie in seinem Gemach sah, zeugte ganz und gar nicht von einem Nomadenleben als Soldat, von einem Dasein, das von Krieg und Kampf geprägt gewesen war und das er in den Diensten eines unsteten Herrn verbracht hatte. Ein solches Leben war nicht geeignet, etwas wie das hier zu erschaffen. Dafür brauchte man ein Zuhause. Und seines sei Everoot, das hatte er gesagt. Wenn auch widerstrebend, verstand sie plötzlich, warum er mit dem Schwert in der Hand und als Eroberer hierhergekommen war.

Ein Blick zum Fenstersims ließ sie lächeln. Sie ging zum Fenster und strich dem rotohrigen Kater übers Fell, der sogleich laut zu schnurren begann. Gwyn schaute sich weiter in der Kammer um, die bis gestern noch ihr gehört hatte.

Aus der kalten, spartanisch eingerichteten Kammer – die umzugestalten Gwyn weder die Zeit noch das Geld gehabt hatte – war ein elegant und vornehm ausgestattetes Gemach geworden. Kunstvoll gearbeitete Wandleuchter aus Eisen waren an den Wänden befestigt worden, und Bienenwachskerzen – Bienenwachskerzen! – verbreiteten ihr warmes Licht. Anders als die üblichen Talglichter hinterließen sie keine rußigen Schlieren an den Wänden. Der Boden war mit weichen Fellen bedeckt – eine atemberaubende Pracht! Gwyn bückte sich und strich über eines der Felle. Dann richtete sie sich auf.

Eine Reihe von Wandbehängen, deren Stickereien überaus zart und filigran gearbeitet waren, bewegten sich leise im Wind. Sie schimmerten samtig und schufen eine Wärme, die für diese kalte Kammer ungewohnt war. Ein großer, sorgfältig gearbeiteter Tisch stand direkt neben der Tür. Auf ihm brannten mehrere dicke Kerzen.

An der gegenüberliegenden Wand standen einige Eichentruhen, die im Kerzenlicht glänzten. Schüchtern hob Gwyn den Deckel einer der Truhen an. Beim Anblick der herrlichen Stoffe stand ihr vor Staunen der Mund offen. Du meine Güte, da waren Seide und Samt und ... Ihre Hände tauchten gierig in den herrlichen Berg ... Noch mehr Sammet und ...

»Du lieber Himmel!«, sagte sie laut und wich zurück. »Das sind Frauenkleider!«

Er hatte ihr Kleider bringen lassen.

Sie trat wieder an die Truhe. Einige Sachen gehörten ihr, stellte sie fest. Diese samtene Übertunika, die so alt und abgetragen und fadenscheinig war, dass sie fast auseinanderfiel. Aber die meisten Kleider gehörten ihr nicht. Sie besaß keine Seidengewänder, längst nicht mehr. Und sie hatte nie so viele Samtstoffe besessen. Aber hier lagen bergeweise wertvolle Stoffe, einige bereits zugeschnitten und umsäumt. Gwyn hielt eines der Kleider an ihren Körper. Es würde passen. Eilig legte sie alles zurück in die Truhe. Es fiel ihr schwer, die Finger von den herrlichen Stoffen zu lassen. Griffyn hatte das alles für sie vorbereitet.

Es war eine sehr beunruhigende Erkenntnis.

Ein Spiegel stand auf dem großen Tisch und lehnte an der Wand. Gwyn schloss die Truhe und ging zu dem Tisch. Sie war von der Klarheit des Spiegelbilds überrascht. Poliertes Metall schuf nie ein so deutliches Bild.

Sie streckte zögernd eine Hand aus und fuhr mit den Fingerspitzen über die glatte, kühle Oberfläche. So etwas hatte sie noch nie gesehen. Was war das? Sie beugte sich vor, bis ihre Nase den Spiegel berührte und sie sich tief in die Augen blicken konnte.

Geräusche vor der Tür ließen sie herumfahren. Aber niemand betrat das Zimmer. Die Männerstimmen und die Schritte verklangen. Es war wieder ruhig. Bestimmt nur einige Feiernde, die sich vom Fest entfernt hatten und nach einem ruhigen Plätzchen suchten. Sie wandte sich wieder der funkelnden Oberfläche des Spiegels zu. Was um alles in der Welt brachte einen Krieger dazu, mitten im Krieg all diese Schätze in eine weit entfernte Provinz zu schleppen?

Gwyn starrte ihr Spiegelbild an. Sah sie so aus? Grüne Augen, eine mit Sommersprossen gesprenkelte Nase und ein schiefer Mund? Wenn's mehr nicht ist ... Gott sei Dank hatte sie ihr Spiegelbild nicht mehr gesehen, seit sie sich mit zwölf über einen Weiher gebeugt und sich betrachtet hatte.

Griffyn Sauvage mochte in der Normandie Ländereien besitzen, aber Everoot war der Ort, an dem sein Herz in all den Jahren geweilt hatte. Das bewiesen jedenfalls die wertvollen Einrichtungsgegenstände, die er in dieses Zimmer hatte bringen lassen. Und zugleich wurde ihr klar, was er mit all den Dingen bezweckte: Das Nest sollte sein Zuhause sein. Für lange Zeit.

Das Zimmer war sehr luxuriös und sehr maskulin und übte eine fast hypnotische Wirkung auf Gwyn aus. Einen Moment lang könnte sie so tun, als gäbe es keine Pflichten, die es zu erfüllen galt, als gäbe es niemanden, der etwas von ihr verlangte. Sie könnte sich einfach auf dem Bett ausstrecken, an die Decke schauen und ... was um alles in der Welt war das?

An der Wand war ein Brett angebracht worden, und darauf lag ein Stapel in Pergament eingebundener Manuskripte. Gwyns Gedanken überschlugen sich, als sie näher ging und mit den Fingerspitzen über die Rücken der Einbände fuhr. Schließlich nahm sie einen davon aus dem Regal.

Sie setzte sich auf das Bett und zog die Beine an. Erst dann öffnete sie das große Buch. Es war die *Historia Regum Britanniae;* Gwyn erkannte sie wieder. Sie sah aus wie das Exemplar, das sie in dem Kloster gesehen hatte, das die de l'Ami seit jeher förderten. Sie war damals noch ein Kind gewesen, und sie hatte die Mönche dazu bewegen können, ihr die Geschichten wenigstens zu *erzählen.* Die Mönche hatten es nicht gewagt, den Zorn ihres Vaters auf sich zu ziehen, indem sie ihr das Lesen beibrachten.

Ihre Finger fuhren andächtig über die wundervoll zarten Linien der Buchstaben, die sich über die Seiten ergossen. Das Blau, das Rot und das Grün der Illustrationen strahlte so intensiv, als wären die Farben noch feucht. Gwyn berührte ein Bild, das den Rand einer Seite bedeckte: ein Mönch, der mit einer Feder einen Strich setzte, um ein fehlendes A in eines der Worte einzufügen. Welch eine Fertigkeit und welch ein Können. Gwyn lächelte und blätterte vorsichtig um.

»Was denkt Ihr?«

Sie hob abrupt den Kopf. Griffyn stand vor dem Kohlenbecken und wärmte sich die Hände. Sie hatte ihn nicht hereinkommen gehört. Er warf ihr einen knappen Blick zu, ehe er sich wieder den Flammen zuwandte. Das Buch in den Händen, erhob sie sich.

»Ich denke, ich bin einfach überrascht«, gab sie zu.

»Von Monmouth?«

»Von Euch.« Sie wies auf das Regal.

Er blickte über die Schulter und lächelte. »Und was haltet Ihr von Geoffrey Monmouth' *Geschichte der Könige Britanniens?*«

Es war unmöglich, sein Lächeln nicht zu erwidern. »Ich muss zugeben, das weiß ich nicht. Aber ich habe gehört, es sei alles nur erfunden.«

»Nun ja, aber er hat für uns Waliser ein gutes Werk vollbracht. Immerhin hat er König Arthur uns zugeschrieben.«

Neugierig blickte sie ihn an. »Und von wessen Seite habt Ihr Euer walisisches Blut? Bestimmt nicht von Eurem Vater. Sauvage ist ein normannischer Name.«

Er nickte. »Mein Vater war vieles. Es gefiel ihm, dass man ihn für einen Normannen hielt, und er hat seinen Titel und die Ländereien, die er hier in England besaß, auch nicht verschmäht. Es war meine Mutter. Sie war eine walisische Prinzessin.«

Gwyn war beeindruckt. »Und was habt Ihr noch?«, fragte sie und wies zum Regal.

»Die *Kirchengeschichte von England und der Normandie*, eine Arbeit von Vitali. Und Bebes *Leben der Äbte*«, zählte er auf, während er sich die Hände über dem Kohlenbecken wärmte. »Dann ist da noch die *Gesta Pontificorum Anglorum*, die aus der Feder Malmesburys stammt, aber dabei handelt es sich mehr um eine informelle Chronik über das Leben der Bischöfe und nicht um einen vollständigen historischen Abriss. Aber es ist fundiert. Und nützlich.«

Sie starrte ihn mit offenem Mund an. Ja, er war ein Krieger – das wusste sie. Ein Verführer – dagegen konnte sie ankämpfen. Aber ein belesener Adeliger mit einer Bibliothek, die es mit der eines reichen Klosters aufnehmen konnte? Was konnte sie dem entgegensetzen? Sie setzte sich wieder aufs Bett.

»Was haltet Ihr von den anderen Schriften, Guinevere?«, hakte er nach.

»Ich kann nicht lesen.« Sie stieß die Worte hervor.

»Das ist ein Zustand, den wir beheben werden, wenn Ihr wünscht.«

»Papa hielt nicht viel vom Lesen«, teilte sie ihm mit und starrte auf ihre Fingernägel.

»Aber Ihr schon.«

»Das tue ich noch heute.«

Griffyn beobachtete, wie sie ihre Fingerspitzen ausgiebig betrachtete. Ihre schmalen Schultern sackten nach vorne. Ihr

Anblick erinnerte ihn wieder an jene Nacht vor einem Jahr, als sie durch den Wald geritten waren, einander geküsst hatten, und wie sie danach in sich zusammengesunken war. Wie eine Gliederpuppe, der man die Fäden durchschnitten hatte. Es war für ihn vollkommen unerwartet gekommen.

Er legte den Schürhaken beiseite, ging zu Gwyn und nahm ihre Hand, um ihre abgesplitterten Fingernägel anzusehen. Ihre schmalen Hände waren von der Arbeit schwielig geworden. »Ihr habt hart gearbeitet.«

»Das haben wir alle.« Sie versuchte, ihm die Hand zu entziehen, aber er hielt sie fest. »Es macht mir nichts aus. Einige meiner Aufgaben sind mir sehr lieb.«

Er sah sie fragend an. »Ihr schrubbt gern die Fußböden in den Gemächern?«

Das brachte sie zum Lächeln. Nur ein kurzes Aufblitzen, aber immerhin ein Lächeln. Er wollte mehr davon. »Ich schrubbe keine Böden«, erklärte sie. »Es fällt Euch vielleicht schwer, das zu glauben, aber ich mag meine Arbeit.«

»Ja, das fällt mir schwer. Die meisten hochgeborenen Damen wünschen, so wenig wie möglich zu tun.«

Das Lächeln schwand. »Ich bin nicht wie die meisten Frauen«, flüsterte sie.

Er spürte, wie sich eine seltsame Stille um sie schloss. Plötzlich hatte er eine recht klare Vorstellung von der schweren Bürde, die sie im vergangenen Jahr hatte tragen müssen. Mitten im Krieg war sie auf sich allein gestellt gewesen und hatte mit wenig Geld ein riesiges Anwesen verwalten müssen das ihr viel abverlangte. Als er die Mitglieder des Haushalts befragt hatte, war jeder des Lobes über sie voll gewesen. Und aus den Worten hatte er die Zuneigung herausgehört, die ihr von allen entgegengebracht wurde.

»Habt Ihr schon meine Blumen gesehen?«

Er blickte auf. Ein Lächeln lag um ihren Mund, das zarte

Grübchen zeigte sich wieder. Ihre *Blumen?* Er schüttelte den Kopf.

Ihr Lächeln wurde strahlender. Es war, als weite sich der Raum und als blase der Wind frischer durch die geschlossenen Fensterläden. »Wie ich schon sagte, einige meiner Pflichten mag ich sehr.«

Jetzt verstand er, was sie meinte. »Eure *Blumen*.«

Sie nickte glücklich. Ihre schwarzen Locken hüpften dabei auf und ab.

»Also gut«, sagte er. Er blickte auf ihre kleine Hand, die noch in seiner ruhte, und streichelte sie. »Ihr müsst weiterhin das machen, was Euch Freude bereitet. Für die anderen Aufgaben wird sich jemand finden, der sie erledigt.«

Ihr strahlendes Gesicht verschloss sich wieder. Als sie ihm jetzt die Hand entzog, ließ er sie los. Gwyn stand auf, ging zum Fenster und stieß die Läden auf. Die Nacht war tintenschwarz, und es wehte ein starker Wind. Die Luft roch nach Regen.

»Wir brauchen so dringend Regen«, murmelte sie, als würden sie müßig über das Wetter reden. »Ich kann keine meiner Verpflichtungen ruhen lassen«, fuhr sie fort. »Die Felder müssen gepflügt werden, auch wenn die Männer im Krieg sind. Ich muss jemanden finden, der meine walisischen Verwalter ersetzt. Entweder sie sterben oder laufen davon. Aber wie soll ich jemanden finden, wenn alle im Krieg sind?«

»Powys«, flüsterte Griffyn und erinnerte sich plötzlich wieder mit erschreckender Deutlichkeit jenes Ortes. Fast konnte er das Leder der feuchten Sättel riechen, wie einst, als sie durch die wilden Hügel von Wales geritten waren. Fast hörte er wieder die Stimme seines Vaters, der ihm von dem Problem berichtete, wie schwer es sei, einen Verwalter für die walisischen Marken zu bekommen, einen, der ihm nicht davonlief oder wegstarb. Es war eine kurze, klare Erinnerung.

Gwyn hatte ihn offenbar nicht gehört. Ihre Hand fuhr über

den Seidengobelin, der neben dem Fenster hing. »Wenn Männer und Söhne im Kampf sterben, bleiben die Frauen zurück und müssen die Felder bestellen. Und das heißt wiederum, dass es in der Burg an allen Ecken und Enden fehlt. Dem Unkraut ist es egal, ob Krieg herrscht, und die Wäsche interessiert sich nicht für Niederlagen.« Ihre Stimme klang hart und bitter. Sie wandte ihm den Rücken zu. »Es gibt Dinge, die müssen eben erledigt werden.«

Von mir. Nur von mir.

Die Worte drängten sich ihr auf, aber sie sprach sie nicht aus, und er fragte nicht nach. Zwischen ihnen entstand Schweigen.

Er fühlte sich ihr innig verbunden. Sein Herz gab nach, und das war nicht das, was er wollte. Er wollte ihr seine Überlegenheit zeigen, wollte herrschen, und er wollte Leidenschaft. Das waren die Dinge, die er kannte und die er akzeptierte. Zuneigung und Verständnis für sie waren ihm nicht willkommen.

Warum ging er trotzdem zu ihr? Warum beugte er sich zu ihr herunter und flüsterte ihr etwas ins Ohr?

»Ihr werdet Euch nie wieder allein um diese Dinge kümmern müssen, Mylady.« Er löste das Seidenband, das ihr Haar zusammenhielt. Mit den Fingern fuhr er durch die gelösten Locken und verfing sich darin. Ihr Atem ging schneller, und Griffyn beugte sich erneut zu ihr herunter. »Ihr habt jetzt einen Mann an Eurer Seite, der Euch bei allem helfen kann, was getan werden muss«, sagte er leise.

»Auch bei der Wäsche?« Er hörte, wie ihre Stimme stockte. Vermutlich war er deswegen zu ihr gegangen: um ihren Widerstand zu brechen und ihren Willen zu schwächen. Um sie in sein Bett zu locken. Eine willige, leidenschaftliche Gefährtin. So wie sie es im letzten Herbst gewesen war. Sie wandte ihm leicht den Kopf zu. Sie klang ungläubig. »Ihr wollt mir mit der Wäsche helfen?«

»Wenn es nötig ist, werde ich das tun.« Er drückte seine Lippen auf ihren Hals. Ihr Atem klang zittrig. »Obwohl ich nicht glauben kann, dass es sonst niemanden gibt, der das Leinen in dieses stinkende Gebräu in den Kesseln werfen könnte.«

Ihr Körper lehnte sich ganz leicht gegen seinen. »Es stinkt wirklich fürchterlich, Mylord«, gab sie zu. In ihrer Stimme schwang ein Lächeln mit. »Und es gibt sogar noch größere Wannen für die Wäsche.«

»Habe ich Euch schon davon erzählt?« Er atmete den leisen Rosenduft ein, der ihrem Haar entströmte. »Als ich in Schottland war, ist ein kleines Pony irgendwie in einen solchen Bottich geraten.« Er spürte, dass sie ihm zuhörte. Ihre Wange ruhte unter seinem Kinn, ihr Haar kitzelte seine Nasenspitze. Sie wandte ihm den Kopf noch weiter zu.

»Und dann?«

»Es war verschwunden. Man hat es nie wieder gesehen.« Er fuhr mit beiden Händen über ihre Arme. »Es war ein kleiner, dicker Wallach. Und er ist einfach verschwunden.«

Sie kicherte leise. Ihr Kopf hob sich. »Und was ist mit dem Unkraut?«

»Nun ja. Wir sollten es nicht gleich übertreiben, Guinevere. Ich habe gedacht, Ihr *mögt* diese Arbeit.«

Sie lachte unbeschwert. »Und was kommt jetzt?« Sie drehte sich zu ihm um. Seine Hände ruhten auf ihrem Rücken. »Ich habe den Kopf verloren, Griffyn. Und Ihr sorgt Euch um die Schmutzwäsche.«

Er lächelte. »Wir werden schon eine Lösung finden. Ihr könnt Eure Rosen pflegen und die Kessel überwachen.«

Sie lachte erneut. »Und Ihr könnt die Ponys retten und mir helfen, einen Verwalter für Ipsile-upon-Tyne zu finden. Ich wollte Euch ohnehin noch davon erzählen.«

Seine Hände lösten sich von ihr. Ein beißender Schmerz schloss sich um sein Herz. »Ich kenne Ipsile-upon-Tyne«, erklärte er knapp. »Es liegt nahe der walisischen Marken.«

»Woher wisst Ihr von Ipsile?«, fragte sie. Ihr Lächeln schwand. »Und dass es an Wales grenzt? Hat William die Stadt erwähnt?«

Bei dieser Frage brach die Wut in ihm sich wieder Bahn. Eine gefährliche, heftige Wut, die er nicht verbergen konnte. Wie konnte es sein, das diese Wut ihn so schnell und ohne Vorwarnung überfiel?

Woher er davon wusste? Woher er von Ipsile oder Wales wusste, von dem Grenzland, das zu den Ländereien gehörte, die ihm von Geburts wegen zustanden?

Er beugte sich zu ihr hinab. Sein Atem strich liebkosend über ihr Ohr, doch seine Worte waren eine Drohung.

»Jetzt hört mir gut zu, Guinevere, denn ich werde es nur dieses eine Mal sagen.« Er sprach leise und spürte, wie sich ihr Körper an seinen drückte, um besser zuhören zu können. »Ich bin über dieses Land geritten, ehe Ihr überhaupt auf der Welt gewesen seid. Ich kenne die Ländereien, die sich von York bis zu den walisischen Marken erstrecken, ich kenne jeden Hügel und jede Talsenke. Ich habe achtzehn Jahre davon geträumt heimzukehren, und dieser Traum hat meine Seele umschlossen wie eine Schlingpflanze, die zuvor eine schöne Blume war. Ich könnte im Dunkeln da draußen herumlaufen, könnte im Schlaf eine Karte von diesem Land zeichnen. Und ich schwöre bei Gott, dass ich dieses Land besser kenne als mich selbst. Fragt mich also nie wieder, woher ich irgendetwas über *mein Zuhause* weiß.«

Ihre Blicke trafen sich. Grau gegen Grün. Ein Atemzug, zwei, dann beobachtete er, wie sich ihr Gesicht veränderte. Er sah erst Verwirrung, dann Angst und Trauer, aber auch ... Zorn.

Sie richtete sich auf. »Dann hoffe ich, Mylord, dass Ihr zu dem Schluss kommt, dass ich *Euer* Land wohl bestellt habe.«

Griffyns Hände ballten sich zu Fäusten. Dieser Zorn war in den letzten achtzehn Jahren das einzige äußere Anzeichen für seinen stets aufs Neue vereitelten Wunsch zur Heimkehr gewesen. Wohl bestellt? *Wohl bestellt?!* Sie hatte hier gelebt, war mit ihren Pferden über seine Hügel galoppiert, hatte die modrige Luft seiner Moore geatmet, während er in einer Welt gelebt hatte, in der die Politik und das Blutvergießen regierten. Und sie hatte ihm sonst nichts zu sagen?

Seine Wut war so heftig, dass er plötzlich nichts mehr sehen konnte.

Ob sie sein Land wohl bestellt hatte?

Entsetzt, aber zugleich fasziniert beobachtete Gwyn ihn. Griffyns Gesicht war schmerzlich verzerrt und bleich. Nur in seinen Augen brannte ein Feuer, das aus dem rauchigen Grau ein undurchdringliches Rußschwarz machte. Ein Muskel in seinem Kiefer zuckte, und er biss die Zähne so fest zusammen, dass Gwyn sich wunderte, sie nicht knirschen zu hören.

Und sie beide sollten eine glückliche Ehe führen?

Beim heiligen Judas, was hatte sie denn getan? Sie hatte doch nur gesagt, sie hoffe, sie habe sein Land gut bestellt. Sie hatte es gesagt, weil sie ihn hatte beschwichtigen wollen, aber stattdessen hatte sie ihn wütend gemacht. Sie konnte anscheinend nichts richtig machen. Sie waren dem Untergang geweiht.

Wie ein Kaninchen vor der Schlange duckte sie sich vor ihm. Sie hatte Angst, jetzt einfach zu gehen, aber ebenso sehr fürchtete sie, was passierte, wenn sie blieb.

Er hob den Kopf. Lieber Gott, wie konnte ein so hübsches Gesicht so gequält aussehen? Er warf ihr einen eisigen Blick zu, der ihr das Blut in den Adern gefrieren ließ.

»Wie alt wart Ihr, als Ihr nach Everoot gekommen seid?«, fragte er leise. Sein Zeigefinger fuhr über die nackte Haut ihres Schlüsselbeins.

Er hätte genauso gut eine Streitaxt schwingen können, Gwyn hätte kaum weniger Angst vor ihm gehabt. Seine gefährlich leise Stimme ließ sie frösteln. Es gab für sie nichts Schlimmeres als diese Selbstbeherrschung, die er bewies. Dass er in sich eine Raserei barg, die bei jedem Wort zu viel aus ihm herauszubrechen drohte, jagte ihr einen Schauder über den Rücken. Sie spürte seinen Finger, der über ihren Nacken strich.

»Ich war zwei, Griffyn«, brachte sie erstickt hervor.

Seine Hand umschloss ihren Hinterkopf. Er hielt sie fest, sodass sie ihm nicht entkam. »Ich war acht, als ich gehen musste, Guinevere. Und ich habe nichts von diesem Land vergessen.« Er ließ sie los. »Und jetzt verschwindet.«

»Was?«

»Geht. In Euer Gemach.«

»Ich habe kein Ge...«

»Dann geht sonst wohin. *Verschwindet*.«

»Was um alles in ...«

»Kein Wort mehr«, warnte er sie. Sein Augen funkelten gefährlich. Er zeigte auf die Tür. »Geht. Sofort. Solange ich mich noch beherrschen kann.«

Sie wich mit kleinen, hastigen Schritten zurück. Ihre Hände tasteten hinter ihrem Rücken nach dem Türriegel. Sie riss die Tür auf und stolperte ein paar Schritte nach hinten, ehe sie das Gleichgewicht wiederfand. Was war geschehen? Was geschah mit ihm, mit ihr? Mit ihnen beiden?

Ehe sie sich umdrehte und floh, warf sie einen letzten Blick zurück. Griffyn stand mit gesenktem Kopf mitten im Raum. Sein dunkles Haar kräuselte sich im Nacken, und er starrte zu Boden. Seine Fäuste öffneten und schlossen sich. Er sagte kein Wort, während er sich in den unbekannten Tiefen seiner Seelenqualen verlor.

Kapitel 12

Das Gewitter blieb aus. Dafür kam ein heftiger Sturm auf, der an den Mauern der Burg rüttelte und unter dem sich selbst die größten Bäume bogen. Der Nachthimmel war von einem seltsam grünlichschwarzen Licht überzogen, vor dem weiße Wolken dahinjagten. Das eigentliche Unwetter schien weiter im Norden, über den Hügeln Schottlands, zu toben, streckte aber seine Finger bis nach Everoot aus. Und alle, Mensch wie Tier, würden es am besten überstehen, wenn sie sich duckten und abwarteten, bis das Schlimmste vorüber war.

Obwohl der Wind heulend um den Turm pfiff, ließ Gwyn die Fensterläden offen. In der Feuerstelle brannte ein kleines Feuer. Sie überlegte, ob sie auf den Wehrgang hinaufgehen sollte. Das machte sie immer, wenn sie keine Ruhe finden konnte. Oder wenn der Schlaf nicht kommen wollte und sie im Bett saß und auf den Wind lauschte.

Gwyn entschloss sich hinaufzugehen, blieb aber noch einen Moment lang regungslos stehen, um einige Male tief durchzuatmen. Als sie durch das schmale Fenster in den Sturm hinausstarrte, sammelten sich Tränen in ihren Augen.

»Kommt.«

Das Wort hallte wie grollender Donner durch die Kammer. Die Tränen brannten heiß in ihren Augen. Wie konnte seine Stimme so viel Wärme in sich bergen? Wusste sie doch genau, was sie erwartete, wenn sie sich umdrehte. Kalte Schuldzuweisungen und unterdrückte Wut.

Gwyn drehte sich um. Seine Augen schienen eine Spur aus Feuer durch den dunklen Raum zu brennen.

»Mylord?«

»Kommt wieder zurück.«

Langsam und ohne Widerspruch ging sie zu ihm, blieb vor ihm stehen.

»Wir bringen einander ständig in Schwierigkeiten«, prophezeite sie ihm leise.

Er nickte. »Nichts als Schwierigkeiten.«

»Und trotzdem wollt Ihr mich bei Euch haben?«

»Ja, das will ich.«

Gwyn ging vor ihm die Wendeltreppe hinunter und spürte seine Hitze in ihrem Rücken. Schweigend gingen sie an den flackernden Fackeln vorbei den kalten Gang entlang und betraten dann Griffyns Gemächer.

Er schloss die Tür hinter ihnen. Das dumpfe Geräusch wirkte abweisend. Griffyn wandte sich von Gwyn ab, ohne sie anzusehen, und begann sich zu entkleiden. Die ganze Zeit sagte er kein Wort.

Gwyn trat zum Fenster und öffnete die Läden. In der Ferne zerriss ein Blitz den bewölkten Himmel, ehe die Dunkelheit wieder alles verhüllte. Ein kalter Wind fuhr in das Zimmer, und die Welt war auf einmal zum Greifen nah. Der Gestank aus dem Burghof und von den Ställen drang ihr in die Nase, vermischte sich mit dem schwächeren, süßen Duft des verwelkenden Grases auf den Wiesen.

Sie drehte sich um. Er war nackt, sein Körper war kräftig und muskulös. Das Licht der im Wind flackernden Kerze ließ seine Haut wie Bronze schimmern.

»Kommt ins Bett.« Als Gwyn sich nicht rührte, sagte er ernst: »Ich werde Euch nicht anfassen.« Er legte sich hin, ohne noch etwas zu sagen. Das einzige Geräusch, das sie hörte, war das Heulen des Windes.

Es mochte vielleicht eine Stunde vergangen sein, als Gwyn sich neben ihn legte und sogleich in einen tiefen, traumlosen Schlaf fiel.

Es war noch dunkel, als Griffyn aufwachte. Er blieb still liegen und ließ seine Gedanken wandern. Er war daheim. Alles war so, wie er es sich erträumt hatte. Und trotzdem fühlte er sich im Innern hohl und leer. Wie ein Kürbis, dem man das Fruchtfleisch herausgekratzt und es dann zerstampft hatte. Es war verwirrend. Es machte ihn wütend. Und er wurde einfach das Gefühl nicht los, dass Guinevere beides zugleich war: der Grund dafür, aber auch das Heilmittel.

Er schaute sie an. Sie hatte sich in ihren Kleidern schlafen gelegt und lag jetzt, halb verdeckt von den Fellen, in tiefem Schlaf. Ihr Rock war bis zur Hüfte hochgerutscht. Ihr Haar war noch hochgesteckt, doch einige Locken hatten sich um Teil aus den Nadeln gelöst und kringelten sich über das Kissen. Griffyn musste an dunkle Pfade denken, die über eine Hügelkuppe führten. Gwyn bewegte sich im Schlaf. Ihre Hand glitt zu ihm herüber und ruhte für einen Augenblick auf seiner Brust, ehe sie nach unten rutschte.

Was sollte er tun? Jetzt, da er heimgekehrt war und eine Mission zu erfüllen hatte, die er ablehnte, und mit einer Ehefrau leben würde, die ihn hasste? Ihm war bewusst, dass er dabei war, die Kontrolle zu verlieren. Guinevere war eine selbstbewusste Frau. Sie würde diese Ehe weder stumm erdulden noch in ihren Reaktionen berechenbar sein. Aber das war im Grunde genommen auch gar nicht das Problem. Griffyn haderte mit sich, weil er nicht wusste, ob ihm der Spagat zwischen Leidenschaft und Respekt, zwischen Herzenswärme und Hass, gelingen würde, solange er an einem schwindelerregenden Abgrund stand.

Und was geschah, wenn es ihm nicht gelang?

Das größte Problem aber war, dass Guinevere die Tochter de l'Amis war, und er nicht wusste, ob er ihr das würde vergeben können.

Aber er wollte ihr vergeben. Genug der Zeit kalter Vergeltung, genug des Suchens und doch niemals Findens. Guinevere war alles, was er je gewollt hatte.

Griffyn erhob sich und zog die Beinlinge an. Es war kalt in der Kammer. Er legte ein Holzscheit aufs Feuer und ging zum Fenster, dessen Läden weit offen standen. Kreidig fahles Mondlicht fiel herein und zeichnete einen eckigen Lichtfleck auf den Boden. Griffyn lehnte sich mit der Schulter gegen die Wand und schaute hinaus. Es hatte nicht geregnet, und der Wind hatte nachgelassen, hatte die Welt still und ruhig zurückgelassen.

Er hatte eine ganze Weile am Fenster gestanden und sich nur zweimal umgewandt, um zum Bett zu schauen. Eine Kerzenflamme flackerte auf und knisterte leise, ehe sie ruhig weiterbrannte. Das weiße Mondlicht wanderte langsam über den Boden.

»Griffyn?«

Er drehte sich nicht um.

»Mylord?«

Erst jetzt wandte er den Kopf in ihre Richtung.

»Geht es Euch gut?«

Die Frage ließ so viele Antworten zu, dass er plötzlich den Drang verspürte aufzulachen. Doch er nickte nur.

»Wenn ich nicht schlafen kann, gehe ich manchmal zum Wehrgang hinauf.«

Er sah sie über die Schulter an. »Wie oft verspürt Ihr denn das Bedürfnis, die Nachtwachen zu stören?«

»Oft.«

Er wandte sich zu ihr um und verschränkte die Arme vor der Brust.

»Ich gehe so oft hinauf, dass sie schon gemeint haben, ich soll ihnen jedes Mal etwas aus der Küche mitbringen«, sagte sie leise. »In gewisser Weise bezahle ich sie dafür, dass ich stören darf.«

Sein Blick glitt wieder zum Fenster. »Das Gewitter kommt nicht.«

Er hörte die Felle rascheln. »Kommt Ihr mit, Mylord?«

Sie stand in ihrem zerknitterten grünen Kleid hinter ihm. Ihr Haar war zerzaust und fiel ihr bis auf den Rücken. Er stieß sich von der Wand ab.

Wortlos nahm er Hemd und Tunika und streifte sich beides über. Dann setzte er sich auf die Bettkante, um sich die Stiefel anzuziehen. Gwyn saß auf der anderen Seite des Bettes und schlüpfte in ihre Schuhe. Griffyn spürte, wie sich das Bett mit jeder ihrer Bewegungen hob und senkte. Die Matratze wurde auf seiner Seite von seinem Gewicht niedergedrückt, als Gwyn aufstand. Er blickte über die Schulter.

Sie hatte ihm den Rücken zugewandt. Die weiten Ärmel ihres Überkleides glitten bis zu den Oberarmen hoch, als sie versuchte, ihr Haar zu ordnen.

»Tut das nicht.«

Sie ließ die Hände sinken und ging zur Tür. Bis zum Aufgang, der zum Dach führte, war es nicht weit. Die Nacht war klar, die Luft frisch und kühl. Griffyn hielt Gwyn die Tür auf; sie schlüpfte unter seinem Arm hindurch und betrat den Wehrgang der nördlichen Festungsmauer.

»Ich fühle mich Gott näher, wenn ich hier oben bin«, raunte sie und zog ihren Umhang enger um ihre Schultern.

Während sie gingen, glitt Griffyns Hand über die Mauer. Er spürte das kalte Mauerwerk unter seinen Fingern. Everoot war eine gute Burg. Ein gutes Zuhause. Er ließ den Blick über die offene Ebene schweifen. Von West nach Ost erstreckte sich in der Ferne ein dunkles Band. Dort begann der Wald. Aber die Baumreihen lagen weit entfernt, und davor erstreckten sich Felder und Wiesen, die in der Dunkelheit braun und rostrot wirkten.

Unterhalb des Hügels, auf dem seine Leute kampierten, erkannte er die dunklen Erhebungen der Häuser des Dorfes. Er glaubte, auch das Haus ausmachen zu können, das am weitesten entfernt war – die Apotheke. Als er noch ein Junge war, war dieser Laden einer seiner liebsten Orte gewesen. Der Stall und die Blutegel, dachte er. Pferde und Kräuter.

Plötzlich erinnerte Griffyn sich wieder. Er war noch ein Kind und auf dem Heimweg von einem Ausritt gewesen. Er ritt seine geliebte Ponystute Rebell, und sein Hund Thor lief neben ihnen. Der Herbstabend duftete nach Heidekraut und nach Tannennadeln, und ein beißender Salzgeruch wehte vom Meer herüber. Er hatte herumgetrödelt, auch dann noch, als der Himmel sich verdunkelte. Sein Vater würde wütend werden, und seine Mutter würde sich um ihn sorgen. Aber Griffyn wendete sein Pony noch nicht, obwohl er genau wusste, welchen Ärger er sich einhandelte. Er war damals acht Jahre alt und entdeckte gerade erst seine Welt. Sein Vater hatte ihn gezeugt, seine Mutter hatte ihn geboren. Aber es war dieses Land, das ihm im Blut lag.

Am Fluss hatte er seinem Pony eine Pause gegönnt. Griffyn glaubte, noch immer Rebell unter sich zu spüren, das Gefühl des schmalen Rückens zwischen seinen Knien. Das Pony hatte von dem eiskalten Wasser getrunken, und Thor hatte es ihm nachgemacht. Der Hund war ins Wasser gesprungen und hatte seinen Spielgefährten nassgespritzt, hatte gebellt und war um das schneeweiße Pony herumgetänzelt. Rebell hatte den Störenfried nur mit den dunkelbraunen Augen angesehen, bevor es mit einem Hufschlag das Wasser aufgewirbelt hatte. Der Hund jaulte aufgeregt. Er hatte einen ordentlichen Schwall Wasser abbekommen und war klatschnass. Griffyn hatte laut gelacht. Er erinnerte sich jetzt daran, welcher Gedanke ihm damals durch den Sinn gegangen war: dass sein Leben in diesem einen Augenblick vollkommen war und dass es nie wieder so sein würde.

»Ich fühle mich Gott auch näher, wenn ich hier oben stehe«, sagte er schließlich.

In seinen Worten schwang eine Sehnsucht mit, die Gwyn aufblicken ließ. Sie sagte kein Wort. Sie gingen von Westen nach

Osten über den Wehrgang und schwiegen. Die Wachen, an denen sie vorbeikamen, nickten stumm, und das einzige Geräusch, das sie hörten, war der Wind, der seufzend gegen die Steinmauer prallte. Eine Eule flog von einem Baum auf und setzte einem Hasen nach, der über das Feld floh.

In stummem Einverständnis blieben Griffyn und Gwyn an einer Zinne stehen. Der Wind zerrte an ihren Umhängen. Der Mond würde bald untergehen. Etwas Kraftvolles ging von dieser Nacht und dem Mann aus, der neben ihr stand. Gwyn ließ ihren Blick über die Hügel gleiten, die sich am Horizont erhoben. Hügel, von denen sie immer gedacht hatte, sie gehörten ihr.

Es hatte eine Zeit gegeben, da sie nicht darüber nachgedacht hatte, was vor ihr gewesen war, wie viele Menschen schon über dieses Land geschaut und gesehen hatten, was sie sah. Menschen, die gefühlt hatten, was sie fühlte. Es hatte keine Vergangenheit gegeben, keine Verbindung zu etwas Althergebrachtem oder zu anderen Menschen. Was damals war, hatte schon immer Bestand gehabt. Aber inzwischen hatte sich alles verändert.

Auch Griffyn war als Kind zum Wehrgang hinaufgegangen, hatte vielleicht auf der Mauer balanciert, wie sie es im Alter von sieben Jahren in einem Anflug von mutiger Dummheit getan hatte. Bis ihre Mutter gekommen war, sie heruntergerissen und mit einer Hand festgehalten hatte, während sie sich mit der anderen ans Herz gegriffen hatte.

Griffyn war diese Wehrgänge entlanggegangen, lange bevor sie nach Everoot gekommen war. Er war durchs Moor geritten und hatte den Wind im Rücken gespürt, so wie später auch sie.

Griffyn hatte den Sonnenaufgang von hier oben beobachtet, hatte die Gewitterstürme verlacht und sich hinter dem steinernen Bollwerk in Sicherheit gewähnt. So wie sie.

Welch ein trauriger Ort war diese Welt, die unbeirrt ihren Lauf nahm, während die Menschen Gott spielten. Brächte man

Gwyn von hier fort, ihr Herz zerbräche daran. In hundert Stücke würde es zerschellen, in Scherben mit schartigen Kanten, die sie auf ewig quälen würden. Das hier war ihr Zuhause.

Und es war auch sein Zuhause.

»Es tut mir leid«, sagte sie dumpf.

Er wandte ihr den Kopf zu. Sein Blick war auf die Ebene unter ihnen gerichtet gewesen, während sie geschwiegen hatten.

»Was tut Euch leid?«

»Das alles hier.« Sie machte eine weit ausholende Armbewegung und umfasste die ganze Welt.

Er zögerte. »Die Nacht oder die Felder?«

Sein Scherz verwirrte sie. »Nein, mir tut es leid, dass Krieg ist, weil den Menschen so vieles genommen wird. Und mir tut leid, was ich Euch angetan habe und dass Ihr diesen schönen Ort verlassen musstet.«

Eine Träne rann über ihr Gesicht.

»Aber nein, Mylady«, widersprach Griffyn überrascht und ging einen Schritt auf sie zu. »Es ist nicht Eure Schuld. Vielleicht gebe ich Euch manchmal dieses Gefühl, aber ich weiß genau, dass nicht Ihr dafür verantwortlich seid.«

»Aber wenn man *mich* zwingen würde, von hier fortzugehen«, schluchzte sie und ließ ihren Tränen freien Lauf. »Ich wäre so tief betrübt, dass ich daran sterben würde.«

»Das habe ich damals auch geglaubt«, sagte er leise. »Aber ich bin nicht gestorben, und jetzt bin ich ja wieder daheim.«

»Und ich bin *froh* darüber!«, sagte sie aus tiefstem Herzen. Es war wie ein kleiner Sieg, dass sie in dieser finsteren Zeit diesen Moment des Glücks erleben durfte. Es war ein guter Moment, und Gwyn wollte ihn festhalten und für immer bewahren.

»Ihr seid froh?«

»Ja, das bin ich!«, versicherte sie ihm. »Auch in dieser kaputten Welt kann es noch geschehen, dass ein Mann nach Hause zurückkehrt. Das ist doch unglaublich schön, und darüber freue ich mich.«

Sein Blick huschte über ihr Gesicht. »Nun, Mylady, dann habt Ihr mich schon wieder überrascht.«

»Wieder?«

»Ja. Damals auf der Landstraße, dann auf dem Burghof und bei unserem Festmahl. Ich kenne Euch kaum länger als zwei Tage, und Ihr habt mir mehr zu denken gegeben als jeder Feldzug, auf dem ich bisher war.«

Sie lachte leise. »Vielleicht liegt es daran, dass man in einer Schlacht nicht so viel nachdenken muss. Hier zuschlagen, dort alles niedertrampeln. Lasst mich mal überlegen …« Sie tat, als müsste sie nachdenken, und stützte das Kinn in die Hand. »Wäre es besser, dem Feind das Herz herauszuschneiden oder seinen Kopf aufzuspießen?« Sie ließ die Hand sinken. »Das sind nicht gerade Fragen, die den Verstand besonders fordern.«

»Aber Ihr fordert mich sehr.« Sein Daumen streichelte ihr Kinn.

»Ich versuche, Euch nicht zu viel abzuverlangen.«

»Tut das nicht.«

»Wieso nicht?«

Er schüttelte den Kopf. »Seid einfach so, wie Ihr seid. Ich glaube, mir gefällt es, Euch besser kennenzulernen.«

Aber die, die ich bin, ändert sich gerade sehr schnell, dachte Gwyn. So wie jetzt habe ich mich noch nie gefühlt. Außer damals, vor einem Jahr, als ich mit Euch zusammen war.

Seine fein gemeißelten Gesichtszüge wirkten in der Dunkelheit gefährlich, und die Narbe auf seiner Wange verstärkte den Eindruck noch. Bei jeder Bewegung, die er machte, spannte sich die Tunika über seiner breiten Brust. Aber in diesem Moment war es nicht allein seine männliche Ausstrahlung, die sie faszinierte. Was an ihr Herz rührte, war der verlorene Ausdruck in seinen Augen.

»Griffyn. Ich habe Euch nicht ...«

»Was habt Ihr nicht?«

Sie starrte über die Zinnen ins Dunkel. »Ich habe nicht gewollt, dass sie Euch gefangen nehmen.«

Er schwieg, dann fragte er: »Was meint Ihr?«

»Ich habe sie nicht hinter Euch hergeschickt, Marcus und seine Männer. Es war ein schrecklicher Irrtum. Ich habe ihnen weder absichtlich Euren Namen verraten noch wo Ihr wart.«

»Habt Ihr nicht?«

Sie schüttelte den Kopf, ohne ihn anzusehen. »Ich habe noch versucht ...«

»Was habt Ihr versucht?«

»Sie aufzuhalten«, sagte sie so leise, dass er sie nur verstehen konnte, weil er dicht hinter ihr stand.

»Ihr habt versucht, sie aufzuhalten«, wiederholte er sanft. Seine Fingerspitzen streichelten ihren Nacken.

Sie holte tief Luft.

»Warum?«

Sie schüttelte den Kopf. »Ich weiß es nicht. Ich weiß gar nichts mehr.«

Er drückte seine Lippen auf ihren Nacken. Ein heißes Beben rann über ihre Haut. »Dafür weiß ich aber eines ganz sicher, Rabenmädchen.«

»Was?«, fragte sie mit piepsig klingender Stimme, als seine Hände sich fest um ihre Taille schlossen.

»Dass dir gefallen wird, was ich jetzt mit dir tun werde.«

Kapitel 13

Gwyn wandte sich ihm just in dem Moment zu, als ein Windstoß zwischen den Zinnen hindurchfuhr, hinter denen sie standen. Er zersauste Gwyns ebenholzschwarze Locken, die ihr Gesicht wie ein Schleier umrahmten. Bei seinen Worten war ihr die Röte in die Wangen gestiegen.

Griffyn ließ eine Hand unter die seidige Fülle ihrer Haare gleiten und legte sie um ihren Nacken. Diese kluge, komplizierte Frau, in der eine große Leidenschaft pulsierte, würde seine Frau sein. Und plötzlich war dieser Gedanke alles andere als erschreckend.

Seine Finger fuhren durch ihr Haar. Gwyn legte den Kopf in den Nacken, und Griffyn küsste sie zärtlich. Sie öffnete sich ihm.

Es gab keinen Grund, noch länger zu warten. Er küsste sie inniger. Es war kein Locken mehr, kein Probieren, wie viel sie zuließ. Er nahm sie in Besitz. Sein Blut geriet in Wallung. Seine Zunge streichelte ihre, und Gwyns Kehle entrangen sich leise stöhnende Laute, die Griffyn noch mehr entflammten.

Seine Hände berührten fordernd ihren Körper, umfassten erst ihre Hüfte, dann ihren Po, streichelten ihren Rücken. Gwyn erwiderte jede seiner Berührungen, indem sie sich an ihn schmiegte, während sie die Hände über seine Brust und seine Schultern gleiten ließ.

Er drängte sie gegen die Steinmauer und knabberte leise stöhnend an ihren Lippen und ihrem Hals. Heiß brannte ihr Atem auf seiner Haut. Mühsam bezähmte Kraft vibrierte in seinen kräftigen Oberschenkeln, die sie gegen die Mauer drückten.

In Gwyn erwachte eine pulsierende herrliche Hitze. Ihr Körper sehnte sich nach mehr. Sie spürte, wie das Verlangen nach ihm heiß und fordernd zwischen ihren Beinen erwachte. Unwillkürlich drängte sie ihren Schoß gegen ihn. »Nicht hier«, sagte er heiser und griff nach ihrer Hand.

Wie lange sie brauchten, um zurück in sein Gemach zu gelangen, wusste Gwyn später nicht mehr. Wenn sie an Wachposten vorbeigegangen waren, so hatte sie es nicht wahrgenommen. Hätte die Burg in diesem Augenblick zu brennen begonnen, selbst das hätte sie nicht bemerkt. Sie wusste nur, dass ihr Körper prickelte und brannte.

Als sie das Schlafgemach betraten, nahm Gwyn alles um sie herum viel intensiver wahr als zuvor. Das niedrig brennende Feuer, den schwachen Geruch nach glühendem Holz, die Kerze, die noch immer im Halter an der Wand ihr Licht spendete, ihr Kleid, das raschelte, als es sich um seine Oberschenkel bauschte. Und wie er sie ansah.

»Ich werde es dir heute Nacht nicht leichtmachen, Guinevere«, sagte er rau.

»Wir haben es uns noch nie leichtgemacht, Griffyn. Lass uns einfach so sein, wie wir sind.«

Er stand vor ihr und fuhr mit einer Fingerspitze von ihrer Hüfte bis hinauf zum Arm. Diese Berührung brachte das Feuer in ihr noch mehr zum Lodern, und Gwyn verglich ihn unwillkürlich mit einem Raubtier, das ihren Körper mit eingezogenen Krallen erkundete.

Griffyn hielt sich nur mühsam zurück. Seine Hand legte sich auf ihren Bauch, glitt hoch an ihr Mieder und berührte ihre Brüste. Gwyn kam ihm entgegen. Ihre Lippen waren leicht geöffnet, und sie atmete schwer.

Griffyn beobachtete sie mit ausdrucksloser Miene. Aber in seinem Innern war die Glut entfacht. Seine Erektion pulsierte und verlangte nach Erleichterung. Er wollte sich in dieser Frau verströmen. Langsam, als würde er ihr die heilige Kommunion erteilen, drückte er seinen Daumen auf ihre Lippen. Sie öffnete den Mund für ihn. Ihre Zähne berührten seine Haut.

Er umfasste sie mit einem Arm und riss sie an sich. »Weißt du noch, was ich damals mit dir gemacht habe?«, fragte er heiser. Seine Zunge streichelte die empfindliche Haut hinter ihrem Ohrläppchen. »Im Gasthaus?«

Er spürte ihr Nicken.

»Ich werde das jetzt wieder tun.« Ihr leises Seufzen war wie ein leises Keuchen. »Und noch viel mehr als das.«

Seine Finger schienen über die Schnürung ihres Kleides zu fliegen, so rasch öffnete er sie. Kaum dass er Gwyn das Kleid abgestreift hatte, fasste er unter ihre Brüste und hob sie aus dem Ausschnitt ihres Hemdes. Ihre Haut fühlte sich unter seinen heißen Händen kühl und glatt an. Mit einer entschlossenen Bewegung riss er das dünne Hemd vom Ausschnitt bis zu den Knien auf. Nackt und mit dem Körper einer Verführerin stand sie vor ihm. Helle, zarte Haut, mitternachtsschwarzes Haar und üppige Rundungen, die nur auf die Berührungen eines Mannes warteten, und kleine rote Knospen, die sich ihm erwartungsvoll entgegenreckten.

Griffyn kniete sich vor sie. Er legte eine Hand auf ihren flachen Bauch. Gwyn drückte das Kreuz durch und kam ihm entgegen. Er umfasste ihre Hüfte und drängte Gwyn gegen die Wand in ihrem Rücken. Eine Hand erkundete ihren Körper, fuhr über ihr Bein zu ihrer Kniekehle und an der Schenkelinnenseite nach oben. Seine andere Hand hielt Gwyn unnachgiebig an die Wand gedrückt. Sie legte den Kopf in den Nacken und schloss die Augen. Aber er wollte, dass sie dabei zusah. Sie sollte sehen, was er mit ihr tat.

»Sieh mich an, Rabenmädchen.«

Sie blickte zu ihm hinunter. Das schwarze Haar hing ihr wirr um die schmalen Schultern und reichte bis zu ihrer Hüfte. Ihre halb geöffneten grünen Augen forderten ihn auf, weiterzumachen. Sie hatte die roten Lippen leicht geöffnet, und ihre Brüste hoben und senkten sich mit jedem heftigen Atemzug. Ihre Hände vergruben sich in seinem Haar.

Sein Ellbogen drängte sich zwischen ihre Oberschenkel, damit sie sich ihm öffnete. Sie gehorchte, öffnete die Beine, während er zu ihren Füßen kniete. Seine Hand legte sich um ihren Po. Dann beugte er sich vor und fuhr mit der Zunge über die heiße, feuchte Spalte ihrer Weiblichkeit.

Ihr Körper zuckte unter seinen geschickten Händen. »Griffyn, nein!«

Er umfasste ihren Hintern fester und zog sie an sich. Erneut leckte er sie und schob seine Zungenspitze etwas tiefer in ihre Spalte.

Ihre Hände krallten sich in sein Haar. »Oh nein«, stöhnte sie, aber dieses Mal kam sie ihm entgegen. Sie war sein. Sie ergab sich ihm. Dieser Sieg ließ ihn taumeln vor Glück, und er schob eine Hand nach oben und ließ sie langsam über die rosige Spalte gleiten. Sein Daumen öffnete ihre Scham für ihn, und er leckte sie wieder, diesmal nur ganz kurz und rasch an der Stelle, wo ihre Weiblichkeit ihren Scheitelpunkt hatte.

Sie stöhnte so laut auf, dass er sich fast schon in diesem Moment verströmt hätte. Von Neuem streichelte er sie mit den rhythmischen Bewegungen seiner Zunge. Gwyn wand sich unter seinen Händen. Doch er hielt sie fest, löste immer wieder seine Zunge von ihr und stellte ihr flüsternd Fragen, auf die sie keine Antwort wusste. Er sprach verbotene Worte aus, drückte seine Lippen wieder gegen ihre Weiblichkeit, streichelte sie mit seiner Zunge. Gwyn schwebte in einem Zustand des Verlangens, der sie aller Worte beraubte. Ihr Körper bebte unter seinen Liebkosungen. Sie seufzte und stöhnte.

Er spreizte sie mit den Fingern und vergrub sich tiefer in der rosigen Höhle ihres heißen Schoßes. Ihre erstickten Schreie und ihr Flehen wurden lauter. Er leckte und streichelte sie, ließ erst einen, dann einen zweiten Finger in sie hineinschlüpfen. Sie öffnete sich ihm noch weiter, ihre Hände zerrten an seinem Haar. Sie war heiß und feucht, eine Göttin der Lust.

Er drückte seine Finger tief in sie hinein. Gwyn spürte, wie sich in großen Wellen etwas Unaussprechliches in ihr ausbreitete. Es ließ ihren Schoß erzittern und erfasste ihre Beine, ihren Kopf, ihr ganzes Sein. Es schlich sich ihren Rücken hinauf, es zerrte an ihr und trieb sie auf etwas zu, das sich wie ein Abgrund anfühlte.

Sie zog Griffyns Kopf näher an ihre Scham. »Oh Griffyn.«

»Gefällt dir das?«

Ihr Blick begegnete seinem, während er sie mit der Zunge erregte und seine Finger tiefer in ihr vergrub. Sie spürte, wie er in ihr die Finger krümmte.

»Oh Griffyn, ja, ja ...«, stöhnte sie kehlig. Die Welle traf sie und explodierte in ihr. Sie fiel und taumelte in einen Fluss so maßloser Leidenschaft, dass sie glaubte, sterben zu müssen. Überall war diese Lust, sie war alles, was sie denken und fühlen konnte. Eine zerstörerische, schamlose Erlösung.

Griffyn sah zu, wie sie kam. Sie hatte den Kopf zurückgeworfen, ihr Gesicht war von der Lust verzerrt, und ihr Körper bebte haltlos unter seinen Händen. Immer wieder schrie sie seinen Namen. Neue Nässe flutete gegen seine Finger. Sie klammerte sich hilflos an ihn und sank an der Mauer nach unten, war nur noch keuchende, wilde Weiblichkeit. Er konnte kaum die Arme um sie legen, denn sie küsste ihn wild, saugte an seinen Lippen und fuhr mit den Händen über seinen Rücken. Sie war die perfekte, willige Geliebte.

Er zog Gwyn an sich und hob sie auf das Bett, bevor er sich seiner Kleider entledigte. Dann kniete er sich über sie, zerrte ihr das zerrissene Leinenhemd herunter und legte sich auf sie.

»Du bist mein«, flüsterte er heiser. Gwyn keuchte auf, als sein

Mund ihre Brustwarze umschloss und er sie mit der Zunge zu streicheln begann. Unvermittelt hielt er inne, umfasste sie vorsichtig mit den Zähnen, leckte sie dann wieder, heftiger dieses Mal. Seine Zähne gruben sich tiefer in ihre zarte Haut. Gwyn erbebte und warf sich ihm entgegen.

Sie in den Armen zu halten und es noch länger hinauszuzögern, war für ihn eine herrliche Qual. Er ließ von ihrer Brust ab, bahnte sich mit kleinen Küssen einen Weg zu ihrem Bauch und wieder hinauf zur anderen Brust. Er nahm sie in den Mund, während eine Hand an Gwyns Bein nach unten glitt und es anwinkelte.

»Das andere Bein auch, Gwyn«, befahl er, und gehorsam stellte sie den Fuß auf die Matratze, während sein Mund sie unablässig streichelte.

Sie keuchte auf und flüsterte heiser seinen Namen.

»Öffne die Beine für mich.«

Wieder gehorchte Gwyn. Ihre Beine spreizten sich, als sie sich ihm so weit öffnete, wie es ihr möglich war.

Er schob sich zwischen ihre zitternden Schenkel. »Du bist mein«, sagte er heiser, dann vergrub er sich in ihr. Er stieß mit einer einzigen langsamen Bewegung in sie. Ihr enges, feuchtes Geschlecht umklammerte seine Erektion. Es war, als zöge sie ihn tiefer in sich hinein. »Du bist mein«, sagte er wieder.

»Ja«, keuchte sie, »dein.«

Er stieß erneut in sie und füllte sie vollständig aus.

»Griffyn«, stöhnte sie. Sie warf den Kopf hin und her und schien wie betäubt von der Leidenschaft, die sie überschwemmte. Ihr Körper kam seinem entgegen, sie begegnete seinen Stößen. Ihre Fingernägel gruben sich in seine Arme. Sie zahlte es ihm mit gleicher Münze heim.

Ihr Liebesspiel war von einer Heftigkeit, wie Griffyn sie noch nie erlebt hatte, weder im Kampf noch in seiner Wut noch in seiner Furcht. Wenn ihre Lippen sich begegneten, war es ein hartes, forderndes Aufeinandertreffen. Jeder wollte den anderen besitzen, wollte besessen werden, wollte keine sanfte Annäherung. Sie folgten beide einem Verlangen, das sie unaufhaltsam weitertrieb.

Griffyn senkte den Kopf, und seine Stirn berührte ihre Brust, während er sich immer wieder in ihr vergrub. Er füllte sie aus, weitete sie für seine tiefen Stöße. Gwyn keuchte in einem betörenden Rhythmus, und ihre Hüfte hob sich ihm immer schneller entgegen. Er näherte sich rasend schnell seinem Höhepunkt und drang noch tiefer in sie ein. Plötzlich erstarrte Gwyn mitten in der Bewegung.

»O mein Gott«, flüsterte sie.

Er hob den Kopf. Ihre grünen Augen blickten ihn an. Er lächelte.

In Gwyns Innerem erwachte ein Pochen. *Gott sei Dank, da ist wieder dieses gefährliche Lächeln. Er lächelt mich wieder an.*

Er vergrub sich tief in ihr, hob seine Hüfte und trieb seinen Schaft in ihre Tiefe. Ein Funkenschauer erwachte unter ihrer Haut, erfüllte ihren Schoß und strömte durch sie hindurch. Noch einmal stieß Griffyn in sie, traf etwas in ihr, das sie ...

»O Gott!« Der Aufschrei brach aus ihr heraus.

Griffyn warf den Kopf in den Nacken. Seine Muskeln waren zum Zerreißen gespannt, und als er sich dieses Mal bewegte, umschloss seine Hand ihre Hüfte und hielt sie hoch, während er sie mit schnellen, harten Stößen nahm. Sie zerschellte. In ihr strömte eine heiße Glut, ihr Schoß zog sich zusammen, ihre Muskeln entzogen sich ihrer Kontrolle. Sie schrie ihre Lust in die Dunkelheit, ihre Stimme überschlug sich, und sie rief seinen Namen.

Die Erde schien unter ihr zu beben, sie bis ins Mark zu erschüttern. Griffyn war über ihr. Plötzlich keuchte er ihren Namen, stieß machtvoll und tief in sie, bis die Leidenschaft von einem herrlichen Schmerz abgelöst wurde. Gwyn schrie und verlor sich in dem Beben, das ihren Körper immer wieder erfasste, bis es verebbte.

Danach lagen sie erschöpft ineinander verschlungen da und versuchten, wieder zu Atem zu kommen. Gwyns Kopf war völlig leer, und Griffyns schwerer Atem drang an ihr Ohr. Das Blut rauschte in ihrem Kopf. Er lag noch auf ihr, aber sein Gewicht drückte sie nicht nieder, sondern umschloss sie wie in einem wärmenden Kokon. Er roch so gut, so männlich und nach Wärme. Plötzlich erfasste sie ein Gefühl von Geborgenheit, das sie so noch nie empfunden hatte. Sie gehörte zu ihm.

»Kannst du wieder atmen?« Seine Stimme klang gedämpft, sein Atem streichelte ihren Hals.

Sie legte die Hände auf seine Hüfte. Er küsste ihren Hals und hob leicht den Kopf. »Ich glaube, wir können es doch schaffen. Es wird gut gehen«, sagte er leise.

Sie lachte schläfrig.

»Wann werden wir Kinder haben?«

Sie lachte wieder und umarmte ihn noch fester. »Gestern.«

»Das dauert zu lange.«

Sie sprachen noch eine Zeitlang miteinander, erzählten flüsternd von alltäglichen Nichtigkeiten und belanglosen Dingen, von ihren liebsten Orten und den Freunden der Kindheit. Irgendwann schliefen sie ein – eng ineinander verschlungen und ohne sich voneinander zu lösen.

Sie wachte schreiend auf.

Griffyn drehte sich im Halbschlaf von ihr weg und tastete mit geschlossenen Augen nach seinem Schwert. Aber schnell wurde ihm bewusst, dass es Guinevere war, die schrie. Sie saß kerzengerade im Bett. Er legte die Arme um sie und zog sie an sich.

»Schsch«, murmelte er in ihr Haar. Er streichelte sie und flüsterte ihr sanfte Worte zu, damit sie sich beruhigte. Schließlich verstummten die Schreie, sie hörte auf, um sich zu schlagen. Aber ihr Körper blieb angespannt und steif. »Es war nur ein Traum. Pssst«, wiederholte er. Endlich blickte sie zu ihm hoch.

»Ach Griffyn«, flüsterte sie. »Es war so schrecklich. Ich habe von Papa geträumt.«

Er schob einige Kissen gegen das Kopfteil des Bettes, dann lehnte er sich zurück und zog Gwyn auf seinen Schoß. Sie saß zwischen seinen Beinen und schmiegte den Kopf an seine Brust.

»Erzähl mir davon.«

»Von den Träumen?«

»Ja.«

Sie sah ihn an. Die schwarzen Locken hingen ihr wirr in die Stirn. In ihren Augen las er Angst und Trauer. »Soll ich wirklich?«

»Ja, erzähl mir davon.«

»Er ... er kam zu mir«, begann sie mit tränenerstickter Stimme. »Er ist in den Träumen immer so blass und schwach. Er liegt dann einfach da. Wie ein Gespenst.« Ihre Stimme klang, als hielte der Traum sie noch gefangen. »Er wendet sich mir zu, seine Augen sind weit aufgerissen, und er starrt mich an. Ich sehe ihn immer wieder so vor mir, wie er kurz vor seinem Tod war. Es ist, als würde es immer wieder passieren.«

»Aber es passiert nicht, Rabenmädchen«, bekräftigte er sanft. Seine Hände streichelten ihre Schultern und ihre Arme. Er zog sie wieder an sich. »Du bist hier, bei mir. Es ist nur ein Traum.«

Einen Moment lang starrte sie ihn ausdruckslos an. Dann nickte sie. »Du hast recht. Aber ich höre ihn noch immer. Er spricht mit mir.«

»Was sagt er denn?«, fragte Griffyn und versuchte, sie zu beruhigen. Er spürte ihren Herzschlag, der gegen seine Brust schlug.

In ihren Augen schimmerten Tränen, die im Mondlicht aufblitzten. »Rade guh«, wiederholte sie die unheimlichen Laute.

»Rade. Guh. Saw.« Sie schüttelte verwirrt den Kopf. »Die Laute kamen so gequält über seine Lippen, dass ich die einzelnen Worte nicht verstanden habe. Ich habe darüber schon hundertmal nachgedacht, aber ich weiß einfach nicht, was es bedeuten könnte.« Sie ballte die rechte Hand zur Faust und hieb auf die Bettdecke ein. »Dann sagte er noch ›geeee‹, und er hat den Laut in die Länge gezogen.« Sie runzelte die Stirn. »Als wäre es ein Gesang oder etwas in der Art. Und dann verlor sich seine Stimme. Das Letzte, was er sagte, war: ›Geeee. Fass.‹ Dann ist er gestorben.«

Griffyn erstarrte. Offensichtlich bemerkte sie die Veränderung, denn sie blickte zu ihm auf. »Weißt du, was er mir damit sagen wollte?«

Er schüttelte den Kopf. Seine Arme hielten sie fester an sich gedrückt. *Geeee. Fass.*

Gefäß.

»War das alles, Gwyn?«, fragte er vorsichtig.

Sie nickte kläglich. »Das war alles. Der Priester hat ihm dann die Letzte Ölung gespendet. Mein Vater hat jahrelang kaum mit mir gesprochen, aber am Tag seines Todes brachen diese Worte aus ihm heraus.«

Sie richtete sich auf, um bequemer zu sitzen, und Griffyn half ihr geistesabwesend. Seine Gedanken rasten, und er versuchte, sich auf Gwyns Angst und ihren Kummer zu konzentrieren und nicht daran zu denken, dass er einen ersten Hinweis bekommen hatte. Konnte es sein, dass der Schatz sich in Everoot befand? Irgendetwas musste sich hier befinden. Wie groß war die Wahrscheinlichkeit, dass Ionnes de l'Ami am Sterbebett von einem »Gefäß« sprach, das überhaupt nicht existierte?

Er küsste sie auf den Scheitel. »Kannst du jetzt besser schlafen?«

Sie nickte. Aber er hielt sie fest, als sie von seinem Schoß rutschen wollte. »Erzähl mir von diesen Träumen, wenn du sie wieder hast.«

Sie seufzte. »Es tut mir leid, wenn du dich mit meinen Nachtmahren herumschlagen musst.«

Er küsste sie erst auf die Stirn, dann auf die Nasenspitze. »Das ist mir egal. Erzähl mir alles, woran du dich erinnerst.«

Sie blickte ihn skeptisch an. »Du willst wissen, was mein Vater zu sagen hatte?«

Er schüttelte den Kopf. »Seine Worte werden dich nicht mehr so quälen, wenn du darüber sprichst. Das ist alles.«

Sie nickte, aber schon wieder stiegen ihr Tränen in die Augen. »Ich glaube nicht, dass es irgendwann besser wird. Seine Worte verfolgen mich jetzt schon so lange.«

Griffyn streckte sich wieder aus und zog Gwyn an seine Seite. Er wollte sie die Worte eines sterbenden Mannes vergessen lassen.

Ehe Gwyn wieder einschlief, murmelte sie: »Ich erzähle dir alles, woran ich mich erinnere.«

Griffyn drehte sich auf den Rücken und verschränkte die Hände hinter dem Kopf. Er lag lange wach und dachte nach. Wie wahrscheinlich war es, dass auch Ionnes de l'Ami an die Legenden geglaubt hatte? Wie wahrscheinlich war es, dass er sein Leben auf eine Lüge aufgebaut hatte?

Er starrte an die Decke und spürte, dass sein Herz schneller zu schlagen begann. Was konnte es schon schaden, wenn er versuchte, Antworten auf diese Fragen zu bekommen?

Kapitel 14

Schon am nächsten Morgen begann Griffyn, sein Vorhaben umzusetzen. Es war weder das Einzige noch das Erste – und schon gar nicht das Letzte –, was er in Angriff nahm, aber er dachte ständig daran.

Noch bevor der Himmel sich allmählich grau verfärbte und der neue Morgen heraufdämmerte, fand Griffyn sich in der Schreibstube ein, in der mehrere Kisten und Truhen standen. Auf den gerundeten Deckeln hatte sich Schimmel gebildet, in dem sich Staub und tote Käfer sammelten. Griffyn steckte einige Fackeln in die Halterungen an der Wand und begann, die Truhen zu öffnen. Jedes Mal, wenn ein Truhendeckel gegen die Mauer schlug, hallte der Laut dumpf von den Wänden wider.

Er zog einen Stapel Papiere aus der ersten Truhe, und er fühlte sich plötzlich mutlos. Würden sich hier Hinweise auf den Schatz finden? Und würde er sie bei der Durchsicht der Dokumente überhaupt als solche erkennen?

Das war der Moment, in dem er beschloss, Alex um Rat zu fragen. Alex war einer der Wächter, einer der Männer, die den Hüter des Schatzes beschützten. Er wusste alles über Griffyns ungeliebtes Erbe und war mit jedem Gerücht, jedem Geheimnis und den Legenden vertraut, die sich um Karl den Großen und sein Vermächtnis rankten. Und er war darin unterwiesen worden, uralte Mysterien zu ergründen. Griffyn ging zu einer der Fackeln und hielt die Pergamentseiten ins Licht, um sie zu lesen.

Als Griffyn das gedämpfte Läuten der Glocken zur Prim hörte, hatte er jede Truhe geöffnet und durchsucht. Sie bargen nichts als alte Hauptbücher und Urkunden, die mit einem *X* von Männern unterzeichnet worden waren, die sich für mächtig gehalten hatten und am Ende dann doch wie jeder andere Mensch auch gestorben waren.

Griffyn war nahezu überwältigt. Er hockte sich auf den Steinfußboden, lehnte sich mit dem Rücken gegen die Wand und schaute auf das Durcheinander in diesem eiskalten Raum. Er spürte die Kälte, die durch seine wollene Hose drang.

Die geöffneten Truhen wirkten auf ihn wie weit aufgerissene Mäuler, die danach verlangten, dass man sie stopfte. Griffyn fühlte sich schmutzig. Als Fischer wäre er besser dran. Oder als Schmied. Alles andere wäre besser als das Leben als Adeliger.

Er stand auf und klopfte den Staub von seinen Kleidern. Er musste dringend mit Alex sprechen.

Zur Zeit der Wachablösung gingen sie gemeinsam zum Wehrgang hinauf. Ein feiner Nieselregen hatte eingesetzt, und vom Burghof her waren die Stimmen der Männer zu hören, die sich an ihr Tagwerk begaben. Eisen traf auf Stein, ein Hahn krähte. Die Geräusche drangen nur gedämpft zu Griffyn und Alex herauf und vermischten sich mit dem Flüstern des Nieselregens. Die müden Wachsoldaten in ihren feuchten Kettenhemden hoben grüßend die Hand und verschwanden im Innern der Burg.

Sobald sie allein waren, ergriff Griffyn das Wort. »Ich habe mich ein wenig umgeschaut.«

Alex blickte ihn nicht an. Wie Griffyn ließ er den Blick über die Festungsanlagen schweifen. »Und was hast du gefunden?«

»Nichts. Aber dann habe ich mir überlegt, dass es vielleicht Schlösser gibt, die ich mit meinem Schlüssel nicht öffnen kann. Das könnte doch sein, oder? Ich habe diesen rätselhaften Schlüssel …«

Aus dem Augenwinkel sah er, dass Alex nickte. »Es gibt drei

Schlüssel, und jeder passt in den nächsten. Du besitzt den Eisenschlüssel, er ist der äußere von den dreien.«

»Und welche sind die inneren?«

»Erst kommt ein Silberschlüssel, und in der Mitte befindet sich ein kleiner vergoldeter.«

Griffyn wandte sich dem Freund langsam zu. »Warum hast du mir noch nie davon erzählt?«

Alex blickte ihn erstaunt an. »Ich wusste nicht, dass es dich interessiert. Du hast mir einmal fast den Kopf abgerissen, als ich dir den Vorschlag gemacht habe, dich mit deinem Erbe und deiner Aufgabe auseinandersetzen.« Er zögerte. »Warum hast du mich nicht geholt, damit ich dir bei der Suche helfe?«

Griffyn zuckte mit den Schultern. »Ich wollte lieber allein sein.«

»Ich verstehe. Warum interessiert dich die Angelegenheit plötzlich?«

Wieder ein Schulterzucken. »Lady Gwyn hat von einem Traum erzählt. Etwas, das ihr Vater gesagt hat.«

»Du vertraust Ionnes de l'Ami, aber nicht deinem eigenen Vater?«

Griffyn lehnte sich gegen eine Zinne. »Ich vertraue niemanden außer dir, Alex. Und ganz gewiss nicht den beiden Männern, die von diesem Erbe zerstört wurden.«

Alex schwieg eine Weile. »Habgier treibt manchen Mann zum Äußersten, Griffyn«, sagte er schließlich. »Aber das gilt auch für anderes.«

Griffyn schaute über das Tal. Der Regen schimmerte auf den roten und goldenen Blättern der majestätischen Eiche, die genau in der Mitte des Tales stand. Er erinnerte sich daran, dass dieser Baum einst das Zentrum eines jeden Ereignisses gewesen war, das im Jahreslauf auf Everoot stattgefunden hatte. Unter dem weiten Blätterdach wurden Gerichtstage abgehalten, fanden Jahrmärkte und das Fest am Tag der Sommersonnenwende statt. Feuer brannten immer zu den alten heidnischen Feiertagen, die sein Vater nie verboten hatte. In der Ferne sah er Männer, die auf dem Weg zur Feldarbeit waren. Sie gingen schwer und schleppend. Der schwache Salzgeruch des Meeres vermischte sich mit dem nach süßem Heu, feuchten Steinen und Leder.

Er legte die Hände auf die raue Steinmauer. Eine Frau kann für einen Mann die treibende Kraft sein, dachte er. Oder eine Familie.

»Stephen wird schon bald einen Vertrag mit Henri schließen«, sagte er stattdessen.

Alex schwieg und dachte über die Bemerkung nach. »Ich glaube, heute früh ist ein Bote eingetroffen. Stephen wird sich also ergeben.«

»Es wird nur noch wenige Wochen dauern.«

»*Bien*. Der Krieg wird bald zu Ende sein.«

Griffyn rieb sich das stoppelige Kinn. Das letzte Mal hatte er sich vor dem Fest rasiert. »Zumindest gilt das für den Großteil Englands. Ich muss es Guinevere noch sagen.«

Als Alex lachte, sah Griffyn ihn an.

»Du musst mich nicht schonen, was Guinevere betrifft. Ich weiß, du magst sie nicht.«

»So ist es nicht, Pagan. Soweit ich sehe, ist sie eine tapfere und starke Frau, die als Lady und Burgherrin gleichermaßen vorbildlich ist. Es ist also nicht so, dass ich sie nicht mag. Ich vertraue ihr nur nicht.«

Griffyn dachte darüber nach. Dann zeigte er auf die Straße. »Aubrey wird mit seinen Steinmetzen kommen, spätestens Sonntag sind sie hier.«

Alex lächelte. »Spätestens zum Weihnachtsfest sind die Mauern instand gesetzt ...«

»Und bis Ostern die Burg«, vollendete Griffyn den Satz. Er blickte über Alex' Schulter. Guinevere kam durch den Regen auf sie zu. Sie lächelte ihn an. Die Anspannung, die ihn seit dem Aufwachen erfasst hatte, schwand ein wenig. Er fühlte sich zufrieden, nicht mehr von wilder Wut getrieben.

»Und das besser, als selbst mein Vater es vermocht hat«, bekräftigte er.

Als Guinevere aufwachte und sich aufsetzte, zog sie die Felle an die Brust. Die Kammer war verlassen. Im Kohlenbecken glomm ein Feuer. Es war angenehm kühl. Und es war auch schon recht spät, wie ihr ein Blick nach draußen verriet. Aber warum sah alles so Grau in Grau aus? Sie schüttelte den Kopf und versuchte, ihre Gedanken zu ordnen.

»Mylady?«

Ihre Zofe Mary legte ein Bündel Reisig neben das Kohlenbecken. Feuerholz. Sie mussten im Kamin Feuer machen, denn inzwischen war es kalt genug geworden, um einzuheizen. Sie lächelte.

»Möchtet Ihr, dass ich Euch beim Ankleiden helfe?«

Gwyn schüttelte den Kopf.

»Dann wollt Ihr bestimmt in die Kapelle. Aber Vater Wessen ist nicht da, er ist im Dorf und sieht nach Grania.«

»Ist sie schon wieder krank?«, fragte Gwyn abwesend.

»Ja. Er hat mir sagen lassen, ich solle Euch ausrichten, heute früh sei keine Messe und ...«

»Wo ist er?«

»Vater Wessen?« Mary war verwirrt. »Vergebt, Mylady, aber wie ich bereits sagte ...«

»Nein, ich meine Lord Griffyn.«

»Ach so!« Das junge Mädchen lächelte, während es das Reisig im Kamin aufschichtete.

»Also?«, hakte Gwyn nach. Sie beobachtete missmutig ihre Zofe. Vielleicht war sie in letzter Zeit doch ein wenig zu nachlässig gewesen, und ihre Dienerschaft nutzte diesen Umstand schamlos aus.

»Er ist unterwegs und läuft überall herum, Mylady. Die Männer sind auf den Feldern und auf der Mauer.«

»Auf der Mauer?«

»Ja. Sie reparieren die Mauer, Mylady. Die Befestigungsanlage bringen sie auch wieder in Ordnung. Sie sagen, ein Steinmetz wäre unterwegs hierher, ist das nicht unglaublich?«

Gwyn ließ sich wieder in die Kissen fallen und zog die Felle bis über ihre Brust. Mary beobachtete sie lächelnd.

»Und es regnet.«

Für einen Moment schauten sie sich stumm an, dann sprang Gwyn aus dem Bett, eingehüllt in die Felle, und lief zum Fenster. »Es regnet?«

Mary nickte eifrig. »Ein richtig feiner Nieselregen ist das, der schön tief in die Erde eindringt.«

»Regen«, hauchte Gwyn andächtig. Sie trat ans Fenster und zog die Felle hinter sich her. Tatsächlich, es regnete. Ein feiner, dichter Nieselregen ging auf die Welt nieder. Regen. Die Dürre war vorbei.

Sie kleidete sich rasch an und lief nach unten in die große Halle. Mit jedem Schritt wuchs ihre Aufregung, und als sie den Fuß der Wendeltreppe erreichte, wusste sie, warum sie sich so freute. Sie wollte Griffyn sehen. Aber er war nicht in der Halle.

Er musste draußen sein. Im Regen.

Sie lief so rasch aus der Halle, dass der Diener, der ihr Brot und Bier hatte bringen wollen, erstaunt blinzelte und das Tablett zurück in die Küche trug.

Gwyn stieg die Treppe zum Wehrgang hinauf, und nach kurzer Suche fand sie Griffyn auf einem verlassenen Abschnitt des langen Ganges. Er und Alex waren in ein Gespräch vertieft. Er lehnte an einer der Zinnen und hatte die Arme über der Brust verschränkt. Aber er lächelte. Eine Welle der Zuneigung erfasste sie.

Er schaute über Alex' Schulter und sah sie herankommen, dabei sprach er weiter mit seinem Freund. Seine Augen ruhten auf ihr. Als sie die Männer erreichte, machte Griffyn einen Schritt zur Seite, damit Gwyn am Gespräch teilhaben konnte.

»Mylady.«

»Mylord«, murmelte sie. Dann wandte sie sich an Alex und erwiderte dessen Gruß.

»Es regnet«, sagte sie leise. Es klang etwas einfältig, wie sie sich selbst eingestehen musste. Das waren schließlich die ersten Worte, die sie nach der letzten Nacht wechselten. Und dann sagte sie etwas so Dummes!

Aber Griffyn schien davon unbeeindruckt. Ein Mundwinkel hob sich leicht. Und schon verlangsamte sich ihr Weltenlauf. Sie spürte, wie sie errötete.

Der leise Regen wisperte. Gerüche stiegen mit ihm auf: Es roch nach feuchter Erde, nach nassem Gras und Holzfeuern, und sie schmeckte das Salz der See. Gwyn hob ihr Gesicht dem Regen entgegen und ließ ihn ihre Wangen streicheln. Als sie den Kopf wieder senkte, fühlte sie sich seltsam befangen, weil die Männer sie beobachteten.

»Es riecht so gut«, erklärte sie. Die Männer schnupperten pflichtbewusst.

»Es riecht anders als die Normandie bei Regen«, gab Alex schließlich zu.

Griffyn beobachtete sie. »Komm«, sagte er dann. Seine leise Stimme ließ ein völlig überflüssiges Verlangen durch ihren Körper pulsieren. »Sieh dir die Mauern an.«

Sie beugte sich über die Mauer. Auf dieser Seite war sie halb zusammengebrochen, und die Quadersteine lagen, der Witterung ausgesetzt, am Boden verstreut. Ihr Vater hatte zwar das Geld gehabt, aber es hatte ihm an der Zeit für die notwendigen

Reparaturen gefehlt. Gwyn hatte weder Zeit noch Geld. Der dazu gehörende Verteidigungsturm ragte sechzig Fuß in die Höhe, aber auch hier bröckelte alles. Turm und Mauer stellten für die Burgbewohner eine größere Gefahr dar als für eine angreifende Armee.

»Die Steinmetze kommen bald«, sagte Griffyn. Er zeigte auf die einzelnen Gebäude. »Der Turm, die Kapelle. Das wird alles wieder aufgebaut.«

Sie lächelte.

»Und da vorne«, er wies nach Norden, »werden wir eine Küche bauen.«

»Aber wir haben schon ein Küchengebäude, Griffyn.«

»Ja, eine alte Küche. Aus Holz. Ich spreche von einer aus Stein. Ich habe deine Köchin gesehen und ihr Essen gekostet. Es schmeckt hervorragend, aber ihre Arbeitsweise ist überaus chaotisch.«

»Sie ist halt ... schöpferisch«, gab Gwyn zu.

»Sie ist entsetzlich.«

Sie lachte.

»Wir werden Gäste haben, Gwyn. Viele Gäste. Deine Dienerschaft braucht eine neue Küche. Also bauen wir eine.«

Sie nickte und konnte gar nicht mehr aufhören zu lächeln. »Sie brauchen die neue Küche, du hast recht.«

Er stützte sich mit den Unterarmen auf die Mauer und klatschte in die Hände. Sein Blick schweifte über das Tal. »Diese Burg wird ihre alte Stärke zurückbekommen.«

»Sie wird wunderbar«, bekräftigte sie mit leisem Stolz und schaute zu Alex. Er beobachtete sie und Griffyn. Der Ausdruck in seinen Augen war undurchdringlich, aber keineswegs freundlich. Gwyn knickste kurz. »Ich werde euch jetzt nicht länger stören. Mylord. Sir Alex.« Damit wandte sie sich ab.«

Sie ging davon und lenkte ihre Schritte zum südlichen Turm. Sie wusste, wusste, *wusste* einfach, dass er ihr folgen würde.

Sie trat in den Schatten des Turms und wandte ihr Gesicht dem Regen zu. Sie wollte noch nicht nach drinnen gehen, nicht, solange es noch regnete. Sie würde einfach hierbleiben und im Nieselregen auf Griffyn warten.

Und wenn es hundert Jahre dauerte.

Kapitel 15

Griffyn ließ kaum eine Minute verstreichen, bis er ihr folgte. Als er den Wehrgang des Südturms betrat, lehnte Gwyn, die Hände hinter sich auf die Mauer gestützt, zwischen zwei der Zinnen.

Regentropfen glitzerten in ihrem Haar. Sie hatte sich einen Umhang umgelegt und trug darunter ein einfaches, züchtiges Kleid mit passender Tunika, die lange, eng anliegende Ärmel hatte. Die feuchte Luft ließ den weißen Stoff an ihrer Haut kleben und betonte ihre Brüste. Griffyn sah ihre Knospen, die sich deutlich abzeichneten. Gwyn zitterte, als sie ihn lächelnd ansah.

Ein frischer Wind wehte und spielte mit ihrem Haar. »Kannst du es fühlen? Es ist, als läge Silber in der Luft!«, rief sie ihm entgegen.

Statt ihr zu antworten, drehte Griffyn sich um und rief nach Alex. Gwyn beobachtete, wie er die Stufen wieder hinunterging, sich auf halber Strecke mit Alex traf und dem Freund etwas sagte. Dann kehrte er zu Gwyn zurück.

Er kam auf sie zu. Wortlos umfasste er ihr Gesicht mit beiden Händen und küsste sie so zärtlich, dass sie glaubte, sterben zu müssen. Seine Lippen strichen wie ein Windhauch über ihre. Er küsste sie zweimal, dreimal, dann begann er, ihren Mund mit seiner Zunge zu erkunden. Das Feuer, das er in Gwyn entfachte, ließ sie wünschen, überall von ihm berührt zu werden.

Sie legte die Arme um ihn und schwelgte darin, ihm einfach nahe sein zu dürfen. Sein Kuss wurde verlangender, und er drängte sie zurück, bis seine Oberschenkel gegen ihre stießen.

Er drückte sie gegen die Zinne und entzog sie damit den Blicken aller Neugierigen, die zufällig nach oben schauten. Seine Hände waren überall und weckten in ihr das vertraute Fieber. Die Stellen ihres Körpers, die er nicht berührte, sehnten sich schmerzlich nach ihm.

»Nein«, keuchte sie.

»Doch«, erwiderte er rau. Die pochende Hitze zwischen ihren Beinen wuchs mit jedem Kuss, und Gwyn spürte, wie feucht sie war. Ihr Körper rieb sich unwillkürlich an seinem.

»Nein!«, protestierte sie schwach. »Nicht hier.«

»Alex bewacht die Treppe.«

»Pagan, nein!«

Er hob den Kopf. »Letzte Nacht war ich noch Griffyn«, bemerkte er mit einem schiefen Grinsen. »Habe ich in deinen Augen seitdem so viel verloren?«

Sie schüttelte den Kopf und versuchte, ihr Kleid glatt zu streichen. Er zog sie an sich. Sein Blick suchte ihren. In seinen Augen lag ein seltsam abwesender Ausdruck, fast so, als hätte er sich von ihr entfernt, und dieser Gedanke zerriss Gwyn fast das Herz. Er fuhr mit einer Fingerspitze über ihre Wange. »Du bist so schön.«

Warm legten sich seine Hände auf ihre, und drängten sie, nach ihrem Rock zu greifen und ihn zusammen mit ihm langsam anzuheben. Kalte Luft streifte Gwyns nackte Beine. Von ihrer Scham ging ein erhitztes Zucken aus. Seine Hände glitten an ihren Beinen nach oben und schlossen sich unter dem Rock um ihre nackte Hüfte.

Der Regen glitzerte in seinen dunklen Haaren. Er senkte den Kopf und küsste sie auf den Hals. Gwyn atmete heftig, als ein Beben ihr Rückgrat hinauflief, ihre Brüste erfasste, ihren ganzen Leib.

»Du willst es doch auch, nicht wahr, Gwyn?«, fragte er heiser.

»Lieber Gott«, flüsterte sie, weil sie genau spürte, wie sie sich ihm bereits ergab.

»Willst du es nicht?«, wisperte er. Das Verlangen, das in seiner Stimme mitschwang, forderte sie heraus. »Darum bist du doch auf den Turm gekommen? Weil du mich gesucht hast?«

Er drückte sie mit seinem Körper gegen die Wand und schob ein Knie zwischen ihre Beine. Dann hob er sie mit einer raschen Bewegung hoch. Ihre Beine schlangen sich instinktiv um seine Hüfte. Er drückte sie mit seinem Gewicht und einer Hand gegen die Wand, während er mit der anderen seine Bruche öffnete. Sein hartes Glied schnellte hervor. Gwyn spürte, wie es sich heiß und samtig gegen ihren Unterleib drängte. Sie legte den Kopf in den Nacken. Ihre Hände legten sich um Griffyns Nacken, und ihr Körper begann sich an seinem zu reiben. Ihr wurde schwindelig. Sie spürte ihre Nässe, als seine Finger ihre Spalte erkundeten.

Mit einem Lächeln, das ihr schier den Verstand raubte, blickte er sie an. »Sag mir nicht, dass du es nicht willst, denn dein Gesicht verrät das Gegenteil.«

Mit einem fließenden Stoß drang er in sie ein. Ihre Finger fuhren über den Stoff seines Hemds, das nass an seinem Oberkörper klebte. Sie spürte die Muskeln, die sich unter ihren Händen anspannten. Ihr Kopf sank gegen die Mauer, und sie schloss die Augen. Wenn er sich seiner Lust hingab, war er wie ein Raubtier, das seinen Jagdinstinkt ganz auf sie richtete. Er hatte den Kopf in den Nacken gelegt und hielt die Augen geschlossen. Seine Muskeln spannten sich an, während er sie mit jedem harten Stoß dem Höhepunkt näher trieb.

Plötzlich öffnete er die Augen und sah Gwyn mit undurchdringlichem Blick an. Er lehnte sich etwas zurück und drückte dabei die Hüfte leicht nach oben. Sie sahen einander in die Augen, als er noch tiefer in sie eindrang. »Würde dir ein Jahrmarkt gefallen?«

»Wie bitte?«

»Ein Jahrmarkt, eine Kirmes. Hier auf der Burg.«

Sie versuchte, sich auf die Frage zu konzentrieren, aber mit seinem unnachgiebigen, langsamen Stößen machte er es ihr unmöglich, einen klaren Gedanken zu fassen. Er übte einen perfekten, beständigen Druck auf ihr Inneres aus. Er trug sie in den zweiten Höllenkreis der Lust. Aber warum quälte er sie, indem er versuchte, sie in ein Gespräch zu ziehen?

»Hier gab es seit Jahren keinen Jahrmarkt mehr«, brachte sie keuchend hervor.

»Das weiß ich, Gwyn. Ich frage dich, ob es dir gefallen würde, wenn es einen gäbe.«

Erneut stieß er heftig in sie. Ihre Schenkel erfasste ein Zittern, und sie brauchte einen Moment, ehe sie antworten konnte. »Sehr.«

Er beugte sich zu ihr hinab und streichelte sie mit seiner Zungenspitze von der Schulter bis zum Ohr. »Sie kommen zur Vermählung.«

»Wer?«

»Die Händler. Und Spielleute. Zum Jahrmarkt, zu dem Fest, das in der Woche nach unserer Hochzeit stattfindet.«

»Griffyn, es gibt kein …«

»Oh doch, es gibt viele. Und sie kommen alle hierher. Für dich. Würde dir das gefallen?«

In früheren Jahren hatte es oft fröhliche, ausgelassene Feste auf Everoot gegeben, die Händler und Bauern im Umkreis vieler Meilen angelockt hatten. Außer dem wöchentlichen Markt hatte es auch zu St. Martin oder anderen Feiertagen einen Markt gegeben. Und die große Messe zur Weihnachtszeit. Wenn man nirgendwo mehr frische Waren bekam und die Erinnerung an den Sommer allmählich verblasste, war dieses ein ganz besonderes Ereignis. Die halbe Welt schien sich zu dieser Jahreszeit im Nest zu versammeln, und für eine kurze Zeit schien die Welt wieder in Ordnung zu sein.

Aber diese Märkte fanden schon seit Jahren nicht mehr statt. Der Krieg dauerte schon zu lange, das Geld war überall knapper geworden. Und dann war ihr Vater gestorben. Die Buden standen seit Jahren leer, und das Feld, über das einst die Rufe der Händler und Kinderlachen geklungen hatten, lag verlassen da.

Konnte er das alles wieder zurückbringen?

Er veränderte ihre Welt. Alles war anders. Sogar ihr Körper, ihr Verstand und ihre Seele wurden von ihm berührt. Er stillte alte Schmerzen und entfachte ein neues Feuer in ihr.

Sie ließ den Kopf gegen seine Schulter sinken. »Ja«, murmelte sie. »Das würde mir sehr gefallen.«

»Bien«, sagte er, den Mund in ihr Haar gedrückt. Er bewegte sich wieder in ihr, und diesmal berührte er etwas tief in ihr und trieb sie auf einen Abgrund der Lust zu, der sie zusammenzucken ließ.

»Bitte, Griffyn«, flehte sie.

»Sag mir, was du willst«, flüsterte er ihr ins Ohr. »Sag es mir.«

»Bitte!« Sie schrie jetzt. Ihr Körper hing bebend über dem Abgrund der Lust. Sie wollte sich in die Tiefe stürzen. Er wurde langsamer.

»Sag es!« Seine Stimme war heiser und leise, während seine rhythmischen Stöße sie weiter quälten. Wellen der Lust rannen über ihren Rücken, erfassten ihren ganzen Körper und ließen ihre Beine zittern.

Gwyn klammerte sich an seine Schultern. Ihr Kopf fiel zur Seite, während ihr Körper sich im Rhythmus mit seinem bewegte. Seine Hände umklammerten ihre Hüfte. Er vergrub sich in ihr, heftig und verlangend stieß er hart zu.

»Griffyn!« Sie flehte ihn um Erlösung an.

»Sag es, Gwyn.«

Sie flüsterte die Worte, die er ihr letzte Nacht beigebracht hatte. »Mach, dass ich komme«, und dann taumelte sie über den Grat, auf dem sie balanciert hatte. Sie schrie seinen Namen.

Als sie wenige Augenblicke später die Augen öffnete, beobachtete er sie. Er drückte sie fester an sich und schnupperte an ihrem Hals.

»Nur für mich?«, fragte sie. Ihre Frage klang zart und zerbrechlich. Er drückte sie noch fester an sich.

»Nur für dich, Liebes.«

Kapitel 16

Der Nieselregen fiel wie ein süßer, feuchter Kuss auf die Welt und deckte alles zu. Griffyn legte behutsam einen Arm um Gwyns Schultern, als sie in ihre Gemächer zurückgingen. Er hatte zum ersten Mal seit Jahren das Gefühl, Frieden gefunden zu haben.

Der Frieden dauerte fünf Minuten.

Griffyn zog eine der schweren Türen zum Wohnturm auf, und Gwyn schlüpfte unter seinem ausgestreckten Arm hindurch, als er im selben Moment sagte: »Gwyn, es gibt Neuigkeiten.«

Vielleicht lag es an seinem Tonfall oder an seiner Haltung. Sie wusste jedenfalls sofort, dass die friedvolle Zeit vorbei und nichts weiter gewesen war als eine kurze Atempause.

»Was gibt es?« Sie zwang sich zu einem Lächeln, das sich falsch und brüchig anfühlte. Er sah sie aufmerksam an.

»Vielleicht sollten wir erst in unser Gemach gehen«, schlug er vor.

»Natürlich.«

Sie wandte sich von ihm ab. Ihr Rücken war so gerade wie eine Speiche in einem Wagenrad. Sie wartete nicht auf ihn, sondern ging eilig voraus, und als sie das Gemach erreichte, begann sie sogleich, die Manuskripte und Becher und die anderen Gegenstände zu ordnen, die als Überbleibsel der vergangenen Nacht auf dem Tisch lagen. Vergangene Nacht, als er sie daran erinnert hatte, dass ihr Herz noch lange nicht tot war.

Sie hörte seine Schritte. An der Tür zögerte er. Gwyn schob ein Manuskript zurecht, sodass es mit den anderen auf dem Regalbrett bündig abschloss.

»Gwyn.«

Sie begann, Dinge zu ordnen, die bereits geordnet worden waren.

»Gwyn, es gibt Neuigkeiten.«

Sie nahm eine seiner Tuniken und faltete sie sorgfältig zusammen. »Was für Neuigkeiten?«

»Neuigkeiten von Stephen.«

Ein kleiner erschreckter Laut entfuhr ihr, und Griffyn sah sie fragend an. Sie zog die Tunika glatt und faltete sie so heftig zusammen, dass die Falte vermutlich nicht mehr herausging. »Was ist mit ihm?«

Er legte seine Hände auf ihre, und Gwyn spürte deren Wärme. »Er und Henri werden einen Vertrag unterzeichnen. Anfang November treffen sie sich in Winchester.«

Sie riss sich von ihm los und trat ans Fenster. »Was ist das für ein Vertrag?«

»Ein Vertrag, nach dessen Unterzeichnung Stephen nur noch den Titel eines Königs trägt. Er wird das Land Grafschaft für Grafschaft abgeben und in allen Belangen Henris Rat einholen. Alle Burgen, die während seiner Regierungszeit unrechtmäßig erbaut wurden, werden geschleift.«

Sie nickte, als hätte er ihr soeben mitgeteilt, dass in der großen Halle neue Binsen ausgestreut werden mussten. »Henri wird also König.«

»Ja.«

Sie blickte aus dem Fenster. Die Dächer der Gebäude glänzten feucht vom Regen. Ein Junge in zerrissener Hose lief hinter einem Huhn her, das ihm entwischt war.

Ihr Kopf fühlte sich an, als hingen alle Gedanken dieser Welt darin fest. Dennoch konnte sie keinen dieser Gedanken fassen, weil sie ihr immer wieder entglitten.

»So ist es das Beste, Gwyn.«

Jemand kam heraus und half dem Jungen. Gemeinsam scheuchten sie das Huhn wieder zurück in den Schatten der Burg. »Aber woher weißt du so sicher, dass es das Beste ist?«

Seine tiefe Stimme hallte in dem Raum wider. »Weil es sein muss.«

Wie betäubt nickte Gwyn. Es war ihr unmöglich, ihn anzusehen.

Sie hörte, dass seine schweren Schritte auf sie zukamen. Aber dann blieb er stehen. Einen Augenblick lang war alles still, dann machte er kehrt und verließ das Zimmer. Die Tür schloss sich hinter ihm.

Einige Zeit später hörte sie das Geräusch von Schritten, die sich eilig näherten. Jemand rief, er suche nach Griffyn. Leise Stimmen folgten. Ein zweiter Bote war eingetroffen.

Gwyn starrte eine lange Zeit einfach nur aus dem Fenster. Der Nieselregen ließ nach, dann hörte er vollständig auf.

König Stephen wusste, dass sein Sohn nicht tot war. Jede Vereinbarung und damit auch jeder Vertrag, auf den er sich einließ, wäre nur eine List, ein Ablenkungsmanöver, um sich Zeit zu verschaffen. Zeit, die Guinevere nutzen konnte, den Prinzen gesundzupflegen, um so ihren König und das Königreich zu retten.

Sie hatte ein Versprechen gegeben. Ihr Wort gegeben. Was hatte sich geändert? Nichts. Nach wie vor hatte sie ihre Pflicht zu erfüllen. Die neuen Umstände änderten daran nichts. Ebenso wenig wie ihre Gefühle. Und ihr Herz.

Gwyn spürte, wie sich alles in ihr gegen diesen Gedanken wehrte. Sie hob trotzig das Kinn, versuchte, sich zu beruhigen.

Sie brauchte Hilfe. Sie musste zu Marcus.

Funkelndes Sonnenlicht brach durch die Wolken. Der Tag versprach schön zu werden.

Griffyn eilte die Treppe hinunter, Alex folgte ihm auf den Fersen. Als sie die große Halle betraten, kam William ihnen entgegen,.

»Da ist ein Bote, Mylord. Ich habe mir gestattet, ihn in die Schreibstube zu führen.«

Griffyn ging voran, Alex und William blieben dicht hinter ihm. Vor der Tür der Schreibstube blieben sie stehen. »Er hat gesagt, es wäre eine private Angelegenheit, Mylord«, sagte William leise. »Ich hoffe, ich habe nicht meine Befugnisse überschritten?«

»Ihr habt das gut gemacht«, sagte Griffyn und legte eine Hand auf Williams Schulter. Er blickte Alex an. »Warte hier!«, befahl er ihm und nickte kaum merklich in Williams Richtung. Alex' Gesicht verhärtete sich, aber er nickte und machte einen Schritt zurück. Er lehnte sich vor der Schreibstube gegen die Wand und behielt einen sichtlich nervösen, aufgeregten Sir William im Auge.

Die Läden vor den Fenstern der Schreibstube waren noch geschlossen, und der Raum wurde nur von einigen Kerzen an den Wänden und auf einem Tisch erhellt. Der junge Bote hatte auf der Bank am Tisch Platz genommen. Er saß auf der vorderen Kante der Bank, als fürchtete er, sie könne unter seinem Gewicht zusammenbrechen, auch wenn die Beine aus vier Zoll dicken Eichenbrettern gefertigt waren. Der Mann wirkte erschöpft, seine Kleider waren verdreckt, und er machte auf Griffyn den Eindruck, als habe er seit Tagen nichts mehr gegessen. Griffyn schloss die Tür hinter sich, und der Mann sprang auf.

»Mylord Everoot!«

»Wie heißt du, Junge?«, fragte Griffyn und trat näher.

»Richard, Sir!«

»Setz dich, Richard.« Er nahm den Alekrug, den vermutlich William auf den Tisch gestellt hatte, und schenkte dem Jungen etwas ein. Richard nahm den Becher entgegen und trank ihn auf einen Zug zur Hälfte leer.

»Welche Nachricht bringst du?«, fragte Griffyn, nachdem der Junge den Becher abgesetzt hatte.

Der junge Richard setzte den Becher auf dem Tisch ab, wobei

etwas Ale über den Becherrand auf seine Tunika spritzte. »Ich bringe Nachricht von einem Ritter im Norden, Mylord«, sagte er knapp. Er gönnte sich keine Pause, um seine Tunika wenigstens notdürftig zu reinigen.

»Von wem stammt die Nachricht?«

»Mir wurde aufgetragen, Euch auszurichten, dass Ihr ihn nicht kennt.«

»Und wie lautet die Botschaft?«

Richard riss die Tasche auf, die er am Gürtel trug. Er hob die Lasche und zog eine zerknitterte Pergamentrolle heraus. »Mein Herr bittet Euch darum, Euren Unwillen nicht an mir auszulassen, solltet Ihr nach dem Lesen seiner Nachricht Grimm verspüren. Und dass Ihr nicht verlangt«, fügte er eilig hinzu und versuchte, unbeteiligt auszusehen, obwohl sich sein Gesicht verzogen hatte, als müsse er einen Käfer herunterschlucken, »dass ich die Botschaft esse.«

Griffyn blickte von dem Pergament auf. »Das würde nicht besonders gut schmecken.«

»Nein, Sir«, stimmte Richard ihm feierlich zu.

Griffyn überprüfte das rote Wachssiegel, ehe er es erbrach und das Pergament aufrollte.

Mylord Everoot,

ich habe gehört, Ihr seid nach Norden geritten, um das Nest einzunehmen mitsamt allem, was sich darin befindet. Ich bin in den Besitz eines Gegenstandes gelangt, den Ihr vielleicht haben wollt. Oder braucht. Es ist ein kleiner Gegenstand, klein genug, um in ein Schlüsselloch zu passen. Der junge Richard hat den Befehl, Euren Sieg abzuwarten und Euch dann diese Botschaft zu überbringen. Hebt Euch Euren Hochmut für mich auf und lasst ihn nicht an dem Jungen aus.

Dankbar und in Gottes Namen grüßt Euch

Jemand, der etwas besitzt, das Ihr wollt.

Griffyn verspürte ein seltsames Summen in seiner Brust. Es war stark und reißend wie ein Wirbel, als hätte er immer mit dieser Möglichkeit gerechnet; und jetzt bot sie sich ihm auf unverhoffte Weise.

Natürlich konnte es auch eine Falle sein. Eine Falle, die ihm jemand stellte, der zu viel wusste.

Er blickte auf. »Wo ist dein Meister?«

Kleine Schweißperlen waren auf Richards Stirn erblüht. »In Ipsile-upon-Tyne, Mylord«, stammelte er. »Im Roten Hahn. Er erwartet Eure Antwort.«

»Du meinst, er erwartet *mich*.«

»Ja, Mylord, wenn es Euch zupass käme …«

Griffyn war schon fast aus der Tür. »Beeil dich, Richard. Wir reiten sofort los.«

Er drehte sich um und wäre beinahe in Alex gerannt. »Ich muss etwas erledigen«, sagte er knapp und schlug Alex auf die Schulter.

Alex blickte beunruhigt zwischen Griffyn und Richard hin und her.

»Lass meine Wachen antreten«, fügte Griffyn hinzu. »Ich reite nach Ipsile-upon-Tyne.«

Alex sah ihn entsetzt an. »Pagan? Nach Ipsile? Aber was …?«

Aber Griffyn war bereits auf dem Weg zur Halle. Er rief über die Schulter: »Wir brechen in einer Stunde auf! Sorge dafür, dass Wegzehrung für vierzig Männer eingepackt wird. Dreißig holst du von den Feldern und beorderst sie auf die Mauern. Sie sollen sich voll bewaffnen. Nimm die Everoot-Leute mit.« Er durchquerte die große Halle. Alex und William eilten ihm nach. »Füttert den jungen Richard und gebt ihm ein frisches Pferd. Er reitet mit uns. Sag Fulk, dass ich ihn auch dabeihaben möchte. Du bleibst hier, Alex. Ich brauche dich auf Everoot.«

Alex blieb wie angewurzelt stehen. Griffyn trat zu ihm.

»Pagan.« Alex' Stimme klang eindringlich. Er sprach leise. »Ich sollte an deiner Seite reiten. Wenn das hier irgendwas zu tun hat mit ...« Er blickte zu William, der direkt hinter ihnen stand und wartete. »Wenn es mit Everoots geheimer Kammer zu tun hat, muss ich das wissen. Es ist von größter Wichtigkeit.«

»Darum brauche ich jemanden hier, dem ich vertrauen kann. Wir sind erst vor zwei Tagen hier eingetroffen und haben diese Burg nur mithilfe einer Armee für uns gewinnen können. Ich kann die Burg jetzt nicht ungeschützt zurücklassen. Jemand muss die Männer einteilen, muss ihnen Befehle erteilen und so weiter. Die Männer dürfen nicht das Gefühl haben, dass die Sauvage-Regentschaft schon nach zwei Tagen Schwäche zeigt. Wen soll ich mit dieser Aufgabe betrauen, wenn nicht dich?«

Alex schluckte. Er starrte zu Boden und schüttelte den Kopf. »Niemanden, Mylord. Ich werde mich darum kümmern.«

Griffyn schlug ihm noch einmal auf die Schulter. Er nahm immer drei Stufen auf einmal, als er die Treppe hinaufstürmte. Mit dem Fuß stieß er die Tür zu seinem Gemach auf. Helles Sonnenlicht blendete ihn.

»Musst du wirklich fort?«

Griffyn war in ihre gemeinsame Schlafkammer gekommen, um sich von Gwyn zu verabschieden. Er kam ohne seinen Knappen Edmund, weil der Junge sich um das Satteln von Noir kümmern musste. Darum legte Griffyn eigenhändig seinen Waffenrock an.

»Es muss sein«, antwortete er dumpf, den Waffenrock halb über den Kopf gezogen. Gwyn trat zu ihm und zog am Saum des Rockes, sodass er sich das Kleidungsstück besser über den Kopf ziehen konnte. Ihre Hände zitterten.

»Aber warum jetzt?«, bohrte sie nach. Dabei sollte ich besser den Mund halten, dachte sie. War dies nicht die von Gott gesandte Antwort auf ihre Gebete? Griffyn musste fort. Sie konnte also Marcus aufsuchen. Warum also versuchte sie, ihn zu überreden, bei ihr zu bleiben? »Es ist nur ... es kommt so bald nach ...«

Er setzte sich aufs Bett und zog die Stiefel an. »So bald nach was?«

Sie fuhr mit beiden Händen durch die Luft. »Es ist einfach ein schlechter Zeitpunkt, um mich allein zu lassen.«

Er befestigte den Sporn am Stiefel und stellte den Fuß auf den Boden. »Warum?«

»Nun, wegen unserer Hochzeit«, erwiderte sie. Ihre Stimme war schrill.

Er stand auf, küsste Gwyn und setzte sich wieder, um sich den zweiten Stiefel anzuziehen. »Dein Verlangen lässt nach?«

»Nein!«

Er blickte zu ihr auf. Ein paar Haarsträhnen hingen ihm ins Gesicht. Ihr fiel plötzlich ein, dass sie seine Haare schneiden sollte. Das war jetzt ihre Aufgabe.

»Nun«, sagte er langsam. »Geht es dir gut, Gwyn? Du bist doch nicht ...« Seine Miene hellte sich auf. Er berührte ihr Handgelenk. »Du glaubst doch nicht, jetzt schon guter Hoffnung zu sein, oder?«

»Nein!« Sie schrie jetzt fast.

Er zog die Hand zurück und starrte sie an, als würde ihr Gras auf der Stirn wachsen. »Also gut, Gwyn. Ich weiß nicht, welch finstere Stimmung dich gepackt hat, aber falls du dir Sorgen machst, ich könnte etwas mit den hübschen Mädchen in Ipsile-upon-Tyne anfangen ...«

»Nein!«

»Das war doch nur ein Scherz. Hörst du bitte auf, mich anzuschreien?«

Sie nickte stumm. Ihre Finger glitten über den Gobelin, ehe sie die Hand wegzog. »Es ist nur ... es kommt so bald«, brachte sie schließlich erschöpft hervor.

»Ich komme wieder.« Er befestigte den zweiten Sporn und stand auf. »Wir werden bald vermählt, und dann werden wir gemeinsam nach Ipsile-upon-Tyne reisen und auch jede andere Stadt hier oben im Norden aufsuchen, die du dir anschauen möchtest. Es sind nur noch zwei Wochen bis zur Hochzeit, Gwyn. Und ich bin in zwei Tagen zurück, das verspreche ich dir.« Er küsste sie rasch auf den Mund.

»Bitte geh nicht!«, flüsterte sie beschwörend. Aber selbst wenn sie geschrien hätte, hätte Griffyn sie nicht gehört. Er war gegangen.

Kapitel 17

Das Holzschild, das sich in der Dunkelheit über der Tür zur Schenke bewegte, zeigte einen roten Hahn. Oder zumindest einen Hahn, der verwittert und verrottet im Wind knarrte. Ob er einst rot gewesen war, konnte man nicht mehr erkennen.

Fulk schnaubte. »Ich bezweifle, ob jemand sich überhaupt mal die Mühe gemacht hat, das Schild anzumalen, Mylord. Vielleicht ist es Blut, und sie haben es irgendwie da oben drangeschmiert.«

»Das glaube ich gern«, stimmte Griffyn ihm zu.

Sie standen vor dem Roten Hahn und überlegten, ob es klug war einzutreten. Zugleich zweifelten sie auch an der Klugheit des Mannes, der sie herbestellt hatte. Die dünnen Wände der Schenke neigten sich gefährlich zur Seite. Das Gebäude stand eingezwängt zwischen zwei ähnlich verruchten Spelunken und lockte ein ebenso zwielichtiges Publikum an wie diese. Fulk stand in einer mit Eis überzogenen Pfütze und starrte auf die verdreckte Tür.

»Ich war schon in schlimmeren Schenken«, sagte er schließlich.

»Ich auch«, erwiderte Griffyn mit fester Stimme.

Und es stimmte: Sie waren beide schon an schlimmeren Orten als diesem gewesen. Dennoch wollte keiner von ihnen den Roten Hahn betreten.

Die Nacht war kalt und dunkel. Nebel stieg auf und wand seine weißen Bänder, die an Katzen denken ließen, die um Streicheleinheiten bettelten, um ihre Füße. Die Gasse war eng, und über ihren Köpfen neigten sich die Häuser einander zu wie alte Frauen, die über dem Waschzuber die Köpfe zusammensteckten. Durch die Ritzen der Fensterläden drang Kerzenlicht aus der Taverne. Lautes, brüllendes Gelächter drang zu ihnen, dann öffnete jemand die Tür und taumelte heraus. Hinter dem Betrunkenen wurde die Tür wieder zugeschlagen. Griffyn blickte Fulk an.

»Wenigstens geht's da drin lustig zu«, bemerkte Fulk finster.

»Schon. Aber worüber lachen diese Leute?«

Schließlich gingen sie doch hinein. Die Schenke war ein offener Raum, in dem sich Männer drängten, die bereits verschiedene Stadien der Trunkenheit erreicht hatten. Sieben oder acht Tische standen in wildem Durcheinander im Schankraum, und ein langer Tisch diente an der hinteren Wand als Tresen. Zwei Männer standen dahinter; davor drängten sich die Betrunkenen mit Alekrügen in der Hand, und grell geschminkte Frauen.

»Nun, das nenne ich bunt«, sagte Fulk und starrte verträumt auf die vollbusigen Frauen.

Griffyn schnaubte nur.

Es herrschte eine wilde, ausgelassene Stimmung. Die Männer standen dicht gedrängt wie Rindviecher im Stall. Sie brüllten auch genauso laut – und stanken auch so.

»Und nach Kuhscheiße stinkt's hier auch«, raunte Fulk, während sie die Schenke betraten.

Die Männer, die ihnen am nächsten standen, drehten sich nach den Neuankömmlingen um und betrachteten sie missmutig. Nach achtzehn Jahren Bürgerkrieg herrschte an der Grenze zwei sich feindlich gesinnter Nationen ein starker Gemeinschaftssinn unter den Männern von Ipsile, die sich instinktiv nur mit ihresgleichen zusammentaten. Griffyn und Fulk waren hier Fremde, und weil das so war, begegnete man ihnen mit einer höflichen Aufmerksamkeit, die fast an Feindseligkeit grenzte. Griffyn verzichtete darauf, den Männern zu sagen, dass er ihr neuer Lord war.

Fulk und er wechselten einen kurzen Blick, ehe Griffyn sich durch die Menge schob und einen leeren Tisch ansteuerte, den er in einer Ecke ausgemacht hatte. Er hoffte, dass Fulk ihm folgte, und schaute über die Schulter.

Aber Fulk folgte ihm nicht. Er hatte sich zum Schanktisch durchgekämpft und starrte mit offenem Mund in den Ausschnitt einer Dirne, wobei er zugleich den Schankwirt ignorierte, der direkt vor ihm stand. Griffyn seufzte und ging auf den leeren Tisch zu.

Dabei wurde er durch den Streit zwischen einigen Betrunkenen aufgehalten. Als das Geschrei zu einer handfesten Schlägerei auszuarten drohte und er hörte, wie jemand »verfluchter Bastard!« direkt neben ihm brüllte, trat er beiseite. Just in dem Augenblick flog ein Mann durch die Luft und landete mit einem abscheulichen Knall auf einer Tischplatte. Der Tisch gab unter ihm nach und krachte zu Boden. Griffyn trat über die Trümmer hinweg und steuerte den freien Tisch an.

Er setzte sich mit dem Rücken zur Wand auf die Bank und wartete – auf Fulk, auf den geheimnisvollen Unbekannten, der ihn herbestellt hatte, oder auch auf Satan persönlich. Heimlich schloss er Wetten mit sich ab, wer zuerst auftauchte.

Es war Fulk.

Er sank neben Griffyn auf die Bank und schob seinem Herrn einen Becher zu. »Um die Wahrheit zu sagen, Mylord, diese schottischen Weiber sind ein hübscher Anblick.« Ale schwappte aus dem Becher auf den Tisch.

Griffyn nahm den Becher. »Woher wisst Ihr das, wenn sie so stark geschminkt sind?«, fragte er ehrlich interessiert.

»Och«, machte Fulk ganz unbeteiligt. Er lehnte sich zurück. »Man weiß es eben.« Er nahm einen großen Schluck.

»Aha.«

Eine Gestalt kam durch die Menge zu ihrem Tisch. »Mylord«, sagte der Mann leise. »Ihr seid gekommen.«

»Nennt mich Pagan«, entgegnete Griffyn rasch und richtete seine Aufmerksamkeit voll und ganz auf den Unbekannten. Doch dann stockte ihm der Atem.

Der Mann war de Louth! Marcus' Handlanger! Der Mann, der versucht hatte, Guinevere zu entführen. Der Mann, der ihn bei dem Kampf auf der Landstraße fast getötet hatte.

Griffyn stand auf. Er atmete schwer. Seine Hand legte sich auf den Schwertknauf. Er nahm wahr, dass auch Fulk sich erhoben hatte. Eine spürbare Anspannung lag in der Luft. Griffyn und Fulk waren bereit, sich ihren Weg freizukämpfen, sollte de Louth sie in eine Falle gelockt haben.

»De Louth«, sagte Griffyn nur. Sein Blick glitt durch die verrauchte und überfüllte Schenke. Männer standen in Grüppchen beisammen, lehnten sich auf die Schulter eines Kameraden und brüllten lachend. Würfel klapperten auf den Tischen. Niemand schien an ihnen ein besondere Interesse zu haben. Er blickte wieder de Louth an.

»Ihr habt von mir nichts zu befürchten«, sagte de Louth leise. »Ich habe Euch mein Wort gegeben.« Er stand ein paar Schritte vom Tisch entfernt, die Hände ruhten an der Hüfte, doch hatte er beide Handflächen nach oben gerichtet und die Finger gespreizt. Er hatte keine Waffe. Zumindest nicht in den Händen.

Nach dieser Musterung blickte Griffyn de Louth wieder in die Augen. »Ihr habt mir die Nachricht geschickt?«

»Das habe ich.«

»Warum?«

»Darum bin ich hier. Um Euch alles zu erzählen.«

»Seid Ihr allein hier? Oder ist *er* irgendwo?«

De Louth schüttelte den Kopf. »Er ist nicht hier. Nur ich.«

»Er weiß nicht, dass Ihr hier seid?«

»Wenn er es wüsste, hätte er mir die Zunge abgeschnitten. Und den Schwanz gleich mit.«

Griffyn lächelte schmal. »Euer Herr kann Euch also nicht vertrauen. Aber ich soll Euch vertrauen?«

De Louth ließ die Hände sinken. »Sir, Ihr glaubt mir entweder – oder eben nicht. Aber was schadet es, wenn Ihr mir erst einmal zuhört?«

Fulk verschränkte die Arme vor der Brust. »Es könnte unseren Hinterköpfen schaden, wenn wir mit einem Prügel vermöbelt werden, während wir Euch andächtig zuhören.«

»Ich bin allein gekommen. Es ist keine Falle.« De Louth blickte Griffyn fragend an. »Also, ja oder nein? Wollt Ihr hören, was ich Euch zu sagen habe?«

Griffyn spürte den Griff seines Schwertes, der beruhigend gegen sein Handgelenk drückte. De Louth war vielleicht niederträchtig. Vielleicht aber auch nicht. Es gab nur eine Möglichkeit, das herauszufinden: Er musste ihm zuhören.

Absichtlich ging sein Blick zu de Louths Oberschenkel, den er vor Jahresfrist mit einem Pfeil durchschossen hatte.

De Louth grinste schief. »Es tut immer noch weh, wenn Ihr das wissen wollt.«

»Unter anderem.«

Ein letztes Mal ließ Griffyn den Blick durch die Schenke schweifen. Dann bedeutete er Fulk und de Louth, sich zu setzen. Fulk trank einen großen Schluck von seinem Bier, während Griffyn sich zurücklehnte. »Also?«, fragte er. »Was habt Ihr für mich?«

De Louth griff in den Beutel, der an seinem Gürtel hing, nahm etwas heraus und hielt es hoch. Eine Kette. Mit einem Schlüssel daran.

Griffyns Herzschlag verlangsamte sich. Der kleine Schlüssel schwang hin und her, und der Rhythmus hypnotisierte ihn geradezu. Ein Schlüssel. Er sah heller aus als der, den er um den Hals trug. Und er sah, dass der Schlüssel aus Silber war. *Der Silberschlüssel*. Er würde passen. Er wusste, dieser Schlüssel passte. Es war, als steckte ihm dieses Wissen im Blut. Als gehörte der Schlüssel ihm bereits. Dieser kleine Schlüssel aus Silber würde in den größeren aus Eisen passen, und damit wäre ein weiterer Schritt getan, um den rätselhaften dreifarbigen Schlüssel zu vollenden. Dann fehlte nur noch der kleinste aus Gold, um an die Heiligtümer zu gelangen. Er wäre dem Ziel einen Schritt näher.

»Wie seid Ihr an diesen Schlüssel gekommen?«, fragte er heiser.

De Louth legte die Kette auf den Tisch. »Ich habe ihn entwendet.«

»Wem?«

»Endshire.«

»*Marcus?* Wie in Gottes Namen kommt Marcus an diesen Schlüssel?«

»Er hat ihn gestohlen. Und zwar der Countess. Vor einem Jahr. Ich habe es mit eigenen Augen gesehen.«

»Er hat ihn ihr gestohlen?«, wiederholte Griffyn leise.

»Nicht ihr persönlich. Als wir in ihre Unterkunft eindrangen, war sie schon fort. Aber der Schlüssel lag auf dem Fußboden ihrer Schlafkammer. Sie hatte ihn in der Eile wohl verloren.«

»Und Marcus hat ihn an sich genommen«, sagte Griffyn langsam. Er versuchte, sich vorzustellen, wie Marcus reagiert hatte, als ihm bewusst geworden war, was er gefunden hatte. »Das hat ihm vermutlich gefallen.«

De Louth schnaubte. »Er sah aus wie ein Ritter, der in Palästinas Wüste an einem Stück Eis lutschen darf. Der Schlüssel hatte für ihn eine besondere Bedeutung.« Er lehnte sich zurück. »Und für Euch auch. Und für den Mann, der letzte Woche versucht hat, ihn mir abzukaufen.«

Griffyn erstarrte. »Wie bitte?«

»Jemand hat letzte Woche versucht, mir den Schlüssel abzukaufen.«

»Wer?«

De Louth schüttelte den Kopf. Im Kerzenlicht schimmerte sein Bart grau. Er blickte auf den Tisch mit den Bechern. »Ich weiß es nicht. Wir haben uns in einer dunklen Gasse getroffen. Er hat nicht viel gesagt. Ich würde ihn nicht mal erkennen, wenn er jetzt vor mir stünde. Aber etwas fiel mir an ihm auf. Ich hab's gesehen, als er unter sein Wams gegriffen hat.« De Louth blickte Griffyn eindringlich an. »Er hatte eine Tätowierung. Ein Adler, der sich aufschwingt. Direkt über seinem Herzen.«

Griffyn und Fulk blickten einander schweigend an.

»Er wollte für den Schlüssel viel Geld auf den Tisch legen.« Mit einem Kopfnicken wies de Louth auf den Schlüssel. Die Kette, an der er befestigt war, lag wie eine schlafende Schlange auf dem Tisch. Eine dicke Kerze brannte direkt daneben. Das Wachs floss auf die raue Tischplatte. »Eine Menge Geld.«

»Und warum habt Ihr den Schlüssel nicht an ihn verkauft?«

De Louth zuckte mit den Schultern. »Ich hab ihm wohl nicht vertraut.«

»Ihr habt also im Laufe des letzten Jahres so etwas wie ein Gewissen entwickelt«, bemerkte Griffyn kühl.

Ein erneutes Schulterzucken. »Ein Gewissen? Ich weiß nicht. Ich brauchte das Geld. Und der Schlüssel hat Marcus schließlich nicht gehört.«

»Warum habt Ihr ihn nicht verkauft, als man Euch die Möglichkeit bot?«

De Louths Blick wanderte wieder zu den Bechern auf dem Tisch. Er bohrte einen Finger in das gelbliche Wachs. Ein Strom heißes Wachs floss über den Tisch und bedeckte de Louths dicken, schwieligen Finger. Er zog die Hand zurück. »Ich glaube, meine Antworten passen Euch nicht so recht, Mylord. Es ist aber alles, was ich zu sagen habe. Ich habe ihm nicht vertraut.«

Griffyns Gesicht war keine Regung anzusehen. »Und warum vertraut Ihr uns?«

»Er hat den Schlüssel der Countess gestohlen. Er gehört ihr und nicht ihm.«

Griffyn hob die Brauen. »Jetzt rückt schon heraus mit der Wahrheit: Warum?«

De Louth starrte ihn finster an. »Ich habe es doch schon gesagt: Entweder Ihr glaubt mir oder Ihr lasst es bleiben. Anscheinend glaubt Ihr mir nicht. Das ist mir egal. Dieser Schlüssel gehört der Countess. Oder«, fügte er hinzu, »Euch. Aber ich bin mir ziemlich sicher, dass er bei d'Endshire nichts zu suchen hat.«

»Und Ihr seid einfach der Stehlerei müde, das wolltet Ihr doch noch sagen?« Griffyns Worte klangen spöttisch, aber sein Tonfall war es nicht. Er war auch nicht freundlich. Er war ungerührt. Ausdruckslos. Er wägte seine Möglichkeiten ab.

»Ich bin's müde, dass die Menschen so viel Elend anrichten, Mylord«, antwortete de Louth. »Ich bin es leid, ihnen dabei zuzusehen.«

»Warum?«

Sein Gesicht rötete sich. Seine Hand schnellte vor. »Ich weiß es nicht! Ich habe ein Kind, und meine Frau starb bei der Entbindung. Ich weiß es einfach nicht. Nehmt einfach diesen verfluchten Schlüssel. Wollt Ihr ihn nun oder nicht?«

Griffyn nahm den Schlüssel. Fulk schob de Louth seinen Alebecher über den Tisch, der dankbar nickte und einen tiefen Schluck nahm.

»Und warum habt Ihr Euch an mich gewandt?«, fragte Griffyn. Sein Daumen glitt über die glatte silbrige Oberfläche.

»Ich habe Euch schon gesagt, dass ich gesehen habe, wie er den Schlüssel der Countess gestohlen hat. Er wurde Everoot genommen, und jetzt soll er zurück nach Everoot.«

»Aber Ihr habt keinen Boten zur Countess geschickt, sondern zu mir.«

De Louth schien sichtlich verwirrt. »Aber Ihr *seid* Everoot, Mylord.«

»Nennt mich Pagan«, sagte er knapp, obwohl es jedem Lauscher unmöglich wäre, ihrem Gespräch bei diesem Lärm zu folgen. In der Schenke herrschte Chaos, und immer mehr Männer drängten herein. Schon bald würde es wieder zu Prügeleien kommen. Es war höchste Zeit zu verschwinden.

»Ich kannte Euren Vater.«

Griffyn wurde aus seinen Gedanken gerissen. »Was habt Ihr gesagt?«, fragte er kalt.

»Euer Vater«, wiederholte de Louth. »Ich kannte ihn. Er hat d'Endshire nicht besonders gemocht.«

»Nein, das hat er nicht. Wie viel wollt Ihr? Für den Schlüssel, meine ich.«

De Louth stellte den Becher ab und wischte sich mit dem Handrücken über den Mund. »Ich hatte ursprünglich einen Preis nennen wollen, der Euch zum Bettler gemacht hätte, zumindest einen, der mir auf meine alten Tage ein Lehen im Heiligen Land gesichert hätte. Schließlich werde ich schon vor meiner Zeit nicht mehr kämpfen können.« Er klopfte sich auf den Oberschenkel, den Griffyns Pfeil durchschlagen hatte. »Aber ich werde mich mit Folgendem begnügen: Nehmt meine Tochter in Euren Haushalt auf, sobald sie das richtige Alter erreicht hat. Als eine der Edeldamen für die Countess. Zieht sie im rechten Glauben auf und sorgt für ihre Sicherheit. Mir wird das nicht möglich sein.« Sein Lächeln wirkte verbittert. »Ich kann ja nicht einmal die richtige Entscheidung bei der Wahl eines Herrn treffen.«

»Ihr könntet Euch einen anderen suchen.«

De Louth stand auf und schüttelte den Kopf. »Nein. Ich habe ein Versprechen gegeben.«

»Aber Ihr habt ihn bestohlen!« Griffyn zeigte auf den Schlüssel.

De Louth runzelte die Stirn. »Wer sagt denn, dass ich ihm nicht einen Gefallen tue, wenn ich ihm dieses Ding wegnehme? Ich habe gesehen, wie sehr er den Schlüssel wollte. Wie sehr der tätowierte Mann ihn wollte.« Er schaute den Schlüssel an. »Mit diesem Schlüssel hat es irgendetwas Seltsames auf sich. Also: Haben wir eine Vereinbarung?«

Griffyn nickte. »Eure Tochter wird ihren sicheren Hafen bei uns finden, sobald sie das Alter erreicht hat.«

»Genau. In sieben Jahren.«

Griffyn war verblüfft. »Wie alt ist Eure Tochter?«

De Louth zog den Mantel um seine Schultern enger. Jemand drängte sich an ihm vorbei und rempelte ihn von hinten an. De Louth trat noch einmal an den Tisch heran. »Sie ist zwei Wochen alt. Ich muss jetzt gehen.«

Er drehte sich um und verschwand in der Menge. Zwei Schultern, die mit den Schatten verschmolzen. Dann war er fort.

Fulk und Griffyn gingen Seite an Seite zurück zu dem Gasthof, in dem sie ihr Nachtquartier genommen hatten. Seine Männer hatte Griffyn vor den Toren der Stadt im Gästehaus eines Klosters untergebracht. Aber Fulk und er mussten innerhalb der Stadtmauern bleiben, da das Treffen mit de Louth spätabends stattgefunden hatte. Die Stadttore waren zu dieser Zeit längst für die Nacht verschlossen worden.

Ihre Schritte hallten laut von den feuchten Kopfsteinen wider. Das Mondlicht glänzte auf den Straßen und tauchte die finsteren Gassen in unheimliches silbriges Licht. Der Duft nach nassem Heu vermischte sich mit dem nach feuchtem Leder. Ein schwacher Geruch nach Blut hing in der Luft. Die Tanners Row war drei Straßen weiter, aber der stechende Geruch der Gerbereien trug weit. Eine Katze löste sich aus den Schatten und huschte vorbei.

Leise fragte Griffyn: »Wo ist Eure Tätowierung, Fulk?«

Der Schotte nickte, als hätte er auf diese Frage gewartet. Er blieb stehen und öffnete sein Gambeson. Der schwere gesteppte Stoff sank herunter. Mit unbewegter Miene schob er auch die Tunika beiseite und entblößte seine Schulter. Er hielt die Laterne mit der linken Hand höher. Dort, wo seine Schlüsselbeine sich trafen, lag in der kleinen Kuhle direkt unter seinem Hals ein kleiner, scharf gezeichneter Adler, der aufstieg.

Griffyn nickte. Fulk rückte seine Kleidung wieder zurecht, und sie gingen weiter. Nach einiger Zeit bemerkte Fulk: »Auch wir werden von den verführerischen Kräften zerstört, Mylord. Uns ergeht es wie jedem anderen Mann auch.«

»Haben alle Hüter diese Tätowierung?«, fragte Griffyn finster.

»Ja, wenn auch nicht alle an der gleichen Stelle.«

Griffyn warf ihm von der Seite einen fragenden Blick zu. Fulk fühlte sich daher bemüßigt, es ihm zu erklären.

»Wir suchen uns aus, wo wir sie haben wollen. Die Verantwortung, die wir tragen, haben wir uns nicht ausgesucht, darum entscheidet jeder für sich über die Stelle der Tätowierung. Zumindest das dürfen wir entscheiden. Das ist aber auch die einzige Wahl, die wir bei dieser Sache haben.«

Griffyns Blick glitt zu Fulks Brust, wo die Tätowierung jetzt sicher unter seiner Rüstung verborgen war. »Und warum an dieser Stelle?«

»Sie liegt genau zwischen meinem Kopf und meinem Herzen, und dort soll meine Verantwortung auch liegen«, fügte er unwirsch hinzu.

Sie gingen schweigend weiter und bogen in eine kleine, enge Gasse ein. Es war finster zwischen den Häusern, die sich weit über die Gasse neigten. Alle Kerzen waren für die Nacht gelöscht worden, um dem *cœvre-feu* Folge zu leisten, einer Verordnung, die verhindern sollte, dass ein Feuer ausbrach. In einigen Häusern brannte im zweiten Stockwerk dennoch hier und da eine einzelne Kerze. Aber das meiste Licht stammte von der Laterne, die Fulk hielt, und von der nassen Straße, die das Mondlicht reflektierte.

»Und Ihr seid sicher, dass Gwyn nichts davon weiß?«, fragte Griffyn.

Fulk schüttelte den Kopf. »Lady Gwynnie weiß nichts davon.«

»Ich vermute, dafür schulde ich Euch etwas.«

Fulk blieb stehen. Sein Blick bohrte sich in Griffyns. Erst jetzt fielen Griffyn die buschigen Augenbrauen des alten Kämpfers auf. »Ihr schuldet mir nichts, Mylord. Ich bezahle nur für eine alte Schuld. Ihr hört das wohl nicht gern, aber wenn ich gekonnt hätte, dann hätte ich Lady Gwyn alles erzählt. Ich glaube, sie hat ein Recht, es zu wissen.«

»Ich hingegen denke, es wäre unglaublich gefährlich, sie einzuweihen.«

Fulk nickte. »Schön. Wie Ihr's auch dreht und wendet, überall lauert Gefahr. Ihr seid der Erbe. So ist es nun einmal.«

Gefahr ist das Letzte, wovor ich mich fürchte, dachte Griffyn. Es war das *Verlangen*, das sich ihm allmählich offenbarte und das ihn zurückschrecken ließ. Er konnte selbst jetzt spüren, wie es in ihm anwuchs. Er fuhr mit den Fingern über die gezackte Kante des Silberschlüssels, den er mit der Hand umschlossen hatte. Nun besaß er zwei der geheimnisvollen Schlüssel.

»Es gibt drei, nicht wahr?«, fragte er plötzlich. »Drei Schlüssel.«

»Ja«, brummte Fulk. »Es sind drei Schlüssel. Wenn man sie zusammenfügt, öffnen sie das Tor zu jenem Ort, an dem die Heiligtümer verborgen sind.«

Und warum hatte sein Vater dann zwei der Schlüssel hergegeben? Warum hatte er Griffyn gezwungen, seinem Schicksal nachzujagen?

Nachdenklich ließ er den Schlüssel durch seine Finger gleiten. »Was wisst Ihr noch von meinem Vater, Fulk? Woran erinnert Ihr Euch?«

»Nun ... ich erinnere mich daran, wie sehr er sich verändert hat, wie hart er geworden ist.« Fulk blickte rasch auf. »Ich weiß, Ihr glaubt, Ihr würdet Euren Vater gut kennen, Pagan, und ich bin sicher, das tut Ihr auch. Aber Ihr kennt nur den Teil von ihm.«

»Welchen Teil?«

»Ihr kennt nur den Mann, der er nach dem Kreuzzug war. Früher war er anders. Davor.«

»Und wie war er?«

»Er und Eure Mutter, die beiden haben einander aufrichtig geliebt. Das hat jeder sehen können.«

Griffyn blieb der Mund offen stehen. »Was?«

»Sie war ihm lieber als die Rose, die zweimal im Jahr blüht, und das hat schon was zu bedeuten. Und Ihr wart unzertrennlich, immer hingt Ihr am Rockschoß Eures Vaters.« Fulk kniff die Augen zu. Er maß Griffyn mit einem undurchdringlichen Blick. »Ungefähr zwei Wochen vor dem Staatsstreich, mit dem es Stephen auf den Thron schaffte, hat Euer Vater hier zusammengepackt und ist in die Normandie gegangen. Er hat nur Euch und Eure Mutter mitgenommen. Warum hätte er das wohl tun sollen?« Er ließ Griffyn nicht aus den Augen. »Er hat Euch mitgenommen und alles andere zurückgelassen.«

Eine unausgesprochene Frage schwebte zwischen ihnen.

Griffyn spürte, wie der vertraute Zorn sich wieder seiner bemächtigte. Es stimmte, sein Vater hatte ihn und seine Mutter mitgenommen und ihm ein so grausames Erbe hinterlassen, dass sein Name unter den normannischen Pächtern und Edlen wie ein Fluch ausgestoßen wurde. *Mal Amour,* so hatten sie ihn genannt. »Schlechte Liebe.«

»Und erinnert Ihr Euch?«, fragte Fulk. »Ihr wart dreizehn, als Euer Vater starb. Er wollte nie, dass man Euch für Euren Dienst ausbildete. Ich weiß nicht, was Euch das sagt, aber es ist eine Tatsache. Er wollte es nicht. Wer weiß, vielleicht hat er damit das

Richtige getan. Seit Jahrhunderten ruhen die Heiligtümer. Vielleicht werden sie noch weitere tausend Jahre ruhen. Es ist ein uralter Schatz. Es gibt keinen Grund zur Eile, würde ich meinen.«

»Für meinen Vater galt das ganz sicher nicht«, erwiderte Griffyn verbittert. »Er wollte den Schatz stets für sich haben. Er hat wohl geglaubt, er würde ewig leben.« Er zögerte. »Kann das sein? Könnte eines dieser Heiligtümer ihm ein ewiges Leben schenken?«

Fulk blickte sich um, aber in der dunklen Gasse herrschten nur Stille und Leere. Die Laterne schwenkte in seiner Hand hin und her. »Es kursieren eine Menge Gerüchte, nicht wahr, Pagan? Was ich Euch sagen kann, wisst Ihr bereits: Es ist die reine Macht.«

Sie gingen an einigen Läden vorbei. Die Holzbretter, die tagsüber als Auslagentische dienten, waren für die Nacht hochgezogen und mit Riegeln arretiert worden. Als sie ein schmales Gebäude passierten, murmelte Fulk: »Hier arbeitet der Goldschmied Agardly. Lady Gwyn hat ihre Harfen herbringen lassen.«

Griffyn horchte auf. »Ihre Harfen?«

»Die kleinen Harfen ihrer Mutter. Sie hat sie verkauft, um Saatgut kaufen zu können. Vermutlich sind die Harfen schon gar nicht mehr hier.«

Sie erreichten das Gasthaus. Fulk hielt die Tür auf und starrte, das Schwert in der Rechten, ins Innere. Erst dann ließ er Griffyn vorbei. Sie gingen die Stiege hinauf und betraten die kleine Kammer, die auf der Rückseite des Hauses lag. Es war ein ungeahnter Luxus, dass sie eine eigene Kammer mit zwei Pritschen für sich hatten.

»Es wird nachts schon empfindlich kalt«, knurrte Fulk, als er sich auf seine Bettstatt setzte. Die Kammer war eng, und die beiden Pritschen standen an den sich gegenüberliegenden Wänden. Fulk legte seinen Schwertgurt ab. Es war gerade genug Platz, dass man sich hinsetzen und die Stiefel ausziehen konnte, aber auch nur, wenn es einem nichts ausmachte, dabei mit der Nase die Strohmatratze des anderen Bettes zu berühren.

Fulk löschte die Kerzenflamme, indem er sie zwischen Daumen und Zeigefinger ausdrückte. Dann legte er sich nieder und zog sich die Decke bis an die Ohren hoch. Er seufzte schwer. »Höchste Zeit, dass wir wieder heimkommen.«

»Ja«, sagte Griffyn abwesend. »Ich muss aber morgen noch in die Schmiede von diesem Agardly, ehe wir aufbrechen.«

Fulk hob den grauen Kopf und grinste Griffyn an. »Damit macht Ihr sie richtig glücklich, Mylord.«

»So habe ich es geplant.«

Auch Griffyn streckte sich auf seiner Pritsche aus und verschränkte die Arme hinter dem Kopf. Durch das Fenster konnte er die Mondsichel sehen. Ja, es wird allmählich kalt, dachte er. Nachts gab es schon Frost. Es dauerte nicht mehr lange, bis der erste Schnee fiel. Dieses Jahr wollte Griffyn das Weihnachtsfest im Nest verbringen. Henri fitzEmpress müsste ihn mit einer bewaffneten Eskorte aus der Burg schleifen, wenn er ihn bei sich haben wollte. Dieses Jahr wollte er zu Hause feiern. Zusammen mit Guinevere.

Sie hatte ihn nicht verraten. Er konnte ihr glauben oder den Rest seines Lebens damit verbringen, hinter jedem guten Wort eine Täuschung zu vermuten. Manchmal würde er damit richtig liegen, aber manchmal auch nicht. Wenn er Gwyn zur Frau nehmen wollte, dann musste er ihr aus ganzem Herzen vertrauen. Entweder oder. Dazwischen gab es nichts.

Gott möge mir verzeihen, wenn ich mich ein zweites Mal wie ein Dummkopf verhalte, dachte er, aber ich vertraue ihr voll und ganz.

Kapitel 18

Keine zwei Stunden, nachdem Griffyn mit seinen Männern davongeritten war, stand Gwyn im Stall und sattelte Windstalker. Weiße Atemwölkchen standen vor ihrem Mund, während sie den Sattelgurt festzog. Der Herbst kam jetzt mit Macht.

Bis Endly Hall war es ein dreistündiger Ritt, für den Heimweg würde sie ebenso lange brauchen. Das bedeutete, dass sie morgen um die Mittagszeit wieder zu Hause wäre, zeitig genug vor Griffyns Rückkehr.

Dennoch musste sie sich beeilen, damit niemand merkte, dass sie fortgeritten war.

Gwyn hatte Jerv zu sich bestellt und ihm aufgetragen, vor ihren Gemächern Wache zu halten. Sie hatte ihm das Versprechen abgenommen, dafür zu sorgen, dass niemand – auch Jerv nicht – sie störte, weil sie unter schrecklichen Kopfschmerzen litt. Ihr Freund aus Kindertagen war der Einzige, dem sie vertraute, dass er diese Aufgabe erfüllte, ohne neugierige Fragen zu stellen. Es war wichtig, dass er alle Besucher von ihr fernhielt. Vor allem, da Alex auf Everoot geblieben war.

»Was tust du da?«

Gwyn unterdrückte nur mühsam einen Schrei und fuhr herum. Jerv stand vor ihr. Er hatte ihre Anweisungen nicht befolgt und blickte sie gleichermaßen fragend und wütend an.

»Was tust du hier?«, wiederholte er seine Frage und blickte sie stur an.

»Was machst *du* hier?«, erwiderte sie gereizt, nahm dann aber ihre fünf Sinne zusammen. »Du solltest doch vor meiner Kammer Wache halten.«

»Weil du … Kopfschmerzen hast.«

Sie wollte mit einem hochmütigen »Ja« antworten, tat es aber dann doch nicht. Es wäre lächerlich und würde Jerv beleidigen. Sie wandte sich zu ihrem Pferd um und griff nach den Zügeln. »Ich reite aus.«

»Allein?«

»Ja.«

»Hast du den Verstand verloren?«

»Ich reite seit fünfzehn Jahren allein durch diese Wälder, Jerv. Ich kenne mich aus. Ich bin dort sicher.«

»Ich werde dich begleiten.«

»Nein.«

Sie wollte sich an ihm vorbeischieben, aber Jerv legte ihr eine Hand auf den Arm. Das hatte er nicht mehr getan, seit sie als Kinder Fangen gespielt hatten, aber das hier war kein Spiel. Sie wollte sich losreißen, doch Jerv hielt sie fest.

»Gwyn, was hast du vor?«

»Ich erfülle einen Eid!«, fauchte sie. »Im Gegensatz zu dir, der du nicht einmal die einfachsten Anweisungen befolgen kannst.«

Er ließ ihren Arm los. »Was ist das für ein Eid?«, fragte er.

»Ein königlicher Eid.«

Jervs Blick verengte sich. »Gwyn, was geht da vor sich? Was hast du vor?«

Gwyn spürte, wie sich ihre Muskeln unter ihrer Anspannung, verkrampften. Wenn sie noch länger hier stand, würde sie unter dem Schmerz zusammenbrechen, der sich ihr wie ein eiserner Ring um Brust und Rücken gelegt hatte. Die Angst trieb sie schon jetzt, den Eid einfach zu brechen. Sie durfte nicht zulassen, dass Jerv ihre Angst noch größer machte.

»Ich werde meinen Eid halten«, flüsterte sie und biss die Zähne zusammen. »Mir bleibt keine andere Wahl. Lass mich jetzt vorbei. Und geh wieder hinein und bewach meine Tür.«

Er streckte erneut die Hand nach ihr aus. »Nein, du kommst mit hinein, und dann ...«

»Was dann?« Sie riss sich los. Ihre Stimme war nur noch ein Flüstern. »Soll ich meinen Eid brechen? Meinem König abtrünnig werden?«

»Stephen abtrünnig werden? Was hast du vor? Was willst du in Stephens Namen tun?«

»Ein altes Versprechen einlösen.«

Jerv starrte sie an. »Du lieber Gott«, stieß er hervor. »Was willst du tun, Gwynnie?«

»Nenn mich nicht so!« Man nannte sie Gwynnie, wenn man ihr zeigte, dass man sie liebte. Diesen Kosenamen jetzt zu hören, könnte alles kaputtmachen. »Es geht um etwas, das geschehen ist, bevor Griffyn herkam«, fügte sie hinzu und hoffte, diese Erklärung würde ihm genügen.

»Wann?«, fragte er rasch.

»Im August.«

»Im August«, wiederholte Jerv nachdenklich. »Es war also, nachdem Stephen von seinem Pferd abgeworfen wurde ... Und nach der Belagerung von Wallingford und der Unterzeichnung des Vertrages ... Der Vertrag.« Er sprach jetzt schneller. »Ipswich wurde im August eingenommen, und dann starb Eustace, und ...« Er verstummte und sah sie an. »Gwynnie, in was für eine Sache bist du verwickelt?«

»Ich kann es dir nicht sagen.«

»Du kannst schon. Du willst nur nicht.«

»Also gut – ich will es nicht sagen.« Sie schaute zu den brüchigen Festungsmauern hinüber, mit deren Wiederaufbau Griffyn Jerv betraut hatte. Ihr Jugendfreund war dabei, seinen Traum zu verwirklichen, seinen Traum, Burgen zu bauen. Ihr Lächeln wirkte verbittert. »Für dich ist es einfach, Jerv. Du hast jetzt, was du immer wolltest. Und du machst es dir einfach, wenn du glaubst, das Schlimmste sei jetzt ausgestanden.«

Seit der Kindheit war Jerv ihr Freund, doch jetzt sah er sie an, als wäre sie eine Fremde für ihn. Eine Fremde, die ihm in sein Bier gespuckt hatte, um ihm den Genuss zu verleiden. »Ich bin kein Kind mehr, Gwyn«, sagte er kalt.

»Ich auch nicht. Ich fühle mich einem Eid verpflichtet, und dieses Versprechen frisst mich auf.«

Jerv fuhr sich mit den Fingern durch das Haar. »Wenn dein Eid etwas damit zu tun hat, Stephens Macht zu erhalten und diesen entsetzlichen Krieg weiterzuführen, dann hat dieser Eid nichts mehr mit der Welt zu tun, in der wir inzwischen leben. Es wäre weder gut noch richtig, diesem Eid Folge zu leisten. Der Krieg ist vorbei, Gwyn.«

»Du glaubst, ich will den *Krieg* weiterführen? Du glaubst, ich will noch mehr Menschen sterben sehen?«

»Irgendetwas willst du, sonst würdest du dich nicht heimlich fortschleichen wollen.«

»Ich will . . . ich will«, Gwyn begann vor Wut zu zittern, als Jerv sie verächtlich ansah. »Ich kann mich nicht erinnern, dass man mir jemals die Wahl gelassen hat. Niemand hat mich gefragt: ›Könnt Ihr Euer Versprechen halten?‹ oder: ›Ist es von Vorteil für Euch, Euer Versprechen zu halten?‹ – ›Wurde es zuletzt ein bisschen anstrengend? Bereut Ihr, was Ihr gesagt und getan habt? Kein Problem, wir können die Angelegenheit auch auf sich beruhen lassen!‹« Sie beugte sich vor und raunte ihm zu: »Ich bereue *nichts*, Jerv.« Ihre Stimme brach. »Aber was zählt das? Es genügt nämlich nicht, etwas zu bereuen.«

Er starrte sie stumm an, ehe er sich abrupt abwandte. An der Stalltür blieb er stehen und blickte ein letztes Mal zurück. »Dein Vater hatte unrecht, Gwyn.«

Ihre Hand glitt unwillkürlich zum Herzen. »Papa? Wovon redest du?«

»Es war ein Unfall. Er hätte dir längst vergeben sollen. Aber *das hier?* Was immer du vorhast, es wird nicht das ungeschehen machen, was damals geschehen ist.« Er wandte sich ab und ging davon.

Gwyn starrte auf die Stalltür, die Hand auf ihr pochendes Herz gepresst. Jerv hatte unrecht. Er hatte absolut keine Ahnung.

Das hier hatte nichts mit der Schuld zu tun, die ihre Seele erdrückte. Und es hatte erst recht nichts damit zu tun, dass ihr Vater ihr nie hatte vergeben können, dass sie seinen Sohn und seine Frau getötet hatte. Es hatte auch nichts mit ihrem verzweifelten Versuch zu tun, irgendwie zu beweisen, dass sie durchaus zu etwas nutze sein konnte. Sie wollte sich nicht von den Sünden der Vergangenheit reinwaschen. Es war keine neue Buße, die sie sich auferlegte.

Sie musste ihren Eid halten, oder ihr Herz würde sterben.

Gwyn war noch etwa eine halbe Meile von Endly Hall entfernt, als sie auf drei von d'Endshires Soldaten stieß. Sie kamen so dicht an sie heran, dass Windstalker nervös schnaubte. Gwyn wusste, dass der Argwohn der Männer nur ein Vorwand war, sich ihr zu nähern, sie lüstern zu mustern, sie mit ihren Beinen zu streifen.

Wenn ich doch nur Griffyn auf diese Kerle loslassen könnte. Er würde ihnen schon beibringen, sich zu benehmen, dachte sie finster und merkte gar nicht, dass Griffyn in ihrer Gedankenwelt einen festen Platz als Beschützer eingenommen hatte.

Die Männer eskortierten Gwyn bis nach Endly Hall. Die Festung bestand aus einem eckigen Turm, der inmitten eines Burghofes stand, der von einer oval verlaufenden, mit Zinnen bewehrten Mauer umgeben war. Zwei Wachtürme flankierten das Tor, der eine war nach Süden, der andere nach Osten ausgerichtet. Beide ragten zwanzig Fuß über die Mauer auf und hatten Schießscharten, durch die Armbrustschützen ihre Feinde ins Visier nehmen konnten.

An diesem strahlend schönen Morgen bewegten sich kleine Lichtpunkte auf dem Wehrgang – es waren die Helme der bewaffneten Wachen, die im Sonnenlicht funkelten. Pechschwarze Fahnen mit dem Wappen d'Endshires hingen in genau bemessenen Abständen von den Mauern herab und wehten im kalten Herbstwind. Am Ostturm hingen die Fahnen an zwei Seiten herunter. In Gwyns Kehle schien sich ein Klumpen zu bilden. Sie schluckte schwer, als sie auf das Torhaus zuritt und in dessen Schatten eintauchte.

Die Eisenscharniere quietschten, als die Brücke rasselnd heruntergelassen wurde und man Gwyn einließ. Die Brücke knallte donnernd herunter. Schlamm spritzte auf und legte sich wie ein feiner Sprühregen auf die Besucherin. Windstalker scheute, und Gwyn wischte wütend und mit ungeduldiger Bewegung die Erdbrocken von ihrem Mantel. Marcus verstand sich darauf, für Dreck zu sorgen

Sie wurde sogleich zu ihm gebracht. Er übte sich mit einem seiner Männer im Schwertkampf. Um die beiden waren etwa ein Dutzend Kämpfer versammelt, die sie anfeuerten. Marcus und der Ritter umkreisten einander, bereit, mit ihren Holzschwertern zuzuschlagen und hinter ihren Schilden Deckung zu suchen. Der Ritter machte einen Ausfall, Marcus wirbelte herum und führte sein Schwert in einer schnellen Bewegung von unten nach oben. Das Holzschwert traf seinen Gegner am Knie, und der Ritter sank zu Boden. Er hielt sich das Bein und kniff in stummem Schmerz die Augen zusammen.

Marcus riss sich die Helmbrünne vom Kopf und warf sein Holzschwert vor die Füße des Gegners. »Du musst hinsehen, Richard. Du musst immer *überall* hinsehen.«

Der Ritter nickte, die Augen fest zusammengekniffen. Seine Kameraden halfen ihm auf die Füße. Einer von ihnen bemerkte Guinevere und gab Marcus ein Zeichen. Er drehte sich zu ihr um.

Seine Augenbrauen hoben sich nur ganz leicht, um seinem

Erstaunen Ausdruck zu verleihen. Während er auf sie zuging, zog er sich die Handschuhe aus.

»Guinevere, welch unerwartete Freude. Ich erinnere mich dunkel, was Ihr bei unserer letzten Begegnung gesagt habt. Wie war es noch? Ihr würdet nie einen Fuß über meine stinkende Türschwelle setzen?« Er lächelte entschuldigend. »Den Rest habe ich wohl vergessen.«

»Nie wieder«, erinnerte sie ihn.

»Genau das waren Eure Worte.« Er nahm die Lederhandschuhe in eine Hand und wischte sich damit den Schweiß von der Stirn. »Meine Türschwelle stinkt also nicht mehr. Oder hat sich etwas anderes verändert?«

»Griffyn Sauvage hat das Nest eingenommen.«

»Ich weiß.« Er ließ die Hand sinken. »Und was ist mit Euch?«

»Wir sind einander versprochen.«

Darüber schien er nachdenken zu müssen. Er starrte auf seine Füße. Sie senkte die Stimme. »Können wir irgendwo ungestört reden?«

Seine Augen, so scharf wie die eines Habichts, richteten sich auf sie. Der Herbstkälte zum Trotz spürte Gwyn einen Schweißtropfen zwischen ihren Brüsten hinablaufen. Marcus' Ritter konnten noch so viel trainieren, sie würden niemals mit ihrem Lord konkurrieren können, wenn es darum ging, etwas zu taxieren, zu kalkulieren und einzuschätzen. Marcus war wie ein Abakus, der rasch addierte und subtrahierte und die Vorteile und Schwächen seines Gegners gegeneinander aufrechnete, um das Ergebnis gewinnbringend für sich zu nutzen.

Er sah Gwyn einen Moment lang abschätzend an, dann wies er einladend zum Bergfried. Einige der Diener blickten ihnen verstohlen nach, als sie vorbeigingen, wobei sie ihre Gesichter abgewandt hielten. Ihre Schritte hallten laut im Rhythmus ihres schnellen Herzschlags wider. Sie hatte Angst. Welchen Pakt musste sie mit Marcus eingehen, damit er ihr half?

Sie setzten sich in eine dunkle Ecke der großen Halle, und Gwyn kam es so vor, als bestünde die ganze Halle nur aus finsteren Ecken, Spinnweben und abgemagerten Hunden. Marcus ließ aus der Küche einen Teller mit Erfrischungen bringen, ehe er die Diener wegschickte.

»Was geht im Süden vor sich? Was wisst Ihr darüber?«, fragte Gwyn ihn, sobald sie allein waren. »Ich erfahre dieser Tage nichts. Wo stehen wir?«

Marcus hörte auf, an einem Brotkanten herumzukauen. »Ihr seid den ganzen Weg gekommen, weil Ihr wissen wollt, was ich aus dem Süden höre?« Er lächelte kurz. »Mit *wir* meint Ihr Stephen, nicht wahr, Gwynnie?«

»Ich meine jene, die sich dem König verpflichtet fühlen!«, fauchte sie.

»Nun, dann steht es folgendermaßen um *uns*: Es ist nur eine Frage der Zeit, bis Henri fitzEmpress auf dem Thron sitzt. Alle Barone wenden sich ihm zu.«

»Ihr wollt damit sagen, *Ihr* wendet Euch ihm zu«, erwiderte sie enttäuscht.

»Das habe ich nicht. Noch nicht.«

»Nein, noch nicht.« Hier oben im Norden hatten Männer wie Marcus etwas mehr Zeit, um abzuwarten, aus welcher Richtung der Wind wehte, ehe sie ihr Mäntelchen nach diesem Wind hängten.

Er zuckte mit den Schultern. »Es ist nur noch eine Frage der Zeit, bis das Land vollständig in Henris Hand ist.«

»Aber doch nur, wenn Männer wie Ihr es ihm gebt.«

Er warf ihr einen prüfenden Blick zu, bevor er sich mit seinem Messer ein Stück Käse abschnitt. »Eure Lehnstreue ist wie stets unerschütterlich. Aber ich muss Euch leider sagen, dass sie Euch nichts mehr bringt, Gwyn.«

»Es bringt sehr wohl etwas«, stieß sie hervor. »Ich habe nämlich jeden Morgen, wenn ich aufstehe, ein reines Gewissen.«

»Glaubt Ihr, das habe ich nicht? Oder sollte ich kein reines Gewissen haben?« Er steckte den Käse in den Mund.

Sie blitzte ihn wütend an. »Treue ist keine Ware, die Ihr verkaufen und erwerben könnt, wie es Euch gefällt.«

»Natürlich ist sie das.« Seine dunklen Augen, die tief in den Höhlen lagen, musterten sie kühl. »Wenn die Treue zu einem Herrscher keinen Preis hat, würde man mir meine Loyalität kaum entlohnen. Dann wäre ich tatsächlich ein Narr.«

»Und wir können keine Narren gebrauchen.«

In seinen Augen blitzte Wut auf. »Ihr seid ein Kind, Gwyn. Jene Männer, die diese Art von Loyalität verdienen, die Ihr beschreibt, sind doch die einzigen Nutznießer. Und die ach so über alles geschätzten Anhänger werden benutzt und dann weggeworfen. Und die Erinnerung an ihr Opfer verweht ebenso rasch wie der Gestank ihrer Leichen. Soll ich mich denn bei denen einreihen? Ihr überrascht mich, Gwyn. Ich hätte Euch für klüger gehalten.«

»Und ich Euch für anständiger. In gewisser Weise zumindest.«

»Ach Gwyn.« Er lachte. »Das habt Ihr doch wohl nicht ernsthaft geglaubt, oder?« Marcus lehnte sich im Sessel zurück. »Aber wir hätten schon ein schönes Paar abgegeben, Ihr und ich.«

»Wie denn das?«, fragte sie säuerlich. »Bei Eurem Mangel an Lehnstreue und meinem Übermaß davon?«

»Nein. Mit Eurem Temperament und meinem Ehrgeiz.«

»Ach so, das.« Sie atmete tief durch. Jetzt oder nie. »Ihr müsst nach Everoot kommen und den Lehnseid für die Ländereien Everoots leisten, die Ihr haltet, Marcus.«

Er schaute sie an, als habe sie den Verstand verloren. »Hat Sauvage Euch hergeschickt, um mir das zu sagen?«

»Natürlich nicht. Ihr könnt Euch glücklich schätzen, dass Griffyn nicht hergekommen ist, um Endly Hall bis auf die Grundmauern niederzubrennen.«

»Griffyn?«, wiederholte er ungläubig, als könnte er nicht glauben, dass sie ihn bei seinem Taufnamen und nicht bei einem weniger intimen Namen nannte, etwa dem seiner Familie.

Sie wischte ein nicht vorhandenes Staubkorn von ihrem Rock. »Er mag Euch nicht.«

»Er *schuldet* mir etwas«, zischte Marcus.

Sie lehnte sich vorsichtig zurück. »Was schuldet er Euch?«

»Denkt mal zurück.«

Gwyn erforschte ihre Erinnerungen. »Euer Vater und seiner haben eine gemeinsame Vergangenheit.«

Marcus blickte beiseite. »Mein Vater mochte Sauvage.«

»Den Vater? Christian Sauvage?«

Marcus lachte verbittert auf. »Nein, ihn mochte er kein bisschen. Zumindest nicht, als es zu Ende ging. Aber er mochte Euren Griffyn.«

Darüber musste Gwyn erst einen Augenblick nachdenken. »Mochte er ihn mehr als Euch?«

Wie eine Schlange schnellte Marcus' Hand vor. Sie verharrte nur um Haaresbreite neben Gwyns Wange. Sie starrte ihn mit offenem Mund an. Alle Farbe wich aus ihrem Gesicht.

Marcus ließ die Hand sinken. Er wirkte verwirrt, als wäre seine Hand ein fremdes Objekt, das sich seiner Kontrolle entzog. »Es tut mir leid, Gwyn. Was mich mit Eurem *Verlobten*« – er spie das Wort aus – »verbindet, hat Euch nicht zu sorgen.«

»Das mag sein.« Ihre Stimme zitterte. Es schien, als habe sie bei Marcus eine alte Wunde berührt. Und eine alte, aber dennoch kaum verheilte Wunde war vermutlich genauso gefährlich wie ein ausgetrocknetes Flussbett nach einem Sturzregen. Leute, die versuchten, den Fluss zu durchqueren, liefen Gefahr, davongespült zu werden. Aber sie hatte keine andere Wahl.

»Ihr müsst kommen und Eure Lehnstreue schwören«, fuhr sie fort und versuchte, das Zittern in ihrer Stimme zu unterdrücken. »Alle anderen Barone kommen auch. Der Termin ist in zwei

Wochen, am Tag unserer Hochzeit. In der darauf folgenden Nacht werden die Barone ihrem neuen Lehnsherrn die Treue schwören. Ihr müsst kommen.«

Marcus schüttelte den Kopf. »Ihr verlangt verdammt viel von mir, Gwyn, ohne mir im Gegenzug etwas anzubieten.«

»Aber ich habe bereits dafür bezahlt. Und Ihr habt es nur allzu gern angenommen.«

Er wirkte überrascht. »Habe ich?« Er schüttelte den Kopf. »Ich habe nicht so viel wie Euer Griffyn bekommen.«

»Ihr habt immerhin Papas Schatulle an Euch genommen.«

Jetzt war er sichtlich verwirrt. »Welche Schatulle?«

»Ach bitte, Marcus. Die Schatulle, das Erbstück meines Vaters. Ihr habt sie Griffyn abgenommen, als Eure Männer ihn vor den Toren Londons gefangen genommen haben.«

»Aha.«

Seine Selbstgefälligkeit ließ sie wütend werden. »Gefällt es Euch, die Briefe zu lesen, die meine Eltern sich geschrieben haben?«, fauchte sie. »Bereitet es Euch Spaß, ihre geheimsten Gedanken zu erforschen?«

Er wich zurück. »Mir scheint, wir sind beide heute sehr betrübt darüber, wie unsere Eltern einst gehandelt haben, kann das sein?« Er wischte die Hände aneinander ab. Krümel fielen auf den Tisch. »Ich werde diesen Eid nicht leisten.«

»Dann werdet Ihr Eure Ländereien verlieren.«

Er legte die Hände um seinen Becher und starrte an Gwyn vorbei auf den tiefroten Wandbehang mit dem Wappen der d'Endshires. »Wir beide sollten uns nicht täuschen lassen, Gwyn. Spätestens bis Weihnachten wird Stephen nachgeben. Man sagt, er habe vor einigen Wochen einen Vertrag mit Henri fitzEmpress unterzeichnet. Stephen hatte keine andere Wahl, nachdem Eustace gestorben ist.«

Sie schloss kurz die Augen. »Eustace ist nicht tot. Er ist bei mir.«

Marcus' Miene war keine Reaktion anzusehen. Aber seine Finger krampften sich für einen Moment um den Becher, ehe er ihn vom Tisch fegte. Bier spritzte über den Boden.

»Seht Ihr, Gwyn, das meinte ich«, sagte er ruhig. »So schnell können sich die Dinge ändern. Was bisher zählte, hat jetzt keine Bedeutung mehr. Darum widerstrebt es mir ja auch, mich ohne Grund festzulegen. Mit beachtlichem Erfolg, wie Ihr wisst.« Er lächelte. »Erzählt mir von Eustace.«

»Er wurde Mitte August zum Nest gebracht. Seitdem liegt er krank danieder.«

Er blickte sie scharf an. »Wie schlimm ist es?«

»Ziemlich schlimm«, gab sie zu. »Er leidet seit Wochen an einem Fieber, das nicht heruntergeht.«

Marcus trommelte mit den Fingern auf die Tischplatte. »Ich muss mit ihm sprechen.«

»Das würde ich auch gern tun. Aber er kann nicht reden. Er schwitzt, er wirft den Kopf hin und her. Mehr kann er nicht, und selbst das Wenige kostet ihn viel Kraft.«

Marcus stand auf. Er marschierte auf und ab und blieb irgendwann abrupt vor Gwyn stehen. »Warum seid Ihr hier?«, fragte er und betonte dabei jedes Wort überdeutlich.

Da war wieder sein wacher Verstand, der sich jetzt ganz auf sie konzentrierte. Gwyn atmete tief durch. »Ich brauche Eure Hilfe.«

Er wartete. Die Stille dehnte sich ins Unerträgliche, ehe er nachhakte. »Meine Hilfe?«

Sie nickte bange.

»Sagt das noch einmal, Gwyn.«

Sie schluckte. In ihrem Mund breitete sich ein bitterer Geschmack aus. »Ich brauche Eure Hilfe.«

Ein Lächeln umspielte seinen Mund. »Ich wäre geehrt, Euch helfen zu dürfen.«

Sie ertrug seinen Blick nicht und wandte den Kopf ab. »Ich muss Eustace aus dem Nest fortschaffen.«

Nachdenklich zog er die Stirn kraus. »Habt Ihr einen Plan?«

Sie legte ihm den Plan dar, den sie sich zurechtgelegt hatte. Er war einfach, aber darin lag nicht nur sein Wert, sondern unter Umständen auch sein Scheitern. »Wenn die anderen Barone zum Nest kommen, um ihren Lehnseid zu leisten, kommt Ihr auch. Ihr seid in der Burg, Ihr leistet den Eid. Am nächsten Morgen verschwindet Ihr – zusammen mit Eustace.«

Sein Lächeln wurde breiter. »Wann ist die Zeremonie?«

»Der Markt beginnt am Tag vor der Hochzeit. Die Zeremonie ist am darauf folgenden Abend.«

Er setzte sich wieder und schien länger als nötig über diesen Plan nachzudenken. Er musste einfach zustimmen. Wenn er nicht einverstanden war ...

Sie beugte sich vor. »*Schafft ihn einfach aus der Festung heraus*!«, zischte sie.

Er lehnte sich zurück und beobachtete sie. »Also, das klingt jetzt nicht nach der züchtigen Lady Gwyn, die ich kenne. Warum sollte ich Euch helfen?«

Sie starrte an Marcus vorbei zur Wand, obwohl sie allzu deutlich seinen Blick spürte, der auf sie gerichtet war.

»Ihr wollt nicht, dass Sauvage etwas geschieht«, sagte er langsam. Er klang erstaunt. Und noch etwas schwang in seinen Worten mit. »Ihr versucht, dem König treu zu bleiben und zugleich seinen Feind zu lieben.« Er schüttelte den Kopf und lächelte mitleidig. »Das wird Euch nie und nimmer gelingen, Gwynnie. Wir alle müssen uns eines Tages für eine Seite entscheiden.«

»Könnt Ihr's machen?«, fragte sie, ohne auf seine Worte einzugehen.

»Mir bleiben zwei Wochen?«

Sie nickte knapp.

Er lächelte schon wieder. »Ich kann viel mehr als nur das tun, Gwyn. Für mich ist das eine Kleinigkeit. Ihr kennt mich doch.«

Seine Worte erinnerten sie an etwas, das Griffyn gesagt hatte, als er nach Everoot gekommen war: *Ihr glaubt, mich zu kennen.* Doch kannte sie ihn wirklich? Er war ein gefährlicher Mann, und er war vollkommen. Und sie hatte sich so heftig in ihn verliebt, dass sie nicht mehr von ihm lassen konnte. Aber man folgte nicht dem Herzen, sondern erfüllte getreulich seine Pflicht.

Was zählte da, was das Herz einem sagte? Was hatte das je gebracht außer Tod und Zerstörung?

Dem Herzen zu folgen, machte einen Menschen närrisch und leichtsinnig und brachte anderen Menschen Schaden. Dem Bruder, der Mutter. Gwyn hatte einen Schwur getan, hatte einen Eid abgelegt. Sie musste Wiedergutmachung leisten. Da war kein Platz für Gefühle.

Und außerdem irrte Marcus sich. Sie konnte beide Versprechen halten, die sie gegeben hatte: dem König und Griffyn. So grausam war Gott nicht, dass er sie zwingen würde, zwischen den beiden zu wählen.

Mit einer Sache allerdings hatte Marcus recht: Eustace von Everoot fortzubringen war nicht länger nur ein Akt der Loyalität gegenüber ihrem König. Es war auch ein Weg, das Nest vom Verrat zu säubern, ehe Griffyn zum Opfer ihres Handelns wurde.

Kapitel 19

Gwyn trieb Windstalker hart an, um rechtzeitig zur Sext wieder daheim zu sein. Während des Mittagsmahles würde sie in die große Halle gehen und allen erzählen, dass sie ihre Kopfschmerzen überwunden hatte. Niemand würde Verdacht schöpfen.

Sie lenkte ihren Zelter in den Wald nördlich der Burg und folgte dann einem versteckten Pfad bis zu einer Höhle, die unter einem Felsvorsprung verborgen lag. Dort stieg Gwyn ab und führte Wind ins Innere der Höhle. Das Pferd folgte ihr gehorsam.

Sie umrundete die Quelle, die in der Höhle entsprang, deren milchig trübes Wasser aber ebenso wenig einladend wirkte wie ihr unangenehm säuerlicher Geruch. In ihrer Mitte jedoch sprudelte eine heiße schweflige Quelle, die Gwyns schmerzenden Muskeln schon oft wohlige Erleichterung gebracht hatte. Am Ende der Höhle befand sich eine kleine Aussparung in der Wand. Gwyn griff hinein und tastete nach den Fackeln, die dort gelagert wurden. Sie nahm eine heraus, entzündete sie mit einem Feuerstein und betrat den kühlen Tunnel, der sich vor ihr öffnete.

Sie beeilte sich, als sie ihr Pferd zum Ende des Tunnels führte. Ehe sie ins Freie trat, steckte sie zuerst vorsichtig den Kopf durch die Tür, die direkt der gegenüberlag, die zu den Kellern führte. Durch diese Tür hatte sie Eustace in das Gewölbe der Burg gebracht. Der äußere Burghof war verwaist. Gwyn führte Wind durch das Tor und dann zum Burgtor.

Hier begegneten ihr mehr Menschen. Diener und Haushaltsmitglieder grüßten sie und nickten ihr lächelnd zu. Blickte man ihr nach? Gwyn spürte, wie Angst in ihr hochkroch. Sie zwang sich, langsamer zu gehen, und lockerte Winds Sattelgurt.

»Lady Guinevere?«

Sie fuhr herum. Der junge Page, der hinter ihr stand, war aus dem Nichts aufgetaucht. »Ja, Peter?«

»Sir Alex hat mir aufgetragen, nach Euch zu suchen. Lord Griffyn wird bald heimkommen«, piepste er fröhlich.

»Er kommt zurück? Schon heute?«

»Ja, heute Abend.«

Sie packte ihn an der Schulter. »Wann?«, rief sie.

»Bald!«, antwortete er, sichtlich verwirrt.

»Bald.« Ihre Hand sank herunter.

»Ja, Mylady. Und Sir Alex hat mir aufgetragen, Euch zu suchen ...«

Erneut wurde sie von Angst gepackt. »Er hat ... hat er das so gesagt? Dass du mich *suchen* sollst?«

»Ja, Mylady.« Der Siebenjährige war sichtlich verwirrt, dass die schöne Herrin ihm so viel Aufmerksamkeit schenkte. Aber es schien ihm zu gefallen. »*Wir* alle wussten ja, dass Ihr in Euren Gemächern wart, aber Sir Alex hat mir aufgetragen, Euch zu suchen. Aber erst musste ich noch dem Schmied Albert eine Nachricht überbringen. Er hatte Probleme, das Schmiedefeuer in Gang zu halten, und ...«

»Danke«, hauchte Gwyn und ging rasch zu den Ställen.

Alex wusste es.

Auf dem Weg in den Stall begegnete Gwyn Griffyns Knappen Edmund. Griffyns Hund Renegade war dem Jungen wie immer dicht auf den Fersen.

»Mylady!«, rief Edmund.

Ihr Herz hämmerte in der Brust. Der Junge kam zu ihr gelaufen.

»Ich habe mich im Keller umgeschaut«, sagte Edmund. Gwyn fiel vor Schreck beinahe in Ohnmacht. »Und da habe ich das Scheitholt gesehen, das Ihr dort aufbewahrt. Meint Ihr, dass ich das Instrument erlernen kann?«

Ihr Gesicht war vor Aufregung heiß und gerötet. Sie fächelte sich Luft zu. »Aber natürlich, Edmund«, sagte sie und versuchte, sich auf sein Anliegen zu konzentrieren. Sie hatte das Instrument völlig vergessen, sonst hätte sie es schon längst verkauft. »Ich ... ich bin sicher, wir finden jemanden, der dich unterrichtet. Mein Schreiber kann es spielen, zwar nicht besonders gut, aber es wird reichen, um dir etwas beizubringen.«

Edmund strahlte. »Danke, Mylady!«

»Gern«, antwortete sie zittrig. Sie beugte sich herunter und wollte den Hund streicheln.

Renny knurrte.

Gwyn zog die Hand zurück. Sie blickte Edmund fragend an, der genauso schockiert zu sein schien wie sie. Sie wandte sich noch einmal dem Hund zu, der wieder gefährlich leise knurrte und die Lefzen seiner ergrauten Schnauze hochzog.

»Das verstehe ich nicht, Mylady!«, rief Edmund bestürzt. Er zerrte den Hund von ihr weg. »Ich weiß nicht, was in ihn gefahren ist. Erst gestern ... nein, vorgestern, da lief er doch noch hinter Euch her wie ein treuer Welpe.« Er schien ernstlich besorgt. »Wie geht es Eurem Kopf, Mylady? Ich hätte Euch das sofort fragen sollen.«

»Es geht mir besser«, sagte sie langsam und ließ den Hund nicht aus den Augen. »Es ist alles in Ordnung«, fügte sie noch hinzu, bevor sie auf zittrigen Beinen ihren Weg zu den Ställen fortsetzte und Wind hinter sich herführte.

Sie hatte den Stall noch nicht erreicht, als ein Ritter aus dem Sauvage-Gefolge zu ihr trat.

»Mylady Guinevere?«

Bei allen Heiligen, war denn wirklich jede Seele in dieser

Burg hinter ihr her? Mit einem verkrampften Lächeln auf den Lippen drehte sie sich um.

»Mein Herr sucht nach Euch.«

Eine entsetzliche Kälte kroch ihr den Rücken hinauf. Lieber Gott, er war schon zurück. »Ich möchte erst mein Pferd trockenführen«, sagte sie schwach und hoffte, er würde ihr ihre Verzweiflung nicht anhören. »Wo ist Lord Griffyn?«

»Er ist in der Halle, Mylady. Aber er hat mir gesagt, ich solle Euch ausrichten, dass er Euch in seinen Gemächern erwartet.«

In seinen Gemächern.

Sie nahm sich mehr Zeit als nötig, um Wind trockenzuführen und sein verschwitztes Fell abzurubbeln, um die Blutzirkulation anzuregen und die erschöpften Muskeln zu lockern. Sie füllte seinen Wassereimer und warf schließlich den Sattel über einen Bock. Später war Zeit genug, ihn zu reinigen. Wie lange war Griffyn wohl schon zurück? Was war mit Jerv? War Griffyn ihm über den Weg gelaufen? Hatte Jerv ihm gesagt, sie würde sich im Schlafgemach ausruhen, und hatte Griffyn die Kammer leer vorgefunden? Wie in Gottes Namen hätte Jerv ihm das erklären können? Und wie sollte sie es ihm erklären?

Die schlimme Vorahnung, die sie erfasst hatte, machte ihre Hände feucht. Sie wischte sie am Rock ab und stieg die Stufen zum Turm hoch. Jerv war nicht zu sehen. Sie durchquerte die große Halle, in der man dabei war, die Tische für das abendliche Mahl aufzustellen. Auch hier war Jerv nicht zu sehen. Gwyn verharrte auf dem Weg nach oben bei einem kleinen Fenster und starrte in den Burghof hinunter. Wenigstens baumelte er nicht vom Galgen. Das war wohl ein gutes Zeichen.

Sie straffte die Schultern und öffnete die Tür zu den Gemächern des Burgherrn.

Griffyn saß auf einem Hocker und wühlte in einem Beutel. Er blickte auf, als sie die Tür öffnete. Dunkles Haar fiel ihm in die

Stirn. »Guinevere! Ich habe schon nach dir gesucht. Wo warst du?«

»Ich bin ausgeritten«, sagte sie mit schwacher Stimme, weil sie fürchtete, in Ohnmacht zu fallen. »Ich bin wirklich überrascht, dich schon so schnell wiederzusehen.«

»Das waren die Männer auch. Aber ich habe sie unerbittlich angetrieben.« Er ließ seinen Blick über ihren Körper gleiten. »Ich wollte schnell wieder nach Hause.«

Gwyn setzte sich auf das Bett. Er steckte sie nicht in den Kerker? Verfluchte sie nicht? Sie wurde nicht geköpft? *Wusste* er es überhaupt?

»Zuerst möchte ich dir das hier geben.« Er holte aus seinem Beutel den Schlüsselring, an dem alle Schlüssel der Burg hingen. Sogar jetzt, in der verdreckten Tunika, strahlte er diese unwiderstehliche Männlichkeit aus. Aber es war dieses unglaubliche Lächeln, das ihr Herz höher schlagen ließ. Er überreichte ihr die Schlüssel. »Die wirst du zurückhaben wollen. Ich hätte sie dir schon eher geben können.«

Sie kniff die Augen fest zusammen und nickte dankbar.

»Und jetzt komm her.« Er berührte ihre Fingerspitzen und half ihr auf. »Schau, was ich dir mitgebracht habe.« In seinen Worten schwang Begeisterung mit. Er kramte wieder in dem Beutel. »Sieh nur, das ist für dich.«

Er zog eine der kleinen Harfen aus dem Beutel, die ihrer Mutter gehört hatten und die sie verkauft hatte, um Weizensaat zu kaufen. Die zweite, schwarzbraune Harfe gesellte sich zur kastanienroten, die Griffyn ihr in die Hände legte.

Plötzlich wurde sie von den Erinnerungen übermannt.

»Die haben einst deiner Mutter gehört, nicht wahr?«, hörte sie ihn fragen. Seine Stimme drang aus weiter Ferne zu ihr durch.

Sie fuhr mit einer Hand über das weiche verzierte Holz. »Ja.«

»Gut.«

Ihre Finger glitten über die Saiten. Ein vertrautes melodiöses

Flüstern erfüllte die Kammer. Sie probierte es noch einmal. Tränen brannten in ihren Augen.

»Gut?«, fragte er vorsichtig.

Sie lachte auf. Es war ein schwaches, atemloses Lachen. »Mehr als gut«, versicherte sie ihm. Dann überwältigten die Tränen sie.

»Bien.« Seine Finger streichelten ihre nassen Wangen. »Ich weiß, wie sehr du deine Mutter vermisst.«

»Jeden Tag.« Ihre Stimme stockte. Sie lächelte und strich über das polierte rote Holz. »Das hier wird mir helfen, mich an sie zu erinnern.«

Sie stand vor Griffyn, der noch immer auf seinem Schemel saß. Ihr Gesicht war nur wenige Zoll von seinem entfernt. Er schloss die Hände um ihr Gesicht und zog sie zu sich herunter, um sie nacheinander auf beide Wangen zu küssen. Er lächelte wieder dieses unglaublich sinnliche Lächeln. Ihr wurde heiß. Er brauchte sie nur anzusehen, und schon war sie für ihn bereit.

»Griffyn«, protestierte sie, als er sich erhob. Noch immer lächelnd, schüttelte sie den Kopf. »Du möchtest mir sicher von deiner Reise erz ...«

»Ich möchte dich aufs Bett legen.«

Sie lachte. »Griffyn.«

»Gwyn.«

»Wirklich, ich ...«

Er griff nach ihrer Hand. »Ja, wirklich. Ich will nicht warten. Die Reise verlief gut, und ich ...« Er stockte. »Ich habe die Harfen deiner Mutter zurückgeholt und bin wieder daheim. Ich verzehre mich nach dir.«

Neckend zog sie eine Augenbraue hoch. »Du bist nur wegen der Harfen meiner Mutter nach Ipsile geritten? Sonst war dort nichts?«, zog sie ihn auf. Griffyn erstarrte, aber seine Finger schlossen sich schmerzhaft um ihre.

»Was willst du damit sagen?«

Ihr Lächeln versiegte. »Nichts wollte ich damit sagen. Es war nur ein Scherz, Griffyn.«

Sein Griff lockerte sich. »Tut mir leid. Ich bin müde, mir ist heiß, und es war ein langer Ritt. Aber es ist die Wahrheit: Ich habe *kaum* an etwas anderes denken können als an dich.«

Sie lachte. »Das genügt mir schon als Antwort.«

Seine Hand wanderte hinter ihren Rücken und zog an den gelben Seidenbändern, mit denen ihr Überkleid verschlossen war. Mit jedem Zupfen spannte sich der Stoff über ihren Brüsten. Dann sank das Überkleid zu Boden. Er schob den Ausschnitt des Unterkleids beiseite und drückte seinen Mund auf ihre nackte Schulter.

»Und was ist mit dir, Rabenmädchen?«, murmelte er. »Hast du an mich gedacht?«

»In jedem Augenblick«, hauchte sie.

Und wie er es ihr versprochen hatte, legte er sie auf das Bett und brachte sie so schnell zum Höhepunkt, dass sie glaubte, an dieser Lust zu sterben.

Und an diesem Schmerz. Was als leidenschaftlicher Treuebeweis für ihren König begonnen hatte, verwandelte sich jetzt in abgrundtiefe Verzweiflung. Sie durfte Griffyn damit nicht wehtun, und doch musste sie sich bei der Durchführung ihres Plans auf einen höchst unzuverlässigen Retter verlassen – auf Marcus fitzMiles.

Marcus saß auf einer niedrigen Steinbank in seinem Küchengarten und schnitzte. Die Minze stand hoch, aber die Zwiebeln sahen aus, als hätten sich Wühlmäuse daran zu schaffen gemacht. So sollte es wohl sein. Der Lauf der Dinge.

In Gedanken versunken schnitzte er aus einem Stück Holz eine Figur. Das, was Gwyn ihm gegeben hatte, war zu verlockend, um es einfach wegzuschenken. Zu reizvoll, um ihren Plan so auszuführen, wie sie es sich vorstellte. Dass er zum Nest ritt, wieder von dort verschwand und danach einen dahinsiechenden, entthronten Prinzen am Halse hatte? Und was dann? Sollte er Eustace im Sattel festbinden und der Armee des fitzEmpress entgegenschicken? Sollte er weiter tatenlos zusehen, wie Griffyn Sauvage sich an seine geliebte Guinevere heranmachte?

Gwynnie war ein wunderbarer Mensch, sie hatte Humor und einen scharfen Verstand. Aber sobald es um die große Politik ging, war sie vollkommen ahnungslos.

Und zu wem war sie in der Stunde der Not gekommen? Nicht zu ihrem Verlobten Griffyn Sauvage, sondern zu ihm. Marcus. Brennender Stolz erfüllte ihn. Noch vor einem Jahr war sie ihm weggelaufen, und jetzt kam sie in seine Burg geritten, beugte ihr Haupt vor ihm und flehte ihn um Hilfe an.

Natürlich hätte er ihr auch dann beigestanden, wenn sie ihm ins Gesicht geschrien hätte. Es gab nichts, das er Guinevere verwehren konnte. Es war *ihr* Fehler, dass sie es nicht wusste. Bisher hatte sie ihn nie um etwas gebeten.

Sie hätte ihn auffordern können, Stephen oder Henri oder seinetwegen auch Nur-al-Din zu unterstützen, den Anführer der Sarazenen, der den Kreuzfahrern im Heiligen Land eine Niederlage nach der nächsten zufügte. Er hätte alles für sie getan. Die große Politik war ihm egal. Für ihn zählte nur Guinevere. Ihr großer Mut, ihr herrlicher Körper und ihr hellwacher Verstand – Marcus erkannte einen Diamanten, wenn er ihn sah. Und alle Edelsteine, an denen er je interessiert gewesen war, befanden sich samt und sonders im Nest.

Sauvage würde die Burg bald aufgeben müssen, dafür würde Marcus schon sorgen. Er würde ihn vor die Tore locken; würde vorgeben, mit ihm verhandeln zu wollen. Und dann würde er ihm sein Ultimatum stellen, ohne überhaupt so zu tun, als wollte er sich ihm ergeben. Denn ergeben würde er sich nie. Nicht einem Sauvage. Lieber würde er sich dem Teufel persönlich verkaufen, als vor Griffyn Sauvage zu katzbuckeln.

Und wenn Gwyn glaubte, Marcus sei im Besitz der Schatulle mit den Briefen ihrer Eltern, war es umso besser. Diese Verwirrung würde in zwei Wochen seine wirksamste Waffe sein.

Die Schatulle war vermutlich in einer der Satteltaschen von Sauvages Pferd gewesen. Erst später hatte Marcus erfahren, dass der Gaul von Sauvages Leuten, eingefangen worden war. Einer von ihnen war ein Hüter. Alexander. Das Beste war, sich von diesen Männern fernzuhalten. Sie hatten die unangenehme Angewohnheit, jeden zu ermorden, der sich dem Erben in den Weg stellte. Hatte sein Vater nicht diese schmerzliche Erfahrung machen müssen? Verfluchte Schotten.

Marcus' Finger verkrampften sich. Er schnitt zu tief ins Holz, und dem geschnitzten Pferd fehlte ein Hinterlauf. Er warf das wertlose Werkstück weg.

Aber offensichtlich hatte man die Schatulle doch nicht gerettet. Gut möglich, dass sie noch immer irgendwo dort lag, wo man Sauvage aus dem Sattel gezerrt hatte. Er würde einige seiner Männer in den Wald schicken. Sie sollten unter jeden Busch kriechen, jeden Stein umdrehen und dieses verdammte Ding finden.

Und wenn seine Männer im Wald fertig waren, konnten sie gleich weiterreiten und Henri fitzEmpress in seinem Feldlager aufsuchen. Marcus war sicher, dass seine Neuigkeiten den künftigen König sehr interessieren würden.

Im Moment hatte Marcus leider nur einen der drei geheimnisvollen Schlüssel. Aber egal, ob durch eine List oder Waffengewalt: Er würde auch alles andere an sich bringen, das dem Erben gehörte.

Er tastete nach dem kühlen Gewicht des Silberschlüssels. Seit einem Jahr trug er ihn an der Eisenkette um den Hals, die er in Auftrag gegeben hatte. Der Schlüssel war in die Kette eingeschmiedet worden, und er hatte dafür gesorgt, dass sein Vertrauensmann de Louth die Kette persönlich aus Ipsile-upon-Tyne abholte.

Der Schlüssel war aber erst der Anfang.

Er nahm ein neues Stück Holz zur Hand und begann wieder zu schnitzen. Doch schon bald fluchte er, weil er sich in den Daumen geschnitten hatte. Er umfasste das Handgelenk und streckte die Hand zwischen den Knien nach unten. Rotes Blut tropfte in den Dreck. Es bildete einen scharfen Kontrast zu dem gelben Eichenlaub.

Für alles kam die rechte Zeit. Marcus richtete sich auf und fuhr mit dem Messer erneut über das Stück Holz. Es glitt mühelos hinein und schälte einen feinen Span herunter. Für Endshire war die Zeit gekommen aufzusteigen. Und für das Haus Sauvage die Zeit, sehr, sehr tief zu fallen.

Am nächsten Morgen traf Griffyn Alex in der großen Halle. Weil Griffyn gut gelaunt vor sich hinpfiff, blickte Alex erstaunt zu ihm herüber.

»Pagan? Geht es dir gut?«

Griffyn grinste und ging weiter.

»Du pfeifst«, erklärte Alex.

»Ich bin einfach froh, zu Hause zu sein. Und sie zum Eheweib zu nehmen, ist auch nicht so schlimm wie befürchtet.«

Das ist eine Untertreibung, dachte Alexander.

Gemeinsam gingen sie zum Stall, weil Griffyn sich mit einem Sattler treffen und sich dessen Waren ansehen wollte. Alex blickte zu den Fenstern des Wohnturms hinauf und meinte, etwas Schwarzes hinter einem Fenster aufblitzen zu sehen. Es war wirklich merkwürdig. Griffyn hatte gestern Abend eine Stunde lang nach Lady Guinevere gesucht, ehe sie endlich aufgetaucht war – verschwitzt und außer Atem. Aber von allen, die er gefragt hatte, war ihm bestätigt worden, dass sie die Burg nicht verlassen hatte. Es hatte sie auch niemand zurückkommen sehen.

Im Stall war es so früh am Morgen noch recht kühl. Die Männer verbrachten eine Stunde mit dem Sattler und bewunderten seine kunstvollen Lederarbeiten. Nachdem sie sich verabschiedet hatten, schaute Alex noch kurz nach Gwyns Pferd.

Ihr Zelter war ein feuriger Fuchs, dessen Widerrist Alex bis an die Nase reichte. Die Hufe waren riesig – groß genug, um einen Kinderkopf darunter zu zerschmettern. Dennoch schien es ein gutmütiges Pferd zu sein, das vorsichtig an seiner Hand schnüffelte, als Alex sie ihm hinhielt, und das ihm leise nachwieherte, als er ging. Es war wirklich ein Pferd, bei dem es jedem auffallen würde, wenn es fehlte.

Aber außer Alex hatte wohl niemand bemerkt, dass der Fuchs nicht im Stall gewesen war. Weder gestern Nachmittag kurz vor Griffyns Heimkehr noch am Vorabend, als Alex einen letzten Rundgang durch den Stall gemacht hatte.

Das Pferd hatte in der Nacht nicht in seinem Verschlag gestanden.

Kapitel 20

Gwyn kniete im Küchengarten und half, die Kräuter winterfest zu machen. Sie versuchte, das Durcheinander zu vergessen, in das sie sich verstrickt hatte. Im Moment konnte sie nichts tun außer warten. Und hoffen.

Der Gedanke ließ sie fast auflachen. Worauf sollte sie denn hoffen? Dass König Stephen sich geschlagen gab? Oder dass Griffyns Lehnsherr getötet wurde? Jede dieser Möglichkeiten bedeutete für jemanden, den sie liebte, den Untergang.

Und wenn sie ehrlich war, dann gab es keine Garantie, dass Eustace überlebte. Er konnte jeden Augenblick sterben.

Bei diesem frevlerischen Gedanken hob Gwyn den Kopf. Es war eher ein frevlerisches Gefühl, denn der Gedanke beschrieb die Realität. Aber die Erleichterung, die sie bei diesem Gedanken empfunden hatte, war das Niederträchtige.

Ihr Blut hämmerte. Sie blickte zum Herbsthimmel auf, dessen strahlendes Blau von zarten weißen Schleiern gemildert wurde. Feuchte Erde haftete unter ihren Fingernägeln, und die klirrend kalte Luft biss mit jedem Atemzug in ihrer Nase.

Sie konnte jetzt nicht länger im Garten arbeiten, zu groß war ihre Unruhe. Ihr stand der Sinn nach einem Spaziergang über die Wehrgänge.

Sie stand auf, klopfte die Erde von ihrem Kleid und machte sich auf den Weg. Sie ging mit schnellen Schritten und hielt den Kopf gesenkt, als sie unvermittelt gegen etwas Hartes prallte.

»Hoppla!«, rief eine Stimme. Alex wich stolpernd ein paar Schritte zurück, griff sich an die Rippen und verzog das Gesicht.

»Sir Alex!«, rief sie überrascht und eilte zu ihm. »Geht es Euch gut?«

Nachdem er noch ein paar Schritte zurückgewichen war, streckte er eine Hand aus, als wollte er ihre Hilfe abwehren. »Alles in Ordnung, Mylady.«

Sie blieb stehen und strich ihren Rock glatt. »Ist das nicht ein schöner Abend?« Während sie diese höfliche Nichtigkeit von sich gab, hielt sie den Blick abgewandt. Sie wollte Alex nicht in die Augen sehen, solange sie beständig daran denken musste, dass sie ihm argwöhnte, dass er ihr argwöhnte.

»In der Tat«, erwiderte er tonlos.

»Ja, in der Tat.« Sie neigte den Kopf und eilte an ihm vorbei.

»Seid Ihr in letzter Zeit ausgeritten?«

Langsam drehte sie sich um. »Nein.«

»Hm. Ich habe mich bloß gefragt, ob Euer Pferd deshalb lahmt.«

»Nein«, sagte sie bedächtig. »Warum fragt Ihr?«

Alex zuckte mit den Schultern. »Ich hätte es mir auch nicht gedacht. Ich habe nur gesehen, dass Euer Zelter nicht im Stall stand. Das war alles.«

Kaltes Entsetzen packte sie. »Ich reite gern aus, Sir. Habt Ihr irgendein Problem damit?«

Er schüttelte den Kopf und ließ sie nicht aus den Augen. »Nein.«

»Dann verstehe ich nicht, warum Ihr besorgt seid.« Sie hob den Kopf, nickte ihm kühl zu und ging.

»Wenn Ihr ihm wehtut, wird es Euch leidtun, Guinevere.«

Sie blieb stehen, drehte sich aber nicht um. Er sagte sonst nichts, und sie ging weiter. Es kostete sie viel Kraft, nicht unwillkürlich an ihr Herz zu greifen, das wild pochte.

»Ich habe gehört, dass ein Ausritt hilft, einen klaren Kopf zu bekommen!«, rief er ihr nach. »Besonders, wenn man Kopfschmerzen hat!«

Nur mühsam konnte sie sich beherrschen, ihre Röcke zu raffen und wegzulaufen.

Griffyn setzte einen Teil seiner Männer bei der Instandsetzung der Burg und dem Wiederaufbau der eingefallenen Westmauer ein, die meisten jedoch schickte er auf die Felder.

Im Oktober musste noch einmal gepflügt werden, bevor die Vegetation im Winter zur Ruhe kam. Kampferprobte Männer wollten am liebsten kämpfen, es sei denn, man beschäftigte sie anderweitig. Das Üben mit Lanze, Schwert und Dolch war ein Mittel, dass Griffyn häufig einsetzte, um bei den Männern keine Langeweile aufkommen zu lassen und zu verhindern, dass ihr Können im Umgang mit den Waffen einrostete. Sie zum Pflügen auf die Äcker zu schicken, war jedoch eine noch bessere Übung. Sie forderte die Männer körperlich und, was noch wichtiger war, es war eine Anstrengung, die sie zusammen mit den de l'Ami-Leuten unternahmen. Und ein gemeinsames Ziel konnte die Gräben überbrücken, die zu Händel führen konnten. Seine Männer würden hier leben. Sie würden mit den de l'Ami-Frauen Bindungen eingehen und Familien gründen.

So wie er.

Egal, wohin Gwyn ging, er war sich stets ihrer Gegenwart bewusst, ob sie mit der Köchin im Küchengarten stand oder mit William – sie hatte darauf bestanden, dass er blieb – und Raashid diskutierte, ob die Felder eines abgelegenen Anwesens mit Mergel gedüngt werden sollten. Er wusste, wenn sie einen Boten begrüßte, oder – und damit verbrachte sie einen Großteil ihrer Zeit – wenn sie mit einer der vielen Frauen, die das Nest bevölkerten, spazieren ging und sich mit ihr unterhielt.

Woher kommen nur all diese Frauen?, fragte Griffyn sich eines Nachmittags, während er half, für die Mauer Steine zurechtzuhauen.

»Ein Haufen Weiber, die mit ihren Brüsten und ihrem Gekichere nur Ärger bringen«, knurrte Fulk, als Griffyn das Thema zur Sprache brachte. Aber Griffyn hatte schon einige Male beobachtet, dass sein Seneschall die schweißtreibende Arbeit unterbrochen hatte, um der einen oder anderen dieser Schönheiten ein paar Stufen hinaufzuhelfen. Und deshalb gab er auch nicht viel auf Fulks Missmut.

Nichtsdestotrotz kam es Griffyn vor, als hätte Gwyn jede Witwe oder in Not geratene Frau vom Clyde bis zur Ouse in ihrem Haushalt aufgenommen. Überall begegnete man den Frauen, und ihre bunten Kleider und ihr gewinnendes Lächeln veranlassten seine Männer, Hammer und Nägel aus der Hand zu legen und die Arbeit zu unterbrechen, sobald eine von ihnen vorbeiging. Und stets war da noch Guinevere, deren helle Stimme weit über den Burghof trug. Sie klang fröhlich, und ihre Röcke in Rot oder Gelb oder Smaragdgrün bauschten sich um sie, wenn sie geschäftig hierhin und dorthin eilte.

Griffyn strich gerade Mörtel auf einen Stein und haderte mit sich. Sein Leben lang hatte er darum gekämpft, heimzukehren nach Everoot. Aber statt sich jetzt darüber zu freuen, verbrachte er jeden Tag Stunden damit, dunkle, staubige Kammern zu durchsuchen.

Inzwischen hatte er jeden Winkel der Burg durchstöbert, hatte von der Küche bis zum Hühnerstall alles erkundet, hatte jede Schachtel geöffnet und jeden Bogen Pergament studiert, den de l'Ami in seinem langen Leben beschrieben hatte. Doch nirgends gab es einen Hinweis auf etwas, das heiliger sein könnte als der geleistete Zehnte an Klöster und Almosen an Armenhäuser. Er hatte nichts über einen Schatz aus dunkler Vorzeit der Christenheit gefunden, der beschützt werden musste.

Es war, als hätte die Zeit jeden Hinweis auf diese Schätze ausgelöscht. Oder als hätte Ionnes de l'Ami noch immer seine Hände im Spiel, weil er die Heiligtümer für sich behalten wollte.

Und es begann das, was Griffyn immer gefürchtet hatte: Er wollte den Schatz auch haben.

Er hielt bei seiner Arbeit inne und wischte sich mit dem Unterarm den Schweiß von der Stirn. Um sich herum hörte er seine Männer arbeiten. Er blickte vom Wehrgang über die fruchtbaren Felder und Hügel Everoots, die sich unterhalb der Festung ausbreiteten. Nein. Er war wieder zu Hause, aber es genügte ihm nicht mehr, nur diese eine Lebensaufgabe erfüllt zu haben.

Nicht mehr, seit er die Worte kannte, die Ionnes de l'Amis auf seinem Sterbelager gesagt hatte. Es genügte ihm nicht mehr, seit er den Schlüssel in die Hände bekommen hatte, der ihn zum Schatz führen könnte.

Gwyn veränderte sich. Im Laufe der Zeit spürte sie, wie tief in ihr eine Wandlung vor sich ging. Wie Eisschollen auf einem Fluss, die im Frühling allmählich tauten und auf einen Wasserfall zutrieben, verschmolz sie mit ihrem Leben mit Griffyn.

Und hätte alles andere fast vergessen. Es gab Tage, an denen sie für Stunden nicht daran dachte, welchen Verrat sie an Griffyn beging, indem sie Prinz Eustace in der Burg versteckte. Und manchmal geschah es sogar, dass sie dessen Existenz vergaß.

Bis zu dem Abend, an dem der Bote kam.

Der Nachmittag hatte sich schon in lange Schatten gehüllt, als Gwyn die Treppe zum Wehrgang hinaufstieg und sich an die Zinnen stellte. Der Wind zerrte an ihrem Kleid, während sie lächelnd das geschäftige Treiben beobachtete, das überall herrschte. Obwohl es bald Zeit für das Nachtmahl war und die vom Tagewerk erschöpften Männer langsamer arbeiteten, war eine Zuversicht und Hoffnungsfreude zu spüren wie schon seit Jahren nicht mehr.

Die Burg war zu neuem Leben erwacht.

Der Baumeister war schon vor Tagen eingetroffen, und inzwischen war jeder Mann und jeder Knabe, der älter als zehn war, auf die Mauer oder in den Wald beordert worden. Riesige Bäume waren gefällt und Gerüste daraus errichtet worden, die sich jetzt neben den Mauern erhoben. Auf den Stiegen und Plattformen schufteten schwitzende Männer, die nur mit Bruche und Stiefeln bekleidet waren. Knappen schleppten schwere, mit Mörtel gefüllte Eimer herbei.

Im Tal hallten die Rufe der Männer und das Hämmern wider. Ein Kran quietschte, als ein Steinblock nach oben gezogen wurde. Wagenräder ratterten über das Kopfsteinpflaster, Pferde wieherten, Kinder riefen durcheinander und lachten, flitzten zwischen den Streben des Baugerüsts herum und sammelten die Nägel ein, die den Männern heruntergefallen waren. Oder sie schleppten Wasser herbei, mit dem die Arbeiter sich erfrischten.

Aber was Gwyn am tiefsten berührte, war das Lachen der Frauen, das auf die Burg zurückgekehrt war. Ihre toten Ehemänner und Väter waren nur noch ferne Geister, sobald einer von den Sauvage-Männern den Frauen und deren Kindern zulächelte.

Gwyn verdoppelte die Ration für jeden Soldaten, der eine ihrer Frauen zum Lachen gebracht hatte.

Und auch auf den Feldern war das Leben wieder erwacht. Griffyns Männer unterstützten ihre Leute, die sich um die Äcker kümmerten, und man konnte schon erste Ergebnisse sehen. Die meisten Felder waren jetzt ordentlich gepflügt, Kamm und Furche wechselten sich in schnurgeraden Linien ab. Zum ersten Mal seit zwei Jahren erlaubte Gwyn sich den Glauben an eine Zukunft.

Griffyn machte auf sie einen glücklichen Eindruck. Er drehte sich jedes Mal zu ihr um, sobald sie auf dem Wehrgang auftauchte, und bedachte sie mit diesem kleinen Lächeln, das Grübchen in seine Wangen zauberte und in ihrem Bauch Schmetterlinge tanzen ließ. Natürlich gab es auch Tage, an denen er für Stunden verschwand und niemand wusste, wo er war. Aber sie war zu beschäftigt, sich darüber Gedanken zu machen, und überdies vertraute sie ihm. Wenn er mittags nicht zu ihr kam, konnte es durchaus passieren, dass sie ihn vom frühen Morgen bis zum Nachtmahl nicht sah. Zweimal war er zur Mittagsstunde zu ihr gekommen, um mit ihr zusammen zu sein – das erste Mal vor ihren Schlafgemächern und ein zweites Mal im Obstgarten. Beide Male hatte er sie so schnell zu einem berauschenden, überwältigenden Höhepunkt gebracht, dass ihr noch eine halbe Stunde danach ganz schwindelig gewesen war.

Gwyns Aufgabe war es, die Kinder anzuleiten, sich um die zu kümmern, die sich verletzt hatten, mit Händlern zu feilschen und der Dienerschaft Befehle zu erteilen. Außerdem kümmerte sie sich um die Mahlzeiten und sorgte dafür, dass den Männern auf dem Baugerüst ständig frisches Wasser gebracht wurde. Und sie behielt in diesem Tumult die Ruhe. Sie lächelte viel.

Als der Himmel sich an diesem Spätnachmittag dunkler färbte und langsam die Abenddämmerung heraufzog, wusste Gwyn, dass sie nur Griffyns wegen auf den Wehrgang hinaufgegangen war. Sie wollte ihm, der all diese Wunder vollbracht hatte, nahe sein.

Die Luft war erstaunlich kühl, und die Männer, die zu zweit oder dritt auf den Wehrgängen zusammenstanden, waren nur noch als dunkle Silhouetten zu erkennen. Einige lehnten an den Zinnen, andere saßen auf der Mauer, während sie sich vom Wind den Schweiß auf ihren müden Gesichtern trocknen ließen. Die Hälfte der Männer gehörte zu Griffyn, aber in der Dämmerung war nicht mehr zu unterscheiden, wer zu den l'Ami gehörte und wer nicht.

Griffyn stand mit einigen Männern beisammen, zu denen auch Alex, Fulk und Jerv gehörten. Am Horizont hinter ihnen versank die Sonne.

Guinevere trat zu ihnen. »Mylord?«

Er drehte sich um und lächelte sein leises, sinnliches Lächeln. Auch jetzt, nach allem, was sie ... *getan* hatten, stieg ihr die Röte ins Gesicht. Er streckte ihr die Hand entgegen. »Komm, Gwyn. Du musst dir anschauen, was wir geschafft haben.«

Es war erstaunlich, was die Männer in so kurzer Zeit geleistet hatten. Die westliche Flanke der Burgmauer war fast vollständig ausgebessert worden. Vierzig Fuß hoch ragte die Bruchsteinmauer in alter Wehrhaftigkeit empor. Sogar die Mauerlücken im Turm hatte man bis zu einer Höhe von zwanzig Fuß schließen können.

Das war es, wovon ihr Vater so lange geträumt hatte. Er hatte das Nest wiederaufbauen und zu alter Stärke zurückführen wollen.

»Ich weiß, dir wäre es egal gewesen, wenn er dich für den Teufel gehalten hätte«, sagte sie leise. »Aber eines weiß ich, Griffyn: Mein Vater wäre stolz auf das gewesen, was du hier geleistet hast.«

Griffyn verzog den Mund. »Dazu brauchte es nur Steine und ein paar kräftige Männer, Guinevere. Hätte dein Vater es gewollt, hätte er diese Arbeiten ausführen lassen können.«

Gwyns Lächeln war traurig. »Vielleicht. Ich glaube, er hätte sie wieder aufgebaut, wenn er es gekonnt hätte. Aber er hat nur noch für wenige Dinge Interesse gezeigt, nachdem ... nachdem ...« Sie schluckte schwer, weil ihr die Kehle eng wurde. Hinter ihnen redeten die Männer weiter miteinander. Sie hörte Alex, der leise, aber schroff etwas sagte und dann verstummte.

»Nach dem Tod meiner Mutter gab es eigentlich nichts mehr, das ihm etwas bedeutete«, fuhr Gwyn fort. »Das Einzige waren die Briefe, die meine Mutter ihm geschrieben hatte, während er im Heiligen Land war. Jeden Abend nach dem Nachtmahl saß er vor dem Kamin auf einer Bank und hat die Briefe gelesen. So lange, bis auch die letzten Flammen verloschen waren.«

Griffyn griff nach ihrer Hand. »Deine Mutter konnte lesen?«

»Oh ja. Papa hatte es ihr beigebracht, ehe er auf den Kreuzzug ging. Erinnerst du dich an die kleine Schatulle, die ich dir damals gegeben habe, bevor wir uns vor dem Kloster St. Alban getrennt haben? Die Briefe waren darin. Ich konnte sie natürlich nicht lesen«, fügte sie hinzu. »Aber ich hatte gehofft, eines Tages ...«

Sie verstummte, weil Griffyns Hand sich fast schmerzhaft um ihre schloss. Auf seinem Gesicht lag ein seltsamer Ausdruck.

»Was ist?«

Er gab ihr keine Antwort, sondern wandte sich um und sah Alex an, der daraufhin zur Treppe eilte und die Stufen hinunterlief. Gwyn blickte ihm nach, während sich ein ungutes Gefühl in ihrem Bauch zusammenballte. Griffyn drückte ihre Hand noch immer viel zu fest.

Sie zog ihre Hand zurück.

Als er Gwyn ansah, lag noch immer dieser merkwürdig leere Ausdruck auf seinem Gesicht.

»Griffyn? Was ist denn?« Das ungute Gefühl verstärkte sich. Fast hätte sie es schon Angst nennen können. Aber dann lächelte Griffyn sie an.

»Entschuldige, Gwyn. Du hast von deinem Vater gesprochen. Nein, von deiner Mutter. Dass sie lesen konnte. Und du kannst nicht lesen?«

Sie schüttelte den Kopf – und hatte das Gefühl, dass sie irgendetwas nicht bekommen hatte.

»Du brauchst keine Angst haben«, versicherte Griffyn ihr. Dieses Mal schloss er die Finger nur leicht um ihre Hand und hob sie an seine Lippen. Er drückte auf jeden Fingerknöchel einen Kuss. »Dein Vater lebt nicht mehr, und seine Verbote haben keine Gültigkeit mehr. Ich werde dir das Lesen beibringen.«

Sie konnte ihm nicht die Wahrheit sagen, denn wie sollte sie ihm erklären, dass sie weder ihren Vater noch seine »Verbote« fürchtete? Was sie damals gefürchtet hatte, war das, von dem sie jetzt glaubte, sie könnte dem wieder ausgesetzt sein: der Angst, dem Herrn von Everoot fremd zu sein. Diese Abwesenheit in seinem Blick, obwohl er direkt neben ihr stand.

Sie legte den Kopf an seine Schulter. Griffyn wandte sich an einen der Männer und beantwortete eine Frage, während Gwyn seinen Duft einatmete und sich in seinen Armen geschützt und sicher fühlte. Das war im Moment genug.

Es war alles, was sie wollte. Ihm einfach nahe sein, sehen, wie sein nachdenklicher grauer Blick sich auf jene richtete, die ihn ansprachen. Er stellte Fragen oder gab Antworten, aber zumeist hörte er einfach zu. Und seine Aufmerksamkeit ließ die Menschen über sich hinauswachsen. Er war wie ein erfrischender Windhauch. Sie genossen seine Gegenwart, und sie hörten auf ihn. Seine Ritter und ihre. Jerv. Fulk.

Griffyn machte wieder gut, was einst schlecht gewesen war, brachte das Leben dorthin zurück, wo vor Kurzem noch Tod und Sterben regiert hatten. Ihr Vater hatte nicht den Großmut besessen, das in seiner Burg zu erschaffen, was Griffyn in nur zwei Wochen auf feindlichem Territorium gelungen war. Er fegte über sie alle hinweg und gab ihnen eine Zukunft.

Und sie würde ihn verraten.

Das war doch Wahnsinn.

Sie starrte auf den von Steinen übersäten Boden des Wehrganges, als ihr ein gewagter Gedanke in den Sinn kam. *Musste sie ihn denn verraten?*

Seit Wochen hatte sie nichts von König Stephen gehört. Er hätte einen Boten schicken können, der, selbst wenn König Stephen an den weißen Klippen von Dover weilte, Everoot binnen weniger Tage hätte erreichen können. Warum hörte sie nichts von ihm? Warum half er ihr nicht? Warum kamen keine neuen Anweisungen?

Vielleicht würde König Stephen den Vertrag mit Henri tatsächlich unterzeichnen. Ihr Herz raste. Vielleicht gab es keine List. Vielleicht war alles vorbei, und ihr König wusste das. *Sie* war zu dem Schluss gekommen, es müsse sich um eine Kriegslist handeln. Diese Erkenntnis war zu überwältigend, um sie wirklich begreifen zu können.

Und allein wegen einer hauchdünnen Vermutung wollte sie den anständigsten Mann verraten, der ihr bisher begegnet war?

Obwohl sie noch keine endgültige Entscheidung getroffen hatte, öffnete sie den Mund,. »Griffyn?«, hörte sie sich fragen.

Es war wie an einem dieser Morgen, wenn sie nur noch einen Moment länger unter den warmen Fellen liegen bleiben wollte, ihr Körper sich aber bereits ohne ihr Zutun bewegte und sie sich erhob. Eisige Kälte packte sie. Aber sie tat, was getan werden musste, weil es für sie keine andere Wahl gab.

Sie fühlte sich plötzlich so erleichtert! Es war vorbei. Sie würde ihm vom Prinzen erzählen.

»Griffyn?«

Er blickte sie an. »Ja?«

Ihr Herz hämmerte, und ihre Hände waren eiskalt. »Es gibt etwas, das ich dir sagen muss.«

In diesem Moment kam Alex die Treppe hinaufgeeilt. Er verharrte auf der obersten Stufe und schnappte nach Luft. Seine Tunika war vom Tagewerk verdreckt und steckte halb im Bund seiner Beinkleider. Das blonde Haar war zerzaust. Er wirkte gehetzt, sein Gesicht war gerötet.

»Pagan, du musst kommen. Sofort.«

»Was ist los?«

Alex beugte sich vor. »Ich habe etwas gefunden.«

Ehe er den Satz vollendet hatte, löste Griffyn sich von Gwyn. Seine Hand glitt von ihrer Schulter, und er schob sich an Gwyn vorbei. Sie starrte den Männern entsetzt hinterher. Auf dem

Treppenabsatz drehte Griffyn sich noch einmal zu ihr um. »Was du mir sagen wolltest – kann es noch warten?«

Sie nickte steif. »Natürlich.«

Alex blickte sie forschend an. »Mylady«, sagte er schließlich kalt und wandte sich ab.

Sie sank gegen die Mauer. Ihre Knie zitterten, und sie hörte Griffyn und Alex die Treppe hinunterlaufen. Was hatte das alles zu bedeuten? Sollte sie sich jetzt verlassen oder gerettet fühlen?

Was hatte Alex gefunden? Es war etwas, von dem er und Griffyn nicht wollten, dass sie es sah.

Die beiden Männer starrten die Schatulle fast ehrfürchtig an.

»Du hast sie bei deinen Sachen gefunden?«

»Sie war bei *deinen* Sachen, Pagan«, antwortete Alex. Sie sprachen ganz leise. »Hervé hatte sie zusammen mit den anderen Dingen an sich genommen, die du bei deiner Gefangennahme am Sattel getragen hast. In der Normandie hat er sie deinem Knappen Edmund gegeben, der sie zu deinen anderen Sachen gepackt hat. Ich habe seitdem nicht mehr daran gedacht, aber als Lady Guinevere vorhin den Brief ihres Vaters und die Schatulle erwähnte ...«

Es war nicht nötig, dass er weitersprach. Für Griffyn war klar, was Alex vermutete: Dies hier war die Schatulle der Heiligtümer. Sie musste den dritten Schlüssel enthalten, der ihnen noch fehlte. Wo sonst sollte Ionnes de l'Ami etwas so Wertvolles aufbewahren, wenn nicht in dieser kostbaren Schatulle, die selbst wie ein Heiligtum verehrt wurde?

Griffyn wandte keinen Blick von der Schatulle. Seit Wochen hatte er in der Burg nach etwas gesucht, ohne überhaupt zu wissen, wonach. Und diese Suche hatte von Tag zu Tag mehr von seiner Zeit und von seiner Aufmerksamkeit in Anspruch genommen. Wenn er ehrlich war, grenzte sein Interesse inzwischen an Besessenheit.

Und nun stand diese Schatulle vor ihm, in der Mitte des Tisches. Klein, gut zu verstecken und eine Verlockung. Wie eine Sirene, die ihn mit ihrem Gesang lockte.

Diese Schatulle war es, wonach er gesucht hatte.

Alex und er sahen sich über das Kästchen hinweg an. Dann zog Griffyn es zu sich heran. Seine Finger glitten über den eisernen Verschluss. Er ließ sich sofort öffnen.

»Sie ist offen«, sagte er atemlos. »Sollte ein so wertvoller Schatz nicht verschlossen sein?«

Es kam ihm so vor, als wären all seine Sinne geschärft. Die Farben strahlten üppiger, und alles, was er sah, war scharf umrissen. Der Raum und alles, was vor der Tür vor sich ging, wurde zu einem weißen Nichts jenseits seiner Wahrnehmung. Für Griffyn gab es nur noch diese Schatulle.

Sein Herz schlug hart und laut, als er den Deckel der Schatulle anhob. Alex seufzte. Die Schatulle war gut erhalten und ihre Scharniere sorgsam geölt. Griffyn warf einen ersten Blick ins Innere.

Papiere. Etliche Schriftstücke, davon einige mit gebrochenem Wachssiegel. Darüber hinaus fand er nicht viel: einen alten Ring, einen Leinenfetzen, einen kurzen Messergriff ohne Klinge, eine Handvoll Münzen und noch einige andere nutzlose Kleinigkeiten. Vor allem aber fand er Briefe.

Nur ein Kästchen mit Briefen. Wie Guinevere es gesagt hatte.

Kein dritter Schlüssel.

Das hier war nicht die Schatulle der Heiligtümer.

Etwas, das Wut sehr ähnelte, überkam Griffyn. Es war, als würden alle Gefühle, die er bis zu diesem Tag heruntergeschluckt hatte, plötzlich wieder hochkommen. Er atmete tief durch und kämpfte die Wut nieder. Gab es für ihn einen besseren Beweis, dass der Schatz die Männer, die damit in Berührung kamen, unberechenbar machte? Der Wunsch, den Schatz zu besitzen, machte alles andere nichtig und bedeutungslos. Einschließlich der Wahrheit. Griffyn war sicher gewesen, die geheime heilige Schatulle vor sich zu haben. Er hatte sich geirrt.

Alex riss die Briefe aus der Schatulle und kippte die anderen Sachen auf den Tisch. Kein Schlüssel. Alex stieß sich fluchend vom Tisch ab.

»Gottverdammt!«

Griffyn atmete tief durch, um seinen beschleunigten Herzschlag zu beruhigen. Er legte die Hände auf die Oberschenkel, während Alex ans Fenster trat und erneut leise fluchte. Dann fuhr er abrupt herum.

»Das ist sie nicht«, sagte er mit erstickter Stimme. »Das ist nicht die Schatulle.«

Griffyn wusste nicht mehr, was er empfand. Enttäuschung? Erleichterung? Wut? Diese Gefühle tobten in ihm, doch er ließ sich davon nichts anmerken. Sein Herz schlug noch immer viel zu schnell, zu sehr war es von dieser schrecklichen Hoffnung erfüllt gewesen.

»Du hast die heilige Schatulle nie gesehen, oder?«, fragte er Alex.

Sein Freund schüttelte den Kopf. »Nein. Der Erbe bekommt sie, sobald er mit dem Vermächtnis vertraut gemacht und zum Hüter ernannt wird. Jeder Hüter wird bei dieser Zeremonie von einem Wächter begleitet.«

Alex stand im schwindenden Licht der untergehenden Sonne, das durch das Fenster einfiel. Ein kalter Windhauch fuhr durch die Kammer. Alex hatte die Arme vor der Brust verschränkt und stand neben einem Kohlenbecken, in dem kein wärmendes Feuer glomm. Sein Blick war auf die Schatulle gerichtet.

»Dann habe ich dich dieser Erfahrung beraubt?«, fragte Griffyn leise. »Weil ich mich in all den Jahren nie meinem Schicksal gestellt habe, durftest du nie die Schatulle sehen.«

Alex schüttelte den Kopf. Aber Griffyn sah, wie etwas in seinen Augen aufblitzte. »Es war dein Vater, der nicht zugelassen hat, dass du auf diese Aufgabe vorbereitet wurdest. Es war nicht deine Schuld. Die Schatulle wäre dir eines Tages überreicht worden. Aber er hat dich nicht mehr in diesen Dingen ausgebildet, nachdem wir England verlassen mussten.«

Nachdenklich nickte Griffyn. »Dann könnte es doch die heilige Schatulle sein«, sagte er nach kurzem Überlegen, »und du erkennst sie vielleicht nur nicht?«

»Ich habe geglaubt, es *ist* die Schatulle«, gab Alex widerstrebend zu.

Sie schwiegen. Gedankenfetzen gingen Griffyn durch den Sinn, wie Treibgut, das nach einem Sturm an den Strand gespült wurde. Verwirrung. Entschlossenheit. Angst, weil er alles andere vergessen hatte, auch Guinevere. Er hatte sie einfach stehen lassen.

Wut. Dieses übermächtige Gefühl in ihm war Wut, erkannte er. Auf seinen Vater.

Aber es war nicht diese Wut, die ihn erstaunte. Er kannte sie seit Jahren. Was ihn entsetzte, war *der Grund* für diese Wut: Er war wütend, weil sein Vater ihn nicht auf seine Aufgabe vorbereitet hatte.

»Und was nun, Alex?«, fragte er dumpf. »Was soll ich jetzt tun?«

»Warum liest du nicht die Briefe?«

Griffyn lachte, und es tat ihm gut. So war es schon immer zwischen Alex und ihm gewesen. Sie waren Kameraden, die miteinander lachten. Freunde. Aber seit sie auch über den Schatz redeten, hatte sich etwas in dieser Freundschaft verändert. »Das rätst du mir? Ich glaube, da wäre ich auch allein drauf gekommen.«

Alex grinste. »Ich habe nie behauptet, der klügste Wächter zu sein, aber …«

»Aber ich hänge nun mal an dir«, vollendete Griffyn den vertrauten Witz. Alex lächelte. Sie wurden wieder ernst, und Alex zeigte auf die Pergamentrollen.

»Also? Was steht drin?«

Griffyn nahm den ersten Brief. »Guinevere hat mir erzählt, es handelt sich um die Korrespondenz ihrer Eltern, während de l'Ami im Heiligen Land war.« Er entrollte das Pergament. Seine schwieligen Fingerspitzen kratzten über die glatte Oberfläche.

Geliebte! Ich habe dich nicht geheiratet, um anderen von dir zu erzählen. Ich habe dich geheiratet, um mit dir gemeinsam wunderbare Dinge zu erleben. Ohne dich bin ich nur ein halber Mensch. Komm zu mir. Worauf warten wir? Ich will dein Haar streicheln. Ich werde Miles zu dir schicken. Nur wenige können sich ihm widersetzen, und er hält große Stücke auf dich. Bei ihm bist du in Sicherheit. Damietta wird bald fallen, und dann folgt Jerusalem. Diese Stadt ist mein Schicksal. Du bist mein Schicksal. Komm zu mir.

Der nächste Brief war in ähnlichem Tenor verfasst, allerdings etwas länger.

Geliebte! Es war ein Fehler, nach dir zu schicken. Miles kann ich nicht mehr zurückrufen, aber solltest du noch nicht aufgebrochen sein, bleib daheim. Komm nicht in diese Hölle. Der Sand bewegt sich ständig unter unseren Füßen, der Wind bläst ihn uns unablässig ins Gesicht. Die Kämpfe nehmen kein Ende. Würdest du herkommen, ich könnte nicht mehr klar denken. Bleib daheim. Sorge dafür, dass wir ein Zuhause haben, wenn ich heimkehre. Ich werde bald kommen. Ich will einen Sohn und so viele Töchter, wie du haben möchtest. Aber vor allem pass auf dich auf.

Liebes, die Sache geht nicht gut aus. Nicht für uns, auch nicht für unseren geliebten Herrn, dem wir im Morgenland ein Reich errichten wollen. Ich habe zu Gott gebetet, meine Briefe mögen dich erreichen, damit du Everoot nicht verlässt. Wir haben nur noch für wenige Tage Nahrung. Das Wasser ist brackig, und die Pferde sterben unter uns weg. Ich bete zu Gott, dass du daheim bleibst in unserem geliebten Nest. Das einzige Licht in dieser Dunkelheit ist unser lieber Ionnes. Wir müssen ihn zu etwas Besonderem machen, wenn wir heimkehren. Kannst du nicht deinen Vater bitten, ihm ein paar von diesen dornigen Hügeln drüben im Walisischen zu überlassen? Wie ich Ionnes kenne, würde er an der Wildheit der Landschaft Gefallen finden. Er ist der einzige Grund, warum ich durchhalte, bis ich dich wiedersehe.

Ellie, ich liebe dich.

Wir haben ihn gefunden.

Griffyn hob langsam den Kopf. Diese Briefe stammten von *seinem* Vater, und sie waren an *seine* Mutter gerichtet. Christian Sauvage hatte sie an seine Frau Alienor geschickt, die alle nur Ellie genannt hatten.

Das hieß, dass Guineveres Vater *diese* Briefe gelesen hatte. Abend für Abend. Jahrelang. Liebesbriefe, die Christian Sauvage an seine geliebte Frau gerichtet hatte. Und darin schrieb er auch von seiner Liebe zu de l'Ami. Bevor alles kaputtgegangen war.

Hatte de l'Ami nach all den Jahren bereut, was er getan hatte? Hatte die Qual seine Seele verzehrt, wenn er am Feuer gesessen und diese Briefe gelesen hatte?

Griffyns Hand ballte sich um die Schriftrolle. Er musste sich zwingen, den Brief loszulassen. Wie passend, dass im letzten Brief auch etwas über den Schatz stand. Danach war es mit der

Liebe vorbei gewesen. Die Männer hatten die Heiligtümer gefunden. Oder man hatte sie ihnen übergeben. Aber wie immer auch es gewesen war: Der Nachfolger Karls des Großen hatte im Heiligen Land seine Hände auf den Schatz legen dürfen. Sein Vater. Das Blut seines Vaters pulsierte auch in Griffyns Körper und hatte jetzt in ihm die Sehnsucht nach dem Schatz geweckt. Eine Sehnsucht, die fast schon an Verzweiflung grenzte.

Wie bei seinem Vater. Und wie bei Gwyns Vater.

Griffyn sprang auf.

»Wohin gehst du?«, rief Alex ihm überrascht nach.

»Zu Guinevere.« Er riss die Tür auf und stürmte davon.

Sie war in ihrem Rosengarten und spazierte zwischen den Büschen einher. Inzwischen war es kalt und fast dunkel, aber das kümmerte sie nicht. Sie musste die Unruhe besänftigen, die sich ihrer bemächtigt hatte. Sie wartete auf Griffyn, um ihm endlich die Wahrheit zu sagen. Dieser Gedanke machte sie vor Erleichterung und Angst ganz schwindelig.

Schon bald würde man die Burgtore für die Nacht verriegeln. Sie hörte die Wachen rufen, um jene zu mahnen, die noch unten im Dorf oder auf den Feldern waren. »Kommt heim!«, riefen sie. »Die Tore werden geschlossen! Löscht die Feuer! Kommt heim!«

Sie kniete neben dem Rosenbeet und häufelte Erde um die Wurzel eines Rosenstocks. Schon bald würden die Knospen der Rose von Everoot zur zweiten Blüte aufspringen. Sie rechnete zur Weihnachtszeit damit. Etwas Schönes, auf das sie sich freuen konnte, obwohl es dann schon dunkel und kalt sein würde.

Eine dunkle Gestalt betrat den Garten, und sie schaute hoch. Ein Mann trat zu ihr. Ein Bote. Er trug kein Wappen, keinen Hinweis darauf, von wem er geschickt worden war.

»Lady Guinevere?«

Ihr Herz schlug plötzlich schneller. Sie nickte bang.

»Ich habe etwas für Euch.« Seine leisen Worte waren kaum zu verstehen.

Sie stand auf. »Was habt Ihr? Von wem kommt die Nachricht?«

»Man trug mir auf, Euch das zu überreichen.« Er hielt ihr etwas hin – einen kleinen Lederbeutel.

Sie verschränkte die Hände hinter dem Rücken. »Was ist das?«

»Ich weiß es nicht, Mylady.« Er blickte sich besorgt um. »Ich muss gehen.«

Sie starrte den Beutel an. Es gab nur eine Person, die ihr geheime Nachrichten schickte. Sie griff hastig nach dem Beutel. »Was hättet Ihr getan, wenn mein Mann in der Nähe gewesen wäre?«, fragte sie knapp.

Der Bote sah sie ernst an. »Man hat mir erzählt, Ihr seid noch nicht mit ihm vermählt.«

Ihr Gesicht wurde flammendrot.

»Wenn Lord Griffyn in der Nähe gewesen wäre, hätte ich Euch stattdessen das hier überreicht.« Er gab ihr einen zweiten Beutel, der aus schwarzem Leder gefertigt war. Dann verbeugte er sich.

»Mylady.«

Schon war er verschwunden. Die Begegnung hatte nur wenige Augenblicke gedauert. Gwyn starrte auf die beiden Beutel in ihren Händen, ehe sie zuerst den schwarzen öffnete.

Er enthielt einen Brief.

Sie eilte zum Wohnturm und rief nach ihrem Schreiber. »Lest ihn mir vor!«, befahl sie, obschon sie wusste, welch großes Risiko sie damit einging.

Guinevere,

meinen herzlichsten Glückwunsch zu Eurer bevorstehenden Vermählung, liebe Freundin! Unglücklicherweise kann ich nicht kommen. Der liebe Stephenson ist krank geworden und würde die Reise nicht schaffen. Aber Ihr kennt ihn – er war schon immer kränklich. Es ist lange her, seit wir das letzte Mal miteinander sprechen konnten. Ich vermisse unsere kleinen Gespräche, und ich werde nie unsere Unterhaltungen in Eurem Rosengarten vergessen. Ich erinnere mich noch sehr gut an Eure Worte. Ich vertraue darauf, dass Ihr sie auch weiterhin im Gedächtnis behalten werdet.

Mit den besten Wünschen grüßt Euch Eure alte Freundin
Ellspereth

Gwyn war noch nie jemanden namens Ellspereth begegnet.

Sie schickte ihren Schreiber fort und öffnete mit zittrigen Händen den zweiten Beutel. Ein leichtes, mit Stoff umwickeltes Bündel lag darin. Als sie es öffnete, rieselten Rosenblätter heraus. Die verwelkten, vertrockneten Blütenblätter einer Rose.

Kapitel 21

Gwyn stand am Fenster, als Griffyn die Schlafkammer betrat. Sie wirbelte zu ihm herum, als er in der Tür stehen blieb. Er schien überrascht zu sein, sie zu sehen.

»Ich habe gedacht, du schläfst schon.«

Und doch waren sie beide zu dem Ort gegangen, an dem sie den anderen vermutet hatten.

Gwyn verharrte einen Moment und sah Griffyn an. In ihrem Blick lag ein Ausdruck, den er nicht deuten konnte und der ihn abwarten ließ. Die Binsen raschelten, als sie auf ihn zulief. Ohne ein Wort stellte sie sich auf die Zehenspitzen, umfasste sein Gesicht, zog es zu sich herunter und küsste ihn.

Griffyn nahm sie in die Arme und wirbelte sie herum, hielt sie ganz fest an sich gedrückt. Ihre Lippen suchten und fanden sich, und die Leidenschaft überkam sie wie ein heraufziehender Sturm. Schließlich stellte er Gwyn wieder auf den Boden, aber sie hielt ihn noch immer umfasst.

»Was ist mit dir, Gwyn?«, fragte er leise.

»Nichts«, hauchte sie und schüttelte heftig den Kopf. »Nichts.«

Er drückte die Lippen in die seidige Wärme ihrer Haare. »Was wolltest du mir vorhin erzählen? Es tut mir leid, dass ich so überstürzt gegangen bin.«

Sie schmiegte sich an seine Brust. »Ich will jetzt nicht reden.«

Das wollte er auch nicht. Welche tiefen Gefühle er auch empfand, sie empfand sie ebenso. Und alles, was er brauchte, war Leidenschaft. Eine Leidenschaft, die sein großes Verlangen nach ihr noch weiter aufflammen ließ. Er wollte nicht nur ihren

Körper. Er wollte *sie*, er wollte ihr Herz, wollte alles, was sie war.

Er wickelte sich ihren langen schwarzen Zopf um die Hand und zog ihren Kopf sanft nach hinten.

»Was willst du, Guinevere?«, fragte er leise. Ihr Gesicht war ihm zugewandt, er spürte ihren heißen Atem.

»Alles, was du willst«, flüsterte sie.

Er senkte den Kopf, und seine Lippen trafen auf ihre. Sie schlang die Arme um seinen Hals, klammerte sich an ihn, während ihre Zunge seine streichelte. Ihr Kuss wurde so heftig, dass ihre Zähne aneinanderstießen. Ohne sich von ihr lösen, drängte Griffyn sie zum Bett, bis ihre Beine dagegenstießen und sie sich auf die Matratze setzte.

Griffyn blieb vor ihr stehen und sah sie stumm an. Mit einer Hand öffnete er rasch ihren Zopf und schob die andere in ihr Mieder.

»So«, sagte er rau, als ihr Haar ihr wie eine schwarze Welle über die Schultern floss. »Genau so mag ich es.«

»Dann sollst du es auch so haben«, raunte sie. Ihre Hand umschloss seine Erektion. Er senkte den Kopf und schloss die Augen. Eine Hand ruhte auf ihrem Kopf, die andere lag noch immer auf ihrer Brust. Ihre Hand streichelte ihn langsam durch den Stoff seiner Bruche.

»Komm her!«, befahl er heiser.

Sie gehorchte. Ihre Stirn ruhte an seinem Bauch. Er schob die Hand tiefer in ihren Ausschnitt, und seine Finger umkreisten ihre harte Brustwarze. Er rieb sie sanft.

Sie stöhnte auf. Er schloss die Hand um ihren Kopf, seine Hüfte drängte sich ihr entgegen. Sein Geschlecht drückte sich gegen ihren Mund, ihr heißer Atem strich über ihn hinweg. Sie grub die Zähne vorsichtig in den Stoff, ihre Zunge schnellte vor und leckte ihn durch das Beinkleid. Sie gab ihm, was er ihr schon oft gegeben hatte, nur dass er sich nicht entkleidet hatte.

»Himmel, Weib!« Er drückte sie auf das Bett und zerrte an ihrem Kleid. Sie half ihm, wollte schnell nackt sein für ihn. Er kniete neben ihr auf dem Bett und zog ihr Mieder und Unterhemd aus. Seine Finger zitterten.

»Ich liebe dich, Gwyn«, stieß er heiser hervor. Er kniete jetzt über ihrem bebenden Körper. Eine Träne rann aus ihrem Augenwinkel. Die Träne machte ihn wütend. Er wischte sie mit einer hastigen Bewegung weg. Dann widmete er seine ganze Aufmerksamkeit ihrem Körper, der für ihn auf dem Bett ausgestreckt lag.

Er beugte sich über sie und saugte an ihrer Brust. Seine Zunge leckte über die harte rote Knospe, die sich ihm begierig entgegenreckte. Gwyn schrie auf, weil er seine Zähne um sie schloss. Ihr Körper kam ihm entgegen. Stöhnend streckte sie die Hände nach ihm aus, aber er packte ihre Handgelenke, bog ihr die Arme über den Kopf und hielt sie fest. Die Finger der anderen Hand gruben sich in ihre Nässe.

Ihr Körper hob sich, sie presste den Kopf ins Kissen.

Sie war heiß und nass. Seine Finger erkundeten sie, und sie öffnete die Beine für ihn. Er lag neben ihr, drückte sich gegen ihren heißen Leib. Eine Hand hielt ihre Hände fest, die andere berührte sie und erforschte ihre nasse Tiefe. Sein Mund streichelte ihre Brust, biss sie und leckte sie. Gwyns Atem kam in abgehackten Stößen, und sie versuchte, ihre Hände zu befreien. Er hielt sie fester umklammert. Seine Erektion drückte sich hart gegen ihre Hüfte, und Gwyn drängte sich an ihn.

»Bitte«, stöhnte sie flehend, den Mund an seine Schulter gepresst.

Er schwelgte im Anblick ihres Körpers, der sich unter ihm wand. Ihr langes schwarzes Haar lag wirr auf dem Kissen. Er mochte die kleinen atemlosen Laute der Lust, die sie von sich gab. Ihr Wimmern wurde rhythmischer, und er wusste, dass sie die Kontrolle über sich verlor.

Jetzt erst schob er sich zwischen ihre Schenkel und drang mit einer raschen Bewegung in sie ein. Sie umschloss ihn, als er seinen Schaft in sie hineinstieß. Gwyn warf den Kopf in den Nacken, sie schrie seinen Namen, ihre Finger gruben sich in seinen Po.

»Leg die Beine um mich!«, befahl er ihr. Sie gehorchte, und er war zwischen ihren bebenden Schenkeln gefangen. Sie stützte sich auf die Ellbogen und kam ihm bei jedem Stoß entgegen.

Er spürte, wie er sich der Erlösung mit erschreckender Geschwindigkeit näherte. Erneut vergrub er sich in ihr, hielt inne und wartete.

»Ja!«, keuchte sie. »Ja, oh ja!« Ihr Körper war verschwitzt, und sie flehte Griffyn an, sich weiter zu bewegen. Sie wollte mehr. Er konnte spüren, wie der Höhepunkt ihren Körper erfasste. Sie spannte alle Muskeln an, und ihre Schreie wurden immer schamloser und wilder.

»Bitte, Griffyn, ja, bitte, ja!«, stöhnte sie.

Er zog sich aus ihr zurück und drehte sich auf den Rücken. Gwyn richtete sich auf, setzte sich mit weit gespreizten Beinen auf ihn und nahm seine Erektion wieder in sich auf. »Komm, Liebes«, flüsterte er. Ihre Blicke trafen sich. Seine Hände umfassten ihre Hüfte. »Komm jetzt.«

»Du auch«, keuchte sie.

Er lachte atemlos. »Das werde ich.«

Gwyn schloss die Augen und legte den Kopf in den Nacken. Langsam bewegte sie sich auf ihm. Ihre Haarspitzen kitzelten seine Knie. Er schob seine Hand zwischen ihre Körper, sein Daumen rieb das kleine pulsierende Knöpfchen. Ihre Bewegungen wurden hastiger, immer tiefer nahm sie ihn in sich auf. In der Kammer war es still bis auf das Geräusch ihrer aufeinandertreffenden Körper, sein lustvolles Keuchen und ihr wildes Stöhnen. Sie hob die Arme über den Kopf, verschränkte sie und ließ die Unterarme auf dem Scheitel ruhen. Ihr Mund stand offen, sie keuchte und ritt ihn. Jeder Stoß entlockte ihr ein Stöhnen.

Sie war eine Göttin.

Er legte eine Hand in ihren Nacken und zog sie zu sich herunter, weil er sie küssen wollte. Ihre Münder trafen sich zu einem endlosen Kuss. Danach verharrte sie über ihm, die Hände auf die Matratze gestützt, die Augen geschlossen. Er wusste, sie wollte jetzt nur noch eines. Er hob sich ihr entgegen, stieß rhythmisch in sie und sah sie unverwandt an. Er berührte sie an jener Stelle tief in ihr, die ihre Lust noch zusätzlich entfachte.

»Oh Griffyn«, flüsterte sie. »Bitte, ja.«

Er berührte ihr Gesicht. Sie öffnete die Augen, und dann explodierte ihr Körper. Sie erbebte, und er spürte, wie sie sich um ihn zusammenzog. Ein letztes Mal rief sie seinen Namen, dann verlor sie sich in ihrem lustvollen Stöhnen und Wimmern.

Die Kraft ihres Höhepunkts ließ auch Griffyn erschauern. Ihr Körper bebte und zitterte. Er wollte sie in seine Arme schließen, wollte sie beschützen und vor all dem bewahren, das sie vorhin hatte weinen lassen. Keine Sorge sollte sie bedrücken. Er wollte sie einfach festhalten und lieben. Aber das würde nicht möglich sein. Nicht, wenn er sie jetzt schon belog.

Sie lagen auf dem Bett und rangen nach Atem. Griffyn spielte müßig mit einer von Gwyns Locken, hob sie hoch, ließ sie durch die Finger gleiten, ehe sie wieder auf ihre Schulter sank. Nach einer Weile drehte Gwyn sich auf den Bauch und blickte Griffyn an.

»Wir waren sehr gut darin, nicht miteinander zu reden.«

Er lächelte leise. »Wir sollten häufiger nicht miteinander reden.«

Ein leises Lachen ließ ihren Körper erbeben. »Ich glaube, wir reden oft genug nicht miteinander.«

»Das finde ich nicht.« Sie lächelte und strich mit einer Fingerspitze über sein Kinn. Er nahm ihre Hand und küsste die Fingerspitze. »Mehr will ich nicht, Gwyn.«

Sie verdrehte die Augen. *»Das hier?* Du willst einfach nur ... nicht reden?«

Er lächelte. »Ich will nicht viel. Eine Familie, eine gute Ernte, Kinder. *Bien?*«

Sie küsste seinen Hals. Er legte eine Hand unter ihr Kinn und hob es an, damit sie ihm ihn die Augen blickte. Tränen glänzten in ihren Augen. Sie lächelte. »Ich habe Kinder gewollt, seit ich selbst ein Kind war. Aber ich habe nie gewusst ...«

»Was hast du nie gewusst?«

Stumm schüttelte sie den Kopf.

Im Kohlenbecken brannte ein kleines Feuer, und der Mond ging auf. Keiner von beiden wollte die Fensterläden schließen, solange die Witterung es nicht erforderte. Er zog die Felle hoch und deckte Gwyn bis zu den Schultern zu.

Ihre Hand lag auf seiner Brust. Nachdenklich streichelte sie ihn. »Und was ist mir dir? Wovon hast du als Kind immer geträumt?«

Er verschränkte die Arme hinter dem Kopf. »Als Kind hatte ich immer einen bestimmten Traum.«

»Nur diesen einen? Er muss sehr wichtig für dich gewesen sein.«

Er zog sie an sich. Endlich, nach so vielen Jahren, konnte er darüber sprechen. »Wir haben Everoot verlassen, als ich acht Jahre alt war. Wenn ich damals in der Normandie in meinem Bett lag, wünschte ich mir nur eines: Es sollte aufhören. Ich habe geglaubt, wenn es aufhört, könnte ich einfach heimkommen. Als könnte man die Angelegenheit so einfach bereinigen. Aber natürlich war das bloß der Wunsch eines Kindes. Unsere Vergangenheit ist wie ein Schatten, der uns überallhin folgt. Wir haben nur das, was wir einst gewesen sind. Und das bestimmt, was aus uns wird.«

Sie beobachtete ihn im dämmrigen Licht der Kerzen.

»Ich habe mich entschieden«, fuhr er fort. Sein Blick ruhte auf ihrem Gesicht. »Wichtiger ist das, was wir werden wollen.«

Sie schob sich höher und küsste sein Kinn. »Das stimmt. Es muss einfach stimmen.«

»Sonst sind wir dem Untergang geweiht.«

Kurz darauf stellte sie ihm die Frage, auf die er gewartet und gehofft hatte. »Was war dieses ›es‹, Griffyn? Was würde aufhören, wenn du heimkommst?«

Er starrte zu dem Betthimmel aus blauem Leinenstoff hinauf. »Nichts. Mein Vater. Er war als *Mal Amour* bekannt. Schlechte Liebe. In der Normandie war das ein böser Fluch. Mütter drohten ihren Kindern mit *Mal Amour*, damit sie sich gut benahmen. Sonst, so erzählten sie, würde er durch die Dörfer reiten, die Väter köpfen und die Mütter schänden.«

»Du lieber Gott ...«

»Meine Mutter litt am meisten darunter.«

Griffyn dachte nicht mehr allzu oft an seine Mutter. Sie war eine stille Frau gewesen, die kaum gesprochen hatte und nur wenig hatte tun können, um sich und ihren Sohn vor ihrem Mann zu beschützen. Griffyn hatte sie aufrichtig geliebt, aber seine Verachtung hatte diese Liebe im Laufe der Jahre verblassen lassen.

Doch das lag inzwischen weit zurück, und nichts davon hatte noch eine Bedeutung. Seit fast dreizehn Jahren war sein Vater tot, und seine Mutter, Gott möge ihrer Seele gnädig sein, auch. Jetzt war er in seinem Zuhause, in seinem Bett, und hatte seine atemberaubend schöne Verlobte an seiner Seite, die schon bald seine Ehefrau sein würde. Dieses Mal könnte doch alles anders sein, oder nicht? Die Geschichte musste sich nicht wiederholen.

»Glaubst du, sie hat ihr Bestes gegeben, Griffyn?«

Ihre Stimme riss ihn aus seinen Gedanken. Er blickte sie an.

»Deine Mutter.« Ihre grünen Augen blickten ihn besorgt an. »Hat sie ihr Bestes gegeben?«

Das war eine Frage, die er sich noch nie gestellt hatte. »Ja«, sagte er langsam. »Ich bin sicher, das hat sie getan.«

»Und manchmal reicht es trotzdem nicht, stimmt's?«, fügte sie nach kurzem Überlegen hinzu.

»Manchmal reicht es aber.« Er zog sie an sich.

Sie nickte, das Gesicht an seine Schulter gedrückt. Es fühlte sich gut an. Das alles hier kam … unerwartet. Aber es fühlte sich an wie das, auf das er immer gehofft hatte. Fast hätte er sich in dem Wunsch verloren, den geheimnisvollen Schatz zu besitzen, aber dann war er Gwyn begegnet und ihr verfallen. Sie hatte ihn von diesem Wunsch befreit, hatte ihn aus diesem Sumpf gezogen. Sie half ihm, die Dunkelheit hinter sich zu lassen.

»Erzähl mir von dir«, sagte er.

Sie hob den Kopf. »Wovon soll ich denn erzählen?«

»Erzähl mir einfach alles.«

Sie lachte kurz auf, stützte den Kopf in die Hand und musterte ihn. »Ich bin ziemlich sicher, dass ich dir vor einem Jahr, als ich auf deinem Pferd gesessen habe, schon genug erzählt habe. Entweder du hast alles vergessen, und dann wäre es auch nicht wert, es zu wiederholen, oder du wirst dich schrecklich langweilen, wenn ich wieder alles aufzähle.«

Eine Haarsträhne klebte an ihrem Mundwinkel. Er strich sie beiseite. »Eingelegte Pilze und Bleiglas. Und ein Ballen blauer Stoff, den du seit ewigen Zeiten suchst und nicht findest, weil es ein ganz bestimmtes Blau sein soll.«

»Himmel, Griffyn«, flüsterte sie ergriffen.

Er drehte sie auf die Seite und zog sie an sich. Ihr Hintern ruhte an seinem Bauch. »Du erinnerst dich, dass du schon als kleines Mädchen gewusst hast, dass du später eigene Kinder wolltest. Aber ich erinnere mich, dass ich dich wollte, als ich kaum zum Mann geworden war.«

Sie kuschelte sich an ihn. »Du hast mich als Junge doch gar nicht gekannt.«

»Ich habe von dir geträumt.«

Sie lagen lange da und lauschten auf den Atem des anderen. Gwyn wusste nicht, ob er schon eingeschlafen war, als sie flüsterte: »Ich wünschte, ich hätte von jemandem wie dir geträumt, Griffyn. Meine Träume waren nicht so angenehm wie deine.«

Kapitel 22

Am nächsten Morgen war Griffyn früh auf den Beinen und traf sich mit dem Baumeister Harman auf dem Wehrgang. Der energische Franzose zeigte auf den Nachbarturm.

»Das Problem, das sich uns stellt, ist die Form, Mylord. Seht Ihr? Rechteckig ist nicht gut!« Er fuhr mit einer Hand durch die Luft. »Rund ist besser, keine toten Winkel für Eure Bogenschützen. Und die Mauern! Schlimm!«, fuhr er mit selbstbewusster tiefer Stimme fort. Seine Knollennase schimmerte in der Nachmittagssonne rötlich. Er zeigte auf die Pläne, die er auf der Mauer vor ihnen ausgebreitet und mit einigen Steinen beschwert hatte, damit sie nicht wegflogen. »Seht Ihr, was ich meine, Mylord? Ist doch einfach, *non?* Einen neuen Turm bauen wir, genau da, auf der gegenüberliegenden Seite.« Er wies auf die Stelle.

Griffyn nickte. Kalter Wind pfiff um die Zinnen. Er strich sich das Haar aus dem Gesicht. »Also noch einen Wachturm.«

»Noch ein Ort, um den Feind zu schlagen, *non?«*, sagte Harman begeistert. »Der braucht auch Schießscharten für die Bogenschützen. Ich mache sie kreuzförmig, dann kann man in alle Richtungen schießen. Außerdem nach außen gewölbt, da können Eure Schützen im Innern sitzen. Das werden glückliche Burschen sein. Und dann bauen wir noch einen Wehrgang, und *voilà.«* Er zwinkerte Griffyn verschwörerisch zu. »Ganz einfach, *non?«*

»Vermutlich auch teuer, *non?«*

Harman breitete die Arme aus. Er grinste gewinnend. »*Mais, bien sûr*, Mylord.«

»Aber natürlich«, wiederholte Griffyn. Er schaute über die Mauer. In der Ferne waren auf einer Hügelkuppe Karren aufgetaucht, die jetzt die lange gewundene Straße entlangrollten. Sie kamen aus Süden. Wie er es befohlen hatte. Und sie kamen rechtzeitig. Er lächelte. Gwyn wollte bestimmt sofort von der Ankunft der Wagen erfahren. Er blickte den Baumeister an.

»Baut es genau so«, sagte er und lief eilig die Treppe hinunter.

Er fand sie in einem ihrer Gemächer, wo sie mit einigen der Frauen beisammensaß. Das überraschte ihn nicht. Sie hatte Frauen, die stickten, Frauen, die spannen, Frauen, die kochten und Frauen, die Botengänge erledigten; Frauen, die seine Männer ablenkten, und Frauen, die in den Brunnen fielen oder zumindest in der Nähe stolperten, woraufhin ihnen noch mehr Männer besorgt zu Hilfe kamen.

»Mylady?«, fragte er leise und näherte sich. Die drei jungen Frauen blickten auf, erröteten und kicherten. Gwyn schickte die Mädchen mit einem Lächeln fort und begann die Sticknadeln aufzusammeln, die auf dem Tisch verstreut waren. »Was kann ich für dich tun, Griffyn?«

»Warum hast du so viele davon?«

Sie schaute überrascht auf die Nadeln. »Zum Sticken, Mylord. Sie brechen leicht durch.«

»Ich meine die Frauen. Dienerinnen. Kammerfrauen.« Er setzte sich neben sie und nahm die Näharbeit zur Hand, mit der Gwyn beschäftigt gewesen war. »Warum gibt es so viele?«

»Ich würde mir deshalb keine allzu großen Gedanken machen«, erwiderte sie und nahm ihm vorsichtig das Stück Leinen aus der Hand. Sie fürchtete um die feine Arbeit, wenn er es mit seinen schmutzigen und schwieligen Händen anfasste. »Einige der Männer, die herkommen, um dir ihren Treueid zu leisten, sind die Väter dieser Frauen.«

Er nahm eine Nadel, ehe sie ihm auch die wegnahm und durch ein dickes Stück Leder stach, in dem auch die anderen steckten. Sie verstaute den Lederstreifen in einem kleinen braunen Beutel. »Jeder ist froh, dass der Krieg vorbei ist, Gwyn. Nur du nicht«, bemerkte er. »Alle freuen sich, weil die Machtübernahme so friedlich verlief.«

»Das ist richtig«, stimmte sie höflich zu. »Aber ich wette, diese Männer sind noch dankbarer als die meisten anderen, weil ihre Töchter bei uns gut aufgehoben und gesund und munter sind.«

Er blickte sie erstaunt an. »Die Mädchen sind aus politischen Gründen hier?«

Sie lachte. »Wohl kaum. Zumal die meisten von ihnen nicht einmal adeliger Abstammung sind.«

»Womit wir zu einem anderen Thema kommen: Es gibt so viele Dienerinnen hier, dass man sich kaum umdrehen kann, ohne über eine zu stolpern. Warum sind sie hier?«

Sie zögerte und faltete das kleine Stück Stoff zusammen. »Ihre Männer oder ihre Väter und Brüder sind im Kampf für den König gestorben. Sie haben kein Zuhause. Und wir brauchen Waschfrauen und Melkmädchen.«

»Und eine Almosenierin«, fügte er trocken hinzu. »Ich habe festgestellt, dass unser Almosenier eine Frau ist.«

Sie strahlte. »Sie macht ihre Sache wirklich gut!«

Er ergriff ihre Hand. »Wir brauchen doch nicht *achtzehn* Waschweiber und zwölf Milchmädchen, Gwyn.«

»Natürlich brauchen wir sie«, erwiderte sie ruhig und entzog ihm ihre Hand. »Du wirst schon sehen, warum wir sie brauchen. Dein Bettzeug wird weißer sein als das aller anderen Edlen in Northumbrien.«

»Selbst reiner als das des Erzbischofs?«, fragte er mit gespieltem Erstaunen. Er zog sie hoch.

»Auf jeden Fall.«

Er küsste sie auf die Nasenspitze. »Komm, ich möchte dir etwas zeigen.«

Griffyn führte sie aus der Kammer und auf den Treppenabsatz davor. Drei schmale Fenster schnitten tief in die sechs Fuß dicke, runde Mauer des Wohnturms.

»Sieh mal aus dem Fenster.«

Sie ging zu dem nordöstlich gelegenen Fenster und schaute hinaus. Hinter der Baumlinie im Osten herrschte rege Geschäftigkeit. Rauch stieg auf. »Du rodest noch mehr Land«, stellte sie fest.

Dann streckte sie sich und schob sich so weit wie möglich in die Fensterlaibung, um die Vorgänge genauer beobachten zu können. »Das ist wunderbar!«, hörte er ihre Stimme, die durch den Stein dumpf zu ihm drang. »Wirklich wunderbar.« Als sie sich wieder aufrichtete, lächelte sie nicht mehr. »Das ist natürlich fürs nächste Jahr. Wir haben nicht einmal genug Saatgut, um die Felder zu bestellen, die wir bisher gepflügt haben.«

Er umfasste ihre Schultern und drehte sie zum nach Süden liegenden Fenster. Sie blickte nach draußen. »Ochsenkarren?«

»Wie viele siehst du?«

Sie schaute erneut hinaus. »Vier, fünf ...«

»Es kommen noch mehr, Gwyn. Sieh doch nur.«

Sie gehorchte. »Was bringen die Karren?«

»Was glaubst du denn?«

Sie richtete sich auf und schaute ihn an. Die Arme hatte sie vor der Brust verschränkt und kniff ein Auge zu. »Luxusgüter oder Nahrungsmittel?«

Er lächelte. »Beides. Etwas, das wir brauchen, und wenn wir es haben, werden wir uns wahrhaftig reich fühlen.«

Sie lachte. Ihre kühlen Finger legten sich auf seinen Unterarm. »Kinder.«

Er lachte mit ihr und legte einen Arm um ihre Schulter. Dann wies er aus dem Fenster. »Kinder kommen nicht auf Ochsenkarren, Gwyn. Deine Mutter sollte sich schämen, dass sie dir das nicht gesagt hat. Also, was denkst du, befindet sich auf den Karren?«

»Ich habe nicht die leiseste Ahnung.« Sie schmiegte sich an ihn. »Du könntest genauso gut Gewürze aus dem Heiligen Land oder Harfen für die Halle bestellt haben.«

»Getreide.«

Er spürte, wie sie erstarrte. »Wie bitte?«

»Getreide. Einen Teil können wir jetzt mahlen, einen anderen Teil aussähen. Weizen, Roggen und Gerste.«

Sie verharrte in seinen Armen. Dann begannen ihre Schultern unkontrolliert zu zucken. Er hielt sie fest an sich gedrückt und presste seine Wange auf ihren Scheitel, während sie in seinen Armen weinte.

Sie wachte mitten in der Nacht schreiend auf. Griffyn hielt sie in den Armen, bis sie sich beruhigte. Dann fragte er: »Dein Vater?«

Sie starrte ins Leere. Ihre Augen waren gerötet. »Ja.«

»Warum träumst du so oft von ihm, Gwyn? Warum sind die Träume so schrecklich?«

Er rechnete mit keiner Antwort. Doch sie sagte schließlich mit erstickter Stimme: »Weil er mir nie vergeben hat.«

Er strich ihr über das Haar. »Was hat er dir nie vergeben?«

»Dass ich meinen Bruder umgebracht habe. Und danach meine Mutter.«

Er zog die Felle höher und stopfte sie um ihren Körper, ehe er Gwyn fest in den Arm nahm. »Was ist damals passiert?«

Sie schwieg einen Augenblick, ehe sie begann, in kurzen, abgehackten Sätzen zu reden. »Ich war zehn. Ich bin ausgeritten. Das hätte ich nicht gedurft. Es war mir verboten, die Burg allein zu verlassen. Ich durfte nicht einmal ins Dorf. Ich wusste das.

Aber Mama hat gesagt, dass sie Holunderblüten brauche. Papas Knochen schmerzten wegen der feuchten Frühlingsluft.«

Sie starrte an die Wand gegenüber dem Bett. »Ich wusste, wo Holunder stand. Im Sommer davor hatte ich ein paar Büsche gefunden, dicht am Fluss. Ich wollte welche holen. Ich habe sie noch gehört. Mama und Roger. Sie riefen hinter mir her. Ich wollte einfach nicht auf sie hören. Ich ... da bin ich einfach weitergeritten. Ich fand den Holunder. Ich sammelte die Blütendolden ein, die ich gepflückt hatte. Und dann hörte ich ...«

Sie schluckte schwer. »Ich hörte Reiter. Ein Trupp kam vorbeigeprescht. Ein halbes Dutzend Kämpfer, die aus dem Norden kamen. Aus Schottland.«

Jetzt sprach sie schneller, und manche Worte verschmolzen ineinander. »Ich bin in den Sattel gesprungen und habe versucht wegzureiten. Aber sie entdeckten mich. Ich hörte, wie sie schrien und auf ihre Schilde schlugen. Sie trieben ihre Pferde in meine Richtung. Ich schrie auch. Und dann, dann ... Oh, *Roger.*« Sie verschluckte sich an ihren Tränen und schluchzte. »Er kam mit seinen besten Männern direkt auf mich zugaloppiert. Sie riefen mich zu sich, und mein Pferd wurde von ihnen in die Mitte genommen.

Und dann kämpfen sie. Es ist so *laut*. Gott wird es mir niemals vergeben, aber Roger ist tot. Ich lebe, und Roger verblutet im Gras«, flüsterte sie und zeigte auf eine Stelle im Dunkeln, als könnte sie ihn direkt vor sich sehen. »Gott, bitte, lass mich sterben.«

Sie schluchzte so heftig, dass ihr Körper zuckte. Griffyn konnte sie nicht beruhigen, darum hielt er sie einfach nur in den Armen und streichelte sie. Er wiegte sie wie ein Kind und vertrieb das Entsetzen, das sie mit der Erinnerung erneut durchlebt hatte.

Viel, viel später, als sie sich beruhigt hatte, schob er ihr das verschwitzte Haar aus dem tränenüberströmten Gesicht.

»Und deine Mutter hat dir nie vergeben?«

»Natürlich hat sie mir vergeben. Aber sie starb drei Monate später. Eines Nachts brach einfach ihr Herz.«

Griffyn atmete tief durch. »Und was war mit deinem Vater? Er hat dir nie vergeben?«

»Nein. Warum sollte er?«

»Es war ein Unfall.«

»Ich habe gewusst, was ich tat«, erwiderte sie mit dieser flachen, tonlosen Stimme. Sie zitterte wieder. »Ich wusste, dass ich etwas Verbotenes tat.«

Er hielt sie in den Armen, bis sie einschlief. Danach lag er noch lange wach und beobachtete sie im Schlaf. Gwyn hatte die Felle von sich geschoben. Im flackernden Feuerschein war ihre Haut rosig und glatt. Einen Arm hatte sie hochgelegt, und er umschmiegte ihr Gesicht, der andere hing über die Bettkante, die Finger im Schlaf gekrümmt. Ihr Haar floss in alle Richtungen wie bei einer Nymphe, die im Meer schwamm. Nur eine einzelne dunkle Strähne lag auf ihrem Gesicht und bewegte sich mit jedem Atemzug. Im Raum herrschte Stille.

Mit einem Finger strich er die Strähne aus ihrem Gesicht. Es fühlte sich weich an. Ihn erfasste ein unerklärlicher Abscheu vor sich selbst, und er wandte den Blick von ihr ab. Es gefiel ihm nicht, etwas vor ihr zu verheimlichen. Aber noch weniger gefiel ihm die Vorstellung, Guinevere in diese unheilige Angelegenheit hineinzuziehen, die bereits ihren und seinen Vater zerstört hatte. Er wollte sie davor beschützen. Wenn es überhaupt in seiner Macht lag, sie zu beschützen. Aber wenigstens diese eine gute Tat wollte er vollbringen.

Seine Hand glitt zu den Schlüsseln, die er um den Hals trug. Er hatte den aus dunklem Eisen und den zweiten aus Silber, den er von de Louth bekommen hatte.

Eine Zeitlang hatte er gehofft, dass Gwyn und er einander nah sein würden. Dass es bei ihnen anders sein würde. Dass ihre Ehe sich von der seiner Eltern unterscheiden würde. Dass *er* anders war als sein Vater. Aber sie hatte seine Liebeserklärung noch nie erwidert, hatte ihm nie gesagt, dass sie ihn liebte. Wie auch sein Vater seine Liebe nie erwidert hatte. Und Griffyn spürte wieder, wie in ihm das Verlangen wuchs, den Schatz zu finden.

So nahm also die gleiche Geschichte wieder ihren entsetzlichen Lauf. Es war sein Schicksal. Er konnte ihm ebenso wenig entgehen, wie er sich die Beine abhacken und weiter über die Felder laufen könnte. Das Verlangen nach dem Schatz war in den ersten Riss eingedrungen, den sein Widerstand bekommen hatte. Es war in ihn hineingekrochen und hatte sich ausgebreitet wie ein Spinnennetz, das um seine Seele gesponnen wurde. Und jetzt träumte er nachts von diesem Schatz, der ihm Macht verlieh. Ihn adelte.

Dabei *wusste* er, dass das Unsinn war. Wenn etwas einen Mann so stark in Versuchung führte, konnte das nur Unrat sein. Aas. Abschaum.

Und doch wollte er den Schatz. Wenn auch nicht bedingungslos – noch nicht. Aber die Gier danach wuchs. Er konnte sie in seinen Träumen sehen. Wie einen großen schwarzen Vogel, der sich in der Ferne in die Luft erhob.

Kapitel 23

Am nächsten Morgen war Griffyn schon früh in die Gewölbe der Festung hinuntergegangen. Er hatte eine Fackel in der Wandhalterung befestigt und stand vor einer Tür, die am Ende eines dunklen Ganges lag.

Er war dort stehen geblieben, wo sich zwei der Gänge kreuzten, und hatte diese Tür halb durch Ertasten, halb, weil er sich wieder daran erinnert hatte, gefunden. Die Schatten tanzten träge über die Wände, und ein frischer Windhauch, von dem Griffyn nicht wusste, woher er kam, ließ die Flamme flackern.

Er fuhr sich mit einer Hand durchs Haar. »Ich habe schon seit Jahren nicht mehr an diesen Ort gedacht, aber heute Nacht ist er mir plötzlich wieder eingefallen.« Er beugte sich vor und starrte den Gang entlang, der sich dunkel zu seiner Rechten erstreckte. »Der Gang führt zu einer Höhle im Wald, wenn ich mich recht entsinne«, murmelte er mehr zu sich selbst als an Alex gerichtet, der neben ihm stand und wartete.

»Du hast früher hier unten gespielt?«

Griffyn lächelte leise. »Ständig.«

Alex erschauderte. »Und Guinevere? Sie ist auch auf Everoot aufgewachsen. Hat sie hier unten gespielt?«

»Ich weiß es nicht«, murmelte er. Das Leder seines Waffenrocks quietschte bei jeder Bewegung leise. Sie waren nach dem morgendlichen Training mit den Männern heruntergekommen. Eigentlich hatte er danach mit ihnen auf die Jagd gehen wollen, aber dann hatte Griffyn Jerv an seiner statt losgeschickt. Er hatte Arbeit vorgeschützt, hatte aber auch versprochen, sich seinen Männern am folgenden Tag anzuschließen.

Aber Griffyn wusste, was tatsächlich gerade mit ihm passierte. Die Gier breitete sich weiter aus. Er war Christian Sauvages Sohn. Es lag ihm im Blut.

Gwyn hingegen schien nicht von der Besessenheit betroffen zu sein, die ihren Vater zerstört hatte. Sie war anders. Ja, sie unterschied sich tatsächlich von allen Menschen, die er kannte.

»Aber ich würde es gern wissen«, sagte er laut. »Ob sie hier unten gespielt hat.« Im Gewölbe war es finster, eng und feucht. Wenn sich jemand in die Tiefen vorwagte, dann riskierte er, in Spinnweben zu laufen. Ein Kind mit großer Vorstellungsgabe konnte hier schon Angst bekommen. »Ich glaube, sie war oft hier.«

»Dann seid ihr beide verrückt«, murmelte Alex ohne große Überzeugung. Mit seinem Kurzschwert zeigte er auf die Tür, die mit einem riesigen Vorhängeschloss gesichert war, das die Form eines Drachenkopfs hatte. »Willst du die Tür öffnen?«

»Wirst du irgendwann aufhören, dich wie ein Hüter zu verhalten?«, murmelte Griffyn. Er nahm die Kette mit dem Eisenschlüssel vom Hals und steckte ihn ins Schloss. Er traf auf eine Barriere. Der Schlüssel passte nicht.

Alex fluchte lautstark.

Griffyn versuchte es noch einmal und zerrte heftig an dem Schloss. Nichts.

»Zerschlag das Schloss«, schlug Alex vor.

»Das ist lächerlich«, erwiderte Griffyn heftig. Aber in Gedanken befand er, es sei eher frevlerisch, es zu zerschmettern. »Das werde ich nicht tun.«

Alex hob die Brauen. »Und was machst du jetzt?«

»Warten.«

Sein Freund fuhr zu ihm herum. »In Gottes Namen, Griffyn! Warten worauf? Wie lange kannst du noch warten?«

Griffyn wich unwillkürlich zurück. Alex' plötzlicher Wutausbruch verwirrte ihn. »Vermutlich länger als du.«

Alex' Blick war steinhart. »Griffyn. Ich bin schon lange ein Hüter, länger als du lebst. Ich habe mein ganzes Leben auf dich gewartet. Und jetzt ist alles, was du zu tun bereit bist, *warten*. Die Welt wartet auf deinen Befehl, wenn du nur die Hand nach ihr ausstreckst und nimmst, was dir gehört.«

»Du hast ja keine Ahnung«, erwiderte Griffyn leise. Nur mühsam konnte er sich beherrschen. »Das hier habe ich nie gewollt. Dein ganzes Streben war stets darauf ausgerichtet, dass ich mich endlich meinem Schicksal stelle; und jetzt hast du es erreicht. Ich suche nach dem Schatz, und ich hasse diese Suche. Ist es denn so wichtig, ob wir noch ein paar Tage oder ein Jahr warten? Letztlich werde ich doch wie die anderen sein. Ich werde von diesem Schatz verdorben, und er wird mich daran hindern, *mein* Leben zu leben.«

Einen Moment lang überlegte Alex. »Aber ganz so ist es nicht.«

»Das ist mir egal«, entgegnete Griffyn. Seine Stimme hallte von den Wänden wider. »Ich kann nur eines mit absoluter Sicherheit sagen: *Ich hasse mein Schicksal.* Trotzdem kann ich nichts anderes tun, als mich ihm zu beugen. Ich lasse meine Frau allein, um dem kleinsten Hinweis zu folgen. Und nachts träume ich davon!«

Alex zögerte. »Was sind das für Träume?«

Griffyn sank auf den riesigen Steinblock, der ein Stück vorragte und vor der Tür als Sitzgelegenheit diente. Ein guter Platz für jemanden wie ihn, der sich hinsetzen und darüber nachgrübeln wollte, wie er in die Kammer gelangen konnte. Er stützte die Ellbogen auf die Knie und legte die Stirn auf die Hände. »Verschwinde.«

»Griffyn, mein Streben war stets, dir zu dienen. Wenn ...«

»Lass mich allein.«

Einen Augenblick zögerte Alex noch, dann drehte er sich um und ging. Die Fackel bewegte sich im Luftzug, ehe sie wieder ruhiger brannte. Griffyn legte das Gesicht in beide Hände. Er konnte den kalten Geruch der Schlüssel riechen, der an seinen Fingern haftete. Wieder hockte er in einem Keller, während ihn draußen die Welt erwartete.

Hinter der verschlossenen Tür stand Duncan. Er hielt das Kurzschwert in der Hand und war zu allem bereit. Schweiß rann seine Schläfen hinab. Er war bereit, sein Leben für seine Herrin zu geben. Prinz Eustace lag sterbend auf seiner Bettstatt, aber da er den Prinzen nie gekannt hatte, war ihm das nicht wichtig. Es ging allein um die gute Lady Gwyn und ihr strahlendes Lächeln, mit dem sie ihn bedachte.

Sie hatte ihn und seine kleine Schwester gerettet, als die Rebellen versucht hatten, ganz England bis auf die Grundmauern niederzubrennen. Papa und Mama waren verbrannt, aber er hatte sich schleunigst auf den Weg nach Everoot gemacht und Alice hinter sich hergezogen. Sie war neben ihm hergestolpert und hatte unter dem zerrissenen Mantel geweint, den er einem betrunkenen Soldaten abgenommen hatte. Papa hatte ihm vorher aufgetragen, zu Lady Gwyn zu gehen, wenn ihm irgendwas passierte. Und er hatte recht behalten. Ohne ihm Fragen zu stellen, hatte sie Duncan und Alice aufgenommen, hatte ihnen zu essen und einen Schlafplatz gegeben und ihnen versprochen, dass sie bleiben durften.

Das Geräusch gedämpfter Stimmen verklang. Duncan senkte das Schwert. Sein Herz hämmerte in der Brust. Er setzte sich neben das sterbende Menschenbündel und hoffte, Lady Gwyn würde bald kommen und ihm erzählen, was oben in der Burg vor sich ging. Er hatte kein langes Leben erwartet, aber bis er Lady Gwyn kennenlernen durfte, hatte er auch nicht geglaubt, ein so aufregendes führen zu dürfen.

Griffyn kam aus dem Gewölbe wieder nach oben und wurde in der großen Halle von William von York abgefangen, der so nervös und mürrisch wie immer war. »Mylord. Da ist schon wieder ein Bote.«

Griffyn blickte in die Richtung, in die William zeigte. Ein kräftiger Mann mittleren Alters saß an einem der Tische. Als er Griffyn sah, stand er rasch auf.

»Mylord«, begrüßte er ihn lächelnd.

Griffyn erwiderte das Lächeln. »Ralph«, sagte er herzlich und umfasste den Arm des Mannes, der, wie er wusste, zu Henris Boten gehörte. Er selbst hatte ihn so manches Mal mit Henris Erlaubnis losgeschickt, wenn er höchst delikate Nachrichten zu überbringen hatte. »Was gibt es Neues?«, fragte er und ließ Ralphs Arm los. »Warum bist du zweihundert Meilen nördlich von Henris Lager unterwegs? Hat man dir schon eine Mahlzeit serviert?«

Er warf William über Ralphs Kopf einen Blick zu, der daraufhin einem Diener bedeutete, in die Küche zu eilen. In der Halle vertrieben sich einige Männer die Zeit, sie waren in Gespräche vertieft oder würfelten. Einige Frauen saßen am Feuer und spannen Wolle. In ihren bunten Kleidern waren sie ein sehr hübscher Anblick, und ihre Stimmen hoben sich hell vom Lärm ab.

Ralph zog ein Pergament aus der Lederhülle, die er am Gürtel trug. »Der fitzEmpress kommt nach Everoot.«

»Ich weiß.« Griffyn überflog das entrollte Dokument. »In ein paar Wochen. Sobald er den Vertrag unterzeichnet hat.«

»Nein, er kommt schon bald. Er wird morgen hier eintreffen.«

Griffyn blickte überrascht auf. »Was? Wieso?«

Ralph hielt seinem Blick stand. »Es schien ihm geboten, erst hierherzukommen.«

»Also gut.« Griffyn nickte. Aber er war verwirrt. Erneut las er den Brief, dann blickte er auf und schaute aus dem Fenster. Es war inzwischen kälter geworden. Wolken ballten sich am Horizont.

»Warum?«

»Unser Herr Henri hat schon immer getan, wonach ihm der Sinn stand.«

»Das stimmt. Aber dennoch frage ich mich, warum er herkommt«, entgegnete Griffyn leise.

Der Bote wich seinem Blick aus. »Henri hatte schon immer viel für dich übrig.«

»Aber nicht *so* viel«, erwiderte Griffyn. »Seine Zuneigung war nie so groß, dass er eine Vertragsunterzeichnung verschoben hätte, die ihm dieses Land zusichern wird.« Er blickte erneut auf die Nachricht.

»Vor zwei Tagen ist ein Bote von fitzMiles bei ihm gewesen«, berichtete Ralph widerstrebend.

Griffyn nickte nachdenklich. »Aber was hat das mit mir zu tun?«

»Was wisst Ihr über Eustace, Fulk?«, fragte Gwyn so beiläufig wie möglich. Die Welt war grau verhangen. Morgens lag Nebel auf den Feldern und der Festung, der ihre Stimmen zurückwarf, als stünden sie in einer dunklen Felshöhle.

Fulk blickte sie überrascht an. »Eustace?«

»Ja, Prinz Eustace. Wie ist er so als Mann? Welches Verhalten legt er an den Tag?«

Sie stand neben ihrem Hauptmann. Die Angst grub sich schmerzlich in ihren Leib, ihr Herz hämmerte unnatürlich laut. Seit sie am Morgen aufgestanden war, hatte sich ihrer das Gefühl drohenden Unheils bemächtigt. Vielleicht lag es an den Alpträumen. Am Tag danach fühlte sie sich immer krank und war ungewohnt reizbar.

Aber tief in ihrem Herzen wusste sie, dass es diesmal anders war. Ein Unheil zog herauf.

Sie standen neben dem Platz, auf dem die Knappen und Ritter sich ertüchtigten und den Kampf übten. Es war für die meisten noch zu früh, und bisher hatten sich erst wenige Männer eingefunden. Selbst Fulk, der für viele Männer der Lehrmeister war, zwang sie nicht, sich zum Training einzufinden, solange sie nicht wenigstens einen Brotkanten und einen Becher Ale zu sich genommen hatten. Ein einsamer vierzehnjähriger Knappe, der sich verzweifelt nach seinem Ritterschlag sehnte, versuchte sich immer wieder an der Stechpuppe und ritt mit der Lanze gegen sie an. Er traf die Puppe, doch schaffte er es nicht, schnell genug weiterzureiten, und wurde jedes Mal von dem herumschwingenden Stroharm aus dem Sattel gefegt. Seit sie hier standen und ihn beobachteten, passierte es schon zum dritten Mal.

Fulk zelebrierte geradezu das kleine Morgenmahl, das Gwyn ihm mitgebracht hatte. Er seufzte zufrieden und stellte den fast leeren Teller auf einen Baumstumpf.

»Entschuldigt, Mylady«, murmelte er. Dann wandte er sich an seinen Zögling und schrie quer über den Trainingsplatz: »Schneller, Peter! Beweg deinen trägen Arsch schneller, sonst bist du von den Schlägen auf den Kopf zum Julfest ein Idiot! Und du hast nicht genug Verstand, um einen Teil davon an eine Stechpuppe zu verschwenden!«, fügte er grimmig hinzu.

Peter hob eine Hand. Seufzend wandte Fulk sich ab. »Wo habt Ihr den bloß aufgetrieben, Mylady?«

»Dort, wo ich auch die anderen herhabe. Sie waren alle dem Tode geweiht.«

Fulk brummte. »Das ist wenigstens etwas. Eines halte ich ihm allerdings zugute: Er arbeitet härter als alle anderen zusammen.« Er spießte noch ein Stück Fleisch auf. »Mylady? Ihr habt mich was gefragt.«

Der Nebel erstickte alles. Sie wischte sich das nasse Haar aus der Stirn. »Eustace. Der Prinz. Was für ein Mann ist er?«

Er betrachtete sie nachdenklich. »Ihr meint, was für ein Mann er *war*?«

»Genau. Wie war er so als Mensch?«

Fulks scharfer Blick glitt über ihr Gesicht. »Ihr habt Euer Leben lang nur Krieg erlebt, Mylady. Was glaubt Ihr, hat dieser Krieg mit den Männern angerichtet? Vor allem mit den Prinzen dieses Landes. Der Krieg treibt sie allesamt in den Abgrund.«

»Nicht alle. Nicht jeder stürzt in diesen Abgrund.«

Fulk hielt ihrem Blick stand. »Ihr denkt an Euren Vater.«

Nein, sie dachte nicht an Papa, sondern an Griffyn. Aber jetzt erinnerte sie sich wieder an ihren Vater und wurde nachdenklich.

»Er war kein Heiliger, Gwynnie. Das müsstet Ihr nach all den Jahren wissen. Er war nicht besser als die anderen.«

»War er schlimmer?«

Die Frage entschlüpfte ihr, ehe sie darüber nachdenken konnte. Ihr Atem stand in einer kleinen weißen Wolke vor ihren Lippen. Fulk hörte auf zu kauen und wandte ihr den Kopf zu.

»Ich glaube, es kommt drauf an, wie man es sehen will, Mylady. Auf welcher Seite man steht.«

»Und was wäre, wenn ...« Sie zögerte. Ihr war schlecht. Es fühlte sich an, als müsste sie ertrinken. »Was hätte ich gedacht, wenn ich hier schon gelebt hätte, als mein Vater kam und das Nest eroberte?«

Fulk blickte weg. »Es gab ein großes Feuer.«

Etwas Scharfes und Bitteres stieg ihr in die Kehle. »Was für ein Feuer?« Fulk gab keine Antwort. »Was für ein Feuer? Hat Papa ...«

Sie verstummte. *Lass die Toten ruhen.* Ihr Kopf fühlte sich ganz leicht an. Der Nebel warf die Worte zurück, umschloss sie. Es fühlte sich an, als stünden sie und Fulk unter einem Trockendock und unterhielten sich flüsternd über Piraten, gekaperte Schiffe und andere schlimme Dinge.

Frag nicht noch einmal danach.

Das ungewöhnlich kalte Schweigen hielt an, bis Gwyn endlich fragte: »Was ist mit Eustace, Fulk? Ich habe Euch nach dem Sohn des Königs gefragt.«

Fulk räusperte sich und legte eine fleischige Hand auf den Messergriff. Sein Blick richtete sich auf den Boden. »Nun ja, Mylady. Er war niederträchtiger, als man hätte meinen können …«

»Was meint Ihr damit?«

»Er hatte seinen eigenen Kopf, aber nicht in der Art, dass man ihn deswegen respektiert hätte; man hat ihn dafür eher verachtet.«

»Aha.« Sie war ehrlich verblüfft.

»Und glaubt jetzt nicht, Euer Bruder hätte anders über ihn gedacht, Mylady.«

Ihr stand der Mund offen. »Aber sie waren Freunde.«

Fulk schüttelte den Kopf. »Ganz und gar nicht. Eustace wäre eines Tages sein König gewesen, das war das Einzige, was sie miteinander verband.« Er schnitt sich noch ein Stück Fleisch ab. »Eustace bedeutete immer Ärger, und es ist für uns alle besser, dass er tot ist. Gott möge seiner Seele gnädig sein«, fügte er hinzu und warf einen halbherzigen Blick gen Himmel.

»Aber das verstehe ich nicht, Fulk«, sagte sie, sichtlich verwirrt. »Warum habt Ihr König Stephen unterstützt, wenn Ihr doch wusstet, dass Eustace ihm auf den Thron folgen würde?«

Er musterte sie erstaunt, kaute und schluckte in aller Ruhe, ehe er ihr antwortete. »Aber ich habe ihn doch gar nicht unterstützt, Mylady. Ich habe das alles nur für Euch getan.«

Und jetzt sprachen sie tatsächlich über Piraten, gekaperte Schiffe und andere schreckliche Dinge.

Kapitel 24

Griffyn saß in der Halle und hatte einen Becher Ale neben sich auf dem Tisch stehen. Er beugte sich über einen Bogen Pergament, als Gwyn den Raum betrat. Er blickte auf und winkte sie heran.

»Gwyn. Gut, dass du da bist. Soeben habe ich erfahren, dass Henri fitzEmpress doch eher zum Nest kommt als erwartet. Er wird schon morgen hier sein und will bis zur Vermählung bleiben ...«

Er verstummte. Gwyn blieb im Durchgang stehen. Ihre dunklen Augen funkelten ihn an. Die Wangen waren tränennass, und sie hielt ihre Hände ineinander verschränkt. Er stand auf. Der Stuhl fiel hinter ihm klappernd auf den Boden.

»Was ist los, Gwyn?«

»Wann ist dein Pferd gestorben, Griffyn?«, fragte sie tonlos.

»Wie bitte?«

»Dein Rebell. Der Stall. Wann brannte er nieder?«

Er zögerte. »Als ich acht Jahre alt war.«

»Ich weiß. Aber wann genau war das?«

»Kurz bevor wir England verließen. Als Stephen den Thron bestieg und der Krieg begann.«

»Als mein Vater Everoot eingenommen hat?«

Er schwieg einen Moment. »Er hat ihn bis auf die Grundmauern niedergebrannt.«

Ein Schluchzen erschütterte ihren Körper. »Das habe ich mir gedacht.« Sie schluckte. »Ich habe etwas getan.«

Er erstarrte. »Was hast du getan?«

»Ich habe es getan, bevor du hierhergekommen bist.«

Griffyn beobachtete sie stumm. Etwas Kaltes griff nach ihm.

»Aber ich auch nach deiner Ankunft damit weitergemacht. Gott steh mir bei.«

»Was?«

Ihr Körper schien plötzlich dahinzuschwinden. Sie lehnte sich mit der Schulter gegen die Steinmauer. »Ich habe den Sohn des Königs im Keller versteckt.«

Er runzelte verwirrt die Stirn. »Henris Sohn? Er hat keinen Sohn.«

»Stephen aber schon.«

Gwyn sah, wie er erstarrte. Erst jetzt schien er zu begreifen, was sie damit sagen wollte. Seine Augen bohrten sich in ihre. Dann sprang er plötzlich auf und ging, ohne sie eines Blickes zu würdigen, zur Tür.

Sie rief ihn, aber ihre Stimme war kaum mehr als ein atemloses Flüstern. »Es gibt einen anderen Weg.«

Er blieb stehen.

»Es gibt einen geheimen Weg in das Gewölbe«, flüsterte sie. Er stand mit dem Rücken zu ihr. »In unseren Gemächern. Hinter dem Gobelin.«

Er fuhr zu ihr herum. Jetzt spürte sie seinen Zorn. Sie sah die Wut in seinen schiefergrauen Augen, die nahezu farblos wirkten.

»Hast du geglaubt, das wüsste ich nicht?«, sagte er gefährlich leise. »Lieber Gott, Gwyn, *was hast du denn gedacht?* Die ganze Zeit hast du geglaubt, ich wüsste nichts von diesem Geheimgang, und hast mir nichts davon gesagt? Und hast obendrein diesen Verräter da unten versteckt?«

»Ich wollte es ja nicht«, hauchte sie. Tränen strömten über ihr Gesicht.

»Das hat dich aber nicht daran gehindert, es zu tun.«

Er packte sie am Handgelenk und zerrte sie hinter sich her. Sie stolperte hinter ihm die Treppe hinauf. Das Herz schlug ihr bis zum Hals.

»Alexander!«, brüllte er, während er mit ihr die enge Wendeltreppe hinaufhastete. »Alexander! Jerv!« Er blieb abrupt stehen und wandte sich zu ihr um. Gwyn prallte gegen ihn. »Wer weiß noch davon?«

In seinem Blick lag eine solche Wut, dass die Knie unter ihr nachgaben. Sie lehnte sich an die kalte Steinmauer, um nicht zu fallen.

»Nur ich. Und Jerv...«

»Sei verflucht!«, stieß er heiser hervor. »Sei gottverdammt verflucht!«

»Jerv weiß nichts! Jedenfalls nicht von Eustace. Er hat etwas vermutet, und ...« Sie schluckte. »Er hat mir geraten, es dir zu sagen, was es auch ist. Er hat es mir geraten.«

Seine Hand schloss sich um ihre Kehle, sein Gesicht war nur wenige Zoll von ihrem entfernt. »Er hat dir geraten, es mir zu sagen?«

Sie nickte heftig.

»Und du hast es nicht getan?«

Sie schüttelte den Kopf, dass ihre Haare flogen. »Ich habe es geschworen«, flüsterte sie elend.

Ein Ausdruck der Verachtung verzerrte sein Gesicht. »Ach ja? Und was ist dein Wort wert?«

Er ließ sie stehen und lief die Wendeltreppe hinauf, nahm zwei Stufen auf einmal und verschwand in der Dunkelheit. Gwyn stolperte hinter ihm her. Ihr war sterbenselend zumute, und sie weinte haltlos.

Griffyn trat die Tür zur Schlafkammer auf, durchquerte den Raum mit weit ausgreifenden Schritten und zerrte den Gobelin von der Wand, hinter dem sich die Tür verbarg.

Er riss sie auf und lief die Stufen hinunter. Während er in der Dunkelheit verschwand, rief er erneut nach seinem Freund. »Alexander!«

Kurz darauf stürmte Alexander in das Zimmer. Seine blonden

Haare waren zerzaust, seine Augen weit aufgerissen. Im Laufen befestigte er mit einer Hand seine Bruche, in der anderen Hand hielt er den Schwertgurt. Gwyn zeigte stumm auf die offene Tür zum Gewölbe.

Er warf ihr einen verwirrten, besorgten Blick zu und verschwand ebenfalls in der Dunkelheit. Gwyn folgte den beiden, stolperte bei jedem Schritt. Ihre Haut fühlte sich zugleich kalt und heiß an.

Als sie den Fuß der Treppe erreichte, sah sie, dass Griffyn und Alex vor der Tür standen, die mit dem großen Vorhängeschloss gesichert war. Das Drachenkopf-Schloss versperrte ihnen wie ein grimmiger Wächter den Weg. Es glänzte matt im Schein der Fackel.

»Du weißt von der Tür.« Ihre Stimme klang tonlos.

»Ich habe keinen Schlüssel.«

Wortlos ging Gwyn an ihm vorbei. Sie zog den goldenen Schlüssel aus der aufgenähten Tasche und schob ihn in das Maul des Drachen. Ein leises Klicken, dann öffnete sich das Maul wie zu einem stummen Brüllen. Gwyn trat einen Schritt zurück, um Griffyn den Vortritt zu lassen.

Er stieß gegen die Tür, die weit aufschwang. Alex stand hinter ihm, und ihre Silhouetten ragten im Licht der einzigen brennenden Fackel in der Kammer dunkel vor ihr auf.

Duncan sprang auf und verstellte ihnen den Weg. Er hatte sein kleines Schwert gezogen. Keiner der beiden Ritter würdigte ihn eines Blickes. Sie starrten an ihm vorbei in die Zelle.

»Geh zur Seite, Duncan!«, befahl sie leise.

Griffyn und Alex verschwanden in der Kammer. Sie hörte, wie Alex leise etwas sagte. »Du weißt, was passiert, wenn Henri fitzEmpress das hier herausfindet?«

Gwyn setzte sich auf die unterste Treppenstufe. Die Kälte des Steins drang durch ihre Kleider. Wie benommen starrte sie ins Leere.

Als Griffyn nach kurzer Zeit in der Tür auftauchte, verdeckte seine hünenhafte Gestalt alles Licht, das aus der Kammer drang. In seinen Augen lag glühende Wut.

»Er ist tot.«

Duncan trat jetzt vor und blieb neben Griffyn stehen. »Er ist noch nicht lange tot, Mylady. Er ist ganz still gestorben. Obwohl ich ihn warmgehalten habe, wie Ihr es mir befohlen habt.«

Ihre Stimme war kaum mehr als ein Flüstern. »Ich weiß, dass du das getan hast, Duncan.« Sie schlang die Arme um sich und wiegte sich langsam vor und zurück. Nichts zählte jetzt noch. Sie musste nur das tun, was jetzt getan werden musste. Musste es einfach aushalten, dass ein bedeutungsloser Moment nach dem nächsten verstrich.

Griffyn starrte sie noch immer an. »Was hast du uns nur angetan, Gwyn?«, fragte er leise.

Seine Worte brachten sie wieder zum Weinen. Die Tränen strömten über ihr Gesicht.

»Was hätte ich denn tun sollen, Griffyn? Was hättest du denn von mir erwartet? Du, dem jeder Schwur und jeder Eid so heilig ist, dass du ihn erfüllen würdest, solange noch ein Atemzug in dir ist? Was hättest *du* an meiner Stelle getan? Wenn dein König, den du liebst, zu dir gekommen wäre und dir aufgetragen hätte, den für ihn wichtigsten Menschen zu verstecken? Wenn du vielen Menschen großen Schaden zugefügt hättest und man dir die Gelegenheit geboten hätte, alles wiedergutzumachen? *Wenn du dein Wort gegeben hättest?*«

Sie wandte den Blick von ihm ab, weil sie den gequälten Ausdruck in seinem Gesicht nicht ertrug. Er war ein so guter Mann, und alles, was er in seinem Leben erfahren hatte, waren Schmerz und Verrat und Verlust. Gott allein wusste, dass sie Griffyn nicht hatte verraten wollen. Gwyn beugte sich vor, als sie weitersprach, während die Tränen unablässig über ihr Gesicht flossen.

»Und dann kam der Mann hierher, den ich als einzigen je lieben werde. Wollte ich meinen Schwur halten, musste ich mich gegen alles stellen, wofür dieser Mann immer gekämpft hat. Sag es mir, Griffyn: Was hättest *du* an meiner Stelle getan?«

»Ich hätte getan, was ich hätte tun wollen«, erwiderte er kalt. »Das tun wir alle.«

Am anderen Ende des Ganges kam ein Wachmann die Treppe heruntergeeilt. Er lief durch den Steinkorridor und rief nach Griffyn. »Mylord! Gelobt sei Gott, ich hab Euch gefunden. Eine Armee nähert sich der Festung, sie hält direkt auf das Nest zu.«

Gwyn stand abrupt auf. »Gott schütze uns. *Marcus.«*

Griffyn warf ihr einen langen, Furcht erregenden Blick zu, ehe er und Alex dem Soldaten zur Treppe folgten. Hinter ihnen blieb eine Leere zurück, die sich um Gwyn hob und senkte wie eine herannahende Flut.

Kapitel 25

Griffyn stand auf dem Wehrgang und blickte auf die Soldaten, die über die Hügel auf die Festung zuströmten. Allmächtiger Gott, wo kamen all diese Männer her?

»Sind unsere Soldaten bereit?« Er drehte sich zu Alex um, dessen Knappe hinter ihm herlief, um Alex' Rüstung zu schließen. Edmund kniete zu Griffyns Füßen und befestigte die Beinschienen.

Um sie herum war Chaos ausgebrochen. Männer und Jungen schrien einander in heller Aufregung an. Bewaffnete Soldaten strömten auf den Wehrgang, setzten im Laufen die Helme auf und stellten sich im Abstand von zehn Fuß mit ihren Armbrüsten und Langbogen auf. Frauen rannten über den Burghof und trieben die Kinder vor sich her. Hühner und Ziegen liefen kreuz und quer herum. Irgendwo bellte ohne Unterlass ein Hund. Es war ein heller Sonnentag, der umso klarer wirkte, je stärker sich am Horizont dunkle Wolken zusammenballten, die wie Ascheberge aussahen.

Griffyn sah Gwyn im Burghof. Sie hatte die Röcke bis an die Knie gerafft, und ihre schwarzen Locken flogen um ihren Kopf, während sie sich eilig durch die Menge drängte. Bei den Frauen, die sich ängstlich zusammendrängten, blieb sie stehen, umarmte jede einzelne und wies auf die Burg. Dann eilte sie weiter und kletterte zum Wehrgang hinauf.

Er schaute zu Alex.

»Ich stehe zu Diensten, Mylord. Die westliche Mauer, Pagan«, fügte er hinzu und schob sich den Helm unter den Arm. »Sie ist immer noch unsere Schwachstelle.«

Griffyns Blick glitt suchend über das Durcheinander, das um sie herum ausgebrochen war. Dann nickte er. »Ich weiß. Edmund?« Er schaute seinen vierzehnjährigen Knappen an. Der Junge blickte zu ihm auf. Sein Gesicht war leichenblass. »Sind wir bereit?«

»Ja, Mylord«, stammelte der Junge und stand auf.

Griffyn legte dem Jungen eine Hand auf die Schulter. »Wir werden siegen. Das ist nicht unsere erste Schlacht, und bisher habe ich auch nicht zugelassen, dass jemand dir ein Leid zufügt.«

Edmund blinzelte. »Ja, Sir. Ich meine, *nein, Sir.*«

Griffyn wandte sich an Alex. »Es gibt einen unterirdischen Durchgang, der aus der Burg hinausführt. Er beginnt auf der Nordseite des Wohnturms. Die Tür ist unter Efeu verborgen. Lass Fackeln bringen. Der Gang ist lang, aber zwei Männer können dort nebeneinander laufen. Nimm meine Leibgarde und die Männer, die bisher auf der linken und der rechten Flanke gekämpft haben. Führe sie durch den Tunnel und durch die Höhle nach draußen. Ihr werdet dort drüben herauskommen.«

Er zeigte auf einen Hügel, der sich etwa hundert Yards entfernt erhob. Der Wald reichte bis zur Hügelkuppe. Gelbe Blumen blühten auf dem üppigen Grün des Hügels und zogen sich wie ein Seidenband bis hin zur Talsohle.

Er blickte Alex an. »Auf meinen Befehl werdet ihr von dort kommen und alle töten, die noch übrig sind.«

Alex' Gesichtszüge verhärteten sich. »Das heißt, dass du uns nicht begleitest.«

»Ich nehme die Vorhut und reite mit ihnen durch das Burgtor.«

»Aber ... Pagan. Wenn ich die Reiter und deine Leibwache nehme ...« Er schaute auf Marcus' Armee, die sich formierte. Es mussten über fünfhundert Männer sein. »Sie werden euch abschlachten.«

»Wir werden sie ablenken, Alex. Die eigentliche Streitmacht bringst du ins Spiel.«

»Du solltest deine Leibwache bei dir behalten«, beharrte Alex eindringlich. Er hielt den Kopf gesenkt.

»Diese Männer sind meine besten Kämpfer und Reiter. Du wirst sie für den Angriff brauchen. Und jetzt geh.«

Alex blickte weiterhin zu Boden, dann nickte er knapp. »Ja.«

»Und du auch, Edmund.«

Der Junge schaute ihn entsetzt an. »Aber ich kann Euch nicht im Stich lassen, Mylord! Das werde ich nicht tun!«

»Doch, du wirst gehorchen. Geh schon.«

Edmunds ernste Miene fiel in sich zusammen. Alex gab ihm einen Klaps auf die Schulter, dann lief er mit Alex die Treppe hinunter. Sie eilten an Gwyn vorbei, die die Stufen heraufkam. Sie hielt sich die schmerzende Seite.

»Griffyn!«, rief sie atemlos. »Warte. Es gibt etwas, das du wissen musst.«

»Ich habe für einen Tag genug von dir gehört.«

Sie blieb drei Stufen vor dem Absatz stehen und legte eine Hand auf seinen Unterarm, der jetzt in einer ledernen Armschiene steckte. »Warte. Es gibt einen geheimen Tunnel, der dort drüben im Wald herauskommt ...«

»Ich kenne den Tunnel, Guinevere.« Er wich ihrem Blick aus. »Auf meinen Befehl!«, rief er Alex nach, der sich daraufhin nach rechts wandte und seine Streitmacht für den Gegenangriff sammelte.

Seine Befehle hallten über den Burghof. Gwyns Gesicht erbleichte. Sie schaute nach unten, dann blickte sie wieder Griffyn an. Plötzlich verstand sie, was er vorhatte. »Du kannst deine Leibwache nicht von deiner Seite abkommandieren. Sie würden für dich in den Tod gehen!« Sie senkte die Stimme. »Du könntest dabei sterben.«

»Es sind meine besten Kämpfer …«

»Ja, und sie werden den schwächsten Truppenteilen gegenüberstehen. Marcus' beste Männer werden auf *dich* warten, nicht auf Alex oder deine Leibwache oder Edmund … Sie bringen dich um!«

Er packte ihre Schultern und riss sie beinahe von den Füßen. Gwyn stolperte die letzten Stufen herauf, bis ihre Gesichter nur noch wenige Zoll voneinander entfernt waren. »Um Everoot für dich und die Unseren zu retten, würde ich mich gern opfern. Hast du das noch immer nicht begriffen?«

»Doch, das habe ich.« Sie weinte. Ihre Finger schlossen sich um sein Kettenhemd. Die Metallglieder schnitten schmerzhaft in ihre Haut.

Griffyn schob sie von sich und winkte einen Ritter herbei, der in der Nähe stand. »Bring die Lady in die große Halle.« Er wandte sich von ihr ab. »Sie wird dort gebraucht.«

Gwyn spürte, wie die Beine unter ihr nachgaben. Sie sank zu Boden und stützte sich mit einer Hand an der Mauer ab. Die Hände des Ritters legten sich um ihre Arme und zogen sie hoch.

»Mylady? Lady Gwyn, bitte kommt mit.«

Nur durch ihre Willenskraft gelang es Gwyn, sich vom Boden zu erheben. Als sie sich aufrichtete, hielt sie sich so unbeugsam wie das Schwert, das Griffyn aus seiner Scheide zog, während er zu seinen Männern ging. Er sprach mit ihnen, ermutigte sie und beschrieb den überwältigenden Sieg, den sie erringen würden. Hier und da erteilte er kurze Befehle, die seine Soldaten sofort befolgten.

Er blickte nicht zu Gwyn zurück.

»Bitte lasst mich los, Robert«, sagte sie leise und würdevoll zu dem Ritter. Jetzt war der Zeitpunkt gekommen, nur noch an das zu denken, was vor ihr lag.

Sie überquerte den Hof und betrat die große Halle, in der sich die Dorfbewohner und Diener zu kleinen verängstigten Grüppchen zusammendrängten. Menschen, die Gwyn nicht aus eigener Kraft zu retten vermochte.

Das konnte nur Griffyn.

Kapitel 26

Everoots kleine Streitmacht ritt durch das Tor und unter dem Fallgitter hindurch. Marcus saß auf der Hügelkuppe im Sattel seines Pferds und zählte. Er lächelte zufrieden. Die Gerüchte über Sauvages Streitmacht waren übertrieben gewesen. Das überraschte ihn nicht. Die Sauvages hatten schon immer mehr bekommen, als ihnen zustand. Mehr Ansehen, mehr Geld, mehr Frauen.

Erneut überblickte er die Truppen, die aufmarschierten. Das war sogar noch besser, als er gehofft hatte. Selbst wenn er die Männer auf der Mauer mitzählte, war er dem Feind fünffach überlegen. Der viel gepriesene Hauptmann des fitzEmpress schien also doch nicht so unangreifbar zu sein, wie man von ihm sagte.

Die letzten Ritter Everoots ritten durch das Tor. Einige Dutzend Fußsoldaten marschierten hinter ihnen her. Sie trugen Streitäxte und Piken. Marcus beugte sich zu seinem Herald herüber und gab seinen Befehl. »Alle Truppenteile sollen ausrücken. Keiner bleibt in Reserve. Das wird ein Kinderspiel.«

Der Herald nickte und hob das Horn an die Lippen. Er blies zum Angriff. Standarten wurden geschwenkt. Zuerst rückten die Reiter in einer geraden Linie vor. Die Streitrösser schnaubten und scharrten mit den Hufen. Leder knarrte. Die Reiter waren gesichtslose, behelmte Gestalten. Dahinter folgten die Fußsoldaten, deren Rüstung fast ebenso stabil war wie die der Ritter, da sie aus hartem Leder gefertigt war.

Marcus lenkte sein Pferd zu den Reihen der Ritter. Diese Männer waren ihm durch ihren Lehnseid verpflichtet; sie bewirtschafteten sein Land und leisteten ihm Kriegsdienste. Bei den meisten Fußsoldaten verhielt es sich anders. Diese Männer hatten vor allem die Freude am Krieg gemein. Sie banden sich selten dauerhaft an einen Brotherrn. Es war eine Horde aus Schuldnern, die er aus seinen Kerkern herausgelassen und bewaffnet hatte, und unbezahlten Söldnern, die sich an der zu erwartenden Beute schadlos halten würden.

Marcus wusste, dass diese Männer nur eine einfache Sprache verstanden, dass er von ihnen nichts erwarten konnte, was Vertrauen voraussetzte oder Können erforderte. Aber vor allem musste er diesen Männern etwas geben, für das es sich zu kämpfen lohnte.

»Männer!«, brüllte er. »Dies ist keine Belagerung, sondern ein Kampf auf Leben und Tod. Haltet euch nicht zurück! Die Fußsoldaten folgen den Reitern! Es gibt keinen Rückzug! Wen ihr tötet, dürft ihr ausrauben! In der Burg wird nicht geplündert, nur im Dorf! Aber das Dorf könnt ihr niederbrennen! Und vor allem eines!« Er setzte den Helm auf, ehe er bellte: »Sauvage gehört mir!«

Sein Pferd bäumte sich auf. Marcus hob einen Arm und senkte ihn dann abrupt. Die Kavallerie stürmte vorwärts, als wäre sie von einer Armbrust abgefeuert worden. Hufe donnerten über die Ebene. Die Fußsoldaten rannten hinter den Rittern her. Ein Donnern rollte durch das Tal.

Die Kampflinien trafen mit einem hässlichen Krachen aufeinander. Eisen und Fleisch prallten gegeneinander, Lanzen stießen in gepanzerte Körper und hoben Männer rückwärts aus den Sätteln, als wären sie nichts als Strohsäcke. Körper fielen zu Boden. Die Reiterei pflügte einmal durch die Reihen des Gegners. Danach begann der Schwertkampf.

Lange blitzende Schwerter zielten auf Arme und Beine. Männer schrien vor Schmerz auf und riefen ihren Kameraden etwas zu. Pferde wichen mit geblähten Nüstern zurück und hatten

Schaum vor dem Maul. Die Fußsoldaten stürzten sich ins Gefecht, hieben mit Piken und Schwertern auf die Gegner ein. Die Sonne blitzte auf den roten nassen Schwertern.

Marcus machte Griffyn aus. Er kämpfte in vierzig Schritt Entfernung gegen einen Ritter, den er aus dem Sattel gehoben hatte. Griffyn wendete seinen riesigen Rappen. In diesem Moment erblickte er Marcus und zügelte sein Pferd. Er ließ Marcus nicht mehr aus den Augen. Sein Pferd wirbelte herum und schnaubte wütend; die Hufe fuhren durch die Luft.

Marcus lächelte. Sein Gegner blickte an ihm vorbei und lächelte ebenfalls.

Daraufhin wirbelte Marcus herum. *Verdammt!*

Hunderte Ritter galoppierten den Hügel hinter ihnen herunter. Die Wimpel knatterten im Wind. Sauvages Armee schloss Marcus' Männer von hinten ein.

Es war eine Falle.

Die heranpreschenden Ritter schwemmten wie eine Flutwelle über die Reihen seiner Männer hinweg und hinterließen eine Spur der Verwüstung. Schwerter prallten aufeinander, Pferde schnaubten und wieherten schrill. Marcus fuhr wieder herum und lenkte sein Pferd zur Mitte des Kampfgeschehens. Er galoppierte direkt auf Griffyn zu, der seinen Hengst auf einer kleinen Erhebung im Kreis lenkte. Er erwartete ihn.

»Gut gemacht!«, rief Marcus. Er nickte zu den Männern hinüber, die wie eine tödliche Welle über seine Kämpfer hinwegschwappten.

»Ich werde jeden Einzelnen Eurer Leute töten.«

»Ruft Eure Leute zurück«, sagte Marcus knapp. »Wir müssen reden.«

Griffyn lehnte sich auf sein Sattelhorn. »Jeden Einzelnen töten wir.«

»Ich meine es ernst, Griffyn. Ruft Eure Männer zurück. Ich habe etwas. Für Guinevere.«

Griffyn starrte ihn einen Augenblick an, dann richtete er sich in den Steigbügeln auf und hob den rechten Arm. Seine Leibwache sprengte herbei. Alex ritt an der Spitze. Die Männer ritten durch Marcus' Reihen, die sich für sie öffneten. Es sah aus, als teilten sie ein Meer aus Menschen. Sie scharten sich um Griffyn. Zwölf Lanzen waren auf Marcus gerichtet. Griffyn besprach sich kurz mit Alex, ehe er sich wieder an Marcus wandte.

»Ruft zuerst Eure Leute zurück.«

Marcus gab seinem Herald einen Schlag auf die Schulter, woraufhin dieser zum Rückzug blies. Griffyns Knappen ließen ihre Flaggen durch die Luft wirbeln, und kurz darauf kam der Kampf zum Erliegen. Beide Streitkräfte zogen sich zurück. Keuchend und schwitzend versammelten sich die Männer auf den leicht ansteigenden Hügeln und senkten die Waffen. Aus der Ferne beobachteten sie, was in der Mitte des Schlachtfelds vor sich ging.

»Hol Guinevere her!«, befahl Griffyn seinem Knappen, ohne Marcus aus den Augen zu lassen.

Edmund wendete sein Pferd und preschte zurück zur Burg. Noch bevor er sie erreichte, rief er nach Lady Gwyn.

Gwyn saß am Hohen Tisch in der großen Halle und half, Leinen in Streifen zu reißen und aufzuwickeln. Nur mühsam gelang es ihr, nicht in Tränen auszubrechen. Marcus' Streitmacht war stark, das hatte sie gesehen.

Und Griffyn hasste sie.

Ein großer Berg Leinentücher lag auf dem Tisch. Etwa zehn Frauen hatten an ihm Platz genommen und zerschnitten und zerrissen die Tücher. Sie sprachen nur leise miteinander. Überall in der Halle saßen Kinder, aber sie waren so verängstigt, dass sie nicht spielten und keinen Ton sagten.

Einige Jungen standen in der Nähe der Tür und fochten miteinander. Sie benutzten kleine Stöcke und machten auf Gwyn den Eindruck, als wollten sie sich am liebsten auch ins Kampfgetümmel stürzen. Drei ältere Ritter, die zu alt waren, um mitzukämpfen, lenkten die Jungen ab, indem sie ihnen von vergangenen Schlachten erzählten; Geschichten, die die Jungen in ihren Bann zogen. Sie berichteten von Lancelot und Sir Gawain, und einer begann sogar vom irischen Gottkönig Cu Chulainn zu erzählen.

Gwyn ließ reichlich Essen und Getränke auftragen, obwohl keiner Hunger hatte. Aber sie hatte auch nicht vor, das Essen zu rationieren. Wozu? Sie wurden nicht belagert. Entweder sie gewannen – dann gab es keinen Grund zur Sparsamkeit – oder sie verloren. In dem Fall wollte Gwyn Marcus nichts überlassen, das gut schmeckte. Sie würde sogar eigenhändig den Brunnen vergiften, wenn er als Sieger durch das Burgtor ritt.

Ein fernes Klappern ließ sie aufblicken. Das Geräusch kam von draußen. Es näherte sich und wurde lauter. Schon bald waren alle in der Halle aufmerksam geworden. Die Menschen schauten sich um und flüsterten miteinander.

Gwyn stand auf. Ihr Herz hämmerte. Ein lautes Krachen brach über die Halle herein. Noch mehr Klappern, das laut und wild klang und sich rasch näherte. Jemand schrie laut: »Öffnet!« Ein erneutes Krachen, dann wieherte ein Pferd. Das Wiehern hallte von den Wänden der großen Halle wider.

»Lieber Gott«, hauchte sie.

Ein schnaubendes, verschwitztes Pferd tauchte am oberen Ende der kleinen Treppenflucht auf. Im Sattel saß Griffyns Knappe Edmund. Statt aus dem Sattel zu springen und zu laufen, hatte er das Pferd über die äußere Treppe in die Burg getrieben. Ein geradezu selbstmörderisches Manöver.

»Oh nein«, flüsterte sie. »Bitte, lieber Gott, nicht! Nicht Griffyn!«

Edmund rief nach ihr. »Kommt mit, Mylady! Er lässt nach Euch rufen!«

Sie blickte die Frauen an, die sich hinter dem Tisch zusammendrängten. Gwyn lief die Stufen des Podiums hinunter, stolperte und stürzte, kam wieder auf die Füße und rannte weiter.

»Los!«, schrie sie Edmund zu. »Los doch! Nach draußen!«

Edmund riss das Pferd herum und grub ihm die Fersen in die Flanken. Das Streitross sprang vor und rannte mit vor Schreck geweiteten Augen die Außentreppe hinunter. Die letzten vier Stufen nahm der Braune mit einem Satz. Edmund lenkte das Pferd herum. In diesem Augenblick stürzte auch Gwyn nach draußen. Sie nahm zwei Stufen auf einmal und verschwendete keinen Gedanken daran, dass sie wieder stürzen könnte. Als sie mit Edmund auf gleicher Höhe war, nahm er ihre ausgestreckte Hand und riss sie hinter sich in den Sattel. Sie landete hart auf dem Pferderücken. Im nächsten Moment galoppierten sie auf das Tor zu, als wäre ihnen eine Horde Höllenhunde auf den Fersen.

Der Wallach wäre fast zur Seite weggerutscht, als Edmund ihn hinter dem Tor nach rechts und ins Tal lenkte. Aber es gelang dem Knappen, das Pferd durch ein heftiges Ziehen an den Zügeln wieder zu fangen. Gwyn klammerte sich geduckt an Edmunds Rücken. Das Pferd preschte in einem Wahnsinnstempo voran.

Dunkle Wolken bedeckten den Himmel. In der Ferne grollte ein unheilvolles Gewitter. Im Westen zerriss ein Blitz den Himmel. Gwyn riskierte einen Blick über Edmunds Schulter. Schafften sie es rechtzeitig? Wie schlimm stand es um ihn? Wie viel Zeit blieb ihr noch? War ihr Geliebter vielleicht schon …

Er stand neben Marcus?

Über den rauschenden Wind hinweg schrie sie Edmund ins Ohr: »Ich habe geglaubt, er stirbt!«

»Nein, Mylady«, schrie der Knappe zurück. »Aber er ist bereit zu töten!«

Sie versuchte, die Freudentränen zurückzudrängen, die ihr haltlos über die Wangen flossen. Er lebte. Er war nicht tot. Er lag nicht im Sterben. Alles andere konnte sie ertragen.

Kapitel 27

Gwyn stand vor den beiden Männern und rang noch immer nach Atem. Marcus sah sie an. Griffyn starrte reglos zum Horizont. Er schien mit seinen Gedanken woanders zu sein, fast so, als ginge ihn das, was hier geschah, nichts an.

Ihr rotes Überkleid wehte im Wind, und man sah das gelbe Leinenkleid, das sie darunter trug. Heute roch man das Meer besonders stark, der salzige Geruch vermischte sich mit dem des Bluts. Es war Zeit, das hier zu beenden.

Der Wind zerrte an Gwyns Haaren, und sie drückte für einen Moment die Fingerspitzen an die Schläfen, um es zu bändigen. Erst dann wandte sie sich an Marcus. Obwohl er sie gleichmütig ansah, lag etwas Unruhiges in seinen Augen. Seit ihrer letzten Begegnung war ihm ein Bart gewachsen.

»Was wollt Ihr, Marcus?«, verlangte sie zu wissen. »Was soll das hier?« Anklagend wies sie auf seine Soldaten. »Habt Ihr den Verstand verloren?«

»Ja.« Er stellte einen Fuß auf seinen Helm, den er auf den Boden gelegt hatte. Sein Grinsen hatte in der Tat etwas Wahnsinniges an sich. »Wie geht es Eustace?«

Gwyn schüttelte den Kopf. »Ihr kommt zu spät, wenn Ihr mir schaden wollt, Marcus. Ich habe alles gesagt. Griffyn weiß davon.«

»Ach, dann ist es ja gut.« Er blickte zu Griffyn hinüber, der noch immer einen Punkt am Horizont fixierte. »Dann können wir gleich zum Geschäft kommen. Jeder von uns hat etwas, das der andere gern haben möchte.«

»Ihr habt nichts, das ich haben will!«, fauchte Gwyn.

»Ach nein? Noch vor zwei Wochen war ich Eure letzte Hoffnung. Nun, auf jeden Fall habe ich etwas, das Pagan vielleicht möchte.«

»Wovon redet Ihr?«, fragte sie gereizt, weil sie spürte, dass Griffyn sich nicht an diesem Gespräch beteiligen wollte. »Bitte, Marcus. Hört auf damit. Es ist Gott sei Dank vorbei. Ich habe mich geirrt.«

»Ja, Ihr habt Euch tatsächlich geirrt, Gwyn. Aber es ist nicht vorbei, längst nicht. Auch wenn ich mich wiederhole, sage ich es noch einmal: Ich habe etwas, das Euer Griffyn gern hätte.«

»Ihr habt nichts, das ich besitzen will, Marcus«, sagte Griffyn endlich, ohne den Blick vom Horizont abzuwenden. »Ihr könnt mich umbringen, wenn Ihr Euch traut. Mir ist es egal.«

»Aber Guinevere ist es nicht egal.«

Ein kalter Schauder lief ihr den Rücken hinunter. Und der Grund war nicht der aufziehende Sturm.

»Er bedeutet Euch sehr viel, nicht wahr? Euch kümmert es sehr wohl, was mit Griffyn passiert, oder? Gwyn? Ich sehe es in Euren Augen. Ihr würdet alles für ihn tun. Fast alles.« Er lächelte. »Der kleine Hochverrat, den Ihr begangen habt, der Mann, den Ihr versteckt habt, das habt Ihr nicht für ihn getan. Aber sonst tut Ihr fast alles für ihn. Ihr wollt doch nicht, dass ihm etwas passiert?«

»Wovon redet Ihr?«, flüsterte sie.

Sein Blick richtete sich wieder auf Griffyns versteinertes Gesicht. »Henri fitzEmpress kommt schon bald hierher.«

Gwyn winkte ab. »Das wissen wir.«

»Er reitet nach Norden, als ob der Teufel hinter ihm her ist. Ich wette, *das* wusstet Ihr noch nicht. Er wird schon heute Abend hier sein. Vielleicht schon eher. Er kommt wegen Everoot.«

»Warum?« Sie brachte es nicht einmal über sich, Griffyn von der Seite anzuschauen, so groß war ihr Hass auf sich selbst.

Marcus schaute sie in gespieltem Erstaunen an. »Wer weiß das schon so genau? Vielleicht hat er ja von dem Verrat erfahren, der hier im Norden an ihm begangen wurde?«

Sie starrte ihn entsetzt an. »Nein, Marcus. Nein, nein!«

»Wusste er von Eurem Plan?« Von der Seite blickte er Griffyn abschätzend an. »Hat sie Euch erzählt, wie ich Eustace aus Eurer Burg fortschaffen sollte?«

»Hört auf!«

»Aber ich habe einen anderen Weg gewählt, Guinevere. Mir schien es klüger, ein paar Schritte in eine andere Richtung zu machen. Das hier schien mir das klügste Vorgehen.« Er zeigte auf die versammelten Truppen.

Sie packte ihn am Arm. Das Geflecht seines Kettenhemdes grub sich in ihre Hand. »*Was habt Ihr getan?*«

»Henri wird vom Hochverrat Eures geliebten Mannes erfahren, Gwynnie. Den Prinz in seinem Keller verstecken?« Marcus schnalzte missbilligend mit der Zunge. »Henri vergibt schon denen vieles, die nie auf seiner Seite standen. Aber Eurem Verlobten? Dem Mann, der in der Schlacht seine rechte Hand war? Sein vertrauter Ratgeber, sein geschätzter Diplomat? Sein erster Spion? *Sein Freund?*« Marcus schüttelte den Kopf. »Es schmerzt am meisten, wenn uns jene verraten, die uns am nächsten stehen. Eine entsetzliche Geschichte, wenn Ihr mich fragt.«

Sie schüttelte den Kopf. Ihre Haare flogen. »Nein, Marcus. Das wagt Ihr nicht.«

»Oder vielleicht sollte ich besser sagen, dass es am meisten schmerzt, wenn man bei lebendigem Leib entmannt und gevierteilt wird, ehe die Körperteile in alle Ecken des Reichs geschickt werden.«

Der einzige Grund, warum Gwyn nicht weinte, war der, dass sie am liebsten geschrien hätte. In ihr wütete ein unbändiger Zorn, der sich mit grenzenlosem Selbsthass und wahnsinniger Furcht vermischte.

Mit verschränkten Armen stand Griffyn neben ihr und starrte in die Ferne. Bei diesen Worten rührte er sich endlich und wandte Gwyn den Kopf zu, sah sie aber noch immer nicht an. »Das würde dir was ausmachen?«, fragte er.

»Natürlich!«, hauchte sie. Die Vorstellung, dass man Griffyn als Verräter hinrichtete, quälte sie.

Marcus klatschte gut gelaunt in die Hände. »Dann lasst uns verhandeln. Ich möchte das Geschäft abschließen. Ihr wollt also, dass Griffyn überlebt.«

»Und was wollt Ihr?«, fragte sie gequält.

»Euch.«

Gwyn öffnete den Mund. Endlich blickte Griffyn Marcus an, der zufrieden lächelte.

»Schön, dass ich endlich Eure Aufmerksamkeit habe, Sauvage«, fuhr er fröhlich fort und sah Griffyn unverwandt an. »Vielleicht ist es Euch egal, ob Ihr lebt oder sterbt. Ich weiß es nicht. Euer Vater war ein ungebärdiger und unberechenbarer Mann. Vielleicht liegt es Euch auch im Blut. Aber auch wenn es Euch nicht kümmert, ob Ihr lebt oder tot seid, habe ich doch etwas, das Euch viel bedeutet.«

Griffyn schüttelte beinahe unmerklich den Kopf. »Ihr habt nichts, das ich will, fitzMiles.«

»Oh doch, das habe ich. In meinem Besitz befindet sich etwas, das nur für den Nachfolger von Everoot bestimmt ist. Den einen wahren Erben.«

Etwas blitzte in Griffyns Augen auf.

Marcus sprach leise weiter. »Ihr wisst, wovon ich spreche, nicht wahr? Dieser Gegenstand, nach dem Ihr gesucht habt, ja? Ich habe gehört, dass Ihr dem Schatz und Eurem Schicksal entsagt habt. Aber ich kenne Euch. Und ich weiß um dieses … Ding. Ihr habt danach gesucht, habe ich recht? Ich besitze es, und ich werde es Euch geben. Wenn Ihr mir Guinevere überlasst.«

Der Wind schlug ihnen ins Gesicht und wehte Haare unter Helmen und Schmuckbändern hervor. Gwyns Rock drückte sich um ihre Beine, als wollte der Wind sie auffordern zu fliehen. Sie blieb stehen und blickte zu Griffyn auf. Seine Miene war ausdruckslos, aber in seinen Augen lag ein Ausdruck, den sie noch nie bei ihm gesehen hatte. Seine Kiefermuskeln zuckten. Sie wirbelte zu Marcus herum.

»*Was tut Ihr ihm an?* Wovon redet Ihr? Was ist dieses … dieses Ding?«

Marcus würdigte sie keines Blickes. »Sagt schon, Griffyn: Wie viel ist sie Euch wert?«

Erneut senkte sich Schweigen über sie. Es war, als müsste Griffyn einen inneren Kampf ausfechten, als nähme er kaum die Worte wahr, die gesagt wurden. Doch in dem Blick, mit dem er Marcus ansah, lag Mordlust.

Gwyns Augen füllten sich mit heißen Tränen. Noch vor einem Jahr hatte sie sich geschworen, sich eher zu töten als Marcus zu heiraten. Griffyn und sie hatten darüber gelacht. Aber jetzt drohte Griffyn der Tod, wenn sie sich nicht Marcus' Willen beugte. Sie senkte den Kopf.

»Ich werde es tun.«

Sie sagte das so leise, dass zunächst keiner der Männer ihre Worte hörte. Für den Augenblick zählte sie nicht, auch wenn es bei diesem Handel um sie ging. Auch wenn sie es war, die diesen Wahnsinn ausgelöst hatte. Griffyns Gesicht war undurchdringlich und wie aus Granit gemeißelt. Aber als Gwyn wiederholte: »Ich werde Euch heiraten«, drehte er sich zu ihr um.

Auch Marcus wandte sich ihr zu. In seiner Miene las sie verschiedene Gefühle, aber alle ließen ihn lächeln. »Ich habe es schon einmal gesagt, Gwynnie, Ihr handelt oft unüberlegt, aber dumm seid ihr nicht«, bemerkte er voller Wärme. Das erstaunte Gwyn. »Dann ist es ausgemacht?«

»Ja.«

»Nein.«

Griffyns Stimme ließ beide herumfahren. Zum ersten Mal, seit er von ihrem Verrat erfahren hatte, schaute er sie an. Er ließ den Blick nicht von ihr, als er sagte: »Lasst uns allein, fitzMiles. Sie wird Euch nicht heiraten.«

Gwyn streckte eine Hand nach ihm aus. Ihre Finger berührten seinen Arm. »Griffyn, ich muss es tun! Sie hängen dich, wenn sie das mit Eustace herausfinden.«

»Für Euch gibt es hier nichts zu holen, Marcus«, sagte er, als hätte er ihre Worte nicht gehört. »Es gab nie etwas zu holen für Euch. Und noch etwas, fitzMiles«, fügte er hinzu. Sein Blick richtete sich auf Marcus' gerötetes Gesicht. »Mit diesem Hochverrat habt Ihr Euer Lehen aufs Spiel gesetzt, das Euch von Everoot übertragen wurde. Ich werde die Ländereien einziehen.«

Marcus lachte heiser auf. »Henri fitzEmpress wird mir einfach ein anderes Stück Land geben.«

Während dieser Auseinandersetzung hatte sich Griffyns Miene nicht ein einziges Mal verändert, aber jetzt sah Gwyn, wie seine Züge weich wurden. »Damit habe ich nichts zu tun«, entgegnete er ruhig. »Ich stehe nur für die Verträge ein, die mit Everoot geschlossen wurden.«

Sein Gesicht verschloss sich wieder zu einer undurchdringlichen Maske, während er sich halb zu Alex umwandte. »Wenn seine Männer sich nicht in zwanzig Minuten von den Hügeln zurückgezogen haben, hast du den Befehl, sie alle zu töten.«

Er wandte sich ab und ging davon. Gwyn schaute in die entsetzten Gesichter der Männer und machte einen Schritt, um Griffyn zu folgen.

Aber Marcus, ein Meister des Ränkespiels, hatte noch einen vergifteten Pfeil im Köcher. Einen letzten Trumpf, mit dem er versuchte, das Blatt für sich zu wenden.

»Ihr werdet sie nie öffnen können, Sauvage!«, rief er Griffyn nach. »Ich habe einen der Schlüssel!«

Gwyn sank das Herz.

Griffyn war stehen geblieben und hatte sich umgewandt. Marcus hob die Kette hoch, die er um den Hals trug. Daran baumelte ein silberner Schlüssel. Gwyn schnappte überrascht nach Luft. Beinahe wäre sie losgesprungen, um nach dem Schlüssel zu greifen.

Aber im selben Moment fasste Griffyn unter sein Kettenhemd und zog ebenfalls eine Kette hervor. Er hielt sie hoch. »Ihr meint den hier?«, fragte er unbekümmert. Auch von seiner Kette baumelte ein Schlüssel.

Eigentlich waren es zwei Schlüssel: der eine aus dunklem Eisen, der zweite aus Silber. Marcus starrte auf den Schlüssel. Dann kniff er die Augen zusammen und fuhr zu de Louth herum, der rechts neben ihm stand. De Louth schloss kurz die Augen.

»Du Mistkerl!«, spie Marcus aus, als ihm dämmerte, was geschehen war. »Du hast eine Kopie anfertigen lassen, als du die Kette geholt hast.«

Griffyn blickte de Louth an. »Was Eure Tochter betrifft: Ihr könnt sie schon jetzt zu mir schicken. Kommt selbst, wenn Ihr möchtet. Ihr werdet bei mir auf immer ein Auskommen haben.«

Dann drehte er sich um und ging. Gwyn folgte ihm.

Die Ritter von Everoot drängten Marcus' Männer langsam zurück.

Gwyn erschauerte. Sie eilte an Griffyns Seite. »Was bedeutet das alles? Was hat Marcus?«

»Ein Gefäß«, sagte er tonlos.

»Nein!«, schrie Marcus hinter ihm. »*Guinevere* ist das Gefäß! Mein Gott, habt Ihr das denn nicht gewusst?« Sein Lachen klang wie das eines Wahnsinnigen und veranlasste Griffyn, stehen zu bleiben. »Wenigstens hat mir das mein Vater beigebracht. Die Frauen, die die Rosen hüten, sind die Gefäße. Aber dass Ihr das nicht gewusst habt?« Er lachte erneut. »Das heißt, Ihr habt auch die Heiligtümer noch nicht gefunden, stimmt's?«

Griffyn ging weiter.

Gwyn starrte Marcus an, der regungslos dastand und lächelte. »Welche Heiligtümer?«, wollte sie wissen.

Er grinste. »Die kleine Schatulle Eures Vaters, Gwynnie. Erinnert Ihr Euch daran?«

Griffyn blieb stehen.

»Euer Griffyn will sie haben, Gwyn!«, rief Marcus. Er schien sich über die Entwicklung der Dinge sichtlich zu freuen. »Sehr sogar!«

»Bitte, Griffyn.« Gwyn hatte zu ihm aufgeschlossen. »Lass mich mit ihm gehen. Es wäre Wahnsinn, wenn ich bleibe. Jedes Mal, wenn du mich ansiehst, wirst du an meinen Verrat erinnert. Jedes Wort, das ich sage, wird dir verdächtig vorkommen. Lass mich gehen.«

Er blickte sie finster an. »Nein.«

Tränen brannten in ihren Augen. Sie atmete heftig aus. »Beim heiligen Judas, Griffyn! Lass mich gehen. *Man wird dich töten!* Ich kann dich retten ...«

»Nein.«

Er schickte sie nicht weg, aber ebenso wenig ließ er sie an sich heran. Als sie an seiner Seite zur Burg zurückging, hatte sie das Gefühl, Tausende Meilen von ihm entfernt zu sein.

Kapitel 28

»Sie ist es also doch«, sagte Griffyn. Er war mit Alex in seinem Zimmer zusammengekommen, Stunden, nachdem die Verletzten und die Pferde versorgt und die Kinder zu Bett gebracht worden waren und die Soldaten gegessen hatten. Die beiden Männer starrten auf das Kästchen, das vor ihnen auf dem Tisch stand. Guineveres Schatulle, wie Griffyn sie in Gedanken nannte.

Offenbar konnte er sich doch trauen.

Die Sonne versank allmählich am Horizont, auch wenn man den Sonnenuntergang auf dieser Seite der Burg nicht sehen konnte. Im Nordosten ballten sich dunkel drohende Gewitterwolken zusammen, die immer näher krochen. Griffyn trat vom Tisch zurück und warf noch ein Torfstück in die Kohlenpfanne. Es flammte auf und knackte leise.

»Ich kann es kaum glauben«, sagte er.

Alex nickte. »Viele waren der Meinung, dein Vater habe zu lange damit gewartet, dir von deinem Erbe zu erzählen. Das Sterbelager ist kein guter Ort, um einer jungen Seele eine so schwere Bürde aufzuladen. Und das aus mehr als einem Grund.«

Griffyn schob mit dem Schürhaken die Kohlenstücke auseinander. Flammen schossen einige Zoll hoch und verströmten ihre Hitze. »Früher habe ich geglaubt, mein Vater hat damit gewartet, weil er die Heiligtümer für sich wollte. Weil er versucht hat, ewig zu leben.«

»Und jetzt?«

»Jetzt ...« Er lehnte den Schürhaken an die Wand und setzte

sich wieder an den Tisch. »Heute denke ich, er wollte mich vor meinem Schicksal bewahren. Er wollte mich vor dem beschützen, was dieser Schatz bei den Männern anrichtet, die mit ihm in Berührung kommen. Vor dem, was der Schatz mit ihm gemacht hat.« Er nahm die Briefe und die Gegenstände, die sich noch darin befanden, aus der Schatulle und breitete sie auf dem Tisch aus. Den angelaufenen Ring, den Streifen blutrotes Leinen, den Messergriff, eine Haarlocke, Münzen.

»Ich weiß, was du getan hast, Alex«, sagte er leise.

Sein Freund zögerte. »Was meinst du, Pagan?« Alex' Stimme klang gleichermaßen angespannt und verwirrt.

»Wusstest du, dass ich ihn habe?«, fragte Griffyn und hielt den silbernen Schlüssel hoch.

Er hörte, wie Alex den Atem anhielt. »Woher hast du ihn?«

»Von demselben Mann, von dem du ihn hast kaufen wollen. Von de Louth.«

Hinter seinem Rücken blieb es still. Wenn Alex wollte, könnte er Griffyn einfach einen Schlag auf den Hinterkopf verpassen, und das Thema wäre erledigt.

»Was wolltest du mit dem Schlüssel, Alex? Was hättest du getan, wenn es dir gelungen wäre, ihn de Louth abzukaufen?«

Er hörte Alex' Schritte. Sein Freund trat vor ihn, das Gesicht leichenblass. »Ich würde gern sagen, dass ich ihn dir dann gegeben hätte.«

Griffyn lehnte sich an die Wand. »Ja, das hätte ich gern von dir gehört.«

Alex zog einen Schemel heran und setzte sich. Er beugte sich vor. »Es gibt so vieles, das ich dir nicht erzählt habe ...«

»Ich weiß. Warum hast du es nie erzählt?«

Alex wischte sich mit einer Hand über die Stirn. »Anfangs war es einfach so, dass du nichts davon hören wolltest. Du warst sehr aufbrausend und feindselig in deinem Wunsch, nichts darüber zu erfahren. Viele Jahre lang.«

»Ja, das stimmt. Aber du bist der Mann, der mich beschützen soll, oder nicht? Alex? Du bist doch mein Wächter?«

»Ja, wir bewachen dich, Griffyn. Und wir beschützen dich. Aber das tun wir nur, damit du den Schatz beschützen kannst. Mit unserem Eid sind wir dem Schatz verpflichtet.«

»Aber mir nicht?«, fragte Griffyn, ohne eine Antwort zu erwarten.

Alex stand abrupt auf. Finster blickte er seinen Freund an, dessen Worte und der darin mitschwingende Vorwurf des Verrats ihn sichtlich trafen. »Ich bin dein Freund, Pagan, und das werde ich immer sein. Ich muss keinen Schwur leisten, um stets zu deinem Besten zu handeln.«

»Trotzdem hast du mich belogen. Warum hast du mir nicht erzählt, dass du einen der geheimen Schlüssel gefunden hast?«

»Weil ich nicht sicher sein konnte, ob du ein guter Hüter sein würdest«, brach es aus Alex hervor. »Was heißt hier ›gut‹?« Er lachte kurz auf und begann vor dem Tisch auf und ab zu laufen. »Ich wusste ja nicht einmal, ob du überhaupt einer werden wolltest. In deinen Adern fließt das Blut des Erben, aber die damit verbundene Aufgabe, da hast du schon recht, musst du erst annehmen. Niemand kann sie dir übertragen oder dich zwingen, dich der Aufgabe zu stellen. Du musst sie akzeptieren.« Er blieb am nach Westen ausgerichteten Fenster stehen und blickte zu Griffyn herüber. »Ich wusste nicht, ob du das tun würdest.«

Sie blickten einander an. Griffyn nickte und nahm Alex' Entschuldigung schweigend an. »Und …?«

Alex war sichtlich verwirrt. »Und was?«

»Wie lautet der zweite Grund, warum du mir nicht vom dem Schlüssel erzählt hast?«

Sein Freund wurde rot. Mit einer Hand strich Alex über die Fensterlaibung, dann rieb er sich das Kinn. »Ich weiß nicht«, gab er schließlich zu. »Ich glaube, es gefiel mir, derjenige zu sein, der mehr wusste. Ich fühlte mich wie jemand, der das Tor bewacht.«

»Du hast die Macht genossen.«

Alex nickte. »Du hast nicht mich nach Ipsile mitgenommen, sondern Fulk. Warum?«

Griffyn zuckte mit den Schultern. »Ich habe es schon vorher vermutet. De Louth hat meinen Verdacht nur noch bestätigt.«

»Woher hast du es gewusst?«

Erneutes Schulterzucken. »Du warst zu beharrlich. Es war dir zu wichtig, was ich mit diesem Vermächtnis anfange. Das ist es, was es mit den Männern macht. Ich musste mich nicht erst eingehend damit beschäftigen, um das zu wissen. Den Männern sind dann Dinge wichtig, die sie nicht so wichtig nehmen sollten. Der Schatz nimmt uns die Seele.«

Das Feuer im Kohlenbecken war zu Leben erwacht, und der flackernde Schein tanzte auf den Wänden. Griffyn richtete sich auf. Ja, so war es, der Schatz raubte einem Mann die Seele. Er war diesem Punkt sehr nahe gekommen. Sobald die Saat aufgegangen war, hatte die Gier nach dem Schatz wie Unkraut zu wuchern begonnen. Wie lange war er jetzt auf Everoot? Erst knapp drei Wochen. Und schon zwei Tage nach seiner Ankunft war er wegen eines Gerüchts durch die halbe Grafschaft geritten und hatte Guinevere so genug Platz gelassen, um das zu tun, was sie getan hatte.

Er lächelte bitter. »Vielleicht ist unsere Familie nicht stark genug, um den Schatz länger zu hüten. Auf diesen Gedanken ist bisher wohl noch niemand gekommen.«

Das Blau von Alex' wattiertem Surcot wirkte im Schein der Flammen noch dunkler. Er schüttelte entschlossen den Kopf. »Du bist der Beweis, dass es nicht so ist, Griffyn.«

»Ein verflucht schlechter Beweis, wenn du mich fragst.«

»Du hast das Vermächtnis zurückgewiesen. Auf dem Schlachtfeld, als man dir die Wahl gelassen hat, hast du es losgelassen.«

»Ich verstehe nicht, wie das die Heiligtümer beschützen soll.«

Alex seufzte. »Ich glaube, es gibt keinen besseren Beweis.«

Griffyn blickte ihn erstaunt an. »Es ist eine Prüfung? Um des Vermächtnisses würdig zu sein, muss man es von sich weisen?«

»Es kommt darauf an, welche Entscheidungen vom Hüter verlangt werden. Diese Entscheidung war wohl deine Prüfung, ja.« Er schluckte schwer. »Kein anderer könnte das tun. Ich könnte das Erbe nicht ablehnen.«

Griffyn beugte sich vor und stützte die Ellbogen auf die Knie. Nachdenklich schaute er Guineveres Schatulle an. »Mein Vater hat geglaubt, der Schatz könne ihm das ewige Leben schenken.« Er blickte auf. »Stimmt das?«

»Vielleicht.«

Griffyn nickte. Er streckte die Hände behutsam nach dem Kästchen aus. Seine Finger berührten kaum das Holz der Schatulle. Er atmete aus.

»Und was geschieht jetzt?«, fragte Alex. »Mit mir, meine ich.«

»Was denkst du?«

Alex stand regungslos da, den Rücken durchgedrückt und den Kopf gesenkt. »Ich denke, ich habe einen Fehler gemacht«, sagte er ruhig. »Ich denke, ich habe vergessen, dass du mein Herr bist. Mein Freund. Und ja, ich denke, ich habe mich dem Schatz zu sehr genähert. Es tut mir leid.«

Griffyn nickte. Er verschränkte die Finger und starrte zwischen seinen Knien zu Boden.

»Ich meine es so, wie ich es sage, Pagan. So etwas wird kein zweites Mal geschehen.«

Griffyn blickte auf. »Ich weiß. Ich werde es nicht zulassen.«

Alex neigte sein Haupt. »Mylord.«

Griffyns Finger glitten wieder gedankenverloren über die Schnitzereien der kleinen Schatulle. Abrupt richtete er sich auf.

»Du wirst mich also nicht als Verräter hinrichten lassen?«, fragte Alex ernst.

Griffyn lächelte. »Nein.«

»Und du wirst mich auch nicht fortschicken?« Seine Stimme brach.

Griffyn schüttelte den Kopf.

»Guinevere auch nicht?«

Erneutes Kopfschütteln.

Alex atmete aus. »Ich hätte gedacht, du würdest dir wünschen, dass wir zwei schleunigst verschwinden. Wir stehen dir nahe und haben dich dennoch verraten.«

»Diejenigen, die einen Fehler gemacht haben, bleiben mir dennoch nah.« Er blickte auf die Schatulle. »Es ist vielleicht ganz gut, wenn ich daran von Zeit zu Zeit erinnert werde.«

Alex lachte auf. »Woran willst du erinnert werden? Dass Menschen Fehler haben?«

Er schüttelte den Kopf und stand auf. »Dass Erlösung möglich ist.«

Gwyn redete mit Fulk. Er war in den Wohnturm beordert worden, um ihre Tür zu bewachen. Vielleicht, dachte sie, hatte er sich für diese Aufgabe auch selbst eingeteilt. Der breite Treppenabsatz, auf dem er stand, war in Dunkelheit gehüllt, während sich draußen die Abenddämmerung herabsenkte und der Sturm losbrach. Regen klatschte gegen die bleiverglasten Fenster.

»Lord Griffyn wird mir kein Leid zufügen«, hatte Gwyn lachend beteuert. Zum ersten Mal seit Langem fühlte sie sich wirklich unbeschwert.

»Ich weiß, Mylady.« Fulk strich über seine Tunika und räusperte sich verlegen. »Es ist nur so, dass ich lieber in der Nähe bleibe.«

Sie lächelte. »Wäre ich eine bessere Frau, ich würde Euch heiraten, Fulk.«

Er druckste herum und wurde sogar rot. »Nun ja, Mylady. Ich passe jetzt schon so lange auf Euch auf, da käme es mir komisch vor, damit aufzuhören.«

Sie lehnte sich an den Türrahmen. Es widerstrebte ihr, die Gemächer zu betreten und die Tür hinter sich zu schließen. Sie würde einfach hier stehen bleiben, bis sie von Griffyn hörte, was mit ihr geschehen sollte. Ob er sie in ein Kloster oder zu Marcus schickte. Vielleicht wollte er auch, dass sie ihren Fall vor Henri fitzEmpress vertrat. Sie würde alles tun, was er von ihr verlangte. Und wenn dies bedeutete, dass sie geächtet und nach Palästina geschickt wurde, dann würde sie auch das tun. Aber während der Sturm draußen zunehmend an Kraft gewann, wollte sie sich nicht in der Kammer einschließen und warten.

»Ich glaube, ich weiß jetzt, was Papa von mir wollte. Ich glaube, er wollte, dass Griffyn die Schatulle bekommt.«

»Natürlich wollte er das.«

Sie blickte ihn überrascht an. »Aber Fulk! Warum habt Ihr mir das nicht schon längst gesagt?«

»Ich wusste nicht, dass Ihr Euch das gefragt habt«, erwiderte er ebenso überrascht. »Ich hatte keine Ahnung, dass Ihr geglaubt habt, es wäre nicht bloß eine Schatulle.«

»Das habe ich tatsächlich nicht. Aber jetzt ist sie in Marcus' Besitz. Was auch immer sie für eine Bedeutung hat.«

»Ich würde mir nicht allzu große Sorgen machen, Mylady. »Pagan wird dafür sorgen, dass alles wieder dorthin gelangt, wo es hingehört.«

Sie wollte etwas erwidern, doch dann schüttelte sie den Kopf. »Das ist jetzt ohnehin egal. Lasst uns einfach abwarten, was der morgige Tag uns bringt.«

»Ja, Mylady.«

Sie lehnte die Schulter gegen die Mauer. Fulk stand mit dem

Rücken an der gegenüberliegenden Mauer, und gemeinsam starrten sie aus dem Fenster. Der Sturm rüttelte an der Mauer und heulte um die Ecken des Turms. Es war so wie in jener Nacht vor einem Jahr, als sie sich in Griffyn verliebt hatte.

»Ja, ich glaube, so ist es«, sagte sie nachdenklich. »›Rade. Guh. Saw.‹ Ich habe immer geglaubt, es ginge darum, einen Rat einzuholen. Für mich ging es natürlich um die Schatulle. Aber jetzt weiß ich, es muss heißen: ›Griffyn Sauvage.‹ Aber dann? ›Rate Griffyn Sauvage‹?« Sie schwieg. »Das verstehe ich einfach nicht.«

»Heirate.«

Gwyn wandte Fulk langsam den Kopf zu. »Was?«

»Heirate Griffyn Sauvage. Das wollte Euer Vater Euch sagen.«

Kapitel 29

Gwyn stand in der Kammer vor Griffyns Gemach und versuchte, Edmund aufzumuntern, der sie flehend ansah. In Anbetracht der Dramen und der entsetzlichen Ereignisse der vergangenen Tage war sein kindlicher Ernst wie Balsam für ihre Seele.

»Könnt Ihr alles wieder in Ordnung bringen, Mylady?«

Sie legte Griffyns jungen Knappen eine Hand auf die Schulter und lächelte zuversichtlich. »Ich werde mein Bestes tun.« Sie schaute zu der Tür, die in das Gemach führte. »Geh und hol dir etwas zu essen, Edmund. Und such meinen Schreiber. Er soll dir einige Griffe auf dem Scheitholt zeigen. Wir brauchen Musik in dieser Burg, Edmund, findest du nicht auch?« Der Junge nickte heftig. »Kannst du Musik für mich spielen?«

Er richtete sich stolz auf. »Seid dessen versichert, Mylady«, versprach er und eilte davon.

Gwyn atmete noch einmal tief durch, bevor sie zaghaft an die Eichentür zum Schlafgemach klopfte. »Mylord!«, rief sie leise. »Ich bin es!«

Einen Moment lang tat sich nichts, doch dann wurde die Tür geöffnet. Alex stand vor ihr und trat sogleich beiseite, um Gwyn eintreten zu lassen.

»Kommt herein.«

Für einen Augenblick sahen sie sich an. Sie waren Feinde, die zu einem brüchigen Frieden gefunden hatten. Gwyn nickte knapp und ging an ihm vorbei ins Schlafgemach. Griffyn blickte auf.

Sein Haar war feucht und stand ihm zersaust vom Kopf ab. Er

trug seine Beinlinge und eine halbwollene Tunika. Der weiche Stoff schmiegte sich an seine muskulöse Brust und umschloss die Oberschenkel fast bis zu den Knien. Er saß an dem kleinen Tisch, an dem sie in so vielen Nächten Schach gespielt hatten. Auf diesem Tisch hatte er die Manuskripte ausgebreitet – und einmal hatte er sie auch auf diesem Tisch geliebt.

Ihr stiegen schon wieder Tränen in die Augen, von denen sie nicht so genau wusste, woher sie kamen. Gwyn blickte zur Decke. Der Schmerz stach in ihre Nase. Hatte sie nicht längst alle Tränen vergossen, die sie hatte?

»Komm her, Guinevere.« Nicht seine Worte, sondern seine tiefe männliche Stimme zog sie in den Raum. Sie ging zögernd einige Schritte auf ihn zu.

»Mylord. Ich wollte nicht stören. Ich bin nur gekommen, weil … Aber das ist ja Papas Schatulle!«, rief sie leise.

»Ja.«

»Wann hast du sie gefunden? Und wo? Ich habe gedacht, Marcus hätte sie …«

Griffyn holte tief Luft. »Ich habe sie vor gut einer Woche gefunden.«

Sie dachte darüber nach, welche Bedeutung in seinen Worten mitschwang. »Aber du hast mir nichts davon erzählt.«

»Nein.« Er erwiderte ihren Blick. »Es tut mir leid.«

Mit einer Handbewegung wischte sie die Entschuldigung beiseite. »Bitte entschuldige dich nicht bei mir. Deine Gründe haben jetzt keine Bedeutung mehr.«

Hinter Griffyn, in dessen Schatten, stand Alex. So sollte es sein. Alle Entscheidungen lagen jetzt in Griffyns Hand. Sie legte eine Hand auf die Schatulle. »Sie ist wunderschön«, murmelte sie. Dann blickte sie auf. »Hast du auch Papas Briefe gefunden?«

»Nein. Ich habe die Briefe *meines* Vaters gefunden.«

»Wie bitte?«

Er nickte.

Verwirrt schüttelte sie den Kopf. »Aber wie kann das sein? Warum sollte mein Vater mir die Briefe anvertrauen, wenn sie gar nicht von ihm …« Sie verstummte und ließ sich auf einen Hocker sinken. »Aber natürlich. Die Schatulle gehört dir. Deinem Vater, nicht meinem. Sie gehört zu Everoot. Und wir waren niemals Everoot.« Sie lachte bitter.

»Jetzt bist du Everoot.«

Ihre Augen füllten sich mit Tränen. »Noch nicht«, entgegnete sie spröde. »Unsere Vermählung ist erst morgen früh. Und vielleicht fordert Henri ja vorher meinen Kopf.«

»Henri wird deinen Kopf nicht fordern. Du hast keinen Verrat begangen. Jedenfalls nicht ihm gegenüber.«

Sie starrte auf den Tisch. Ihre Finger schlossen sich um die Tischkante. Holzsplitter bohrten sich in die Haut unter ihren Fingernägeln. »Ich werde alles tun, was du von mir verlangst, Griffyn. Nichts ist mehr, wie es einst war, und ich weiß nicht, was richtig oder falsch ist. Ich weiß nur eines«, fügte sie überzeugt hinzu, »Marcus hat von dieser Schatulle geredet. Das, was du haben wolltest oder brauchtest, ist darin.« Sie klopfte auf den Deckel.

»Ich weiß.«

Sie blickte auf. Er saß ihr gegenüber, und beobachtete sie mit undurchdringlichem Blick. Ein Schauder rann über ihren Rücken. Es war weder Erregung noch Angst. Es war einfach ein heftiges Zittern. »Darf ich dich etwas fragen, Griffyn?«

»Guinevere.« Er sprach ihren Namen ganz leise aus. »Es ist kaum der richtige Zeitpunkt, um verzagt zu sein. Du darfst mich fragen, was du willst. Wie du schon ganz richtig gesagt hast: Das, was war, gilt jetzt nicht mehr.«

Sie nickte zustimmend und aufmunternd, damit er weitersprach. Er sollte mir ihr reden, sollte sie ansehen. Sie wollte sich ihm verbunden fühlen, irgendwie. Aber seine nächsten Worte überraschten sie.

»Die Lügen müssen aufhören. Deine. Meine.«

Sie sah ihn überrascht an. »Du hast gelogen?«

Er machte eine weitumfassende Handbewegung, die die Schatulle und die darum verstreut liegenden Gegenstände einschloss. »Ja, ich habe dich angelogen.«

Ihr Lachen klang unsicher. »Aber das zählt doch nicht mehr.«

»Oh doch«, widersprach er grimmig. »Es zählt.«

Auf dem Tisch lagen die Dinge, die sie bei zahllosen Gelegenheiten in die Hand genommen und betrachtet hatte. Überbleibsel von Gott weiß wem, Ringe, Stofffetzen, eine Haarlocke und die Briefe, die sie nie hatte lesen können. Jetzt lag auch der Lederriemen dort, den Griffyn sonst immer um den Hals trug. Der kleine Eisenschlüssel war in die Schnur geknüpft. Daneben ruhte der Silberschlüssel.

Sie berührte die beiden Schlüssel. »Der silberne Schlüssel. Den hat dir de Louth gegeben?« Sie blickte hoch.

»Ja, ich habe ihn von de Louth.«

Fast hätte sie gelacht. »Im Ernst?«

Griffyn schaute zu Alex, ehe er sagte: »De Louth hat ihn mir in Ipsile gegeben.«

»Marcus' niederträchtigster Handlanger hat dir den Schlüssel gegeben, den ich vor einem Jahr in London verloren habe?«, hakte sie ungläubig nach.

»Ja. Er hat ein Kind. Das Mädchen kommt in einigen Jahren zu uns.«

Nun lachte sie erleichtert auf. »Aber natürlich. Die Menschen kommen zu dir, sobald sie es können. Natürlich hat er ein Kind, das er in deiner Obhut wissen möchte, und deshalb gab er dir den Schlüssel. Ja, so muss es sein.«

Sanft berührten ihre Finger beide Schlüssel. »Du hast jetzt also zwei.«

»Er *ist* der Schlüssel«, mischte sich Alex aus den Schatten ein.

»Ich weiß nicht, was das bedeutet«, erwiderte sie knapp. Es war ihr im Grunde auch egal, solange nur Griffyns Blick auf ihr ruhte. Der Feuerschein tauchte sein Gesicht in Licht und Schatten. Irgendwie gelang es ihm mühelos, einen Raum mit seiner Präsenz zu füllen. Und sie hatte ihn verloren. Sie hatte ihn von sich fortgetrieben.

»Die Schatulle hat ein Geheimfach.« Ihre Stimme zitterte. »Man sieht es nicht, aber ich weiß, dass es da ist.« Sie beugte sich vor und zeigte auf den Boden der leeren Schatulle.

Plötzlich war es totenstill in der Kammer. Sie blickte auf. Griffyns graue Augen musterten sie fassungslos.

»Was sagst du da?« Seine Stimme klang ungläubig und rau. Sie nickte.

»Hast du dieses Geheimfach schon einmal geöffnet?« In seinen Worten schwang Fassungslosigkeit mit.

»Natürlich.«

Er beugte sich vor. »Und wie hast du das angestellt?«

Sie zuckte mit den Schultern. »Als ich noch ein Kind war, habe ich die Schatulle gefunden und damit gespielt. Das geheime Fach öffnete sich von selbst. Papa ist vor Schreck fast gestorben, als er mich damit fand. Er hat mich mit sehr deutlichen Worten gewarnt, das nie wieder zu tun. Seit dem Tag habe ich die Schatulle nicht mehr gesehen. Bis Papa starb.«

Sie schluckte schwer. »Nach Papas Tod war Marcus ständig hier. Er kramte und suchte in allen Ecken nach irgendwelchen Schätzen. Und nach einem guten Grund, mich zu heiraten. Ich habe alles versucht, um die Schatulle zu öffnen. Ich weiß nicht, warum, aber mein Gefühl sagte mir, sie könnte wichtig werden. Vor allem aber war wichtig, dass Marcus nichts davon erfuhr. Ich habe sogar versucht, einen glühend heißen Schürhaken gegen den doppelten Boden zu drücken, um ihn wegzubrennen. Nichts. Wie du siehst, hat der Boden nicht mal einen Kratzer.

Eines Nachts dann, als ich nicht schlafen konnte, habe ich mir die Schatulle angesehen. Einfach weil sie so schön ist«, fügte sie leise hinzu. »Und dann habe ich mich auf einmal wieder daran erinnert, wie ich es als Kind geschafft habe, das Geheimfach zu öffnen. Ich habe meine Hände so darumgelegt.« Um es zu demonstrieren, spreizte sie die Finger weit und drückte sie ins Innere des Kästchens. »Und dann habe ich gefühlt und gedrückt, und dann ...«

Das Geheimfach öffnete sich mit einem leisen Klicken.

Alex atmete scharf ein. Sie blickte auf. Griffyn beobachtete sie aufmerksam. »Manchmal hat Ungehorsam auch Vorteile«, gab sie reumütig zu.

Ein leises Lächeln zeigte sich auf Griffyns Gesicht. »Ich muss zugeben, dass ich Ungehorsam nie für die große Sünde gehalten habe, wie die Kirche es gern predigt.«

Er war so wunderbar, wie ein helles, strahlend schönes Licht. Herrlich, ohne Makel, selbst mit all seinen Fehlern. Die Narbe in seinem Gesicht, sein sinnlicher Körper, sein gutes Herz – das alles raubte ihr den Atem.

Aber sie hatte jetzt kein Recht mehr auf ihn.

»Dann ist es das, wonach du gesucht hast?«, fragte sie betont ausdruckslos. »Du wolltest wissen, was darunter ist?«

Das Lächeln schwand. »Ja.«

Er schob einen Daumen unter den kleinen Deckel in der Schatulle. Griffyn, Alex und Gwyn beugten sich vor. Aus einem unerfindlichen Grund hielt Gwyn die Luft an, als Griffyn den Deckel hob und in das Geheimfach blickte.

»Noch mehr Dokumente«, sagte er heiser. Er schloss die Augen. »Er ist nicht drin.«

Alex stieß sich vom Tisch ab. Er fluchte und begann unruhig auf und ab zu gehen. Kleine Steinchen knirschten unter seinen Stiefeln. Gwyn blickte zwischen den beiden Männern hin und her. »Was denn? Was sucht ihr?«

»Den dritten Schlüssel.«

»Einen dritten Schlüssel?«

»Wir brauchen noch einen Schlüssel.«

Seine Worte klangen dumpf und betrübt. Gwyns Herz schlug plötzlich schneller, und sie beugte sich vor.

»Ich habe einen Schlüssel. Einen kleinen goldenen.«

Griffyn öffnete die Augen. Sein Blick brannte sich in ihren. Sie nickte bestätigend. Ihr wurde schwindelig, und sie tastete nach der eingenähten Tasche in ihrem Gewand.

Jeden Morgen vollführte sie dieses Ritual und nähte die kleine Stofftasche von innen an ihr Kleid. Sie wollte den letzten Gegenstand, den ihr Vater ihr einst anvertraut hatte, immer bei sich tragen. In den braunen Falten des Beutels ruhte der kleine Schlüssel, den ihr Vater ihr auf seinem Sterbelager anvertraut hatte. Wenn sie ihn bei sich trug, fühlte sie sich sicher. Und wenn sie ihn morgens manchmal aus dem Beutelchen nahm, schimmerte er golden, selbst im frühen Dämmerlicht, als würde die Sonne auf ihn scheinen.

Mit zittrigen Händen riss sie die Tasche vom Gewand und legte sie in Griffyns schwielige Hand.

Er blickte Gwyn einen Moment lang an, ehe seine Hand sich um den Beutel schloss. Er nahm die beiden Schlüssel, die bereits auf dem Tisch lagen, und steckte sie ineinander. Mit einem Klicken fügten sie sich zusammen. Dann drückte er Gwyns kleinen Goldschlüssel in die Mitte. Ein dreifarbiger Schlüssel lag nun in seiner Hand. Der Silberschlüssel lag im schwarzen Äußeren des Eisenschlüssels, und ihr goldener ruhte in der Mitte. Er schimmerte verlockend wie das Ende eines Regenbogens.

»Heilige Mutter Gottes«, murmelte Alex ehrfürchtig.

»Er ist wunderschön«, hauchte Gwyn.

Griffyn atmete langsam aus.

»Und was passiert jetzt?«, fragte Gwyn und blickte auf.

Griffyn schüttelte den Kopf. »Ich habe keine Ahnung.«

Sie zeigte auf die Schatulle, in deren Geheimfach noch immer die Dokumente lagen. »Was ist mit den Papieren?«

Nur langsam richteten die Männer ihre Aufmerksamkeit wieder auf das Kästchen. Griffyn nahm eine der Schriftrollen heraus. »Pergament«, sagte er leise. Teures Pergament. Aber das Nächste, was er hochhielt, ließ Gwyn überrascht nach Luft schnappen.

»Ist das Kupfer?«, murmelte sie. Ihr Mund wurde trocken. »Was ist das?«

Griffyn staunte ebenso wie sie. »Es sind Karten.«

»Karten?«

Er hielt ihr einige Pergamente hin. Mit der freien Hand hob er ein paar Kupferplatten aus dem Fach, die wie Bronze schimmerten.

Sie starrte die Karten an, ohne so recht zu begreifen, was sie bedeuteten. »Was zeigen diese Karten?«

»Es sind Schatzkarten«, flüsterte Alex.

Gwyn beugte sich über die Tischplatte. Tatsächlich konnte sie auf einigen Pergamentbögen schnörkelige Linien erkennen, die das Ende von Landmassen genauso gut anzeigen konnten wie Wasserwege. Sie erhaschte einen Blick auf die Abbildungen, die mythische Wesen zeigten. Sie waren mit bunten Farben ausgemalt, die Buchstaben waren kunstvoll gearbeitet. Ein Geruch nach modrigen Kräutern und feuchten, uralten Geheimnissen lag plötzlich in der Luft.

Sie schaute Griffyn an, der sich über die Papiere beugte. Er bewegte stumm die Lippen, während er las. Vermutlich war der Text in Lateinisch verfasst. Die Mönche im Kloster hatten auch immer lateinisch geschrieben. Eine Vorahnung ergriff Besitz von Gwyn, und sie fühlte sich seltsam beklommen.

»Was hat das alles zu bedeuten?«, flüsterte sie. »Wer bist du?«

»Er ist der Nachfolger von Karl dem Großen.« Alex' Stimme kam aus den Schatten.

Sie blickte auf. »Was hat das zu bedeuten?«, wollte sie wissen. »Was macht es mit ihm?«

Griffyn hob den Kopf. Er blickte sie an, aber sie konnte in seinen Augen nichts lesen. Sie erbebte unter diesem Blick. Es lag etwas Majestätisches darin, das er zu verbergen versuchte, das sie aber dennoch sah. Es raubte ihr den Atem.

Es war erneut Alex, der ihre Frage beantwortete. »Es bedeutet, dass er gleichermaßen die Bürde und die Ehre zu tragen hat, Schätze zu bewachen, die seit über tausend Jahren in unserer Obhut sind«, sagte er laut und klar. Es hätte sie nicht gewundert, wenn sogar Henri und seine Armee, die nur noch wenige Meilen entfernt waren, ihn gehört hätten. Es schien ihr, als ob Alex sein Leben lang darauf gewartet hatte, es laut aussprechen zu dürfen. »Während es einige gibt, die im Namen Gottes kämpfen und in Wahrheit nur nach Ruhm streben, gibt es die anderen, die im Geheimen seit Jahrhunderten das Schicksal tragen, den wahren Reichtum all unserer christlichen Seelen zu beschützen. Es bedeutet, dass Griffyn von königlichem Geblüt ist. Eine Abstammung, die man nicht erreicht, indem man Könige und Königinnen vermählt. Es bedeutet, dass er adelig und würdig ist. Er ist der Hüter der Heiligtümer.«

Gwyn blickte Griffyn an. Sie war verzweifelt. »Welche Heiligtümer? Was sind das für heilige Gegenstände, die du bewachst?«

»Die Bundeslade. Das Passionskreuz, an das Christus genagelt wurde. Die Heilige Lanze. Das Grabtuch von Turin.«

Jetzt sprach Griffyn. Seine Worte klangen wie ein heiliger Gesang, den er leise anstimmte. Gwyns Nackenhaare stellten sich auf. »Das Schweißtuch, mit dem Jesu Gesicht bedeckt wurde. Die Dornenkrone.«

Ein Frösteln lief über Gwyns Rücken. Griffyn verstummte, aber Alex nannte noch einen Gegenstand und ließ dabei Griffyn nicht aus den Augen. »Der Abendmahlkelch.«

Gwyn glaubte, ihr Herz müsste aufhören zu schlagen. »Der heilige Gral?«

Alex zuckte mit den Schultern. »Er ist der Nachfolger Karls des Großen. Sein Erbe.«

Sie starrte Griffyn an. Ihr Mund öffnete sich leicht, als wüsste sie nicht mehr, wie man atmete. Doch, jetzt sah sie es auch. Diese harten, fein modellierten Gesichtszüge waren die eines Königs. Dieser Mann konnte die Bürde tragen. In seinen Augen lag etwas Tiefes, Unergründliches. Dieses Vermächtnis musste ihm die Seele zerreißen.

Und sie hatte ihn verraten.

Griffyns Gesicht und die Kammer verschwammen vor ihren Augen, weil sie wieder weinte. Sie ließ den Kopf sinken und streckte eine Hand über den Tisch. Wenn er sie nicht nahm, wenn er sie nicht wollte, musste er sie nicht nehmen. Er konnte einfach gehen.

Sie wartete und hörte Schritte, die sich entfernten. Die Tür wurde ins Schloss gezogen. Ein Schluchzen erschütterte ihren Körper.

Dann legte sich Griffyns Hand auf ihre.

Sie atmete schluchzend aus. Ihr Kopf sank auf ihren Unterarm.

»Ich habe keine Worte hierfür«, weinte sie und versuchte nicht länger, ihre Tränen zu verbergen. »Es tut mir leid. Es tut mir so unendlich leid. Ich wollte nie, dass dir wehgetan wird. Alles ist so schrecklich falsch gelaufen. Aber jetzt zählt für mich nichts mehr, außer dass man dir nie wieder wehtut.«

»Es ist nicht nur deine Schuld.«

Sie schniefte. »Wovon redest du?«

»Ich habe dich auch angelogen.«

Sie gab einen kurzen Laut von sich. Es hätte ein Lachen sein können, wenn es etwas zu lachen gegeben hätte. Vermutlich würde sie nie mehr Grund zum Lachen haben. Andererseits lag seine Hand noch immer auf ihrer.

Sie hob den Kopf. Ihre Augen waren rot und geschwollen. »Das ist egal, Griffyn.«

»Ich wusste, dass der Schatz irgendwo hier sein musste«, fuhr er fort, als hätte sie nichts gesagt. »Ich kannte die Legenden, und ich kannte auch die Wahrheit. Ich wusste, es gab Menschen, die nach den Schätzen suchten. Ich habe eine Schatulle gefunden, von der du geglaubt hast, sie gehöre deinem Vater, und ich habe nichts davon gesagt. Ich bin nach Ipsile-upon-Tyne geritten, um den Schatz zu finden, und auch davon habe ich nichts gesagt. Und weil ich dir das alles verschwiegen habe, sind wir in Gefahr geraten. Nur deshalb.«

»Nein! Nein, du hast mich nicht in Gefahr gebracht ...«

»Uns, ich spreche von uns beiden! Aber du warst auch in Gefahr. Ich habe dich in Gefahr gebracht, nicht nur hier, sondern auch vor einem Jahr, als ich dich im sächsischen Dorf zurückgelassen habe. Als ich dich allein ins Kloster St. Alban gehen ließ. Ich habe dich immer wieder in Gefahr gebracht, weil es meinen Zwecken dienlich war. Ich habe dich verlassen und dich belogen. Es tut mir leid.«

Sie schüttelte so heftig den Kopf, dass ihr Haar über die Schultern nach vorne fiel. »Nein, Griffyn. Sag nicht, dass es dir leidtut. Nicht zu mir.«

»Doch, ich sage es. Und noch etwas.« Er stand auf, beugte sich über den Tisch und umfasste ihr Gesicht mit einer Hand. Dann flüsterte er eindringlich: »Ich vergebe dir. Ich vergebe dir. Ich vergebe dir.«

Gwyn schluchzte auf. Dann sank sie vor dem Hocker auf die Knie, legte den Kopf in seinen Schoß und weinte. Sie weinte, weil endlich jemand die Worte ausgesprochen hatte, nach denen sie sich ihr Leben lang gesehnt hatte. Diese Worte aus seinem Mund zu hören, ließ alle Dämme brechen. Sie weinte wie nie zuvor in ihrem Leben. Harte, heftige Schluchzer schüttelten ihren Körper.

Irgendwann spürte sie seine Hand, die ihr zärtlich über den Kopf strich. Sie tastete nach seiner Hand und berührte stattdessen sein Gesicht. Griffyn streckte die Arme nach ihr aus und zog sie auf seinen Schoß. Sie schmiegte sich an ihn, ihr Gesicht war ganz nah an seinem.

»Und jetzt sag mir, dass du mir auch vergibst«, sagte er heiser. Er musste es auch hören. Aber sie schüttelte den Kopf.

»Du hast nichts getan, was ich dir vergeben müsste. Aber ich werde dir etwas sagen, von dem ich glaube, dass du es mehr brauchst als meine Vergebung.« Sie schmiegte sich an ihn. Ihr Mund berührte fast seine Lippen, als sie wisperte: »Ich liebe dich. Ich liebe, liebe, liebe dich.«

Auf seinem Gesicht erstrahlte dieses wunderbare Lächeln, und er lehnte seine Stirn an ihre. So saßen sie lange Zeit da, seine Hände ruhten auf ihrer Hüfte, und ihre Arme umschlangen seine Schultern. Ihr Haar umschloss beide wie ein dunkler Vorhang. Gwyn spürte Griffyns Atemzüge, die anfangs noch heftig und abgehackt waren, doch dann ruhig und gleichmäßig wurden. Und sie spürte das Muskelspiel seiner Schenkel.

»Gibt es in der Nähe eine Brücke, die verteidigt werden muss?«, fragte sie leise.

Seine Hände umfassten ihre Hüfte fester, ehe sie langsam höher glitten. »Fürwahr, wir kennen einander in- und auswendig«, murmelte er.

»Wir wollen achtsam miteinander sein.«

»Ja, das wollen wir.«

Der Sturm hatte sich gelegt. Im Westen strahlte ein letztes Mal die Sonne auf und sandte ihr helles gelbes Licht durch das Fenster. Gwyn und Griffyn schwiegen, bis die Sonne untergegangen war. Sie saßen noch immer Stirn an Stirn.

»Bald ist Henri hier«, murmelte sie. »Ich werde dafür sorgen, dass dir ...« Sie verstummte, weil sie nicht wusste, wie sie den Satz vollenden sollte. Wofür würde sie sorgen?

»Mach dir keine Sorgen wegen Henri.«

»Ich mache mir *deinet*wegen Sorgen.« Sie lachte, aber es klang zittrig.

»Henri und ich haben eine lange gemeinsame Vergangenheit, Gwyn. Er kennt mich. Darum gibt es keinen Grund zur Sorge.«

Sie atmete aus.

»Sag mir noch einmal, dass du mich liebst«, murmelte er.

»Ich liebe dich.«

Seine Fingerspitzen streichelten ihren Rücken.

»In ein paar Stunden werden wir Mann und Frau sein«, sagte sie leise.

Er nahm ihre Hand, hob sie an seinen Mund und küsste jede ihrer Fingerspitzen. »Wir sind schon jetzt Mann und Frau.«

Epilog

Der Regen prasselte auf das Dach der kleinen Kapelle, als Gwyn und Griffyn ihr Eheversprechen wiederholten und damit der Ehe zustimmten. Henri fitzEmpress war inzwischen auf Everoot eingetroffen, und sein aufbrausendes Temperament war in der Tat beeindruckend. Aber wie Griffyn es vorhergesagt hatte, war Henris Verstand noch schärfer als seine Zunge, und er hatte nicht allzu lange Feuer gespuckt, nachdem er alle Details erfahren hatte.

Nach der Zeremonie saßen Henri und Griffyn in der großen Halle beisammen, redeten und tranken und genossen das Festtreiben, das um sie herum herrschte. »Sie ist klug«, sagte Henri. »Und sie hat einen wachen Verstand. So liebe ich die Frauen. Aber du wirst auf sie aufpassen müssen.«

»Das werde ich nicht tun.« Griffyn hob seinen Becher und stieß mit Henri an. »Aber du wirst bestimmt auf Lady Eleonore aufpassen müssen.«

Henri brach in brüllendes Gelächter aus. Er knallte seinen Becher gegen Griffyns. »Das sollte ich wohl. Wir beide haben uns Frauen ausgesucht, die einen starken Willen haben.«

Griffyn verzog gutmütig das Gesicht. »So kann man es auch nennen.«

Er stellte seinen Becher auf den Tisch und schaute sich in der Halle um. Sie war voller Menschen, die in kleinen Gruppen beisammenstanden, redeten und lachten. Ein Minnesänger saß in der Nähe des Podiums und sang zu seiner Laute. Einige Frauen hatten sich um ihn versammelt und lauschten andächtig. Später würde er für alle singen, würde von wilden Ungeheuern und tapferen Rittern berichten. Und von frisch verheirateten Paaren, die ihre Familien vereinten und dem Land Frieden brachten.

Gwyn saß an der Hohen Tafel. Kinder umringten sie, und sie schien eine Geschichte zu erzählen. Er lächelte leise. Die Kinder saßen um sie herum, ihre kleinen Münder standen erwartungsfroh offen, und sie ließen die Blicke nicht von Gwyns schlanken Händen, mit denen sie ihre Worte eindrucksvoll unterstrich.

Henris Stimme riss Griffyn aus seiner Betrachtung. »Du hast hier einen guten Anfang gemacht, Pagan. Die Leute sind glücklich, und sie haben genug zu essen. Everoot wird dir lange Zeit ein gutes Heim sein.«

»Es ist vor allem Guineveres Verdienst, dass es so ist.«

»Vielleicht. Auf jeden Fall wird Everoot im Norden ein starkes Bollwerk sein.« Henri griff nach seinem Becher. »Es gibt da ein paar Gerüchte, Pagan«, sagte er dann frei heraus.

Griffyn hatte gewusst, dass sein König ihn danach fragen würde. »Was für Gerüchte?«

Henri beobachtete ihn über den Rand seines Zinnbechers. Das Metall ließ seine eisblauen Augen noch kälter wirken. »Über einen Schatz.«

Griffyn nickte langsam und erwiderte freimütig Henris scharfen Blick. »Als mein Lehnsherr sollst du dies wissen: Was immer du wissen musst, wirst du erfahren. Was dir gehört, wirst du bekommen. Everoot steht dir getreu zur Seite.«

Henri dachte darüber lange nach. Wahrscheinlich überlegte er, ob er diese ausweichende Antwort hinnehmen sollte, obwohl ein Schatz auf dem Spiel stand. Aber irgendwas hielt ihn zurück.

Vielleicht war es das geheime Wissen, das ihm von seinem Großvater mitgegeben worden war, der einst die reichen Ländereien des Angevin aufgegeben hatte, um eine Hexe zu heiraten und sich zum König von Jerusalem krönen zu lassen. Vielleicht war es auch kluge Voraussicht, dieselbe, die ihn veranlasst hatte, den Tempelrittern Ländereien in England in Aussicht zu stellen.

Vielleicht war es aber auch die Erkenntnis, dass ein Schatz, der irgendwo vergraben lag, nicht halb so wertvoll war wie eine starke Allianz. Henri nickte, aus welchem Grund auch immer.

»Ja, Everoot wird an meiner Seite stehen, das weiß ich. Oder zumindest *du* wirst an meiner Seite stehen.« Er hob seinen Becher.

Griffyn neigte den Kopf. »Mylord.«

Später am Abend saß Griffyn auf seinem Bett und betrachtete Guinevere, die neben ihm lag und tief und fest schlief. Es gab keine Alpträume mehr, nichts, was sie aus dem Schlaf aufschrecken ließ. Für einen kurzen Augenblick huschte im Schlaf ein Lächeln über ihr Gesicht. Wenn er nur einen kleinen Anteil daran hätte, dass sie wieder schöne Träume hatte, dann war es gut so. Dann war es ihm genug.

Nein, gestand Griffyn sich sogleich ein. Es war nicht genug. Er deckte Gwyn sorgsam mit den Felldecken zu und erhob sich. Er fühlte sich verpflichtet, die Papiere, die in Guineveres Schatulle lagen, zumindest zu lesen.

Er nahm die Pergamentrollen und setzte sich zum Lesen auf die Bettkante. Er beugte sich über die Papiere, entzifferte die lateinischen und hebräischen Passagen und übersetzte sie in Gedanken. Er merkte schnell, dass es sich nicht bei allen Papieren um Karten handelte. Eine schien sogar Anweisungen zu enthalten.

Er beugte sich weiter vor. Seine Lippen bewegten sich, während er die Texte übersetzte. Es dauerte eine Weile, und er war so in diese Beschäftigung vertieft, dass er vor Überraschung fast vom Bett gefallen wäre, als ihm aufging, was die Worte besagten. Dann brach er in lautes Lachen aus.

Gwyn hob den Kopf. »Griffyn?«, fragte sie. Ihre Stimme klang verschlafen.

»Weißt du was?«

»Was soll ich wissen?«

Griffyn zeigte auf die Pergamentrollen. »Was ich damit machen soll.«

»Mit dem Schatz?« Sie richtete sich auf. »Alex hat gesagt, nur der Erbe wüsste das. Der Hüter des Schatzes.«

»Ich bin vielleicht der Erbe, aber ein Hüter bin ich nie gewesen. Aber jetzt!« Er zeigte auf die Papiere. »Nachdem ich das hier weiß!? Ja, nun kann ich mich dafür entscheiden, die Bürde zu tragen. Ich werde ein Hüter sein.«

Gwyn wandte den Kopf ab und legte ihre rechte Hand auf ihr Herz. Ihre Finger schlossen sich um ein Pergament.

»Gwyn?«

»Dann wirst du fortgehen, nicht wahr? Ich werde mich gleich morgen früh daranmachen, deine Sachen zu packen.«

Überrascht blickte er sie an. »Warum?«

Sie zeigte auf die Dokumente und Karten, die auf dem Bett verstreut lagen. »Du musst doch diese Heiligtümer finden, oder nicht?«

Er lächelte. »Das ist nicht ganz richtig.«

Sie blickte ihn von der Seite an. Irgendetwas schien ihm sichtlich zu gefallen. Er betrachtete die Pergamentrollen und sah geradezu glücklich aus. Sie setzte sich auf. »Was meinst du damit?«

»Ich muss sie nicht finden. Weil ich weiß, wo sie sind.«

Sie kniff argwöhnisch die Augen zusammen. »Wo denn?«

»Unten.«

Sie spürte, wie das Blut aus ihrem Gesicht wich.

»Komm mit, ich zeige es dir.«

Eilig kleidete sie sich an und folgte Griffyn die dunkle Wendeltreppe hinab in das Kellergewölbe. Sie hielten beide ein Licht in der Hand. Unter ihren Schuhen knirschten kleine Kieselsteine, als Gwyn hinter Griffyn herging. Die Geräusche wurden von den dicken feuchten Steinwänden zurückgeworfen.

Griffyn war überrascht, dass sein Herz ruhig und stetig klopfte. Das neu erlangte Wissen schenkte ihm ein Gefühl von … Freiheit.

Sie blieben vor der Tür zu der Kammer stehen, in der Eustace wochenlang versteckt gewesen war. Griffyn schob Gwyns kleinen Schlüssel in das Drachenmaul-Schloss und öffnete die Tür. Jemand hatte den Raum ausgefegt, und er war wieder das, was er immer gewesen war: ein kleiner Vorraum.

Griffyn hob die Laterne und zeigte auf die gegenüberliegende Wand. Dort befand sich eine in den Stein gehauene Tür, die nur zu erkennen war, wenn man von ihr wusste. Eine Tür aus Stein, die mit der Wand gleichsam verschmolz.

Vielleicht liegt mir das Wissen im Blut, dachte Griffyn. Er hatte diese Tür nie zuvor gesehen, hatte nur vorhin in den antiken Texten davon gelesen. Dennoch war ihm die Steintür so vertraut wie das Gesicht seines Vaters. Seine Finger glitten suchend über die Kanten und wischten den jahrzehntealten Staub weg, der sich mit Schmutz und Spinnweben in den Ritzen abgesetzt hatte. Als er damit fertig war, waren die Umrisse der Steintür deutlicher zu erkennen.

»Das habe ich nicht gewusst«, murmelte Gwyn hinter seinem Rücken.

Er drückte den goldenen Schlüssel in die Mitte des silbernen, ehe er den dreifarbigen Schlüssel in ein schmales Schlüsselloch zwängte. Erneut fühlte es sich vertraut an. Er drückte beide Hände gegen den kalten Stein und schob die Tür auf.

Er hätte erwartet, dass die Scharniere in diesem feuchten, dunklen Keller laut quietschen müssten, aber die Tür schwang lautlos auf. Kalte, abgestandene Luft wehte ihnen ins Gesicht wie Fledermäuse, die um ihre Köpfe flatterten. Gwyn atmete scharf ein.

Er drehte sich zu ihr um. »Wenn ich mich recht entsinne, hast du schon immer Abenteuer geliebt, Rabenmädchen.«

Sie lachte auf. »Das stimmt so nicht. Ich verabscheue Abenteuer. Aber sie finden mich immer wieder.«

»Nein, *ich* habe dich gefunden.«

Sie ergriff seine Hand. »Ich liebe dich.«

»Dann komm.« Er betrat das Dunkel der Höhle und hielt seine Laterne hoch.

Gwyn atmete noch einmal tief durch, dann überschritt sie die Schwelle und tauchte in die Dunkelheit ein.

Es war, als stiegen sie in eine Katakombe hinunter, in der tiefe Stille herrschte. Eine Katakombe, die sich tief ins Erdreich unter der Burg grub. Die Steinwände waren feucht. Im Licht der Laternen sah Gwyn die Zeichnungen, die die Wände an manchen Stellen bedeckten. Es waren seltsame Bilder, die fremdartige, fantastische Wesen zeigten, und die nicht nur eine leichte Angst in ihr weckten, sondern auch Ehrfurcht.

Eine schwache Erinnerung tauchte in Gwyn auf. Sie hatte diese Zeichnungen schon einmal gesehen, sie war schon einmal in dieser Höhle gewesen. Sie war noch recht klein gewesen, und ihr Vater hatte ihr etwas über die Zeichnungen erzählt. Er hatte gesagt, sie wären vor langer Zeit entstanden und die Steine wären von weither an diesen Ort gebracht worden. Mehr hatte er ihr nie erzählt. Gwyn wusste nicht, ob er nicht mehr darüber gewusst hatte oder ob er sein Wissen nicht mit ihr hatte teilen wollen. Aber warum sollte denn jemand hier Steine verstecken?

Griffyn war inzwischen einige Schritte weitergegangen. Sein Licht flackerte vor ihr in der Dunkelheit. Er schien sich instinktiv zurechtzufinden. Sein Gesicht strahlte Erleichterung aus, und seine Augen waren auf das Ziel vor ihm gerichtet. Er blieb stehen und hob die Laterne. Um ihn erwachte ein Flackern und Schimmern. Er hatte eine Kammer erreicht. So schnell, wie sie es sich traute, eilte Gwyn ihm nach.

An den Wänden der Kammer hingen Fackeln in Halterungen.

Griffyn entzündete eine nach der anderen. Anfangs flackerten sie nur zaghaft auf, doch dann erwachten sie zum Leben und beleuchteten den ganzen Raum.

»O mein Gott«, hauchte sie.

Sie hatten den Schatz gefunden.

An der Wand hing ein breites, langes Schwert, das in mehrere Teile zerbrochen war. Einige Gefäße standen ineinandergestapelt auf einem Schreibpult, daneben lagen ein mit Edelsteinen besetzter Gürtel und ein schlichter, aus Holz gefertigter Kelch. Der Schatz. Es waren nicht sehr viele Gegenstände, aber Gwyn hatte trotzdem das Gefühl, von der Pracht geblendet zu werden.

Sie schlug vor Ehrfurcht eine Hand vor den Mund. Griffyn erwiderte ihren Blick, als sie ihn anschaute.

»Und was ...« Sie stockte. »Was sollst du mit dem Schatz jetzt machen?«

Er lächelte. »Ich glaube, ich bin dazu bestimmt, ihn wegzugeben.«

Ihre Hand sank herab. »Aber was ist mit den Karten? Sind das keine ... Schatzkarten?«

»Einige schon. Ich soll die Schätze zurückgeben.«

Sie starrte ihn an. »Wem?«

»Der Welt.«

Gwyn nickte schwach. »Ich verstehe. Oder nein, eigentlich verstehe ich es nicht. *Wann* sollst du diese Schätze zurückgeben?« Sie rieb sich die Stirn. »Wo? Und warum? Ich verstehe es einfach nicht.«

Griffyns Gesicht wurde vom flackernden Licht beschienen. »Der Nachfolger Karls des Großen muss Wiedergutmachung leisten«, sagte er einfach. »Obwohl ich mir nie hätte vorstellen können, dass meine Aufgabe so aussehen würde.«

Sie schaute auf die alten Schätze. »Alles ist so wunderschön«, murmelte sie. »Und deine Bürde.«

Er schüttelte den Kopf. »Jetzt nicht mehr. Nicht, wenn ich sie weggebe.«

Gwyn schloss kurz die Augen. »Und wann gibst du sie weg?«

»Ich weiß es nicht. Zur rechten Zeit, am rechten Ort. Ich werde noch mehr lesen und noch mehr lernen müssen. Wenn auch noch nicht jetzt.« Er betrachtete die Schätze, ehe er sich wieder an Gwyn wandte. »Ich denke, nach unseren Kindern werden noch viele weitere Generationen kommen, die als Hüter dienen werden. Aber eines Tages, wenn die richtige Zeit gekommen ist, werden diese Schätze zurückgegeben.«

»Aber woher weißt du das? Wer entscheidet, wann und an wen sie zurückgegeben werden?«

»Das weiß ich nicht. Aber jene, die dann leben werden, werden es wissen. Sollten wir zu unseren Lebzeiten darüber entscheiden müssen, werden wir gemeinsam befinden, was zu tun ist.«

Gwyn wich einen Schritt zurück. »Gemeinsam? Nein, Griffyn, das ist nicht meine Aufgabe. Du bist der Hüter.«

»Du warst auch eine Hüterin.« Voller Liebe betrachtete er ihr blasses Gesicht. »Würdest du mich denn mit dieser Aufgabe allein lassen?«

Tränen traten in ihre Augen. Ihre kalten Finger schlossen sich um seine Hand. »Und wenn die ganze Welt sich uns entgegenstellt, ich würde dir selbst dann nicht von der Seite weichen«, flüsterte sie. »Jedenfalls nicht, solange du mich an deiner Seite haben willst.«

Er schloss sie in seine Arme und zog sie an sich. Sie war ein so aufrechter Mensch, so stark und redlich, dass es ihm den Atem raubte. Griffyn wusste, dass sie für ihn der größte Schatz von allen war.

Er beugte sich zu ihr herunter. »Du wirst immer an meiner Seite sein, Guinevere. Stellte man mich vor die Wahl zwischen dir und einer Königin, ich würde dich wählen. Wenn man mir verspräche, nie mehr Schmerz empfinden zu müssen, würde ich mich für dich entscheiden. Ließe man mich wählen, mir in dieser Welt das zu nehmen, was ich am meisten will, so würde ich mir nur wünschen, mit dir zusammen zu sein. Du bist für mich das Wichtigste auf dieser Welt, Gwyn. Du bist mein Leben.«

Schlussbemerkung

Es gab tatsächlich einen Prinzen Eustace. Er war der älteste Sohn König Stephens. Wenn man den Chronisten seiner Zeit glaubt, war er ein brutaler Mann. Als er erkannte, dass er nie König werden würde, ließ er seinem Zorn freien Lauf. Mit seinem Gefolge machte er sich einen Spaß daraus, wochenlang mordend und plündernd durch das Land zu ziehen. Dabei verwüstete er auch ein Kloster, das dem Heiligen Edmund gewidmet war, der für seine Humorlosigkeit ebenso bekannt war wie für seinen unerbittlichen Zorn.

Dieser Zorn scheint Eustace getroffen zu haben, denn er starb, einige Tage nach dem Überfall auf das Kloster, am 17. August 1153 nach dem Genuss eines Fischgerichts. Vielleicht hatte sich die reichhaltige Mahlzeit aber auch mit seiner erbitterten Wut vermischt und ihn vergiftet. Es war vielleicht das passende Ende für einen Mann, der, wenngleich aus anderen Gründen, einen ebenso erbärmlichen König abgegeben hätte wie sein auf Ritterlichkeit bedachter Vater.

Dennoch habe ich mich immer gefragt, welchen Lauf die Geschichte wohl genommen hätte, wäre Eustace nicht an jenem heißen Augusttag gestorben. Wenn die Menschen nur geglaubt hätten, dass er tot sei? Wenn man jemandem aufgetragen hätte, sich um ihn zu kümmern, während das Königreich um ihn zerbrach?

Was die Verlobung betrifft … Wenn zwei Menschen sich das Versprechen gaben zu heiraten (»Ich *werde* dich zur Frau nehmen« statt »ich *nehme* dich zur Frau«), die Ehe aber bereits nach Ablegen dieses Schwures vollzogen wurde, galten sie in den

Augen der Kirche bereits ab dann als Mann und Frau. Ich habe dies sehr großzügig interpretiert, weil ich wollte, dass einerseits Griffyn Anspruch auf das erheben kann, was ihm gehört, aber andererseits Marcus noch die Möglichkeit haben sollte, sich ein letztes Mal gegen den Lauf der Dinge zu stellen, um das zu bekommen, was er sich am meisten ersehnte. Oder was er sich mit der größtmöglichen Wahrscheinlichkeit, es zu bekommen, am meisten ersehnte – denn er wäre nie in den Besitz des Nestes gelangt, und er wäre nie der Erbe Karls des Großen gewesen. Ebenso wenig, wie er je die Liebe seines Vaters hätte gewinnen können.

Ich liebe die dramatische, gefahrvolle Atmosphäre des Mittelalters. Wenn es Ihnen auch so geht, besuchen Sie mich auf meiner Webseite und schreiben Sie mir!

www.kriskennedy.net

Leidenschaft, Magie und Abenteuer …

Sue-Ellen Welfonder
RITTER MEINER LEIDENSCHAFT
Roman
Aus dem amerikanischen Englisch von Ulrike Moreno
400 Seiten
ISBN 978-3-404-18749-2

Als Jamie Macpherson erschöpft von harten Kämpfen in sein Castle zurückkehrt, erblickt er im hellen Mondlicht ein feengleiches Wesen. Der Gedanke an die unbekannte Schönheit lässt sein Herz höher schlagen und sein Blut in Wallung geraten. Dann erfährt Jamie, dass sie seine Braut ist – und kann sein Glück kaum fassen … Aveline Matheson erliegt sogleich der Anziehungskraft des gut gebauten Highlanders und kann es kaum erwarten, sich mit ihm den sinnlichen Freuden des Ehelebens hinzugeben. Doch schon bald wird das Glück der Liebenden getrübt: Der schlimmste Gegner der Familie will die Macphersons auslöschen. Aber Jamie wird für seine Liebe kämpfen und alles tun, um seine geliebte Braut und seine Familie zu schützen …

Bastei Lübbe Taschenbuch